BASTEI
LÜBBE

Von Jody Picoult ist bei BASTEI LÜBBE erschienen:

14 585 Die Wahrheit der letzten Stunde

JODI PICOULT

Bis ans Ende aller Tage

ROMAN

Ins Deutsche übertragen von
Cécile G. Lecaux

BASTEI LÜBBE

BASTEI LÜBBE TASCHENBUCH
Band 26 107

Vollständige Taschenbuchausgabe

Bastei Lübbe Taschenbücher ist ein Imprint
der Verlagsgruppe Lübbe

Deutsche Erstveröffentlichung
Titel der englischen Originalausgabe: The Pact

Umschlaggestaltung: HildenDesign, München
Titelbild: Getty Images, München
Satz: hanseatenSatz-bremen, Bremen
Druck und Verarbeitung: Ebner & Spiegel, Ulm
Printed in Germany, Mai 2003
ISBN 3-404-26107-0

Für meinen Bruder Jon,
der weiß, was eine Weltraumtoilette kostet
und wie man *Tetris* buchstabiert
und der es versteht, ein versehentlich in den Windungen
meines Computers verlorengegangenes Kapitel
wiederzufinden.
Ich hoffe, Du weißt auch, was für ein großartiger Mensch
Du in meinen Augen bist.

Danksagungen

Jedesmal, wenn ich mich in der Entstehungsphase dieses Buches mit jemandem unterhalten habe, hat die Geschichte sich ein wenig verändert, bis das Resultat schließlich völlig anders und viel, viel besser war, als ich es mir ursprünglich vorgestellt hatte. Darum möchte ich folgenden Personen für ihre individuelle Kritik und ihre Anregungen danken: Dr. Robert Racusin, Dr. Tia Horner, Dr. James Umlas, Paula Spaulding, Candace Workman, State Trooper Bill McGee, Alexis Aldahondo, Kirsty DePree, Julie Knowles, Cyrena Koury und Freunde, Superintendant Sidney Bird vom Grafton County Correctional Facility, Detective-Sergeant Frank Moran, Patrol Sergeant Mike Evans und Chief Nick Giaccone vom Police Department von Hanover in New Hampshire. Und noch einmal meinen tiefempfundenen Dank an meine ersten Kritiker Jane Picoult und Laura Gross sowie an Beccy Goodhart, die zusammen mit ihrem Team bei Morrow meinen Glauben an die Verlagsindustrie wiederhergestellt hat. Und abschließend noch einen Toast auf mein Dream Team, das unter ständigem Druck Überstunden eingelegt hat und das auch noch »ehrenamtlich«: Rechtsanwälte Andrea Greene, Allegra Lubrani, Chris Keating und Kiki Keating.

Teil 1

Der Junge von nebenan

Wer hätte je geliebt,
der nicht die Liebe auf den ersten Blick gekannt?
– Christopher Marlowe
Hero and Leander

Nimm mich in deine Arme und schwöre, von diesem
Moment an ewiges Leid mit mir zu teilen.
– Thomas Otway
The Orphan

Gegenwart

November 1997

Es gab nichts mehr zu sagen.

Er bedeckte ihren Körper mit seinem, und als sie die Arme um ihn legte, konnte sie ihn in allen Altersstufen vor sich sehen: als Fünfjährigen und noch blond, schlaksig mit elf, als Dreizehnjährigen mit den Händen eines Mannes. Der dunkeläugige Mond zog langsam am Nachthimmel vorbei. Sie atmete den Geruch seiner Haut ein. »Ich liebe dich«, sagte sie.

Dann fiel ein Schuß.

Obgleich nie eine feste Reservierung vorgenommen worden war, wurde der Ecktisch im rückwärtigen Teil des chinesischen Restaurants Happy Family freitagabends immer für die Hartes und die Golds freigehalten, die schon seit ewigen Zeiten an diesem Wochentag gemeinsam dort speisten. Vor vielen Jahren hatten sie noch die Kinder mitgebracht und den Raum um sich herum mit Kinderstühlchen und Windeltaschen derart zugebaut, daß es den Bedienungen kaum noch möglich gewesen war, mit den dampfenden Platten bis zum Tisch vorzudringen. Inzwischen kamen nur noch sie vier, stürmten gegen sechs einer nach dem anderen herein und ließen sich auf ihre angestammten Plätze sinken, so als würden sie gemeinsam eine Art magnetische Anziehung erzeugen.

James Harte war als erster eingetroffen. Er hatte an diesem Nachmittag operiert und war überraschend früh fertig geworden. Er griff nach den Eßstäbchen, die vor ihm auf dem Tisch lagen, schälte sie aus der Papierverpackung und hielt sie dann in der einen Hand wie chirurgische Instrumente.

»Hi«, sagte Melanie Gold, die ihm plötzlich gegenüber saß. »Ich bin wohl zu früh dran.«

»Nein«, entgegnete James. »Die anderen sind zu spät.«

»Tatsächlich?« Sie zog den Mantel aus und legte ihn achtlos zerknüllt neben sich. »Und ich hatte gehofft, ich wäre früh dran. Ich glaube, ich bin noch nie zu früh gewesen.«

James machte ein nachdenkliches Gesicht. »Ich glaube, das warst du tatsächlich nie.«

Die beiden verband nur eine einzige Gemeinsamkeit, Augusta Harte, aber Gus war noch nicht eingetroffen. Und so saßen sie gesellig, aber auch ein wenig verlegen beisammen, eine Verlegenheit, die daher rührte, daß sie sehr persönliche Dinge voneinander wußten, die sie sich nie selbst anvertraut hatten. Vielmehr hatte Gus Harte sie bei ihrem Mann im Bett ausgeplaudert oder Melanie bei einer Tasse Kaffee anvertraut. James räusperte sich und ließ die Eßstäbchen geschickt durch die Finger gleiten. »Was meinst du?« fragte er Melanie lächelnd. »Sollte ich meinen Beruf an den Nagel hängen und Drummer werden?«

Melanie errötete, wie immer, wenn sie verunsichert war. Nachdem sie Jahre an einem Infotisch gesessen hatte, der sie in Taillenhöhe umgab wie ein Reifrock, gingen ihr konkrete Antworten leicht über die Lippen, während sie sich beim lässigen verbalen Schlagabtausch schnell überfordert fühlte. Hätte James gefragt »Wie viele Einwohner zählt Addis Abeba derzeit?« oder »Kannst du mir sagen, welche chemischen Substanzen in einem Fotofixativ enthalten sind?«, wäre sie niemals rot geworden, weil die Antwort, gleich wie sie ausfiel, ihn nicht hätte beleidigen können. Aber diese Drummer-Frage? Was wollte er hören?

»Du würdest es hassen«, entgegnete Melanie, bemüht, flapsig zu klingen. »Du müßtest dir das Haar wachsen und dir die Brustwarzen piercen lassen oder so was.«

»Darf ich erfahren, wie ihr auf Themen wie Brustwarzenpiercing kommt?« fragte Michael Gold, der sich in eben diesem Moment ihrem Tisch näherte. Er beugte sich herab und legte seiner Frau flüchtig eine Hand auf die Schulter, eine Geste, die nach so vielen Ehejahren als Umarmung durchgehen mochte.

»Mach dir keine falschen Hoffnungen«, erwiderte Melanie. »James erwägt ein solches Piercing, nicht ich.«

Michael lachte. »Ich würde sagen, das wäre ein Grund, dir deine Zulassung zu entziehen.«

»Wieso?« wollte James wissen und runzelte die Stirn. »Erinnerst du dich an diesen Nobelpreisträger, den wir auf der Kreuzfahrt nach Alaska im vergangenen Sommer kennengelernt haben? Er hatte eine gepiercte Augenbraue.«

»Genau das ist der Punkt«, entgegnete Michael lapidar. »Man braucht keine Approbation, um ein Gedicht nur aus Schimpfwörtern zu verfassen.« Er setzte sich, schüttelte die Serviette aus und breitete sie über seinen Schoß. »Wo ist Gus?«

James warf einen Blick auf seine Armbanduhr. Sein ganzes Leben wurde von der Uhr diktiert, während Gus nicht einmal eine trug. Das machte ihn rasend. »Ich glaube, sie bringt Kate zu einer Freundin, bei der sie heute übernachtet.«

»Habt ihr schon bestellt?« fragte Michael.

»Gus bestellt sonst immer«, erwiderte James entschuldigend. Normalerweise war Gus als erste da, und wie in allen anderen Dingen sorgte sie auch bei ihren allwöchentlichen Mahlzeiten dafür, daß alles glatt lief.

Als hätte ihr Ehemann sie heraufbeschworen, hastete in diesem Augenblick Augusta Harte durch die Tür des chinesischen Lokals. »Himmel, ich habe mich verspätet«, sagte sie atemlos und knöpfte dabei mit einer Hand ihren Mantel auf. »Ihr könnt euch ja nicht vorstellen, was für einen Tag ich hinter mir habe.« Die anderen drei lehnten sich in Erwartung einer ihrer berüchtigten Geschichten vor, aber anstatt zu erzählen, winkte Gus die Bedienung herbei. »Das Übliche«, sagte sie lächelnd.

Das Übliche? Melanie, Michael und James tauschten einen Blick. War das alles?

Gus war professionelle Dienstleisterin, jemand, der sein Geld damit verdiente, daß er Zeit opferte, die andere nicht aufbringen konnten oder wollten. Vielbeschäftigte Neuengländer nahmen die Dienste ihrer Firma »Other People's Time« beispielsweise in Anspruch, wenn sie nicht beim Straßenverkehrsamt anstehen wollten, um einen neuen Wagen anzumelden, oder keine Lust hatten, den ganzen Tag daheim zu bleiben, um auf den Fernsehtechniker zu warten. Sie strich sich glättend mit den Händen über das lockige rote Haar. »Zuerst«, sagte sie, ein Haargummi zwischen den Zähnen, »habe ich den ganzen Vormittag beim Straßenverkehrsamt verbracht, was schon unter normalen Umständen eine Qual ist.« Tapfer mühte sie sich ab, ihr widerspenstiges Haar in einem Pferdeschwanz zu bändigen, was in etwa so aussichtslos war, wie elektrischen Strom an die Leine legen zu wollen. Sie blickte auf. »Ich bin also die nächste und stehe vor dem Schalter, ihr wißt schon, so einer mit einer kleinen Fensterscheibe, und da hat der Sachbearbeiter wahrhaftig einen Herzanfall. Ich schwöre, daß das stimmt. Er ist vor meinen Augen auf dem Fußboden seines Büros zusammengebrochen.«

»Das ist ja furchtbar«, hauchte Melanie.

»Mmmm. Vor allem, weil sie daraufhin den Schalter geschlossen haben und ich mich noch einmal neu anstellen mußte.«

»Dann kannst du ja mehr Stunden in Rechnung stellen.«

»In diesem Fall nicht«, widersprach Gus. »Ich hatte um zwei schon einen Termin in Exeter vereinbart.«

»In der Schule?«

»Ja. Bei einem gewissen Mr. J. Foxhill. Wie sich herausstellte, handelte es sich um einen Drittkläßler mit reichlich Taschengeld, der jemanden brauchte, der stellvertretend für ihn das Nachsitzen übernahm.«

James lachte. »Das nenne ich einfallsreich.«

»Unnötig, darauf hinzuweisen, daß der Direktor hiermit ganz und gar nicht einverstanden war. Statt dessen hat er meine Zeit mit einer Lektion über Verantwortungsbewußtsein bei Erwachsenen vergeudet, obwohl ich ihm erklärt hatte, daß ich vorab keine Ahnung hatte, worum es bei diesem Auftrag ging. Und als ich dann auf dem Weg war, um Kate vom Fußballtraining abzuholen, hatte ich eine Panne. Als ich endlich den Reifen gewechselt hatte und beim Spielfeld ankam, war sie längst mit Susan nach Hause gefahren.«

»Gus«, erkundigte sich Melanie. »Was ist mit dem Angestellten von der Zulassungsstelle?«

»Du hast ganz allein einen Reifen gewechselt?« fragte James, Melanies Frage ignorierend. »Ich bin beeindruckt.«

»Das bin ich auch. Aber nur für den Fall, daß ich den Reifen verkehrt herum montiert habe, würde ich heute abend gerne mit deinem Wagen in die Stadt fahren.«

»Wieder Arbeit?«

Gus nickte und lächelte, als die Bedienung das Essen brachte. »Ich muß zur Kartenvorverkaufsstelle, um Karten für *Metallica* zu besorgen.«

»Was ist mit dem Sachbearbeiter?« fragte Melanie, diesmal mit etwas mehr Nachdruck.

Die anderen drei starrten sie an. »Meine Güte, Mel«, meinte Gus schließlich. »Du brauchst mich nicht gleich anzuschreien.« Melanie errötete, woraufhin Gus sofort einlenkte. »Ich muß gestehen, ich habe keine Ahnung, was aus ihm geworden ist«, gab sie zu. »Er wurde mit dem Krankenwagen weggebracht.« Sie häufte sich eine Portion Lo Mein auf den Teller. »Übrigens, ich habe heute im State Building Ems Gemälde gesehen.«

»Was hast du denn im State Building gemacht?« fragte James.

Sie zuckte die Achseln. »Ich habe mir Ems Gemälde angesehen. Sie sehen so ... na ja, so professionell aus mit dem goldenen Rahmen und der großen blauen Schleife darunter. Und ihr habt mich alle ausgelacht, als ich die Bleistiftzeichnungen aufbewahrt habe, die sie bei uns zu Hause zusammen mit Chris gemalt hat.«

Michael lächelte. »Wir haben gelacht, weil du gesagt hast, eines Tages würden sie dir ein Altersruhegeld einbringen.«

»Ihr werdet schon sehen«, meinte Gus. »Eine Gewinnerin eines staatlichen Wettbewerbs mit siebzehn, eine Galerieeröffnung mit einundzwanzig ... Es werden Bilder von ihr im Museum of Modern Art hängen, noch bevor sie dreißig ist.« Sie griff nach James' Arm und drehte sein Handgelenk so, daß sie die Uhr lesen konnte. »Ich habe nur noch fünf Minuten.«

James ließ seine Hand in den Schoß zurücksinken. »Die Kartenvorverkaufsstellen öffnen abends um sieben?«

»Um sieben Uhr *früh*«, entgegnete Gus. »Der Schlafsack liegt im Wagen.« Sie gähnte. »Ich glaube, ich brauche einen Berufswechsel. Etwas weniger Stressiges ... Fluglotse oder vielleicht Premierminister von Israel.« Sie griff nach einer Platte Mu-Shi-Hühnchen, begann die Pfannkuchen zu rollen und verteilte sie. »Was machen Mrs. Greenblatts Katarakten?« erkundigte sie sich geistesabwesend.

»Weg«, antwortete James. »Mit etwas Glück hat sie bald auf beiden Augen 20 Prozent Sehkraft.«

Melanie seufzte tief. »Ich möchte auch eine Kataraktoperation. Es wäre himmlisch, morgens aufzuwachen und etwas sehen zu können.«

»Du willst dich doch nicht ernsthaft operieren lassen«, bemerkte Michael.

»Warum nicht? Ich bräuchte keine Kontaktlinsen mehr. Und ich kenne einen guten Chirurgen.«

»James dürfte dich gar nicht operieren«, meinte Gus lächelnd. »Würde das nicht gegen irgendein Ethikgesetz verstoßen?«

»Das gilt nicht für virtuelle Verwandte«, widersprach Melanie.

»Das gefällt mir«, sagte Gus. »Virtuelle Verwandte. Es müßte diesbezüglich einen offiziellen Status geben ... ihr wißt schon, so etwas wie eine standesamtliche Trauung. Wenn man lange genug miteinander verkehrt, gilt man vor dem Gesetz als verwandt.« Sie schluckte den letzten Bissen ihres Pfannkuchens hinunter und stand auf. »Nun«, sagte sie, »welch üppiges und entspannendes Mahl.«

»Du kannst noch nicht gehen«, sagte Melanie und bestellte bei einem Ober Glückskekse. Als der Mann zurückkam, stopfte sie eine Handvoll in Gus' Manteltaschen. »Hier. Bei der Kartenvorverkaufsstelle wirst du nichts Eßbares kriegen.«

Michael nahm sich einen Keks und brach ihn entzwei. »›Das Geschenk der Liebe sollte angemessen gewürdigt werden‹«, las er laut vor.

»›Man ist so alt, wie man sich fühlt‹«, las James, nachdem er die Weisheit auf seinem Zettel überflogen hatte. »Das sagt mir im Augenblick nicht viel.«

Alle blickten auf Melanie, die den Papierstreifen jedoch nach dem Lesen wortlos einsteckte. Sie glaubte daran, daß, wenn man den Spruch laut vorlas, er sich nicht erfüllen konnte.

Gus nahm einen der übriggebliebenen Kekse von der Platte und brach ihn auf. »Stellt euch vor«, sagte sie lachend. »Ein Blindgänger.«

»Fehlt der Zettel?« fragte Michael. »Das müßte eine kostenlose Mahlzeit wert sein.«

»Sieh auf dem Fußboden nach, Gus. Er muß dir heruntergefallen sein. Wer hätte je von einem Glückskeks ohne Glückszettel gehört?« meinte Melanie.

Aber es lag kein Zettel auf dem Fußboden, es verbarg sich keiner unter einem Teller, und es hatte sich auch keiner in den Falten von Gus' Mantel verfangen. Sie schüttelte betrübt den Kopf und hob ihre Teetasse. »Auf meine Zukunft«, sagte sie. Sie leerte ihren Tee und hastete dann davon.

Bainbridge in New Hampshire war ein verschlafenes Nest, in dem vornehmlich Professoren vom Dartmouth College und Ärzte vom örtlichen Krankenhaus wohnten. Es lag nah genug bei der Universität, um als verkehrsgünstig zu gelten, und doch weit genug weg, um sich für das Attribut »ländlich« zu qualifizieren. Zwischen alteingesessenen Milchbetrieben führten schmale Straßen hindurch zu zwei Hektar großen Grundstücksparzellen, die Ende der siebziger Jahre das Überleben des Örtchens gesichert hatten. Die Wood Hollow Road, in der die Golds und die Hartes lebten, war eine dieser Straßen.

Zusammen bildeten ihre beiden Grundstücke ein Quadrat; zwei Dreiecke, die entlang einer gemeinsamen Hypotenuse aneinandergrenzten. Das Grundstück der Hartes war in Höhe der Auffahrt sehr schmal und verbreiterte sich von da aus stetig, während es sich beim Grundstück der Golds genau umgekehrt verhielt, so daß die Häuser nur etwa 60 Meter auseinanderlagen. Zwischen ihnen befand sich ein kleines Wäldchen, das die Sicht auf das Nachbarhaus jedoch nicht völlig verdeckte.

Michael und Melanie folgten in ihren getrennten Fahrzeugen James' grauem Volvo, als dieser in die Wood Hollow Road einbog. Eine halbe Meile bergauf, in Höhe des Granitpfostens, auf dem die Hausnummer 34 prangte, bog James links ab. Michael fuhr in die nächste Einfahrt. Er stellte den Motor des Geländewagens ab und trat hinaus in das kleine Lichtquadrat, das aus dem Wageninneren nach draußen fiel. Er wurde stürmisch von Grady und Beau begrüßt. Die beiden Irish Setter sprangen wedelnd um ihn herum, während er darauf wartete, daß Melanie ihrerseits ausstieg.

»Sieht aus, als wäre Em noch nicht zu Hause«, meinte Michael.

Melanie stieg aus ihrem Wagen und schlug in einer einzigen flüssigen Bewegung die Tür hinter sich zu. »Acht Uhr«, sagte sie. »Wahrscheinlich ist sie gerade erst weg.«

Michael folgte Melanie durch die Seitentür in die Küche. Sie legte einen kleinen Stapel Bücher auf den Tisch.

»Wer hat heute Bereitschaft?« fragte sie.

Michael streckte sich. »Keine Ahnung. Ich jedenfalls nicht. Ich glaube Richards von der Weston-Tierklinik.« Er ging zur Tür und rief die Hunde, die zwar zu ihm herübersahen, jedoch keine Anstalten machten, ihre wilde Jagd hinter aufgewirbeltem Laub her abzubrechen.

»Welche Ironie«, bemerkte Melanie spöttisch. »Ein Tierarzt, der seine eigenen Hunde nicht im Griff hat.«

Michael trat beiseite, als Melanie zur Tür kam und pfiff. Die Hunde stürmten an ihm vorbei und brachten den frischen Duft der anbrechenden Nacht mit herein. »Es sind Emilys Hunde«, verteidigte er sich. »Das ist etwas anderes.«

Als um drei Uhr nachts das Telefon läutete, war James Harte sofort hellwach. Er überlegte, was bei Mrs. Greenblatt schiefgelaufen sein mochte, da sie der einzige potentielle ihn betreffende Notfall war. Er langte über die verlassene Betthälfte hinweg, die normalerweise seine Frau hätte ausfüllen müssen, nach dem Telefon. »Ja?«

»Spreche ich mit Mr. Harte?«

»Dr. Harte«, verbesserte er den Anrufer.

»Dr. Harte, hier spricht Officer Stanley von der Polizeiwache in Bainbridge. Ihr Sohn wurde verletzt ins Bainbridge Memorial Hospital eingeliefert.«

James fühlte, wie sich Sätze in seiner Kehle bildeten und ineinanderschoben. »Ist er ... hatte er einen Autounfall?«

Hierauf entstand eine kurze Pause. »Nein, Sir«, entgegnete der Polizeibeamte schließlich.

James' Herz zog sich angstvoll zusammen. »Danke«, sagte er und legte auf, um sich gleich darauf zu fragen, warum er sich bei jemandem bedankte, der ihm eben eine so schreckliche Nachricht mitgeteilt hatte. Kaum hatte er aufgelegt, schossen ihm tausend Fragen durch den Kopf. Was hatte Christopher für Verletzungen erlitten? War er leicht oder schwer verletzt? War Emily noch bei ihm? Was war passiert? James stieg eilig in die Kleider, die er bereits in den Wäschekorb geworfen hatte, und war bereits nach wenigen Minuten unten. Er wußte, daß die Fahrt zum Krankenhaus exakt 17 Minuten beanspruchen würde. Er raste bereits die Wood Hollow Road hinunter, als er nach dem Autotelefon griff und Gus' Nummer wählte.

»Was haben sie gesagt?« fragte Melanie zum zehnten Mal. »Was haben sie genau gesagt?«

Michael knöpfte eine Jeans zu und schlüpfte barfuß in Sportschuhe. Zu spät registrierte er, daß er noch keine Socken anhatte. Scheiß auf die Socken.

»Michael.«

Er blickte auf. »Daß Em verletzt ist und ins Krankenhaus eingeliefert wurde.« Seine Hände zitterten, und doch war er zu seinem eigenen Erstaunen in der Lage, die erforderlichen Handgriffe zu tun: Mel zur Tür schieben, die Wagenschlüssel an sich nehmen und dabei überlegen, welches die günstigste Strecke zum Bainbridge Memorial war.

Er hatte sich schon des öfteren rein hypothetisch gefragt, wie es wohl wäre, wenn mitten in der Nacht ein Anruf käme, ein Anruf, der so erschütternd war, daß er einem die Sprache verschlug und man nicht glauben konnte, was man hörte. Tief im Inneren hatte er damit gerechnet, ein einziges Nervenbündel zu sein. Aber hier war er, setzte vorsichtig rückwärts aus seiner Auffahrt auf die Straße und hielt sich alles in allem sehr ordentlich; das einzige, was seine Panik verriet, war ein ganz leichtes Zucken an der Wange.

»James operiert dort«, sagte Melanie in einer leisen, undeutlichen Litanei. »Er wird wissen, mit wem wir uns in Verbindung setzen sollen, was wir tun sollen.«

»Liebes«, sagte Michael und tastete in der Dunkelheit

nach ihrer Hand. »Noch wissen wir ja gar nicht, was mit ihr ist.« Aber als er am Haus der Hartes vorbeifuhr, registrierte er die friedliche Stille dort, die dunklen Fenster, und unwillkürlich verspürte er einen Stich, neidete er den Freunden die Normalität in dieser Nacht. Warum wir? dachte er, ohne die Autoscheinwerfer wahrzunehmen, die am Ende der Wood Hollow Road bereits in Richtung Stadt abbogen.

Gus lag auf dem Bürgersteig zwischen einem Teenagertrio mit grüngefärbter Igelfrisur und einem Paar, das dem Beischlaf so nah kam wie in der Öffentlichkeit eben möglich. Wenn Chris sich je eine solche Frisur zulegte, dachte sie, würden wir ... Würden sie was? Haare waren bei ihnen nie ein Thema gewesen, weil Chris, solange sie denken konnte, das Haar nur wenig länger trug als bei einem klassischen Bürstenhaarschnitt. Und was Romeo und Julia zu ihrer Rechten anbelangte ... nun, auch in dieser Hinsicht gab es keinen Grund zur Beunruhigung. Sobald diese Dinge begonnen hatten, eine Rolle zu spielen, hatten Emily und Chris begonnen, miteinander auszugehen, eine Beziehung, auf die beide Elternpaare eifrig hingearbeitet hatten.

In viereinhalb Stunden würden den Söhnen ihrer Kunden Spitzenplätze bei einem Metallica-Konzert sicher sein. Dann konnte sie endlich nach Hause und schlafen. Bis sie dort war, würde James von der Jagd zurück sein (sie nahm an, daß irgendeine Wildart gerade Saison hatte), Kate würde sich gerade für ein Fußballspiel anziehen, und Chris würde sich vielleicht gerade aus dem Bett wälzen. Dann würde Gus das tun, was sie an fast jedem Samstag tat, an dem sie weder Pläne hatte noch eine Invasion von Verwandten bevorstand: Sie würde Melanie besuchen oder sie zu sich einladen, und sie würden über die Arbeit, Teenager und Ehemänner reden. Sie hatte viele gute Freundinnen, aber Melanie war die einzige, derentwegen sie nicht erst aufzuräumen und zu putzen brauchte und in deren Gegenwart sie einfach alles sagen konnte, ohne Konsequenzen fürchten zu müssen oder das Gefühl zu haben, dazustehen wie ein Idiot.

»Lady«, sagte einer der grünhaarigen Jugendlichen. »Haben Sie was zu rauchen?«

Der Satz wurde gesprochen wie ein einziges Wort, *Hamsewaszurauchen*, so daß Gus im ersten Moment sprachlos war ob der tieferen Bedeutung dieser Frage. Nein, wollte sie sagen, ich hab' nich', und du solltest auch nicht. Dann sah sie, daß der junge Kerl mit einer Zigarette – oder zumindest hoffte sie, daß es sich nur um eine gewöhnliche Zigarette handelte – vor ihrem Gesicht herumfuchtelte. »Bedaure«, entgegnete sie kopfschüttelnd. Unglaublich, daß es Teenager wie diesen gab, wo sie doch einen Sohn wie Chris hatte, der einer völlig anderen Gattung anzugehören schien. Vielleicht sahen diese Kinder mit ihren Stegosaurus-Frisuren und den Lederjacken ja nur in ihrer Freizeit so aus und waren in Gegenwart ihrer Eltern gepflegte, guterzogene Heranwachsende. Lächerlich, sagte sie sich gleich darauf. Allein der Gedanke, daß Chris ein Alter ego haben könnte, war absurd. Man konnte unmöglich ein Kind auf die Welt bringen und dann nicht merken, wenn mit ihm etwas so Drastisches passierte.

Sie fühlte ein Vibrieren an der Hüfte und rückte ein wenig zur Seite, da sie glaubte, das verliebte Pärchen wäre ihr im Eifer des Gefechts zu nahe gekommen. Aber die Vibration hörte nicht auf, und als sie nach der Stelle griff, um zu ergründen, was es damit auf sich hatte, fiel ihr der Pieper ein, den sie bei sich trug, seit sie ihre Firma Other People's Time gegründet hatte. Es war James, der sie da so beharrlich anpiepte; was, wenn er ins Krankenhaus gerufen worden war und die Kinder etwas brauchten?

Bislang hatte, so wie es bei vielen Vorsichtsmaßnahmen der Fall war, allein die Existenz des Piepers genügt, Notfälle zu vermeiden. In fünf Jahren hatte der Pieper nur zweimal einen Ton von sich gegeben: einmal hatte Kate wissen wollen, wo sie den Teppichreinigungsapparat und die entsprechenden Reinigungsmittel aufbewahrte, und das zweite Mal waren die Batterien fast leer gewesen. Sie kramte das Gerät ganz unten aus ihrer Handtasche und drückte den Knopf, über den die Nummer des Anrufers angezeigt wurde. Ihr Autotelefon. Aber wer sollte sie um diese Zeit von ihrem eigenen Wagen aus anrufen?

James war vom Restaurant aus gleich nach Hause gefahren. Gus kroch aus ihrem Schlafsack, ging über die Straße und steuerte die nächste, mit wurstartigen Initialen verschandelte Telefonzelle an. Sobald James abnahm, hörte sie das Fahrgeräusch der Reifen auf dem Asphalt.

»Gus«, sagte James mit erstickter Stimme. »Du mußt sofort kommen.«

Nur Sekunden später rannte sie los, ohne sich um ihren Schlafsack zu kümmern.

Sie wollten das Licht einfach nicht von seinen Augen abwenden. Die Strahler hingen direkt über ihm, grelle silberne Scheiben, die ihn blendeten. Er fühlte, wie ihn mindestens drei Personen anfaßten – sie tasteten ihn ab, brüllten Befehle, schnitten ihm die Kleider vom Leib. Er konnte weder Arme noch Beine bewegen, und als er es doch versuchte, fühlte er, daß er festgeschnallt war und ein Kragen seinen Kopf stützte.

»Blutdruck fällt«, sagte eine Frau. »Nur noch bei siebzig.«

»Pupillen erweitert, aber reagieren nicht. Christopher? Christopher? Kannst du mich hören?«

»Er ist tachykard. Gebt mir zwei Infusionsflaschen mit großer Kanüle, 14er oder 16er. Gebt ihm Kochsalzlösung, beim ersten Liter schnellaufend. Und ich möchte Blutentnahmen ... Ich will ein vollständiges Blutbild mit Differenzialblutbild, Thrombozyten, Gerinnungsfaktoren, Chemotest, Urinanalyse, Drogen-Screening, und schickt das Ergebnis des Screenings und der Blutgruppenbestimmung an die Blutbank.«

Dann fühlte er einen stechenden Schmerz in der Armbeuge und gleich darauf das reißende Geräusch abgerissenen Klebebands. »Was haben wir?« fragte eine neue Stimme, und es war dieselbe Frau, die antwortete. »Eine einzige Katastrophe«, sagte sie. Chris fühlte einen starken Schmerz in Stirnnähe, bäumte sich unter den Riemen, mit denen er festgeschnallt war, auf und fiel dann zurück in die weichen, warmen Händen einer Krankenschwester. »Schon gut, Chris«, sagte sie beruhigend. Woher wußten sie seinen Namen?

»Die Schädeldecke ist stellenweise sichtbar. Rufen Sie in der Radiologie an. Wir brauchen dringend den Kernspin.«

Hierauf folgte ein wirres Durcheinander von Geräuschen und Rufen. Chris richtete den Blick auf den Spalt in dem Vorhang zu seiner Rechten und sah seinen Vater. Das hier war das Krankenhaus; sein Vater arbeitete im Krankenhaus. Aber er hatte seinen weißen Kittel nicht an. Er trug Straßenkleidung, ein Hemd, das nicht einmal richtig geknöpft war. Er stand bei Emilys Eltern und versuchte, an einer Gruppe Krankenschwestern vorbeizukommen, die ihm entschlossen den Weg versperrten.

Chris riß so heftig den Arm hoch, daß die Infusionsnadel aus der Vene rutschte. Er blickte unverwandt auf Michael Gold und schrie, aber es kam kein Laut aus seiner Kehle, kein Ton. Statt dessen jagte eine Welle der Furcht nach der anderen durch seinen Körper.

»Ich scheiße auf die Vorschriften«, schimpfte James Harte. Gleich darauf war das Klirren herabfallender Instrumente zu hören, gefolgt von hastigen Schritten, und die Krankenschwestern waren einen Augenblick lang abgelenkt, so daß er hinter den fleckigen Vorhang treten konnte. Sein Sohn war auf eine Trage geschnallt, und sein Hals war mit einer Cervikalstütze fixiert. Er war sichtlich erregt und kämpfte gegen die Fesseln an. Alles war voller Blut, Gesicht, Hemd, Hals. »Ich bin Dr. Harte«, teilte er dem Notarzt mit, der auf sie zustürzte. »Ich gehöre zum hauseigenen Ärztestab«, fügte er hinzu. Er streckte den Arm aus und ergriff mit festem Druck Chris' Hand. »Was ist passiert?«

»Sanitäter haben ihn zusammen mit einem Mädchen hergebracht«, entgegnete der Arzt ruhig. »Soweit wir auf den ersten Blick feststellen konnten, hat er eine Kopfverletzung, bei der die Kopfhaut von der Schädeldecke abgelöst wurde. Wir wollten ihn gerade in die Radiologie bringen, um festzustellen, ob er Schädel- oder Wirbelfrakturen davongetragen hat. Wenn nicht, machen wir ein Kernspin.«

James fühlte, wie Chris seine Hand so fest drückte, daß sein Ehering sich schmerzhaft in seine Haut grub. Wenn er noch solche Kraft hat, muß er in Ordnung sein, oder? ging es ihm durch den Kopf. »Emily«, flüsterte Chris heiser. »Wo haben sie Em hingebracht?«

»James?« fragte eine zögerliche Stimme. Er wandte sich um und sah Melanie und Michael am Rand des Vorhangs stehen, sichtlich geschockt von dem vielen Blut. James fragte sich flüchtig, wie sie es geschafft hatten, an den Drachen vorbeizukommen, die sogar ihm den Zutritt verwehrt hatten. »Ist Chris okay?«

»Es geht ihm gut«, entgegnete James, mehr zu sich selbst als zu sonst jemandem im Zimmer. »Er kommt wieder auf die Beine.«

Eine Assistenzärztin, die eben telefoniert hatte, legte auf. »Die Radiologie erwartet uns«, sagte sie. Der Notfallarzt nickte James zu. »Sie können ihn begleiten«, sagte er. »Sorgen Sie dafür, daß er ruhig bleibt.«

James ging neben der fahrbaren Trage her, ohne die Hand seines Sohnes loszulassen. Er fiel in Trab, als das Notfallteam in Höhe der Golds den Schritt beschleunigte. »Wie geht es Emily?« fiel ihm noch ein zu fragen, war aber verschwunden, ehe sie antworten konnten.

Der Arzt, der Chris erstversorgt hatte, wandte sich dem Ehepaar zu. »Sind Sie Mr. und Mrs. Gold?« fragte er.

Sie machten völlig synchron einen Schritt auf ihn zu.

»Würden Sie mich begleiten?«

Der Arzt führte sie zu einem kleinen Alkoven hinter den Kaffeemaschinen, der mit abgenutzten blauen Sofas und häßlichen niedrigen Resopaltischen bestückt war, und Melanie entspannte sich sofort. Sie war von Berufs wegen Expertin darin, verbale und nichtverbale Hinweise zu deuten. Wenn sie nicht sofort in ein Untersuchungszimmer geführt wurden, konnte keine akute Gefahr bestehen. Vielleicht war Emily bereits in einem Zimmer untergebracht oder wurde gerade geröntgt, so wie Chris. Vielleicht holte man sie auch gerade, um sie zu ihren Eltern zu bringen.

»Bitte«, sagte der Arzt. »Setzen Sie sich.«

Melanie wollte eigentlich stehenbleiben, aber ihre Knie

verweigerten ihr plötzlich den Dienst. Michael blieb stocksteif stehen, wie erstarrt.

»Es tut mir wirklich sehr leid«, begann der Arzt, die einzigen Worte, in die Melanie keinen anderen Sinn hineininterpretieren konnte als ihre tatsächliche Bedeutung. Sie sackte noch mehr in sich zusammen, so weit, bis ihr Kopf unter den zitternden Armen vergraben war und sie nicht mehr hören konnte, was der Arzt sagte.

»Ihre Tochter wurde bei ihrer Einlieferung für tot erklärt. Sie hatte eine Schußwunde am Kopf. Sie war sofort tot; sie hat nicht gelitten.« Nach einer kurzen Pause fügte er hinzu: »Ich muß einen von ihnen beiden bitten, die Tote zu identifizieren.«

Michael bemühte sich, das Blinzeln nicht zu vergessen. Bis dahin war das immer ein Reflex gewesen, aber plötzlich war alles – Atmen, Stehen, Sein – eine Frage der Selbstkontrolle. »Ich verstehe nicht«, sagte er mit einer Stimme, die viel zu hoch war, um seine eigene zu sein. »Sie war mit Chris Harte zusammen.«

»Richtig«, erwiderte der Arzt. »Sie wurden zusammen eingeliefert.«

»Ich verstehe nicht«, sagte Michael noch einmal, wobei er tatsächlich meinte, *Wie kann sie tot sein, wenn er noch lebt*?

»Wer hat das getan?« fragte Melanie gepreßt, die Zähne um die Frage zusammengebissen, als handle es sich um einen Knochen, den sie um jeden Preis festhalten mußte. »Wer hat auf sie geschossen?«

Der Arzt schüttelte den Kopf. »Ich weiß es nicht, Mrs. Gold. Ich bin sicher, daß die Polizisten, die vor Ort waren, bald hier sein werden, um mit Ihnen zu sprechen.«

Polizisten?

»Können wir?«

Michael starrte den Arzt verständnislos an und fragte

sich, wie um alles in der Welt dieser Mann darauf kam, daß er irgendwo hingehen wollte. Dann fiel es ihm wieder ein. Emily. Die Identifizierung.

Er folgte dem Arzt zurück in die Notaufnahme. War das nur Einbildung, oder sahen die Schwestern ihn jetzt mit anderen Augen an? Er kam an Kabinen mit stöhnenden, verletzten, aber lebenden Menschen vorbei, bis sie schließlich vor einem Vorhang stehenblieben, hinter dem es völlig still war. Kein Geräusch, kein Kommen und Gehen, keinerlei Aktivität. Der Arzt wartete, bis Michael nickte, bevor er den Vorhang zur Seite zog.

Emily lag auf dem Rücken auf einem Behandlungstisch. Michael trat einen Schritt vor und legte eine Hand auf ihr Haar. Ihre Stirn war glatt und noch warm. Der Arzt hatte sich geirrt, sonst nichts. Sie war nicht tot, sie konnte nicht tot sein, sie ... Er bewegte die Hand, und ihr Kopf rollte leblos zur Seite, so daß er das Loch über ihrem rechten Ohr sehen konnte. Es war so groß wie ein Silberdollar, mit gezackten Rändern und mit geronnenem Blut verkrustet. Es trat kein frisches Blut aus.

»Mr. Gold?« sagte der Doktor.

Michael nickte, machte dann auf dem Absatz kehrt und stürzte aus dem Behandlungszimmer. Er rannte an dem Mann auf der Trage vorbei, der eine Hand auf die linke Brustseite gedrückt hielt und viermal älter war, als Emily je werden würde. An der Assistenzärztin mit der Tasse Kaffee in der Hand vorbei. An Gus Harte, die ihm atemlos entgegenkam und eine Hand nach ihm ausstreckte. Er beschleunigte den Schritt. Dann bog er um die Ecke, sank auf die Knie und übergab sich.

Gus war den ganzen Weg bis zum Bainbridge Memorial gerannt und hatte sich dabei verzweifelt an die Hoffnung geklammert, eine Last, die mit jedem Schritt schwerer und sperriger geworden war. Aber James war nicht im Wartezimmer der Notaufnahme gewesen, und ihre inständigen Gebete, es möge sich um eine harmlose Verletzung handeln – einen gebrochenen Arm oder eine leichte Gehirnerschütterung –, hatten sich in nichts aufgelöst, als sie in der Aufnahme über Michael gestolpert war. »Sehen Sie noch mal nach«, bat sie die Krankenschwester am Empfang. »Christopher Harte. Er ist der Sohn von *Dr.* James Harte.«

Die Krankenschwester nickte. »Er war eben noch hier«, sagte sie. »Ich weiß nur nicht, wo sie ihn hingebracht haben.« Sie blickte mitfühlend auf. »Ich werde mich erkundigen, ob jemand etwas Genaueres weiß.«

»Tun Sie das«, sagte Gus so gebieterisch wie möglich, um dann in sich zusammenzufallen, kaum daß die Krankenschwester ihr den Rücken gekehrt hatte.

Sie ließ den Blick durch die Halle der Notaufnahme schweifen, von den leeren Rollstühlen, die verloren wie Mauerblümchen auf einer Tanzveranstaltung dastanden, zu dem Fernseher an der Decke. Am äußeren Rand der Halle sah Gus roten Stoff aufblitzen. Sie steuerte darauf zu und erkannte den scharlachroten Mantel wieder, den sie und Melanie um 80 Prozent reduziert bei Filene's entdeckt hatten.

»Mel?« sagte Gus leise. Melanie hob den Kopf, ihr Gesicht ebenso von Schmerz gezeichnet wie Michaels. »Ist Emily auch verletzt?«

Melanie starrte sie lange schweigend an. »Nein«, sagte sie dann langsam. »Emily ist nicht verletzt.«

»O, Gott sei Dank, ich ...«

»Em«, fiel Melanie ihr ins Wort, »ist tot.«

»Was dauert denn so lange?« fragte Gus zum dritten Mal und setzte ihre rastlose Wanderung vor dem winzigen Fenster des Privatzimmers, das Christopher zugewiesen worden war, fort. »Wenn er wirklich okay ist, wie kommt es dann, daß sie ihn noch nicht wieder zurückgebracht haben?«

James saß auf dem einzigen Stuhl, das Gesicht in den Händen vergraben. Er hatte die Kernspinaufnahmen selbst gesehen, und noch nie hatte er sich so sehr davor gefürchtet, eine intrakraniale Quetschung oder eine Epiduralblutung zu finden. Aber Chris' Gehirn war völlig intakt, seine Verletzungen nur oberflächlich. Man hatte ihn zurück in die Notaufnahme gebracht, wo ein Chirurg die Kopfwunde nähte. Über Nacht würde er zur Beobachtung in der Notaufnahme bleiben, und morgen sollten noch einige Tests vorgenommen werden.

»Hat er dir irgend etwas gesagt? Darüber, was passiert ist, meine ich?«

James schüttelte den Kopf. »Er war verängstigt, Gus. Und er hatte Schmerzen. Ich wollte ihn nicht drängen.« Er stand auf und lehnte sich an den Türrahmen. »Er hat gefragt, wo sie Emily hingebracht haben.«

Gus wandte sich ihm langsam zu. »Du hast es ihm nicht gesagt«, stellte sie fest.

»Nein.« James schluckte schwer. »Als ich bei ihm war, habe ich gar nicht daran gedacht. Daß sie zusammen waren, als es passiert ist, meine ich.«

Gus kam zu ihm und schlang ihm die Arme um die Taille. Sogar jetzt verkrampfte er; Zärtlichkeiten in der Öffentlichkeit widersprachen seiner Erziehung, und auch eine Ausnahmesituation wie diese rechtfertigte offenbar keinen Regelverstoß. »Ich möchte gar nicht daran denken«, murmelte sie, die Wange an seinen Rücken geschmiegt. »Ich habe Melanie gesehen, und mir geht einfach nicht aus dem Sinn, wie leicht es mich hätte treffen können.«

James schob sie von sich und ging hinüber zu dem

Heizkörper, der seine Hitze in den Raum ausstrahlte. »Was zum Teufel haben sie sich dabei gedacht, durch ein so mieses Viertel zu fahren?«

»Was für ein Viertel?« griff Gus dieses Detail sofort auf. »Woher kam denn der Rettungswagen?«

James wandte sich ihr zu. »Keine Ahnung«, antwortete er. »Das war nur eine Vermutung von mir.«

Gus fühlte sich plötzlich von Entschlossenheit beseelt. »Ich könnte runter zur Notaufnahme gehen, während wir warten«, sagte sie. »Solche Informationen sind doch sicher irgendwo vermerkt.« Entschieden ging sie zur Tür, die jedoch, als sie sie gerade erreicht hatte, von außen geöffnet wurde. Ein Pfleger rollte Chris herein, dessen Kopf dick bandagiert war.

Sie blieb wie angewurzelt stehen, unfähig, in dem Verletzten den starken Sohn zu sehen, der sie noch am selben Morgen gesundheitsstrotzend überragt hatte. Die Krankenschwester gab irgendwelche Erklärungen ab, denen Gus keinerlei Beachtung schenkte, und ging dann zusammen mit dem Pfleger hinaus.

Gus hörte ihren eigenen Atem, Hintergrundgeräusch für das leise Tropfen von Chris' Infusion. Seine Augen waren glasig von Sedativen, und sie blickten vage vor Angst. Gus setzte sich auf die Bettkante und schloß ihren Sohn vorsichtig in die Arme. »Schhhht«, sagte sie, als er anfing, in ihren Pullover zu weinen, zuerst nur ein paar Tränen, die sich jedoch rasch zu lautem, unkontrollierbarem Schluchzen steigerten. »Es wird alles gut.«

Minuten später beruhigte Chris sich wieder und schloß die Augen. Gus versuchte, ihn weiter an ihre Brust zu drücken, auch nachdem er eingeschlafen und sein Körper erschlafft war. Sie blickte zu James hinüber, der wie ein stoischer Wachtposten stocksteif auf dem Stuhl neben dem Bett saß. Ihm war nach weinen zumute, aber er würde keine Träne vergießen. James hatte nicht mehr geweint, seit er sieben war.

Gus weinte auch nicht gern in seiner Gegenwart. Nicht, daß er ihr je seinen Unmut über Tränen kundgetan hätte, aber allein der Umstand, daß er seine Erschütterung deutlich besser verbarg als sie, sorgte dafür, daß sie sich albern vorkam. Sie biß sich auf die Unterlippe und öffnete die Tür; sie wollte bei ihrem Zusammenbruch allein sein. Draußen auf dem Flur legte sie die Handflächen gegen die kühle Löschbetonwand und versuchte, nur an gestern zu denken. Erst gestern war sie einkaufen gewesen, hatte das Bad im Erdgeschoß geschrubbt und mit Chris geschimpft, weil er die Milch den ganzen Tag auf der Arbeitsplatte in der Küche hatte stehen lassen, so daß sie sauer geworden war. Gestern war das Leben noch in Ordnung gewesen.

»Entschuldigen Sie.«

Gus wandte den Kopf und sah eine großgewachsene dunkelhaarige Frau vor sich. »Ich bin Detective-Sergeant Marrone von der Polizeiwache in Bainbridge. Sind Sie zufällig Mrs. Harte?«

Sie nickte und schüttelte der Polizeibeamtin die Hand. »Haben Sie die beiden gefunden?«

»Nein. Aber ich wurde zum Tatort gerufen. Ich muß Ihnen ein paar Fragen stellen.«

»O«, sagte Gus überrascht. »Ich dachte, Sie könnten mir vielleicht meine beantworten.«

Detective Marrone lächelte; Gus war im ersten Moment verblüfft davon, wie attraktiv diese Mimik sie schlagartig machte. »Eine Hand wäscht die andere«, sagte sie.

»Ich glaube kaum, daß ich Ihnen eine große Hilfe sein werde«, meinte Gus zweifelnd. »Was möchten Sie denn wissen?«

Die Beamtin fischte Notizblock und Kugelschreiber

aus einer Tasche. »Wußten Sie, daß Ihr Sohn heute abend ausgehen wollte?«

»Ja.«

»Hat er auch erwähnt, wohin er wollte?«

»Nein«, entgegnete Gus. »Aber er ist siebzehn und war immer sehr verantwortungsbewußt.« Sie blickte auf die Tür zu seinem Krankenhauszimmer. »Bis heute«, fügte sie hinzu.

»Hmm. Haben Sie Emily Gold gekannt, Mrs. Harte?«

Gus fühlte, wie ihr Tränen in die Augen schossen. Verlegen wischte sie sie mit dem Handrücken fort. »Ja«, antwortete sie. »Em ... war wie eine Tochter für mich.«

»Und wie war ihr Verhältnis zu Ihrem Sohn?«

»Sie war seine Freundin.« Gus war jetzt noch verwirrter als zu Beginn der Befragung. War Emily in etwas Illegales oder Gefährliches verwickelt gewesen? War das der Grund, weshalb Chris durch ein gefährliches Viertel gefahren war?

Ihr wurde erst bewußt, daß sie laut gedacht hatte, als sie sah, wie Detective Marrone die Brauen zusammenzog. »Ein gefährliches Viertel?«

»Nun ja«, entgegnete Gus errötend. »Das nehmen wir an, weil doch eine Schußwaffe im Spiel war.«

Die Beamtin klappte ihr Notizbuch zu und steuerte auf die Tür zu. »Ich möchte jetzt gerne mit Chris sprechen.«

»Das geht nicht«, protestierte Gus und versperrte der Polizistin den Weg. »Er schläft. Er braucht Ruhe. Außerdem weiß er noch nichts von Emily. Wir hatten noch keine Gelegenheit, es ihm zu sagen. Es geht ihm selbst noch zu schlecht. Er hat sie geliebt.«

Detective Marrone starrte sie eindringlich an. »Mag sein«, sagte sie schließlich. »Aber möglicherweise hat er sie auch erschossen.«

Vergangenheit

Herbst 1979

So wie Melanie den kleinen Laib Bananenbrot in der Hand hielt, war ihr Ehemann nicht sicher, ob sie vorhatte, ihn zu essen oder zu werfen. Sie schloß die von dem frischen Anstrich noch glänzende Haustür auf und trug das Brot zu den zwei Kisten, die ihnen als Tischprovisorium dienten. Beinahe ehrfürchtig berührte sie das Band aus französischer Spitze und löste das Kärtchen, das mit einem selbstgemalten Pferd verziert war. »Willkommen in der Nachbarschaft«, las sie laut.

»Dein Ruf als Tierarzt eilt dir offenbar voraus«, sagte sie und reichte Michael die Karte.

Michael überflog die kurze Nachricht, lächelte und riß dann die Zellophanverpackung auf. »Schmeckt gut«, sagte er. »Willst du mal probieren?«

Melanie erbleichte. Allein bei dem Gedanken an Bananenbrot wurde ihr ganz flau – das ging ihr in letzter Zeit vormittags mit allem Eßbaren so. Und das war seltsam, da sie laut jedem Buch, das sie zum Thema Schwangerschaft gelesen hatte – und das waren viele –, die Morgenübelkeit im vierten Schwangerschaftsmonat überwunden haben müßte. »Ich werde anrufen und mich bedanken«, sagte sie, das Kärtchen wieder an sich nehmend. »Oha.« Sie blickte zu Michael auf. »Gus und James. Und sie haben Selbstgebackenes geschickt. Glaubst du, sie ... du weißt schon.«

»Ob sie schwul sind?«

»Ich hätte es anders formuliert. Anhänger einer alternativen Lebensweise oder so was.«

»Hast du aber nicht«, entgegnete Michael grinsend. Er schnappte sich eine Kiste und ging nach oben.

»Welcher ... Gesinnung sie auch sein mögen«, verkündete Melanie diplomatisch, »ich bin sicher, sie sind ganz reizend.« Aber als sie die Nummer wählte, fragte sie sich nicht zum erstenmal, wo sie hier nur gelandet waren.

Sie hatte nicht nach Bainbridge ziehen wollen; sie war rundum glücklich gewesen in Boston, obwohl auch das schon ein gutes Stück von ihrem Heimatstaat Ohio entfernt war. Aber dieses Städtchen hier lag wirklich mitten im Nichts, und sie war nie sehr gut darin gewesen, Freundschaft zu schließen. Hätte Michael nicht etwas weiter südlich Großtiere finden können, die seiner ärztlichen Hilfe bedurften?

Beim dritten Freizeichen meldete sich eine Frauenstimme. »Grand Central Station«, sagte die Stimme, und Melanie knallte den Hörer auf die Gabel. Sie wählte noch einmal, diesmal sorgfältiger, und es meldete sich dieselbe Stimme, in der ein leises Lächeln mitschwang. »Harte«, sagte die Frau forsch.

»Ja«, sagte Melanie. »Ich bin Ihre neue Nachbarin. Melanie Gold. Ich wollte mich bei den Hartes für das Brot bedanken.«

»Großartig, Sie haben es also bekommen. Sind Sie schon fertig eingezogen?«

Hierauf entstand eine Pause, in der Melanie sich fragte, wer diese Person sein mochte und welches Protokoll in diesem Teil des Landes angesagt war. Ob es sich gehörte, einer Haushälterin oder einem Kindermädchen private Dinge zu erzählen? »Sind James oder Gus zu Hause?« fragte Melanie ausweichend. »Ich, äh, ich würde mich gerne vorstellen.«

»Ich bin Gus«, entgegnete die Frau.

»Aber Sie sind doch kein Mann«, platzte Melanie heraus.

Gus Harte lachte. »Sie meinen, Sie dachten ... wow! Nein, bedaure, Sie enttäuschen zu müssen, aber als ich das letzte Mal nachgeschaut habe, war ich noch weiblich. Gus ist von Augusta abgeleitet, aber so hat mich niemand mehr genannt, seit meine Großmutter bei dem Versuch das Zeitliche gesegnet hat. Heh, brauchen Sie vielleicht Hilfe? James ist nicht da, und mein Wohnzimmer ist blitzblank geschrubbt. Ich habe also gerade nichts zu tun.« Bevor Melanie dankend ablehnen konnte, nahm Gus ihr die Entscheidung ab. »Lassen Sie die Tür offen«, sagte sie, »ich bin gleich da.«

Melanie starrte noch verdutzt den Hörer an, als Michael mit einer großen Kiste Porzellan in die Küche zurückkam. »Und? Wie ist er so?«

Sie setzte gerade zu einer Antwort an, als die Haustür schwungvoll aufflog und eine hochschwangere Frau mit wilder Haarpracht und dem nicht so recht zu ihrer Erscheinung passenden Lächeln einer Heiligen in der Türöffnung auftauchte.

»*Sie*«, entgegnete Melanie, »ist der reinste Wirbelwind.«

Melanie hatte eine Stelle als Bibliothekarin in der Bainbridge Public Library gefunden.

Sie hatte sich schon am Tag ihres Vorstellungsgesprächs in das winzige Backsteingebäude verliebt, bezaubert von dem Bleiglasfenster hinter dem Empfangstresen, den ordentlichen Stapeln gelber Zettel, die oben auf der Kartei lagen, den nach Jahrzehnten der Benutzung ausgetretenen Steinstufen, die an lächelnde Münder erinnerten. Es war eine hübsche Bibliothek, die jemanden wie sie allerdings bitter nötig hatte. Die Bücher waren willkürlich in die Regale gestopft, die wiederum so dicht beieinander standen, daß man keinen Raum zum Atmen und Schmökern hatte. Einige Buchrücken waren in der Mitte durchgebrochen; das Verzeichnis war mit tausend Details vollgekritzelt. Für Melanie standen Bibliothekare beinahe auf einer Stufe mit

Gott – wen sonst konnte man mit so vielen unterschiedlichen Fragen belästigen, und wer sonst konnte sie auch noch beantworten? Wissen war Macht, aber ein guter Bibliothekar behielt dieses Geschenk nicht für sich allein. Er lehrte andere, wie man bestimmte Informationen fand, wo man nachschlagen mußte, wie man es vermied, Dinge zu übersehen.

Sie hatte sich in Michael verliebt, nachdem er sie einfach überrumpelt hatte. Michael war Student an der Tufts Veterinary School, als er an ihren Informationstresen kam und zwei Fragen stellte: erstens, wo er Studien über Leberschäden bei zuckerkranken Katzen finden konnte, und zweitens, wo sie gern zu Abend essen würde. Die erste Frage konnte sie im Schlaf beantworten, die zweite jedoch verschlug ihr die Sprache. Sein ordentliches, kurz geschnittenes und frühzeitig ergrautes Haar verlieh ihm etwas Vertrauenswürdiges, und seine sanften Hände, die einen frischgeschlüpften Vogel dazu bewegen konnten, aus einer Pipette zu trinken, weckten bei ihr ein völlig neues Körperbewußtsein.

Auch nach der Hochzeit und in den ersten Jahren seiner Kleintierpraxis hatte Melanie ihre Stelle am College beibehalten. Sie war innerhalb der Bibliothekshierarchie aufgestiegen und hatte sich gesagt, daß, falls Michael eines Tages aufwachte und beschloß, nicht länger ein unscheinbares Wesen wie sie zu lieben, sie ihn vielleicht wenigstens mit ihrer Bildung würde beeindrucken können. Aber Michael hatte studiert, um Rinder und Schafe zu versorgen und Pferde zu züchten, und nach einigen Jahren, in denen er Hunde kastriert und gegen Tollwut geimpft hatte, hatte er Melanie eröffnet, daß er sich verändern müsse. Das Problem war nur, daß es in der Großstadt nicht viele Großtiere gab.

Dank ihrer Referenzen war es Melanie nicht schwergefallen, einen Job in der Bainbridge Public Library zu bekommen. Aber Melanie war ehrgeizige junge Leute gewöhnt, Studenten, die gebeugt über ihren Büchern saßen und am Feierabend beinahe gewaltsam hinausgeworfen werden mußten. In der Bibliothek von Bainbridge herrschte zur Märchenstunde für Kleinkinder der größte Andrang, weil dann den Müttern kostenlos Kaffee ausgeschenkt wurde. Es gab ganze Tage, an denen Melanie an ihrem Schalter außer dem Postboten niemanden zu Gesicht bekam.

Sie sehnte sich nach einem Leser, einem leidenschaftlichen Bücherwurm, so wie sie einer war. Und genau den fand sie ausgerechnet in Gestalt von Gus Harte.

Gus kam regelmäßig jeden Dienstag und Freitag in die Bibliothek. Sie watschelte durch die schmale Bogentür und gab die Bücher ab, die sie bei ihrem letzten Besuch ausgeliehen hatte. Melanie schlug eines nach dem anderen auf, nahm die Ausleihkarten heraus und legte die Bücher dann auf den Rollwagen, um sie später wieder an ihren Platz zu räumen.

Gus Harte las Dostojewskij, Kundera und Pope. Sie las George Eliot und Thackeray und Weltgeschichte. Manchmal sogar das alles innerhalb weniger Tage. Melanie staunte über diese Lesewut. Als Bibliothekarin war sie es gewohnt, auf ihrem Gebiet Expertin zu sein – aber sie hatte sich ihre Bildung erarbeiten müssen. Gus Harte schien es irgendwie unnatürlich leichtzufallen, Unmengen an Wissen förmlich in sich aufzusaugen wie ein Schwamm.

»Ich muß Ihnen etwas gestehen«, sagte sie eines Tages zu Gus. »Ich glaube, Sie sind der einzige Mensch in dieser Stadt, der etwas für Klassiker übrig hat.«

»Das stimmt«, entgegnete Gus nüchtern. »Das habe ich wirklich.«

»Hat *La mort d'Arthur* Ihnen gefallen?«

Gus schüttelte den Kopf. »Ich habe nicht gefunden, wonach ich gesucht habe.«

Und was war das? fragte sich Melanie. Die Absolution? Unterhaltung? Rührung?

Als hätte Melanie ihre Gedanken laut ausgesprochen, blickte Gus verlegen auf. »Einen Namen.«

Melanie fühlte Erleichterung in sich aufsteigen. Hatte sie sich herausgefordert gefühlt von jemandem wie Gus, der komplexe historische Romane verschlang, als handle es sich um Groschenromane? Und dann stellte sich heraus, daß sie die Klassiker nur nach einem stolzen und klassischen Namen für ihr Baby durchforstet hatte ... Eigentlich hätte diese Erkenntnis Melanie deprimieren müssen, aber das war nicht der Fall.

»Wie werden Sie Ihres nennen?« fragte Gus.

Melanie war sprachlos. Niemand wußte, daß sie schwanger war; man sah noch nicht viel, und sie war so abergläubisch, daß sie es möglichst lange geheimhalten wollte. »Ich weiß noch nicht«, antwortete sie bedächtig.

»Na dann sitzen wir ja in einem Boot«, verkündete Gus fröhlich.

Melanie, die auf der Junior Highschool eine zu große Leseratte gewesen war, um soziale Kontakte zu pflegen, hatte plötzlich eine echte Freundin. Und anders als man hätte annehmen können, stellte Gus' Extrovertiertheit Melanies Zurückhaltung keineswegs in den Schatten; vielmehr ergänzten die beiden Frauen einander. Es war so ähnlich wie eine Mischung aus Öl und Essig – niemand wollte das eine ohne das andere auf seinem Salat, aber zusammen bildeten sie ein Ganzes, das den Schluß nahelegte, daß sie füreinander geschaffen waren.

Gus rief sie schon frühmorgens an. »Wie sieht es

draußen aus?« fragte Gus, obgleich von ihrem eigenen Fenster aus dasselbe Wetter zu sehen war. »Was soll ich anziehen?«

Melanie saß bei Gus auf dem großen Ledersofa, schaute sich Gus' Hochzeitsfotos an und lachte über die toupierten Hochfrisuren ihrer Verwandten. Wenn sie mit Michael stritt, rief sie Gus an, die ihr unweigerlich den Rücken stärkte.

Schließlich ging die Vertrautheit so weit, daß Gus ohne anzuklopfen bei den Golds hereinspazierte. Melanie ihrerseits besorgte über Fernleihe Bücher mit Babynamen, die sie Gus in den Briefkasten legte. Melanie fing an, Gus' Umstandskleider auszuleihen, Gus kaufte Melanies Lieblingsmarke entkoffeinierten Kaffees, um für einen Besuch jederzeit gewappnet zu sein, und mit der Zeit lernten sie, gegenseitig die Sätze der anderen zu beenden.

»So«, sagte Michael und nahm den Gin Tonic entgegen, den James Harte für ihn gemixt hatte. »Sie sind also Chirurg.«

James nahm gegenüber von Michael in einem Ohrensessel Platz. Aus der Küche waren Gus und Melanie zu hören, ihre Stimmen so hoch und lieblich wie die von Rotkehlchen. »Das ist richtig«, bestätigte James. »Ich absolviere gerade ein Forschungsstipendium drüben am Bainbridge Memorial. Ophtalmologische Chirurgie.« Er nippte an seinem eigenen Drink. »Gus hat erzählt, Sie hätten Howarths Praxis übernommen?«

Michael nickte. »Er war einer meiner Dozenten an der Uni«, erklärte er. »Als er mir schrieb, daß er sich hierher zurückziehen wolle, dachte ich mir, hier wäre vielleicht noch Platz für einen weiteren Tierarzt.« Er lachte. »Ich konnte im Umkreis von zwanzig Meilen um Boston keine einzige Holsteiner Kuh finden, und allein heute habe ich sechs Stück gesehen.«

Die beiden Männer lächelten entspannt und schauten in ihre Gläser.

Michael blickte in Richtung der Frauenstimmen. »Da haben sich ja zwei gesucht und gefunden«, bemerkte er. »Gus ist so viel bei uns drüben, daß es mir manchmal vorkommt, als wäre sie bei uns eingezogen.«

James lachte. »Gus hat jemanden wie Melanie gebraucht. Ich habe so das Gefühl, daß ihre Klagen über Schwangerschaftsstreifen und geschwollene Knöchel bei Ihrer Frau auf größeres Interesse stoßen als bei mir.«

Michael schwieg dazu. Möglich, daß James gemischte Gefühle hatte, was die Schwangerschaft seiner Frau betraf, aber er für seinen Teil interessierte sich für jede Kleinigkeit. Er hatte sich von Melanie Bücher geborgt, die zeigten, wie ein Eibläschen sich in ein winziges Menschlein verwandelte. Er war es gewesen, der sie für den Kurs in natürlicher Geburt angemeldet hatte. Und auch wenn Melanie sich für ihren üppiger werdenden Körper schämte, war er selbst hingerissen. Granatapfelreif und prall war sie, und er mußte an sich halten, sie nicht ständig anzufassen, wenn sie auch nur an ihm vorbeiging. Aber Melanie zog sich im Dunkeln aus, zog sich die Bettdecke hoch bis zum Kinn und wehrte seine Umarmungen ab. Michael hatte gelegentlich beobachtet, wie Gus sich in seinem Haus bewegte – ihre Schwangerschaft war fünf Monate weiter fortgeschritten, und sie war ungleich voluminöser als Melanie, bewegte sich aber mit einem Selbstbewußtsein und einer Energie, die ihr ein inneres Strahlen verliehen. Insgeheim hatte er schon gedacht, daß es bei Melanie eigentlich genauso sein sollte.

Er warf einen Blick in Richtung Küche und erhaschte

einen Blick auf Gus' gewölbten Bauch. »Ehrlich gesagt, gefällt mir die Schwangerschaft und das ganze Drumherum«, sagte er langsam.

James schnaubte nur. »Vertrauen Sie mir«, sagte er. »Ich habe turnusmäßig Dienst in der Gynäkologie gehabt. Eine ziemlich blutige Angelegenheit.«

»Ich weiß«, entgegnete Michael.

»Mmmm. Aber Kälber auf die Welt zu holen muß etwas anderes sein«, behauptete James. »Eine Kuh brüllt nicht, daß sie ihren Ehemann umbringen wird für das, was er ihr angetan hat. Und die Plazenta einer Kuh schießt bestimmt nicht durch den Kreißsaal wie eine silberne Kugel.«

»Ah«, sagte Gus, die unbemerkt hinzugekommen war. »Bist du wieder beim Thema, ja?« Sie legte James eine Hand auf die Schulter. »Mein Ehemann, seines Zeichens Arzt, hat panische Angst vor der Geburt«, spottete sie an Michael gewandt. »Möchtest du vielleicht mein Baby auf die Welt holen?«

»Klar«, entgegnete Michael grinsend. »Allerdings fühle ich mich in einem Stall am wohlsten.«

Gus nahm Melanie ein Käsetablett aus der Hand und stellte es auf den Couchtisch. »Ich bin flexibel«, meinte sie. »Im übrigen ist es an der Zeit, daß ihr beiden euch endlich verbrüdert.«

Die Männer tauschten einen Blick.

»James«, sagte Gus' Ehemann lächelnd.

»Michael«, entgegnete Michael. Sie prosteten einander zu und tranken.

Gus setzte sich auf die Armlehne von James' Sessel, und Michael fiel auf, daß ihr Ehemann keine Anstalten machte, sie anzufassen. Statt dessen beugte er sich an ihr vorbei in Richtung Käseplatte. »Ist das hier Pastete?« fragte er.

Gus nickte. »Hausgemacht«, erklärte sie ihren Gästen. »James geht auf die Entenjagd.«

»Tatsächlich?« entgegnete Michael, nahm sich einen Kräcker und probierte den Belag.

»Und er jagt Rehwild, Bären und süße kleine Häschen«, fuhr Gus fort.

»Wie ihr seht«, sagte James unbeirrt, »ist Gus keine große Anhängerin dieses Sports.« Er sah zu Michael herüber. »Ich schätze, du als Tierarzt hast auch nicht viel für die Jagd übrig. Aber es hat etwas wirklich Erhabenes – man ist vor allen anderen auf, es ist noch völlig still, und man denkt sich in die Beute hinein.«

»Verstehe«, sagte Michael, obwohl das gelogen war.

»James benimmt sich wie ein Idiot«, sagte Gus eines Nachmittags, als Melanie anrief. »Er sagt, wenn ich nicht aufhöre, zu Fuß die Wood Hollow Road entlangzuspazieren, werde ich das Kind noch unter einem Telegrafenmast zur Welt bringen.«

»Ich würde meinen, die Zeit dürfte reichen, noch ins Krankenhaus zu fahren, wenn die Wehen einsetzen.«

»Versuch mal, ihm das klarzumachen.«

»Versuch es doch mit einer anderen Taktik«, meinte Melanie. »Sag ihm doch, je besser du vor der Geburt in Form bist, desto eher hast du wieder deine alte Figur.«

»Wer sagt denn, daß ich meine alte Figur zurückhaben will?« entgegnete Gus. »Kann ich mir nicht die von jemand anders aussuchen? Farrah Fawcett beispielsweise ... oder Christie Brinkley ...« Sie seufzte. »Du weißt ja gar nicht, was für ein Glück du hast.«

»Weil ich erst im fünften Monat bin?«

»Weil du mit Michael verheiratet bist.«

Melanie antwortete hierauf nicht gleich. Sie mochte James Harte mit seinem kühlen Neuengland-Look, seinem lockeren Charme und dem leichten Bostoner Akzent. James besaß viele von Melanies Eigenschaften, allerdings in positiverer Form: Sie war reserviert, er überlegt; sie war schüchtern, er zurückhaltend; sie neigte zu Zwangsneurosen, er war organisiert.

Außerdem sollte er recht behalten. Drei Tage später platzte bei Gus eine halbe Meile die Wood Hollow Road hinunter die Fruchtblase, und wenn nicht ein zufällig vorbeifahrender Wagen der Telefongesellschaft gehalten und der Fahrer gefragt hätte, ob mit ihr alles in Ordnung war, hätte sie Christopher womöglich wirklich am Straßenrand zur Welt gebracht.

Der Traum ging wie folgt: Melanie konnte von hinten Michael in einem Stall hocken sehen. Sein silbernes Haar schimmerte im Licht der Morgensonne, und seine Hände bewegten sich geschickt über den dicken Bauch einer hochtragenden Stute, bei der die Wehen eingesetzt hatten. Sie selbst stand irgendwo weiter oben – auf einem Heuboden vielleicht? Wasser rann an ihren Beinen hinab, als wäre sie inkontinent. Sie schrie, rief seinen Namen, aber kein Laut kam über ihre Lippen.

Und da wußte sie, daß sie ihr Kind allein zur Welt bringen würde.

»Ich rufe stündlich zur vollen Stunde an«, versprach Michael. Aber Melanie wußte, wie Michael tickte: wenn er erst mit einem Pferd beschäftigt war, das an Kolik litt, oder ein Mutterschaf mit Mastitis behandelte, vergaß er die Zeit. Und auf dem Land waren Telefonzellen dünn gesät.

Der errechnete Geburtstermin Ende April kam und ging. Dann eines Nachts hörte Melanie, wie Michael sich im Schlafzimmer am Telefon meldete. Er flüsterte etwas, das ihr Verstand nicht registrierte, und verschwand gleich darauf im Dunkeln.

Sie träumte wieder den Traum von der Fohlengeburt im Stall, schreckte plötzlich hoch und stellte fest, daß ihre Matratze pitschnaß war.

Sie krümmte sich vor Schmerzen. Michael hatte ganz sicher irgendwo einen Zettel mit einer Telefonnummer hinterlassen. Melanie suchte im Schlafzimmer und im Bad, wobei sie immer wieder innehielt, um das Nachlassen einer Wehe abzuwarten. Sie konnte keinen Zettel finden. Sie griff zum Telefon und rief Gus an.

»Jetzt«, sagte sie nur, und Gus verstand sofort.

James war gerade im Krankenhaus und operierte, so daß Gus Christopher in seiner Babyschale mitbrachte. »Wir werden Michael finden«, versicherte sie Melanie. Sie legte Melanies Hand auf den Schaltknüppel und sagte ihr, sie solle ihn fest umklammern, wenn sie Schmerzen bekam. Sie parkte den Wagen vor der Notaufnahme. »Warte hier«, sagte sie, schnappte sich Chris und hastete durch die automatischen Schiebetüren. »Sie müssen mir helfen«, rief sie einer Krankenschwester zu. »Die Wehen haben eingesetzt.«

Die Krankenschwester warf einen Blick auf sie und Chris. »Mir scheint, Sie kommen etwas spät.«

»Nicht ich«, entgegnete Gus. »Meine Freundin. Sie sitzt im Wagen.«

Minuten später war Melanie im Kreißsaal, trug ein frisches Krankenhaushemd und wand sich vor Schmerzen. Die Hebamme wandte sich Gus zu. »Sie wissen nicht zufällig, wo der Vater steckt?«

»Schon unterwegs«, antwortete Gus, obwohl das nicht stimmte. »Ich soll ihn vertreten.«

Die Hebamme warf einen Blick auf Melanie, die Gus' Hand ergriffen hatte, und dann auf Chris, der in seiner Babyschale schlief. »Ich bringe ihn auf die Kinderstation«, sagte sie. »Ich kann nicht erlauben, daß ein Baby bei einer Geburt dabei ist.«

»Ich dachte immer, genau da gehören sie hin«, brummte Gus, und Melanie mußte trotz der Schmerzen lachen.

»Du hast mir verschwiegen, daß es weh tut«, beklagte sich Melanie.

»Natürlich habe ich das.«

»Du hast mir nicht gesagt, daß es so weh tut«, schimpfte Melanie.

Melanies Gynäkologin hatte schon Gus entbunden. »Lassen Sie mich raten«, sagte sie zu Gus, als sie unter das Nachthemd langte, um zu prüfen, wie weit sich bei Melanie der Muttermund geöffnet hatte. »Es hat Ihnen beim letzten Mal soviel Spaß gemacht, daß Sie unbedingt wieder dabeisein wollten.« Sie half Melanie, sich aufzusetzen. »Okay, Melanie«, sagte die Ärztin. »Ich möchte, daß Sie jetzt pressen.«

Und so brachte Melanie mit der Hilfe ihrer besten Freundin, die ihren Rücken stützte und mit ihr im Chor schrie, ein kleines Mädchen zur Welt. »Mein Gott«, hauchte sie mit Tränen in den Augen. »Sieh sie dir an.«

»Ich weiß«, sagte Gus mit einem Kloß im Hals. »Ich sehe es.« Und dann machte sie sich auf, um ihr eigenes Kind zu holen.

Die Schwester war gerade fertig damit, Melanie Eis zwischen die Schenkel zu packen und ihr die Bettdecke bis zur Taille hochzuziehen, als Gus mit Chris auf dem Arm zurückkam. »Sieh nur, wem ich über den Weg gelaufen bin«, sagte sie und hielt Michael die Tür auf.

»Ich habe dich ja gewarnt«, schalt Melanie, drehte dabei aber bereits das Baby so, daß Michael seine kleine Tochter sehen konnte.

Michael strich sanft über die dünnen blonden Augenbrauen seiner Tochter. Sein Fingernagel war länger als ihre Nase. »Sie ist perfekt. Sie ist ...« Er schüttelte den Kopf und blickte auf. »Mir fehlen die Worte.«

»Du bist mir was schuldig«, bemerkte Gus.

»Das ist wahr«, sagte Michael, der von innen heraus strahlte. »Du kannst alles haben außer meinem Erstgeborenen.«

Die Tür schwang erneut auf, und James Harte stand noch im OP-Kittel in der Tür, eine Flasche Champagner in der Hand. »Heh!« rief er und schüttelte Michael kräftig die Hand. »Es geht das Gerücht um, du hättest einen ereignisreichen Morgen hinter dir.« Er lächelte Gus zu. »Und du hast Hebamme gespielt.« Er ließ den Korken der Flasche Moët knallen und entschuldigte sich, als etwas von der prickelnden Flüssigkeit auf Melanies Bettdecke spritzte. Dann schenkte er den schäumenden Wein in vier Plastikbecher. »Auf die Elternschaft«, sagte er und hob seinen Becher zum Toast. »Auf ... Hat sie eigentlich schon einen Namen?«

Michael blickte auf seine Frau. »Emily«, sagte diese.

»Auf Emily.«

Michael hob seinen Becher. »Und noch einmal verspätet auf Chris.«

Melanie blickte auf die durchschimmernden Augenlider und das spitze Mündchen ihrer Tochter und legte diese widerstrebend in das durchsichtige Kunststoffbettchen neben ihrem eigenen Bett. Das Neugeborene füllte das Bettchen gerade mal zu einem Drittel aus.

»Hast du etwas dagegen?« fragte Gus leise und zeigte erst auf das Bettchen und dann auf Chris, der in ihren Armen leise schnarchte.

»Mach nur.« Melanie sah zu, wie Gus ihren Sohn neben Emily legte.

»Sieh dir das an«, sagte Michael. »Meine Tochter ist gerade mal eine Stunde alt und schläft schon mit irgendeinem Kerl in einem Bett.«

Sie blickten alle auf das Kinderbettchen. Das Baby

zuckte reflexartig zusammen. Emilys lange Finger öffneten sich wie die Blüten einer Purpurwinde und schlossen sich blind greifend gleich wieder zu Fäusten. Und auch wenn sie sich dessen nicht bewußt war, hielt Emily Gold, als sie wieder einschlief, ganz fest Christopher Hartes Hand.

Gegenwart

November 1997

Es gab nur sehr wenig, was Anne-Marie Marrone zu schockieren vermochte.

Sie hätte eigentlich gedacht, daß ihr in zehn Dienstjahren bei der Metropolitan Police in Washington DC mehr Überraschendes begegnen würde als in den zehn Jahren danach im verschlafenen Bainbridge in New Hampshire, aber das hatte sich als Fehleinschätzung erwiesen. In der Hauptstadt hatte sie ihre »Kunden« nie gekannt, und häusliche Gewalt ging einem irgendwie mehr unter die Haut, wenn es sich bei dem Täter um den allseits beliebten Direktor der Grundschule von Bainbridge handelte. Ein von der Mafia betriebener Drogenring war weniger irritierend als Hanfpflanzen, die die alte Mrs. Inglewood zwischen Basilikum und Majoran kultivierte. Ein totes junges Mädchen, einen blutüberströmten Jungen und eine rauchende Waffe aufzufinden mochte in Bainbridge nicht unbedingt eine Routineangelegenheit sein, aber das bedeutete nicht, daß Anne-Marie es nicht hätte kommen sehen.

»Ich würde jetzt gerne mit Chris sprechen«, sagte sie noch einmal.

»Sie irren sich«, entgegnete Gus Harte entschieden und verschränkte die Arme über der Brust.

»Das soll Ihr Sohn mir selber sagen.« Sie wollte der Mutter in dieser Stunde nicht die Wahrheit sagen: daß sie zwar noch keine Beweise hatte, die eine Verhaftung von Christopher Harte wegen Mordverdachts rechtfertigten, daß sie ihn aber als Verdächtigen ansehen würde, bis seine Unschuld zweifelsfrei erwiesen war.

»Ich kenne meine Rechte ...«, begann Gus, aber Anne-Marie hob abwehrend eine Hand.

»Ich ebenfalls, Mrs. Harte. Und wenn Sie möchten, lese ich sie Ihnen und Ihrem Sohn gerne vor. Allerdings steht er zum gegenwärtigen Zeitpunkt noch nicht unter Verdacht; er würde uns lediglich bei unseren Ermittlungen helfen. Da er der einzige lebende Augenzeuge des Geschehens ist, wüßte ich nicht, weshalb Sie etwas dagegen haben sollten, daß ich mit ihm spreche. Es sei denn«, fuhr sie fort, »er hat Ihnen gegenüber etwas gesagt, von dem Sie meinen, die Polizei sollte es besser nicht erfahren.«

Gus Hartes Wangen brannten. Sie trat beiseite und ließ die Beamtin das Krankenzimmer ihres Sohnes betreten.

Obgleich sie keine Uniform trug und auch auf den ersten Blick nichts Bedrohlicheres bei sich trug als einen Notizblock, umgab sie ein Geruch von Selbstgerechtigkeit, der bei ihrem Eintreten in den Raum wehte und James veranlaßte, aufzustehen und dichter an Chris' Bett heranzurükken. »James«, sagte Gus leise, hoffend, daß ihr Sohn die ganze Episode hindurch schlafen würde. »Detective Sergeant Marrone möchte mit Chris sprechen.«

»Also«, entgegnete James, »als Arzt kann ich Ihnen versichern, daß er nicht in der Verfassung ist ...«

»Bei allem Respekt, Dr. Harte«, fiel Detective Marrone ihm ins Wort, »aber Sie sind nicht der behandelnde Arzt. Dr. Coleman hat mir grünes Licht gegeben. Sie setzte sich auf die Bettkante und ließ den Block auf die Knie sinken.

Gus starrte die Frau an, die dort saß, wo eigentlich sie selbst sitzen sollte, und spürte plötzlich ein Gefühl der Beklemmung in der Brust, das ihr nicht ganz unbekannt war. Ähnlich hatte sie empfunden, als vor Jahren ein anderes Kind Chris auf dem Spielplatz geschubst hatte und auch als Chris' Lehrer in der fünften Klasse beim Elternsprechtag hatte durchblicken lassen, daß Chris keineswegs perfekt war. Tigerin, hatte James sie genannt, wenn Gus für ihr Kind auf den Kriegspfad gegangen war. Aber wovor sollte sie ihn diesmal beschützen?

»Chris«, sagte die Beamtin leise. »Chris ... kann ich dich sprechen?«

Chris blinzelte und schlug dann die Augen auf – Schlafzimmeraugen hatte Gus sie immer genannt, so unergründlich blaß gegen seine dunkle Haut und das dunkle Haar. »Ich bin Detective Marrone von der Polizei in Bainbridge.«

»Detective«, mischte sich James ein. »Chris hat ein erhebliches Trauma erlitten. Ich wüßte nicht, was so dringend wäre, daß es nicht noch eine Weile Zeit hätte.«

Chris' Hände lagen auf dem Rand der Bettdecke. Er blickte zu der Polizistin auf. »Wissen Sie, was mit Emily ist?«

Anne-Marie brauchte ein paar Sekunden, um sich darüber klarzuwerden, ob der Junge um eine Information bat oder beichten wollte. »Emily«, sagte sie, »wurde ins Krankenhaus gebracht, so wie du.« Sie hielt die Spitze ihres Kugelschreibers über das Papier. »Was habt ihr heute nacht am Karussell gemacht, Chris?«

»Wir wollten ... na ja, etwas Spaß haben.« Seine Finger spielten mit dem Deckensaum. »Wir hatten eine Flasche Canadian Club dabei.«

Gus klappte der Unterkiefer herunter. Chris, der ehrenamtlich mit ihr für MADD gearbeitet hatte, war unter Alkoholeinfluß Auto gefahren?

»War das alles, was ihr bei euch hattet?«

»Nein«, entgegnete Chris leise. »Ich hatte eine Waffe meines Vaters im Wagen.«

»Was?« rief Gus aus und trat im selben Augenblick vor, da James Einspruch erhob.

»Chris«, fuhr Detective Marrone, ohne mit der Wimper zu zucken, fort. »Ich möchte nur wissen, was heute nacht passiert ist.« Sie musterte ihn eindringlich. »Ich muß deine Geschichte hören.«

»Weil Em Ihnen nichts mehr erzählen kann, habe ich recht?« fragte Chris und richtete sich ein wenig auf. »Ist sie tot?«

Gus wollte ans Bett treten und die Arme um ihren Sohn legen, aber die Polizistin kam ihr zuvor. »Ja«, sagte sie, woraufhin Chris in lautes Schluchzen ausbrach. Sein Rücken, das einzige, was sie von ihm sehen konnte, solange die Beamtin ihn in den Armen hielt, zuckte krampfartig.

»Habt ihr euch gestritten?« fragte sie leise und ließ Chris langsam los.

Gus erkannte den exakten Augenblick, da Chris aufging, was Detective Marrone damit andeuten wollte. *Raus*, wollte Gus, in der sich wieder die Tigerin regte, ihr barsch befehlen, mußte aber feststellen, daß sie keinen Ton hervorbrachte. Wie James erwartete sie den Protest ihres Sohnes.

Und doch fragte sie sich einen flüchtigen Moment lang, ob er das auch wirklich tun würde.

Chris schüttelte energisch den Kopf, als wollte er diese Saat, die Marrone in seine Gedanken gepflanzt hatte, physisch loswerden. »Heiland, nein. Ich liebe sie. Ich liebe Em.« Er zog unter der Decke die Knie an und drückte das Gesicht gegen sie. »Wir wollten es gemeinsam tun«, murmelte er.

»Was tun?«

Obgleich nicht Gus die Frage gestellt hatte, blickte Chris mit einem furchtsamen Ausdruck auf dem Gesicht zu ihr auf. »Uns umbringen«, sagte er leise.

»Em wollte zuerst«, erklärte er, immer noch an Gus gewandt. »Sie ... sie hat sich erschossen. Und bevor ich dazu kam, es ihr gleichzutun, kam die Polizei.«

Denk nicht nach, befahl Gus sich selbst in Gedanken. Handle nur. Sie lief zum Bett und schloß Chris in die Arme, ihr Verstand wie betäubt vor Unglauben. Emily und Chris? Selbstmord? Das war schlicht unmöglich – allerdings blieb dann nur eine einzige unfaßbare Alternative. Eben jene, die Detective Marrone bereits in den Raum gestellt hatte. So undenkbar es auch sein mochte, daß Emily sich umgebracht haben sollte, war die Vorstellung, Chris hätte sie getötet, noch viel absurder.

Gus hob den Kopf über Chris' breite Schulter, um die Polizistin anzusehen. »Gehen Sie«, sagte sie gepreßt. »Sofort.«

Anne-Marie Marrone nickte. »Ich melde mich«, sagte sie. »Es tut mir leid.«

Nachdem die Polizistin gegangen war, fuhr Gus fort, Chris in den Armen zu wiegen. Sie fragte sich, ob Marrone bedauerte, was passiert war, oder das, was noch passieren würde, wenn sie zurückkehrte.

Michael brachte Melanie zu Bett; sie war ganz benommen von dem Valium, das ein mitfühlender Arzt in der Notaufnahme ihr verabreicht hatte. Er setzte sich auf die andere Betthälfte und wartete, bis ihr gleichmäßiger Atem verriet, daß sie eingeschlafen war. Er wollte sie nicht allein lassen, ehe er ganz sicher war, daß sie ihm nicht auch noch ganz plötzlich genommen wurde.

Dann ging er den Flur hinunter zu Emilys Zimmer. Die Tür war der Privatsphäre halber geschlossen. Als er sie öffnete, purzelte eine Fülle von Erinnerungen heraus, so als wäre das Wesen seiner Tochter im Inneren gefangen gewesen. Michael wurde ganz schwindlig. Er lehnte sich gegen die Türzarge und atmete den süßlichen, nussigen Duft von Emilys Body-Shop-Parfum ein, der sich mit dem wächsernen Äthylengeruch vermischte, den ihr letztes, noch nicht völlig getrocknetes Ölgemälde verströmte. Er griff nach einem Handtuch, das über das Fußende des Bettes gehängt war. Es war noch feucht.

Sie würde zurückkommen. Sie mußte zurückkommen. Hier war noch zu vieles unfertig.

Er hatte im Krankenhaus mit der Polizistin gesprochen, die mit den Ermittlungen betraut war. Michael hatte angenommen, daß ein maskierter Angreifer im Spiel war, daß es ein Überfall gewesen war oder ein sogenannter Drive-by, ein Anschlag aus dem fahrenden Auto. Er hatte sich ausgemalt, wie er dem Fremden, der seiner Tochter das Leben geraubt hatte, die Hände um den Hals legte.

Nicht im Traum hätte er daran gedacht, daß diese Person Emily selbst hätte sein können.

Aber Detective Marrone hatte mit Chris gesprochen. Sie hatte gesagt, daß, obgleich jeder solche Fall – ein Überlebender, ein Toter – als Mordfall betrachtet wurde, Chris Harte von einem Selbstmordpakt gesprochen hatte.

Michael hatte verzweifelt versucht, sich Einzelheiten, Gespräche, Ereignisse ins Gedächtnis zu rufen. Die letzte Unterhaltung hatte er mit Emily beim Frühstück geführt. »Dad«, hatte sie gefragt. »Hast du meinen Rucksack gesehen? Ich kann ihn nirgends finden.«

War das eine Art Code gewesen?

Michael trat vor den Spiegel über Emilys Kommode und erblickte ein Gesicht, das dem seiner Tochter viel zu ähnlich war. Er legte die Hände flach auf die Kommode und warf dabei einen Blistex-Lippenpflegestift um. In dem durchscheinenden gelben Paraffin war ein Fingerabdruck zu erkennen. War das ihr Zeigefinger? War das einer der Finger, die Michael geküßt hatte, als sie noch klein gewesen war und vom Rad gefallen war oder sich an einer Schublade geklemmt hatte?

Er stürzte aus dem Zimmer, verließ leise das Haus und fuhr nach Norden.

Die Simpsons, deren hochprämierte Vollblutstute bei der Geburt zweier Fohlen beinahe gestorben war, waren überrascht, ihn im Stall anzutreffen, als sie bei Morgengrauen die Pferde füttern wollten. Sie hätten ihn nicht gerufen, sagten sie, und in den vergangenen Tagen sei alles wunderbar gelaufen. Aber Michael winkte ab und versicherte ihnen, daß bei schwierigen Geburten ein kostenloser Kontrollbesuch im Preis inbegriffen wäre. Er verharrte reglos, Joe Simpson den Rücken zugekehrt, bis der Mann schließlich die Achseln zuckte und ging. Michael streichelte die schlanken Flanken der Stute, strich über die flaumige Stehmähne ihrer Fohlen und versuchte, sich daran zu erinnern, daß er einmal die Macht gehabt hatte zu heilen.

Als Chris aufwachte, kam es ihm vor, als säße eine Zitrone in seinem Hals fest, und seine Augen waren so trokken, daß er die Lider ebensogut über Glassplittern hätte schließen können. Außerdem hatte er höllische Kopfschmerzen, aber er wußte, daß die von dem Sturz und der Naht herrührten.

Seine Mutter lag zusammengerollt am Fußende des

Bettes; sein Vater war auf dem einzigen Stuhl eingeschlafen. Sonst war niemand da. Keine Krankenschwester, kein Arzt. Kein Polizist.

Er versuchte sich Emily dort vorzustellen, wo sie jetzt war. In irgendeinem Bestattungsinstitut? Im Leichenschauhaus. Und überhaupt, wo war das Leichenschauhaus überhaupt? Das war neben den Fahrstuhlknöpfen nie angezeigt. Er bewegte sich unbehaglich, zuckte zusammen, als der Schmerz in seinem Schädel sich sofort verschlimmerte, und versuchte dann, sich zu erinnern, was Emilys letzte Worte gewesen waren.

Sein Kopf tat weh, aber nicht annähernd so sehr wie sein Herz.

»Chris?« Die Stimme seiner Mutter hüllte ihn ein wie Rauch. Sie hatte sich aufgesetzt; die Bettdecke hatte einen Waffelmusterabdruck auf ihrer Wange hinterlassen. »Liebling? Bist du okay?«

Er fühlte die Hand seiner Mutter ans einer Wange, kühl wie ein Bach. »Hast du Kopfweh?« fragte sie.

Sein Vater war zwischenzeitlich ebenfalls wach geworden. Jetzt flankierten seine Eltern beide das Bett wie zwei zusammengehörige Buchstützen, ihre Gesichter gezeichnet von Mitgefühl und Sorge. Chris drehte sich auf die Seite und zog sich das Kopfkissen über den Kopf.

»Wenn du wieder zu Hause bist, wirst du dich gleich besser fühlen«, sagte seine Mutter.

»Ich wollte über das Wochenende einen Schredder leihen«, fügte sein Vater hinzu. »Wenn die Ärzte meinen, du bist dem gewachsen, kannst du mir ja helfen.«

Ein Schredder? Ein Scheißschredder?

»Liebes.« Die Hände seiner Mutter glitten über seine Schultern. »Es ist okay, wenn du weinst«, sagte sie, womit sie eine der unzähligen Platitüden wiederholte, die der Notfallpsychiater ihm in der Nacht vorgebetet hatte.

Chris machte keine Anstalten, das Kissen wegzunehmen. Seine Mutter zupfte sacht an einem Zipfel. Das Kissen fiel aus dem Bett, und Chris' Gesicht kam zum Vorschein, hochrot, mit trockenen Augen und sehr zornig. »Geht weg«, zischte er, jedes Wort deutlich artikulierend.

Erst als er das Signal des Fahrstuhls am anderen Ende des Flurs hörte, hob er die zitternden Hände ans Gesicht und strich über die Bögen seiner Augenbrauen, über seinen Nasenrücken und die leeren Fenster seiner Augen, um zu ergründen, was aus ihm geworden war.

James zerknüllte seine Papierserviette zu einer Kugel und stopfte sie ganz unten in seine leere Kaffeetasse. »Ich müßte eigentlich los«, sagte er nach einem Blick auf die Uhr.

Gus blickte durch den Dampf ihres vergessenen Tees zu ihm auf. »Los?« fragte sie. »Wohin?«

»Ich muß heute morgen um neun im OP sein, und es ist schon halb.«

Gus schluckte. Sie konnte es nicht fassen. »Du willst heute operieren?«

James nickte. »Ich kann die OP jetzt nicht mehr abblasen.« Er begann, Tassen und Papierteller auf das Tablett der Cafeteria zu räumen. »Wenn ich gestern abend daran gedacht hätte, wäre das etwas anderes, aber das habe ich nicht.«

Gus sagte sich, daß es irgendwie vorwurfsvoll klang, so als gäbe er ihr an allem die Schuld. »Um Himmels willen«, fauchte sie. »Dein Sohn hat versucht sich umzubringen, seine Freundin ist tot, und die Polizei hat *deine* Waffe sichergestellt, aber du willst so tun, als wäre nichts geschehen? Kannst du wirklich einfach so zur Tagesordnung übergehen?«

James stand auf und entfernte sich einen Schritt. »Wenn ich es nicht kann, wie können wir dann von Chris erwarten, daß er es tut?« fragte er.

Melanie saß in einem Raum des Bestattungsinstituts und wartete darauf, daß einer der Saltzman-Söhne sie durch die notwendigen Schritte begleitete, die ein Todesfall nach sich zog. Michael an ihrer Seite zerrte an seiner Krawatte, die hier zu tragen er sich nicht hatte nehmen lassen. Melanie ihrerseits hatte sich geweigert, sich umzuziehen, und trug dieselben Sachen wie in der Nacht.

»Mr. Gold«, sagte ein Mann, der eilig den Raum betrat. »Mrs. Gold.« Er drückte ihnen abwechselnd die Hand und hielt sie eine Spur länger als nötig fest. »Ich möchte Ihnen mein tiefstes Mitgefühl aussprechen wegen Ihres Verlustes.«

Michael murmelte einen Dank; Melanie musterte ihn blinzelnd. Wie sollte sie diesem Mann, der sich so unpräzise ausdrückte, die Beerdigungsformalitäten anvertrauen? Von einem Verlust zu sprechen war lächerlich; verlieren tat man einen Schuh oder einen Schlüsselbund. Man erlitt nicht den Tod seines Kindes und sprach von einem Verlust. Es war eine Katastrophe. Eine Tragödie. Eine Hölle.

Jacob Saltzman setzte sich an seinen imposanten Schreibtisch. »Ich versichere Ihnen, daß wir alles in unserer Macht Stehende tun werden, um diesen Übergang ein wenig friedvoller für Sie zu gestalten.«

Übergang, dachte Melanie. Schmetterling aus einem Kokon. Nicht ...

»Können Sie mir sagen, wo Emily jetzt ist?« fragte Saltzman.

»Nein«, antwortete Michael und räusperte sich dann. Melanie schämte sich für ihn. Er klang so nervös, als hätte er Angst, sich vor diesem Mann zu blamieren. Aber was hatte er Jacob Saltzman zu beweisen? »Sie war im Bainbridge Memorial, aber die ... die Umstände ihres Todes haben eine Autopsie erforderlich gemacht.«

»Dann hat man sie ins Concord gebracht«, bemerkte Saltzman nüchtern und machte sich eine Notiz. »Ich gehe davon aus, daß Sie sie möglichst bald beerdigen wollen. Damit wären wir bei ... Montag.«

Melanie wußte, daß er einen Tag für die Autopsie einrechnete und einen Tag, um den Leichnam ins Bainbridge zurückzubringen. Ihr entfuhr ein erstickter kehliger Laut.

»Wir werden einige Einzelheiten besprechen müssen«, sagte Jacob Saltzman. »Das erste wäre natürlich der Sarg.« Er erhob sich und winkte sie zu einer Verbindungstür. »Wenn Sie mich einen Augenblick begleiten würden, um sich einige Modelle anzusehen?«

»Wir wollen den besten«, antwortete Michael fest. »Das Beste, was Sie haben.«

Melanie blickte auf Jacob Saltzman, der freundlich nickte. Was für ein Witz – ganz nach Gus' Geschmack: das Bestattungsgeschäft als todsichere Einnahmequelle. Welcher trauernde Angehörige würde schon über Sargpreise verhandeln wollen oder das billigste Modell verlangen?

»Gibt es schon ein Grab?« wollte der Bestatter wissen.

Michael schüttelte den Kopf. »Können Sie das auch arrangieren?«

»Wir kümmern uns um alles«, entgegnete Saltzman.

Melanie wohnte mit steinerner Miene dem Gespräch über Todesanzeigen, Kühlung der Leiche, Dankschreiben für die Anteilnahme und Grabsteinen bei. Hierher zu kommen war, als würde man in ein inneres Heiligtum vorgelassen, das man zwar insgeheim in Frage stellte, auf das man aber nicht wirklich Antworten haben wollte.

Tatsächlich war ihr nie klar gewesen, wie viele Einzelheiten mit dem Tod einhergingen: ob ein Sarg offen oder geschlossen aufgebahrt werden sollte, ob das vom Institut gestellte Gästebuch ledergebunden oder kartoniert sein sollte, wie viele Rosen den Trauergästen als Grabbeigabe zur Verfügung gestellt werden sollten.

Melanie registrierte, wie die Rechnung ungeahnte Ausmaße annahm: 2.000 $ für den Sarg, 2.000 $ für den Zementblock, der das Unausweichliche doch nur verzögern würde, 300 $ für den Rabbi, 500 $ für eine Todesanzeige in der Times, 1.500 $ für das Ausheben des Grabes, 1.500 $ für die Nutzung der Kapelle, die der Leichenhalle angeschlossen war. Wo sollten sie soviel Geld hernehmen? Und dann fiel es ihr plötzlich wieder ein: Das Geld, das sie für Emilys Studium gespart hatten. Jacob Saltzman reichte Michael eine Gesamtaufstellung. Michael nickte nur. »Gut«, sagte er. »Ich will nur das Beste.«

Melanie wandte sich sehr langsam Saltzman zu. »Die Rosen«, sagte sie. »Der Mahagonisarg. Der Zement drum herum. Die New York Times.« Sie fing an zu zittern. »Das Beste macht Emily nicht weniger tot.«

Michael erbleichte. Er überreichte dem Bestatter eine Tüte. »Ich denke, wir sollten jetzt gehen«, sagte er ruhig. »Hier sind die Kleider.«

Melanie, die bereits halb aufgestanden war, hielt mitten in der Bewegung inne. »Die Kleider.«

»In denen sie bestattet werden soll«, erklärte Jacob Saltzman sanft.

Melanie griff nach der Papiertüte und schaute hinein. Sie nahm ein buntbedrucktes Sommerkleid heraus, das viel zu dünn war für November, und Sandalen, die Em schon zwei Jahre zu klein waren. Sie fischte noch eine Strumpfhose heraus, die nach Weichspüler duftete, und eine Spange mit defekter Schließe. Michael hatte weder an einen BH noch an einen Slip gedacht. Erinnerten sie sich überhaupt an dieselbe Tochter?

»Warum diese Sachen?« flüsterte sie. »Wo hast du die her?« Die Kleider entsprachen einem Stil, der längst passé war und der Emily nicht gefallen hätte, Kleider, die sie mit Sicherheit nicht in der Ewigkeit würde tragen wollen. Sie hatten diese eine letzte Chance zu beweisen, daß sie Emily gekannt hatten, daß sie ihr zugehört hatten. Was, wenn sie alles falsch machten?

Sie stürzte aus dem Raum, bemüht, das eigentliche Problem zu verdrängen. Es war nicht, daß Michael die falschen Entscheidungen traf; vielmehr war es, daß er überhaupt welche traf.

Anne-Marie Marrone wartete in der Auffahrt, als sie nach Hause kamen.

Michael hatte die Beamtin in der Nacht flüchtig kennengelernt, war jedoch nicht in der Stimmung gewesen, ihr zuzuhören. Sie hatte ihm die unwillkommene Nachricht überbracht, daß Emily und Chris gemeinsam hatten Selbstmord begehen wollen. Michael konnte sich nicht vorstellen, was sie ihnen noch zu sagen haben könnte, nachdem Em bereits tot war.

»Dr. Gold«, rief Detective Marrone, als sie aus ihrem Taunus stieg. Sie kam den Kiesweg hinauf auf ihren Wagen zu. Sofern sie bemerkte, daß Melanie noch auf dem Beifahrersitz saß und blind vor sich hin starrte, ließ sie es sich nicht anmerken. »Ich wußte gar nicht, daß Sie Arzt sind«, sagte sie freundlich. Sie zeigte auf seinen Truck, der links von ihnen parkte und die Werbeaufschrift seiner Praxis trug.

»Tiere«, sagte er knapp. »Das ist nicht dasselbe.« Dann seufzte er. Wie schlecht dieser Tag auch sein mochte, Anne Marie Marrone war nicht der Grund. Sie tat nur ihre

Arbeit. »Hören Sie, Detective Marrone, wir hatten einen schwierigen Morgen. Ich habe eigentlich keine Zeit, mit Ihnen zu sprechen.«

»Das verstehe ich gut«, entgegnete Anne-Marie rasch. »Es dauert nur eine Minute.«

Michael nickte und machte eine einladende Geste zum Haus hin. »Es ist offen«, sagte er. Er sah, wie die Beamtin zu einer Bemerkung über diesen Leichtsinn ansetzte und es sich dann anders überlegte. Er ging hinüber zur Beifahrerseite, öffnete die Tür und half Melanie heraus. »Komm mit rein«, sagte er, wobei er die Stimme zu einem sanften, leisen Tonfall dämpfte, den er auch benutzt hätte, um ein nervöses Pferd zu beruhigen. Er führte seine Frau die Steinstufen hinauf und in die Küche, wo sie sich auf einen Stuhl setzte, ohne ihren Mantel auszuziehen.

Detective Marrone stand mit dem Rücken zur Arbeitsplatte. »Wir haben ja gestern schon über Chris Hartes Geständnis eines versuchten Doppelsuizids gesprochen«, kam sie ohne Umschweife auf den Punkt. »Es ist möglich, daß ihre Tochter sich selbst getötet hat. Aber Sie müssen wissen, daß bis zum Beweis des Gegenteils ihr Tod als Mordfall behandelt wird.«

»Mord«, hauchte Michael. Bei diesem einen furchtbaren und gleichzeitig verführerischen Wort fühlte er, wie ein Abgrund sich in seinem Inneren auftat – eine Chance, einem anderen die Schuld zu geben an Emilys Tod. »Wollen Sie behaupten, daß Chris sie getötet hat?«

Die Beamtin schüttelte den Kopf. »Ich behaupte gar nichts«, sagte sie. »Ich wollte Ihnen nur ein Detail der gesetzlichen Vorgehensweise erläutern. Es ist Routine, die Person, die in der Nähe einer noch rauchenden Schußwaffe angetroffen wird, als verdächtig einzustufen. Die noch lebende Person, meine ich«, fügte sie hinzu.

Michael schüttelte den Kopf. »Wenn Sie in ein paar Tagen zurückkommen würden, wenn ... sich alles etwas beruhigt hat, zeige ich Ihnen gerne alte Fotoalben, Emilys Schulhefte oder Briefe, die Chris ihr aus dem Ferienlager geschrieben hat. Er hat meine Tochter nicht getötet, Detective Marrone. Wenn er sagt, er hat es nicht getan, dann glaube ich ihm. Ich verbürge mich für Chris; ich kenne ihn sehr gut.«

»So gut wie Ihre eigene Tochter, Dr. Gold? Die Sie so gut gekannt haben, daß Sie nicht einmal geahnt haben, daß sie selbstmordgefährdet war?« Detective Marrone verschränkte die Arme vor der Brust. »Wenn nämlich stimmt, was Christopher Harte mir erzählt hat, dann bedeutet das, daß Ihre Tochter sich das Leben nehmen wollte – daß sie sich das Leben genommen hat – und das ohne jedes äußerliche Anzeichen von Deprimiertheit.«

Detective Marrone rieb sich den Nasenrücken. »Hören Sie. Ich hoffe für Sie – für Emily und Chris – daß es sich um einen verpatzten Doppelselbstmord handelt. Selbstmord ist in New Hampshire kein Verbrechen. Wenn jedoch Zweifel an der Selbstmordversion bestehen, wird der Generalstaatsanwalt darüber befinden, ob Anlaß besteht, den Jungen des Mordes anzuklagen.«

Deutlicher brauchte sie nicht zu werden; Michael verstand auch so, daß diese Zweifel sich möglicherweise aus dem ergeben würden, was Emily ihnen post mortem verriet, im Rahmen der Autopsie. »Bekommen wir eine Kopie vom Bericht des Leichenbeschauers?« fragte er.

Anne-Marie nickte. »Wenn Sie möchten, kann ich Ihnen einen zeigen.«

»Ja, bitte«, entgegnete Michael. Das würde ihr letztes »Wort« sein, der Abschiedsbrief, den sie nicht hinterlassen hatte. »Aber ich bin sicher, daß es nicht zur Anklageerhebung kommen wird.«

Anne-Marie nickte und ging zur Tür. Auf der Schwelle

drehte sie sich noch einmal um. »Haben Sie schon mit Chris gesprochen?«

Michael schüttelte den Kopf. »Ich ... es schien mir nicht der geeignete Zeitpunkt zu sein.«

»Natürlich nicht«, sagte die Beamtin. »War nur eine Frage.« Sie sprach ihnen noch einmal ihr Beileid aus und ging dann hinaus.

Michael ging zur Kellertür und ließ die beiden Setter herein, die übermütig um ihn herumsprangen. Er ließ die Hunde vorne raus und blieb eine Weile in der offenen Tür stehen. Er bemerkte nicht, daß Melanie in der Zugluft den Mantel enger um sich zog, die Lippen zu dem Wort »Mord« gerundet, in das sie sich festbiß, unversöhnlich.

James war bei Chris im Krankenhaus und wartete auf den behandelnden Arzt, der seinen Sohn in die geschlossene Jugendpsychiatrie überweisen sollte. Gus war erleichtert gewesen über diesen ärztlichen Rat – sie war nicht sicher, bei Chris Anzeichen einer Depression erkennen zu können, die sie ganz offensichtlich in der Vergangenheit übersehen hatte. Geschultes Krankenhauspersonal und ein erfahrener Ärztestab würden dafür sorgen, daß ihm nichts passierte.

James war ausgerastet. Ob dies in der Patientenakte vermerkt wurde, die ihn für den Rest seines Lebens begleiten würde? Und könnte er sich als Siebzehnjähriger jederzeit auf eigenen Wunsch entlassen lassen? Würden seine Schule, seine zukünftigen Arbeitgeber, die Regierung, je erfahren, daß er drei Tage auf einer psychiatrischen Station verbracht hatte?

Gus schaute aus dem Wohnzimmerfenster und blickte auf den ordentlichen Pfad zwischen ihrem Haus und dem der Golds. Um diese Jahreszeit war er mit einem

Teppich aus goldenen Tannennadeln bedeckt und feucht von Frost. Sie sah, daß oben in Melanies Zimmer Licht brannte; dann sah sie auf Zehenspitzen bei Kate hinein, die am Nachmittag von Emilys Tod erfahren hatte. Wie erwartet hatte ihre Tochter sich in den Schlaf geweint.

Gus legte sich den Mantel um die Schultern, lief den Weg hinunter und betrat die Küche der Golds. Es war kein Laut zu hören, abgesehen vom lauten Ticken der Kuckucksuhr. »Melanie?« rief sie. »Ich bin's.« Sie ging nach oben und warf einen Blick ins Schlafzimmer und in den Computerraum. Emilys Schlafzimmertür war geschlossen; Gus entschied, nicht hineinzusehen. Statt dessen klopfte sie an die andere geschlossene Tür, die Badezimmertür, und ließ sie langsam aufschwingen.

Melanie saß auf dem heruntergeklappten Toilettendeckel. Als Gus eintrat, blickte sie auf, zeigte aber keinerlei Überraschung.

Jetzt, wo sie da war, wußte Gus nicht, was sie sagen sollte. Plötzlich kam es ihr dumm vor, Trost spenden zu wollen, wo sie doch selbst so stark in den Schmerz eingebunden war. »Hallo«, sagte Gus sanft. »Wie kommst du zurecht?«

Melanie zuckte die Achseln. »Ich weiß nicht«, sagte sie. »Montag ist die Beerdigung. Wir waren beim Bestatter.«

»Das muß furchtbar gewesen sein.«

»Ich habe nicht viel mitgekriegt. Ich kann Michael im Augenblick nicht ertragen.«

Gus nickte. »Ja. James hat sich mit dem Arzt angelegt, der Christopher in die Psychiatrie einweisen wollte. Er meinte, das würde den guten Namen der Familie beflecken.«

Melanie sah sie an. »Hast du das kommen sehen?« fragte sie, und Gus tat gar nicht erst so, als verstünde sie nicht, was sie meinte.

»Nein«, entgegnete sie mit spröder Stimme. »Hätte ich etwas geahnt, hätte ich dich darauf angesprochen. Und ich weiß, daß du umgekehrt auch mich angesprochen hättest.« Sie ließ sich auf den Badewannenrand sinken. »Was kann nur so unerträglich für sie gewesen sein?« fragte sie leise. Sie wußte, daß ihr die gleichen Gedanken durch den Kopf gingen wie Melanie: Chris und Emily waren mit viel Liebe aufgewachsen, in einem wohlhabenden Zuhause, miteinander. Was konnte ihnen da gefehlt haben?

Melanie griff nach dem ersten Blatt Toilettenpapier und ließ es durch ihre Finger gleiten wie einen Saum. »Michael hat dem Bestatter diese scheußlichen Kleider gebracht, in denen sie beerdigt werden sollte. Ich habe sie an mich genommen. Ich habe mich geweigert, das zuzulassen.«

Gus erhob sich, erleichtert bei der Aussicht, etwas Konkretes tun zu können. »Dann müssen wir etwas Passendes aussuchen«, sagte sie. Sie nahm Melanies Hand, zog sie auf die Füße und führte sie in Emilys Zimmer. Sie drehte den Türknauf und ließ sich nicht anmerken, daß sie panische Angst hatte vor den Erinnerungen, die auf sie einstürmen würden.

Aber es war immer noch schlicht Emilys Zimmer. Der heilige Schrein eines Teenagers, mit löchriger Kleidung, Parfumöl und Schnappschüssen von Gus' Sohn. Melanie blieb unsicher in der Mitte des Zimmers stehen, bereit, jeden Moment hinauszustürmen, während Gus Emilys Garderobe durchforstete. »Was hältst du von der türkisfarbenen Bluse, die sie für das Schulfoto getragen hat?« fragte Gus. »Sie hat ihre Augen so hübsch zur Geltung gebracht.«

»Die Bluse ist ärmellos«, entgegnete Melanie abwesend. »Sie würde sich zu Tode frieren.« Als Gus' Hände auf den Kleiderbügeln innehielten, hielt sich Melanie eine Hand vor den Mund. »Nein«, stöhnte sie, und ihre Augen füllten sich mit Tränen.

»O Mel.« Gus nahm ihre Freundin in die Arme. »Ich habe sie auch geliebt. Das haben wir alle.«

Melanie wand sich aus der Umarmung und kehrte der Freundin den Rücken zu. »Weißt du«, sagte Gus zögernd. »Vielleicht könnte ich Chris fragen. Er wird besser als wir beide wissen, in welchen Sachen sie sich am wohlsten gefühlt hat.«

Melanie antwortete nicht. Was hatte die Polizistin ihnen gesagt? Und wichtiger noch, was glaubte die Polizei? »Du weißt, daß Chris sie geliebt hat«, sagte Gus leise. »Du weißt, daß er alles für sie getan hätte.«

Als Melanie sich umdrehte, sah sie völlig verändert und fremd aus. »Was ich weiß«, sagte sie kalt, »ist, daß Chris noch am Leben ist.«

Vergangenheit

Sommer 1984

Diesmal träumte Gus, daß sie die Route 6 hinunterfuhr. Hinten im Fond des Volvo saß Chris und rammte immer wieder eine Action-Figur gegen den Rand seines Kindersitzes. Neben ihm saß das Baby, dessen Gesicht im Rückspiegel jedoch nicht zu sehen war. »Trinkt sie aus ihrer Flasche?« fragte Gus Chris, den großen Bruder und Kopiloten.

Aber ehe er antworten konnte, klopfte ein Mann ans Fenster. Lächelnd kurbelte sie die Scheibe herunter, bereit, einem Ortsunkundigen zu helfen.

Statt dessen hielt der Fremde ihr eine Pistole unter die Nase. »Aussteigen«, befahl er.

Zitternd stellte Gus den Motor ab. Sie stieg aus dem Wagen – alle rieten einem immer, in einem solchen Fall alles zu tun, was der Aggressor von einem verlangte. Dann warf sie die Schlüssel, so weit sie konnte, in die Mitte der Gegenfahrbahn.

»Miststück!« schrie der Mann und rannte los, um die Schlüssel zu holen. Gus wußte, daß ihr weniger als 30 Sekunden Zeit blieben. Nicht genug, um beide Kindersitze aufzuschnallen, beide Kinder herauszuholen und in Sicherheit zu bringen.

Der Mann kehrte bereits zurück. Sie mußte sich entscheiden. Schluchzend riß sie die hintere Wagentür auf. »Los, los«, rief sie, löste den Gurt und nahm das Baby auf den Arm. Dann rannte sie auf die andere Seite, auf Chris' Seite, aber der Mann ließ bereits den Motor aufheulen, und gleich darauf mußte sie hilflos zusehen, wie er mit ihrem Sohn davonraste.

»Gus! Gus!« Sie schreckte aus dem Schlaf hoch und versuchte, sich auf das Gesicht ihres Mannes zu konzentrieren. »Du hast wieder gewimmert.«

»Weißt du«, entgegnete Gus atemlos, »man sagt, wimmert man im Schlaf, dann schreit man im Traum.«

»Ein Alptraum?«

Gus nickte. »Diesmal war es Chris.«

James legte den Arm um Gus, rieb die gespannte Haut ihres dicken Bauches und fühlte die Rundungen und Beulen, die Knie und Ellbogen sein mußten. »Das ist nicht gut für dich«, murmelte er.

»Ich weiß.« Sie war schweißgebadet, und ihr Herz raste. »Vielleicht sollte ich ... vielleicht sollte ich mich an einen Profi wenden.«

»Einen Psychiater?« James schnaubte verächtlich. »Komm schon, Gus. Das war nur ein Alptraum.« In sanfterem Tonfall fuhr er fort: »Außerdem leben wir in Bainbridge.« Er drückte ihr einen Kuß auf den Hals. »Hier gibt es so etwas wie Carjacking nicht. Und niemand wird unsere Kinder entführen.«

Gus starrte an die Decke. »Woher willst du das wissen?« fragte sie ruhig. »Wie kannst du so sicher sein, daß dir Schicksalsschläge erspart bleiben werden?« Dann stand sie auf und ging barfuß zum Zimmer ihres Sohnes. Chris schlief, Arme und Beine von sich gestreckt. Er schläft in der Gewißheit, sicher zu sein, dachte sie.

Der Sommer war ungewöhnlich heiß gewesen, etwas, das Gus nicht auf El Niño oder die globale Erwärmung zurückführte, sondern auf Murphy's Gesetz, da sie sich gerade in der Mitte ihrer zweiten Schwangerschaft befand. In den vergangenen zwei Wochen, in denen die Temperatur auf 29° Celsius gestiegen war, waren Gus und Melanie jeden Tag mit den Kindern zum Tally Pond gefahren, einem Badesee, den die Stadt zum Schwimmen angelegt hatte.

Chris und Emily waren am Ufer, die Köpfe zusammengesteckt, ihre Gliedmaßen schmutzig und braun wie Apfelwein. Gus sah zu, wie Emily die Hände in den Schlamm tauchte und anschließend zärtlich an Chris' Gesicht hob. »Du bist ein Indianer«, sagte Emily und zeichnete eine Kriegsbemalung auf seine Wangen.

Chris beugte sich zum Wasser hinab und schöpfte zwei Händevoll Schlamm. Er klatschte die Hände gegen Emilys Brust und verteilte den Matsch bis hinunter zu ihrem Bauch. »Du auch«, sagte er.

»O-Oh«, meinte Gus, »ich schätze, solche Spielchen sollte ich frühzeitig unterbinden.«

Melanie lachte. »Das Anfassen, meinst du? Mit etwas Glück werden die Mädchen, wenn er anfängt, sich für sie zu interessieren, Bikinioberteile tragen.«

Emily machte einen Satz zurück, kreischte und rannte

los, den schmalen Sandstreifen entlang. Melanie blickte ihnen hinterher, bis sie hinter einer Bodenerhebung aus ihrem Blickfeld verschwanden. »Ich sollte sie holen gehen«, sagte sie.

»Jedenfalls wärst du schneller als ich«, stimmte Gus ihr zu. Sie bog den Kopf zurück und döste vor sich hin, bis der Sand unter stampfenden Füßen vibrierte. Sie blinzelte und sah Emily und Chris vor sich stehen, splitterfasernackt.

»Wir wollen wissen, warum Emily einen Schlitz hat«, verkündete Chris.

Hinter ihnen kam Melanie in Sicht, die ausgezogenen Badehosen in der Hand. »Einen Schlitz?«

Chris zeigte auf seinen Penis. »Ja«, sagte er. »Ich habe einen Penis, und sie hat einen Schlitz.«

Melanie lächelte breit. »Ich habe sie zurückgeholt, jetzt bist du an der Reihe.«

Gus räusperte sich. »Emily hat eine Vagina«, sagte sie, »weil Emily ein Mädchen ist. Mädchen haben eine Vagina und Jungen einen Penis.« Emily und Chris wechselten einen vielsagenden Blick.

»Kann sie sich einen Penis kaufen?« fragte Chris.

»Nein«, antwortete Gus. »Man muß sich mit dem begnügen, was die Natur einem mitgegeben hat. Das ist wie mit den Süßigkeiten an Halloween.«

»Aber wir wollen gleich sein«, jammerte Emily.

»Nein, wollt ihr nicht«, widersprachen Gus und Melanie wie aus einem Mund. Melanie hielt den Kindern ihre Höschen hin. »Und jetzt zieh dich wieder an. Du auch, Chris.«

Die Kinder schlüpften gehorsam in ihre nassen Badehosen und kehrten zurück zu der Sandstadt, die sie früher am Morgen gebaut hatten. Melanie warf Gus mit hochgezogenen Brauen einen Blick zu. »Süßigkeiten an Halloween?«

Gus lachte. »Als ob dir etwas Besseres eingefallen wäre.«

Melanie setzte sich wieder. »Bei der Hochzeit werden wir hieran zurückdenken und uns halbtot lachen«, sagte sie.

Charlie, James' Jagdhund, war seit einiger Zeit krank. Im vergangenen Jahr hatte Michael ein Geschwür diagnostiziert und Medikamente wie Tagamet und Zantac verschrieben – Medikamente aus der Humanmedizin, die ein Vermögen kosteten. Der Hund durfte nur sehr kleine Mengen sehr mageren Futters fressen. Auf keinen Fall durfte er in die Nähe einer Mülltonne mit Bratfett. Aber die Krankheit verlief in Zyklen – monatelang ging es Charlie bestens, dann traten die Beschwerden ganz plötzlich wieder auf, und Gus brachte den Hund zu Michael. Sie versteckte die Tierarztrezepte vor James, da sie wußte, daß James niemals bereit gewesen wäre, jeden Winter 500 Dollar in einen todgeweihten Hund zu investieren. Aber Gus weigerte sich, die Alternative auch nur in Betracht zu ziehen.

In diesem Sommer stellten sich bei Charlie jedoch neue gesundheitliche Schwierigkeiten ein. Er trank andauernd – aus der Toilettenschüssel, Chris' Badewasser, aus Pfützen. Er urinierte auf Teppiche und Tagesdecken, obgleich er seit sechs Jahren stubenrein war. Michael hatte Gus erklärt, daß es sich vermutlich um Diabetes handle. Das war ungewöhnlich bei einem Springer Spaniel, und die Krankheit war nicht tödlich. Allerdings war sie schwierig in den Griff zu bekommen. Gus gab dem Hund jeden Morgen eine Insulinspritze.

Samstags nachmittags brachte Gus Charlie nach nebenan zu den Golds und ließ ihn von Michael untersuchen. Jede Woche unterhielten sie sich über das Ausbleiben einer Besserung und die Option, das Tier einschläfern zu lassen. »Ich werde ganz sicher nicht schlecht von dir denken, wenn du dich dazu entschließt.«

Am dritten Samstag im August ging Gus wieder einmal über den Pfad von ihrem Haus zu den Golds. Charlie wuselte um ihre Füße herum. Chris war bei ihr, und auch Emily – die beiden hatten an diesem Vormittag gemeinsam bei den Hartes gespielt. Hund und Kinder stürmten in einem Gewirr fliegender Pfoten und Füße die Seitentreppe hinauf. Die Kinder stürmten in die Küche, und Charlie schoß wie eine Kanonenkugel zwischen Melanies Beinen hindurch, sobald diese die Tür aufmachte. »Immer noch unsauber?« Gus nickte. »Charlie!« rief Melanie. »Komm sofort her!«

Aber bevor der Hund einen Teppich beschmutzen oder nach oben laufen konnte, tauchte Michael mit ihm an seiner Seite auf. »Wie machst du das?« fragte Gus lachend. »Bei mir macht er nicht einmal sitz.«

»Jahrelange Praxis«, entgegnete Michael grinsend. »Bist du soweit?«

Gus wandte sich Melanie zu. »Hältst du ein Auge auf Chris?«

»Ich glaube, das macht Em schon. Wann sollen wir heute abend bei euch drüben sein?«

»Um sieben«, erwiderte Gus. »Wir können die Kinder ins Bett bringen und so tun, als hätten wir gar keine.«

Michael tätschelte Gus' Bauch. »Das dürfte dir mit deiner mädchenhaften Figur ja ganz besonders leicht fallen.«

»Wenn du nicht der Arzt meines Hundes wärst, würde ich dir dafür eine verpassen«, schimpfte Gus mit gespielter Empörung.

Sie gingen lachend und plaudernd hinüber zu dem

kleinen Büro, das Michael sich über der Garage eingerichtet hatte, nicht ahnend, daß Melanie sie und die Gelöstheit, die sie umgab, beobachtete, bis sie außer Sichtweite waren.

James tauchte im Spiegel hinter Gus auf, als sie gerade ihren linken Ohrring ansteckte. »Wie alt bin ich?« fragte er und fuhr sich mit einer Hand durch das Haar.

»Zweiunddreißig«, entgegnete sie.

James' Augen weiteten sich. »Bin ich nicht«, protestierte er. »Ich bin einunddreißig.«

Gus lächelte. »Du bist 1952 geboren. Rechne nach.«

»O mein Gott. Und ich dachte, ich wäre einunddreißig.« Er musterte seine lachende Frau. »Komisch«, sagte er. »Kennst du das, wenn man aufwacht und glaubt, es wäre Freitag, und tatsächlich ist es erst Dienstag? Also, ich habe gerade ein ganzes Jahr vergessen.«

Es klingelte an der Haustür. »Daddy«, sagte Chris, der in diesem Augenblick in seinem Batman-Schlafanzug ins Zimmer gehopst kam. »Em ist da. Em ist da.«

»Geh runter und mach auf«, sagte Gus. »Sag Melanie, daß wir gleich da sind.«

James' Blick begegnete dem ihrem im Spiegel. »Habe ich dir schon gesagt, wie hübsch du heute abend aussiehst?« fragte er leise.

Gus lächelte breit. »Das liegt nur daran, daß im Spiegel nur mein Oberkörper zu sehen ist.«

»Trotzdem«, flüsterte James ihr ins Ohr und küßte sie auf den Hals.

»Und habe ich dir schon gesagt, daß ich deine vollen einunddreißig Jahre liebe?« entgegnete Gus.

»Zweiunddreißig.«

»Oh.« Gus runzelte die Stirn. »Wenn das so ist, vergiß es.« Dann lächelte sie strahlend, trat zurück und präsentierte sich in voller Größe in ihrem kürbisfarbenen Seidenkaftan. »Kommst du?« Als James nickte, knipste sie das Licht aus und ging nach unten.

Mitten am Abend fing der Hund an, sich zu übergeben.

Sie waren gerade mit Essen fertig. Die Männer waren nach oben gegangen, um Chris und Emily in dem Doppelbett im Elternschlafzimmer unterzubringen. James kam gerade die Treppe herunter, als er den Hund husten und dann würgen hörte.

Er ging den Flur hinunter und sah Charlie inmitten einer Urinpfütze auf den antiken Kelim-Teppich brechen. »Gottverdammt«, knurrte er, als er die anderen nur wenige Schritte hinter sich hörte. Er packte Charlie am Halsband und schleifte ihn nach draußen.

»Es ist doch nicht seine Schuld«, sagte Gus beschwichtigend. Melanie hatte sich bereits auf alle viere fallen lassen und machte sich daran, mit einem Küchenhandtuch sauberzumachen.

»Das weiß ich«, erwiderte James angespannt. »Aber das macht es nicht leichter.« Er wandte sich Michael zu, der das Ganze aus einiger Entfernung beobachtete, die Hände in den Hosentaschen vergraben. »Kannst du nicht etwas tun?«

»Nein«, entgegnete Michael. »Nicht, ohne einen Insulinschock zu riskieren.«

»Wunderbar«, sagte James mißmutig und stieß den beschmutzten Teppich mit der Schuhspitze an. »Großartig.«

Gus nahm Melanie, die sich langsam aufrichtete, das Handtuch ab. »Vielleicht sollten wir besser gehen«, sagte sie. Michael nickte, und während Gus und James versuchten, ihren antiken Teppich zu retten, gingen die Golds nach oben. Ihre Tochter war inmitten eines Meeres aus zerwühlten Laken an Chris gekuschelt, ihre goldenen und kupferfarbenen Haarsträhnen auf demselben Kissen miteinander verwoben. Sachte löste Michael die Kinder voneinander, hob Emily auf die Arme und trug sie die Treppe hinunter.

Gus wartete an der Haustür. »Ich melde mich«, sagte sie.

»Tu das«, entgegnete Melanie, lächelte traurig und hielt die Tür auf.

Michael blieb einen Augenblick zurück. Er verlagerte das feuchte, warme Gewicht seines Kindes in seinen Armen. »Vielleicht ist es Zeit, Gus«, sagte er.

Sie schüttelte den Kopf. »Das Ganze tut mir leid.«

»Nein«, sagte Michael. »Mir tut es leid.«

Diesmal hatte der Carjacker eine Hundeschnauze und schwarzes, krankes Zahnfleisch. »Steig aus«, befahl er, und Gus gehorchte, wobei sie sich bewußt machte, daß sie die Schlüssel diesmal weiter werfen und schneller handeln mußte.

Sie riß die hintere Wagentür weit auf, löste den Gurt der Babyschale und hob den Säugling aus dem Auto. »Mach dich los!« rief sie Chris zu, der sich alle Mühe gab, aber mit seinen kleinen Fingern mit dem Schließmechanismus nicht zu Rande kam. »Mach den Gurt auf!«

Sie rannte auf seine Seite des Wagens. Der Carjacker ließ sich auf den Fahrersitz fallen und zielte mit der Waffe auf sie. Sie fühlte ein Kratzen am Handgelenk. Sie senkte den Blick und sah, daß sie die ganze Zeit Charlie in den Armen gehalten hatte.

James stieg noch vor Sonnenaufgang aus dem Bett und schlüpfte in Jeans und T-Shirt. Erstaunlich, wie frisch es hier oben sein konnte, bevor der Nebel sich gelichtet hatte. Er aß am Küchentisch eine Schüssel Müsli, wobei er ganz bewußt an nichts dachte, und stieg dann die Kellertreppe hinunter.

Charlie, der sein Kommen immer im voraus erahnte, sprang bereits ungeduldig in seinem Zwinger umher. »Hallo, Kumpel«, sagte James und zog den Riegel zurück. »Möchtest du raus? Willst du jagen gehen?« Der Hund verdrehte die Augen und hechelte erwartungsvoll. Dann hockte er sich hin und urinierte auf den Zementboden.

James schluckte. Dann fischte er den Schlüssel des Gewehrkastens aus der Tasche. Er nahm die .22er heraus, die er für Chris aufbewahrte, wenn er eines Tages alt genug war, Eichhörnchen und Kaninchen zu jagen. Mit einem Silikontuch rieb James den glatten Holzschaft und den glänzenden Lauf ab. Er nahm zwei Kugeln und stopfte sie in eine Tasche seiner Jeans.

Der Hund rannte James voran durch die Haustür nach draußen, ganz in seinem Element. Charlie schnüffelte und sprang eine dicke braune Kröte an. Dann kehrte er Kreise ziehend zurück, seiner eigenen Witterung folgend.

»Hier lang«, rief James und pfiff. Er führte den Hund tiefer in das Wäldchen auf dem rückwärtigen Teil des Grundstücks. Er lud das Gewehr und beobachtete, wie Charlie durch das dichte Unterholz wetzte, in der Hoffnung, einen Fasan oder ein Rebhuhn aufzuspüren, so wie es ihm im Blut lag. Er sah, wie der Hund plötzlich innehielt, den Kopf in den Nacken legte und in den Himmel blickte.

James liefen Tränen über das Gesicht, als er hinter den Hund trat, der bei seiner stillen, vertrauten Gegenwart nicht einmal den Kopf drehte. Er hob das Gewehr und schoß den Spaniel in den Hinterkopf.

»Hi«, sagte Gus, als sie in die Küche kam. »Du bist früh auf.«

James wusch sich an der Spüle die Hände. Er blickte nicht auf. »Hör zu«, sagte er. »Der Hund ist gestorben.«

Gus blieb stehen und lehnte sich gegen die Arbeitsplatte. Ihre Augen schwammen in Tränen. »Es muß das Insulin gewesen sein. Michael hat gesagt ...«

»Es war nicht das Insulin«, unterbrach James sie, ihrem Blick ausweichend. »Ich war heute morgen mit ihm draußen. Auf der Jagd.«

Sofern Gus es merkwürdig fand, daß sie Monate vor der Eröffnung der Jagdsaison in Neuengland auf die Pirsch gegangen waren, sagte sie es nicht. »Hatte er einen Anfall?« fragte sie stirnrunzelnd.

»Es war kein Anfall. Es ... Gus, ich habe es getan.«

Sie hob geschockt eine Hand an den Hals. »Was hast du getan?« fragte sie leise.

»Ich habe ihn getötet, verdammt«, entgegnete James heftig. »Okay? Ich fühle mich nicht gut deswegen. Und ich war auch nicht wütend wegen des Teppichs. Ich wollte ihm nur helfen. Ich wollte ihn von seinen Schmerzen erlösen.«

»Und da hast du ihn erschossen?«

»Was hättest du denn getan?«

»Ich hätte ihn zu Michael gebracht«, entgegnete Gus mit erstickter Stimme.

»Damit er ihn einschläfert? Und du hättest ihn dabei in den Armen gehalten und ihm beim Sterben zugesehen? Was ich getan habe, war humaner«, sagte James. »Er war mein Hund. Es war meine Aufgabe, das zu übernehmen.« Er durchquerte den Raum und blieb vor seiner Frau stehen. »Was?« fragte er herausfordernd.

Gus schüttelte den Kopf. »Ich kenne dich nicht«, sagte sie und rannte aus dem Haus.

»Was muß man für ein Mensch sein, um den eigenen Hund zu erschießen?« fragte Gus, die zitternden Hände um ihre Kaffeetasse gelegt.

Melanie starrte sie über den Küchentisch hinweg an. »Das war keine Gefühllosigkeit«, sagte sie, war aber nicht mit dem Herzen dabei. Erst vor wenigen Augenblicken, als ihre beste Freundin schluchzend durch die Seitentür hereingestürzt war, hatte Melanie erkannt, wieviel es ihr bedeutete, daß ihr Mann sich zum Heilen berufen fühlte.

»Er bringt seine Patienten doch auch nicht um, oder?« platzte Gus heraus, als hätte sie Melanies Gedanken gelesen. »Und was soll ich Chris sagen?«

»Sag ihm, daß Charlie gestorben ist und daß es ihm jetzt besser geht.«

Gus rieb sich mit beiden Händen das Gesicht. »Das wäre gelogen«, sagte sie.

»Du würdest es ihm aber leichter machen«, entgegnete Melanie, und ohne es zu wollen, dachten beide Frauen daran, was James getan hatte und warum.

Chris wartete auf den Verandastufen, als Gus nach Hause kam. »Daddy hat gesagt, Charlie wäre tot«, verkündete er.

»Ich weiß«, sagte Gus. »Es tut mir leid.«

»Bekommt er ein richtiges Begräbnis?«

»Auf dem Friedhof?« Gus runzelte die Stirn. Was hatte James mit dem toten Hund gemacht? »Ich glaube nicht, Schatz. Daddy hat Charlie wahrscheinlich irgendwo im Wald begraben.«

»Ist Charlie jetzt ein Engel?«

Gus dachte an den Spaniel, der so leichtfüßig herumgesprungen war, als hätte er Flügel. »Ja. Ich glaube, das ist er.«

Chris rieb sich die Nase. »Und wann sehen wir ihn wieder?«

»Erst wenn wir in den Himmel kommen«, antwortete Gus. »Und das wird noch sehr lange dauern.«

Sie blickte zu Chris auf, dessen Wangen tränennaß waren. Impulsiv hastete sie ins Haus, Chris dicht auf den Fersen. Gus stürmte ins Bad und schnappte sich ihre Zahnbürste, ihr Shampoo, ihre Einwegrasierer und ihr Aprikosenparfum. Sie wickelte alles in ein Baumwollnachthemd und legte das Bündel auf das Bett. Dann zog sie wahllose Kleider von Bügeln und aus Schubladen. »Wie würde es dir gefallen, eine Weile bei Em zu wohnen?« fragte sie ihren kleinen Sohn.

Gus und Chris schliefen im Gästezimmer der Golds, einem kleinen Raum neben der Praxis. Das Zimmer war mit einem Doppelbett und einem wackligen Kleiderschrank eingerichtet und roch durchdringend nach Desinfektionsmittel. Sich der nicht ganz einfachen Situation ihrer Gastgeber gegenüber James bewußt, und weil sie Melanie und Michael nicht ungebührlich zur Last fallen wollte, legte Gus sich schlafen, nachdem sie Christopher um acht zu Bett gebracht hatte. Sie lag in der Dunkelheit neben ihm und versuchte, nicht an James zu denken.

Michael und Melanie hatten kein Wort gesagt. Was hätten sie auch sagen sollen; es wäre ohnehin alles falsch rübergekommen. Sie mußte James zugute halten, daß er viermal angerufen hatte. Und zweimal war er dagewesen, aber von Gus weggeschickt worden, die aus dem Haus der Golds gerufen hatte, daß sie ihn nicht sehen wolle.

Gus wartete, bis sie oben kein Wasser mehr durch die Rohre laufen hörte. Sie lauschte Chris' gleichmäßigem Atem und stieg dann vorsichtig aus dem Bett. Sie ging den Flur hinunter zum Büro, wo die Knöpfe unten am Telefon im Dunkeln leuchteten.

James meldete sich beim dritten Klingeln. »Hallo«, meldete er sich verschlafen.

»Ich bin's.«

»Gus.« Sie konnte hören, wie er sich abrupt aufrichtete und den Hörer dichter ans Ohr hielt. »Ich wünschte, du würdest nach Hause kommen.«

»Wo hast du ihn begraben?«

»Im Wald. Drüben bei der Steinmauer. Ich zeige es dir, wenn du willst.«

»Ich wollte es nur wissen, damit ich es Chris sagen kann.« Eigentlich hatte sie gar nicht die Absicht, es Chris zu erzählen. Tatsächlich hatte sie gefragt, weil sie, auch wenn sie sich diese Angst selbst kaum eingestehen mochte, befürchtet hatte, sie könnte in ein paar Jahren nach einem Gewitter im Wald spazierengehen und auf ein Skelett stoßen.

»Ich habe das nicht getan, um ihm weh zu tun. Der verdammte Teppich ist mir egal. Du weißt, daß ich ihn ohne Zögern hergeben würde, wenn ich Charlie dafür gesund zurückbekäme.«

»Aber das hast du nicht getan, nicht wahr?« Sehr langsam legte sie den Hörer zurück auf die Gabel und preßte die geschlossene Faust an den Mund. Es dauerte einen Augenblick, ehe sie registrierte, daß Michael vor ihr stand.

Er trug eine Jogginghose mit einem Loch in Kniehöhe und dazu ein verwaschenes Tufts-T-Shirt. »Ich habe etwas gehört«, erklärte er. »Ich bin gekommen, um zu sehen, ob mit dir alles in Ordnung ist.«

»Ist alles in Ordnung«, entgegnete Gus. Sie dachte an Melanies verbale Präzision und an das, was James an diesem Morgen gesagt hatte. Der Hund ist gestorben. Aber genaugenommen war es so nicht gewesen. Der Hund war getötet worden. Das war ein Unterschied.

»Nein, eigentlich bin ich nicht in Ordnung«, sagte sie. »Ich fühle mich nicht einmal halbwegs okay.«

Sie fühlte Michaels Hand auf ihrem Arm. »Er hat getan, was er für das Beste hielt, Gus. Er ist sogar vorher mit Charlie jagen gegangen.« Er kniete sich neben Gus. »Als Charlie starb, war er bei dem Menschen, den er am meisten geliebt hat. Ich hätte ihn einschläfern können, aber ich hätte ihn davor niemals so glücklich machen können.« Er stand auf und zog an ihren Händen. »Geh schlafen«, sagte er und führte sie zurück zum Gästezimmer, wo seine Hand leicht und warm auf ihrem Rücken lag.

Am nächsten Tag gingen Melanie und Gus wieder mit den Kindern zum See. Chris und Emily stürzten sofort ans Wasser, während ihre Mütter es sich noch mit Handtüchern, Strandstühlen und Kühltaschen gemütlich machten. Plötzlich ertönte ein Pfiff von der Rettungsschwimmerstation. Ein muskulöser, braungebrannter Jugendlicher mit roter Badehose hechtete ins Wasser und kraulte zügig auf einen herausragenden Felsen zu. Melanie und Gus erstarrten in ihren Strandstühlen, wie gelähmt von derselben plötzlichen Erkenntnis: Sie konnten ihre Kinder nirgends sehen.

Dann sahen sie Emily an der Hand einer ihnen unbekannten Frau. Im schlammigen blauen Wasser war ein sich langsam drehendes Oval zu sehen, das unter der Oberfläche gefangen zu sein schien. Der Rettungsschwimmer tauchte und pflügte gleich darauf mit einem kleinen leblosen Körper ans Ufer.

Chris lag reglos da. Sein Gesicht war kalkweiß, und er atmete nicht. Gus bahnte sich unter Einsatz der Ellbogen einen Weg durch die Menge der Schaulustigen, unfähig zu sprechen, unfähig, irgend etwas anderes zu tun, als einige Schritte von ihrem Sohn entfernt kraftlos zu Boden zu sinken. Der Teenager beugte sich über ihn, bedeckte Chris' Lippen mit seinen und blies ihm Luft in die Lungen.

Chris drehte den Kopf zur Seite und erbrach Wasser. Keuchend und weinend streckte er an dem Rettungsschwimmer vorbei die Arme nach Gus aus. Der Jugendliche erhob sich. »Er dürfte es überstanden haben, Ma'am«, sagte er. »Was ist mit dem kleinen Mädchen? Seiner Freundin? Sie ist von den Felsen abgerutscht, und er ist reingesprungen, um sie rauszuholen. Das Problem war nur, daß sie an einer seichten Stelle gelandet war, an der sie stehen konnte, wohingegen er eine Untiefe erwischt hat.«

»Mom«, heulte Chris.

Gus zitterte am ganzen Leib. »Es tut mir leid. Ich kann dir gar nicht genug danken.«

»Kein Problem«, entgegnete der Junge und kehrte zurück zu der weißgetünchten Station.

»Mom«, sagte Chris noch einmal, und gleich darauf wieder, diesmal eindringlicher: »Mom!« Er umfaßte ihr Gesicht mit seinen eiskalten zitternden Händen.

»Was?« entgegnete Gus, das Herz vor Erleichterung so angeschwollen, daß sie das Gefühl hatte, daß es auf das Baby in ihrem Bauch drückte. »Was ist denn?«

»Ich habe ihn gesehen«, sagte Chris mit leuchtenden Augen. »Ich habe Charlie gesehen.«

An diesem Nachmittag zogen Gus und Chris zurück nach Hause. Sie trugen ihre Toilettenartikel und Kleider die Treppe hinauf. Nach einigem sorgsamen Auspacken und Wiedereinräumen sah es am Abend – als James aus dem Krankenhaus kam und nach seinem schlafenden Sohn und seiner Frau sah, die ihn im Ehebett erwartete – so aus, als wären sie nie weg gewesen.

Diesmal gelang es Gus in ihrem Alptraum, die Schlüssel weiter zu werfen als je zuvor, unter ein anderes Fahrzeug, das auf der gegenüberliegenden Straßenseite parkte. Sie löste ihren eigenen Sicherheitsgurt, stieg aus und holte den Säugling aus der Babyschale, als sie Schritte hinter sich hörte.

»Du Mistkerl!« schrie Gus, die sich zum erstenmal in diesem Alptraum zur Wehr setzte. Sie trat gegen den Autoreifen. Sie blickte durch die offene Tür ins Wageninnere und rechnete damit, flüchtig Chris' Gesicht zu sehen, bevor der Wagen mit quietschenden Reifen davonraste. Statt dessen sah sie, wie ihr Mann in den Wagen langte, um seinen Sohn aus seinem Kindersitz zu befreien. Sie fragte sich, warum sie so lange gebraucht hatte, um zu bemerken, daß James die ganze Zeit über auf dem Beifahrersitz gesessen hatte.

Gegenwart

November 1997

»Ich werde für Chris einen Anwalt engagieren«, verkündete James am Samstag beim Abendessen. Die Worte brachen aus ihm hervor wie ein Rülpser, und zu spät drückte er die Serviette auf die Lippen, so als könnte er sie zurücknehmen oder ein wenig höflicher formulieren.

Ein *Anwalt*. Die Servierplatte entglitt Gus' Händen und knallte klirrend auf den Tisch. »Was willst du?«

»Ich habe vertraulich mit Gary Moorhouse gesprochen. Erinnerst du dich an ihn? Du hast ihn beim Groton-Treffen kennengelernt. Es war seine Idee.«

»Aber Chris hat kein Verbrechen begangen. Depressionen sind nicht strafbar.«

Kate wandte sich ungläubig ihrem Vater zu. »Soll das heißen, sie glauben, Chris hätte Emily getötet?«

»Das kommt nicht in Frage«, erklärte Gus und verschränkte die Arme. Sie fröstelte plötzlich. »Chris braucht keinen Rechtsanwalt. Einen Psychiater, ja. Aber einen Anwalt ...«

James nickte. »Gary meint, daß Chris in dem Moment, da er Detective Marrone von einem Doppelselbstmord erzählt hat, sich selbst belastet hat. Allein schon, daß kein Dritter an der Sache beteiligt war, sondern er und Emily allein waren, macht ihn ganz automatisch verdächtig.«

»Das ist krank«, sagte Gus.

»Gus, ich behaupte doch nicht, daß Chris getan hätte, wessen man ihn verdächtigt«, sagte James sanft. »Ich denke nur, wir sollten gewappnet sein.«

»Du wirst keinen Verteidiger engagieren wegen eines Verbrechens, das nie begangen wurde«, widersprach Gus mit bebender Stimme.

»Gus ...«

»Du wirst nichts dergleichen tun, James. Ich werde das nicht zulassen.« Sie schlang die Arme noch enger um den Oberkörper, bis sie sich schließlich fast in der Mitte ihres Rückens trafen. »Wenn sie herausfinden, daß wir einen Anwalt engagiert haben, werden sie denken, Chris hätte etwas zu verbergen.«

»Das denken sie bereits. Sie nehmen an Emily eine Autopsie vor und schicken die Waffe zu ballistischen Tests ein. Hör zu. Du und ich, wir wissen, was wirklich passiert ist. Chris weiß, was wirklich passiert ist. Sollten wir da nicht einen Profi engagieren, der das auch der Polizei klarmacht?«

»Überhaupt nichts ist passiert!« schrie Gus und wirbelte herum, so daß sie ihm den Rücken zukehrte. »Nichts ist passiert«, wiederholte sie. *Sag das einmal Melanie*, flüsterte ihr Gewissen.

Plötzlich mußte sie wieder an den Tag denken, da Chris ihr beim Aufwachen die Arme um den Hals geschlungen hatte und ihr aufgefallen war, daß sein Atem nicht mehr der eines Kleinkindes war. Er roch schal und gewöhnlich, nicht süß und nach Milch, und sie war reflexartig zurückgewichen, so als wäre das nicht auf die Umstellung auf feste Nahrung zurückzuführen, sondern darauf, daß dieser kleine, unfertige Körper nun zur Sünde fähig war.

Gus holte mehrmals tief Luft, ehe sie sich wieder dem Eßzimmertisch zuwandte. Kate saß gebeugt über ihrem Teller, auf dem sich ihre Tränen sammelten. Die Servierplatte war unangetastet, und James' Platz war leer.

Kate stand unbehaglich in der Tür zum Krankenhauszimmer ihres Bruders, eine Hand auf dem Knauf, nur für den Fall, daß er ausrastete und völlig bekloppt wurde, so wie der Junge mit dem fettigen blonden Haar, der hinter einer fahrbaren Trage gekauert hatte, als sie mit ihrer Mutter den Flur hinuntergekommen war.

Genaugenommen hatte sie gar nicht kommen wollen. Chris wurde am Dienstag sowieso entlassen. Außerdem hatte der Arzt gesagt, er bräuchte Menschen um sich herum, die ihn liebten, und Kate bezweifelte, daß das auf sie zutraf. Die meisten Kontakte zwischen ihr und ihrem älteren Bruder im vergangenen Jahr waren feindseliger Natur gewesen: Sie hatten darüber gestritten, wer das Bad zu lange blockierte, weil der eine das Zimmer des anderen betreten hatte, ohne vorher anzuklopfen, und weil sie ihn mit den Händen unter Emilys Pullover erwischt hatte.

Es machte ihr angst, sich Chris in einer Gummizelle vorzustellen – na ja, nicht direkt in der Gummizelle, aber immerhin. Er sah verändert aus, mit dunklen Ringen unter den Augen und einem gehetzten Blick, so als hätten sich alle gegen ihn verschworen. Ganz sicher nicht wie der Schwimmstar, der im vergangenen Sommer im Schmetterlingsstil eine Rekordzeit von zwei Minuten erzielt hatte. Kate verspürte einen Stich in der Brust und schwor sich insgeheim, Chris künftig jeden Morgen zuerst ins Bad zu lassen. Wie oft hatte sie ihn angefaucht, er solle doch »tot umfallen«, und jetzt wäre es beinahe soweit gewesen.

»Hey«, sagte Kate und schämte sich, daß ihre Stimme zitterte. Sie warf einen Blick über die Schulter und stellte zu ihrer Überraschung fest, daß ihre Mutter verschwunden war. »Wie fühlst du dich?«

Chris zuckte die Achseln. »Beschissen.«

Kate biß sich auf die Unterlippe und dachte an das, was ihre Mutter gesagt hatte. *Heitere ihn auf. Sprich nicht von Emily. Beschränk dich auf Smalltalk.* »Wir, äh, wir haben unser Fußballspiel gewonnen.«

Chris blickte sie aus ausdruckslosen, stumpfen Augen an. Er sagte kein Wort, aber das war auch gar nicht nötig. Emily ist tot, Kate, sagten seine Augen verächtlich. Glaubst du ernsthaft, da würde ich mich für dein blödes Spiel interessieren?

»Ich habe drei Tore geschossen«, stammelte Kate. Vielleicht, wenn sie ihm nicht ins Gesicht sah ... Sie wandte sich dem Fenster mit Blick auf den Verbrennungsofen zu, aus dem dicker schwarzer Rauch quoll. »Gott«, sagte sie leise. »Nicht gerade der passende Ausblick für jemanden, der selbstmordgefährdet ist.«

Chris grunzte. Kate fuhr herum und schlug eine Hand über den Mund. »Oh. Das hätte ich nicht sagen dürfen ...« sagte sie und sah dann, daß Chris lächelte. Sie hatte es geschafft, ihn zum Lächeln zu bringen.

»Was haben sie denn gesagt, worüber du mit mir sprechen sollst?« wollte Chris wissen.

Kate setzte sich auf die Bettkante. »Über Dinge, die dich glücklich machen«, gab sie zu.

»Mich würde glücklich machen zu wissen, wann die Beerdigung stattfindet«, sagte er.

»Montag«, entgegnete Kate und lehnte sich zurück auf die Ellbogen. Sie entspannte sich ganz langsam in dieser Atmosphäre neuen, zögerlichen Vertrauens. »Aber das darf ich dir natürlich unter keinen Umständen sagen.«

Chris gestattete sich ein schmerzliches Lächeln. »Keine Bange«, sagte er. »Ich werde es nicht gegen dich verwenden.«

Als Gus und James am Montagmorgen Chris' Zimmer betraten, saß er auf der Bettkante, bekleidet mit schlechtsitzenden blauen Chinos und demselben Hemd, das er schon Freitagnacht getragen hatte. Die Blutflecken waren ausgewaschen worden, aber es waren geisterhafte Schatten zurückgeblieben, die im fluoreszierenden Licht rosa schimmerten. Die Kopfbandagen waren gegen einen kleinen Druckverband über der Braue ausgetauscht worden. Sein Haar war noch feucht und frisch gekämmt. »Gut«, sagte er und stand auf. »Gehen wir.«

Gus hielt mitten in der Bewegung inne. »Gehen? Wohin?«

»Zur Beerdigung«, entgegnete Chris. »Ihr wolltet mich doch nicht etwa hierlassen?«

Gus und James tauschten einen Blick. Genau das war ihre Absicht gewesen, auf Anraten der Stationsärzte, die das Pro, Chris trauern zu lassen, gegen das Contra abgewogen hatten, eine frische Wunde wieder aufzureißen. Sie fürchteten, daß, wenn er so unmittelbar mit der Realität von Emilys Tod konfrontiert wurde, das bei ihm neue Todessehnsucht auslösen würde. Gus räusperte sich. »Em wird nicht heute beerdigt.«

Chris betrachtete ihr dunkles Kleid und die Straßenkleidung seines Vaters. »Dann habt ihr euch zum Tanzen feingemacht, ja?« sagte er. Mit ruckartigen, unkoordinierten Bewegungen kam er auf sie zu. »Kate hat es mir gesagt«, erklärte er. »Und ich werde hingehen.«

»Schatz«, sagte Gus und streckte die Hand nach seinem Arm aus. »Die Ärzte halten das für keine gute Idee.«

»Die Ärzte können mich mal, Mutter«, sagte er mit brüchiger Stimme. Er schüttelte ihre Hand ab. »Ich will sie sehen. Ehe es zu spät ist und ich sie nie wiedersehen kann.«

»Chris«, meldete ich James zu Wort. »Emily ist tot. Akzeptiere das und sieh zu, daß du selbst wieder auf die Beine kommst.«

»Einfach so?« sagte Chris mit unnatürlich schriller Stimme, die klang wie splitterndes Glas. »Wenn Mom etwas zustoßen würde und du lägst im Krankenhaus, würdest du dich dann einfach auf die Seite drehen und weiterschlafen, wenn die Ärzte der Ansicht wären, du seist noch zu schwach, um an ihrem Begräbnis teilzunehmen?«

»Das ist nicht dasselbe«, entgegnete James. »Es ist ja nicht so, als hättest du nur ein gebrochenes Bein.«

Chris verlor die Beherrschung. »Warum sprecht ihr es nicht einfach aus?« fuhr er sie an. »Ihr glaubt, ich würde mich nach der Beerdigung von der nächsten Klippe stürzen!«

»Wir können am Tag deiner Entlassung zum Friedhof fahren«, versprach Gus.

»Ihr könnt mich nicht gegen meinen Willen hier festhalten«, sagte Chris und ging zur Tür. James eilte ihm nach und legte ihm die Hände auf die Schultern. Er versuchte, seinen Vater abzuschütteln. »Laß los«, knurrte er mit erstickter Stimme.

»Chris«, sagte James, der nicht so leicht aufgab. »Nicht.«

»Ich kann verlangen, daß man mich auf eigene Verantwortung entläßt.«

»Sie werden dich nicht gehen lassen«, wandte Gus ein. »Sie wissen, daß heute die Beerdigung ist.«

»Das könnt ihr nicht machen!« brüllte Chris, riß sich von James los und versetzte ihm mit dem Arm einen Schlag gegen den Unterkiefer. James taumelte zurück, eine Hand an den Mund gehoben. Chris rannte hinaus.

Gus setzte ihm nach. »Halten Sie ihn auf«, rief sie den Krankenschwestern am Empfang zu. Sie hörte Schritte hinter sich, wollte aber den Blick nicht von Chris abwenden. Und so beobachtete sie, wie er vergeblich an den verschlossenen Türen rüttelte, wie die Pfleger ihm die Arme auf den Rücken drehten und eine Nadel in seinen Bizeps stachen, wie er kraftlos zu Boden sank, ein anklagendes Glitzern in den Augen und den Geschmack von Emilys Namen auf den Lippen.

Michael hatte vorgehabt, sich um die Feierlichkeiten nach der Beerdigung zu kümmern. Da Melanie sich geweigert hatte, in irgendeiner Form an den Vorbereitungen mitzuwirken, war es an Michael hängengeblieben, Bagels und Lox zu bestellen, Salate, Kaffee und Gebäck. Eine Nachbarin – nicht Gus – hatte die Speisen auf dem Eßzimmertisch aufgebaut, während sie auf dem Friedhof waren.

Melanie ging mit ihrem Röhrchen Valium direkt nach oben. Michael setzte sich auf eins der Sitzkissen im Wohnzimmer, nahm die Beileidsbekundungen seines Zahnarztes, eines Tierarztkollegen sowie einiger Kunden entgegen. Und von Emilys Freunden.

Sie näherten sich ihm in einer Gruppe, einer anschwellenden, amorphen Masse, die aussah, als würde sie sich jede Minute teilen und den Blick auf seine Tochter in ihrer Mitte freigeben. »Mr. Gold«, sagte eins der Mädchen – Heather oder Heidi, wie Michael sich zu erinnern glaubte –, mit blaßblauen Augen. »Wir können uns nicht erklären, wie es dazu kommen konnte.«

Sie gab ihm die Hand, ihre eigene Handfläche samtweich. Ihre Hand war von der gleichen Größe wie Emilys.

»Ich mir auch nicht«, erwiderte Michael, dem zum erstenmal aufging, wie zutreffend das war. Nach außen hin war Em geschäftig und fröhlich gewesen, ein hübscher Wirbelwind von einem Teenager. Ihm hatte gefallen, was er gesehen hatte, so daß er nie daran gedacht hatte, tiefer vorzudringen. Er hatte sich wohl zu sehr davor gefürchtet, auf die Gespenster Drogen, Sex und Erwachsenenentscheidungen zu stoßen, für die er sie noch zu jung erachtete.

Er hielt immer noch Heathers Hand. Ihre Fingernägel waren kleine Ovale, blasse Muscheln, wie man sie am Strand sammelte. Michael hob die Hand des Mädchens und legte sie an seine Wange.

Das Mädchen zuckte zurück und entzog ihm seine Hand, die Finger gekrümmt und hochrot im Gesicht. Sie wandte sich ab, sofort von der Gruppe ihrer Freunde verschluckt.

Michael räusperte sich. Er wollte etwas sagen. Aber was? *Du hast mich an sie erinnert. Ich habe mir gerade gewünscht, du wärst meine Tochter.* Nichts von alledem klang richtig. Er erhob sich und ging an Trauergästen und weinenden Verwandten vorbei in die Diele. »Entschuldigung«, sagte er im Befehlston und wartete dann, bis ihm alle Gehör schenkten. »Ich möchte euch allen in meinem und Melanies Namen dafür danken, daß ihr heute hergekommen seid. Wir, äh, wir sind dankbar für eure tröstenden Worte und eure Unterstützung. Bitte bleibt, solange ihr möchtet.«

Und dann verließ Michael Gold vor den verblüfften, ungläubigen Blicken der etwa 50 Personen sein eigenes Haus.

Es gab in der geschlossenen Psychiatrie zwei Besuchszeiten, die eine um halb zehn vormittags und die zweite um drei Uhr nachmittags. Chris' Mutter schaffte es nicht nur, zu beiden zu kommen, sondern es gelang ihr darüber hinaus, die Krankenschwestern zu überreden, sie länger bleiben zu lassen, als eigentlich gestattet war, so daß er sie oft noch in seinem Zimmer antraf, wenn er von einem Gespräch mit einem Psychiater oder auch vom Duschen im Gemeinschaftsduschraum zurückkam.

Als Chris jedoch am Tag von Emilys Beerdigung aus dem chemisch herbeigeführten Schlaf erwachte, war seine Mutter nicht da. Er wußte nicht, ob es noch nicht drei war, ob die Ärzte ihr in Anbetracht des morgendlichen Zwischenfalls einen zweiten Besuch verboten hatten oder ob sie sich davor fürchtete, zu kommen, nachdem sie ihn auf so miese Art ausgeschaltet hatten. Er richtete sich ein wenig im Bett auf und rieb sich mit der Hand über das Gesicht. Sein Mund war trocken und rauh wie Sandpapier, und seine Gedanken wirbelten durcheinander, als würde in seinem Kopf eine Fliege umherschwirren.

Eine Krankenschwester öffnete vorsichtig die Tür. »Oh, gut«, sagte sie. »Du bist wach. Du hast Besuch.«

Wenn seine Mutter gekommen war, um ihm von der Beerdigung zu erzählen, wollte er sie nicht sehen. Er wollte alles wissen – wie der Sarg ausgesehen hatte, welche Gebete gesprochen worden waren, welcher Art die Textur der Erde gewesen war, in der sie begraben worden war. Seine Mutter würde sich nicht an diese Einzelheiten erinnern, und die Lücken in ihrem Bericht füllen zu müssen, wäre schlimmer, als nie etwas zu erfahren.

Als die Krankenschwester jedoch zur Seite trat, kam Emilys Vater herein. »Chris«, sagte er und blieb sichtlich verunsichert am Fußende des Bettes stehen.

Chris fühlte, wie seine Bauchmuskeln sich verkrampften.

»Ich sollte wahrscheinlich nicht hier sein«, sagte Michael. Er zog seinen Mantel aus und rang nervös die Hände. »Genaugenommen weiß ich sogar genau, daß ich nicht hier sein sollte.« Er legte den Mantel auf den Rand des Stuhls und vergrub die Hände in den Hosentaschen. »Emily wurde heute beerdigt, weißt du.«

»Ich habe davon gehört«, entgegnete Chris. Er war froh, daß seine Stimme recht normal klang. »Ich wollte kommen.«

Michael nickte. »Das hätte ihr gefallen.«

»Sie haben mich nicht gelassen«, sagte Chris, und seine Stimme versagte. Er versuchte, den Kopf zu senken, damit Michael seine Tränen nicht sah, ganz selbstverständlich davon ausgehend, daß Ems Vater sie ebenso wie sein eigener als ein Zeichen von Schwäche interpretieren würde.

»Ich bin nicht sicher, ob es so wichtig war, heute dabeizusein«, sagte Michael langsam. »Ich denke, du warst bei Emily, als es am meisten darauf ankam.« Er musterte Chris, bis der Junge den Kopf hob. »Erzähl mir, was Freitagnacht passiert ist«, bat er flüsternd.

Chris starrte Michael wortlos an, nicht von der Macht seiner Frage überwältigt, sondern von der Ähnlichkeit zu Emily, die sich auf den Zügen ihres Vaters spiegelte – ihre Augen waren von dem gleichen Marmorblau gewesen, ihr Kinn ebenso entschlossen, ihr Lächeln verbarg sich hinter den Furchen, die die Anspannung um seine

Lippen hinterlassen hatte. Es fiel ihm ganz leicht, sich vorzustellen, daß nicht Michael diese Bitte an ihn gerichtet hatte, sondern Emily. Sag es mir, flehte sie, ihre Lippen noch feucht von seinem Kuß, während das Blut an ihrer Schläfe hinabrann. Sag mir, was passiert ist.

Er wandte den Blick ab. »Ich weiß es nicht.«

»Du mußt es wissen«, widersprach Michael. Er faßte Chris unter das Kinn, und die spürbare Hitze der Jugend, die unter seiner Haut brannte, ließ ihn die Finger fast sofort wieder zurückziehen. Er verwandte fünf Minuten darauf, zu versuchen, Chris wieder zum Sprechen zu bringen, ihn zu überreden, ein Detail auszuspucken oder eine klitzekleine Information, die er mitnehmen konnte, die er in der Brusttasche tragen konnte wie einen Liebesbrief oder einen Talisman. Aber als Michael das Zimmer verließ, wußte er nur eins mit Gewißheit: daß Chris ihm nicht hatte in die Augen sehen können.

Anne-Marie Marrone schloß die Tür zu ihrem Büro, kickte die Schuhe von den Füßen und setzte ich mit dem gefaxten Autopsiebericht von Emily Gold an ihren Schreibtisch. Sie klemmte die angezogenen Füße im Sitzen unter sich und schloß die Augen, um den Kopf ganz bewußt freizumachen und nicht mit Vorurteilen belastet an die Lektüre heranzugehen. Dann fuhr sie sich mit den Fingern durch das Haar und starrte auf das Blatt, bis die Worte begannen, auf dem Papier zu verschwimmen.

Bei der Patientin handelte es sich um eine siebzehn Jahre alte weiße Frau, die bewußtlos mit einer Schußverletzung am Kopf ins Krankenhaus eingeliefert worden war. Innerhalb weniger Minuten nach der Aufnahme war der Blutdruck der Patientin auf siebzig zu fünfzig gefallen. Um 11:31 Uhr war die Patientin für tot erklärt worden.

Bei einer ersten Untersuchung waren Schmauchspuren um die Eintrittswunde an der rechten Schläfe herum festgestellt worden. Die Kugel hatte keinen geraden Kanal quer durch den Kopf gezogen, sondern den Schläfen- und den Okzipitallappen des Gehirns durchschlagen und das Kleinhirn gestreift, um irgendwo etwas rechts von der Mitte am Hinterkopf auszutreten. Im Okzipitallappen war ein Fragment gefunden worden, das zu einer Kugel Kaliber .45 paßte. Die Verletzung paßte zu einer Kugel Kaliber .45, die aus nächster Nähe abgefeuert worden war.

Alles in allem Umstände, die für den Selbstmord sprachen, von dem Christopher Harte gesprochen hatte.

Anne-Marie fühlte, wie sich ihre Nackenhaare sträubten, als sie die zweite Seite des Autopsieberichts las. Die weitere Untersuchung hatte einen Bluterguß am rechten Handgelenk ergeben. Außerdem hatte der Pathologe Hautpartikel unter Emilys Fingernägeln gefunden.

Hinweise auf einen Kampf.

Sie stand auf und dachte an Chris Harte. Der Bericht der Ballistik lag ihr noch nicht vor, aber der war auch unwichtig. Die Waffe stammte aus seinem Haus, und sie würde voll mit seinen Fingerabdrücken sein. Stellte sich nur die Frage, ob sie auch Fingerabdrücke von Emily auf ihr finden würden.

Etwas nagte an ihr, und sie überflog noch einmal die erste Seite des Berichts. Der Leichenbeschauer hatte die Eingangs- und Austrittswunden nur grob umrissen, aber irgend etwas an ihnen kam Anne-Marie nicht ganz richtig vor. Sie hob die Hand, bildete mit den Fingern eine Pistole nach und hielt den ausgestreckten Zeigefinger, der den Lauf darstellte, an ihre Schläfe. Sie krümmte den Finger und gab vor, zu feuern. Die Kugel hätte in der Nähe von Emilys linkem Ohr austreten müssen. Statt dessen war sie am Hinterkopf ausgetreten, nur wenige Zentimeter hinter dem rechten Ohr.

Anne-Marie drehte das Handgelenk so, daß die imaginäre Pistole dem vorgegebenen Schußwinkel folgte. Hierzu mußte sie den Ellbogen heben und unnatürlich anwinkeln, bis der Lauf fast parallel zur Schläfe stand – eine überaus unbequeme und unnatürliche Haltung, um sich in den Kopf zu schießen.

Allerdings machte der Schußkanal sehr wohl Sinn, wenn die Person, die die Waffe abfeuerte, vor einem stand.

Aber warum?

Sie blätterte zur letzten Seite des Berichts, um die Untersuchungsergebnisse der Gallenblase, des Magen-Darm-Traktes und der Geschlechtsorgane zu überfliegen. Plötzlich hielt sie die Luft an. Anne-Marie schlüpfte wieder in ihre Schuhe, griff nach dem Telefonhörer und wählte die Nummer der Generalstaatsanwaltschaft.

»Mrs. Gold«, hatte die Polizistin am Telefon gesagt. »Ich habe den Autopsiebericht Ihrer Tochter. Ich würde gerne, wann immer es Ihnen paßt, vorbeikommen, um Ihnen die Untersuchungsergebnisse zu zeigen.«

Melanie hatte immer wieder über diese Worte nachgedacht. Etwas an Detective Marrones Bitte ließ sie nicht los, und sie überlegte angestrengt, was genau ihr seltsam erschienen war. Systematisch analysierte sie die Worte durch unterschiedliche Filter, so als wäre ihr Verstand ein Kaleidoskop. Vielleicht war es die Höflichkeit, die die Beamtin an den Tag gelegt hatte und die so gar nicht zu der unsensiblen Art paßte, mit der sie bisher ihre Trauer mißachtet hatte. Vielleicht lag es aber auch nur daran, die Worte »Autopsie« und »Ihre Tochter« in einem Atemzug ausgesprochen zu hören.

Melanie und Michael saßen auf der Couch, die Augen geweitet und ihre Hände umklammernd wie Flüchtlinge. Detective Marrone saß ihnen gegenüber in einem mit Troddeln verzierten Sessel. Auf dem Couchtisch lagen ausgebreitet die Fakten und Untersuchungsergebnisse von Emilys Leichnam, die letzten Informationen, die sie der Nachwelt hatte liefern können.

»Gestatten Sie mir, gleich auf den Punkt zu kommen«, sagte die Beamtin. »Ich habe Grund zu der Annahme, daß der Tod Ihrer Tochter kein Selbstmord war.«

Melanie fühlte, wie ihr ganzer Körper weich wurde wie Butter in der Sonne. War das nicht genau das, was sie gehofft hatte? Diese Absolution durch einen Experten der Exekutive, der sagte: *Es war nicht Ihre Schuld; Sie haben deshalb keine Anzeichen für den bevorstehenden Selbstmord Ihrer Tochter bemerkt, weil es nichts zu bemerken gab.*

»Der Staat New Hampshire ist der Ansicht, daß die Beweislage ausreichend ist, um den Fall einer Grand Jury vorzutragen und eine Anklage wegen Mordes zu erreichen«, sagte die Polizistin. »Ob Sie als Emilys Eltern ebenfalls klagen möchten, ist unerheblich; der Fall wird so oder so vorgetragen werden. Wir hoffen aber, daß Sie der Generalstaatsanwaltschaft im Bedarfsfall Ihre Unterstützung nicht versagen werden.«

»Ich verstehe nicht«, sagte Michael. »Wollen Sie damit sagen ...«

»Daß Ihre Tochter ermordet wurde«, entgegnete Detective Marrone, ohne mit der Wimper zu zucken. »Aller Wahrscheinlichkeit nach von Christopher Harte.«

Michael schüttelte den Kopf. »Aber er hat doch gesagt, Emily hätte sich selbst erschossen. Daß sie geplant hätten, sich gemeinsam das Leben zu nehmen.«

»Ich weiß, was er gesagt hat«, erwiderte die Beamtin

ein wenig sanfter. »Aber Ihre Tochter sagt etwas anderes.« Sie nahm die erste Seite des Autopsieberichts vom Tisch, die mit fremdartigen Zeichen und Maßen versehen war. »Einfach ausgedrückt, hat der Leichenbeschauer bestätigt, daß Emily durch eine Schußwunde am Kopf getötet wurde. Allerdings ...« Sie zeigte auf eine Stelle weiter unten auf der Seite, die sich auf die Hinweise für Gewaltanwendung und Gegenwehr von Emilys Seite bezog.

Melanie hörte nicht länger zu. Sie faltete die Hände auf dem Schoß und tat so, als wäre Chris Harte winzig und in der Mulde zwischen ihnen verborgen. Sie preßte die Handflächen aneinander, ganz flach, bis er keinen Raum mehr zum Atmen hatte.

»Warten Sie«, sagte Michael kopfschüttelnd. »Ich glaube das nicht. Chris Harte hätte Emily niemals getötet. Er hat kein Fünkchen Schlechtigkeit in sich. Um Himmels willen, die beiden sind zusammen aufgewachsen.«

»Halt die Klappe, Michael«, sagte Melanie zähneknirschend.

Er wandte sich ihr zu. »Du weißt, daß ich recht habe«, protestierte er.

»Halt einfach die Klappe.«

Michael richtete das Wort wieder an die Beamtin. »Hören Sie, ich sehe mir die Rechtsfälle im Fernsehen an. Ich weiß, daß dort Fehler gemacht werden. Und ich weiß, daß es für jeden Beweis, den diese Autopsie ergeben hat, eine absolut logische Erklärung geben muß, die nichts mit Mord zu tun hat.« Er atmete langsam aus. »Ich kenne Chris«, sagte er langsam. »Wenn er sagt, daß er und Em sich gemeinsam das Leben nehmen wollten, verstehe ich das zwar nicht und bin schockiert von dieser Enthüllung, aber ich glaube ihm. Er würde in einer so schmerzhaften Angelegenheit niemals lügen.«

»Doch, vielleicht schon«, entgegnete Anne-Marie, »wenn sein eigenes Leben auf dem Spiel stünde.«

»Detective Marrone«, erwiderte Michael. »Ich will ja nicht respektlos sein, aber Sie haben diese Kinder vor drei Tagen das erstemal gesehen. Ich habe sie ihr ganzes Leben gekannt.«

Michael hatte das unangenehme Gefühl, daß Anne-Marie Marrone ihn abschätzig musterte. Was für ein Vater würde sich schon für den Jungen einsetzen, der in Verdacht stand, seine Tochter ermordet zu haben? »Sie sagen, Sie kennen Chris Harte gut«, sagte sie.

»So gut wie meine eigene Tochter.«

Die Beamtin nickte. »Dann dürfte es Sie ja nicht überraschen, wenn ich Ihnen sage, daß Emily schwanger war«, sagte sie ausdruckslos, zur letzten Seite des Berichts blätternd.

»Elfte Woche«, sagte Melanie dumpf. »Sie hat es zwei Monate lang gewußt. Ich hätte etwas merken müssen. Es standen keine Tampons mehr auf der Einkaufsliste.« Sie zupfte und zerrte am Bettlaken. »Ich wußte ja nicht einmal, daß sie miteinander schlafen.«

Michael hatte es ebensowenig gewußt. Seit Detective Marrone gegangen war, konnte er an nichts anderes mehr denken. Nicht an das winzige, erdnußkerngroße Wesen in Emilys Bauch, sondern daran, wie es entstanden war: die Liebkosungen und Streicheleinheiten, die die Schichten des jungen Mädchens abtrugen und eine Frau zum Vorschein gebracht hatten, deren Existenz keiner von ihnen hatte wahrhaben wollen.

»Wahrscheinlich haben sie sich deswegen gestritten«, murmelte Melanie.

Michael drehte sich auf die Seite, seiner Frau zugewandt. Ihr Profil, das sich dunkel am Rand des Kopfkissens abzeichnete, hielt keine Sekunde still, so daß er ihre Züge nur undeutlich erkennen konnte. »Wer?«

»Chris und Em«, erwiderte Melanie. »Er wird von ihr verlangt haben, es wegmachen zu lassen.«

Michael starrte sie ungläubig an. »Und du hättest ihr nicht dazu geraten? Ein Jahr vor Beginn des Studiums?«

Melanie schniefte. »Ich hätte gewollt, daß sie das tut, was sie für richtig hält.«

»Du lügst«, widersprach Michael. »Das sagst du jetzt nur, weil es keine Rolle mehr spielt.« Er stützte sich auf den Ellbogen. »Du weißt ja nicht einmal, ob sie es Chris überhaupt gesagt hat.«

Melanie setzte sich im Bett auf. »Was ist los mit dir?« zischte sie. »Deine Tochter ist tot. Die Polizei glaubt, daß Chris sie getötet hat. Und du verteidigst ihn bei jeder Gelegenheit.«

Michael wich ihrem anklagenden Blick aus. Das Bettlaken war zerknittert, so als würde die Zeit einem Ehebett ebenso unerbittlich zusetzen wie einem Gesicht. Er versuchte vergeblich, es glattzustreichen. »Du hast mir im Beerdigungsinstitut gesagt, daß teurer Firlefanz sie auch nicht wieder lebendig machen wird. Nun, Chris ans Kreuz zu nageln auch nicht. So wie ich das sehe, ist er alles, was uns von ihr geblieben ist. Ich möchte nicht erleben, wie er auch noch beerdigt wird.«

Melanie musterte ihn fassungslos. »Ich verstehe dich nicht«, sagte sie schließlich, nahm ihr Kissen und flüchtete aus dem Schlafzimmer.

Am Dienstag morgen, als die Sonne gerade erst über den Horizont blinzelte, war James bereits wach und vollständig angekleidet. Er stand auf der Veranda, einen Stapel gelber Blätter in der Hand. Sein Atem bildete kleine weiße Dampfwölkchen in der frischen Morgenluft. Die Jagdsaison für Rotwild war beinahe vorbei, aber James ließ sich hiervon nicht beirren. Er hatte nach einigem Suchen die Plakate wiedergefunden, die er vor einigen Jahren gekauft und anschließend auf dem Dachboden vergessen hatte.

Er schob den Hammer durch die Schlaufe an seinem Werkzeuggürtel und bewegte sich auf seine Grundstücksgrenze zu. Bei jedem Schritt klirrten leise die Nägel in seiner Tasche.

Als er den ersten Baum neben der Auffahrt erreichte, riß er den Hammer heraus und jagte einen Nagel durch das erste Plakat. Dann ging er zum nächsten Baum, nur wenige Meter entfernt, und schlug dort ein zweites an. Auf den Plakaten stand SAFETY ZONE, eine eindringlichere Warnung als nur POSTED, die normalerweise dazu gedacht war, Jäger wissen zu lassen, daß sich im Umkreis von 100 Metern Wohnhäuser befanden und eine verirrte Kugel verheerende Folgen haben konnte.

James ging weiter zu einem dritten und vierten Baum. Das letzte Mal, daß er das getan hatte – damals war Chris noch ein Kleinkind gewesen –, hatte er die Schilder etwa alle 20 Meter angebracht. Diesmal ließ er keinen Baum aus. Sie raschelten leise in der leichten Brise, hundert gelbe Warnhinweise, die sich grell und obszön festlich von den dunklen Baumstämmen abhoben.

James trat hinaus auf die Straße, um sein Werk zu begutachten. Er starrte auf die Warnhinweise und dachte an all die Dinge, die Menschen taten, um das Unglück abzuwenden: die Farbe Rot tragen, Amulette bei sich tragen, der hebräische Brauch, Türzargen mit Lammblut zu bespritzen. Und dann fragte er sich, was er eigentlich versuchte fernzuhalten.

1989

Chris und Emily hockten dicht beieinander, ihre Hände gemeinsam um den Telefonhörer gekrallt. »Du traust dich doch nicht«, flüsterte er, während er dem Freizeichen lauschte.

»Wohl«, entgegnete Emily trotzig.

Am anderen Ende wurde abgenommen. Christ fühlte, wie Emilys Finger über dem Handgelenk zuckten. »Hallo?«

Em sprach mit unnatürlich tiefer Stimme. »Ich suche Mr. Langknüppel.«

»Das tut mir leid«, entgegnete die Frau am anderen Ende, »aber ich kann ihn im Augenblick nicht an den Apparat holen. Kann ich etwas ausrichten?!«

Em räusperte sich. »Hat er wirklich einen?«

»Einen was?« fragte die Frau.

»Einen langen Knüppel.«

Emily knallte den Hörer auf die Gabel und ließ sich kichernd inmitten raschelnder Telefonbuchseiten auf das Bett fallen.

Es dauerte eine Weile, ehe Chris seinen Lachanfall überwunden hatte. »Ich hätte nicht geglaubt, daß du es wirklich machst«, sagte er.

»Das liegt daran, daß du ein Feigling bist.«

Chris grinste sie an. »Wenigstens heiße ich nicht Langknüppel.« Er fuhr mit der Hand über die Seite des aufgeschlagenen Telefonbuchs. »Was machen wir als nächstes?« fragte er. »Hier ist ein Richard Ressler. Wir könnten fragen, ob seine Frau schon gekommen ist.«

Emily drehte sich auf den Bauch. »Ich weiß was«, sagte sie. »Ruf deine Mom an, gib dich als Mr. Chambers aus, und sag ihr, du bist in Schwierigkeiten.«

»Als ob sie mir abkaufen würde, daß ich der Schuldirektor bin.«

Ein Lächeln stahl sich auf Emilys Lippen. »Feigling.«

»Tu du es«, konterte Chris herausfordernd. »Die Stimme der Sekretärin kennt sie nicht.«

»Und was bekomme ich dafür?« wollte Emily wissen.

Chris kramte in seinen Taschen. »Fünf Dollar.« Em hielt ihm die Hand hin. Chris schlug ein und reichte ihr das Telefon.

Sie wählte und hielt sich dann mit zwei Fingern die Nase zu. »Jaaa«, sagte sie in betont schleppendem Tonfall. »Ich möchte Mrs. Harte sprechen, bitteeee. Hier spricht Phyllis Ray, die Sekretärin des Schuldirektors. Ihr Sohn ist in Schwierigkeiten.« Emily warf Chris einen hilfesuchenden Blick zu. »Was für Schwierigkeiten? Nun, also, es wäre wohl das beste, wenn Sie herkommen und ihn abholen.« Sie legte hastig auf.

»Warum hast du das getan?« stöhnte Chris. »Sie wird den ganzen Weg bis zur Schule fahren, um dann zu erfahren, daß ich schon vor einer Stunde weg bin! Ich bekomme Stubenarrest bis ans Ende meines Lebens!« Er fuhr sich mit den Händen durch das Haar und ließ sich auf seine Seite von Emilys Bett fallen.

Sie legte sich der Länge nach hinter ihn und stützte das Kinn auf seine Schulter. »In dem Fall leiste ich dir Gesellschaft«, murmelte sie.

Chris saß mit geneigtem Haupt da, seine beiden Eltern über ihn gebeugt wie Mammutbäume. Er fragte sich, ob das Sinn und Zweck einer Ehe war: daß der eine mit Schreien und Schimpfen fortfuhr, wenn dem anderen die Stimme versagte, so als wären sie tatsächlich ein zweiköpfiger Riese. »Nun?« schloß seine Mutter ihre Strafpredigt. »Hast du etwas zu deiner Verteidigung vorzubringen?«

»Es tut mir leid«, entgegnete Chris ganz automatisch.

»Leidtun macht Dummheit nicht wett«, raunzte sein Vater. »Leidtun bringt den Termin nicht zurück, den deine Mutter absagen mußte, um dich in der Schule abzuholen.«

Chris wollte zu einer Erwiderung ansetzen, er wollte einwenden, daß, wenn sie nachgedacht hätte, ihr hätte klar sein müssen, daß so spät am Nachmittag kein Kind mehr in der Schule war – aber er verkniff sich die Bemerkung. Statt dessen senkte er den Kopf wieder, starrte auf das Teppichmuster und wünschte, er hätte bei der Telefonaktion mit Em nicht vergessen, daß seine Mutter gerade dabei war, eine eigene Firma aufzubauen. Aber das Ganze war noch so neu, daß er nicht daran gedacht hatte. Und überhaupt, was war das für eine Arbeit, in Schlangen anzustehen, auf die andere keine Zeit vergeuden wollten?

»Ich hätte mehr von dir und Emily erwartet«, schalt seine Mutter.

Nun, das überraschte ihn nicht. Alle erwarteten immer mehr von ihm und Emily, so als wüßten sie alle über einen großen Plan Bescheid, von dem er und Em nichts ahnten. Manchmal wünschte Chris, er könnte hinten im Buch nachschlagen, wie alles ausgehen würde, dann könnte er sich die Umwege sparen.

»Du wirst dein Zimmer drei Tage lang nur verlassen, um zur Schule zu gehen«, sagte sein Vater streng. »Vielleicht gibt dir das ja Gelegenheit, darüber nachzudenken, wie vielen Menschen du Unannehmlichkeiten bereitet hast mit deinem kleinen Streich.« Darauf verließen seine Eltern beide wie ein einziger Riese sein Zimmer.

Chris ließ sich auf das Bett zurücksinken und legte einen Unterarm über die Augen. Gott, sie waren solche Nervensägen. Was machte es schon, daß seine Mutter verlangt hatte, mit Mr. Chambers zu sprechen, der natürlich nichts davon wußte, daß Chris in Schwierigkeiten sein sollte. In vier Wochen würde sich niemand mehr daran erinnern.

Er zog die Vorhänge von einem seiner Schlafzimmerfenster zurück. Das Fenster ging nach Osten raus und befand sich in Sichtweite von Ems Zimmer. Sie konnten einander zwar aus der Entfernung nicht wirklich sehen, hatten aber bald bemerkt, daß wenigstens das kleine Lichtquadrat zu erkennen war. Chris wußte, daß Emily ebenfalls eine Standpauke gehalten bekam. Er war nicht sicher, ob ihre Eltern sie in ihrem Zimmer, in der Küche oder sonstwo ausschimpften. Er setzte sich neben die Lampe an seinem Bett und knipste sie aus, so daß es im Zimmer schlagartig stockdunkel wurde. Dann knipste er sie wieder an. Aus und an. Aus und an.

Vier lange Dunkelheitsabschnitte, und dann drei kurze.

Er stand auf und wartete am Fenster. In Emilys Zimmer, das als kleines gelbes Quadrat durch die nackten Bäume zu sehen war, ging das Licht aus. Dann ging es wieder an.

Sie hatten im Ferienlager im vergangenen Sommer Morsezeichen gelernt. Emilys Fenster fuhr fort zu blinken. H ... E ... Y ...

Chris fuhr wieder mit dem Daumen über den Lichtschalter. W ... I ... E ... S ... C ... H ... L ... I ... M ... M ...

Bei Emily ging zweimal dicht hintereinander das Licht an und aus.

Chris antwortete mit dreimaligem Ein-/Aussignal.

Lächelnd ließ er sich auf die Bettdecke zurücksinken und betrachtete Emilys Worte, die das Dunkel erhellten.

Draußen auf dem Flur ließen Gus und James sich gegen die Wand sinken und mußten an sich halten, um nicht laut loszulachen. »Ist es zu fassen«, keuchte Gus, »daß sie einen Mann namens Langknüppel angerufen haben?«

James grinste breit. »Ich weiß nicht, ob ich es mir hätte verkneifen können.«

»Ich komme mir vor wie ein alter Spießer, daß ich ihn ausgeschimpft habe«, meinte Gus. »Ich bin achtunddreißig und habe mich aufgeführt wie Jesse Helms.«

»Wir mußten ihm den Kopf waschen, Gus. Sonst würde er das nächste Mal herumtelefonieren und die Frau am anderen Ende fragen, ob sie große Ohren hat.«

»Ohren?«

James stöhnte und zog sie mit sich den Flur hinunter. »Du wirst nie der alte Spießer sein. Auf den Titel habe ich ein Anrecht.«

Gus betrat ihr Schlafzimmer. »Okay, du bist der Spielverderber. Und ich spiele weiter das verrückte Weib, das in das Büro des Schuldirektors stürmt und darauf beharrt, daß ihr Sohn etwas angestellt hat.«

James lachte. »Sie haben dich ganz schön reingelegt, was?«

Sie warf ein Kopfkissen nach ihm.

James packte ihren Fußknöchel, woraufhin sie quiekte und sich auf dem Bett von ihm wegrollte. »Das hättest du nicht tun sollen«, sagte er. »Ich bin zwar alt, aber nicht tot.« Er rollte sich auf sie und fühlte, wie ihr Körper ganz weich und geschmeidig wurde, fühlte die Rundung ihrer Brüste und fuhr mit den Lippen über ihren Hals. Ihre Lippen trafen sich zum Kuß.

Gus gestattete sich, zurückzudenken an die Zeit vor einem Jahrzehnt, als das Haus noch nach frischem Holz und Farbe gerochen hatte und Zeit ein Geschenk des Krankenhausangestellten gewesen war, der die Dienstpläne aufstellte. Sie dachte daran zurück, wie sie und

James sich auf dem Küchentisch geliebt hatten, in der Waschküche, nach dem Frühstück ... als hätte der Druck, Arzt im Dienst zu sein, ihn sämtliche veralteten, spießigen Empfindlichkeiten abstreifen lassen.

»Du denkst zuviel«, flüsterte James, die Lippen an ihrer Schläfe.

Gus schmiegte das Gesicht an seinen Hals und lächelte. Das wurde ihr nur selten vorgeworfen. »Vielleicht sollte ich mich mehr aufs Fühlen konzentrieren«, entgegnete sie und schob die Hände unter James' Hemd, woraufhin sich prompt seine Rückenmuskeln nacheinander anspannten. Sie drückte ihn auf die Seite, zog den Reißverschluß seiner Hose herunter und befreite sein Glied von dem beengenden Stoff.

Dann blickte sie mit blitzenden Augen auf. »Mr. Langknüppel, nehme ich an?«

James grinste. »Zu Ihren Diensten.«

Er rollte sich wieder auf sie und drang in sie ein. Sie holte einmal tief Luft, und dann dachte sie an gar nichts mehr.

Liebes Tagebuch,

das Klassenmeerschweinchen Blizard bekommt Babys.

Heute hat Mona Ripling in der Schule erzählt, sie hätte Kenny Lawrence während des Sportunterrichts hinter der Wand versteckt geküßt. Das ist völliger Unsinn, da, wie jeder weiß, Kenny der tollste Typ der 4. Klasse ist.

Abgesehen von Chris, aber Chris ist anders als die anderen Jungen.

Chris liest für seine Buchbesprechung eine Autobiographie von Muhamed Ali. Er hat gefragt, was ich lesen werde, und ich wollte ihm erst von Lancelot, Ginevra und König Artus erzählen, aber dann habe ich es doch nicht getan. Er hätte mich vermutlich nach den Rittern gefragt, und diese Abschnitte habe ich übersprungen.

Die schönsten Kapitel sind die, in denen Ginevra mit Lancelot zusammen ist. Er hat dunkles Haar und dunkle Augen. Er benimmt sich wie ein Gentleman, hilft ihr vom Pferd und spricht sie mit MY LADY an. Ich wette, er behandelt sie so vorsichtig wie Mom ihr Kristallei, in dessen Nähe man nicht einmal ATMEN darf. König Artus ist ein alter Knacker und ein Blödmann. Ginevra sollte mit Lancelot durchbrennen, weil sie ihn liebt und sie füreinander bestimmt sind.

Ich finde das sehr romantisch.

Wenn Chris wüßte, wie verrückt ich nach Märchen bin, würde ich sterben vor Scham.

Später in dieser Woche entwendete Chris, von Emily angestachelt, *The Joy of Sex* aus der Schulbibliothek.

Er versteckte das Buch unter seiner Jacke, bis sie zu Hause und in ihrem Geheimversteck waren. Der Felsbrocken war geformt wie ein auf dem Kopf stehendes gleichschenkliges Dreieck, so daß man sich je nach Laune darunter oder oben drauf niederlassen konnte. In verschiedenen Etappen ihrer Kindheit war er Ausgangspunkt für Versteckspiele gewesen und hatte mal als Piratenhöhle, mal als Indianertipi gedient. Chris fegte einige der weichen Tannennadeln auf dem Boden beiseite, holte das Buch hervor und setzte sich zu Emily.

Eine Weile sagte keiner von ihnen ein Wort, so beschäftigt waren sie damit, die Zeichnungen miteinander verschlungener Gliedmaßen und greifender Hände in sich aufzunehmen. Emily strich mit dem Finger über die in Tusche gezeichneten Lenden eines Mannes, der über eine Frau gebeugt war. »Ich weiß nicht«, sagte sie leise. »Ich wüßte nicht, was daran Spaß machen sollte.«

»Es muß etwas anderes sein, wenn man es wirklich tut«, entgegnete Chris. Er blätterte um. »Wow«, rief er aus, »das ist ja die reinste Gymnastik.«

Emily blätterte zurück an den Anfang des Buches. Sie machte bei einer Seite halt, die eine Frau zeigte, die oben auf einem Mann lag, die Hände der beiden ineinander verschränkt.

»Nichts Besonderes«, bemerkte Chris. »Das hast du tausend Mal mit mir gemacht.«

Aber Emily hörte ihn nicht. Sie war ganz vertieft in die Betrachtung der Gegenseite, die einen Mann und eine Frau sitzend beim Geschlechtsakt zeigte, die Beine jeweils um die Hüften des anderen gelegt, die Hände auf den Schultern des anderen ruhend. Zusammen sahen ihre Körper aus wie eine große Schale, so als wäre der einzige Grund für Sex der, etwas zu erschaffen, in dem sich die Gefühle auffangen ließen, die die Partner füreinander empfanden. »Es muß anders sein, wenn man jemanden liebt«, sagte sie nachdenklich.

»Muß wohl«, meinte Chris achselzuckend.

Gus fand »The Joy of Sex« zwischen Matratze und Sprungfederrahmen von Chris' Bett, als sie dieses frisch bezog.

Sie blätterte in dem Buch und stieß auf Stellungen, von denen sie längst vergessen hatte, daß es sie gab. Dann drückte sie es fest an die Brust und ging rüber zu den Golds.

Melanie hielt eine Kaffeetasse in der Hand, als sie öffnete; mit der anderen nahm sie das Buch entgegen, das Gus ihr wortlos reichte. »Scheint, als ginge das über die nachbarlichen Pflichten hinaus«, meinte ihre Freundin.

»Er ist doch erst neun«, brach es aus Gus hervor. Sie ließ ihren Mantel achtlos auf den Küchenboden fallen und sank auf einen Stuhl. »Neunjährige haben an Baseball zu denken und nicht an Sex.«

»Ich glaube, zwischen beidem besteht ein enger Zusammenhang«, meinte Melanie. »Du weiß schon, vom ersten zum zweiten Base kommen und so weiter.«

»Wer hat ihn dieses Buch ausleihen lassen?« fragte Gus ihre Freundin. »Was für ein Erwachsener erlaubt so etwas?«

Melanie warf einen Blick auf die Rückseite des Buches. »Niemand. Das Buch wurde nicht ausgeliehen.«

Gus schlug die Hände vor das Gesicht. »Großartig. Er ist nicht nur pervers, sondern auch noch ein Dieb.«

Die Küchentür schwang auf, und Michael kam mit einer großen Kiste Medikamente herein. »Meine Damen«, grüßte er und setzte die Kiste ächzend ab. »Was gibt's?« Er warf einen Blick über Melanies Schulter und nahm ihr dann grinsend das Buch aus der Hand. »Wow«, sagte er und blätterte darin. »Daran kann ich mich noch gut erinnern.«

»Aber bist du neun Jahre alt gewesen, als du es gelesen hast?« fragte Gus.

Michael lachte. »Fünf.«

Melanie blickte überrascht zu ihm auf. »Du hast dich schon so früh für Mädchen interessiert?«

Er küßte sie auf den Scheitel. »Wenn ich nicht so frühzeitig angefangen hätte, wäre ich nicht der Kenner, der ich heute bin.« Er ließ sich gegenüber von Gus auf einen Stuhl fallen und schob das Buch über den Tisch auf sie zu. »Laß mich raten. Du hast das unter seiner Matratze gefunden. Da habe ich jedenfalls damals mein *Penthouse* versteckt.«

Gus massierte sich mit den Fingerspitzen die Schläfen. »Wenn wir ihm wieder Hausarrest erteilen, wird der Kinderschutzbund demnächst bei uns anklopfen.« Gequält blickte sie auf. »Vielleicht sollten wir ihn überhaupt nicht bestrafen«, meinte sie. »Vielleicht sucht er nur nach Antworten über Mädchen.«

Melanie seufzte mitfühlend. »Ich weiß nicht, was ich an deiner Stelle täte.«

»Wer sagt denn, daß du nicht an meiner Stelle bist?« entgegnete Gus. »Woher willst du wissen, daß Emily hiervon nicht weiß? Die beiden tun doch sonst immer alles gemeinsam.« Sie wandte sich Michael zu. »Vielleicht war es überhaupt ihre Idee.«

»Em ist neun«, erwiderte er empört.

»Genau«, sagte Gus.

Gus wartete, bis sie hörte, wie ihr Sohn begann, sein Zimmer auseinanderzunehmen. Dann klopfte sie an seine Tür und sah sich einem Wust durcheinandergewirbelter Kleidungsstücke, Handschuhe, Hockeyschläger und ähnlichem gegenüber. In der Mitte ihr sichtlich nervöser Sohn. »Hi«, sagte sie freundlich. »Vermißt du etwas?« Sie sah, wie Chris' Gesicht sich tiefrot verfärbte. »Das hier vielleicht?« Sie holte das Buch hervor, das sie hinter dem Rücken versteckt hatte.

»Das habe ich nicht gesucht«, entgegnete Chris spontan, und Gus war verblüfft. Wann hatte er gelernt, so glatt zu lügen?

»Was meinst du, wonach es aussieht?«

»Als hätte ich etwas gelesen, das ich nicht hätte lesen sollen?«

Gus setzte sich auf sein Bett. »Ist das eine Frage oder eine Feststellung?« Ihre Stimme wurde sanfter, und sie strich mit der flachen Hand über den Einband. »Wie kommst du darauf, daß du es nicht lesen solltest?«

Chris zuckte die Achseln. »Ich weiß nicht. Wegen der Nacktbilder und so.«

»War das der Grund, weshalb du es lesen wolltest?«

»Ich denke schon«, antwortete Chris, der dabei so bedröppelt aussah, daß er ihr – beinahe – leid getan hätte. »Als ich es nahm, schien es mir eine gute Idee zu sein.«

Sie blickte auf den gesenkten Kopf ihres Sohnes und erinnerte sich daran, wie eine Krankenschwester im Kreißsaal ihr einen Spiegel zwischen die Beine gehalten hatte, damit sie sehen konnte, wie das kleine Köpfchen mit dem dunklen Flaum auftauchte.

»Könnten wir das nicht einfach vergessen?« bettelte Chris.

Sie wollte es auf sich beruhen lassen, erweicht davon, wie er sich wand wie ein Schmetterling auf einer Nadelspitze. Aber dann fiel ihr Blick zufällig auf seine Hände auf den knochigen Knien. Es waren nicht mehr die Hände eines Kleinkindes mit dicken Fingern, nicht mehr Hände wie jene auf den Ballons bei der Thanksgiving-Parade. Irgendwann hatten sich, ohne daß sie es bemerkt hätte, Fingerknöchel herausgebildet, und blaue Venen schimmerten durch die Haut; es waren Hände, die bereits an James' erinnerten.

Gus räusperte sich. Ganz plötzlich wurde ihr bewußt, daß der Junge, der vor ihr saß, dessen Gesicht sie durch Ertasten unter Tausenden wiedererkannt hätte, dessen Stimme als allererstes Wort ihren Namen gesagt hatte, daß dieser Junge ihr fremd war. Er war jemand, der das Wort »Frau« nicht mehr mit Gus' Zügen und einer mütterlichen Umarmung in Verbindung brachte, sondern mit einem gesichtslosen Mädchen mit Brüsten und runden Hüften.

Wann war das geschehen?

»Wenn du Fragen hast, du weißt schon, über ... das hier ... dann kannst du mich oder deinen Vater jederzeit darauf ansprechen«, brachte Gus mühsam hervor und betete insgeheim, daß er James zur Vertrauensperson in dieser Sache erkor. Sie fragte sich, was sie überhaupt bewogen hatte, Chris zur Rede zu stellen. Das Ganze war nur noch peinlich für sie beide.

»Mach ich.« Chris blickte auf seinen Schoß. Er rang nervös die Hände. »Einiges in dem Buch ist ... na ja, es ist ...« Er hob den Blick. »Manches davon sieht aus, als würde es nicht so gut funktionieren.«

Gus strich ihrem Sohn mit einer Hand über den Kopf. »Wenn es nicht funktionieren würde«, sagte sie schlicht, »dann gäbe es dich nicht.«

Emily und Chris saßen unter einem aus einer Decke gefertigten improvisierten Zelt, eine Taschenlampe zwischen den nackten Füßen balancierend. Chris' Eltern waren auf irgendeinem Krankenhaus-Wohltätigkeitsball und hatten die Golds gebeten, auf ihn und seine Schwester aufzupassen. Kate war nach dem Bad zu Bett gebracht worden, aber Chris und Em waren fest entschlossen, bis nach Mitternacht aufzubleiben. Melanie hatte sie kurz vor neun zugedeckt und angeordnet, das Licht zu löschen, aber sie wußten, daß niemand etwas merken würde, wenn sie nur leise waren.

»Und?« drängte Chris. »Wahrheit oder Strafe?«

»Wahrheit«, entgegnete Emily. »Das Schlimmste, das ich je getan habe ... war, deine Mutter anzurufen und mich als Sekretärin des Schuldirektors auszugeben.«

»Das stimmt nicht. Du hast vergessen, wie du Nagellackentferner über ihren Schreibtisch verschüttet und Kate die Schuld gegeben hast.«

»Ich habe das nur getan, weil du es gesagt hast«, zischte Emily. »Du hast gesagt, ihr würde nichts passieren, weil sie noch so klein wäre.« Dann runzelte sie die Stirn. »Und überhaupt, wenn du schon wußtest, was das Schlimmste war, was ich je getan habe, warum hast du dann danach gefragt?«

»Okay. Ich frage etwas anderes. Lies mir vor, was du in dein Tagebuch geschrieben hast, als ich Zähneputzen war.«

Emily schnappte nach Luft. »Strafe.«

Chris' Zähne schimmerten weiß im Licht der Taschenlampe. »Schleich dich ins Schlafzimmer deiner Eltern«, forderte er, »und bring zum Beweis ihre Zahnbürsten mit.«

»Okay«, sagte Emily und schlug die Bettdecke zurück. Ihre Eltern waren vor einer halben Stunde zu Bett gegangen. Sie waren sicher nicht mehr wach.

Sobald sie gegangen war, starrte Chris auf das kleine, mit Paisley-Muster bedruckte Buch, dem Emily jeden Abend ihr Herz ausschüttete. Es hatte zwar ein Schloß, aber das ließ sich leicht knacken. Er streckte die Hand aus und berührte die Rückseite des Buches. Dann zog er sie hastig zurück, als hätte er sich verbrannt. Traute er sich nicht, weil er wußte, daß Emily nicht wollen würde, daß er es las? Oder fürchtete er sich vor dem, was darin stehen mochte?

Er schüttelte das Buch und schlug es auf. Sein Name stand überall. Seine Augen weiteten sich. Er schlug das Tagebuch wieder zu, legte es zurück auf ihren Schreibtisch und kehrte zurück ins Bett, überzeugt davon, daß ihm das schlechte Gewissen ins Gesicht geschrieben stand.

»Hier«, sagte Emily atemlos, als sie ins Bett zurückkroch. Sie hielt ihm zwei Zahnbürsten hin. »Du bist dran.« Sie zog die Füße an und klemmte sie unter den Po. »Wer ist das hübscheste Mädchen in der fünften Klasse?«

Also, das war nicht schwer. Emily würde erwarten, daß er Molly Ettlesley nannte, das einzige Mädchen in der fünften, das bereits einen BH brauchte. Aber er wußte, daß Emily sauer sein würde, wenn er Molly nannte, weil sie ihn als ihren besten Freund betrachtete.

Sein Blick wanderte zum Tagebuch. Sah Emily in ihm wirklich so etwas wie einen edlen Ritter?

»Strafe«, murmelte er.

»Okay.« Und ehe sie darüber nachdenken konnte, hatte sie Chris bereits dazu verdonnert, sie zu küssen.

»Ich soll was?«

»Das hat du doch gehört«, entgegnete Emily stirnrunzelnd. »Das ist weniger schlimm, als sich ins Schlafzimmer meiner Eltern zu schleichen.«

Seine Hände waren plötzlich schweißnaß, und er wischte sie an den Hosenbeinen seines Schlafanzuges ab. »Okay«, sagte er. Er beugte sich vor und drückte den Mund auf den ihren. Dann lehnte er sich wieder zurück, ebenso rot im Gesicht wie Emily. »Also«, sagte er und fuhr sich mit dem Handrücken über die Lippen, »das war ziemlich eklig.«

Emily hob eine Hand ans Kinn. »Stimmt«, flüsterte sie.

In dem einzigen McDonald's-Restaurant in Bainbridge schuftete ein ständig wechselndes Heer von Teenagern über fettigen Grills und brodelndem Frittenfett, bis sie ihren Abschluß machten. Aber ein junger Mann arbeitete schon seit mehreren Jahren dauerhaft dort. Er war Ende Zwanzig, hatte langes schwarzes Haar und ein Glasauge. Erwachsene sagten höflich, daß mit ihm »etwas nicht stimme«, die Kids nannten ihn nur The Creep und erfanden Geschichten, daß er in der Friteuse Babys briet und sich die Fingernägel mit einem Bowiemesser reinigte. An dem Nachmittag, an dem Chris und Emily dort aßen, war The Creep zum Putzdienst eingeteilt.

Chris' Eltern waren mittags vorbeigekommen. Seine

Mutter hatte sich wie ein Habicht auf ihren Sohn gestürzt und ihn auf die Stirn geküßt. Nachdem sie sich mit Emilys Mom darüber unterhalten hatte, wer auf der Party am Vorabend was getragen hatte, hatte Gus sich erboten, Emily zum Mittagessen zu McDonald's mitzunehmen, gewissermaßen als Dankeschön fürs Babysitten. Sie hatten ihre Tabletts an einen Tisch getragen, aber jedesmal, wenn Emily den Kopf drehte, sah sie am Tisch vor, neben oder hinter sich The Creep, der die Resopaltische abwischte und sie aus seinem einen gesunden Auge anstarrte.

Chris saß neben ihr auf der Bank. »Ich glaube, du hast einen heimlichen Verehrer«, raunte er ihr zu.

»Hör bloß auf«, entgegnete Em schaudernd. »Du machst mir angst.«

»Vielleicht fragt er dich nach deiner Telefonnummer«, fuhr Chris unbeirrt fort. »Vielleicht ...«

»Chris«, warnte Emily ihn und knuffte ihn in den Arm.

»Was ist denn?« wollte Gus wissen.

»Nichts«, antworteten beide wie aus einem Mund.

Emily beobachtete, wie The Creep seine Runde machte, Ketchuptütchen einsammelte, die Gäste auf den Boden geworfen hatten, und eine verschüttete Cola aufwischte. Er blickte zu ihr auf, als hätte er ihren Blick gespürt, woraufhin sie hastig den Blick senkte und auf das Sesambrötchen ihres Hamburgers starrte.

Plötzlich beugte Chris sich vor und flüsterte ihr ins Ohr. Sie fühlte seinen heißen Atem auf der Haut. »Ultimatives Wagnis«, sagte er.

Ein ultimatives Wagnis war eins, das einen in der Achtung des anderen um Längen weiterbrachte, wenn man es einging. Nicht, daß sie mitzählen würden, aber hätten sie es getan, hätte Emily ganz sicher in Führung gelegen. Sie fragte sich flüchtig, ob das Chris' Art war, sich für den Kuß am Vorabend zu revanchieren.

Die letzte Herausforderung dieser Art hatte Emily ausgesprochen. Chris hatte durch das Fenster des Schulbusses eine ganze Wohnstraße über seinen nackten Hintern gezeigt.

Sie nickte.

»Geh aufs Klo«, flüsterte Chris. »Auf die Herrentoilette.«

Emily lächelte. Alles in allem war es ein sehr einfaches Wagnis. Falls jemand dort war, würde sie sich entschuldigen und sagen, sie hätte sich in der Tür geirrt; Chris würde nie wissen, ob sie tatsächlich auf der Toilette gewesen war oder nicht. Sie sah sich zuerst nach The Creep um, weil sie nicht an ihm vorbeigehen wollte, so verrückt das auch klingen mochte. Er war nirgends zu sehen; wahrscheinlich stand er wieder am Grill und briet Burger. Als sie von der Bank rutschte, sahen James und Gus auf. »Ich muß mal«, sagte sie.

»Ich gehe mit«, sagte Gus und wischte sich mit der Serviette den Mund ab.

»Nein!« rief Em aus. »Ich meine, ich kann das allein.«

»Läßt Melanie dich allein gehen?« fragte Gus zweifelnd.

Emily sah ihr in die Augen und nickte. Gus warf James einen Blick zu. Er zuckte mit den Achseln. »Wir sind hier in Bainbridge«, sagte er. »Was soll schon passieren.«

Gus sah, wie Emily sich an den festgeschraubten Tischen und Stühlen vorbei einen Weg durch den Raum bahnte und die Toiletten ansteuerte, die im rückwärtigen Teil des Restaurants untergebracht waren. Dann richtete sie ihre Aufmerksamkeit wieder auf Kate, die mit Ketchup auf dem Tisch herummalte.

Die Herrentoilette befand sich links, die Damentoilette rechts. Emily warf einen Blick zurück auf Chris, um sich davon zu überzeugen, daß er auch herübersah. Dann betrat sie die Toilette.

Keine fünf Minuten später kehrte sie an ihren Platz zurück. »Gut gemacht«, sagte Chris und berührte sie am Arm.

»Kinderspiel«, murmelte Emily.

»Ach ja? Wie kommt es dann, daß du zitterst?« fragte er flüsternd.

»Es ist nichts«, sagte sie achselzuckend, wich jedoch seinem Blick aus. Methodisch aß sie ihren Burger, der nach nichts mehr schmeckte, und überzeugte sich langsam, aber sicher selbst davon, daß das der Wahrheit entsprach.

Gegenwart

1997

S. Barrett Delaney hatte den Großteil ihres Erwachsenenlebens versucht, sich damit abzufinden, daß sie als Rechtsanwältin den Namen Sue trug. Es war Jahre her, seit sie irgend etwas mit ihrem Vornamen unterschrieben hatte, aber irgendwie sprach es sich doch immer herum – ein geistreicher Witzbold auf der Suche nach einem neuen Scherz, eine Kreditkartengesellschaft, die die Geburtsurkunde verlangte, jemand, der in ihrem Jahrbuch blätterte. Es gab Monate, in denen sie sich selbst davon überzeugen mußte, daß sie aus Liebe zur Gerechtigkeit und nicht aus Selbstzweifeln heraus Staatsanwältin geworden war anstatt Verteidigerin.

Sie warf einen Blick auf die Wanduhr, stellte fest, daß sie spät dran war, und hastete den Flur hinunter zur Cafeteria. Anne-Marie Marrone saß bereits an einem Ecktisch, zwei dampfende Styroportassen vor sich. Die Polizistin blickte auf, als Sue ihr gegenüber Platz nahm. »Dein Kaffee wird kalt.«

Das Beste an Anne-Marie war, daß sie S. Barrett Delaney schon gekannt hatte, als sie noch Sue gewesen war, und sie sie trotzdem nie so nannte. Sie hatten zusammen die Schule Our Lady of Perpetual Sorrow in Concord besucht. Anne-Marie hatte beschlossen, eine Polizeilaufbahn einzuschlagen, während Barrie die Juristerei vorgezogen hatte.

»So«, sagte Barrie und öffnete gleichzeitig den großen Umschlag mit den Polizeiberichten, den Autopsieergebnissen und Anne-Maries Anmerkungen zu Chris Harte. »Das ist alles?«

»Bis jetzt, ja«, entgegnete Anne-Marie und nippte an ihrem Kaffee. »Ich glaube, du hast da einen Fall.«

»Wir haben immer einen Fall«, brummte Barrie, in die Lektüre der Beweise vertieft. »Die Frage ist, wie stehen wir da?« Sie überflog die ersten Zeilen des Autopsieberichts, beugte sich dann plötzlich vor und spielte mit dem goldenen Kreuz, das sie um den Hals trug. »Sag mir, was du weißt.«

»Kollegen wurden gerufen, nachdem ein Schuß gefallen war. Sie fanden ein bewußtloses Mädchen vor, dessen Leben am seidenen Faden hing. Der Junge, der bei ihr war, stand unter Schock und blutete aus einer schweren Kopfverletzung.«

»Wo war die Waffe?«

»Auf dem Karussell, auf dem sie saßen. Es wurde auch Alkohol gefunden, eine Flasche Canadian Club. Es war eine Kugel abgefeuert worden, und eine zweite steckte noch in der Revolvertrommel. Die Ballistik hat ergeben, daß die abgefeuerte Kugel aus dem Revolver stammte. Die Ergebnisse der Fingerabdruckuntersuchung liegen noch nicht vor.« Sie betupfte ihre Lippen mit einer Serviette. »Als ich den Jungen befragt habe ...«

»Nachdem du ihm selbstverständlich seine Rechte vorgelesen hast«, fiel Barrie ihr ins Wort.

»Na ja, also, um ehrlich zu sein ...« Anne-Marie schnitt eine Grimasse. »Nicht Zeile für Zeile. Aber ich mußte da rein, Barrie. Er kam frisch aus der Notaufnahme, und die Eltern wollten mich nicht da haben.«

»Weiter«, forderte Barrie sie auf. Sie lauschte Anne-Maries Geschichte und schwieg dann eine Weile nachdenklich. Sie griff nach den restlichen Seiten der Akte und überflog sie, wobei sie gelegentlich vor sich hin murmelte. »Okay«, sagte sie abschließend. »Ich denke folgendes.« Sie blickte zu ihrer Freundin auf. »Um mit einer Mordanklage durchzukommen, müssen wir Vorsatz, Arglist und Tötungsabsicht nachweisen. War die Tat im voraus geplant? Ja, sonst hätte er die Waffe nicht von zu Hause mitgenommen – einen antiken Colt trägt man nicht mit sich herum wie Ersatzschlüssel. Hat er auch nur eine Minute daran gedacht, das Mädchen zu töten? Offenbar, da er die Waffe schon Stunden zuvor aus dem Haus mitgenommen hatte. War es eine vorsätzliche Tat? Wenn wir davon ausgehen, daß es die ganze Zeit über seine Absicht war, das Mädchen zu töten, dann ja, dann hat er seinen Plan in die Tat umgesetzt.«

Anne-Marie schürzte die Lippen. »Er behauptet, es sei ein Doppelselbstmord gewesen, nur daß er nicht mehr dazu gekommen sei, sich zu töten.«

»Nun, das verrät uns, daß er nicht dumm ist. Nette Erklärung. Nur daß er nicht bedacht hat, was die forensische Untersuchung an den Tag bringen würde.«

»Was hältst du von einer Anklage wegen Vergewaltigung?«

Barrie blätterte in den Notizen der Beamtin. »Eher nicht. Zum einen war sie schwanger, sie hatten also zuvor schon miteinander geschlafen. Und wenn sie seit längerem ein Liebespaar waren, werden wir uns schwertun, eine Vergewaltigung glaubhaft zu machen. Wir können allerdings die Spuren als Beweise für einen Kampf verwenden.« Sie sah auf. »Du mußt ihn noch einmal befragen.«

»Zehn zu eins, daß er inzwischen einen Anwalt hat.«

»Versuch es«, drängte Barrie. »Wenn er nicht reden will, sprich mit Verwandten und Nachbarn. Ich möchte nicht schlecht vorbereitet dastehen. Wir müssen herausfinden, ob er wußte, daß das Mädchen schwanger war. Wir brauchen Informationen über die Beziehung der beiden untereinander – hat es zwischen ihnen früher schon gewaltsame Auseinandersetzungen gegeben? Und wir müssen wissen, ob Emily Gold selbstmordgefährdet war.«

Anne-Marie, die in ihr Notizbuch kritzelte, blickte auf. »Und was machst du, während ich mir den Hintern aufreiße?«

Barrie grinste. »Ich lege das hier der Grand Jury vor.«

In dem Augenblick, da Melanie die Tür öffnete, schob Gus die Hand mit einer Dose entsteinter schwarzer Oliven in den Spalt. »Ich hatte keine Brechstange zur Hand«, sagte sie, als Melanie versuchte, ihr die Tür vor der Nase zuzuschlagen. Entschlossen zwängte Gus die Schulter durch den schmalen Spalt und schob sich hindurch, bis sie schließlich vor Melanie in der Küche stand. »Bitte«, sagte sie ruhig. »Ich weiß, daß du leidest. Mir geht es nicht anders. Und es bringt mich um, daß wir nicht gemeinsam trauern können.«

Melanie hatte die Arme so fest verschränkt, daß Gus durch den Kopf ging, daß ihre Freundin Gefahr lief, sich in zwei Hälften zu quetschen. »Ich habe dir nichts zu sagen«, entgegnete sie steif.

»Mel, Grundgütiger, es tut mir so leid«, sagte Gus mit Tränen in den Augen. »Es tut mir unsäglich leid, daß das passiert ist, und es tut mir leid, daß du dich so fühlst, es tut mir leid, daß ich nicht weiß, was ich sagen oder tun soll.«

»Du sollst gehen«, erwiderte Melanie kalt.

»Mel ...« Gus streckte die Hand nach ihr aus.

Melanie schauderte. »Faß mich nicht an«, sagte sie mit bebender Stimme.

Gus wich schockiert zurück. »Ich ... es tut mir leid. Ich komme morgen wieder.«

»Ich will nicht, daß du morgen wiederkommst. Ich will, daß du überhaupt nie mehr wiederkommst.« Melanie holte tief Luft. »Dein Sohn«, fuhr sie abgehackt fort, »hat meine Tochter umgebracht.«

Gus fühlte, wie sich etwas Kleines und Heißes unter ihrem Rippenbogen entzündete und rasch ausbreitete. »Chris hat dir und der Polizei gesagt, daß sie gemeinsam Selbstmord begehen wollten. Zugegeben, ich wußte nicht, daß die beiden ... na ja, du weißt schon. Aber wenn Chris das sagt, dann glaube ich ihm.

»Natürlich«, entgegnete Melanie höhnisch.

Gus kniff die Augen zusammen. »Hör zu«, sagte sie. »Es ist ja nun nicht so, als wäre Chris heil und unverletzt aus der Sache hervorgegangen. Er ist mit siebzig Stichen genäht worden und hat drei Tage in der Psychiatrie verbracht. Als er mit der Polizei gesprochen hat, stand er noch unter Schock. Was hätte er für einen Grund haben sollen zu lügen?«

Melanie lachte ihr ins Gesicht. »Du solltest dich einmal hören, Gus. Welchen Grund er gehabt haben sollte zu lügen?«

»Du willst nur nicht glauben, daß deine Tochter Selbstmordabsichten gehabt haben könnte, ohne daß du etwas gemerkt hast«, konterte Gus heftig. »Zumal ihr beide doch eine so perfekte Beziehung hattet.«

Melanie schüttelte den Kopf. »Du meinst, im Gegensatz

zu dir? Du kommst damit klar, Mutter eines selbstmordgefährdeten Kindes zu sein, aber du kannst unmöglich akzeptieren, die Mutter eines Mörders zu sein.«

Gus lagen so viele Erwiderungen, so zahlreiche empörte Proteste auf der Zunge, daß sie ihr förmlich die Kehle zuschnürten. Da sie fürchtete, an ihnen zu ersticken, schob sie sich an Melanie vorbei durch die Küchentür. Sie rannte heim und sog dabei gierig die frische Luft ein, wobei sie zu verdrängen versuchte, daß Melanie ihre Flucht als Eingeständnis deuten würde.

»Ich komme mir albern vor«, sagte Chris. Die Knie reichten ihm in dem Kinderrollstuhl bis zum Kinn, aber das Krankenhaus hatte darauf bestanden, ihn so und nicht anders zu entlassen, versehen mit einem Zettel, auf dem der Name des Psychiaters stand, den er zweimal wöchentlich aufsuchen sollte.

»Das hat versicherungstechnische Gründe«, entgegnete seine Mutter, als ob ihn das kümmern würde, und betrat an der Seite des Pflegers, der ihn schob, den Fahrstuhl. »Außerdem bist du in fünf Minuten draußen.«

»Das sind fünf Minuten zu lang«, knurrte Chris, und seine Mutter legte ihm begütigend eine Hand auf den Kopf.

»Ich glaube, es geht dir schon besser«, bemerkte sie.

Seine Mutter erzählte, was es zum Abendessen gab und wer alles angerufen und sich nach ihm erkundigt hatte. Sie sagte, sie sei der Überzeugung, daß es in diesem Jahr noch vor Thanksgiving schneien würde. Hör auf, so zu tun, als sei nichts passiert, wollte er sie anschreien. Es ist nämlich sehr wohl etwas passiert, und es läßt sich nicht mehr rückgängig machen.

Statt dessen blickte er auf, als sie sein Gesicht berührte, und rang sich ein Lächeln ab.

Sie legte ihm einen Arm um die Taille und half ihm beim Aufstehen, als der Pfleger sie in der Lobby absetzte. »Danke«, sagte sie und steuerte dann zusammen mit Chris die Glastüren an.

Die Luft draußen war wunderbar. Sie drang wohltuender und frischer in seine Lungen als jene im Inneren der Klinik. »Ich hole den Wagen«, sagte seine Mutter, während Chris sich an die Backsteinmauer des Krankenhauses lehnte. Hinter dem Highway sah er die grauen Bukkel der Berge, prägte sich das Bild ein und schloß für einen Moment die Augen.

Als er seinen Namen hörte, blinzelte er. Detective Marrone stand vor ihm und versperrte die schöne Aussicht. »Chris«, wiederholte sie. »Wärst du vielleicht bereit, mich aufs Revier zu begleiten?«

Es war keine Verhaftung, aber seine Eltern waren trotzdem dagegen gewesen. »Ich werde doch nur die Wahrheit sagen«, hatte Chris ihnen versichert, aber seine Mutter war trotzdem beinahe ohnmächtig geworden, und sein Vater war losgerannt, um einen Anwalt zu beschaffen, der auf der Wache zu ihnen stieß. Detective Marrone hatte darauf hingewiesen, daß Chris mit siebzehn alt genug war, selbst zu entscheiden, ob er rechtlichen Beistand wünschte, und das mußte er ihr hoch anrechnen. Er folgte ihr den schmalen Gang der Polizeiwache hinunter zu einem kleinen Verhörzimmer mit einem Aufnahmegerät auf dem Tisch.

Sie las ihm seine Miranda-Rechte vor, die er aus dem Politikunterricht wiedererkannte, und schaltete dann den Recorder ein. »Chris«, sagte sie, »ich möchte, daß du mir so detailliert wie möglich erzählst, was in der Nacht des 7. November passiert ist.«

Chris faltete die Hände auf dem Tisch und räusperte

sich. »Emily und ich hatten in der Schule besprochen, daß ich sie um halb acht abholen sollte.«

»Hast du einen eigenen Wagen?«

»Ja. Er war da, als die Polizei kam. Ein grüner Jeep.«

Detective Marrone nickte. »Weiter.«

»Wir hatten etwas zu trinken besorgt ...«

»*Etwas* zu trinken?«

»Etwas Alkoholisches.«

»›Wir‹?«

»*Ich* hatte etwas zu trinken besorgt.«

»Weshalb?«

Chris rutschte unruhig auf seinem Stuhl hin und her. Vielleicht hätte er all diese Fragen nicht beantworten sollen. Als hätte Detective Marrone erkannt, daß sie ihn zu stark unter Druck setzte, fragte sie etwas anderes. »Dann wußtest du, daß Emily sich das Leben nehmen wollte?«

»Ja«, sagte Chris. »Sie hatte sich einen Plan ausgedacht.«

»Erzähl mir von diesem Plan«, drängte Detective Marrone. »Hatte sie romantische Vorstellungen in der Art von Romeo und Julia?«

»Nein«, entgegnete Chris. »Sie wollte es einfach.«

»Sie wollte sich umbringen.«

»Ja.«

»Und was dann?« fragte Detective Marrone.

»Dann wollte ich mich töten«, sagte Chris.

»Um wieviel Uhr hast du sie abgeholt?«

»Um halb acht. Das sagte ich doch schon.«

»Richtig. Und hat Emily irgend jemandem sonst erzählt, daß sie sich umbringen wollte?«

Chris zuckte die Achseln. »Ich glaube nicht.«

»Und du? Hast du es jemandem erzählt?«

»Nein.«

Die Polizistin schlug die Beine übereinander. »Warum nicht?«

Chris starrte auf seinen Schoß. »Emily wußte es bereits. Es war mir egal, ob sonst jemand es wußte.«

»Und was hat sie dir gesagt?«

Er begann, mit dem Daumennagel ein Muster auf den Tisch zu zeichnen. »Sie sagte immer wieder, sie wolle, daß alles so bliebe, wie es wäre. Daß sie wünschte, sie könne verhindern, daß sich alles ändere. Sie wurde ganz aufgeregt, wenn sie von der Zukunft sprach. Einmal sagte sie mir, sie könne sich selbst sehen und auch das Leben, das sie sich wünschte – Kinder, Mann, ein Haus in einem ruhigen Vorort, Sie wissen schon –, daß sie aber nicht wüßte, wie sie von A nach B gelangen solle.«

»Ging es dir genauso?«

»Manchmal«, entgegnete Chris leise. »Vor allem, wenn ich an ihren Tod dachte.« Er biß sich auf die Unterlippe. »Irgend etwas hat Emily gequält. Etwas, das sie nicht einmal mir sagen konnte. Es kam immer wieder hoch, wenn wir ... wenn wir ...« Seine Kehle war plötzlich wie zugeschnürt, und er wandte den Blick ab. »Können wir eine Minute unterbrechen?«

Die Beamtin schaltete gelassen den Recorder ab. Als Chris mit geröteten Augen nickte, stellte sie das Gerät wieder ein. »Hast du versucht, es ihr auszureden?«

»Ja«, sagte Chris. »Tausendmal.«

»Auch an diesem Abend?«

»Und auch davor.«

»Wo seid ihr an dem Abend hingefahren?«

»Zum Karussell. Dem bei dem alten Messegelände, das jetzt ein Freizeitpark für Kinder ist. Ich habe da früher mal gejobbt.«

»Hast du diesen Ort ausgewählt?«

»Nein, Emily.«

»Um wieviel Uhr seid ihr dort eingetroffen?«

»Gegen acht«, sagte Chris.

»Nachdem ihr unterwegs etwas gegessen hattet?«

»Wir haben nicht zusammen gegessen«, antwortete Chris. »jeder hat bei sich zu Hause gegessen.«

»Was habt ihr als nächstes getan?«

Chris atmete langsam aus. »Ich bin ausgestiegen und habe Em die Tür aufgemacht. Wir sind mit der Flasche Canadian Club zum Karussell rübergegangen und haben uns auf eine der Bänke gesetzt.«

»Hattest du an diesem Abend mit Emily Geschlechtsverkehr?«

Chris' Augen verengten sich. »Ich glaube nicht, daß Sie das etwas angeht.«

»Alles in dieser Sache geht mich etwas an«, widersprach Detective Marrone. »Also, hattest du?«

Chris nickte, und die Polizistin zeigte auf den Recorder. »Ja, wir haben miteinander geschlafen«, sagte er leise.

»Und der Verkehr fand in gegenseitigem Einvernehmen statt?«

»Ja«, entgegnete Chris zähneknirschend.

»Bist du ganz sicher?«

Chris legte die Hände flach auf den Tisch. »Ich war dabei«, sagte er.

»Hast du ihr die Waffe gezeigt, bevor oder nachdem ihr Sex hattet?«

»Ich weiß nicht mehr. Hinterher, schätze ich.«

»Aber sie wußte, daß du sie mitbringen wolltest?«

»Es war ihre Idee«, bestätigte Chris.

Die Polizistin nickte. »Und gab es einen bestimmten Grund dafür, daß du Emily für ihren Selbstmord zum Karussell gebracht hast?«

Chris runzelte die Stirn. »Sie wollte dorthin.«

»Es war Emilys Entscheidung?«

»Ja. Wir haben einige Zeit drum herum geredet, bis wir uns schließlich darauf geeinigt haben.«

»Warum das Karussell?«

»Emily hatte es gern«, sagte Chris. »Und ich wohl auch.«

»Ihr habt euch also auf das Karussell gesetzt, etwas getrunken, den Sonnenuntergang beobachtet, miteinander geschlafen ...«

Chris zögerte, langte dann über den Tisch und stellte das Gerät ab. »Die Sonne war bereits untergegangen. Es war acht Uhr«, sagte er ruhig. »Das sagte ich Ihnen schon.« Er sah der Beamtin fest in die Augen. »Glauben Sie mir nicht, was ich sage?«

Anne-Marie drückte die Eject-Taste und nahm die Kassette aus dem Recorder, ohne den Blick von Chris abzuwenden. »Sollte ich das denn?« fragte sie.

Am Dienstag nachmittag ging Melanie den allseitigen Protesten zum Trotz wieder zur Arbeit. Es war ein Märchenstunden-Tag, so daß es in der Bibliothek von jungen Müttern wimmelte, die Kinder in unterschiedliche Stadien Winterkleidung stopften, aber als Melanie eintrat, verstummte das Stimmengewirr, und alle machten Platz, so daß sie auf dem Weg zum Personalzimmer im rückwärtigen Teil niemandem ausweichen mußte. Als sie ihren Mantel aufhängte, fragte sie sich, ob die Nachricht von Emilys Tod sich tatsächlich so rasch verbreitet haben konnte, oder ob vielleicht Instinkt im Spiel war – ein Geruch, den Melanies Haut verströmte, oder eine Störung der elektrischen Ströme um sie herum, die die anderen Mütter warnte: Hier kommt eine Mutter, die nicht in der Lage war, ihr Kind vor Schaden zu bewahren.

»Melanie«, sagte eine atemlose Stimme, und als sie sich umwandte, sah sie ihre Stellvertreterin Rose hinter sich stehen. »Niemand hat erwartet, daß du heute zur Arbeit kommst.«

»Ich komme seit siebzehn Jahren«, entgegnete Melanie. »Hier fühle ich mich am wohlsten.«

»Nun ... Natürlich.« Rose wußte offenbar nicht, was sie sagen sollte. »Wie kommst du denn so zurecht, Liebes?«

Melanie zuckte zurück. »Ich bin hier, oder?« sagte sie nur.

Sie ging zum Empfang und setzte sich zögernd auf den Sessel der Chefbibliothekarin – was, wenn auch der ihr plötzlich fremd war? Aber nein, er war so wie immer, beinahe perfekt ihrem Gesäß angepaßt, und der störende Metallbügel drückte wie immer unter dem rechten Oberschenkel. Sie legte die Hände flach auf den Schreibtisch und wartete.

Alles, was sie brauchte, war ein Kunde mit einer Frage, dann wäre sie geheilt. Dann wäre sie wieder zu etwas nütze.

Sie lächelte zwei jungen Leuten zu, die aussahen wie Studenten. Sie nickten und gingen auf dem Weg in den Zeitungsraum an ihr vorbei. Melanie streifte ihre Pumps von den Füßen, rieb die bestrumpften Füße gegen den kalten Chrom des Drehstuhls und zog die Schuhe dann wieder an. Sie gab Suchbegriffe in ihren Computer ein, nur so zur Übung: Hexenprozesse von Salem. Malachit. Elizabeth Regina.

»Entschuldigen Sie.«

Melanies Kopf fuhr hoch, und sie sah eine Frau etwa in ihrem eigenen Alter vor ihrem Schreibtisch stehen. »Ja. Kann ich Ihnen helfen?«

»Gott, das hoffe ich.« Die Frau atmete hörbar aus. »Ich versuche, möglichst viel Infomaterial über Atalanta zusammenzubekommen.« Sie zögerte. »Den griechischen Läufer, nicht die Stadt in Georgia.«

Melanie lächelte. »Ich weiß.« Ihre Finger flogen über die Tasten, ihr ganzer Körper von einer Art Rausch befallen, der einem Nikotin-High nicht unähnlich war. »Atalanta müßte unter der Rubrik griechische Mythen zu finden sein. Die Registriernummer lautet ...«

Melanie kannte sie auswendig: 292. Aber noch bevor sie sie aussprechen konnte, verdrehte die Frau erleichtert die Augen. »Gott sei Dank«, sagte sie. »Meine Tochter schreibt eine Seminararbeit für Sozialkunde, und in der Orford Library konnten wir nichts finden. Atlas? Drei Bände. Aber Atalanta ...«

Meine Tochter. Melanie starrte auf die Liste von Büchern, die der Computer anzeigte und die gleich um die Ecke standen. Sie öffnete den Mund, um die Information weiterzugeben, hörte aber statt dessen eine Stimme, die unmöglich ihre eigene sein konnte, sagen: »Sehen Sie unter Non-fiction nach. Sehen Sie unter Nummer 641.5 nach.«

Das war die Abteilung für Kochbücher.

Die Frau dankte ihr überschwenglich und steuerte die falsche Abteilung an.

Melanie fühlte, wie sich in ihrem Inneren etwas rührte und freikämpfte, ein Tumor, der sich Freitag nacht gebildet hatte und nun Metastasen bildete, die nach und nach ihren Organismus bedrohten. Sie schlang die Arme um den eigenen Leib und versuchte, an dieser Boshaftigkeit festzuhalten. Ein Mann näherte sich ihr und bat sie um eine Empfehlung bezüglich der Neuerscheinungen. Er sagte ihr, daß er gerne Clancy, Cussler und Crichton lese und gern einen neuen Autor ausprobieren würde. »Ich würde Ihnen zum letzten Robert James Waller raten«, entgegnete Melanie.

Sie schickte College-Studenten zu den Kinderbüchern, Historiker in die Do-it-yourself-Abteilung; Videoausleiher zu den Reiseführern von Fodor. Als ein junger Mann nach der Toilette fragte, dirigierte sie ihn zu dem Wandschrank, in dem sie ausgediente Bücher lagerten. Und die ganze Zeit über lächelte Melanie, die fand, daß Frust und Verzweiflung zu säen viel befriedigender war, als nützliche Informationen weiterzugeben.

Jordan McAfee, der von Gary Moorhouse empfohlene Rechtsanwalt, saß am Küchentisch der Hartes, einen düster dreinblickenden Chris zu seiner Rechten und Gus gleich dahinter. Er war direkt vom Fitneßstudio aus gekommen und trug Shorts und ein verknittertes T-Shirt. Seine Wangen waren gerötet, und Schweißtropfen rannen über seine Schläfen.

James war der erste Eindruck immer sehr wichtig. Sicher, es war acht Uhr abends ... aber *trotzdem*. Das Fehlen eines Anzugs; das stachelige nasse Haar; die Schweißtropfen – Jordan McAfee mochte einfach überhitzt sein, aber auf James machte er den Eindruck, als wäre er einfach nervös. James konnte sich den Mann unmöglich als irgend jemandes weißen Ritter vorstellen, schon gar nicht als den seines Sohnes.

»So«, sagte Jordan McAfee, »Chris hat mir bereits gesagt, was er Detective Marrone erzählt hat. Da er freiwillig mit aufs Revier gegangen ist und da sie ihm seine Rechte vorgelesen hat, kann alles, was er gesagt hat, gegen ihn verwendet werden. Allerdings würde ich nötigenfalls die Befragung im Krankenhaus für unzulässig erklären lassen.« Er blickte zu James auf. »Sie haben sicher Fragen. Warum fangen wir nicht gleich jetzt an?«

Wie viele Fälle haben Sie schon gewonnen? wollte James fragen. *Woher soll ich wissen, daß es Ihnen gelingen wird, den Kopf meines Sohnes aus der Schlinge zu ziehen?* Aber er schluckte seine Zweifel herunter. Moorhouse hatte gesagt, McAfee wäre juristisch ein Star. Er hatte in Harvard studiert und wurde von sämtlichen

Kanzleien östlich des Mississippi umworben, um jedoch dann dem Büro der Generalstaatsanwaltschaft von New Hampshire beizutreten. Nach zehn Jahren war er dann zur Gegenseite übergewechselt. Er war bekannt für seinen Charme, seine rasche Auffassungsgabe und sein aufbrausendes Temperament. James fragte sich, ob McAfee eigene Kinder hatte.

»Wie stehen die Chancen, daß es zum Prozeß kommt?«

McAfee kratzte sich an der Wange. »Chris wurde zwar bislang nicht als Tatverdächtiger bezeichnet, wurde aber bereits zweimal befragt. Jeder ähnlich gelagerte Fall wird von der Polizei ganz automatisch als Mordfall behandelt. Und da Chris eindeutig am Tatort war, wird die Generalstaatsanwaltschaft ganz sicher den Fall einer Grand Jury vorlegen, wenn sie meint, daß die Beweislage für eine Anklage ausreicht.« Er blickte James unverwandt in die Augen. »Ich würde sagen, die Wahrscheinlichkeit ist groß.«

Gus schnappte nach Luft. »Und was geschieht dann? Er ist doch erst siebzehn.«

»Mom ...«

»Im Staate New Hampshire würde er vor dem Gesetz als Erwachsener eingestuft.«

»Und das heißt?« wollte James wissen.

»Wenn er verhaftet wird, findet innerhalb von 24 Stunden ein Haftprüfungstermin statt. Bei dieser Gelegenheit legen wir dann Widerspruch ein und hinterlegen, wenn nötig, eine Kaution. Dann wird ein Prozeßtermin festgesetzt.«

»Soll das heißen, daß er die Nacht im Gefängnis verbringen muß?«

»Höchstwahrscheinlich«, bestätigte McAfee.

»Aber das ist nicht fair!« rief Gus aus. »Nur weil der Generalstaatsanwalt sagt, es hätte einen Mord gegeben, müssen wir nach seinen Regeln spielen? Es war kein Mord. Es war ein Suizid. Und das wird nicht mit Gefängnis geahndet.«

»Es gibt ganze Bücher voll mit Fällen, in denen die Staatsanwaltschaft sich blind ins kalte Wasser gestürzt hat, um dann zu spät festzustellen, daß gar kein Wasser im Pool ist«, entgegnete McAfee. »Chris und Emily sind die einzigen, die wissen, was wirklich geschehen ist. Fazit? Emily kann ihre Version des Geschehens nicht mehr erzählen, und der Staat New Hampshire hat keine Veranlassung, Ihrem Sohn zu vertrauen. Alles, was die Staatsanwaltschaft im Augenblick sieht, ist ein totes Mädchen und eine Revolverkugel. Sie kennen die Geschichte der beiden jungen Leute nicht, wissen nichts über ihre Beziehung, ihre psychische Verfassung. Ganz offen gesagt, handelt es sich um einen Fall, der nach einer Taktik des Herzerweichens angegangen werden muß. Ich kann Ihnen jetzt schon sagen, daß die Anklage einen Autopsiebericht vorlegen wird, in den sie möglichst viel hineininterpretiert. Ich weiß jetzt schon, daß der Staatsanwalt ein Riesenaufhebens darum machen wird, daß Chris' Fingerabdrücke auf der Waffe waren. Und was das andere betrifft, was er noch in der Hand zu haben glaubt ... nun, diesbezüglich werde ich mich ausführlicher mit Chris unterhalten müssen.«

Gus zog sich einen Stuhl heran.

»Allein«, fügte McAfee hinzu. Er lächelte steif. »Sie mögen zwar die Rechnung zahlen«, sagte er, »aber er ist mein Klient.«

»Gratuliere, Dr. Harte«, sagte die Empfangsdame am Mittwochmorgen.

Einen Moment lang starrte James sie verständnislos an. Gratulieren, wozu? Als er am Morgen das Haus verlassen hatte, hatte Chris immer noch auf dem Sofa gesessen, auf dem James ihn am Vorabend zurückgelassen hatte, vor einem spanischsprachigen Fernsehprogramm, das er gar nicht wahrnahm. Gus war in der Küche gewesen und hatte ein Frühstück zubereitet, von dem James gewußt hatte, daß Chris es nicht essen würde. Es gab also derzeit in seinem Leben nicht viel, wofür man ihm gratulieren konnte.

Auf dem Weg zu seinem Büro klopfte ihm ein Kollege auf die Schulter. »Ich habe immer gewußt, daß es irgendwann einen von uns treffen würde«, sagte er lächelnd und ging weiter.

James betrat sein kleines Behandlungszimmer und schloß die Tür hinter sich, bevor noch jemand etwas Seltsames zu ihm sagen konnte. Auf seinem Schreibtisch türmte sich die Post, die er seit Freitag keine Zeit gehabt hatte durchzusehen. Aber ganz oben auf dem Stapel lag das aufgeschlagene *New England Journal of Medicine*. Der Jahresbericht mit den besten Ärzten der jeweiligen Fachrichtungen umfaßte mehrere Seiten. Und in der Rubrik Ophthalmologische Chirurgie stand rotumrandet sein Name.

»Heiliges Kanonenrohr«, hauchte er, und irgendwo in der Herzgegend bahnte sich ein Lächeln an, das sich langsam nach außen ausdehnte. Er griff zum Telefon und rief daheim an, um die gute Nachricht mit Gus zu teilen, aber es nahm niemand ab. Er blickte auf zu seinen Harvard-Diplomen und stellte sich vor, wie die laminierte Urkunde, die ihm überreicht werden würde, aussehen mochte.

Schon viel besser gelaunt als noch vorhin, hängte James seinen Mantel auf und marschierte dann durch die Flure zu seinem ersten Patienten. Sofern irgend jemand vom Krankenhauspersonal von Chris' Aufenthalt über das Wochenende wußte, erwähnte er es nicht. Vielleicht hatte auch die Ehrung des NEJM das weniger angenehme

Gerücht verdrängt. Er machte an einem Behandlungszimmer halt, nahm die Patientenakte an sich und überflog die Krankengeschichte von Mrs. Edna Neely.

»Mrs. Neely«, sagte er, als er die Tür öffnete. »Wie geht es Ihnen?«

»Noch nicht besser, sonst hätte ich den Termin abgesagt«, entgegnete die ältere Dame.

»Mal sehen, ob wir das Problem nicht doch noch in den Griff kriegen«, sagte er. »Erinnern Sie sich noch an das, was ich Ihnen vergangene Woche über makuläre Degeneration gesagt habe?«

»Doktor«, entgegnete die Dame spitz, »ich bin wegen einer Augenerkrankung hier, nicht wegen Senilität.«

»Natürlich«, überging James die säuerliche Erwiderung glatt. »Dann lassen Sie uns das Angiogramm machen.« Er führte Mrs. Neely zu einer großen Kamera und bat sie, davor Platz zu nehmen. Dann griff er nach einer Injektionsspritze hypodermisches Fluoreszin und injizierte das Präparat in den Arm der Patientin. »Es kann sein, daß Sie ein Brennen im Arm verspüren«, sagte er. »Das Mittel wird von der Vene aus zum Herzen und dann durch den ganzen Körper wandern, bis es schließlich das Auge erreicht. In gesunden Gefäßen bleibt das Kontrastmittel erhalten, während es durch die schadhaften, die Ihre makuläre Degeneration verursachen, hindurchsickert. Dann wissen wir genau, wo das Problem liegt, und können eine gezielte Therapie einleiten.«

James wußte, daß es etwa zwölf Sekunden dauerte, bis das Kontrastmittel vom Arm über das Herz bis ins Zentrum des Auges gelangte. Das Licht auf der Rückseite des Auges erhellte das fluoreszierende Kontrastmittel. Wie Seitenarme eines Flusses breiteten sich die gesunden Blutgefäße von Mrs. Neelys Retina in ganz dünnen, feinen Linien aus. Die kranken Gefäße erinnerten an winzige Explosionen, Miniaturfeuerwerke, die zu Pfützen weißen Kontrastmittels zusammenliefen.

Als nach zehn Minuten das ganze Kontrastmittel vom Blut fortgespült worden war, schaltete James die Kamera aus. »Gut, Mrs. Neely«, sagte er und beugte sich zu ihr herab. »Jetzt wissen wir, wo wir mit der Laserbehandlung ansetzen müssen.«

»Und was passiert dabei genau?«

»Nun, wir hoffen, daß das die beschädigte Retina stabilisieren wird. AMD ist ein ernstes Problem, aber es besteht Hoffnung, daß wir ein wenig Sehkraft erhalten können, auch wenn möglicherweise nicht ganz soviel wie vor Auftreten der Beschwerden.«

»Werde ich erblinden?«

»Nein«, versprach er ihr. »Dazu wird es nicht kommen. Sie werden vielleicht etwas zentrale Sehkraft verlieren – Sehkraft, wie Sie sie zum Lesen oder Autofahren brauchen –, aber Sie werden sich frei bewegen, eigenständig duschen und kochen können.«

Er geduldete sich einen Moment und wurde mit einem reizenden Lächeln der älteren Dame belohnt. »Ich habe im Wartezimmer gehört, wie sie sich über Sie unterhalten haben, Dr. Harte. Es hieß, Sie seien einer der Besten.« Sie streckte den Arm aus und tätschelte seine Hand. »Ich denke, bei Ihnen bin ich in guten Händen.«

James starrte in ihr vergrößertes, verzerrtes Auge. Er nickte nur, und die Freude, die er eben noch empfunden hatte, verflog schlagartig. Diese Anmerkung war keine Ehre, sondern ein Fehler. Denn James wußte aus eigener Erfahrung, wie es für Mrs. Neely gewesen war, sich eines Abends hinzusetzen und festzustellen, daß die Tür nicht mehr dieselbe Form hatte wie noch vor wenigen Minuten, daß die Schrift in der Zeitung irgendwie verschwommen war, kurz, die Welt nicht mehr so war wie in ihrer

Erinnerung. Der Ausschuß des *New England Journal of Medicine* würde die Ehrung zurücknehmen, wenn er von seinem suizidgefährdeten Sohn erfuhr, der wegen Mordes vor Gericht stand. Man würde wohl kaum einen Augenspezialisten ehren wollen, der diese Katastrophe nicht hatte kommen sehen.

»Du hast es versprochen«, ereiferte sich Chris. »Du hast gesagt am Tag meiner Entlassung, und der ist bereits vorbei.«

Gus seufzte. »Ich weiß, was ich gesagt habe, Schatz. Ich bin nur nicht sicher, ob es eine so gute Idee ist.«

Chris sprang vom Küchenstuhl auf. »Du hast mich schon einmal daran gehindert, zu ihr zu gehen«, zischte er. »Hast du vielleicht ein Sedativ im Kühlschrank parat, Mutter? Denn das wäre der einzige Weg, mich aufzuhalten.« Er trat so dicht vor sie, daß sie seinen Atem auf der Wange spürte. »Ich bin stärker als du«, fuhr er leise fort. »Und ich komme an dir vorbei, wenn ich es will. Wenn nötig, gehe ich den ganzen Weg zu Fuß.«

Gus schloß die Augen. »Nein«, seufzte sie. »Schon gut.«

»Gut?«

»Ich fahre dich hin.«

Schweigend fuhren sie zum Friedhof, der fußläufig von der Highschool zu erreichen war. Gus erinnerte sich, daß Chris ihr erzählt hatte, daß manche seiner Schulkameraden in den Freistunden gern dorthin gingen, um ihre Hausarbeiten zu machen oder sich irgendeiner Pflichtlektüre zu widmen. Chris stieg aus. Zuerst wandte Gus den Blick ab und gab vor, die Aufschrift auf einem Kaugummipapier zu lesen, das im Schlitz des Beifahrersitzes steckte. Aber dann hielt sie es nicht länger aus. Sie beobachtete, wie Chris neben dem rechteckigen Erdhügel niederkniete, auf dem sich ein Meer noch frischer Blumen türmte. Sie sah, wie er mit einem Finger über kühle Rosenblüten strich und über den schnabelartigen Kelch einer Orchidee.

Viel eher als sie erwartet hätte, erhob er sich und kam zurück zum Wagen. Aber er stieg nicht wieder ein, sondern ging auf ihre Seite und klopfte an die Scheibe. »Wie kommt es?« fragte er, »daß es noch keinen Grabstein gibt?«

Gus blickte auf die frische Erde. »Das geht nicht so schnell«, entgegnete sie. »Aber wenn ich nicht irre, ist das im jüdischen Glauben sowieso anders. Da wird er erst nach sechs Monaten oder so aufgestellt.«

Chris nickte und vergrub die Hände in den Manteltaschen. »Wo ist oben?« fragte er.

Gus starrte ihn verständnislos an. »Was meinst du damit?«

»Der Kopf«, erklärte er. »Welches ist das Kopfende?«

Schockiert blickte Gus sich um. Die Gräber waren nicht gerade ausgerichtet, sondern eher willkürlich angeordnet. Dennoch standen die meisten Grabsteine in derselben Richtung. »Ich glaube, von hier aus gesehen das hintere Ende«, sagte sie. »Aber ganz sicher bin ich mir nicht.«

Chris entfernte sich wieder und kniete erneut am Grab nieder. Natürlich, ging es Gus durch den Kopf, er will mit ihr sprechen. Aber zu ihrer Verblüffung stieg Chris stattdessen mit einem Bein über den Erdhügel und streckte sich dann der Länge nach darauf aus, die Arme fest um die Blumenarrangements geschlungen, die er unter sich begraben hatte, wobei sein Körper vom Scheitel bis zur Sohle gerade so lang war wie das einen Meter achtzig lange Grab. Das Gesicht hatte er in die Erde gedrückt. Dann stand er trockenen Auges auf und kam zurück zum Volvo. Gus ließ den Motor an und folgte der Friedhofsstraße. Sie zitterte von der Anstrengung, die es sie kostete, ihren Sohn nicht anzusehen, dessen Mund von irdenem Lippenstift umrandet war, der so feurig war wie ein Kuß.

Dezember 1993

Chris fuhr mit Emilys Eltern zum Sugarloaf, weil sie ihre Gameboys verbinden und einen Tetris-Marathon austragen wollten. Sie fuhren über Weihnachten zum Skilaufen und hatten zusammen mit Ems Familie ein Ferienhaus gemietet. Aus dem Autoradio dröhnte Aerosmith; die Lautsprecher vorn waren leise gestellt. »Heh«, lachte Chris und bearbeitete den Minicomputer mit den Daumen. »Du pfuschst.«

»Lügner«, protestierte Emily, die in ihren Sitz gekuschelt neben ihm saß.

»Ich lüge nicht«, widersprach Chris.

»Du pfuschst auch.«

»Na klar.«

»Sag ich doch.«

Michael, der am Steuer saß, wandte sich seiner Frau zu. »Genau deshalb haben wir nie ein zweites Kind bekommen«, sagte er.

Melanie lächelte und blickte durch die Windschutzscheibe auf die Rücklichter des vorausfahrenden Fahrzeugs der Hartes, »Glaubst du, sie hören Dvorák und essen Brie?«

»Nein«, meinte Chris und sah vom Spiel auf. »Wenn Kate ihren Kopf durchsetzt, singen sie wahrscheinlich ›One Hundred Bottles of Beer on the Wall‹.« Er kehrte zurück zu dem kleinen Bildschirm. »Heh«, beklagte er sich. »Das ist nicht fair.«

»Du hättest meinen Eltern nicht antworten dürfen«, sagte Emily honigsüß. »Ich gewinne.«

Chris stieg Zornesröte ins Gesicht. »Wozu überhaupt spielen, wenn du doch nur schummelst?«

»Es war ein faires Spiel!«

»Von wegen fair«, schrie Chris.

»Heh«, mischten sich Melanie und Michael gleichzeitig ein.

»Entschuldigung.« Chris zog sich in seinen Schmollwinkel zurück. Emily verschränkte die Arme über der Brust und lächelte leise. Chris sah aus dem Fenster. *Na und? Was machte es schon, wenn Emily ihn beim Tetris schlagen konnte? Das war sowieso ein blödes Spiel, etwas für Vollidioten. Am Wochenende würde er es ihr zeigen. Er würde sie beim Skifahren übertrumpfen.*

Sofort fühlte er sich besser. Versöhnlich hielt er ihr den Gameboy hin. »Spielen wir noch eine Runde?« Emily hielt die Nase hoch und drehte sich so, daß sie ihn nicht ansehen mußte.

»Gott«, stöhnte Chris. »Was ist denn jetzt schon wieder.«

»Du bist mir eine Entschuldigung schuldig«, sagte Emily.

»Wofür?«

Sie blitzte ihn zornig an. »Du hast gesagt, ich hätte geschummelt. Ich schummele nicht.«

»Okay, du schummelst nicht. Laß uns spielen.«

»Ich glaube nicht«, sagte Emily verschnupft. »Erst mußt du es so sagen, als würdest du es wirklich meinen.«

Chris verengte die Augen und warf den Gameboy auf den Sitz wie einen Fehdehandschuh. Scheiß auf das Tetrisspiel, scheiß auf die Entschuldigung, scheiß auf Emily. Er wußte gar nicht, weshalb er sich überhaupt von ihr hatte überreden lassen, bei den Golds mitzufahren. Sicher, sie konnte witzig sein, aber manchmal trieb sie ihn zur Weißglut und weckte bei ihm Mordgelüste.

Chris' Mom war so wütend auf seinen Vater, weil der beschlossen hatte, mit einem Mann auf die Jagd zu gehen, den er rein zufällig auf dem Sessellift kennengelernt hatte, daß sie an Heiligabend den ganzen Vormittag kein Wort mit ihm wechselte, während er alles für die Pirsch vorbereitete.

»Aber er hat doch seinen Beagle dabei«, versuchte sein Vater, sein Vorhaben zu erklären. Wie hoch standen schon die Chancen, auf dem Sessellift jemanden kennenzulernen, der mehrere Jagdflinten und dazu noch seinen Hund dabei hatte, um in den Wäldern von Maine ein wenig zu jagen? Und was konnte er dafür, daß Chris, als er davon gehört hatte, gebettelt hatte, mitkommen zu dürfen?

»Was jagen wir?« fragte Chris, der ungeduldig auf dem Beifahrersitz herumrutschte. »Elche?«

»Dafür ist nicht die richtige Saison«, entgegnete sein Vater. »Vermutlich Fasane.«

Aber als sie Hank Myers am Ende einer unbeschilderten Straße mitten im Nichts antrafen, meinte der, es wäre ein guter Tag für die Kaninchenjagd.

Hank freute sich, Chris kennenzulernen, und übergab ihm ein Gewehr Kaliber 12mm. Die drei Männer stapften in den dichten Wald, wobei Hanks Hund Lucy das Dikkicht absuchte. Sie bewegten sich wie Jäger, leise und wachsam. Stille kettete ihre Bewegungen aneinander, als wären sie Marionetten.

Chris hielt den Blick auf den Schnee geheftet und versuchte, charakteristische Hasenspuren auszumachen, vier Löcher von den Pfoten und eine fünfte Vertiefung, dort wo die Blume sich in den Schnee gedrückt hatte. Der Schnee blendete ihn, und nach einer Stunde hatte er Eisfüße, seine Nase lief, und er konnte seine Ohrläppchen nicht mehr spüren, die unter der Mütze hervorlugten. Nicht einmal mit Em Ski zu laufen war so langweilig wie das hier.

Und überhaupt, seit wann war Hasenbraten ein Weihnachtsessen?

Plötzlich sprang Lucy vor, und unter tiefhängenden

Ästen sah Chris einen weißen Hasen mit schwarzumrandeten Augen davonjagen.

Chris hob sofort das Gewehr und zielte auf das Tier, das so verdammt schnell war, daß er sich fragte, wie es überhaupt jemand schaffte, eins von den Biestern zu treffen. Lucy war dem Hasen noch auf der Spur, aber bereits weit abgeschlagen. Plötzlich fühlte Chris, wie eine Hand den Lauf des Gewehrs herunterdrückte. Hank Meyers lächelte auf ihn herab. »Das brauchst du nicht«, erklärte er. »Das Besondere an Hasen ist, daß sie im Kreis laufen. Lucy wird ihn nicht einholen, aber das macht gar nichts. Sie treibt den Hasen dorthin zurück, wo er losgerannt ist.«

Und tatsächlich ... nachdem das Hundegebell erst immer leiser geworden war, näherte es sich ihnen wieder. Dann, plötzlich, hetzte der Schneehase wieder in sein Blickfeld und hielt auf das Versteck zu, aus dem er ursprünglich aufgescheucht worden war.

Chris hob das Gewehr, nahm den Hasen aufs Korn und drückte ab.

Der Rückstoß ließ ihn zurücktaumeln, und er fühlte, wie sein Vater ihm helfend eine Hand auf die Schulter legte. »Du hast ihn erwischt!« jubelte Hank Myer, und Lucy setzte über einen Baumstumpf und schnupperte mit begeistertem Schwanzwedeln an der erlegten Beute.

Hank stapfte grinsend auf den Hasen zu. »Verdammt guter Schuß«, sagte er. »Hat ihn richtig zerfetzt.« Er hielt das Tier bei den Ohren in die Höhe und hielt es Chris hin. »Nicht viel von ihm übrig, aber das macht nichts.«

Chris hatte ein Stück Wild erlegt; die Jagd auf einen Elch oder Bären hätte ihm Spaß gemacht, aber nach einem Blick auf den Hasen wurde ihm übel. Er wußte nicht, ob es an dem Kontrast von weißem Schnee und rotem Blut lag oder an dem kleinen plüschigen Kadaver. Vielleicht war es auch, daß er sich das erste Mal an etwas vergriffen hatte, das kleiner und wehrloser war als er. Jedenfalls wandte er sich ab und übergab sich.

Er hörte seinen Vater leise fluchen. Chris wischte sich den Mund an seiner Jacke ab und hob den Kopf. »Tut mir leid«, sagte er, seinen eigenen Ekel schmeckend.

Hank Myers spuckte in den Schnee und warf James einen Blick zu. »Ich dachte, du hättest gesagt, er würde regelmäßig mit dir auf die Jagd gehen.«

James nickte, die Lippen zu einem schmalen Strich zusammengepreßt. »Das stimmt auch.«

Chris wich dem Blick seines Vaters aus. Er wußte, daß er in seinen Augen die Mischung aus Ärger und Verlegenheit lesen würde, ein Ausdruck, der unweigerlich auftrat, wenn etwas anders lief, als James es erwartet hatte. »Ich werde ihn ausnehmen«, sagte er und streckte die Hand nach dem Hasen aus, um nicht vollends das Gesicht zu verlieren.

Hank reichte ihm das tote Tier, registrierte jedoch dann, daß Chris seinen Skianorak trug. »Was hältst du davon, wenn wir erst die Jacken tauschen?« meinte er und schnaufte in der Kälte, als er aus seiner Jagdjacke schlüpfte. Chris zog die Jacke des Mannes über und stopfte dann den Hasen in die gummierte Tasche auf der Rückseite. Er konnte durch den Stoff der Jacke hindurch die Körperwärme des Tieres fühlen.

Schweigend ging er neben seinem Vater her. Er fürchtete sich davor, etwas zu sagen, und er fürchtete sich ebenfalls davor, nichts zu sagen. Er mußte an den Hasen denken, der in einem weiten Bogen nach Hause zurückgelaufen war, in der Hoffnung, dort sicher zu sein.

Gus schob die Hand unter den Bund der Boxershorts ihres Mannes. »Nichts rührt sich«, flüsterte sie. »Nicht einmal eine Maus.« Sie rollte sich auf ihn, wobei sie mit der

Hand sein Glied streichelte. »Scheint, als hätte ich doch noch ein lebendiges Wesen entdeckt.« James grinste und erwiderte ihren Kuß. Er konnte sein Glück gar nicht fassen, aber als er mit Chris von der Jagd heimgekehrt war, war ihr Ärger verraucht. Und das war gut so, wenn man bedachte, was für eine erschütternde Erfahrung der Ausflug gewesen war. Er fühlte, wie Gus' Finger sanft seine Hoden massierten. »Das ist kaum der richtige Moment, mich auszulachen«, murmelte sie.

»Ich habe dich nicht ausgelacht. Ich habe nur nachgedacht.«

Gus zog eine Braue hoch. »Worüber?«

James lachte. »Darüber, daß der Weihnachtsmann bald kommt.«

Gus kicherte und setzte sich auf. In einem langsamen, verführerischen Striptease knöpfte sie ihr Nachthemd auf. »Was hältst du davon, eins deiner Geschenke schon heute nacht auszupacken?«

»Kommt drauf an«, entgegnete er. »Ist es groß und schwer?«

»Wenn du das bejahst, bleibt es das einzige, das du bekommst, Sportsfreund«, warnte Gus ihn und warf ihr Nachthemd achtlos zu Boden.

James zog sie auf sich und fuhr mit den Händen über ihren Rücken und ihren Po. »Wunderbar«, murmelte er, »genau meine Kragenweite.«

»Gut«, keuchte Gus, als seine Finger zwischen ihre Schenkel glitten. »Ich wüßte nämlich nicht, wo ich es umtauschen sollte.«

James fühlte, wie ihre Beine sich um seine Hüften schlangen und sie sich ihm öffnete. Sie rollten sich zur Seite, bis er auf ihr lag und sich die Hände ineinander verschränkten. Er drang in sie ein und preßte den Mund fest gegen ihr Schlüsselbein, weil er sich vor dem fürchtete, was er sagen oder schreien könnte, wenn der Orgasmus ihn überwältigte.

Als es vorbei war, schob Gus ihn schweratmend und mit schweißnasser Haut von sich herunter. James zog sie an sich und drückte ihren Kopf an seine Halsbeuge. »Ich glaube, ich muß dieses Jahr ausgesprochen brav gewesen sein«, sagte er.

Er fühlte, wie Gus einen Kuß auf seine Brust hauchte. »Das warst du«, murmelte sie.

»Du wirst es nicht glauben«, sagte Michael, »aber ich habe Hufgetrappel auf dem Dach gehört.«

Melanie, die gerade ihre Brille auf den Nachttisch legen wollte, hielt mitten in der Bewegung inne. »Du machst Witze.«

»Nein«, beharrte Michael. »Als du unter der Dusche warst.«

»Hufgetrappel?«

»Wie von Rentieren.«

Sie lachte laut auf. »Und der Weihnachtsmann versteckt sich im Schrank, ja?«

Michael setzte eine beleidigte Miene auf. »Ich meine es ernst. Warte ... hör doch. Wonach klingt das für dich?«

Melanie legte den Kopf schräg und hörte tatsächlich etwas, das klang wie ein Schaben und Klopfen auf festem Untergrund. Sie sah irritiert an die Decke, runzelte dann die Stirn und blickte dann auf die Wand, an der das Kopfende des Bettes stand. Sie drückte ein Ohr an die dünne Wand. »Du hast Gus und James gehört«, sagte sie schließlich.

»Gus und ...«

Melanie nickte und drückte das Kopfteil des Bettes gegen die Wand, um zu verdeutlichen, was sie meinte. »Rentiere, von wegen.«

Michael grinste breit. »Gus und James?« sagte er noch einmal.

Melanie schlug die Bettdecke zurück und stieg ins Bett. »Wer sollte sonst da drin sein?«

»Ich weiß. Aber James?«

Melanie knipste die Nachttischlampe aus. Sie verschränkte die Arme über der Brust und lauschte auf das nächste Poltern und Stöhnen nebenan. »Was ist mit James?«

»Ach, ich weiß nicht. Fällt es dir nicht auch leichter, dir Gus dabei vorzustellen als James?«

Melanie legte die Stirn in Falten. »Eigentlich stelle ich mir keinen von beiden dabei vor.« Sie wölbte die Brauen. »Du?«

Michael errötete. »Na ja, sicher. Es ist mir das eine oder andere Mal durch den Kopf gegangen.«

»Welch erhabener Gedanke.«

»Ach komm schon«, lachte Michael. »Ich wette, sie haben sich auch schon über uns Gedanken gemacht.« In einer geschmeidigen Bewegung rollte er sich zu ihr rüber. »Wir könnten uns revanchieren und ihnen auch etwas zu hören geben«, meinte er.

Melanie war entsetzt. »Auf gar keinen Fall!«

Michael ließ sich wieder auf sein eigenes Kopfkissen zurücksinken. Durch die dünne Wand drang ein leises, ekstatisches Wimmern. Michael lachte und drehte Melanie den Rücken zu. Lange nachdem er eingeschlafen war, lauschte Melanie immer noch den Liebeslauten ihrer Zimmernachbarn und versuchte sich vorzustellen, daß das Stöhnen aus ihrer Kehle kam.

Chris konnte sich an Heiligabende erinnern, an denen er nicht hatte einschlafen können vor Spannung auf den Rennwagen, die Modelleisenbahn oder das neue Fahrrad unter dem Weihnachtsbaum. Es war ein schönes Gefühl,

Schlaflosigkeit durch Vorfreude. Ganz anders als das, was er jetzt fühlte.

Jedesmal, wenn er die Augen schloß, sah er den toten Hasen.

Chris dachte an das, was sein Vater manchmal sagte, wenn er einen besonders harten Tag im Krankenhaus gehabt hatte: Er bräuchte jetzt einen ordentlichen, kräftigen Schluck.

Er wartete, bis seine Eltern damit fertig waren, Weihnachtsmann zu spielen – ziemlich unsinnig, die ganze Geheimniskrämerei, da Kate nicht einmal mehr an ihn glaubte –, und schlich dann nach unten in die Küche des Ferienhauses. Er wußte, daß im Tiefkühlfach eine Flasche Sambuca lag. Sein Vater und Emilys hatten sich letztens bei einer guten Zigarre ein paar Gläser genehmigt. Die Flasche war noch dreiviertel voll.

Chris nahm ein Saftglas aus dem Schrank und füllte es bis zum Rand. Er schnupperte an dem Alkohol – er roch nach Lakritze – und nippte vorsichtig an der klaren Flüssigkeit. Feuer rann seine Kehle hinunter bis in seinen Bauch. *Hase*, dachte er grinsend, *was für ein Hase*?

Als er das Glas zur Hälfte geleert hatte, waren seine Zehen und Fingerspitzen taub. Die Küche war irgendwie verschwommen. Die Flasche war jetzt weniger als halbvoll, und Chris drehte sie auf die Seite und sah zu, wie der Sambuca im Inneren hin und her schwappte. Vielleicht glauben sie, der Weihnachtsmann hätte ihn getrunken, dachte er. Zum Teufel mit Keksen und Milch. Plötzlich fand er das Ganze urkomisch und fing an zu lachen. Dann sah er Emily in der Küchentür stehen.

Sie trug ein Flanellnachthemd, das mit winzigen Pinguinen bedruckt war; oder zumindest glaubte er, daß es Pinguine waren. »Was machst du da?« fragte sie.

Chris lächelte. »Wonach sieht es denn aus?«

Emily antwortete nicht. Statt dessen kam sie näher und roch an der Sambuca-Flasche. »Bääh.« Sie rümpfte die Nase und hielt die Flasche von sich weg. »Das ist ja eklig.«

»O nein, es ist himmlisch«, widersprach Chris. Er fragte sich, ob Emily je ein starkes alkoholisches Getränk getrunken hatte. Soweit er wußte, war das nicht der Fall. Er gefiel sich in der Rolle des Verführers, beugte sich vor und hielt ihr das Glas hin. »Probier mal. Es schmeckt wie die Bonbons, die du im Kino immer bekommst.«

»Good and Plentys?«

Chris nickte. »Genauso.«

Emily zögerte, aber dann schloß sich ihre Hand um das Glas. »Ich weiß nicht«, sagte sie.

»Feigling.«

Chris wußte, daß sie diese Schmach nicht auf sich sitzen lassen würde. Emilys Augen glänzten im Mondlicht, als ihre Finger sich um das Glas legten. Sie hob es an die Lippen und nahm einen großen Schluck, ehe Chris sie warnen konnte, nur vorsichtig zu nippen.

Sie bekam prompt einen Hustenanfall und spuckte den Sambuca prustend über den Küchentisch. Ihre Augen weiteten sich, und sie hob die Hände an den Hals. »Meine Güte«, sagte Chris und klopfte ihr auf den Rücken.

Schließlich bekam Emily wieder Luft. »O mein Gott«, keuchte sie. »Das Zeug ...«

»... ist nichts für euch.« Die Köpfe der Kinder fuhren hoch, und sie sahen ihre Eltern mehr oder weniger bekleidet in der Küchentür stehen. James kniff die Augen zusammen und trat vor. »Würdet ihr mir bitte sagen, was ihr da macht?«

Chris erfuhr nie, warum Emily ihm in dieser Nacht in den Rücken fiel. Bis dahin hatten sie, wenn sie bei irgendeinem Streich erwischt worden waren, immer zueinander gestanden – Solidarität war das Fundament ihrer

Freundschaft. Aber diesmal wurde Emily unter dem zornigen Blick seines Vaters weich. »Es war Chris«, sagte sie und zeigte mit einem zitternden Finger auf ihn. »Er hat mich gezwungen, zu probieren.«

Völlig verblüfft ließ Chris sich auf seinen Stuhl zurücksinken. »*Ich* habe dich gezwungen?« rief er aus. »Ich habe dich gezwungen? Ich habe dir das Glas an den Mund gehalten und dir das Zeug eingeflößt?«

Emilys Mund öffnete und schloß sich lautlos wie der eines Fisches.

»Kommen wir mal auf den Punkt«, sagte sein Vater. »Warum sitzt du hier und trinkst Alkohol?«

Chris setzte zu einer Erklärung an, aber als er seinem Vater in die Augen schaute, sah er wieder den Hasen mit dem zerfetzten Bauch, und die Worte, die er sagen wollte, schafften es nicht, sich zu formen, die Reue schnürte ihm die Kehle zu. Er schüttelte den Kopf, und diese eine Bewegung versetzte ihn zurück in den Wald, und er glaubte, wieder mit dem rauchenden Gewehr in der Hand dazustehen und auf das Blut im Schnee zu starren.

Ihm drehte sich der Magen um. Er schlug eine Hand vor den Mund und rannte ins Bad. Im Vorbeilaufen sah er, wie Emily den Blick senkte und sich abwandte.

Es war keine fröhliche Weihnacht.

Chris verbrachte den Vormittag allein in seinem Zimmer. Er saß auf dem Bett und lauschte den angespannten Stimmen der anderen, die unten ihre Geschenke auspackten. Die einzige, die sich offenbar ehrlich amüsierte, war Kate, die das Debakel der vergangenen Nacht verschlafen hatte.

Er fragte sich, was sie wohl mit seinen Geschenken machen würden. Sie zurückgeben oder einer Wohltätigkeitsorganisation überlassen? Er bezweifelte, daß er sie je zu sehen bekommen würde, was ihn wirklich wurmte, da er ziemlich sicher war, daß er neue Skier hätte bekommen sollen, die er noch am selben Tag hätte ausprobieren können. Chris streckte sich bäuchlings auf seinem Bett aus und versuchte, sich davon zu überzeugen, daß seine alten Skier genausogut waren.

Kurz nach drei kam seine Mutter herein. Sie trug ihren Schneeanzug, und um ihren Hals baumelte die Skibrille. Chris verspürte einen Stich. Auch wenn er gestern keine Lust zum Skilaufen gehabt hatte, hätte er jetzt alles darum gegeben, bei den anderen geblieben zu sein, anstatt auf diese blöde Hasenjagd zu gehen.

Gus legte ihm eine Hand auf den Arm. »Hi«, sagte sie. »Frohe Weihnachten.«

»Sehr witzig«, knurrte Chris und rollte sich von ihr fort.

»Dein Vater und ich haben beschlossen, daß du den Rest des Tages Ski laufen darfst, wenn du möchtest.«

»Der Rest des Tages« belief sich auf etwa eine Stunde. Chris registrierte, daß seine Mutter nichts von Geschenken gesagt hatte. »Emily ist hier«, sagte sie sanft. »Sie wollte ohne dich nicht zum Skilaufen mitkommen.«

Als ob mir das nicht scheißegal wäre, dachte Chris und schnaubte verächtlich. Er blickte seiner Mutter nach, als die das Zimmer verließ, und sah dann Emily mit hängenden Schultern in der Türöffnung stehen. »Hi«, sagte sie. »Wie geht's?«

»Großartig«, entgegnete Chris bissig.

»Hast du Lust, äh, mitzukommen?«

Hatte er nicht; er wäre nicht einmal bei einem Schiffbruch zu ihr ins selbe Rettungsboot geklettert. Es spielte keine Rolle, daß sie in der Nacht Angst gehabt hatte und ihr vermutlich schlecht gewesen war von dem Alkohol, den sie getrunken hatte; es spielte auch keine Rolle, daß Chris keine Gelegenheit gehabt hatte, ihr zu erzählen, warum er überhaupt den Sambuca getrunken hatte. Emily hatte ihn verraten, und das würde er ihr nicht so bald verzeihen können.

»Ich bin ganz allein die Black-Adder-Piste runtergefahren«, sagte sie.

Chris blickte auf. Das war eine der schwersten Pisten in Sugarloaf, voller steiler Abschnitte, Buckel und scharfer Kurven, die ganz plötzlich wie aus dem Nichts vor einem auftauchten. Er selbst hatte mehrere Abfahrten auf dieser schwarzen Piste hinter sich, wenn auch sehr langsame, da er immer auf Emily hatte warten müssen, die erst ihre Angst überwinden mußte, ehe sie ein paar Meter weit fuhr, um dann erneut in Panik zu geraten. Allein hatte sie vermutlich zwei Stunden gebraucht.

Plötzlich kam ihm ein Gedanke. Er konnte sich an Emily rächen wegen gestern nacht, und das so leicht. Sie hatte Gewissensbisse, das war nicht zu übersehen, und sie würde ohne Zögern auf sein Kommando springen. Er würde mit ihr eine Abfahrt machen, die schwieriger war als die Black-Adder-Piste, eine, die so gefährlich war, daß die Knie schlottern würden, wenn sie unten angelangt war.

Ein Lächeln vertrieb seine düstere Laune. »Gut«, sagte er und stand auf. »Worauf warten wir noch?«

Emily zitterte wie Espenlaub beim Terminal des höchsten Lifts von Sugarloaf und hielt die Stöcke vor sich wie eine Barriere zwischen der steilen Piste und sich selbst. »Em«, rief Chris ungeduldig durch den Wind. »Komm endlich.«

Sie biß sich auf die Unterlippe und fuhr los, im Schneepflug, um das Tempo gering zu halten. Aber die Kurve war zu eng, und sie landete in einem Gewirr aus Armen, Beinen und Skiern hinter Chris im Schnee. »Das war ganz schön knifflig«, sagte sie atemlos.

Chris lächelte boshaft. »Das war noch der leichteste Teil«, entgegnete er.

Sie überlegte ernsthaft, die Skier abzuschnallen und zu Fuß ins Tal zu steigen, aber sie wollte sich unbedingt mit Chris versöhnen. Immerhin war es ihre Schuld, daß Chris den ganzen Vormittag in seinem Zimmer hatte verbringen müssen. Wenn Chris so großzügig gewesen war, sie trotzdem mitzunehmen, dann würde sie auch auf dem Kopf stehend Ski laufen, wenn er das verlangte.

Sie beobachtete, wie Chris elegant den Hang hinunterglitt, mit geschmeidigen katzenhaften Schwüngen, die Troddeln an seiner Mütze im Wind wehend. Er war der geborene Sportler, und bei ihm sah es ganz leicht aus. Emily holte tief Luft und stieß sich mit den Stöcken ab. Wenigstens wird er meinen Sturz bremsen, dachte sie.

Sie ging mit zu hoher Geschwindigkeit in die erste Kurve, so daß sie an Chris vorbeischoß, auf einer Spur, die parallel zu seiner verlief, aber einige Meter weiter hangabwärts. Sie raste mit alarmierendem Tempo auf den Rand der Piste zu. »Du mußt die Kurve schneiden!« hörte sie Chris rufen und hätte beinahe gelacht: Glaubte er wirklich, daß sie soviel Kontrolle über die Skier hatte?

Die Skier hüpften einer nach dem anderen über den leicht erhöhten Rand der ausgebauten Piste. Sie fühlte, wie dünne Äste ihre Wangen peitschten und Schnee von den herabhängenden Kiefernästen herabrieselte. Sie versuchte, die Knie zusammen und die Füße gerade zu halten. Sie betete, während ihr der kalte Schweiß ausbrach. Sie fühlte die Luft erzittern, als Chris ihren Namen rief, und dann verhakte sich ihr Ski in einer bewachsenen Erdfurche, und als sie stürzte, verspürte Emily nur Erleichterung.

Sie kann von Glück sagen, daß sie sich nicht das Genick gebrochen hat.

Es hätte noch viel schlimmer ausgehen können.

Das muß furchtbar weh tun.

Sie glaubten, daß Chris sie nicht hören konnte, aber er hatte jedes Wort mitbekommen. Die Sanitäter, die zur Talstation gekommen waren, um Emily mit dem Krankenwagen in die Klinik zu bringen, hatten keine andere Wahl gehabt, als Chris mitzunehmen, da er sich an die Trage geklammert hatte wie eine Klette und ihre Eltern sich auf ihre Nachricht hin bislang nicht gemeldet hatten. Er war im Krankenwagen an Emilys Seite geblieben und sogar in der Notaufnahme, und nach einer Weile gab man es auf, ihn entfernen zu wollen.

Als sie über die Piste hinausgeschossen war – Himmel, er konnte gar nicht daran denken, ohne zu zittern. Er hatte sie nicht allein lassen wollen, aber keine andere Wahl gehabt, als Hilfe zu holen. Er hatte schließlich jemanden angehalten und gebeten, die Bergwacht zu verständigen. Dann hatte er seine Skier abgeschnallt und war zu Fuß durch den Schnee zu Emily gestapft. Sie hatte ihre Mütze verloren, und ihr Haar war über den Schnee gebreitet. Er wußte, daß er sie nicht bewegen durfte, hatte aber ihre Hand genommen und gegen die aufsteigende Übelkeit ankämpfen müssen.

Es war nur seine Schuld. Wenn er Emily nicht hergebracht hätte, um ihr eins auszuwischen, wäre sie nicht von der Piste abgekommen.

Emily kam wieder zu sich, als der Krankenwagen gerade in die Krankenhausauffahrt einbog. »Es tut weh«, sagte sie und schluckte hart. »Was ist passiert?« Er wollte ihr nicht sagen, daß ihr Bein gebrochen war und der Knöchel in einem unnatürlichen Winkel stand wie bei einer albernen Comicfigur. Er würde ihr nicht sagen, wie weit sie den Hang hinuntergerollt war, bevor sie endlich liegengeblieben war; daß ihr Gesicht von Kratzern und Prellungen entstellt war. »Du bist gestürzt«, sagte er nur. »Du kommst wieder in Ordnung.«

Emilys Augen füllten sich mit Tränen. »Ich habe Angst«, sagte sie, und Chris hatte plötzlich einen Kloß im Hals. »Wo ist meine Mom?«

»Sie kommt«, sagte er beschwichtigend. »Ich bin ja da.« Er lehnte sich näher zu ihr heran und legte linkisch die Arme um sie. Er schloß die Augen und schwor sich, ihr Schutzengel zu sein, solange sie lebte.

Angesichts von Emilys Beinbruch rückte Chris' Vergehen mit dem Sambuca in den Hintergrund. Melanie und Gus bestanden darauf, daß sie nach Bainbridge zurückkehrten, und auch Michael neigte zu dieser Maßnahme, aber schließlich gelang es Emily, sie zum Bleiben zu überreden. Aus Solidarität blieben schließlich alle, aber anstatt Ski zu laufen, spielten sie endlos Scrabble und Monopoly. Am zweiten Tag war Emily es leid, wie ein Invalide behandelt zu werden, und scheuchte alle zurück auf die Piste. Nach einigem Debattieren ließ sogar Melanie sich überzeugen, ein Stündchen rauszugehen. Nur Chris weigerte sich standhaft, Emily allein zu lassen.

»Mir ist nicht danach«, sagte er nur, und niemand drängte ihn.

Er saß mit Emily auf dem Sofa vor dem Kamin, ihr Bein auf dem Couchtisch ruhend. Sie schauten in die Flammen und redeten. Chris erzählte ihr von dem Hasen, und Emily gestand ihm, wie schuldig sie sich fühlte, weil sie ihn verpetzt hatte. Sie scherzten darüber, den Sambuca aus dem Gefrierfach zu holen, solange ihre Eltern nicht da waren. Es erinnerte ihn daran, wie es gewesen war, als sie noch klein waren; damals hatte zwischen ihnen so etwas wie Gedankenübertragung bestanden.

Erst als er ein lautes Knacken hörte, das von zu feuchtem Feuerholz herrührte, wurde Chris bewußt, daß er eingeschlafen war. Er blickte sich um und sah, daß Emily ebenfalls eingedöst war. Sie schlief noch. Irgendwie hatte sie sich im Schlaf an ihn geschmiegt, und sein Arm lag um ihre Schultern.

Sie war ziemlich schwer, und die Stellung war unbequem. Er fühlte die feuchte Wärme ihrer Wange durch den Baumwollstoff seines Hemdes. Er sah ihre erstaunlich langen Wimpern, roch den beerigen Duft ihres Atems.

Und dann, ganz plötzlich, hatte er eine Erektion. Brennende Röte stieg ihm ins Gesicht, und er versuchte, seine Jeans im Schritt zu lockern, ohne Em zu wecken. Aber dabei streifte sein Arm ihre Brust. Ihren Busen.

Himmelherrgott. Das war Emily. Dieselbe Emily, die in seinem Kinderstuhl gesessen hatte, als er ihm entwachsen war, die mit ihm zusammen Nacktschnecken mit Salz ausgetrocknet hatte, die dabei gewesen war, als er das erstemal – im eigenen Garten – gezeltet hatte.

Wie konnte ein Mädchen, das er sein ganzes Leben kannte, ihm plötzlich so fremd vorkommen?

Sie bewegte sich, blinzelte und rückte von ihm ab, als sie erkannte, daß sie an seine Brust geschmiegt war.

»Tut mir leid«, sagte sie, immer noch so nah, daß er ihren Atem auf den Lippen fühlen und schmecken konnte.

Chris glaubte schon nicht mehr daran, daß sich eine Gelegenheit bieten würde, mit ihr allein zu sein.

Seit drei Tagen versuchte er, Situationen zu provozieren, in denen Emily sich auf ihn stützen, ihn berühren mußte.

Er wollte sie küssen. Und die Chance, auf die er gehofft hatte, drohte, sich in Luft aufzulösen.

Ihre Eltern hatten eigentlich auf eine Silvesterparty gehen sollen, aber Melanie und Michael zauderten. Ihnen war nicht wohl bei dem Gedanken, daß sie für Emily nicht erreichbar wären, falls sie sie brauchte. Die vier standen unschlüssig in ihrer eleganten schwarzen Abendgarderobe da und überlegten, was sie tun sollten.

»Ich bin dreizehn Jahre alt«, schimpfte Emily. »Ich brauche keinen Babysitter.«

»Im Notfall kann ich auch Autofahren«, fügte Chris hinzu. »Ich könnte mit dem zweiten Wagen zur Talstation fahren.«

Gus und James fuhren herum. »Das hättest du nicht sagen sollen«, bemerkte James trocken. Er wandte sich Michael zu. »Nimm deine Wagenschlüssel mit«, sagte er.

Melanie, die sich neben Emily auf das Sofa gesetzt hatte, fühlte ihre Stirn. »Ich habe mir das Bein gebrochen«, stöhnte Emily. »Davon bekommt man kein Fieber.«

Gus tippte Melanie an. »Und, was meinst du?«

Melanie zuckte unschlüssig die Achseln. »Was würdest du tun?«

»Gehen, denke ich. Du kannst sonst nichts für sie tun.«

Melanie stand auf und strich Emily das Haar aus der Stirn. Emily schnitt eine Grimasse und kämmte es mit den Fingern wieder so, wie es vorher gewesen war. »Also gut. Aber vielleicht komme ich vor Mitternacht wieder.« Melanie lächelte schief. »Und du bist eine Lügnerin. Wenn Kate verletzt wäre, würdest du ihr keinen Meter von der Seite weichen.«

»Du hast recht«, gab Gus zu. »Aber habe ich nicht überzeugend geklungen?« Sie wandte sich an Chris. »Und du bringst Kate pünktlich zu Bett?«

»Moooom«, jammerte Kate vom Obergeschoß herunter. »Darf ich nicht bis Mitternacht aufbleiben?«

»Natürlich«, rief Gus zurück. Dann senkte sie die Stimme. »Chris, wenn sie in einer halben Stunde auf dem Sofa einschläft, trag sie rauf ins Bett, ja?« Sie drückte ihrem

Sohn einen Kuß auf die Stirn und winkte Emily zu. »Seid brav«, sagte sie und verließ mit den anderen das Haus, Chris und Emily sich selbst überlassend.

Chris' Hände in seinem Schoß zuckten. Sie schmerzten förmlich vor Ungeduld, Emily zu berühren, die nur zehn Zentimeter entfernt war. Er krümmte die Finger zu Fäusten und hoffte, daß sie ihn nicht verraten würden, indem sie wie von selbst zu Emilys Schenkel wanderten oder ihre Hüfte streiften.

»Chris«, flüsterte Emily. »Ich glaube, Kate schläft.« Sie nickte nach links, wo Kate zusammengerollt schlief. »Vielleicht solltest du sie nach oben tragen.«

Wollte sie damit sagen, daß auch sie mit ihm allein sein wollte? Chris versuchte, ihr in die Augen zu sehen, um zu ergründen, was sie wirklich gemeint hatte, aber sie hielt den Kopf gesenkt und kratzte sich die juckende Haut um den Rand ihres Gipses herum. Er hob seine Schwester auf die Arme und trug sie hinauf in ihr Zimmer. Er legte sie ins Bett, deckte sie zu und schloß die Tür hinter sich.

Als er zurückkam, setzte er sich dichter neben Emily als vorhin und legte den ausgestreckten Arm auf die Rücklehne des Sofas. »Soll ich dir irgend etwas holen? Etwas zu trinken? Popcorn?«

Emily schüttelte den Kopf. »Mir geht es gut«, sagte sie. Sie griff nach der Fernbedienung und zappte herum.

Chris berührte mit dem Daumen den Rand von Emilys Ärmel. Als sie hierauf keine Reaktion zeigte, kam ein zweiter Finger hinzu. Und noch einer. Bis schließlich seine ganze Hand lose an ihrer Schulter lag.

Er konnte nicht sehen, konnte es einfach nicht. Aber er fühlte, wie Emily erstarrte, fühlte, wie die Temperatur ihrer Haut leicht anstieg, und zum erstenmal an diesem Abend entspannte er sich etwas.

Bei dem ganzen Hin und Her der Überlegung, ob sie Emily nun allein lassen sollten oder nicht, war keinem aufgefallen, daß auf den Einladungen stand »Getränke mitbringen.« James erbot sich, loszufahren und eine Flasche Champagner zu holen, und Gus ermahnte ihn, bis Mitternacht zurück zu sein.

Erst als er auf den Parkplatz des dritten geschlossenen Supermarktes fuhr, sah er auf die Uhr. Sie zeigte 23:11 Uhr an, aber er ahnte nicht, daß die Batterie bereits vor einigen Minuten den Geist aufgegeben hatte. *Ich fahre zurück zum Haus und hole eine Flasche Schampus*, sagte er sich, nicht ahnend, daß es tatsächlich bereits zwei Minuten vor zwölf war.

Chris erinnerte sich daran, wie es ihm einmal gelungen war, einen Schmetterling dazu zu bringen, auf seiner offenen Hand zu landen. Er hatte absolut still gehalten, ganz sicher, daß das wunderschöne Insekt wegfliegen würde, wenn er nur einen falschen Gedanken dachte. Jetzt ging es ihm mit Emily genauso. Sie hatte keinen Ton gesagt und er auch nicht, aber seit 42 Minuten lag sein Arm um ihre Schultern, als wäre das das Natürlichste von der Welt.

Im Fernsehen war zu sehen, wie Tausende von Menschen auf dem Times Square ausflippten. Einige der Männer hatten lilafarbenes Haar, und manche Frauen waren als Marie Antoinette verkleidet, dazwischen Jugendliche in seinem Alter mit ganz kleinen Kindern, die längst ins Bett gehört hätten. Der Countdown begann, und Chris fühlte, wie Emily sich ihm ein ganz klein wenig weiter zuneigte.

Und dann war es 1994. Emily drückte die Mute-Taste der Fernbedienung, um den Ton abzustellen. Plötzlich war es still im Wohnzimmer des Ferienhauses, kein Geschrei mehr und keine Fanfare. Chris war sicher, seinen eigenen Puls hören zu können. »Glückliches neues Jahr«, sagte er leise und wandte ihr das Gesicht zu.

Emily drehte ebenfalls den Kopf, und sie stießen sich heftig die Nasen. Aber dann lachten sie, und das war auch in Ordnung, weil es Em war. Ihr Mund war das Weicheste, was er je gefühlt hatte, und er übte leichten Druck aus, damit sie ihn öffnete, so daß er mit der Zunge über ihre ebenmäßigen Zähne fahren konnte.

Sofort zuckte sie zurück, und Chris ebenfalls. Aus den Augenwinkeln konnte er die auf und ab hüpfende lachende Menge auf dem Times Square sehen. »Was denkst du?« fragte er flüsternd.

Emily wurde hochrot im Gesicht. »Ich denke ... wow«, entgegnete sie.

Chris legte den Kopf an ihren Hals und lächelte. »Ich auch«, sagte er, und dann suchten seine Lippen erneut die ihren zum Kuß.

Als James das Haus betrat, dröhnte lautes Feiern aus dem Fernseher. Als er gerade in der Küche die Hand um den Hals der Champagnerflasche legte, wurde es plötzlich totenstill. Er stellte die Flasche auf den Küchentisch und steuerte das Wohnzimmer an, um nachzusehen, was los war.

Das erste, was er sah, war der Fernseher, der stumm und eindeutig anzeigte, daß es bereits 1994 war. Das zweite, was er sah, waren Chris und Emily, die auf der Couch saßen und sich küßten.

James war im ersten Moment so geschockt, daß er sich weder rühren noch ein Wort hervorbringen konnte. Die beiden waren doch noch Kinder, um Himmels willen. Der Vorfall mit dem Sambuca war ihm noch lebhaft in Erinnerung, und er konnte einfach nicht glauben, daß sein Sohn so dumm sein sollte, in so rascher Folge zwei Dinge zu tun, die er nicht tun sollte.

Dann ging ihm auf, daß Chris und Emily genau das taten, wovon sie alle insgeheim gehofft hatten, daß es eines Tages geschehen würde.

Er zog sich leise zurück, verließ das Haus und stieg wieder in den Wagen. Als er die Talstation erreichte, lag immer noch ein Lächeln auf seinen Lippen. Gus sah ihn. Ihre Wangen waren zorngerötet, und ihr Haar war grau von Konfetti. »Du kommst zu spät«, schimpfte sie.

Grinsend berichtete James ihr und den Golds von der Situation, in die er hineingestolpert war. Melanie und Gus lachten entzückt; Michael schüttelte den Kopf. »Bist du sicher, daß sie sich nur geküßt haben«, fragte er. Die vier prosteten sich mit Wasser zu, und keinem von ihnen fiel auf, daß James den Champagner vergessen hatte.

Gegenwart

Mitte bis Ende November 1997

In den Tagen nach Emilys Tod stürzten ganz unwichtige Dinge Melanie in eine Art Trancezustand: die Holzmaserung des Eßzimmertisches, der Schließmechanismus einer Ziploc-Tasche, der Beipackzettel in der Tamponpackung, der vor den Gefahren eines toxischen Schocks warnte. Sie konnte Stunden am Stück auf diese Dinge starren, als hätte sie sie nicht schon tausendmal gesehen, als wäre ihr nie bewußt gewesen, was sie verpaßte. Sie fühlte sich mit an Besessenheit grenzender, aber auch notwendiger Intensität von Details angezogen. Was, wenn morgen etwas von diesen Dingen plötzlich fehlte? Was, wenn ihre Kenntnisse dieser Dinge nur noch aus dem Gedächtnis herrührten? Sie wußte jetzt, daß sie jederzeit ganz unvermittelt geprüft werden konnte.

Melanie hatte den ganzen Morgen damit verbracht, die Seiten eines Notizblocks abzureißen und in den Abfalleimer zu werfen. Sie sah, wie die weißen Blätter sich auftürmten wie in einem kleinen Schneesturm. Als der Abfalleimer halb voll war, nahm sie den Beutel heraus, um ihn nach draußen zu bringen. Es hatte angefangen zu schneien; der erste Schnee der Saison. Fasziniert ließ sie den Müllbeutel fallen, ohne zu registrieren, daß es kalt war und sie ohne ihren Mantel fror. Statt dessen streckte sie die Hand aus. Als eine Schneeflocke auf ihrer Hand landete, hielt sie diese dicht vor das Gesicht, um sie zu betrachten, wozu sie jedoch nicht mehr kam, da der Schnee bereits geschmolzen war.

Das laute Klingeln des Telefons drang durch die offene Küchentür und riß sie aus ihrer Starre. Melanie drehte sich um und lief ins Haus. Atemlos nahm sie den Hörer des Wandapparates ab. »Hallo?«

»Guten Tag«, meldete sich eine gesichtslose Stimme. »Ich hätte gern Emily Gold gesprochen, bitte.«

Ich auch, dachte Melanie und hängte wortlos ein.

Chris stand nervös im Büro von Dr. Emanuel Feinstein und gab vor, sich die Fotos von überdachten Brücken anzusehen, die die Wände schmückten, während er tatsächlich verstohlen die Sekretärin beobachtete, die so schnell tippte, daß ihre Finger nur undeutlich auszumachen waren. Plötzlich summte die Gegensprechanlage. Die Sekretärin lächelte Chris an. »Du kannst jetzt reingehen«, sagte sie.

Chris nickte und trat durch die Zwischentür. Er fragte sich, warum er sich eine halbe Stunde lang die Beine in den Bauch gestanden hatte, wenn doch kein anderer Patient da war. Der Psychiater erhob sich und kam um seinen Schreibtisch herum. »Komm rein, Chris. Ich bin Dr. Feinstein. Schön, dich kennenzulernen.«

Er deutete mit einem Nicken auf einen Stuhl – keine Couch, wie Chris feststellte –, und Chris nahm Platz. Dr. Emanuel Feinstein war nicht der alte Kauz, den Chris sich anhand des Namens vorgestellt hatte, sondern eine stämmige Erscheinung, die ebensogut als Holzfäller oder Arbeiter auf einer Ölbohrinsel hätte durchgehen können. Er hatte dickes blondes Haar, das ihm bis auf die Schultern fiel, und überragte Chris um gut 15 Zentimeter. Sein Behandlungszimmer war so ähnlich gestaltet wie das Arbeitszimmer von Chris' Dad – dunkles Holz, karierte Plaids und ledergebundene Bücher.

»So«, sagte der Psychiater und setzte sich Chris gegenüber in einen Ohrensessel. »Wie fühlst du dich?«

Chris zuckte die Achseln, und der Arzt beugte sich vor und griff nach dem Recorder, der zwischen ihnen auf dem Couchtisch stand. Er spulte das Band zurück, hörte seine eigene Frage und schwenkte das kleine Gerät. »Das Dumme an diesen Dingern«, sagte Dr. Feinstein, »ist, daß sie nichtverbale Antworten nicht aufzeichnen. Es gibt innerhalb dieser vier Wände nur eine Regel, Chris. Deine Antworten müssen eine Lautfrequenz erzeugen.«

Chris räusperte sich. Jegliche widerwillige Sympathie für den Arzt, die in ihm aufgekeimt sein mochte, erlosch wieder. »Okay«, sagte er brummig.

»Okay, was?«

»Ich fühle mich okay«, knurrte Chris.

»Schläfst du gut? Und was ist mit deinem Appetit?«

Chris nickte und blickte dann auf den Recorder. »Ja«, sagte er betont deutlich. »Ich esse normal. Allerdings kann ich manchmal nicht schlafen.«

»Hattest du damit vorher schon Probleme?«

Vorher, mit einem großen V. Chris schüttelte den Kopf, und seine Augen füllten sich mit Tränen. Langsam gewöhnte er sich an dieses Gefühl, das ihn jedesmal überkam, wenn er an Emily dachte.

»Wie läuft es zu Hause?«

»Schwierig«, gab Chris zu. »Mein Vater tut so, als wäre nichts passiert, und meine Mutter spricht mit mir wie mit einem sechsjährigen Kind.«

»Was glaubst du, warum deine Eltern dich so behandeln?«

»Ich nehme an, es liegt daran, daß sie Angst haben«, antwortete Chris. »Ich an ihrer Stelle hätte welche.«

Wie es wohl war, innerhalb von wenigen Minuten zu erfahren, daß das Kind, von dem man bislang glaubte, es wäre der Mittelpunkt der Welt, möglicherweise nicht der Mensch ist, für den man es bis dato gehalten hat? Plötzlich musterte er den Psychiater stirnrunzelnd. »Erzählen Sie meinen Eltern, was ich hier sage?«

Dr. Feinstein schüttelte den Kopf. »Ich bin deinetwegen hier. Ich bin dein Anwalt. Was du hier sagst, wird diesen Raum nie verlassen.«

Chris maß ihn mit einem abschätzigen Blick. Als ob er sich dadurch besser fühlen würde. Für ihn war Feinstein ein Fremder, wie sollte er ihm da vertrauen?

»Denkst du immer noch daran, dir das Leben zu nehmen?« wollte der Psychiater wissen.

Chris knibbelte an einem Loch in seiner Jeans. »Manchmal«, murmelte er.

»Hast du einen bestimmten Plan?«

»Nein.«

»Meinst du, Freitagnacht könnte deine Einstellung dazu geändert haben?«

Chris hob den Kopf und musterte ihn aus zusammengekniffenen Augen. »Ich verstehe nicht, was Sie meinen.«

»Warum erzählst du mir nicht, wie du es empfunden hast. Wie es für dich war, das Sterben deiner Freundin mit anzusehen.«

»Sie war nicht bloß eine Freundin«, verbesserte Chris ihn. »Sie war das Mädchen, das ich geliebt habe.«

»Dann muß es noch schwerer gewesen sein«, entgegnete Dr. Feinstein.

»Ja«, sagte Chris und sah alles noch einmal vor sich. Wie Emilys Kopf ruckartig nach links herumflog, als wäre sie von einer unsichtbaren Hand geohrfeigt worden, das Blut, das durch seine Finger rann. Er sah den Psychiater an und fragte sich, was er von ihm zu hören erwartete.

Nach längerem Schweigen versuchte der Doktor es noch einmal. »Du mußt sehr aufgewühlt sein.«

»Ich heule beim geringsten Anlaß los.«

»Also«, sagte der Arzt, »das ist völlig normal.«

»Ach ja, natürlich«, schnaubte Chris. »Völlig normal. Ich werde Freitagnacht mit siebzig Stichen genäht. Meine Freundin ist tot. Ich habe drei Tage auf einer Psychostation verbracht, und jetzt bin ich hier, und man erwartet von mir, jemandem, den ich nicht einmal kenne, meine intimsten Gedanken anzuvertrauen. Klar, ich bin ein ganz normaler Siebzehnjähriger.«

»Weißt du«, sagte Dr. Feinstein ruhig, »der Verstand ist etwas sehr Bemerkenswertes. Nur weil man die Wunde nicht sehen kann, heißt es nicht, daß sie nicht schmerzt. Die Narben bleiben, aber die Wunde heilt.« Er beugte sich vor. »Du willst nicht hier sein«, sagte er. »Dann sag mir doch, wo du gerne wärst.«

»Bei Emily«, entgegnete Chris wie aus der Pistole geschossen.

»Tot.«

»Nein. Ja.« Chris wich dem Blick des Psychiaters aus. Dann sah er eine zweite Tür, die er vorhin nicht bemerkt hatte, eine Tür, die nicht zurück in das Wartezimmer führte, durch das er eingetreten war. Das mußte die Tür sein, durch die die Patienten die Praxis verließen. Ein diskreter Ausgang, damit niemand erfuhr, daß er überhaupt hier gewesen war.

Er richtete den Blick wieder auf Dr. Feinstein und sagte sich, daß jemand, der so darauf bedacht war, die Privatsphäre seiner Patienten zu schützen, nicht gar so übel sein konnte. »Ich wäre gerne ein paar Monate zurück«, sagte Chris leise.

In dem Moment, da die Fahrstuhltüren aufglitten, stürzte Gus sich wie eine Glucke auf ihren Sohn, legte ihm den Arm um die Taille und dirigierte ihn aus dem Gebäude, in dem Dr. Feinsteins Praxis untergebracht war, wobei sie ohne Punkt und Komma auf ihn einredete. »So«, sagte Gus, sobald sie im Wagen saßen. »Wie ist es gelaufen?«

Sie erhielt keine Antwort. Chris hatte sich von ihr abgewandt. »Das Wichtigste: magst du ihn?« drängte sie.

Chris starrte aus dem Fenster.

»War das vielleicht ein Blind date?« brummte Chris.

Gus lenkte den Wagen vom Parkplatz und entschuldigte die Mürrischkeit ihres Sohnes im stillen. »Ist er ein guter Psychiater?« hakte sie nach.

Chris starrte aus dem Fenster. »Wie soll ich das bitte beurteilen?«

»Na ja, fühlst du dich besser?«

Er wandte sich ihr langsam zu und nagelte sie förmlich mit den Augen fest. »Besser im Vergleich wozu?« fragte er.

James war in Boston aufgewachsen, im Kreise einer wohlsituierten, altehrwürdigen Familie, die den Stoizismus, für den Neuengland bekannt war, zu einer Kunstform erhoben hatte. In den achtzehn Jahren, die er in ihrem Haushalt gelebt hatte, hatte er nur ein einziges Mal erlebt, daß die Eltern sich in der Öffentlichkeit küßten, und auch das nur so flüchtig, daß er sich später gesagt hatte, er müsse sich geirrt haben. Sich zu Schmerz, Trauer oder auch zu Euphorie zu bekennen erregte Mißbilligung: das eine Mal, das James als Teenager geweint hatte, als sein Hund gestorben war, hatten seine Eltern sich aufgeführt, als hätte er auf den Marmorfliesen der Diele Harakiri begangen. Ihre Strategie im Umgang mit einer unangenehmen oder emotionalen Situation bestand darin, die Peinlichkeit zu verdrängen und so zu tun, als hätte es sie nie gegeben.

Als James schließlich Gus kennengelernt hatte, beherrschte er diese Technik bereits meisterhaft – und lehnte sie doch kategorisch ab. Aber in dieser Nacht, allein im Keller, versuchte er verzweifelt, dieses segensreiche, gewollte Augenverschließen zurückzuholen.

Er stand vor dem Waffenschrank. Die Schlüssel steckten noch im Schloß; er hatte irrtümlicherweise angenommen, seine Kinder wären inzwischen alt genug und er könnte auf die exzessive Vorsicht der vergangenen Jahre verzichten. Er drehte den Schlüssel und ließ die Tür aufschwingen. Zum Vorschein kamen Gewehre und Schrotflinten, aufgereiht wie Streichhölzer. Auf den ersten Blick fiel auf, daß der Colt, den die Polizei beschlagnahmt hatte, fehlte.

James strich über den Lauf des .22er Gewehrs, mit dem er Chris das Schießen beigebracht hatte.

War es seine Schuld?

Wenn James kein Jäger gewesen wäre, wenn die Waffen nicht in Reichweite gewesen wären, wäre das alles dann nicht passiert? Hätten sie es dann mit Tabletten oder Kohlenmonoxidvergiftung versucht? Wäre der Ausgang dieser wahnwitzigen Idee dann ein anderer gewesen?

Er schüttelte den Gedanken ab. Diese Art obsessiver

Gedanken würde ihn nicht weiterbringen. Er mußte weitermachen, nach vorn schauen.

Als wäre ihm plötzlich das Geheimnis des Universums offenbart worden, rannte James polternd die Kellertreppe hinauf. Gus und Chris saßen zusammen im Wohnzimmer. Sie blickten beide auf, als er durch die Tür stürzte. »Ich denke«, verkündete er atemlos, »Chris sollte Montag wieder in die Schule.«

»Wie bitte?« meinte Gus fassungslos und stand auf. »Bist du verrückt?«

»Nein«, entgegnete James, »und Chris ebensowenig.«

Chris musterte ihn eindringlich. »Glaubst du wirklich, daß es mir hilft, in die Schule zurückzugehen, wo mich alle anstarren werden, als wäre ich wahnsinnig?«

»Das ist lächerlich«, sagte Gus. »Ich werde Dr. Feinstein anrufen. Es ist noch zu früh.«

»Was weiß Feinstein schon? Er hat erst einmal mit Chris gesprochen. Wir hingegen kennen ihn schon sein ganzes Leben.« James durchquerte den Raum und blieb vor seinem Sohn stehen. »Du wirst sehen. Die Beziehung zu deinen Freunden und Schulkameraden kommt schon wieder in Ordnung, und ehe du dich versiehst, bist du wieder du selbst.«

Chris schnaubte nur und wandte sich ab.

»Er wird nicht in die Schule gehen«, erklärte Gus nachdrücklich.

»Du bist egoistisch.«

»Ich bin egoistisch?« Gus lachte spöttisch und verschränkte die Arme vor der Brust. »James, er kann nachts noch nicht einmal einschlafen. Und er ...«

»Ich werde gehen«, fiel Chris ihr leise ins Wort.

James strahlte und klopfte Chris kräftig auf die Schultern. »Großartig«, sagte er triumphierend. »Du wirst wieder schwimmen gehen und dich auf das College freuen. Wenn du erst wieder beschäftigt bist, wird alles gleich viel positiver aussehen.« Er wandte sich seiner Frau zu. »Er muß nur raus, Gus. Du sitzt wie eine ängstliche Glucke neben ihm, und er hat nichts Besseres zu tun als zu grübeln.«

James atmete auf, überzeugt davon, daß die Atmosphäre im Haus viel weniger drückend war nach dieser Neuorientierung. Gus machte wütend auf dem Absatz kehrt und verließ den Raum. Stirnrunzelnd blickte er ihr nach. »Chris geht es gut«, rief er ihr der Form halber nach. »Mit ihm ist alles in Ordnung.«

Es dauerte einen Moment, bis er den Blick seines Sohnes wie eine erdrückende Last auf sich ruhen fühlte. Chris hielt den Kopf schräg, so als wäre er nicht zornig auf James, sondern nur ehrlich verblüfft. »Glaubst du das wirklich?« fragte er leise und ließ seinen Vater dann einfach stehen.

Melanie fuhr aus dem Schlaf hoch, unsanft vom Läuten des Telefons geweckt. Im ersten Moment desorientiert, setzte sie sich auf. Als sie sich hingelegt hatte, um sich ein wenig auszuruhen, hatte die Sonne noch geschienen. Jetzt konnte sie nicht mehr die Hand vor Augen sehen.

Sie tastete blind nach dem Nachttisch. »Ja«, meldete sie sich. »Hallo.«

»Ist Emily da?«

»Hört auf damit«, flüsterte Melanie, ließ den Hörer fallen und vergrub den Kopf wieder unter der Bettdecke.

Melanie ging jeden Sonntag morgen um halb neun einkaufen, dann, wenn der Rest der Welt mit der Tageszeitung und einer Tasse Kaffee noch faul im Bett lag. Am vergangenen Sonntag hatte sie den Einkauf natürlich ausgelassen. Und abgesehen von dem, was von der *Shiva*-Zeremonie übrig war, war nichts Eßbares mehr im

Haus. Michael sah zu, wie sie in ihren Mantel schlüpfte und mit dem Reißverschluß kämpfte. »Ich kann das für dich übernehmen«, bot er sich an.

»Was?« fragte Melanie und zog ihre Fäustlinge über.

»Einkaufen. Besorgungen machen. Was auch immer.« Wenn er in Melanies verkniffenes Gesicht sah, kam es Michael vor, als würde er beim Trauern alles falsch machen. Innerlich litt er Höllenqualen wegen Emily, aber nach außen hin merkte man ihm nichts an, so daß sein Leid weniger groß zu sein schien als das seiner Frau. Er räusperte sich und zwang sich, sie anzusehen. »Ich kann das übernehmen, wenn du dich dem noch nicht gewachsen fühlst.«

Melanie lachte. Sogar in ihren eigenen Ohren klang es falsch, wie eine Melodie für eine Flöte, die auf einem billigen, verstimmten Klavier gespielt wurde. »Natürlich bin ich dem gewachsen«, entgegnete sie. »Was hätte ich denn heute sonst noch zu tun?«

»Warum gehen wir nicht zusammen«, meinte Michael spontan.

Ganz flüchtig legte sich Melanies Stirn in Falten, dann glättete sie sich wieder. Melanie zuckte die Achseln. »Wie du willst«, sagte sie, schon unterwegs zur Tür.

Michael schnappte sich seinen Mantel und lief nach draußen, wo Melanie bereits im Wagen saß. Der Motor lief, und die Abgase bildeten eine weiße Wolke um das Auto herum. »So. Wohin fahren wir?«

»Zum Market Basket«, antwortete Melanie und wendete den Wagen. »Wir brauchen Milch.«

»Du willst den ganzen Weg dorthin fahren, nur um Milch zu kaufen. Die können wir ebensogut ...«

»Wenn du nicht den Mund hältst, kannst du hinten sitzen«, fiel Melanie ihm ins Wort. Ihre Lippen zuckten verräterisch.

Michael lachte. Einen Augenblick lang war es ganz leicht gewesen. Momente wie diesen hatte es in der vergangenen Woche nicht viele gegeben – sie ließen sich an einer Hand abzählen.

Melanie fuhr aus der Auffahrt und beschleunigte, als sie auf die Wood Hollow Road abbog. Obgleich er versuchte, sich zu beherrschen, warf Michael ganz instinktiv einen Blick in Richtung des Harte-Hauses. Eine Gestalt ging am Rand der Auffahrt entlang und brachte die Mülltonne an den Straßenrand. Als sie näher herankamen, erkannte Michael, daß es Chris war.

Er trug Mütze und Handschuhe, aber keine Jacke. Er hob den Blick, als er den Motor des herannahenden Wagens hörte, und so wie Michael, reagierte er ganz instinktiv, als er erkannte, daß es die Golds waren. Ohne nachzudenken hob er grüßend die Hand.

Michael fühlte, wie der Wagen nach rechts schwenkte, auf Chris zu, so als hätte der Junge nicht nur die Richtung ihrer Gedanken beeinflußt, sondern als zöge er auch den Wagen magisch an. Er drehte sich in seinem Sitz und wartete, daß Melanie den Kurs korrigierte.

Statt dessen kam sie rechts von der Straße ab, und Michael fühlte, wie der Wagen einen Satz nach vorn machte, als sie das Gaspedal durchtrat und auf Chris zuraste. Chris' Lippen formten ein O; und seine Hände zuckten am Griff der Mülltonne, aber er blieb wie angewurzelt stehen. Melanie hielt nun direkt auf Chris zu. Erst als Michael seinen Schock überwand und hinüberlangte, um das Lenkrad herumzureißen, tat sie es selbst. Der Kotflügel erwischte die Mülltonne, während Chris ein paar Schritte auf die Auffahrt zurücksprang. Die Mülltonne hüpfte derweil über die Fahrbahn und verstreute den Müll auf der Straße.

Michaels Herz raste derart, daß er es nicht einmal über sich brachte, seine Frau anzusehen, ehe sie das Ende der

Wood Hollow Road erreicht hatten und an einer roten Ampel haltmachen mußten. Immer noch sprachlos, legte er Melanie eine Hand auf das Handgelenk.

Völlig ruhig und arglos wandte sie sich ihm zu. »Was?« fragte sie freundlich.

Chris erinnerte sich daran, wie er und Em als Kinder so getan hatten, als besäßen sie die Fähigkeit, sich unsichtbar zu machen. Sie setzten irgendwelche dummen Baseballmützen auf oder steckten sich einen billigen Plastikring an den Finger, und Peng konnte sie niemand dabei sehen, wie sie zur Vorratskammer schlichen, um einen Oreo zu stibitzen, oder eine Flasche Schaumbadzusatz in die Toilette leerten. Eine praktische Sache, der Glaube an die eigene Macht, sich unsichtbar zu machen. Und es war etwas, dem man sehr schnell wieder entwuchs. Wie sehr Chris sich auch einreden mochte, daß ihn niemand sehen konnte, wenn er den schmalen Flur der High-School hinunterging, konnte er sich doch nicht wirklich davon überzeugen, daß dem tatsächlich so war.

Er hielt den Blick starr geradeaus gerichtet, als er dem Schülerstrom zwischen den Klassenzimmern auswich, den Pärchen, die an den Spinden lehnten, und den streitsuchenden Raufbolden. Im Klassenzimmer konnte er einfach mit gesenktem Kopf dasitzen und abschalten, so wie er es sich angewöhnt hatte. Aber auf den Fluren durchlebte er den reinsten Spießrutenlauf. Starrten ihn alle an? Jedenfalls fühlte es sich verdammt danach an. Niemand hatte ihn auf das angesprochen, was passiert war; statt dessen hatten sie alle hinter seinem Rücken getuschelt. Ein paar Jungs, die er kannte, meinten, es wäre schön, daß er wieder zur Schule käme, aber sie achteten darauf, ihm nicht zu nahe zu kommen, so als wären Depressionen ansteckend.

Erst wenn etwas wirklich Schlimmes geschah, fand man heraus, wer echte Freunde waren. Und Chris erkannte sehr bald, daß sein einziger wahrer Freund Emily gewesen war.

In der fünften Stunde hatte er Leistungskurs Englisch bei Mrs. Bertrand. Er mochte diesen Unterricht; er war in diesem Fach immer gut gewesen. Mrs. Bertrand hatte mehrfach versucht, ihn zu überzeugen, auf dem College als Hauptfach Englisch zu belegen. Als es läutete, nahm Chris die Schulglocke nicht gleich wahr. Er saß immer noch zusammengesunken auf seinem Stuhl, als Mrs. Bertrand ihn am Arm berührte. »Chris?« sagte sie sanft. »Alles okay?«

Er blickte blinzelnd zu ihr auf. »Ja«, sagte er und räusperte sich. »Ja, klar.« Umständlich machte er sich daran, seine Bücher in seinem Rucksack zu verstauen.

»Ich wollte dir nur sagen, daß ich für dich da bin, wenn du jemanden zum Reden brauchst.« Sie setzte sich an das Pult vor dem seinen. »Vielleicht solltest du deine Gefühle aufschreiben«, schlug sie vor. »Manchmal ist das leichter, als sie auszusprechen.«

Chris nickte. Er wollte nur weg von Mrs. Bertrand.

»Nun«, sagte sie und faltete die Hände. »Ich bin froh, daß es dir gut geht.« Sie stand auf und kehrte zurück an ihr Pult. »Die Fakultät plant eine Versammlung zum Gedenken an Emily«, sagte sie und musterte Chris fragend.

»Das würde ihr gefallen«, murmelte Chris und flüchtete, wobei er jedoch vom Regen in die Traufe kam; draußen auf dem Flur starrten ihn hundert neugierige Augenpaare an, peinlich darauf bedacht, auf Distanz zu bleiben.

Die Ironie der Erleichterung, die er verspürte, als er Dr. Feinsteins Büro betrat, entging Chris nicht. Das war einmal der letzte Ort gewesen, an dem er sich aufhalten wollte, aber der Wanderpokal war inzwischen an die Bainbridge High School weitergereicht worden. Er saß nervös mit den Füßen wippend da, die Ellbogen auf die Knie gestützt.

Dr. Feinstein öffnete persönlich die Tür zum Wartezimmer. »Chris«, sagte er. »Schön, dich wiederzusehen.« Als Chris begann, vor den Bücherregalen auf und ab zu gehen, anstatt sich zu setzen, zuckte der Psychiater die Achseln und blieb an seiner Seite stehen. »Du scheinst heute ein wenig nervös zu sein«, bemerkte er.

»Ich war wieder in der Schule«, entgegnete Chris. »Es war schrecklich.«

»Warum?«

»Weil mich alle behandelt haben wie ein Monster. Niemand ist auf mich zugegangen, und alle haben es tunlichst vermieden, mich zu berühren ...« Er schnaubte angewidert. »Es ist, als hätte ich Aids. Nein, die Krätze. Und wahrscheinlich wären sie auch dann noch zugänglicher.«

»Was glaubst du, was zwischen euch steht?«

»Ich weiß nicht. Ich habe keine Ahnung, wieviel sie von dem wissen, was passiert ist. Und ich bin niemandem nahe genug gekommen, um kursierende Gerüchte aufzuschnappen.« Er massierte sich die Schläfen. »Alle wissen, daß Em gestorben ist. Alle wissen, daß ich dabeiwar. Die Lücken füllen sie selbst aus.« Er lehnte sich gegen die Rückenlehne des Ohrensessels und fuhr mit dem Daumen über die Rücken der ledergebundenen Bücher, die ihm am nächsten waren. »Die Hälfte von ihnen fürchtet wahrscheinlich, ich könnte mir in der Cafeteria die Pulsadern aufschneiden.«

»Und was denkt die andere Hälfte?«

Chris drehte sich langsam um. Er wußte sehr gut, was die andere Hälfte der Schüler dachte – alles, was sich zu einer Skandalgeschichte steigern ließ. »Ich weiß nicht«, entgegnete er jedoch so gelassen wie möglich. »Vermutlich, daß ich sie getötet habe.«

»Und warum sollten sie so etwas denken?«

»Weil ich dort war«, platzte er heraus. »Weil ich noch lebe. Gott, ich weiß es nicht. Fragen Sie die Bullen; die haben das von Anfang an geglaubt.«

Chris wurde erst jetzt, da er es ausgesprochen hatte, bewußt, wie sehr ihn die Anschuldigungen verletzten, so verschleiert sie auch sein mochten.

»Stört dich das?«

»Teufel, ja«, erwiderte Chris. »Würde es Sie etwa nicht stören?«

Dr. Feinstein zuckte die Achseln. »Kann ich nicht sagen. Ich denke, wenn ich wüßte, daß ich mir selbst gegenüber ehrlich bin, würde ich hoffen, daß ich mit der Zeit alle von meiner Version des Geschehens überzeugen kann.«

Chris schnaubte verächtlich. »Ich wette, das haben die Hexen von Salem auch gehofft, als ihnen der Rauchgeruch in die Nase stieg.«

»Was macht dir am meisten zu schaffen?«

Chris überlegte. Es war nicht, daß man ihm nicht glaubte; wäre jemand anders in seiner Situation gewesen, hätte er wohl auch seine Zweifel gehabt. Es war nicht einmal, daß jeder in der ganzen gottverdammten Schule ihn behandelte, als wären ihm über Nacht sechs Köpfe gewachsen. Nein, es lag daran, daß Menschen, die ihn mit Emily zusammen gesehen hatten, annehmen konnten, er wäre fähig gewesen, ihr willentlich etwas anzutun.

»Ich habe sie geliebt«, sagte er mit brüchiger Stimme. »Ich kann das nicht vergessen, und ich verstehe nicht, wie andere das so einfach vergessen können.«

Dr. Feinstein zeigte auf den Ohrensessel, und diesmal ließ Chris sich hineinsinken. Er sah durch das kleine Fenster, wie sich die winzigen Spulen des Recorders drehten. »Würdest du mir etwas von Emily erzählen?« forderte der Psychiater ihn auf.

Chris schloß die Augen. Wie sollte er jemandem, der ihr nie begegnet war, nahebringen, wie sie immer nach Regen gerochen hatte oder wie sein Magen sich verkrampft hatte jedesmal, wenn er gesehen hatte, wie sie ihr geflochtenes Haar löste und schüttelte? Wie sollte er beschreiben, was es für ein Gefühl war, wenn sie seine angefangenen Sätze zu Ende führte oder die Tasse, aus der sie gemeinsam tranken, so herum drehte, daß ihre Lippen sich exakt auf die Stelle legten, an der er getrunken hatte? Wie sollte er erklären, daß, egal wo sie gewesen waren, in einem Umkleideraum, unter Wasser oder in den Pinienwäldern von Maine, er sich überall heimisch gefühlt hatte, wenn nur Em bei ihm gewesen war?

»Sie gehörte zu mir«, sagte er schließlich nur.

Dr. Feinstein zog die Brauen hoch. »Was meinst du damit?«

»Sie war all das, was ich nicht war, verstehen Sie? Und ich war all das, was sie nicht war. Sie konnte wunderbar zeichnen; ich kriege nicht mal einen geraden Strich hin. Sie hatte nie viel für Sport übrig, während ich immer schon sehr sportlich war.« Chris hob die ausgestreckte offene Hand und krümmte die Finger. »Ihre Hand«, sagte er, »paßte genau in meine.«

»Sprich weiter«, ermutigte ihn Dr. Feinstein.

»Na ja, ich meine, wir sind nicht immer ein Paar gewesen. Das war noch relativ neu, etwa zwei Jahre. Aber ich habe sie schon immer gekannt.« Er lachte unvermittelt. »Das erste Wort, das sie gesprochen hat, war mein Name. Sie hat ihn ›Kiss‹ ausgesprochen. Und als sie dann das Wort ›Kiss‹, also Kuß, lernte, geriet sie völlig durcheinander und schürzte die Lippen zum Kuß, immer wenn sie mich sah.« Er blickte auf. »Ich selbst kann mich natürlich nicht mehr daran erinnern, aber meine Mutter hat es mir erzählt.«

»Wie alt warst du, als du Emily kennengelernt hast?«

»Sechs Monate, schätze ich«, antwortete Chris. »Ich kannte sie vom Tag ihrer Geburt an.« Nachdenklich beugte er sich vor. »Wir haben jeden Nachmittag miteinander gespielt. Ich meine, sie hat nebenan gewohnt, und unsere Mütter waren eng befreundet, das war also ganz natürlich.«

»Wann seid ihr ein Paar geworden?«

Chris runzelte die Stirn. »Ich weiß den genauen Tag nicht mehr. Em würde ihn ganz sicher noch wissen. Es hat sich irgendwie so ergeben. Alle haben damit gerechnet, daß es eines Tages passieren würde, und so war niemand überrascht. Eines Tages sah ich sie an und sah nicht nur Em, sondern dieses wunderhübsche Mädchen. Und, na ja ... Sie wissen schon.«

»Wart ihr intim miteinander?«

Chris fühlte, wie ihm vom Hemdkragen aus brennende Hitze in den Kopf stieg. Das war ein Bereich, über den er nicht sprechen wollte. »Muß ich Ihnen davon erzählen, auch wenn ich nicht möchte?« fragte er.

»Du mußt mir überhaupt nichts erzählen«, entgegnete Dr. Feinstein.

»Also, dann möchte ich dazu nichts sagen«, sagte Chris.

»Aber du hast sie geliebt.«

»Ja«, bestätigte Chris.

»Und sie war deine erste Freundin.«

»Ja, eigentlich schon, ja.«

»Woher willst du das dann wissen?« fragte Dr. Feinstein. »Woher willst du dann wissen, daß es Liebe war?«

Die Art, wie er die Frage stellte, war weder boshaft noch herausfordernd. Er war einfach nur neugierig. Wäre Feinstein aggressiv gewesen oder zu direkt, so wie diese zickige Polizistin, hätte Chris sofort zugemacht wie eine Auster. »Ich fühlte mich zu ihr hingezogen«, sagte er bedächtig. »Aber es war mehr als das.« Er kaute einen Moment an der Unterlippe. »Einmal haben wir uns für einige Zeit getrennt. Ich traf mich mit diesem Mädchen, das ich schon immer unheimlich scharf gefunden hatte, einem Cheerleader namens Donna. Ich war total verschossen in Donna, vielleicht sogar schon, als ich noch mit Em zusammen war. Na ja, jedenfalls gingen wir zusammen aus und machten rum, aber jedesmal, wenn ich mit Donna zusammen war, wurde mir bewußt, daß ich sie im Grunde nicht sehr gut kannte. Ich hatte sie in meiner Phantasie zu etwas hochstilisiert, das sie nicht war.« Chris holte tief Luft. »Als Em und ich dann wieder zusammenkamen, stellte ich fest, daß sie nie weniger gewesen war, als ich in ihr gesehen hatte. Wenn überhaupt, war sie höchstens noch besser als in meiner Erinnerung. Und das ist, glaube ich, Liebe«, sagte Chris. »Wenn der erste Eindruck hält, was er verspricht, und man es genau so und nicht anders haben will.«

Als er verstummte, blickte der Psychiater auf. »Chris, was ist deine früheste Erinnerung?«

Auf diese Frage war Chris nicht vorbereitet. Er lachte laut. »Erinnerung? Ich weiß nicht. Das heißt, warten Sie. Es gab da dieses Spielzeug von mir, einen kleinen Zug, der tutete, wenn man auf einen bestimmten Knopf drückte. Ich erinnere mich noch, wie ich ihn in der Hand hielt und Emily versuchte, ihn mir wegzunehmen.«

»Sonst noch etwas?«

Chris legte die Fingerspitzen aneinander und dachte zurück. »Weihnachten«, sagte er. »Wir kamen nach unten, und da war eine elektrische Eisenbahn, die um den Baum herumfuhr.«

»Wir?«

»Ja. Emily war Jüdin, darum hat sie Weihnachten bei uns gefeiert. Als wir noch sehr klein waren, schlief sie sogar an Heiligabend bei uns.«

Dr. Feinstein nickte nachdenklich. »Sag mal, hast du auch frühe Kindheitserinnerungen, die nichts mit Emily zu tun haben?«

Chris überlegte und ließ sein Leben dann Revue passieren, als würde er einen Film abspulen. Er sah sich selbst und Emily in einer Badewanne stehen und ins Wasser pieseln, woraufhin sie kicherte, während seine Mutter furchtbar schimpfte. Er sah, wie er sich rücklings in den Schnee legte und mit ausgestreckten Armen und Beinen einen Schneeengel in den frischen Schnee grub, wobei er Em traf, die neben ihm das gleiche tat. Er sah flüchtig die Gesichter seiner Eltern, aber irgendwo war auch immer Emily mit im Bild.

Chris schüttelte den Kopf. »Um ehrlich zu sein, nein«, antwortete er.

Als Chris an diesem Abend unter der Dusche stand, betrat Gus sein Zimmer, um dort sauberzumachen. Zu ihrer Überraschung hielt sich das Durcheinander in Grenzen – alles in allem beschränkte sich die Unordnung auf ein paar schmutzige Hemden und Teller mit Essensresten. Sie strich Chris' Bettdecke glatt und ließ sich dann auf die Knie fallen, um nach einzelnen Socken zu suchen oder nach Lebensmitteln Ausschau zu halten, die möglicherweise unter das Bett gerollt waren.

Ihr Daumen stieß gegen die harten Kanten des Schuhkartons, ehe ihr Verstand bewußt registrierte, worauf sie gestoßen war. Sie zog die Kiste hervor; ihre Finger strichen über verknitterte Seiten mit Geheimcodes, eine verschmierte 3-D-Brille, Nachrichten aus unsichtbarer Zitronensafttinte, deren Text über einer nackten Glühbirne kenntlich gemacht worden war. Gott, wie alt waren sie damals gewesen? Neun? Zehn?

Gus nahm die oberste Geheimnachricht aus der Kiste. Da stand in Emilys mädchenhafter Handschrift »Mr. Polaski ist ein Blödmann.« Sie fuhr mit dem Finger über das Wort ›ist‹, dessen I-Punkt aus einem dicken Kreis bestand, als handle es sich um einen Ballon, der jeden Moment vom Papier aufsteigen würde. Sie kramte unter den losen Blättern und fand eine Taschenlampe, leere Batterien und einen Spiegel. Mit einem wehmütigen Lächeln setzte Gus sich auf das Bett und bewegte den Spiegel in der Hand. Sie beobachtete, wie das reflektierte Licht über die Holzpaneele huschte.

Im Fenster von Emilys Zimmer blitzte ein schwaches Licht auf.

Gus schnappte nach Luft, stand auf und ging ans Fenster. Sie sah Michael Golds Silhouette am Fenster von Emilys Zimmer stehen, in der Hand einen kleinen silbernen Spiegel.

»Michael«, flüsterte sie und hob grüßend die Hand, sah jedoch im selben Augenblick, wie Emilys Vater die Jalousien herunterließ.

Am Mittwoch fand in der Bainbridge High School eine Veranstaltung zum Gedenken an Emily Gold statt.

Ihre Kunstwerke – ihr Nachlaß – schmückten die Aula. Ihr Schulfoto vom vergangenen Herbst war zu fast obszönen Ausmaßen vergrößert worden und hing von dem Vorhang, der den Hintergrund der Bühne verdeckte. Ein unheimlicher Lichteffekt bewirkte, daß ihr Blick Schülern durch den Saal folgte, wenn sie den Platz wechselten oder aufstanden, um auf die Toilette zu gehen. Auf Klappstühlen vor dem Foto saßen der Direktor und sein Stellvertreter, der leitende Schulberater sowie ein gewisser Dr. Pinneo, Experte für Depressionen bei Jugendlichen.

Chris saß inmitten mehrerer Lehrer in der vordersten Reihe. Nicht, daß jemand ihm dort einen Platz freigehalten hätte; vielmehr schien man ganz selbstverständlich davon auszugehen, daß ihm dieser Platz zustand. In gewisser Weise war das gut so. Er konnte Ems Bild anstarren, ohne seine Mitschüler sehen zu müssen, die das taten, was alle während einer Versammlung in der Aula taten: Sie tuschelten, beendeten ihre Hausaufgaben oder betatschten sich im Dunkeln. Mrs. Kenly, die neben Chris saß, erhob sich, als der Direktor sie vorstellte. Als Kunstlehrerin hatte sie Em vermutlich besser gekannt als alle anderen Mitglieder des Lehrkörpers. Sie sprach eine Weile davon, von wieviel Kreativität Emilys Seele erfüllt gewesen sei, und erzählte weiteren solchen Mist, aber immerhin war es netter Mist, sagte sich Chris. Emily hätte es gefallen.

Dann erhob sich der Doktor und ließ sich über Teenager und Selbstmord aus. Er sprach von Warnhinweisen, so als liefe jeder der Anwesenden Gefahr, sich anzustekken wie bei einem Grippevirus. Chris zupfte am Hosenbein seiner Jeans, während der Typ sprach, und spürte dabei seinen durchdringenden Blick auf der Stirn.

Ehe Chris realisierte, was los war, war das erste Drittel des Auditoriums – die 363 Schüler der Abschlußklasse – auf den Füßen und wurde zum rückwärtigen Teil des Saales getrieben wie Schafe. Lehrer ganz hinten sortierten die Horde zu einer einzelnen Reihe, die sich die Treppe zur Bühne hinaufschlängelte. Bevor sie das Foto erreichten, bekamen sie eine Nelke in die Hand gedrückt, die sie feierlich unter das Porträt warfen.

Es war eine gute Idee – theoretisch. Chris aber – der als letzter dran war, nicht wegen der Assoziation zu Em, sondern schlicht weil niemand daran gedacht hatte, daß noch ein Schüler der Abschlußstufe vorn bei den Lehrern saß – fand das Zeremoniell lächerlich. Die Blumen wurden in ein Planschbecken geworfen, das beim Sommerfest zu einem Angelspiel benutzt wurde; kleine gelbe Gummienten lugten durch die pinkfarbenen Blumen. Geschmacklos, hätte Emily dazu gesagt. Er warf seine Nelke oben auf den Haufen und blickte zu dem monströsen Porträt von Emily auf. Sie war es und war es doch nicht. Ihre Zähne waren strahlendweiß gebleicht, und ihre Nasenlöcher waren so groß wie sein ganzer Kopf.

Als er sich abwandte, um die Bühne zu verlassen, sah er, wie der Direktor ihn zu sich heranwinkte. »Als einer ihrer engsten Freunde«, sagte Mr. Lawrence, »hat Chris Harte vielleicht noch etwas zu sagen.«

Er fühlte, wie die Finger des Direktors sich in seine Schulter gruben und ihn auf ein Mikrofon zuführten, das aussah wie der aufgerichtete Kopf einer Klapperschlange kurz vor dem Angriff. Chris' Hände begannen zu zittern.

Chris starrte über ein verschwommenes Gesichtermeer. Er räusperte sich; das Mikro quietschte. »O«, rief er aus und trat zurück. »Entschuldigung. Das ... also ... das war etwas ganz Besonderes, was ihr alle für Emily getan habt. Ich bin sicher, sie sieht von irgendwo auf uns herab.« Er drehte leicht den Kopf und blinzelte im grellen Scheinwerferlicht. »Und sie würde sagen wollen ...« Chris blickte auf den Haufen welker Blumen, auf den Schrein, den sie für Em errichtet hatten. Er konnte sie an seiner Seite in der letzten Reihe stehen sehen, wie sie sich über das kitschige Theater lustig machte und gelangweilt auf die Uhr schaute.

»Und sie würde sagen wollen ...« wiederholte er.

Er wußte später nicht, wie es dazu kam, aber plötzlich entstand ein Riß in dem Damm, hinter dem er seine Gefühle verbarg, seit sein Vater angeordnet hatte, daß er wieder zur Schule gehen sollte. Überwältigt vom Geruch der unter den Spots schnell verwelkenden Nelken, von dem überdimensionalen Foto und den Hunderten von Gesichtern, die ihm zugewandt waren und denen ausgerechnet er ihre unausgesprochenen Fragen beantworten sollte, fing er an zu lachen.

Erst lachte er noch ganz leise, aber das Kichern steigerte sich rasch zu einem Prusten, unhöflich und abstoßend wie ein Rülpser. Er lachte und lachte im ansonsten totenstillen Saal. Er lachte so sehr, daß ihm Tränen über die Wangen liefen.

Mit laufender Nase und wäßrigen Augen, so daß er das Podium vor sich nicht sehen konnte, ergriff Chris die Flucht und steuerte die Treppe am seitlichen Bühnenrand an. Dann rannte er den langen Seitengang des Saales hinauf und stürzte durch die Doppeltüren auf den verlassenen Flur. Von dort hetzte er in Richtung der Umkleidekabinen der Turnhalle.

Es war niemand dort – natürlich, es waren ja alle in der Aula und hatten seiner »Ansprache« gelauscht –, und er schlüpfte in Rekordzeit in seine Badehose. Er ließ seine Kleider in einem unordentlichen Haufen auf dem Zementboden liegen und trat durch die Tür, die zum Schwimmbecken führte. *Die glatte blaue Oberfläche ist Glas*, sagte er sich und stellte sich vor, wie es zersplitterte und ihn zerfetzte, als er am tieferen Ende hineinsprang.

Die noch nicht völlig verheilte Kopfwunde brannte; die Fäden waren erst am Vortag gezogen worden. Aber das Wasser war ihm so vertraut wie eine Geliebte, und in seiner wohltuenden Umarmung hörte Chris nichts außer seinem eigenen Herzschlag und dem gleichmäßigen Pumpen der Heizung. Er ließ sich reglos unter der Oberfläche treiben und blickte nur hin und wieder auf die verschwommene Tribüne und die Neonlampen. Dann blies er ganz langsam und vorsichtig Blasen aus Mund und Nase, leerte seinen Sauerstoffvorrat und fühlte, wie er Zentimeter für quälenden Zentimeter tiefer sank.

»Hören Sie«, sagte die Stimme, jetzt schon unfreundlicher. »Wohnt Emily bei Ihnen oder nicht?«

Melanie umklammerte den Hörer mit solcher Kraft, daß die Fingerknöchel sich weiß färbten. »Nein«, sagte sie, »das tut sie nicht.«

»Aber Sie haben den Anschluß 656-4309?«

»Ja.«

»Und Sie sind ganz sicher?«

Melanie lehnte den Kopf gegen die kalte Tür der Vorratskammer. »Rufen Sie nicht wieder an«, sagte sie. »Lassen Sie mich in Frieden.«

»Hören Sie«, sagte die Stimme. »Ich habe etwas, das Emily gehört. Würden Sie ihr das bitte ausrichten, wenn Sie sie sehen?«

Melanie hob den Kopf. »Was haben Sie von ihr?« fragte sie.

»Richten Sie ihr das nur aus«, entgegnete die Stimme, dann war die Leitung unterbrochen.

Dr. Feinstein öffnete die Verbindungstür mit unwillig gerunzelter Stirn, »Chris«, schalt er, »du kannst nicht einfach hier hereinplatzen, weißt du. Wenn du ein Problem hast, ruf an. Der einzige Grund, weshalb ich zufällig Zeit für dich habe, ist der, daß ein anderer Patient krank geworden ist.«

Chris hörte ihm gar nicht zu, sondern schob sich an dem Psychiater vorbei in dessen Büro. »Ich wollte es nicht tun«, murmelte er.

»Bitte?«

Chris wandte ihm das schmerzverzerrte Gesicht zu. »Ich wollte es nicht tun.«

Dr. Feinstein schloß die Tür und nahm Chris gegenüber Platz. »Du bist durcheinander«, sagte er. »Laß dir eine Minute Zeit, um dich zu beruhigen.« Geduldig wartete er, daß Chris mehrmals tief Luft geholt hatte und sich dann in seinem Sessel aufrichtete. »So«, sagte der Arzt zufrieden. »Und jetzt erzähl mir, was passiert ist.«

»Heute hat in der Schule eine Gedenkveranstaltung für Emily stattgefunden.« Chris rieb sich mit den Handballen die Augen, die von Tränen und Chlor brannten. »Ich war völlig fertig von den Blumen und ... und so.«

»Hat dich das so aus der Fassung gebracht?«

»Nein«, entgegnete Chris. »Sie haben mich auf das Podium geholt und von mir verlangt, eine Ansprache zu halten. Und alle haben mich angestarrt, so als müßte ich tröstende Worte finden. Weil ich dabei war und dasselbe tun wollte wie Emily, sollte ich erklären, weshalb wir uns das Leben nehmen wollten.« Er schnaubte. »Wie auf so einem ätzenden Treffen der Anonymen Alkoholiker. Hallo, mein Name ist Chris, und ich wollte mich umbringen.«

»Vielleicht war das ihre Art, dir zu zeigen, daß du ihnen wichtig bist.«

»Natürlich«, höhnte Chris. »Die meisten Schüler haben sich die Zeit damit vertrieben, mit improvisierten Blasrohren Papierbällchen durch den Saal zu schießen.«

»Was ist dann passiert?«

Chris ließ den Kopf sinken. »Sie wollten, daß ich von Emily erzähle, ein Loblied auf sie singe oder so was. Und ich habe den Mund aufgemacht und ...« Er sah auf und hob in einer hilflosen Geste beide Hände. »Mir sind die Nerven durchgegangen.«

»Die Nerven durchgegangen?«

»Ich habe gelacht. Ich habe verdammt noch mal gelacht.«

»Chris, du hast in den letzten Tagen unter außergewöhnlichem Druck gestanden«, sagte Dr. Feinstein. »Ich bin sicher, daß, wenn die Leute ...«

»Verstehen Sie denn nicht?« herrschte Chris ihn an. »Ich habe gelacht. Da war dieser lächerliche Gedenkquatsch, und ich habe gelacht.«

Dr. Feinstein beugte sich vor. »Manchmal kommt es vor, daß sehr starke Gefühle konträre Reaktionen hervorrufen. Du warst ...«

»Deprimiert. Aufgewühlt. Todtraurig.« Chris stand auf und begann, auf und ab zu gehen. »Suchen Sie sich was aus. Bin ich erschüttert, weil Emily tot ist? Jede verfluchte Minute und jeden verdammten Atemzug. Aber alle halten mich für einen Irren, den man gerade noch davon abhalten konnte, sich die Pulsadern aufzuschlitzen. Alle glauben, ich würde nur auf die nächste Gelegenheit lauern, es wieder zu versuchen. Die ganze Schule glaubt das – vermutlich haben sie erwartet, daß ich einen Zusammenbruch erleide, und das oben auf der Bühne. Und meine Mutter glaubt das auch, und sogar Sie glauben es, stimmt's?« Chris funkelte den Arzt zornig an und trat einen Schritt vor. »Ich werde mir nicht das Leben nehmen. Ich bin nicht selbstmordgefährdet. Ich bin nie selbstmordgefährdet gewesen.«

»Nicht einmal in jener Nacht?«

»Nein«, antwortete Chris leise. »Nicht einmal in dieser Nacht.«

Dr. Feinstein nickte langsam. »Warum hast du im Krankenhaus das Gegenteil bchauptet?«

Chris erbleichte. »Weil ich ohnmächtig war, und als ich aufwachte, standen die Cops mit der Waffe über mir.« Er schloß die Augen. »Ich bekam Angst, also sagte ich das erste, das Sinn machte.«

»Wenn du dich nicht umbringen wolltest, warum hattest du dann den Revolver dabei?«

Chris verließen die Kräfte, und er sank zu Boden. »Für Emily. Weil sie sich töten wollte. Und ich dachte ...« Er ließ den Kopf sinken und spie die nächsten Worte förmlich aus. »Ich dachte, ich könnte sie davon abhalten. Ich dachte, ich könnte es ihr ausreden, lange bevor es dazu kam.« Er blickte mit glitzernden Augen zu Dr. Feinstein auf. »Ich bin es leid, Theater zu spielen«, sagte er leise. »Ich war nicht dort, weil ich mich umbringen wollte. Ich war dort, um sie davor zu bewahren.« Tränen liefen ihm über die Wangen und durchweichten sein Hemd. »Nur«, schluchzte er, »daß ich versagt habe.«

Die Grand Jury, die sich in den Räumen des Obersten Gerichtshofes von Grafton County eingefunden hatte, verbrachte einen ganzen Tag damit, sich anzuhören, was die stellvertretende Generalstaatsanwältin Barrett Delaney im Mordfall Emily Gold an Beweisen gegen Christopher Harte zusammengetragen hatte. Sie hörten, wie der Leichenbeschauer Uhrzeit und Art des Todes erläuterte sowie den Einschußkanal der Kugel quer durch das Gehirn. Sie hörten die Zeugenaussage eines Streifenbeamten vom Bainbridge Police Department, der den Tatort beschrieb, so wie er ihn vorgefunden hatte. Sie verfolgten die Ausführungen von Detective-Sergeant Anne-Marie Marrone, die die ballistischen Beweise erklärte. Sie hörten die stellvertretende Staatsanwältin fragen, wie hoch der Prozentsatz von Morden war, die von Verbrechern begangen wurden, die ihr Opfer kannten. Und sie hörten, wie die Polizistin antwortete: »Neunzig Prozent.«

Wie bei den meisten Anhörungen der Grand Jury war der Beschuldigte nicht nur abwesend, sondern ahnte nicht einmal, daß ein Gericht sich mit ihm befaßte.

Um 15:46 Uhr wurde Staatsanwalt Barrett Delaney ein verschlossener Umschlag überreicht, in dem sich ein Zettel befand, auf dem stand, daß der Tatverdacht gegen Christopher Harte wegen Mordes ersten Grades für eine Anklageerhebung ausreiche.

»Hallo. Kann ich bitte Emily sprechen?«

Melanie erstarrte. »Wer ist da?«

Zögern. »Eine Freundin.«

»Sie ist nicht da.« Melanie umklammerte den Hörer und schluckte krampfhaft. »Sie ist tot.«

»O.« Die Stimme am anderen Ende der Leitung drückte Verblüffung aus. »O.«

»Wer sind Sie?« fragte Melanie erneut.

»Donna. Drüben vom Gold Rush. Dem Juwelierladen Ecke Main und Carter.« Die Frau räusperte sich. »Emily hat bei uns etwas gekauft. Es ist fertig.«

Melanie griff nach ihren Autoschlüsseln. »Bin schon unterwegs.«

Die Fahrt dauerte keine zehn Minuten. Melanie parkte direkt vor dem Laden und ging hinein. Diamanten funkelten sie aus verschiedenen Kästchen an; parabolische Goldketten ruhten auf blauem Samt. Eine Frau, die Melanie den Rücken zugekehrt hatte, hantierte an der Registrierkasse herum.

Sie drehte sich mit einem strahlenden Lächeln um, das jedoch verblaßte und schließlich vollends erlosch, als sie Melanies zerzaustes Haar sah und registrierte, daß sie nicht einmal eine Jacke trug. »Ich bin Emilys Mutter«, sagte sie.

»Natürlich.« Donna starrte Melanie volle fünf Sekunden

an, ehe sie ihre Starre überwand. »Es tut mir so leid«, sagte sie. Sie ging zur Kasse hinüber und nahm ein langes, schmales Kästchen heraus. »Das hat Ihre Tochter vor einiger Zeit bei uns bestellt. Es wurde auch graviert«, fuhr sie fort und klappte den Deckel auf. Zum Vorschein kam eine Herrenuhr. *Für Chris*, las Melanie. *Für immer. In Liebe, Em.* Sie legte die Uhr zurück auf das Satinkissen und griff nach dem Kassenbon. Ganz unten war eine Notiz für das Verkaufspersonal vermerkt: »Geschenk ist geheim. Bei Anruf nur nach Emily fragen. Keine Nachricht hinterlassen.« Was die Geheimniskrämerei erklärte. Aber warum diese Geheimhaltung?

Dann sah Melanie den Preis. »Fünfhundert Dollar?« rief sie aus.

»Sie ist aus 14 Karat Gold«, erklärte die Verkäuferin eilig.

»Sie war erst siebzehn!« entgegnete Melanie. »Natürlich wollte sie das geheimhalten. Wenn ihr Vater oder ich erfahren hätten, daß sie soviel Geld für ein Geschenk ausgegeben hatte, hätten wir sie gezwungen, es zurückzugeben.«

Sichtlich verlegen trat Donna von einem Fuß auf den anderen. »Die Uhr ist bezahlt«, sagte sie versöhnlich. »Vielleicht möchten Sie sie doch der Person übergeben, für die sie gedacht war.«

Dann ging Melanie ein Licht auf. Das muß ein Geburtstagsgeschenk für Chris gewesen sein, etwas ganz Besonderes zur Volljährigkeit. Das wäre für Emily Anlaß genug gewesen, das Gehalt eines ganzen Sommers dafür auszugeben.

Melanie nahm das Kästchen und ging zurück zum Wagen. Sie setzte sich ans Steuer und starrte durch die Windschutzscheibe, sah aber noch die unglaublich ironische Gravur vor sich: *Für immer.*

Und sie fragte sich, weshalb Emily eine Uhr als Geburtstagsgeschenk für Chris bestellt haben sollte, wenn sie – wie er behauptete – noch vor diesem Tag Selbstmord begehen wollten.

Melanie hatte die Hand auf dem Türknauf, als das Telefon läutete. Hastig sperrte sie auf, irgendwie sicher, daß es Donna vom Juwelierladen war, die ihr mitteilte, daß das Ganze nur ein Mißverständnis war, es da noch eine andere Emily und einen anderen Chris gab ...

»Hallo?«

»Mrs. Gold? Hier spricht Barrie Delaney vom Büro der Generalstaatsanwaltschaft. Wir haben letzte Woche schon miteinander telefoniert.«

»Ja«, sagte Melanie und legte die Uhr auf die Arbeitsfläche. »Ich erinnere mich.«

»Ich dachte, Sie würden es vielleicht gerne wissen wollen«, fuhr Barrie fort. »Die Grand Jury hat heute beschlossen, daß Christopher Harte wegen Mordes ersten Grades vor Gericht gestellt werden soll.«

Melanie fühlte, wie ihre Knie nachgaben. Sie glitt zu Boden, die Beine seltsam angewinkelt. »Ich verstehe«, sagte sie. »Ist er ... gibt es eine Anhörung?«

»Morgen«, antwortete Delaney. »Im Gericht von Grafton County.«

Melanie notierte den Namen auf einem Block, auf dem sie sonst ihre Einkaufslisten schrieb. Sie hörte die Staatsanwältin weitersprechen, war jedoch nicht mehr in der Lage, zu verstehen, was sie sagte. Langsam legte sie den Hörer zurück auf die Gabel.

Ihr Blick fiel auf das Schmuckkästchen. Sehr vorsichtig hob sie die Uhr von ihrem Satinkissen und fuhr mit dem Daumen über das große Zifferblatt. Chris hatte heute Geburtstag. Sie kannte das Datum so gut wie das von Emilys Geburtstag.

Sie stellte sich vor, wie Gus, James und sogar Kate an dem großen Kirschholztisch saßen und ihre Gespräche sich zu unentwirrbaren faustgroßen Knäueln verwickelten. Sie sah, wie Chris aufstand und sich über den Kuchen beugte, wobei das flackernde Licht der Kerzen seine Züge milderte. Normalerweise wären auch Melanie, Michael und Emily eingeladen gewesen.

Melanie umklammerte die Uhr mit solcher Kraft, daß die Kanten in ihre Handfläche schnitten. Sie fühlte eine unkontrollierbare Wut in sich aufsteigen. Sie schob sich an ihrem Herzen vorbei, durchbrach ihre Haut und war wie eine zusätzliche Gliedmaße, an der sie vorsichtig ihre eigene Kraft testete.

Es mußte alles perfekt sein.

Gus trat vom Tisch zurück und kam dann wieder näher, um eine Serviette zurechtzuzupfen. Die Kristallgläser waren millimetergenau ausgerichtet, und die Schinkenspirale auf der Servierplatte nahm sich ebenso dekorativ wie appetitlich auf der festlich gedeckten Tafel aus. Das teure Porzellan, das sie gewöhnlich nur an Thanksgiving und Weihnachten hervorholte, schmückte den Tisch, mitsamt der Sauciere und allem anderen Geschirr. Als Gus das Eßzimmer verließ, um alle zum Essen zu rufen, versuchte sie, zu verdrängen, daß sie ein weiteres Lebensjahr eines Menschen begingen, der diesen Tag beinahe aus eigenem Willen nicht mehr erlebt hätte.

»Okay«, rief sie. »Essen ist fertig.«

James, Chris und Kate kamen aus dem Wohnzimmer herüber, wo sie die Frühnachrichten angeschaut hatten. Kate gestikulierte wild mit den Händen – sie erzählte über den Heliumballon von der Größe eines Chevys, der mit einer Nachricht versehen im Rahmen eines wissenschaftlichen Projektes der Schule abgeschickt worden war. »Vielleicht fliegt er bis nach China«, meinte sie euphorisch. »Oder Australien.«

»Er wird nicht mal einen Block weit fliegen«, brummte Chris.

»Wird er doch!« schrie Kate, preßte dann die Lippen aufeinander und blickte auf ihren Schoß. Chris blickte von seiner Schwester auf seine Eltern und ließ sich dann, schwungvoller als nötig gewesen wäre, auf seinen Stuhl fallen.

»Na, ist das nicht schön?« meinte Gus.

»Sieh sich einer diesen Kuchen an«, sagte James. »Kokosnußglasur?«

Gus nickte. »Mit Erdbeerfüllung.«

»Wirklich?« fragte Chris, wider Willen interessiert. »Hast du den für mich gebacken?«

Gus nickte. »Man wird ja nicht alle Tage achtzehn.« Sie blickte auf den Schinken, die Möhren und den Süßkartoffel-Pie. »Ich finde sogar, wir sollten an diesem Ehrentag mit dem Kuchen anfangen.«

Chris' Augen leuchteten. »Du bist klasse, Mom«, verkündete er.

Gus nahm die Streichholzschachtel, die neben der Kuchenplatte lag, und zündete die 19 Kerzen an – eine war als Glückskerze gedacht. Sie brauchte insgesamt drei Zündhölzer, die bis zu ihren Fingerkuppen abbrannten, ehe sie fertig war. »Happy Birthday«, sang sie, und als niemand mit einstimmte, stand sie auf, stemmte die Hände in die Seiten und machte ein finsteres Gesicht. »Wer essen will, muß auch singen.«

Hierauf fielen James und Kate mit ein. Chris griff nach seiner Gabel und war bereit, noch bevor Gus den Kuchen angeschnitten hatte.

»Fühlt man sich mit achtzehn anders?« wollte Kate wissen.

»O ja«, scherzte Chris. »Ich verspüre erste Anzeichen von Arthritis.«

»Sehr komisch. Ich meine, fühlst du dich, na ja, smarter? Reifer?«

Chris zuckte die Achseln. »Ich könnte ab jetzt eingezogen werden«, sagte er. »Das ist der einzige Unterschied.«

Gus setzte zu einer Erwiderung an. Sie wollte sagen, daß es ja Gott sei Dank gegenwärtig keine Kriege gäbe, aber das stimmte so natürlich nicht. Es gab außerdem verschiedene Arten von Kriegen. Und nur weil keine US-Truppen involviert waren, bedeutete das noch lange nicht, daß Chris nicht in einen Kampf verwickelt war.

James nahm sich ein zweites Stück Kuchen. »Also ich finde, Chris sollte jeden Tag achtzehn werden.«

»Hört, hört«, meinte Gus, und Chris senkte lächelnd den Kopf.

Die Türglocke ertönte. »Ich gehe schon«, sagte Gus und warf ihre Serviette auf den Tisch.

Noch ehe sie an der Tür war, klingelte es ein zweites Mal. Sie öffnete, und im Licht der Verandabeleuchtung standen zwei uniformierte Polizeibeamte. »Guten Abend«, sagte der größere der beiden Beamten. »Ist Christopher Harte zu Hause?«

»Ja«, sagte Gus. »Aber wir wollten gerade mit dem Essen ...«

Der Polizist reichte ihr ein Blatt Papier. »Wir haben einen Haftbefehl.«

Gus schnappte nach Luft. »James«, rief sie gepreßt, woraufhin ihr Ehemann dazukam. Er nahm den Haftbefehl und überflog ihn. »Was wirft man ihm vor?« fragte er angespannt.

»Mord ersten Grades, Sir.« Der Beamte schob sich an Gus vorbei und steuerte das erleuchtete Eßzimmer an.

»James«, flehte Gus, »tu doch etwas.«

James faßte sie bei den Schultern. »Ruf McAfee an«, sagte er und eilte dann ins Wohnzimmer. »Chris!« rief er. »Sag nichts. Sag kein Wort.«

Gus nickte, wandte sich jedoch nicht dem Telefon zu. Statt dessen folgte sie James in Richtung des Tumults im Eßzimmer. Kate saß weinend am Eßzimmertisch. Chris war aus seinem Stuhl gezogen worden. Einer der Beamten fesselte ihm gerade die Hände auf dem Rücken, während der zweite ihm seine Rechte vorlas. Seine Augen waren riesengroß, und er war kalkweiß im Gesicht. An seiner Unterlippe zitterte ein Krümel Kokosnußglasur.

Die Polizeibeamten nahmen Chris in ihre Mitte, faßten ihn bei den Ellbogen und führten ihn aus dem Haus. Blind stolperte er zwischen ihnen vorwärts, mit vor Verwirrung gerunzelter Stirn, die Augen unfähig, die vertrauten Einrichtungsgegenstände des Hauses wahrzunehmen. In der Eßzimmertür, wo Gus auf der Schwelle stand, zögerten die Beamten und warteten, daß sie den Weg freigab. In dieser kurzen Pause sah Chris sie unverwandt an. »Mami?« flüsterte er, dann wurde er unsanft weitergezerrt.

Sie wollte ihn berühren, aber die Beamten waren zu schnell. Ihre Hand verharrte in der Luft, dann ballte sie sie zur Faust, die sie an den Mund drückte. Sie konnte James durch das Haus laufen hören. Er rief McAfee selbst an. Nebenan konnte sie Kate schluchzen hören. Aber vor allem hörte Gus wie Chris sie mit seinen achtzehn Jahren mit einem Kosenamen ansprach, den er ein Jahrzehnt nicht mehr benutzt hatte.

Teil 2

Das Mädchen von Nebenan

Und was ist denn eigentlich eine Lüge? Doch nichts
anderes als die Wahrheit in einer Verkleidung.
– Lord Byron
Don Juan

Es gibt keine andere Zuflucht vor dem Geständnis
außer dem Selbstmord;
und der Selbstmord ist ein Geständnis.
– Daniel Webster

Gegenwart

Ende November 1997

Chris, der hinten im Fond des Streifenwagens saß, fröstelte. Sie hatten die Heizung voll aufgedreht, aber er mußte seitwärts sitzen, damit die Handschellen nicht in seinen Rücken einschnitten, und egal, was er auch tat, um sich zu beruhigen, kam er gegen das Zittern nicht an. »Bist du okay da hinten?« fragte der Beamte auf dem Beifahrersitz, und Chris bejahte, wobei seine Stimme bei dieser einen Silbe brach.

Er war nicht okay. Er war nicht einmal annähernd okay. Er hatte in seinem ganzen Leben noch nie solche Angst gehabt.

Im Wagen roch es durchdringend nach Kaffee. Im Radio lief ein Sender in einem Dialekt, den Chris nicht verstand, und einen Moment lang erschien ihm das völlig logisch – wenn seine ganze Welt zerbarst, war es nicht ganz natürlich, daß er die Fähigkeit einbüßte, in seiner Sprache zu kommunizieren? Er hüpfte ein wenig auf dem Sitz und konzentrierte sich darauf, sich nicht in die Hose zu pinkeln. Das Ganze war ein Irrtum. Sein Vater und der Anwalt würden zu ihm stoßen, dort, wo man ihn hinbrachte, Jordan McAfee würde ein Plädoyer halten wie Perry Mason, und alle würden erkennen, daß ihnen ein Fehler unterlaufen war. Morgen würde er aufwachen und über diese Episode lachen.

Abrupt bewegte sich der Wagen nach links, und durch

das Fenster sah er flüchtig Licht aufblitzen. Er hatte jedes Zeitgefühl und jegliche Orientierung verloren, nahm aber an, daß sie beim Polizeirevier von Bainbridge angelangt waren. »Gehen wir«, sagte der größere der beiden Polizisten und öffnete die hintere Wagentür. Chris rutschte an den Sitzrand und versuchte, trotz der auf dem Rükken gefesselten Hände das Gleichgewicht zu halten. Mit einem Fuß auf dem Bürgersteig stieg Chris aus dem Streifenwagen und landete prompt auf der Nase.

Der Polizist zog ihn bei den Handschellen wieder auf die Füße und zerrte ihn recht grob auf die Wache zu. Er wurde durch eine Hintertür geführt, die ihm vorher nie aufgefallen war. Der Beamte schloß seine Waffe in seinem Schließfach ein, sprach in eine Gegensprechanlage, und ein Summen kündigte an, daß die Verbindungstür freigeschaltet war. Chris fand sich vor dem Aufnahmeschalter wieder, an dem ein Sergeant mit müden Augen saß. Man erlaubte ihm, sich zu setzen, während sie ihn zu Namen, Geburtsdatum und Adresse befragten, Fragen, die er möglichst höflich beantwortete, nur für den Fall, daß es Pluspunkte für gutes Benehmen gab. Dann stellte ihn der Polizist, der ihn reingebracht hatte, an eine Wand und ließ ihn eine Karte mit einer Nummer und dem Datum hochhalten, so wie im Film. Er drehte sich nach links und rechts und wurde mit Blitzlicht fotografiert.

Auf Befehl leerte Chris seine Taschen und streckte die Hände aus, damit seine Fingerabdrücke genommen werden konnten – 20 einzelne Abdrücke; ein Satz für die örtliche Polizei, einer für die Bundespolizei und einer für das FBI. Anschließend reinigte der Beamte ihm die Hände mit einem feuchten Babytuch, nahm ihm Schuhe, Jakke und Gürtel ab und bat über Gegensprechanlage darum, Zelle drei zu öffnen. »Der Sheriff ist unterwegs«, teilte er Chris mit.

»Der Sheriff?« fragte Chris, dem erneut ein kalter Schauer über den Rücken jagte. »Warum?«

»Du kannst nicht über Nacht hierbleiben«, erklärte ihm der Polizist. »Er wird dich zum County-Gefängnis in Grafton bringen.«

»Gefängnis?« sagte Chris leise. Man brachte ihn ins Gefängnis? Einfach so?

Er blieb stehen und zwang so den Polizisten an seiner Seite dazu, ebenfalls haltzumachen. »Ich kann nicht weg«, sagte er. »Mein Anwalt kommt hierher.«

Der Polizist lachte. »Was du nicht sagst«, sagte er und zog ihn wieder vorwärts.

Die Zelle war einsachtzig mal einsfünfzig groß und im Keller der Polizeiwache untergebracht. Chris hatte sie sogar schon einmal gesehen, als er noch bei den Pfadfindern gewesen war und sie das Polizeigebäude von Bainbridge besichtigt hatten. Der Raum war mit einem Waschbecken und einer Toilette aus Edelstahl sowie mit einer Pritsche ausgestattet. Die Tür bestand nur aus Gitterstäben, und eine Videokamera war auf das Zelleninnere gerichtet. Der Polizist sah unter der Matratze nach. Suchte er nach Wanzen oder vielleicht Waffen? Dann schloß er die Handschellen auf und schob Chris hinein.

»Hast du Hunger?« fragte er. »Oder Durst?«

Schockiert, daß der Polizist sich nach seinen menschlichen Bedürfnissen erkundigte, schaute Chris blinzelnd zu ihm auf. Er war nicht hungrig – vielmehr war ihm übel von den Ereignissen der letzten Stunde. Er schüttelte den Kopf und versuchte, das Geräusch der zufallenden Zellentür auszublenden. Er wartete, bis der Polizist den Flur hinuntergegangen war, stand dann auf und urinierte. Er wollte dem Polizisten, der ihn verhaftet, und dem, der ihn hier eingesperrt hatte, sagen, daß er Emily Gold nicht getötet hatte. Aber sein Vater hatte ihm geraten, still zu sein, und die Warnung war sogar stärker als die Angst, die ihn einhüllte wie ein Mantel.

Er dachte an den Geburtstagskuchen, den seine Mutter für ihn gebacken hatte, an die Kerzen, die bis zur Glasur heruntergebrannt waren, an das halbe Stück auf seinem Teller, die Erdbeerfüllung so grellrot wie Blut.

Er strich mit den Fingern über den pockennarbigen Löschbeton und wartete.

Für Jordan McAfee gab es nichts Schöneres als die Rundungen und Vertiefungen eines Frauenkörpers zu erforschen.

Unter der Decke in seinem eigenen Bett wanderten seine Lippen und Hände über nackte Haut, so sorgsam, als wollte er das erkundete Terrain kartografieren. »O ja«, murmelte sie und krallte die Hände in sein dickes schwarzes Haar. »O Gott.«

Ihre Stimme wurde laut. Unangenehm laut. Er strich mit der flachen Hand über ihren Bauch. »Leise«, murmelte er, das Gesicht an ihrem Schenkel. »Schon vergessen?«

»Wie ... sollte ... ich ... das ... je vergessen?« hauchte sie.

Sie wollte seinen Kopf gegen ihren Schenkel drücken, als er sich gerade aufrichtete, um ihr eine Hand über den Mund zu legen. Sie hielt es für ein Spiel und biß zu.

»Scheiße«, fluchte er und rollte sich von ihr. Er warf der üppigen und unangenehmen Frau einen Seitenblick zu. Jordan schüttelte den Kopf, nicht einmal mehr erregt. Normalerweise war er besser im Beurteilen solcher Dinge. Er rieb sich die schmerzende Hand und sagte sich, daß er nie wieder mit einer Freundin eines Assistenten ausgehen würde, und falls doch, er ganz sicher beim Essen nicht so viel trinken würde, daß er sie anschließend zu sich nach Hause einlud. »Hör zu«, sagte er und zwang sich zu einem freundlichen Lächeln. »Ich habe dir gesagt, warum ...«

Die Frau – Sandra hieß sie – rollte sich auf ihn und preßte die Lippen auf seinen Mund. Sie hob den Kopf und fuhr sich mit dem Finger über die Unterlippe. »Ich mag es, wenn ein Mann nach mir schmeckt«, sagte sie.

Jordan fühlte, wie sein Glied sich wieder versteifte. Vielleicht würde er den Abend doch noch nicht gleich beenden.

Das Telefon klingelte, und Sandra stieß es vom Nachttisch. Als Jordan fluchend nach dem Hörer langte, schloß ihre Hand sich um sein Handgelenk. »Laß es klingeln«, flüsterte sie.

»Geht nicht«, entgegnete Jordan, rollte sich weg von ihr und tastete über den Fußboden. »McAfee«, meldete er sich. Er hörte still zu, sofort voll da. Ganz automatisch nahm er Stift und Notizblock aus der Nachttischschublade und notierte sich, was der Anrufer gesagt hatte. »Keine Sorge«, sagte er ruhig. »Wir kümmern uns darum. Ja. Wir treffen uns dort.«

Er legte auf und kam mit der Geschmeidigkeit einer Raubkatze auf die Füße. Mit einer wendigen Bewegung stieg er in die Hose, die er in der Nähe der Badezimmertür hatte fallen lassen. »Tut mir leid«, sagte Jordan, als er den Reißverschluß hochzog, »aber ich muß weg.«

Sandra klappte die Kinnlade herunter. »Einfach so?«

Jordan zuckte die Achseln. »Es ist nur ein Job, aber irgend jemand muß ihn tun.«

Er warf noch einen Blick auf die Frau, die sich in seinem Bett in die Kissen zurücksinken ließ. »Du brauchst nicht auf mich zu warten«, fügte er hinzu.

»Und was ist, wenn ich es gerne möchte?«

Jordan kehrte ihr den Rücken zu. »Es könnte länger dauern«, sagte er, vergrub die Hände in den Taschen und warf ihr einen letzten Blick zu. »Ich rufe dich an.«

»Wirst du nicht«, widersprach Sandra unbekümmert.

Sie schwang ihren nackten Körper aus dem Bett, verschwand im Bad und schloß die Tür hinter sich ab.

Jordan schüttelte den Kopf und ging leise in die Küche. Im Dunkeln tastete er nach etwas, worauf er schreiben konnte. Plötzlich wurde der Raum in grelles Licht getaucht, und Jordan sah sich seinem 13jährigen Sohn gegenüber. »Warum bist du auf?«

Thomas zuckte die Achseln. »Ich habe Dinge gehört, die ich eigentlich nicht hören sollte«, sagte er.

Jordan musterte ihn streng. »Du solltest tief und fest schlafen. Morgen ist Schule.«

»Es ist erst halb neun«, protestierte Thomas. Jordan zog die Brauen hoch. Tatsächlich? Wieviel hatte er beim Abendessen getrunken? »Und du?« fragte Thomas. »Wolltest du frische Luft schnappen?«

Jordan zog eine Grimasse. »Es war netter, als du noch klein warst.«

»Damals habe ich an die Badezimmerwand gepinkelt, wenn ich nicht aufgepaßt habe. Ich denke, mein jetziges Alter ist verdammt viel besser.«

Jordan war sich da nicht so sicher. Seit Thomas vier war und Deborah entschieden hatte, daß Muttersein und die Ehe mit einem ehrgeizigen, karriereorientierten Juristen nicht das Richtige für sie war, zog er seinen Sohn allein groß. Sie war mit ihrem gemeinsamen Sohn, den Scheidungspapieren und einem Flugticket nach Neapel in sein Büro marschiert. Das letzte, was Jordan von ihr gehört hatte, war, daß sie mit einem Maler, der doppelt so alt war wie sie, auf dem linken Seineufer in Paris lebte.

Thomas sah zu, wie sein Vater den einen Tag alten Kaffee direkt aus der Kanne trank. »Das ist ein Hammer«, sagte er. »Aber vielleicht nicht so hammermäßig wie eine ...«

»Das reicht«, fiel Jordan ihm ins Wort. »Ich hätte sie nicht mitbringen dürfen. Okay? Du hast recht, und ich habe unrecht.«

Thomas lächelte strahlend. »Wirklich? Können wir diesen historischen Moment vielleicht auf Video festhalten?«

Jordan stellte die Kanne zurück in die Kaffeemaschine und zog den Knoten seiner Krawatte enger. »Das war ein Klient eben am Telefon. Ich muß weg.« Er schlüpfte eilig in sein Jackett, das noch über einem Küchenstuhl gehangen hatte, und wandte sich dann wieder seinem Sohn zu. »Ruf nicht die Piepernummer an, wenn du mich brauchst. Offenbar ist sie gestört. Ruf die Kanzlei an; ich höre zwischendurch die Nachrichten ab.«

»Ich werde dich nicht brauchen«, entgegnete Thomas. Er nickte in Richtung des Schlafzimmers seines Vaters. »Vielleicht sollte ich Hallo sagen gehen.«

»Vielleicht solltest du deinen Hintern zurück in dein eigenes Zimmer bewegen«, entgegnete Jordan lächelnd und war gleich darauf durch die Tür, beflügelt von der Bewunderung seines Sohnes.

Gus beugte sich nach hinten in den Wagenfond und knöpfte Kates Jacke bis zum Hals zu. »Ist dir warm genug?« fragte sie.

Kate nickte, immer noch zu schockiert von der Verhaftung ihres Bruders, um uneingeschränkt zu funktionieren. Sie würde im Wagen warten, während Gus und James zusammen mit dem Anwalt dieses Durcheinander in Ordnung brachten – nicht die beste Lösung, aber die im Augenblick einzig praktizierbare. Mit zwölf war Kate noch zu jung, um nachts allein zu bleiben, und wen hätte Gus anrufen können? Ihre Eltern lebten in Florida, und ihre Schwiegereltern würden glatt einen Herzinfarkt erleiden, wenn sie von diesem Skandal hörten. Melanie –

die einzige enge Freundin, die Gus sich getraut hätte so kurzfristig anzurufen – glaubte, Chris hätte ihre Tochter getötet.

Aber wie gern Gus ihrer Tochter das alles erspart hätte, war da diese eindringliche leise Stimme in ihrem Kopf, die sie drängte, Kate möglichst in ihrer Nähe zu behalten. *Du hast noch ein Kind*, sagte die Stimme. *Laß es nicht aus den Augen.*

Gus langte über den Fußraum zwischen ihnen hinweg und strich Kate über das Haar. »Wir sind gleich wieder da«, sagte sie. »Sperr die Türen ab, wenn ich ausgestiegen bin.«

»Ich weiß«, entgegnete Kate.

»Und sei brav.«

So wie Chris es nicht gewesen ist. Der Gedanke sprang zwischen Gus und Kate über, ein häßlicher, verräterischer Gedanke, und sie kappten die Verbindung, bevor eine von ihnen es laut aussprechen oder auch nur den Gedanken eingestehen konnte.

Gus und James Harte warteten in dem kleinen Lichtfeld der Außenbeleuchtung der Polizeiwache, als wäre es undenkbar und gefährlich, die Schwelle ohne Rechtsbeistand zu überschreiten. Jordan hob grüßend die Hand, als er die Straße überquerte, und mußte an die alte Weisheit denken, daß Menschen, die lange zusammenlebten, sich einander irgendwann auch äußerlich annäherten. Die Züge der Hartes waren sich nicht sehr ähnlich, aber die unübersehbare brennende Entschlossenheit in ihren Augen verriet sofort, daß sie zusammengehörten.

»James«, sagte Jordan und schüttelte dem Arzt die Hand. »Gus.« Er warf einen Blick auf die Tür der Wache. »Waren Sie schon drin?«

»Nein«, entgegnete Gus. »Wir haben auf Sie gewartet.«

Jordan dachte daran, sie in die Eingangshalle zu führen, entschied sich aber dann dagegen. Das Gespräch, das sie führen mußten, blieb besser unter ihnen, und als ehemaliger Staatsanwalt wußte er, daß auf Polizeirevieren die Wände Ohren hatten. Er zog den Mantel etwas fester um sich und forderte die Hartes auf, ihm zu berichten, was genau sich zugetragen hatte.

Gus erzählte ihm von der Verhaftung beim Abendessen. James stand derweil etwas abseits, als wäre er hier, um die Architektur zu bewundern, und nicht etwa, um seinen Sohn zu schützen. Jordan hörte Gus aufmerksam zu, musterte dabei jedoch nachdenklich ihren Mann. »Das war's.« Gus rieb die Hände aneinander, um sie zu wärmen. »Sie können doch sicher jemanden anrufen und ihn rausholen, oder?«

»Ehrlich gesagt, nein. Chris muß über Nacht bleiben, genaugenommen bis zu seinem Haftprüfungstermin, der aller Wahrscheinlichkeit nach am Morgen im Gericht von Grafton County stattfinden wird.«

»Er soll die ganze Nacht hier in einer Zelle verbringen?«

»Nein«, entgegnete Jordan. »Die Polizei von Bainbridge ist nicht dafür gerüstet, ihn über Nacht dazubehalten. Man wird ihn ins Gefängnis von Grafton County bringen.«

James wandte sich ab. »Was können wir tun?« fragte Gus leise.

»Sehr wenig«, gab Jordan zu. »Ich werde jetzt reingehen und mit Chris sprechen. Und ich werde morgen früh bei seinem Haftprüfungstermin anwesend sein.«

»Und was passiert dann?«

»Der Generalstaatsanwalt wird Anklage gegen Chris erheben, während wir auf nicht schuldig plädieren. Ich werde versuchen, ihn gegen Kaution rauszubekommen, aber das könnte sich als schwierig erweisen, da ihm immerhin ein Kapitalverbrechen zur Last gelegt wird.«

»Wollen Sie damit sagen«, entgegnete Gus mit zornbebender Stimme, »daß mein Sohn, der sich nichts hat zuschulden kommen lassen, möglicherweise sogar länger als nur diese eine Nacht im Gefängnis bleiben muß und es nicht in Ihrer Macht liegt, das zu verhindern?«

»Mag sein, daß Ihr Sohn sich nichts hat zuschulden kommen lassen«, erwiderte Jordan sanft, »aber die Polizei hat ihm seine Geschichte von dem gemeinschaftlichen Selbstmord nicht abgekauft.«

James räusperte sich und brach sein Schweigen. »Glauben *Sie* ihm?« fragte er.

Jordan musterte Chris' Eltern – seine Mutter, die aussah, als würde sie jeden Moment auf dem Bürgersteig zusammenbrechen, und den Vater, der sichtlich verlegen war und sich äußerst unwohl fühlte – und beschloß, ihnen wahrheitsgemäß zu antworten. »Es klingt ... praktisch«, sagte er.

Wie Jordan erwartet hatte, wandte James wieder den Blick ab, während Gus mit neuem Zorn reagierte. »Wenn Sie nicht mit dem Herzen dabei sind, suchen wir uns besser jemand anderen«, meinte sie bissig.

»Es ist nicht mein Job, Ihrem Sohn zu glauben«, sagte Jordan. »Meine Aufgabe ist es, ihn freizubekommen.« Er schaute Gus fest in die Augen. »Ich kann es schaffen«, sagte er leise.

Sie musterte ihn lange eindringlich, so lange, daß Jordan schließlich das Gefühl hatte, sie würde seine Gedanken lesen und die Spreu vom Weizen trennen. »Ich möchte Chris jetzt gerne sehen«, sagte sie.

»Das geht nicht. Nur bei den Schichtwechseln – und bis dahin sind es noch ein paar Stunden. Ich werde ihm ausrichten, was immer Sie mir auftragen.« Jordan hielt ihr die Tür der Polizeiwache auf, und der Duft ihrer Empörung wehte ihr nach, als sie an ihm vorbeirauschte. Er wollte ihr gerade folgen, als James Harte ihn zurückhielt. »Darf ich Sie etwas fragen?« Jordan nickte. »Vertraulich?« Jordan nickte erneut, diesmal etwas bedächtiger.

»Es geht darum, daß die Waffe mir gehört«, sagte James zögernd. Er holte tief Luft. »Ich spreche gar nicht davon, was passiert ist und was nicht. Ich meine nur, daß der Polizei bekannt ist, daß der Colt aus meinem Waffenschrank stammt.« Jordan zog die Brauen zusammen. »Macht mich das zum Mittäter?«

»Eines Mordes?« fragte Jordan. Er schüttelte den Kopf. »Sie haben die Waffe ja nicht in der Absicht dort hineingetan, daß Chris sie dazu benutzt, jemanden zu erschießen.«

James atmete auf. »Ich wollte damit nicht sagen, daß Chris sie benutzt hat, um jemanden zu töten«, stellte er richtig.

»Natürlich nicht«, entgegnete Jordan. »Das weiß ich.« Und er folgte dem Mann hinein.

Als er Schritte hörte, stand Chris auf und drückte das Gesicht an das kleine Plastikfenster der Zelle. »Dein Anwalt ist hier«, sagte der Polizist, und dann stand plötzlich Jordan McAfee auf der anderen Seite der Gitterstäbe. Er setzte sich auf einen Stuhl, den der Beamte ihm brachte, und holte einen Notizblock aus seiner Aktentasche. »Hast du irgend etwas gesagt?« fragte Jordan knapp.

»Worüber?« entgegnete Chris.

»Hast du irgend etwas zu den Cops gesagt, zum Beamten, der dich hier aufgenommen hat? Irgend etwas?«

Chris schüttelte den Kopf. »Nur, daß Sie kommen würden.«

Jordan entspannte sich sichtlich. »Okay. Das ist gut.« Er folgte Chris' Blick zu der Videokamera, die auf das Zelleninnere gerichtet war. »Das wird nicht aufgezeichnet«, sagte er. »Und der Ton ist abgestellt. Das ist grundlegendes Häftlingsrecht.«

»Häftlingsrecht«, sagte Chris. Er versuchte, so zu klingen, als wäre ihm das egal, als würde er das locker wegstecken, aber seine Stimme zitterte. »Darf ich wieder nach Hause?«

»Nein. Erstens sagst du zu niemandem ein Wort. Bald wird der Sheriff kommen und dich zum Gefängnis von Grafton County bringen. Du wirst hingefahren und dort aufgenommen. Tu alles, was man dir sagt; es ist nur für ein paar Stunden. Wenn du am Morgen aufwachst, werde ich da sein, und dann fahren wir gemeinsam zu deinem Haftprüfungstermin im Gericht.«

»Ich will nicht ins Gefängnis«, sagte Chris und erbleichte.

»Du hast keine andere Wahl. Du mußt bis zu deinem Haftprüfungstermin festgehalten werden, und die Staatsanwältin hat es so arrangiert, daß du über Nacht warten mußt. Das bedeutet, daß man dich nach Grafton bringt.« Er sah Chris eindringlich an. »Sie hat das getan, um dir eine Heidenangst einzujagen. Sie will, daß dir die Knie schlottern, wenn du morgen im Gericht ihr Gesicht siehst.«

Chris nickte und schluckte hart. »Man wirft dir Mord ersten Grades vor«, fuhr Jordan fort.

»Ich habe es nicht getan«, sagte Chris sofort.

»Ich will gar nicht wissen, ob du es gewesen bist oder nicht«, entgegnete Jordan glatt. »Es spielt keine Rolle. Ich werde dich so oder so verteidigen.«

»Ich habe es nicht getan«, wiederholte Chris.

»Schön«, sagte Jordan emotionslos. »Morgen wird die Staatsanwältin beantragen, keine Kaution festzulegen, und in Anbetracht der Schwere der Anklage wird der Richter dem Antrag vermutlich folgen.«

»Sie meinen, ich muß in den Knast?« Jordan nickte. »Für wie lange?«

Etwas in Chris' Stimme traf einen Nerv. Jordan legte den Kopf schräg, und plötzlich verwandelten sich die von Panik gezeichneten Züge seines Mandanten, und er starrte in das Gesicht des viel jüngeren Thomas, der fragte, wann er seine Mutter wiedersehen würde. Es gab einen universellen Tonfall, der allen Jungen eigen war, die eben erkannt hatten, daß sie nicht unbesiegbar waren, die begriffen, wie langsam die Zeit verstreichen konnte. »Solange es eben dauert«, antwortete er.

Mitten in der Nacht fuhr James aus dem Schlaf hoch. Desorientiert versetzte sein Verstand ihn um Jahre zurück, und er setzte sich abrupt auf und lauschte auf das Weinen seiner Tochter, die an einer Ohrenentzündung litt, oder auf die Schritte seines Sohnes, der einen Alptraum gehabt hatte und trostsuchend in das Bett seiner Eltern kroch. Aber er hörte nur Stille, und als seine Augen sich an die Dunkelheit gewöhnt hatten, sah er, daß Gus' Betthälfte leer war.

Er schüttelte den Schlaf ab und ging den Flur hinunter. Kate schnarchte friedlich, und Chris ... nun, Chris' Bett war ordentlich gemacht. Die neuerliche Erkenntnis traf James wie ein Schlag gegen das Brustbein, ein körperlicher Schmerz, der ihn straucheln ließ. Er wanderte nach unten, einem leisen Summen folgend. Ein schwacher rosiger Lichtschein drang aus der Waschküche. James durchquerte langsam mit dem Rücken zur Wand die Küche und machte kurz vor der Tür zur Waschküche halt.

Gus saß auf dem kalten Fliesenboden, mit dem Rükken an den laufenden Trockner gelehnt, den sie angeschaltet hatte, um ihr unterdrücktes Schluchzen zu überdecken. Ihr Gesicht war fleckig und gerötet, ihre Nase lief, und ihre Schultern waren gebeugt wie die einer alten Frau.

Sie hatte nie schnell geweint. Wenn sie aber anfing zu weinen, dann in der Art, wie sie alles andere anging – leidenschaftlich und exzessiv. Es verblüffte James, daß es ihr gelungen war, sich so lange zu beherrschen.

Er überlegte, ob er die halb geschlossene Tür öffnen, vor ihr hinknien, die Arme um sie legen und ihr ins Bett zurückhelfen sollte. Er hob die Hand, berührte das Holz der Tür, wollte etwas sagen, um sie zu beruhigen. Aber welchen Trost konnte er Gus schon spenden, wenn er sich schon selbst nicht trösten konnte?

James ging zurück nach oben, legte sich wieder ins Bett und zog sich ein Kissen über den Kopf. Stunden später, als Gus unter die Bettdecke kroch, versuchte er, so zu tun, als würde er das Gewicht ihrer Trauer nicht fühlen, das zwischen ihnen lag wie ein ängstliches Kind, so massiv, daß er nicht daran vorbeilangen konnte, um sie zu berühren.

Das Gefängnis war von hohen Drahtzäunen eingefaßt, die oben mit Stacheldrahtrollen zusätzlich gesichert waren. Chris schloß die Augen und fragte sich mit der Hartnäckigkeit eines Kindes, ob er das Ganze nicht einfach ausblenden konnte, so als würde es nicht wirklich passieren?

Der Sheriff half ihm aus dem Wagen und führte ihn zur Eingangstür des Gefängnisses. Ein Strafvollzugsbeamter sperrte die schwere Stahltür auf und ließ sie herein. Chris sah zu, wie sie sorgfältig wieder geschlossen wurde. »Noch einer, Joe?«

»Wie die Flöhe«, entgegnete der Sheriff. »Es kommen immer neue nach.«

Sie schienen das für sehr komisch zu halten und lachten

schallend. Dann reichte der Sheriff dem Beamten eine Plastiktüte mit Gegenständen, die Chris wiedererkannte: Seine Brieftasche, seine Wagenschlüssel, sein Kleingeld. Ein zweiter Beamter nahm die Sachen entgegen. »Übernimmst du den Papierkram? Von uns aus ist alles in Ordnung.«

Der Sheriff ging, ohne noch einmal Chris' Blick zu begegnen. Allein mit zwei Männern, die er sogar noch weniger kannte als den Sheriff, fing Chris wieder an zu zittern. »Streck die Arme seitlich aus«, sagte einer der Beamten. Er trat vor Chris und tastete ihn ab, erst vom Hals bis zur Taille und dann jedes Bein einzeln. Der zweite Beamte trug derweil Chris' persönliche Habe in ein Register ein.

»Komm.« Der erste Beamte faßte Chris beim Ellbogen und führte ihn zur Aufnahme. Er hantierte mit einem Schild herum, das er anschließend Chris reichte, den er vor eine Wand stellte. »Bitte recht freundlich«, grunzte er und schoß mit Blitzlicht ein Foto von ihm.

Er setzte Chris an den einzigen Tisch im Raum, und seine Finger wurden erneut in Tinte gedrückt, um seine Abdrücke zu nehmen. Dann reichte der Mann Chris ein Tuch, mit dem er sich die Finger abwischen sollte, und schob ein Blatt Papier über den Tisch. Chris warf einen Blick auf den Fragebogen, während der Beamte nach einem Bleistift suchte. »Füll das aus«, sagte er.

Die erste Frage traf Chris wie ein Schlag ins Gesicht. *Sind Sie selbstmordgefährdet?* Sein Psychiater wußte, daß er das nicht war. Sein Anwalt glaubte, er wäre es. Zögernd kreuzte er »Ja« an, radierte das Kreuz dann aus und markierte statt dessen die Antwort »Nein«.

Haben Sie Aids?

Leiden Sie an irgendeiner Krankheit?

Möchten Sie während Ihres Aufenthaltes hier einen Arzt konsultieren?

Chris kaute nachdenklich auf dem Bleistift herum. »Ja«, kreuzte er an und schrieb dann daneben »Dr. Feinstein.«

Er füllte den Fragebogen zu Ende aus und kontrollierte die Antworten anschließend mit der gleichen Aufmerksamkeit wie beim SAT-Examen. Was, wenn jemand log? Was, wenn jemand tatsächlich selbstmordgefährdet war oder an Aids starb, nachdem er beides verneint hatte?

Wer machte sich die Mühe, es noch einmal zu überprüfen?

Der Beamte führte ihn nach oben in einen Kontrollbereich, der mit kleinen Monitoren bestückt war. Er tauschte mit dem diensthabenden Beamten dort ein paar Informationen aus, die Chris nichts sagten, und führte ihn dann in einen weiteren kleinen Raum. Chris fröstelte, als das Tor sich hinter ihm schloß. »Ist dir kalt?« fragte der Vollzugsbeamte gleichgültig. »Hast Glück, daß zu diesem Zimmer auch eine kostenlose Garderobe gehört.« Er wartete, daß Chris aufstand, und reichte ihm dann einen blauen Overall. »Los«, sagte er, »zieh das an.«

»Hier?« fragte Chris peinlich berührt. »Jetzt gleich?«

»Nein«, antwortete der Beamte spöttisch. »Nächste Woche auf Aruba?« Er verschränkte die Arme über der Brust.

Kleinigkeit, sagte sich Chris. Er hatte sich schon tausendmal in der Umkleide nackt vor anderen Männern ausgezogen. Ein Gefängniswärter und nur bis auf die Unterhose – das war nichts Peinliches. Aber als er schließlich den Reißverschluß des Overalls bis zum Hals hochzog, zitterten seine Hände derart, daß er sie hinter dem Rücken versteckte.

»Gut«, sagte der Vollzugsbeamte. »Gehen wir.«

Er führte Chris einen Flur hinunter in den Hochsicherheitstrakt. Bei jedem Atemzug mußten seine Lungen mehr arbeiten. Bildete er sich das nur ein, oder war die Luft im Inneren des Gefängnisses dünner als draußen?

Der Beamte schloß eine schwere Tür auf, und Chris fand sich auf einem schmalen, grauen Gang wieder. Dort befanden sich vier Einzelzellen, jeweils zwei nebeneinander, aber die Gittertüren standen offen. Am Ende des Gangs, außerhalb des Zellenbereichs, war ein Fernseher angebracht. Es liefen gerade die Spätnachrichten.

Plötzlich ertönte eine Durchsage, die durch die offenen Gitterstäbe wehte und auf dem Gang widerhallte. »Umschluß«, rief die gesichtslose Stimme, und Chris hörte das Stampfen von Füßen, als Häftlinge langsam in ihre Zellen zurückkehrten.

»Da sind wir«, sagte der Beamte und brachte Chris zu einer freien Zelle. »Unteres Bett.«

In dem Trakt waren noch drei weitere Männer untergebracht. Ein untersetzter Mann mit kleinen tiefliegenden schwarzen Augen und einem Ziegenbärtchen betrat die Zelle neben Chris' und setzte sich auf das Bett. Der Fernseher am Ende des Gangs war plötzlich tot.

Der Vollzugsbeamte schloß Chris' Zellentür. Das Licht wurde gedimmt, ging aber nicht ganz aus. Nach und nach kehrte im ganzen Gefängnis Stille ein, abgesehen vom Atmen der Insassen.

Chris kroch auf die untere Pritsche. Als seine Augen sich an die Dunkelheit gewöhnten, konnte er auf der anderen Seite der Gitterstäbe einen Beamten vorbeigehen sehen, dessen Lippen ein Lächeln umspielte.

Chris rollte sich auf die Seite, so daß er nur noch die Löschbetonwand sehen konnte. Er schob sich den Stoff des Overalls in den Mund, um Geräusche zu ersticken, und hielt die Tränen nicht länger zurück.

Als Michael am nächsten Morgen in die Küche kam, traute er seinen Augen nicht. Melanie stand am Herd, in der einen Hand einen Wender und in der anderen einen

Topflappen. Er sah, wie sie einen Pfannkuchen wendete und eine Haarsträhne hinter das Ohr klemmte, und dachte: *O ja. Das ist die Frau, die ich geheiratet habe.*

Er machte ein Geräusch, das sie glauben machen sollte, daß er gerade erst hereingekommen war. Melanie wandte sich ihm zu und schenkte ihm ein strahlendes Lächeln. »Gut«, sagte sie. »Ich wollte dich gerade wecken kommen.«

»Nur zum Frühstück, will ich doch hoffen.«

Melanie lachte. Der Laut war ihnen so fremd geworden, daß sie beide einen Moment innehielten. Dann drehte Melanie sich abrupt um und griff nach einem Teller Pfannkuchen. Sie wartete, bis Michael sich an seinen Stammplatz am Küchentisch gesetzt hatte, und stellte den Teller dann vor ihn. »Buchweizen«, sagte sie leise.

»Und mein Name ist Michael.« Melanie lächelte ihn an, und Michael legte ihr, ohne nachzudenken, einen Arm um die Schenkel, zog sie an sich und drückte den Kopf an ihren Bauch. Er fühlte, wie sie ihm mit der Hand über das Haar strich. »Ich habe dich vermißt«, murmelte er. »Ich weiß«, entgegnete Melanie. Sie ließ ihre Hand noch eine Weile auf seinem Kopf ruhen und rückte dann von ihm ab. »Ich hole den Sirup«, sagte sie.

Sie holte eine Pfanne mit brodelndem Ahornsirup vom Herd und gab diesen über Michaels Pfannkuchen. »Ich dachte, wir könnten heute morgen vielleicht eine Spritztour machen.«

Michael schob sich einen köstlichen süßen Bissen in den Mund. Er mußte einen Wurf Welpen im Nachbarort entwurmen, nach einem Pferd mit Kolik sehen und einem kranken Lama einen Hausbesuch abstatten. Aber er hatte Melanie seit Tagen nicht mehr so, so ... beisammen gesehen. »Klar«, sagte er. »Ich muß nur ein paar Leute anrufen und Termine verlegen.«

Melanie nahm ihm gegenüber Platz. Als Michael die Hand ausstreckte, legte sie die ihre hinein. »Das wäre schön«, sagte sie.

Er aß zu Ende und ging dann in sein Büro, um die nötigen Anrufe zu erledigen. Als er zurückkam, stand Melanie vor dem Spiegel in der Diele und trug eine dünne Schicht Lippenstift auf. Sie preßte die Lippen fest zusammen und sah dann im Spiegel Michael hinter sich stehen. »Fertig?« fragte sie.

»Klar«, sagte er. »Wo fahren wir hin?«

Melanie hakte ihn unter. »Das ist eine Überraschung«, sagte sie.

Michael überlegte im stillen, wohin sie ihn bringen würde. Nicht zu Emilys Grab, sonst wäre sie kaum so fröhlich gewesen, auch nicht zum Essen, obgleich sie durch die Straße fuhren, in der die meisten Restaurants von Bainbridge lagen. Zum Einkaufen war es ebenfalls noch zu früh. Nicht zur Bibliothek, da diese in der entgegengesetzten Richtung lag.

Aber dann lenkte Melanie den Wagen aus der Stadt. Sie fuhren an kahlen Feldern und Milchhöfen vorbei, über lange Straßenabschnitte, die durch das Nichts hindurchführten. Ein kleines grünes Straßenschild kündigte an, daß die Ortschaft Woodsville noch zehn Meilen entfernt war.

Was zum Teufel gab es in Woodsville so Besonderes?

Er war einmal dort gewesen, um ein Pferd einzuschläfern, das sich ein Bein gebrochen hatte. Sofern er durch die Innenstadt gefahren war, konnte er sich nicht mehr daran erinnern.

Melanie fuhr an einem Backsteingebäude vorbei, hinter dem Stacheldraht hervorlugte. Und da fiel Michael wieder ein, daß sich das County-Gefängnis in Woodsville befand, praktischerweise nur einen Katzensprung vom Gerichtsgebäude entfernt.

Seine Frau lenkte den Wagen auf den Parkplatz des Gerichts. »Es gibt hier etwas, wovon ich denke, du solltest es sehen«, sagte sie ausdruckslos.

Chris war bereits wach, als die Tür zu seiner Zelle um 5:45 Uhr quietschend aufschwang. Seine Augen fühlten sich an, als hätte er Sand unter den Lidern, ganz egal, wie sehr er sie auch rieb. »Essen fassen«, sagte ein Beamter und schob ein Tablett herein.

Chris blickte über die unappetitlichen Klumpen auf dem Teller hinweg auf den Gang hinaus. Der Mann mit den schwarzen Augen in der anderen Zelle starrte ihn an. Der Mann entfernte sich mit steifen Schritten und verschwand hinter einem Duschvorhang.

Chris aß, putzte sich die Zähne mit der Zahnbürste, die er am Vorabend ausgehändigt bekommen hatte, und griff nach dem Einwegrasierer, den der Beamte ihm in die Zelle gelegt hatte. Unsicher verließ er die Zelle und steuerte die Duschkabine an, bei der sich auch das Gemeinschaftswaschbecken befand.

Chris rasierte sich, während er darauf wartete, daß sein Zellennachbar mit Duschen fertig war. Aus zusammengekniffenen Augen starrte er in den Spiegel, der in etwa so klar war wie Alufolie. Als der andere Mann die Dusche verließ, nickte Chris ihm zu und verschwand seinerseits hinter dem Vorhang.

Er zog den Vorhang ganz zu, konnte aber dennoch durch einen schmalen Spalt sehen, wie der Mann mit den schwarzen Augen nur mit einem Handtuch um den Hüften vor das Waschbecken trat. Er verteilte Rasierschaum auf seinem Gesicht und rasierte anschließend vorsichtig um das Ziegenbärtchen herum. Chris zog sich aus und hängte seine Kleider über die Vorhangstange. Dann drehte er das Wasser auf, seifte sich ein, schloß die Augen und versuchte, so zu tun, als hätte er gerade rekordverdächtige 400 Meter Schmetterling hinter sich und würde sich nach dem Schwimmwettkampf duschen, bevor er heimfuhr.

»Weswegen bist du hier?«

Chris blinzelte Wasser aus seinen Augen. »Wie bitte?«

Durch den Spalt zwischen Duschvorhang und Wand sah Chris den Mann am Waschbecken lehnen. »Warum bist du hier?«

Naß reichte ihm das Haar fast bis zu den Schultern. Daran konnte Chris die Häftlinge erkennen, die auf ihren Haftprüfungstermin warteten – die bereits verurteilten Häftlinge trugen das Haar militärisch kurz. So wie er seins ohnehin trug. »Ich dürfte gar nicht hier sein«, entgegnete Chris. »Das Ganze ist ein Irrtum.«

Der Mann lachte. »Das sagen alle. Erstaunlich, wie viele Unschuldige man hier trifft, dafür, daß das hier ein Gefängnis ist.«

Chris wandte sich ab und seifte seine Brust ein.

»Nur weil du mich nicht sehen kannst, heißt das nicht, daß ich weg bin«, sagte der Mann.

Chris schüttelte sich das Wasser aus dem Haar und drehte das Wasser ab. »Was haben Sie getan?«

»Meine Alte geköpft«, entgegnete der Mann gelassen.

Chris fühlte, wie seine Knie weich wurden. Er fürchtete, sich nicht mehr lange auf den Beinen halten zu können und lehnte sich haltsuchend an die Kunststoffwand der Duschkabine. Er stand nicht neben einem Verbrecher in einem County-Gefängnis. Er würde nicht des Mordes angeklagt werden. Blind wickelte er sich das Handtuch um die Hüften, schnappte sich seine Kleider und stolperte zurück in seine Zelle, wo er sich auf die Pritsche fallen ließ und den Kopf zwischen die Knie steckte, um sich nicht übergeben zu müssen.

Er wollte heim.

Ein Beamter kam vorbei, um den Rasierer zu holen, der ihm überlassen worden war. »Dein Anwalt ist hier«, sagte er. »Er hat dir was zum Anziehen gebracht. Zieh dich an, dann bringen wir dich nach oben, wo du dich umziehen kannst.«

Chris nickte und rechnete damit, daß er ihm erneut beim Anziehen zusah, aber der Beamte ging weg. Die Zellentüren standen offen. Der Mann, der seine Frau geköpft hatte, sah sich am Ende des Gangs die Sendung *Today* im Fernsehen an.

»Ich, also ... ich bin soweit«, sagte er zu einem anderen Beamten, der ihn zu der Tür brachte, die aus dem Trakt hinausführte.

»Viel Glück«, rief der Mann mit den schwarzen Augen, ohne den Blick vom Fernsehschirm abzuwenden.

Chris blieb stehen und blickte über die Schulter zurück. »Danke«, sagte er leise.

Die Sachen lagen in der Kleiderausgabe für ihn bereit. Chris erkannte den Blazer von Brooks Brothers, den er zusammen mit seiner Mutter in Boston gekauft hatte. Sie waren gezielt losgegangen, um ein Outfit zu kaufen, das er bei den Vorstellungsgesprächen der verschiedenen Colleges tragen konnte.

Und nun trug er den Anzug bei seinem Haftprüfungstermin.

Er schlüpfte in das weiße Button-down-Hemd, die graue Flanellhose und die butterweichen Lederschuhe. Anschließend zog er die Krawatte durch den Hemdkragen und widmete sich dem Knoten, den er jedoch nicht richtig hinbekam. Er war gewohnt, sich dabei im Spiegel zuzusehen, aber in dem Raum, in dem er sich befand, gab es keinen.

Schließlich gab er es auf, obgleich das schmalere, hintere Ende der Krawatte ein kleines Stück länger war als das vordere.

Dann zog er den Blazer über und näherte sich dem Beamten, der auf ihn wartete und dabei irgendwelchen Papierkram erledigte. Schweigend gingen sie zu einem Raum, den Chris bislang noch nicht gesehen hatte, und der Vollzugsbeamte öffnete die Tür.

Jordan McAfee wartete im Befragungszimmer. »Danke«, sagte er zu dem Beamten und bedeutete Chris, ihm gegenüber am Tisch Platz zu nehmen. Er wartete, bis der Beamte die Tür hinter sich geschlossen hatte. »Morgen«, sagte er. »Wie war deine Nacht?«

Er wußte verdammt gut, wie sie gewesen war; jeder Idiot konnte die schwarzen Ringe unter Chris' Augen sehen und erkennen, daß er die ganze Nacht wachgelegen hatte. Aber Jordan wollte wissen, was sein Mandant dazu sagen würde. Das würde ihm viel darüber verraten, wie viel Durchhaltevermögen er für den Rest des Kampfes von Chris erwarten durfte.

»Ganz okay«, entgegnete Chris, ohne mit der Wimper zu zucken.

Jordan verkniff sich ein Lächeln. »Weißt du noch, was ich dir bezüglich des heutigen Tages gesagt habe?«

Chris nickte. »Wo sind meine Eltern?«

»Drüben im Gericht. Sie warten dort auf uns.«

»Hat meine Mom Ihnen die Kleider gegeben?«

»Ja«, bestätigte Jordan. »Schöne Sachen. Sehr stilvoll, sehr adrett. Das wird helfen, dein Image beim Richter festzulegen.«

»Ich habe ein ›Image‹?« fragte Chris.

Jordan winkte ab. »Klar. Weiß, Mittelklasse, Sportler, ein guter Junge blablabla.« Er sah Chris fest in die Augen. »Im Gegensatz zu diesem miesen Mörderabschaum.« Er tippte mit seinem Bleistift auf den Notizblock, der vor ihm lag und auf den er allerlei Unsinn gekritzelt hatte. Das Problem bei Haftprüfungsterminen war, daß man als Verteidiger mit leeren Händen dastand und sich darauf verlassen mußte, daß es einem gelang, wie eine Katze auf allen vieren zu landen, ganz gleich, was auch passierte. Man wußte, welche Anklage gegen einen bestimmten Mandanten erhoben wurde, aber man hatte keinen Schimmer, was der Staatsanwalt dachte, bis man nach dem Termin Einsicht in die Akte nehmen konnte. »Halte dich heute an meine Weisungen. Wenn ich möchte, daß du etwas Bestimmtes tust, werde ich es auf den Block schreiben. Es wird allerdings alles ziemlich schnell gehen.«

»Okay«, sagte Chris. Er erhob sich und schüttelte die Beine aus, als würde er sich bereit machen, vor einem Wettschwimmen auf den Startblock zu steigen. »Gehen wir.«

Jordan blickte auf, überrascht, daß er damit nicht gerechnet hatte. »Du kannst nicht mit mir zum Gericht rübergehen«, sagte er. »Der Sheriff bringt dich rüber.«

»Oh«, sagte Chris und ließ sich auf seinen Stuhl zurücksinken.

»Ich werde dort sein und auf dich warten«, fügte Jordan hastig hinzu. »Und deine Eltern ebenfalls.«

»Gut«, sagte Chris.

Jordan legte den Block zurück in seine Aktentasche. Er musterte Chris abschätzig und runzelte die Stirn, als sein Blick auf die Krawatte fiel. »Komm mal her«, sagte er, und als Chris stand, band er ihm die Krawatte neu, so daß sie perfekt saß.

»Ich habe es ohne Spiegel nicht richtig hinbekommen«, erklärte Chris.

Jordan schwieg dazu. Er klopfte Chris aufmunternd auf

die Schulter und nickte, zufrieden mit seiner Erscheinung. Dann verließ er den Raum. Chris blieb allein zurück und starrte auf die offene Tür, den Flur, der aus dem Gefängnis hinausführte, und die Wache, die dazwischen stand.

Im Gericht von Grafton County war ein Tag der Schwerverbrechen.

In einem so ländlichen Staat wie New Hampshire gab es nur sehr wenige Schwerverbrechen, so daß die Haftprüfungstermine zusammengefaßt wurden und nur alle paar Wochen stattfanden. Da diese Art von Verbrechen interessanter war als geringfügige Vergehen, verfolgten Lokalreporter, Gerichtsfans und Jurastudenten das Vorgehen.

Trotzdem saßen die Hartes in der vordersten Reihe, gleich hinter dem Tisch der Verteidigung. Sie waren schon kurz nach sechs im Gericht gewesen, *nur für alle Fälle*, wie Gus gesagt hatte. Gus hatte die Hände so fest im Schoß verschränkt, daß sie nicht wußte, ob sie sie jemals wieder würde voneinander lösen können. James saß neben ihr und starrte die Richterin an. Sie war eine großmütterliche Frau mittleren Alters mit einer mißlungenen Dauerwelle. Gus sagte sich, daß jemand, der so aussah, doch sicher nach einem Blick auf ein Kind wie Chris dafür sorgen würde, daß diese Farce sofort ein Ende hatte.

Gus beugte sich zu Jordan McAfee vor, der Unterlagen auf seinem Schoß sortierte. »Wann wird er hereingebracht?« fragte sie.

»Jeden Moment«, entgegnete Jordan.

James wandte sich dem Mann an seiner Seite zu. »Ist das die Times?« fragte er. Als der Mann ihm die ausgelesene Zeitung anbot, nahm James sie dankend entgegen.

Gus starrte ihren Mann verblüfft an. »Du kannst jetzt lesen?« fragte sie. »In einem solchen Moment?«

James faltete den ersten Teil mit größter Sorgfalt zusammen und strich erst einmal, dann noch ein zweites Mal über den Knick. »Wenn ich es nicht tue, verliere ich den Verstand«, fügte er ruhig hinzu. Er begann, die Titelseite zu lesen.

Gus wußte, daß im Saal noch mehr Frauen wie sie selbst anwesend waren, Frauen, die vielleicht kein Designerkostüm und keine Diamantohrstecker trugen wie sie, wohl aber auch einen Sohn hatten, der an diesen Tisch geführt werden würde wie Chris, eines Verbrechens beschuldigt, das unvorstellbar gräßlich war. Manche von diesen Kindern hatten die Verbrechen, die man ihnen zur Last legte, tatsächlich begangen. In dieser Hinsicht konnte sie sich wohl glücklich schätzen.

Sie konnte sich nicht vorstellen, was jene Mütter durchmachen mußten, deren Söhne vorsätzlich Häuser angezündet, Rivalen erstochen oder junge Frauen vergewaltigt hatten. Sie mochte sich gar nicht ausmalen, wie es sein mußte, zu wissen, daß man einen Menschen aufgezogen hatte, der zu solchen Monstrositäten fähig war, zu wissen, daß, wenn man diesen Menschen nicht zur Welt gebracht hätte, der Welt zumindest dieses Maß an Schlechtigkeit erspart geblieben wäre.

Als sie das Klappern von Absätzen draußen auf dem Flur hörte, wandte Gus den Kopf. Melanie und Michael Gold nahmen in der gegenüberliegenden Saalhälfte Platz. Melanie sah Gus ausdruckslos an, und Gus fühlte, wie ihre Brust sich zusammenzog. Sie hatte Verachtung erwartet und nicht geahnt, daß Gleichgültigkeit noch schmerzhafter sein konnte.

Ein Gerichtsdiener öffnete eine Tür hinten rechts im Gerichtssaal und führte Chris herein. Seine Hände waren vorn mit Handschellen gefesselt und mit einer Kette verbunden, die um seine Hüften lag. Er hielt den Blick gesenkt. Jordan erhob sich sofort und trat an den Tisch der Verteidigung. Er half Chris auf den Stuhl neben seinem.

Die stellvertretende Generalstaatsanwältin war eine junge Frau mit kurzen schwarzen Haaren und nervösem Gang. Ihre Stimme irritierte Gus. Sie war tief und rauh und erinnerte sie an eine Zimtstange, die man über eine Reibe zog. Richterin Hawkins schob ihre Brille den Nasenrücken hinauf. »Der nächste Fall«, sagte sie.

»Der Staat New Hampshire gegen Christopher Harte«, las der Gerichtsschreiber vor. »Die Grand Jury 5327 hat am 17. November 1997 eine Anklageerhebung wegen Mordes ersten Grades beschlossen. Christopher Harte wird zur Last gelegt, Emily Gold vorsätzlich und in Tötungsabsicht in den Kopf geschossen zu haben.«

Die Handschellen klirrten, als Chris auf seinem Stuhl schwankte. Als er die Worte laut ausgesprochen hörte und dazu in Verbindung mit seinem Namen, verspürte er wieder diesen furchtbaren, kaum zu unterdrückenden Drang zu lachen wie bei der Gedenkveranstaltung in der Schule. Er dachte an das, was Dr. Feinstein gesagt hatte, daß manche starken Emotionen dicht beieinanderlagen, und er fragte sich, was die Kehrseite von Panik sein mochte.

Er hörte ein sprödes Lachen aus dem Zuschauerraum, und im ersten Moment dachte Chris, es wäre tatsächlich passiert, er hätte das Gelächter tatsächlich durch seine zusammengebissenen Zähne hindurch entweichen lassen. Als jedoch sein Kopf herumflog, so wie der aller anderen Anwesenden, sah er Emilys Mutter, die immer noch leise kicherte.

Die Richterin richtete den Blick auf Chris. »Mr. Harte, wie plädieren Sie?«

Chris sah zu Jordan hinüber, der ihm ermutigend zunickte. »Nicht schuldig«, sagte er mit dünner Stimme.

»Wessen nicht schuldig?« schnaubte Melanie Gold hinter ihm.

Die Richterin bedachte Melanie mit einem strengen Blick aus zusammengekniffenen Augen. »Ma'am, ich muß Sie bitten, still zu sein.«

Gus sah Melanie nicht an, als diese gerügt wurde. Während die Anklage verlesen worden war, hatte sie den Kopf immer tiefer gesenkt. Mord ersten Grades war der Stoff, aus dem Kriminalromane und Fernsehfilme gemacht wurden. So etwas passierte nicht im richtigen Leben. Nicht in ihrem Leben.

»Möchte die Staatsanwaltschaft zur Kautionsfrage gehört werden?«

Die stellvertretende Staatsanwältin erhob sich. »Euer Ehren«, sagte Barrie Delaney, »in Anbetracht der Schwere der Anklage, beantragen wir, eine Freilassung des Beklagten auf Kaution auszuschließen.«

Jordan McAfee mischte sich ein, noch bevor sie zu Ende gesprochen hatte. »Euer Ehren, das ist lächerlich. Mein Mandant ist ein guter Schüler, ein angesehener Sportler. Seine Familie ist in der Gemeinde fest etabliert. Er besitzt nur sehr begrenzte eigene Mittel; es besteht keine Fluchtgefahr.«

»Warum«, rief Melanie dazwischen, »sollte er sich frei bewegen dürfen? Meine Tochter kann es auch nicht.«

Die Richterin setzte ihren Hammer ein. »Gerichtsdiener, bitte entfernen Sie die Dame aus dem Saal.«

Gus lauschte dem Klappern von Melanies Absätzen, bis sie den Saal verlassen hatte.

»Euer Ehren«, fuhr die Staatsanwältin fort, als hätte es nie eine Unterbrechung gegeben. »In Anbetracht des Strafmaßes, das im Falle einer Verurteilung wegen Mordes ersten Grades ansteht, dürfte sehr wohl Fluchtgefahr bestehen.«

»Euer Ehren«, widersprach Jordan, »die Staatsanwaltschaft geht irrtümlich von einer Verurteilung aus.«

»Okay, okay.« Die Richterin drückte die Hände an die Schläfen und schloß die Augen. »Herr Verteidiger, sparen Sie sich das Plädoyer für die Verhandlung. Wir sprechen hier von Mord ersten Grades; der Angeklagte wird bis zum Prozeß in Haft bleiben. Dem Antrag der Staatsanwaltschaft wird stattgegeben.« Gus atmete ein, aber irgendwie bekam sie nicht genug Luft. Sie fühlte, wie James' Hand sich auf ihren Schoß stahl und die ihre mit festem Griff umschloß.

Ein Gerichtsdiener kam auf Chris zu, um ihn aus dem Saal zu führen. »Warten Sie«, sagte Chris und sah über die Schulter. Er blickte auf seine Mutter, auf seinen Anwalt. »Wohin werde ich jetzt gebracht?«

Chris begann, am ganzen Leib zu zittern. Die Handschellen schnitten in seine Handgelenke, und die Kette um seine Taille klirrte mit jedem Schritt. Er fand sich in der Zelle des Sheriffbüros im Gericht wieder. Ein Deputy sperrte die Tür hinter ihm ab. »Entschuldigen Sie«, sagte Chris und nahm seine ganze Kraft zusammen, um den Mann zurückzurufen, der sich bereits wieder entfernte. »Wohin werde ich von hier aus gebracht?«

»Zurück«, entgegnete der Deputy.

»In den Gerichtssaal?«

Der Mann schüttelte den Kopf. »Ins Gefängnis.«

In der kleinen Cafeteria des Gerichts ging Gus auf Jordan McAfee los. »Sie haben kein Wort gesagt«, warf sie ihm hitzig vor. »Sie haben nicht mal versucht, zu verhindern, daß er bis zum Prozeß ins Gefängnis muß.«

Jordan hob beide Hände in einer beschwichtigenden

Geste. »Das war ein ganz normaler Haftprüfungstermin für eine Anklage dieser Art; ich konnte nur sehr wenig tun. Eine Verurteilung wegen Mordes ersten Grades wird mit einer lebenslangen Haftstrafe geahndet. Die Staatsanwaltschaft meint, das wäre für Chris Grund genug, zu verschwinden. Oder Grund genug für Sie, ihn verschwinden zu lassen.« Er zögerte eine Sekunde. »Es hat nichts mit Chris zu tun. Es ist nur die Regel, daß Richter Mordverdächtigen keine Kaution bewilligen.«

Gus verstummte, kreidebleich im Gesicht. James beugte sich auf seinem Stuhl vor, die Arme auf den Schenkeln ruhend, die Hände ineinander verschränkt. »Es muß doch jemanden geben, den wir anrufen können«, sagte er. »Schritte, die wir unternehmen können. Das ist doch nicht fair – unschuldig zu sein und dennoch bis zum Prozeß im Gefängnis sitzen zu müssen.«

»Also, zuerst einmal ist das nun einmal die Art, wie das Rechtssystem funktioniert. Und zweitens ist es in Chris' Interesse, daß bis zur Verhandlung mehrere Monate verstreichen.«

»Monate?« hauchte Gus.

»Ja, Monate«, entgegnete Jordan, ohne mit der Wimper zu zucken. »Und ich werde kein Eilverfahren beantragen – die Zeit, die er warten muß, bevor er auf die Prozeßliste gesetzt wird, ist auch die Zeit, die mir zur Verfügung steht, um seine Verteidigung auszuarbeiten.«

»Mein Sohn«, fragte Gus erschüttert, »soll monatelang mit Kriminellen eingesperrt sein?«

»Er kommt in Untersuchungshaft, und ich bin sicher, daß er bei guter Führung bald in den mittleren Sicherheitsbereich verlegt wird. Er kommt nicht mit Häftlingen zusammen, die bereits verurteilt sind, sondern nur mit Leuten, die wie er auf ihren Prozeß warten.«

»Ach ja«, zischte Gus. »Sie meinen Leute wie diesen

Mann, der das zwölfjährige Mädchen vergewaltigt hat, der Typ, der bei einem Raubüberfall den Tankstellenpächter erschossen hat oder einer der anderen braven Bürger, die heute morgen ihren Haftprüfungstermin hatten.«

»Gus«, entgegnete Jordan ruhig, »jeder dieser Männer könnte ebenso fälschlich beschuldigt werden, wie Sie selbst es von Ihrem Sohn glauben.«

»Hören Sie doch auf!« herrschte Gus ihn an und erhob sich so heftig, daß ihr Stuhl hintenüber kippte. »Sehen Sie sie sich doch an. Sehen Sie sie sich an im Vergleich zu Chris.«

Jordan hatte schon viele gutsituierte Mandanten verteidigt, allesamt nach außen hin wie aus dem Ei gepellt und innerlich schuldig wie die Sünde. Er dachte an den Preppy-Mörder, an die Menendez-Brüder, an John Du Pont – allesamt wohlhabend und nach außen hin reizend. Aber er sprach seine Gedanken nicht aus. »Die Zeit wird schneller vergehen, als Sie denken.«

»Für Sie vielleicht«, entgegnete Gus. »Nicht für Chris. Was wird diese Zeit aus ihm machen? Wenn er sich schon vor einer Woche das Leben nehmen wollte ...«

»Wir können beantragen, daß seinem Psychiater Besuche bei ihm im Gefängnis gestattet werden«, meinte Jordan.

»Und was ist mit der Schule?«

»Wir werden da eine Lösung finden.«

Er sah zu James hinüber, der seine Frau aus der Ferne beobachtete, hinter seiner eigenen Mauer des Entsetzens verschanzt. Jordan hatte diesen Ausdruck schon oft gesehen; es war weniger Desinteresse als Furcht, die in der Überzeugung wurzelte, daß die geringste zugelassene Emotion die Fassade der Kontrolle zum Einsturz bringen würde. »Entschuldigt mich«, sagte James gepreßt und verließ die Cafeteria.

Gus ließ sich auf ihren Stuhl zurückfallen, hockte da wie ein Häufchen Elend und schlang die Arme um die Knie. »Ich muß ihn sehen. Ich muß ins Gefängnis, um ihn zu sehen.«

»Das geht«, sagte Jordan. »Es gibt bestimmte Besuchszeiten.« Er lehnte sich zurück und seufzte. »Hören Sie, Gus«, sagte er, »Ich werde alles in meiner Macht Stehende versuchen, um Chris da rauszuholen. Ich möchte, daß Sie mir das glauben.«

Gus nickte. »Okay.«

»Okay«, sagte Jordan ruhig. »Soll ich Sie nach draußen begleiten?«

Gus schüttelte steif den Kopf. »Ich möchte noch eine Weile hierbleiben«, sagte sie und wiegte sich auf der Stuhlkante vor und zurück.

»Wie Sie wünschen.« Jordan stand auf. »Ich rufe Sie an, sobald ich etwas Neues erfahre.«

Gus nickte geistesabwesend und starrte auf den Tisch. Als sie schließlich etwas sagte, sprach sie so leise, daß Jordan im ersten Moment glaubte, er hätte es sich nur eingebildet. Er drehte sich trotzdem um und sah, daß sie ihn aus großen angstvollen Augen ansah. »Weiß Chris Bescheid?«

Sie wollte wissen, ob ihrem Sohn bewußt war, daß er mehrere Monate im Gefängnis würde verbringen müssen. Aber Jordan hörte die Frage in ihrer knappsten Form. Weiß Chris Bescheid? Und er sagte sich, daß Chris möglicherweise der einzige war, der wirklich Bescheid wußte.

Der Gerichtsdiener hatte Melanie bis zu einem Punkt mehrere Meter weit von der Tür des Gerichtsaales entfernt begleitet. Es machte ihr nichts aus, daß sie aus dem Saal geworfen war, nachdem sie sich lächerlich gemacht hatte.

Es war nicht ihre Absicht gewesen, das Gericht durch Zwischenrufe zu stören; die Worte waren einfach aus ihr herausgebrochen wie eine unkontrollierte Schimpftirade bei einem Tourette-Kranken. Beim ersten Zwischenruf hatte sie gefühlt, wie etwas in ihrer Brust brach, wie die Feder einer alten Uhr, die zu stark aufgezogen worden war. Beim zweiten Mal hatte sie eine Selbstgerechtigkeit durchströmt, die sich angefühlt hatte wie jene benommenen Augenblicke unmittelbar nach der Geburt ihrer Tochter, als sie sich gleichzeitig erschöpft gefühlt hatte und stark genug, Berge zu versetzen. Es hatte sie nicht einmal geschmerzt, Chris im Gerichtssaal sitzen zu sehen. Melanie hatte auf die Handschellen an seinen Handgelenken gestarrt und auf die Stellen, wo sie die Haut aufgeschürft hatten. *Gut*, hatte sie gedacht.

Jetzt lehnte sie an der Backsteinmauer und wartete auf das Ende des Haftprüfungstermins, genauer auf Michael, der im Saal geblieben war, damit er ihr sagte, wie es ausgegangen war. Sie hatte den Kopf in den Nacken gelegt und die Augen geschlossen, als die Tür zum Gerichtssaal aufschwang. Ein junger Mann in einem Wildlederblouson näherte sich ihr und blieb vor ihr stehen. Er holte eine Packung Camel aus der Innentasche seiner Jacke und hielt sie ihr hin.

Melanie hatte seit 1973 nicht mehr geraucht. Sie nahm sich eine Zigarette. »Danke«, sagte sie lächelnd.

»Sie sahen aus, als hätten Sie einen Muntermacher nötig.«

Muntermacher, ja, allerdings.

»Ich habe Sie da drin gesehen«, sagte der Mann und reichte ihr die Hand. »Mein Name ist Lou Ballard.«

»Melanie Gold.«

»Gold«, sagte Lou und pfiff leise. »Sie müssen die Mutter des Opfers sein.«

Melanie nickte. »Und das erklärt, weshalb *ich* im Saal war.«

»Ich bin freier Mitarbeiter der *Grafton County Gazette*.«

Melanie hob den Kopf und holte tief Luft. »Gerichtsreporter?«

»Genau.« Er lachte. »Sicher haben Sie selbst schon Artikel von mir gelesen, ganz hinten auf Seite 18, nach der Wetterkarte.«

Melanie warf die Zigarette auf den Boden und trat sie mit dem Absatz aus. »Hat die Richterin schon entschieden?«

»Eine Kaution wurde abgelehnt.«

Melanie atmete aus. »Wow«, sagte sie leise. Sie fühlte sich, als würde sie ein paar Zentimeter über der Erde schweben. »Ich glaube, ich brauche noch eine Zigarette«, sagte sie.

Lou langte wieder in seine Jackentasche. »Wie wäre es mit einem fairen Handel? Sie bekommen die Zigaretten ...« Er drückte ihr die ganze Packung in die Hand, »und ich bekomme dafür eine Story für die Titelseite.«

Wieder im Gefängnis, zog Chris sich im Aufnahmeraum um und wechselte wieder in den Overall. Ein Vollzugsbeamter führte ihn zurück zu dem Trakt, in dem er die Nacht verbracht hatte. Der Fernseher lief noch, und es waren zwei Neue dort. Der eine sah aus, als wäre er volltrunken, und übergab sich gerade in die Toilette von Chris' Zelle.

Ohne die Geräusche und den Gestank zu beachten, kroch Chris auf die Matratze, auf der er in der vergangenen Nacht geschlafen hatte. Dort lag er mehrere Minuten lang zusammengerollt. »Ich will nach Hause«, sagte der Betrunkene und starrte ihn aus trüben Augen an. »Ich will nach Hause.«

Chris stand auf, verließ die Zelle und ging auf das Ende des Traktes zu, wo der Beamte hinter der abgeschlossenen Stahltür stand, die aussah wie eine verfluchte Käfigtür. Er war zum Tier degradiert worden. Chris umfaßte zwei der Stäbe und rüttelte mit aller Kraft an der Tür.

Der Beamte starrte ihn an. Die anderen Insassen ignorierten ihn oder lachten spöttisch. Chris rüttelte erneut an den Gittern, immer kraftvoller, bis seine Hände schmerzten. Dann sank er auf die Knie und verharrte lange in dieser Haltung.

Dann richtete Chris sich wieder auf. Trockenen Auges ging er an seiner Zelle vorbei auf den Fernseher am Ende des Ganges zu. Er setzte sich auf einen Stuhl hinter dem Mann mit den schwarzen Augen und dem Ziegenbärtchen. Niemand richtete das Wort an ihn; niemand ließ auch nur erkennen, daß sein Ausraster überhaupt registriert worden war. Im Fernsehen lief gerade »Sally Jessy Raphael«. Chris riß die Augen auf und starrte auf den Bildschirm, bis er nichts mehr sah.

Vergangenheit

April 1996

»Schwimmer, auf die Plätze.«

Emily beugte sich gespannt auf ihrem Sitz in der Mitte der High-School-Tribüne vor. Sie sah, wie Chris das elastische Band seiner Schwimmbrille zweimal an den Hinterkopf flitschen ließ – sie wußte, daß ihm das Glück bringen sollte. Dann schüttelte er Arme und Beine aus, um die Muskeln zu lockern. Er klemmte die Zehen über den Rand des Startblocks. Als er sich bückte, wandte er den Kopf und fand mühelos Ems Gesicht in dem Gesichtermeer auf der Tribüne. Er zwinkerte ihr zu.

Das Startzeichen ertönte, und Chris stieß sich kraftvoll

ab, tauchte ins Wasser ein und kam erst auf halber Höhe der Bahn wieder an die Oberfläche. Seine Schultern hoben sich, so daß sein Rücken an einen Wal erinnerte, und seine Arme pflügten mit kräftigen rhythmischen Schmetterlingszügen durch das Wasser. Er erreichte die Fünfzig-Meter-Marke als erster.

Dann wendete er, und seine Fußsohlen blitzten silbern auf, als er dieselbe Strecke in entgegengesetzter Richtung noch einmal zurücklegte.

Die Zuschauer in der Schwimmhalle begannen, ihn anzufeuern, und Emily lächelte. Als Chris die Bande erreichte, schwoll der Jubel zu ohrenbetäubendem Geschrei an. Über den Jubel hinweg war die Stimme des Schülers zu hören, der die Ergebnisse bekanntgab. »Eine persönliche Bestzeit«, verkündete er, »und ein neuer Schulrekord für die 100 Meter Schmetterling!«

Keuchend hievte Chris sich aus dem Becken. Er grinste wie ein Honigkuchenpferd. Emily stand auf und schob sich an den anderen Zuschauern ihrer Reihe auf der Tribüne vorbei. Dann stieg sie den Mittelgang hinunter zum Becken, wo bereits der nächste Start bevorstand.

Chris umarmte sie und vergrub das Gesicht in ihrer Halsbeuge. Emily konnte fühlten, wie sein Herz und seine Lungen arbeiteten. Sie stellte sich vor, wie die Menge ihre Umarmung beobachtete. Der Umstand, daß alle wußten, daß jemand wie er ausgerechnet jemanden wie sie auserkoren hatte, gehörte zu den Dingen, die ihr als Chris' Freundin am besten gefielen.

Leider gab es auch einige Dinge, die sie daran verabscheute.

Carlos Creighton, der im Brustschwimmen beinahe ebenso berühmt war wie Chris im Schmetterlingsstil, hatte den Spind neben seinem. »Gutes Rennen«, sagte Carlos, als Chris das Handtuch herunternahm, mit dem er sich gerade das Haar trockengerubbelt hatte, das jetzt stachelig von seinem Kopf abstand.

»Danke gleichfalls.«

Carlos zuckte die Achseln. »Ich wäre wahrscheinlich auch schneller gewesen, wenn am Ziel eine so heiße Schnecke auf mich gewartet hätte.«

Chris lächelte ein wenig angespannt. Es war kein Geheimnis, daß er und Em ein Paar waren – das waren sie seit fast drei Jahren –, aber das führte zu Schlußfolgerungen, die nicht unbedingt korrekt waren. Wie beispielsweise, daß Emily mit ihm schlief. Und das mußten ja alle annehmen – warum sonst wäre er so lange mit ihr zusammengeblieben?

Das Problem war nur, daß, wenn er Carlos die Wahrheit sagte, er selbst dastehen würde wie ein Idiot.

»Ich wette, du hast eine heiße Nacht vor dir«, sagte Carlos.

Chris zog sein T-Shirt über den Kopf. »Wer weiß«, sagte er, gerade lässig genug, um bescheiden zu klingen.

»Also, wenn sie genug von dir hat, gib ihr meine Telefonnummer«, meinte Carlos.

Chris knöpfte seine Jeans zu und warf sich den Rucksack über die Schulter. »Ich würde nicht damit rechnen.«

Emily wußte, daß ihre Beziehung zu Chris sich sehr von den meisten anderen Beziehungen unter Teenagern unterschied, die sie in der Schule so beobachtete. Zum einen war es keine flüchtige Affäre – immerhin kannte sie Chris schon ihr ganzes Leben. Zweitens war es wahre Liebe und nicht bloß Verliebtheit: Chris gehörte praktisch zur Familie.

Und aus diesen Gründen konnte Emily auch selbst nicht verstehen, was mit ihr los war.

Als sie und Chris vor über zwei Jahren ein Paar geworden waren, war dies überraschendes Neuland gewesen. Es gab keinen sichereren Weg, erste Intimitäten auszutauschen als mit einem guten Freund. Aber dann hatte sich etwas verändert. Als Chris' Hände ihren Körper erforschen wollten, wehrte Emily ihn ab. Anfangs war es Angst, Angst, die bald Neugier wich. Das Problem war, daß nach der Neugier etwas anderes kam.

Em wußte nicht, wie Sex sich anfühlen mußte, aber ganz gewiß war es nicht richtig, wenn man bei der Berührung seiner Haut Gänsehaut bekam, wenn sich einem der Magen umdrehte und eine innere Stimme schrie, daß es falsch war. Jedesmal, wenn ihr Körper sie derart im Stich ließ, machte sie das schrecklich verlegen. Es war offensichtlich, daß Chris sie liebte, und da war es nur natürlich, daß er auch mit ihr schlafen wollte. Herrgott, ihr Name war mit Chris' verbunden, solange sie sprechen konnte. Sie konnte sich nicht vorstellen, sich mit jemand anders als Chris in eine so verwundbare Situation zu bringen. Unglücklicherweise konnte sie sich nicht einmal Chris gegenüber diese Blöße geben.

Er schrie sie an, wenn sie sich zurückzog; einmal hatte er sie sogar als Zicke bezeichnet, die einen erst anmachte, um dann im entscheidenden Moment zu kneifen. Aber die Beschimpfungen machten Emily nichts aus, weil die Alternative gewesen wäre, daß er fragte, was eigentlich mit ihr los war. Wenn das passierte, verstummte sie, nicht gewillt und auch nicht fähig, ihn mit der Wahrheit zu verletzen.

Emily fuhr unsanft mit der Bürste durch ihr langes Haar und wandte sich dann von ihrem Schlafzimmerspiegel ab. Das Abendessen war eine stille Angelegenheit gewesen: Ihr Vater machte Hausbesuche, und ihre Mutter war in die Abendnachrichten vertieft. Sie warf die

Bürste auf das Bett und sammelte ihre Mathebücher zusammen.

»Wo willst du hin an einem Abend mitten in der Woche?« fragte ihre Mutter, sobald Emily im Mantel die Küche betrat.

»Zu Chris«, entgegnete sie. »Zum Lernen.«

»Oh. Also gut.« Melanie betätigte mehrere Knöpfe am Geschirrspüler, der gleich darauf mit einem leisen Summen zum Leben erwachte. »Ruf an, wenn ihr fertig seid. Ich möchte nicht, daß du im Dunkeln durch das Wäldchen gehst.«

Emily nickte und schloß den Reißverschluß ihrer Jakke. Es war noch recht frisch für April. Sie fühlte die Hand ihrer Mutter auf der Schulter. »Alles okay?«

»Ja. Ich denke schon.« Sie hob den Blick und sah ihrer Mutter unverwandt in die Augen, versuchte durch schiere Willenskraft zu erreichen, daß Melanie die Puzzleteilchen zusammensetzte, die zusammenzufügen Emily allein nicht gelang. »Wäre es jemand anders – nicht Chris –, würdest du mich dann auch gehen lassen?«

Melanie strich ihrer Tochter mit der Hand über das Haar. »Wahrscheinlich nicht«, entgegnete sie lächelnd. »Aber weshalb sich über etwas Gedanken machen, das doch nicht eintritt?«

Einen Augenblick lang standen sie beide auf der Schwelle zu Chris' Schlafzimmer und trauten sich nicht recht einzutreten.

Chris schluckte. Wie kam es, daß ihm bisher nie aufgefallen war, wie spärlich das Zimmer möbliert war? Der Kleiderschrank, der winzige Schreibtisch und das Bett. »Warum setzen wir uns nicht auf den Boden?« schlug er vor.

Erleichtert ließ Emily sich auf den Fußboden sinken

und begann, ihre Notizen auszubreiten. »Ich glaube, McCarthy will uns prüfen. Ich dachte mir, wir könnten einige der ...« Sie unterbrach sich, als Chris sich herabbeugte und sie küßte. »Wir sind hier, um zu lernen«, sagte sie leise.

»Ich weiß. Ich konnte nicht anders.«

Emilys Mundwinkel zuckte. »Konntest nicht anders, ja?«

»Nein. Ich hatte keine Wahl«, entgegnete Chris. Er setzte sich hinter sie, schmiegte sich an ihren Rücken und legte eine große Hand schützend über ihren Rippenbogen.

Das gefiel ihr. Chris so nah zu sein, von ihm gehalten zu werden und, na ja, einfach zu sein. Es war das andere, womit sie Probleme hatte.

Sie starrte auf eine Seite mit Graphiken und wand sich, weil Chris angefangen hatte, sie zu liebkosen. Sie konnte seine Zähne an den Sehnen in ihrem Nacken fühlen. Emily dachte über die Kurven in ihrer Hausarbeit nach und mußte sie unwillkürlich mit sich selbst vergleichen: Die eine Hälfte tendierte dazu, sich mehr anzulehnen, die andere sich wegzubeugen.

Der Fußboden. Das war ihm wie eine gute Idee erschienen. Mönchisch. Aber wenn Emily auf der Seite lag, traten die Rundungen und Kurven ihres Körpers deutlicher hervor. Es verblüffte Chris immer wieder, daß Em ihm im einen Moment so vertraut sein konnte wie seine eigene Schwester, um sich in der nächsten Sekunde in ein Mysterium zu verwandeln.

Er mußte immer wieder an Carlos' Worte denken. Vermutlich dachte jeder auf dem ganzen Planeten, daß er und Em miteinander Sex hatten. Alle gingen davon aus, daß sie eines Tages heiraten würden, wo also war das Problem? Es war ja nicht so, daß Sex der einzige Grund gewesen wäre, weshalb er mit Emily zusammensein wollte. Zweifellos wußte sie das auch.

Sie ließ zu, daß er sie küßte. Manchmal gestattete sie ihm auch, eine Hand unter ihre Bluse zu schieben. Er hatte nie versucht, sie unterhalb der Gürtellinie anzufassen. Sie umgekehrt ebensowenig.

Chris schmiegte sich enger an sie und begann, ihren Nacken zu küssen. Sie wand sich in seiner Umarmung. »Wir werden nicht zum Lernen kommen, was?«

Er schüttelte den Kopf. »Ich habe gestern abend gelernt«, gab er zu.

»Na großartig«, brummte Emily und wandte sich ihm zu. »Und was soll ich machen?«

»Morgen lernen«, wollte er sagen. aber statt dessen kam alles anders. Er packte Emilys Hand und drückte sie auf seinen Schritt. »Du sollst mich anfassen«, sagte er.

Einen flüchtigen Moment lang schlossen ihre Finger sich um sein Glied. Chris schloß die Augen; er glaubte zu schweben. Dann zuckte ihre Hand zurück und zitterte. Emily setzte sich auf. »Ich ... ich ... *kann* nicht«, sagte sie leise, seinem Blick ausweichend.

Verblüfft – weinte sie etwa? – kniete Chris sich hin. »Em«, sagte er leise. »Es tut mir leid.« Er wagte es nicht, sie anzufassen, und so streckte er nur die Arme nach ihr aus, ohne sie zu berühren. Sie sah zu ihm auf; ihre Augen waren geweitet und schwammen in Tränen. Sie zögerte noch einen Moment, dann kam sie zu ihm.

»Das ist meine liebste Jahreszeit«, verkündete Gus. Sie saß auf Melanies Veranda und trank Limonade. Die ungewöhnlich hohen Temperaturen für diese Jahreszeit schmolzen den letzten Rest Schnee. »Keine Fliegen, keine Mücken, kein Schnee.«

»Matsch«, gab Melanie zu bedenken, deren Blick auf

einen Punkt jenseits der Bäume gerichtet war. »Berge von Matsch.«

»Ich hatte eigentlich immer etwas für Matsch übrig«, sagte Gus. »Erinnerst du dich, wie wir Em und Chris erlaubt haben, sich im Matsch zu wälzen wie kleine Ferkel?«

Melanie lachte. »Ich erinnere mich an den Schmutzrand in der Badewanne.«

Beide Frauen sahen die Auffahrt hinunter. »Das war die gute alte Zeit«, seufzte Melanie.

»Ach, ich weiß nicht. Sie wälzen sich immer noch ... wenn auch nicht mehr im Matsch.«

Gus nippte an ihrem Getränk. »Letztens habe ich sie in Chris' Zimmer erwischt.«

»Wobei?«

»Na ja, eigentlich haben sie gar nichts gemacht.«

»Und woher willst du dann wissen, daß da etwas war?«

»Ich weiß es einfach.« Gus runzelte die Stirn. »Meinst du nicht, daß zwischen den beiden etwas läuft?«

»Ich bin mir da nicht so sicher wie du«, entgegnete Melanie.

»Und wenn sie es tun, was ist dann dabei? Irgendwann müssen sie ja Sex haben.«

»Ja«, meinte Melanie langsam, »aber es muß ja nicht unbedingt mit fünfzehn sein.«

»Sechzehn.«

»Falsch. Chris ist sechzehn. Emily ist erst fünfzehn.«

»Aber reif für fünfzehn Jahre.«

»Ein Mädchen von fünfzehn Jahren.«

Gus stellte ihr Glas ab. »Was hat das denn damit zu tun?«

»Alles.« Melanie schüttelte den Kopf. »Warte nur, bis Kate soweit ist.«

»So wie bei Chris gehe ich davon aus, daß Kate, wenn

es soweit ist, alt genug und vor allem schlau genug ist, die richtigen Entscheidungen zu treffen.«

»Nein, davon wirst du nicht ausgehen. Du wirst wollen, daß sie möglichst lange dein kleines Mädchen bleibt.«

Gus lachte. »Emily wird immer dein kleines Mädchen bleiben.«

Melanie drehte sich ihr zu. »Denk an dein erstes Mal«, forderte sie ihre Freundin auf. »Emily gehört jetzt noch mir. Aber hinterher wird sie Chris gehören.«

Gus schwieg eine Weile. »Du irrst«, sagte sie schließlich leise. »Sie gehört jetzt schon Chris.«

Im vergangenen Frühjahr hatte Chris für Shady Acres gearbeitet, einen Spielplatz, der weder shady – schattig – noch einen ganzen Acre (4000 Quadratmeter) groß war. Tatsächlich gab es dort nur eine oktopusartige Kunststoffkonstruktion, auf der man herumklettern konnte, einen Sandkasten und ein altes Karussell, auf dem man für 25 Cent fahren konnte.

Chris bediente das Karussell. Es war eine leichte, etwas stumpfsinnige Arbeit – er sammelte die Vierteldollar ein, setzte die Kinder auf die Pferde, überprüfte die Sicherheitsgurte, startete das Karussell und wartete dann, bis das Band mit der Drehorgelmusik einmal durchgelaufen war, ehe er den Motor wieder abstellte und das Karussell langsam ausrollen ließ. Er mochte den Süßigkeitengeruch der kleinen Kinder, die er in den Sattel hob. Es gefiel ihm, sich an einer Stützstange auf die Drehplattform zu schwingen, wenn das Karussell langsamer wurde, um den Kindern dabei zu helfen, ihre Gurte zu lösen und abzusteigen. Und es machte ihm sogar Spaß, abends mit einem feuchten Lappen die Mähnen der Holzpferde abzuwischen und in ihre starren, aufgerissenen Augen zu blicken.

In diesem Jahr hatten die Eigentümer ihm einen eigenen Schlüssel gegeben.

Es war Freitag und ungewöhnlich warm für einen Aprilabend. Emily und er waren im Kino gewesen, aber es war noch früh, und Chris wollte noch nicht nach Hause. Er fuhr ziellos herum und landete schließlich auf dem Parkplatz des Spielplatzes. »Hey«, sagte Emily mit leuchtenden Augen. »Laß uns schaukeln gehen.«

Sie stieg aus dem Wagen und lief über den schlammigen Platz. Als Chris dort anlangte, schaukelte sie bereits, das Gesicht dem Nachthimmel entgegengehoben. Er entfernte sich und hörte Em rufen. Dann öffnete er mit seinem Karussellschlüssel den Schaltkasten.

Die Pferde begannen, sich im Mondlicht zu drehen.

Entzückt stieg Emily von der Schaukel und kam herüber. »Seit wann hast du den Schlüssel?«

Chris zuckte die Achseln. »Seit letztem Wochenende.«

»Wie schön. Darf ich mich auf eins der Pferde setzen?«

Er packte sie bei der Taille und hob sie auf die Plattform, neben das weiße Pferd, das ihr am besten gefiel. »Sei mein Gast«, sagte er.

Emily stieg auf das Holzpferd, und nachdem das Karussell eine Runde gedreht hatte, hielt sie Chris die Hand hin. »Komm auch rauf«, drängte sie.

Er wählte das Pferd neben ihrem und erkannte seinen Fehler, kaum daß er aufgestiegen war: Wenn Emilys Pferd sich hob, senkte sich seins und umgekehrt. Als ihre Pferde gerade auf einer Höhe waren, beugte er sich zu ihr hinüber und küßte sie auf die Wange. Emily lachte und revanchierte sich.

Er ließ sich von seinem Pferd gleiten und streckte die Arme nach Emily aus. Und dann lagen sie auf den dick lackierten Planken unter den Pferden, knapp außer Reichweite der auf und ab schwebenden hölzernen

Hufe. Emily bog den Kopf zurück, die Augen geschlossen, ganz erfüllt von der Musik. Chris ließ beide Hände unter ihre Bluse gleiten.

Ihr BH ließ sich vorn öffnen. Und, bei Gott, sie fühlte sich gut an. Weich und gleichzeitig prall, und sie duftete nach Pfirsisch. Chris senkte das Gesicht zu ihrer Halsbeuge herab und fuhr mit der Zunge über die samtige Haut, überzeugt davon, daß sie auch nach den Früchten schmecken würde. Er hörte, wie Emily einen kehligen Laut von sich gab, woraus er schloß, daß das Ganze ihr ebenso gut gefiel wie ihm selbst.

Seine Hand glitt abwärts bis zu ihrer Jeans, schob sich unter den Hosenbund und gleichzeitig unter ihren Slip. Er fühlte seidiges Haar unter den Fingern. Mit angehaltenem Atem schob er die Hand weiter vor.

»Hör auf«, wimmerte sie. »Chris, hör auf.«

Und als er nicht gehorchte, hob sie die Faust und schlug sie ihm mit aller Kraft auf das Ohr.

Er fuhr zurück. Ein stechender Schmerz durchzuckte seinen Kopf. Aber noch ehe er Em anschreien konnte, sah er, wie sie den Kopf schüttelte, den er nur als helles Oval wahrnahm. Dann war sie aufgesprungen und vom Karussell herunter, das sich immer noch drehte, so daß sie stürzte. Sie rappelte sich auf und lief weiter in Richtung Wagen. Chris starrte ihr wortlos nach.

Im Kino war es so, daß, wenn der Heldin so etwas passierte, sie irgendwie nach Hause fand. Emily befand sich hingegen in der überaus peinlichen Lage, auf den Freund, den sie eben hatte abblitzen lassen, angewiesen zu sein, um nach Hause zu kommen.

Sie fühlte, wie Chris sich hinters Steuer setzte und hielt das Gesicht abgewandt, bis die Innenbeleuchtung im Jeep ausging. Aber sie brauchte ihn auch nicht anzusehen, um zu wissen, daß seine Kiefer angespannt und seine Lippen zu einem schmalen Strich zusammengepreßt waren.

Einen Moment wollte sie sich an ihn schmiegen, in der Hoffnung, daß ihn das besänftigen würde. Sie erinnerte sich noch daran, wie sie als Kleinkind geschrien hatte, damit ihre Mutter sie herunterließ, während sie sich gleichzeitig um so fester an sie geklammert hatte. »Vielleicht«, sagte sie, »sollten wir uns eine Weile nicht sehen.«

Chris warf den Motor an. Er nickte.

Alles an Donna DeFelice war atemberaubend – von ihrem Haar, das weich war wie Zuckerwatte, über die grapefruitgroßen Brüste bis hin zu ihrem Cheerleader-Spagat, den sie schneller absolvierte, als man es an der High-School je erlebt hatte. Seit zwei Jahren machte sie Chris gegenüber keinen Hehl daraus, daß sie auf ihn stand. Und nachdem Emily seine Geduld endgültig überstrapaziert hatte, hatte er beschlossen, ihren Avancen nachzugeben.

Er konnte im Inneren des Jeeps nichts sehen, und die Feuchtigkeit, die die Scheiben von innen beschlagen hatte, drang durch den Stoff seines Hemdes, als er das Fenster mit der Schulter streifte. Unter ihm wand sich Donna auf dem Rücksitz.

Chris war vorher nicht einmal mit ihr essen gewesen. Noch auf der Fahrt zum Restaurant hatte sie ihm eine Hand auf den Schenkel gelegt und gefragt, worauf er wirklich Appetit hätte.

Und jetzt war sie tatsächlich splitternackt, ihre Finger um sein Glied gelegt, und Chris glaubte nicht, daß sie merkte, daß er so etwas noch nie gemacht hatte.

Im schwachen Licht des Armaturenbretts leuchtete Donnas Brust grünlich, was ihren Kurven jedoch keinen

Abbruch tat. Sie hatte die Augen halb geschlossen, und sein Name lag auf ihren Lippen. Das einzige an ihr, das nicht perfekt war, war, daß sie nicht Em war.

»O Gott«, stöhnte Donna. »Gib es mir. Jetzt.« Sie zog ihn auf sich.

Ein Stoß, und ich komme, dachte er. Aber zu seiner eigenen Überraschung war er nicht halb so erregt, wie er gedacht hatte. beinahe kam es ihm vor, als würde er sich beobachten, als würde er als unbeteiligter Dritter beobachten, wie Donna sich unter ihm aufbäumte wie ein Tier, das er nicht benennen konnte.

Als es vorbei war, schob sie ihn von sich und schlüpfte in ihre Unterwäsche. Dann kuschelte sie sich unter seinen Arm, wo sie irgendwie nicht hingehörte. »Das war was, nicht wahr?« hauchte sie.

»Ja, das war was«, pflichtete Chris ihr bei. Er starrte durch die beschlagene Windschutzscheibe und fragte sich, wie er so dumm hatte sein können, zu glauben, daß er auf Sex aus war, wo er doch tatsächlich nur Emily wollte.

Den ganzen Tag über hatte Emily sich auf den Schulfluren versteckt und war auf die Toilette geschlichen, damit sie niemand weinen sah. Aber wohin sie auch ging, überall hörte sie, daß man Chris gesehen hatte, der den Arm um Donna DeFelice gelegt hatte. In der sechsten Stunde, als sie zum Trigonometrieunterricht ging, den sie zusammen mit Chris besuchte, brach sie zusammen, als sie Chris und Donna bei den Spinden miteinander turteln sah. Sie bat Mrs. McCarthy, auf die Krankenstation gehen zu dürfen, und es fiel ihr nicht schwer, glaubhaft zu machen, daß sie krank war. Es war nicht der Hals, und es war auch kein Fieber, aber der Liebeskummer tat nicht weniger weh.

Als ihre Mutter kam, um sie abzuholen, ließ Emily sich kraftlos auf den Beifahrersitz fallen und wandte das Gesicht ab. Zu Hause ging sie sofort rauf in ihr Zimmer und verkroch sich unter der Bettdecke. Dort blieb sie, bis es dunkel war.

Chris' Jeep fuhr um Viertel nach sechs weg. Emily blickte den Scheinwerfern nach, die sich die Wood Hollow Road hinunter entfernten, bis sie nicht mehr zu sehen waren. Sie überlegte, wo Chris an einem Freitag abend mit Donna DeFelice hinfahren würde. Dafür, sich vorzustellen, was sie tun würden, brauchte sie keine große Phantasie.

Wütend auf sich selbst, setzte sie sich an ihren Schreibtisch und versuchte, sich auf die Englischarbeit zu konzentrieren, die sie Montag abgeben mußte. Aber sie schaffte es gerade mal, die Büroklammer von den Seiten zu entfernen, die sie bereits geschrieben hatte. Sie starrte die Worte an, die sie gar nicht wirklich wahrnahm, und bog dabei die Büroklammer in den Fingern, bis sie schließlich durchbrach.

Als Chris um elf immer noch nicht zurück war, klopfte Emilys Mutter an ihre Tür und kam herein. »Wie fühlst du dich, Liebes?« fragte sie und setzte sich zu Emily auf das Bett.

Emily drehte sich zur Wand. »Nicht gut«, sagte sie mit belegter Stimme.

»Wir können morgen früh zum Arzt gehen«, schlug Melanie vor.

»Nein ... das ist es nicht. Ich bin okay. Ich ... ich möchte nur noch eine Weile aufbleiben.«

»Und was hat das mit Chris zu tun?«

Verblüfft fuhr Emily herum und starrte ihre Mutter an. »Wer hat dir das gesagt?«

Melanie lachte. »Man braucht kein Hochschuldiplom,

um Schlüsse daraus zu ziehen, daß ihr die ganze Woche nicht telefoniert habt.«

Emily fuhr sich mit einer Hand durch das Haar. »Wir haben uns gestritten«, gab sie zu.

»Und?«

Und was? Ganz sicher würde sie ihrer Mutter nicht den Grund für den Streit verraten. »Und ich glaube, ich habe ihn so wütend gemacht, daß er nichts mehr von mir wissen will.« Sie holte tief Luft. »Mom«, sagte sie, »was kann ich tun, um ihn zurückzugewinnen?«

Melanie machte ein verdutztes Gesicht. »Du brauchst gar nichts zu tun. Er wird von allein zurückkommen.«

»Woher willst du das wissen?«

»Weil ihr beiden zwei Hälften eines Ganzen seid«, sagte Melanie, drückte ihrer Tochter einen Kuß auf die Stirn und verließ das Zimmer.

Emily senkte den Blick, als sie einen stechenden Schmerz am Unterarm verspürte. Sie sah, daß sie immer noch das abgebrochene Ende der Büroklammer in der Hand hielt. Neugierig fuhr sie mit der scharfkantigen Spitze über ihre Haut und ritzte die Oberfläche an. Als sie ein zweites und drittes Mal über den Kratzer fuhr, färbte sich dieser tiefrot. Sie kratzte tiefer und tiefer, bis sie blutete, bis Chris' Initialen tief genug in ihren Arm geritzt waren, um eine Narbe zu hinterlassen.

Chris' Jeep kehrte kurz nach eins zurück. Emily beobachtete ihn von ihrem Schlafzimmerfenster aus. Er schaltete eine Lampe nach der anderen an auf seinem Weg durch die Küche und nach oben. Als er sein eigenes Zimmer betrat und sich bettfertig machte, hatte Emily schon über das Nachthemd ein Sweatshirt gestreift, und ihre nackten Füße steckten in Turnschuhen.

Die Erde war ganz weich und feucht vom Wetter der

letzten Tage, und Tannennadeln, die unter dem Schnee versteckt gewesen waren, quietschten leise unter ihren Füßen. Chris' Fenster lag direkt über der Küche. Es war Jahre her, seit sie das getan hatte, aber jetzt bückte sich Emily, hob einen kleinen Zweig auf und warf ihn gegen die Glasscheibe. Er traf mit einem leisen Klacken, prallte von der Scheibe ab und fiel wieder herunter, ihr zwischen die Füße. Sie hob ihn auf und warf ihn noch einmal.

Diesmal flammte die Nachttischlampe auf, und Chris' Gesicht erschien am Fenster. Als er Emily sah, öffnete er und steckte den Kopf heraus. »Was machst du hier?« zischte er. »Warte.«

Sekunden später öffnete er leise die Küchentür. »Was ist?« fragte er.

Sie hatte sich dieses Wiedersehen in so vielen verschiedenen Varianten vorgestellt, aber Zorn war nicht dabeigewesen. Gewissensbisse vielleicht. Freude, Akzeptanz. Aber ganz sicher nicht der Ausdruck, der jetzt auf seinem Gesicht stand. »Ich wollte nur fragen, ob du einen schönen Abend hattest mit deiner neuen Freundin«, fragte sie mit bebender Stimme.

Chris fluchte und fuhr sich mit der Hand über das Gesicht. »Ich kann so was nicht brauchen. Ich kann das jetzt nicht.« Er wandte sich ab und wollte die Tür hinter sich schließen.

»Warte!« rief Emily. Ihre Stimme war tränenerstickt, aber sie verschränkte die Arme fest über der Brust, damit sie nicht zitterten. »Ich, also, ich habe da ein Problem. Ich habe mit meinem Freund Schluß gemacht, verstehst du, und das macht mich ziemlich fertig, darum würde ich gern mit meinem besten Freund darüber reden.« Sie schluckte und starrte auf den schwarzen Boden. »Das Problem ist, daß du beides in einem bist.«

»Emily«, sagte Chris leise und zog sie in seine Arme.

Sie versuchte, nicht über den fremdartigen Geruch nachzudenken, der ihm anhaftete, Parfum vermischt mit noch etwas anderem, Moschusartigem. Statt dessen konzentrierte Emily sich darauf, wie es sich anfühlte, Chris wieder zu fühlen. *Zwei Hälften eines Ganzen.*

Er küßte ihre Stirn, ihre Augenlider. Sie vergrub das Gesicht an seinem T-Shirt. »Ich halte das nicht aus«, sagte sie und wußte selbst nicht, was genau sie damit meinte.

Plötzlich packte Chris ihr Handgelenk. »Himmel«, sagte er, »du blutest ja.«

»Ich weiß. Ich habe mich geschnitten.«

»Woran?«

Emily schüttelte den Kopf. »Es ist nichts weiter.« Aber sie ließ sich von Chris in die Küche führen und auf einen Stuhl drücken, während er den Erstehilfekasten holte. Sofern er bemerkte, daß das auf ihrem Arm seine eigenen Initialen waren, war er klug genug, sich nicht dazu zu äußern. Sie hielt die Augen geschlossen, während er sie mit aller Fürsorge der Welt verarztete, und ihre Wunde begann zu heilen.

Gegenwart

Dezember 1997

Chris hatte 10 Quadratmeter für sich allein.

Seine Zelle war in einem seltsamen Grauton gestrichen, der alles Licht aufsog. Die untere Pritsche war mit einem Kissen und einer Schaumstoffmatratze ausgestattet, und darüber hinaus hatte er noch die Decke, die ihm gegeben worden war. Gleich daneben standen Toilette und Waschbecken. Seine Zelle lag zwischen zwei weiteren, aneinandergereiht wie Zähne eines schmalen Gebisses. Wenn die Gittertür der Zelle offen war – das war fast den ganzen Tag der Fall, außer bei den Mahlzeiten –, konnte er auf den schmalen Laufgang hinausgehen, der über die gesamte Länge des Traktes führte. Am einen Ende befanden sich die Dusche und ein Fernsprecher, über den er R-Gespräche führen konnte. Am anderen Ende befand sich der Fernseher, sicherheitshalber außerhalb der vergitterten Sektion angebracht.

Chris lernte an seinem ersten Tag sehr viel, auch ohne daß er Fragen stellte. Er entdeckte, daß man von dem Augenblick, da man das Gefängnis betrat, zum unbeschriebenen Blatt wurde. Wo man landete – von der Sicherheitsebene bis hin zur Pritsche –, richtete sich nicht nach dem Verbrechen, das einem zur Last gelegt wurde, oder nach dem Benehmen vor der Inhaftierung, sondern ausschließlich danach, wie man sich verhielt, wenn man erst »drinnen« war. Die gute Nachricht war, daß der Belegungsausschuß jeden Dienstag tagte und man bei diesem Anlaß eine Verlegung beantragen konnte. Die schlechte Nachricht war, daß erst Donnerstag war.

Chris beschloß, daß er sich in dieser ersten Woche einfach aus allem heraushalten und mit niemandem sprechen würde. Dann würde er am kommenden Dienstag bestimmt vom Hochsicherheitstrakt in einen Bereich mittlerer Sicherheitsstufe verlegt.

Er hatte gehört, daß oben die Wände gelb waren.

Er hatte gerade eine Mahlzeit beendet, die ihm auf einem Tablett mit verschiedenen Vertiefungen serviert worden war, als zwei Häftlinge an seiner Tür auftauchten. »Hey«, sagte der Mann, mit dem er bereits am Vortag gesprochen hatte. »Wie heißt du?«

»Chris«, entgegnete er. »Und du?«

»Hector. Und das ist Damon.« Der Unbekannte mit dem

langen fettigen Haar nickte Chris zu. »Du hast mir noch nicht gesagt, weswegen du hier bist.«

»Sie glauben, ich hätte meine Freundin umgebracht«, brummte Chris.

Hector und Damon tauschten einen Blick. »Im Ernst?« fragte Damon. »Ich hätte gedacht, du wärst wegen Drogen eingelocht worden.«

Hector kratzte sich den Rücken an den Gitterstäben. Er trug Boxer-Shorts und ein T-Shirt und an den Füßen Gummisandalen. »Wie hast du's getan?« Chris starrte ihn nur wortlos an. »Du weißt schon, mit dem Messer, 'ner Kanone?«

Chris versuchte, an ihnen vorbeizukommen. »Ich möchte nicht darüber reden«, sagte er. Er schob sich seitwärts an Damon vorbei, fühlte aber gleich darauf die Hand des größeren Mannes auf der Schulter. Als er den Blick senkte, sah er in Höhe seines Rippenbogens ein aus einer Rasierklinge selbstgebasteltes Messer in Hectors Hand. »Aber ich vielleicht.«

Chris schluckte hart und wich zurück. Hector ließ das Messer unter seinem Hemd verschwinden. »Hey«, sagte Chris, »warum versuchen wir nicht, vernünftig zu sein?«

»Vernünftig?«, wiederholte Damon. »Das ist ein Fünf-Dollar-Wort.«

Hector schnaubte verächtlich. »Du redest wie einer dieser schickimicki College-Schnösel«, knurrte er. »Bist du auf dem College?«

»Ich bin auf der High-School.«

Hector grinste. »Falsch, College-boy, du bist im Knast.« Er schlug mit der Hand gegen die Gitter. »Heh«, rief er. »Wir haben hier ein Genie.« Er stützte sich mit einem Fuß auf die untere Pritsche. »Sag mal, College-boy, wenn du so schlau bist, wie kommt es dann, daß sie dich erwischt haben?«

Chris wurde vom Auftauchen eines Beamten gerettet, der den Gang hinunterkam. »Will jemand in den Fitneßraum?«

Er erhob sich. Hector und Damon steuerten ebenfalls die Tür am Ende des Traktes an. Damon drehte sich zu ihm um und raunte ihm zu: »Wir sind noch nicht fertig mit dir, Mann.«

In einer Reihe hintereinander folgten sie einem Flur, der von zahlreichen Kameras überwacht wurde. Ein paar von den Männern grüßten einander; das war die einzige Gelegenheit, einmal täglich, bei der sie Kontakt zueinander hatten. Als sie um eine Ecke bogen, bemerkte Chris, wie Damon immer wieder zurückfiel, bis er schließlich in Höhe eines anderen Häftlings war, dem er bei der nächsten Biegung des Korridors den Ellbogen in den Rücken rammte. Chris erkannte, daß er für die Attacke einen toten Winkel der Kameras nutzte.

Unmittelbar vor dem Fitneßraum befanden sich zwei Isolationszellen. Es gab zwei Möglichkeiten, in Einzelhaft zu kommen – mit Gewalt, weil man gegen irgendwelche Regeln verstieß, oder auf eigenen Wunsch hin, weil man sich vor den anderen Insassen fürchtete. Im Augenblick war nur eine der Zellen belegt. Die Häftlinge fingen an zu johlen und im Vorbeigehen an die Tür zu trommeln, und einer der Männer lehnte sich sogar vor und spuckte durch den schmalen Schlitz in der Tür.

Der Fitneßraum war klein und dürftig bestückt, mit nur einer Handvoll von Geräten. Aber es fügte sich wie alles im Gefängnis durch bereits bestehende Hierarchien. Es gab keine Wartezeiten und keinen Streit. Zwei stämmige Schwarze beanspruchten die Heimtrainer für sich, Hector und Damon nahmen die Tischtennisschläger an sich, und ein großgewachsener Typ mit einem Hakenkreuz-Tattoo auf der Wange machte sich ans Bankdrücken.

Chris erkannte, daß es eine Hackordnung gab und er ganz unten rangierte. Und das war wohl auch nur natürlich. Er paßte nicht hierher.

Stirnrunzelnd ging er auf den von Stacheldraht eingefaßten Hof, der kaum mehr war als ein schlammiges Quadrat. Männer standen in Grüppchen beisammen, unterhielten sich und gestikulierten mit den Händen. Andere schlurften ziellos im entgegengesetzten Uhrzeigersinn um den Platz herum. Chris sah einen der Männer am Maschendrahtzaun lehnen und sehnsüchtig auf die Berge in der Ferne starren. »Der Typ in der Isolationszelle«, fragte er ohne Präambel. »Was hat der denn getan?«

Der Mann zuckte die Achseln. »Hat sein Baby zu Tode geschüttelt. Dieser miese Wichser.«

Chris folgte seinem Blick durch die Maschen und dachte über Ganovenehre nach.

Er rief per R-Gespräch zu Hause an.

»Chris?«

»Mom« sagte er, nur dieses eine Wort, immer und immer wieder, die Stirn an den blauen Wandapparat gelehnt.

»Oh, Schatz. Ich wollte dich besuchen, haben sie dir das gesagt?«

Chris schloß die Augen. »Nein«, sagte er gepreßt.

»Jedenfalls war ich da. Aber man sagte mir, Besuchstag wäre erst Samstag. Ich werde dort sein, so früh wie möglich.« Sie holte tief Luft. »Das alles ist ein entsetzlicher Irrtum, weißt du. Jordan hat sich bereits die Akten der Staatsanwaltschaft beschafft. Er wird einen Weg finden, dich möglichst bald da rauszuholen.«

»Wann kommt er mich besuchen?«

»Ich werde ihn anrufen und fragen«, entgegnete seine

Mutter. »Ißt du auch anständig? Kann ich dir irgendwas bringen?«

Er dachte darüber nach, nicht sicher, was erlaubt war. »Geld«, sagte er.

»Bleib dran, Chris. Dein Vater möchte dich sprechen.«

»Ich ... nein. Ich muß Schluß machen. Jemand braucht das Telefon«, log er.

»Oh ... in Ordnung. Ruf an, wann immer du willst, hörst du? Es ist uns gleich, was es kostet.«

»Okay, Mom.«

Plötzlich ertönte eine blecherne Stimme vom Band. »Dieser Anruf«, verkündete sie, »wird von der Strafvollzugsanstalt des County aus geführt.« Chris und seine Mutter schwiegen beide eine Weile. »Ich liebe dich, Schatz«, sagte Gus schließlich.

Chris schluckte hart und hängte ein. Er blieb noch einen Moment dort stehen, den Kopf gegen den Münzfernsprecher gestützt, bis er einen Körper dicht hinter sich fühlte.

Damon rieb ihm den Rücken, und Chris spürte seinen Atem im Nacken. »Vermißt du deine Mama, Professor?« Er schob die Hüften vor, so daß sein Unterleib Chris' Hinterteil berührte.

War das nicht genau das, was er erwartet hatte? War das nicht das, wovor er sich am meisten gefürchtet hatte? Chris wirbelte herum, eine Reaktion, auf die der andere offenbar nicht vorbereitet war. »Laß mich in Ruhe«, zischte er mit zornsprühenden Augen und kehrte in seine Zelle zurück, wobei er tunlichst darauf achtete, Damon nicht den Rücken zuzukehren.

Auch nachdem er sich die Bettdecke bis über den Kopf gezogen hatte, konnte er Damon noch lachen hören.

Chris dankte Gott dafür, daß er seine Zelle für sich allein hatte. Er lebte in der ständigen Furcht, man könnte ihn mit Damon zusammenlegen, denn obgleich die Vollzugsbeamten tagsüber recht zuverlässig für Ordnung sorgten, konnte man nie sagen, was sie nachts bereit waren zu hören. Er gewöhnte sich an, *Days of Our Lives* anzusehen. Mittwochabend ging er zu einem Treffen der Anonymen Alkoholiker, nur um aus dem Trakt wegzukommen.

Er füllte ein Bestellformular aus, das ihn an das Frühstücksformular erinnerte, das sie in dem Hotel in Kanada hatten ausfüllen müssen, in dem er im vergangenen Sommer mit seiner Familie abgestiegen war. Eine 250-g-Packung Kaffee kostete 5,25 $, ein Schokoriegel 60 Cent. Gummisandalen waren für 2 $ zu haben. Die Bestellung wurde ihm am Nachmittag von einem der Beamten gebracht, und die Rechnungssumme wurde von seinem Gefängniskonto abgebucht.

Er schlief viel und gab auch dann vor zu schlafen, wenn er gar nicht müde war, nur damit man ihn in Ruhe ließ. Und wenn die Männer sich im Hof zu Grüppchen zusammenschlossen, stand Chris immer abseits.

Jordan hatte schon vor langer Zeit den Glauben an die Wahrheit verloren.

Es gab keine Wahrheit, oder zumindest nicht in seinem Beruf. Es gab nur Versionen. Und ein Prozeß basierte auch nicht auf Wahrheit, sondern auf dem, was die Polizei in der Hand hatte und wie man darauf reagieren konnte. Ein guter Strafverteidiger dachte nicht über Wahrheit nach, sondern konzentrierte sich statt dessen auf das, was die Geschworenen zu hören bekommen würden.

Jordan hatte es schon vor Jahren aufgegeben, seine Mandanten nach der wahren Geschichte zu fragen. Inzwischen setzte er eine undurchdringliche Miene auf und fragte nur knapp: »Was ist passiert?«

Er stand im Kontrollbereich des Hochsicherheitstraktes und wartete, daß der diensthabende Beamte ihm das Klemmbrett reichte, damit er sich eintragen konnte. Zu einem ersten Gespräch mit Chris nach dem Haftprüfungstermin hatte er Selena Damascus mitgebracht, eine einen Meter achtzig große schwarze Privatdetektivin, von der man hätte meinen können, sie würde besser auf den Laufsteg passen, aber dem äußeren Schein zum Trotz auf ihrem Gebiet seit Jahren verdammt gute Arbeit leistete.

»Wo ist er untergebracht?« fragte Selena.

»Hochsicherheit«, entgegnete Jordan. »Er ist erst seit zwei Tagen hier.«

Irgendwo oben fiel eine schwere Gittertür ins Schloß, und ein uniformierter Vollzugsbeamter kam herunter. »Hey, Bill«, grüßte der Beamte des Sicherheitsbereichs den Kollegen. »Sag Harte, daß sein Anwalt hier ist.«

Eine weitere Gittertür öffnete sich – ganz egal, wie oft Jordan dieses Geräusch hörte, das an einen Pistolenschuß erinnerte, er konnte sich einfach nicht daran gewöhnen –, und er trat ein. Er erhaschte nur einen sehr flüchtigen Blick auf die Insassen, ehe er nach links zum Besprechungszimmer abbog, das auch für Gespräche zwischen Insassen und ihren Verteidigern diente.

Selena folgte ihm wie ein Schatten und nahm im Besprechungszimmer an seiner Seite Platz. Sie lehnte sich so weit zurück, daß ihr Stuhl nur noch auf zwei Beinen wippte, und starrte an die Decke. »Verdammt häßlicher Knast«, sagte sie. »Das denke ich jedesmal, wenn ich hier bin.«

»Mmmmm«, stimmte Jordan ihr zu. »Das Dekor macht ihn ganz sicher nicht so beliebt.«

Die Tür schwang auf, und Chris trat ein. Sein Blick glitt

von Jordan zu Selena. »Chris«, sagte Jordan und erhob sich. »Das ist Selena Damascus. Sie ist Privatdetektivin und wird uns bei deinem Fall helfen.«

»Hören Sie«, kam Chris sofort auf den Punkt. »Ich muß hier raus.«

Jordan nahm einen Stapel Unterlagen aus seinem Aktenkoffer. »Im Idealfall wird genau das geschehen, Chris«, sagte er.

»Nein, Sie verstehen nicht. Ich muß *sofort* hier raus.«

Etwas im Tonfall des Jungen ließ Jordan aufblicken. Von dem verschüchterten Jungen, der in der Zelle auf der Polizeiwache von Bainbridge den Tränen nah gewesen war, war nichts mehr übrig. An seine Stelle war ein anderer getreten, der härter und stärker war und in der Lage, seine Panik zu verbergen.

»Wo genau liegt das Problem?«

Bei dieser Frage ging Chris in die Luft. »Wo das Problem liegt? Wo das Problem liegt? Ich sitze mit dem Arsch auf Grundeis, ich bin in einer Gefängniszelle eingesperrt, das ist das Problem. Ich sollte in diesem Jahr meinen Schulabschluß machen. Ich wollte aufs College. Statt dessen sitze ich in einem Käfig, zusammen mit einer Horde von ... von Kriminellen.«

Jordan zuckte nicht mit der Wimper. »Es ist bedauerlich, daß die Richterin eine Kaution abgelehnt hat. Und du hast recht – das bedeutet, daß du bis zum Prozeß in einer Zelle festsitzt, und das könnten sechs bis neun Monate sein. Aber es ist keine vertane Zeit. Jede Minute, die du hier absitzt, nutze ich, um unsere Strategie zu untermauern, mit dem Ziel, dich rauszuholen.«

Er beugte sich vor und fuhr in härterem Tonfall fort. »Laß uns eins klarstellen«, sagte Jordan. »Ich bin hier nicht der Feind. Ich bin nicht schuld, daß du im Gefängnis gelandet bist. Ich bin der Rechtsanwalt, und du bist der

Mandant. Punkt. Und du wurdest wegen Mordes ersten Grades eingesperrt, worauf lebenslänglich steht. Und das bedeutet, Chris, daß dein Leben in meiner Hand liegt. Ob du die nächsten Jahre im Gefängnis oder in Harvard verbringst, hängt allein davon ab, ob es mir gelingt, dich rauszupauken oder nicht.« Er erhob sich und trat hinter Selena. »Und das hängt auch davon ab, in welchem Maße du mit mir zusammenarbeitest. Was du mir oder Selena sagst, ganz egal, was es ist, bleibt unter uns. Ich bestimme, was du sagst und zu wem du es sagst. Und ich muß erfahren, was ich wissen muß, und zwar dann, wenn ich es wissen will. Verstanden?«

»Verstanden«, entgegnete Chris, seinem Blick standhaltend.

»Also gut. Laß mich dir erklären, wo wir stehen. Ich werde viele Entscheidungen in diesem Fall erst nach Beratung mit dir treffen – aber es gibt drei Dinge, die nur du allein entscheiden kannst. Erstens, ob du dich auf einen Handel mit der Staatsanwaltschaft einläßt oder es auf einen Prozeß ankommen läßt. Zweitens, falls du dich für den Prozeß entscheidest, ob du möchtest, daß der Fall nur vor einem Richter verhandelt wird oder darüber hinaus auch vor einer Jury. Und drittens, ob du im Falle eines Prozesses in den Zeugenstand treten willst. Ich werde dich möglichst umfassend aufklären, damit du deine Entscheidungen in Kenntnis der jeweiligen Sachlage triffst, aber du wirst dich schon in der Vorbereitungsphase entscheiden müssen. Kannst du mir folgen?«

Chris nickte.

»Okay. Weiter. Ich werde bald die Akten der Staatsanwaltschaft bekommen, und dann komme ich her, und wir gehen sie gemeinsam in allen Einzelheiten durch.«

»Wann wird das sein?«

»In etwa zwei Wochen«, entgegnete Jordan. »Dann, in plus-minus fünf Wochen, findet eine Vorbesprechung statt.« Er wölbte die Brauen. »Bevor wir anfangen ... hast du noch irgendwelche Fragen?«

»Ja. Kann ich Dr. Feinstein sehen?«

Jordan kniff die Augen leicht zusammen. »Ich halte das für keine gute Idee.«

Chris klappte der Unterkiefer herunter. »Er ist Psychiater.«

»Und er ist außerdem jemand, der zur Aussage unter Eid gezwungen werden kann. Die ärztliche Schweigepflicht ist nicht immer unantastbar, erst recht, wenn es um eine Mordanklage geht. Wenn du mit irgend jemandem über das Verbrechen sprichst, könnte uns das später noch großen Ärger bereiten. Übrigens ... sprich mit niemandem im Gefängnis.«

Chris schnaubte. »Als hätte ich hier Freunde.«

Jordan überging die Bemerkung. »Es sind Insassen wegen Drogendelikten hier, denen sieben Jahre drohen. Aber wenn sie Informationen über dich aufschnappen und gegen dich aussagen können, um ihre Gefängnisstrafe zu verkürzen, werden sie nicht zögern, genau das zu tun. Es wäre sogar denkbar, daß die Polizei einen Drogenhäftling zu diesem Zweck auf dich ansetzt.«

»Was, wenn Dr. Feinstein und ich nicht über das sprechen, was passiert ist?«

»Worüber willst du dann mit ihm sprechen.«

»Verschiedenes«, antwortete Chris leise.

Jordan lehnte sich neben Chris an den Tisch. »Wenn du jemanden brauchst, dem du dich anvertrauen kannst«, sagte er, »werde ich diese Person sein.« Er kehrte zurück zu seinem Stuhl. »Noch Fragen?«

»Ja«, sagte Chris. »Haben Sie Kinder?«

Jordan blieb wie angewurzelt stehen. »Ob ich was habe?«

»Sie haben mich schon verstanden.«

»Ich wüßte nicht, was das mit deinem Fall zu tun hätte.«

»Nichts«, gab Chris zu. »Ich finde nur, wenn Sie mich wirklich kennenlernen wollen, sollte ich auch etwas über Sie wissen.«

Jordan hörte Selena kichern. »Ich habe einen Sohn«, antwortete er. »Er ist dreizehn. Und jetzt Schluß mit Nettigkeiten, ich will endlich zur Sache kommen. Heute steht auf dem Plan, möglichst viele Informationen zu sammeln. Du mußt außerdem Vollmachten unterschreiben, damit wir deine Patientenakten einsehen können. Gibt es irgendwelche Krankenhausaufenthalte, von denen wir wissen sollten? Körperliche oder geistige Defekte, die es dir unmöglich machen würden, den Abzug einer Waffe zu betätigen?«

»Das einzige Mal, daß ich im Krankenhaus war, war nach jener Nacht. Wegen meiner Kopfverletzung, und die habe ich mir zugezogen, als ich ohnmächtig wurde.« Chris biß sich auf die Unterlippe. »Ich gehe seit meinem achten Lebensjahr auf die Jagd.«

»Woher hattest du die Waffe in jener Nacht?« fragte Selena.

»Sie gehört meinem Vater. Sie war bei den Jagdgewehren und Schrotflinten im Waffenschrank.«

»Du bist also im Umgang mit Feuerwaffen geübt?«

»Klar«, entgegnete Chris.

»Wer hat den Revolver geladen?«

»Ich.«

»Bevor du das Haus verlassen hast?«

Chris starrte auf seine Hände.

Jordan fuhr sich mit einer Hand durch das Haar.

»Kannst du mir die Namen von Personen nennen, die mir die Beziehung zwischen dir und Emily schildern könnten?«

»Meine Eltern«, sagte Chris. »Ihre Eltern. So ziemlich jeder in der Schule, würde ich sagen.«

Selena blickte von ihrem Notizheft auf. »Was werden diese Leute uns deiner Meinung nach erzählen?«

Chris zuckte die Achseln. »Daß Emily und ich, na ja, daß wir zusammen waren.«

»Kann es sein, daß diese Personen etwas von Emilys Selbstmordabsichten geahnt haben?« wollte Selena wissen.

»Ich weiß nicht«, antwortete Chris. »Sie war diesbezüglich sehr verschlossen.«

»Wir werden einer Jury außerdem beweisen müssen, daß du dich in jener Nacht ebenfalls umbringen wolltest. Hast du dich irgend jemandem anvertraut? Warst du bei einem Psychologen oder ähnliches?«

»Darüber wollte ich auch mit Ihnen sprechen«, sagte Chris und befeuchtete nervös seine spröden Lippen. »Es wird Ihnen niemand bestätigen können, daß ich die Absicht hatte, mir das Leben zu nehmen.«

»Vielleicht hast du es in einem Tagebuch erwähnt?« meinte Selena. »In einer Nachricht an Emily?«

Chris schüttelte den Kopf. »Der Punkt ist, ich wollte es nicht.« Er räusperte sich. »Ich hatte nie die Absicht, mich umzubringen.«

Jordan schob dieses Eingeständnis brüsk beiseite. »Darüber reden wir später«, sagte er, innerlich stöhnend. Jordan war der Ansicht, daß es besser war, nicht mehr als unbedingt nötig über das Verbrechen eines Mandanten zu wissen. Auf diese Art konnte man seine Verteidigung durchziehen, ohne gegen irgendwelche ethischen Grundsätze zu verstoßen. Aber nachdem ein Mandant einem seine Geschichte erzählt hatte, blieb es dabei. Und wenn er in den Zeugenstand trat, mußte er erst recht daran festhalten.

Verwirrt blickte Chris von Jordan zu Selena. »Moment«, sagte er, »wollen Sie denn nicht wissen, was wirklich passiert ist?«

Jordan blätterte in seinem Notizheft zu einer neuen, leeren Seite um. »Um ehrlich zu sein, nein.«

An diesem Nachmittag bekam Chris einen Zellengenossen.

Kurz vor dem Abendessen hatte er sich auf seiner Pritsche zusammengerollt und in Gedanken vertieft, als ein »Schließer«, wie die Insassen die Vollzugsbeamten nannten, den Mann hereingeführt hatte. Er trug einen Overall und Turnschuhe wie alle anderen auch, und doch hob er sich von den anderen ab. Er strahlte Distanziertheit und Überlegenheit aus. Er nickte Chris zu und kletterte in die obere Pritsche.

Hector kam an die Zellentür. »Warst du's leid, dein eigenes Gesicht zu sehen, Mann?«

»Verzieh dich, Hector«, sagte der Mann seufzend, ohne den Zellennachbarn auch nur eines Blickes zu würdigen.

»Sag mir nicht, was ich zu tun habe, du ...«

»Feierabend«, rief ein Schließer.

Als Hector ging, um zum Umschluß in seine eigene Zelle zurückzukehren, stieg der Neuankömmling von seiner Pritsche und nahm sein Tablett entgegen. Chris auf der unteren Pritsche erkannte, daß es für den Mann keine Sitzmöglichkeit gab. Wenn er auf die obere Pritsche zurückkletterte, würde er im Liegen essen müssen. »Du, also ... du kannst dich da hinsetzen«, sagte er und nickte in Richtung Fußende seines eigenen Bettes.

»Danke.« Der Mann deckte sein Tablett auf. In der Mitte

war ein unappetitlicher dreifarbiger Klumpen. »Ich heiße Steve Vernon.«

»Chris Harte.«

Steve nickte und fing an zu essen. Chris registrierte, daß Steve nicht viel älter war als er selbst. Und er schien ebenso darauf bedacht zu sein, sich auf nichts und niemanden einzulassen.

»Heh, Harte«, rief Hector aus seiner Zelle herüber. »Du solltest heute nacht besser mit offenen Augen schlafen. Kinder sind in seiner Nähe nicht sicher.«

Chris warf Steve, der mit methodischen Gesten seine Mahlzeit fortsetzte, einen überraschten Blick zu. Das war der Typ, der das Baby getötet hatte?

Chris zwang sich, wieder auf sein eigenes Tablett zu sehen, und schärfte sich ein, daß jeder bis zum Beweis des Gegenteils unschuldig war. Er selbst war hierfür das beste Beispiel.

Trotzdem ging Chris durch den Kopf, was Hector gesagt hatte, als sie an der Isolationszelle vorbeigekommen waren: *Hat sein Kind mitten in der Nacht aus dem Bettchen genommen und ist ausgerastet, Mann. Hat das Kleine so brutal geschüttelt, damit es aufhörte zu weinen, daß er ihm das Genick gebrochen hat.* Wer konnte sagen, was einen solchen Menschen dazu brachte, durchzudrehen?

Chris wurde mulmig zumute. Er stellte sein Tablett ab und steuerte die Zellentür an, um die Toilette am anderen Ende des Gangs aufzusuchen. Aber die Zellen würden noch mindestens eine halbe Stunde abgeschlossen bleiben, und zum erstenmal seit seiner Ankunft hatte er die Zelle nicht für sich allein. Er starrte auf die Toilette nur Zentimeter von Steve Vernons Knie entfernt und errötete vor Verlegenheit. Chris ließ die Hose herunter und setzte sich, wobei er versuchte, nicht an das zu denken, was er tat. Er hielt die Arme verschränkt und den Blick auf den Fußboden geheftet.

Als er fertig war, stellte er fest, daß Steve wieder oben auf seinem Bett lag, sein halbvolles Tablett unten auf der unteren Pritsche. Vernon hatte das Gesicht von der Toilette abgewandt und blickte auf die nackte Wand, um Chris möglichst viel Würde zu lassen.

Das Telefon klingelte, als Michael gerade zu einem Hausbesuch aufbrechen wollte. »Hallo?« meldete er sich ungeduldig und fühlte, wie er unter der schweren Winterjacke anfing zu schwitzen.

»O Mikey«, sagte seine Kusine Phoebe aus Kalifornien – der einzige Mensch auf der Welt, der ihn Mikey nannte. »Ich rufe nur an, um dir zu sagen, wie schrecklich leid mir das tut.«

Er hatte Phoebe nie gemocht. Sie war die Tochter seiner Tante; seine eigene Mutter mußte sie nach der Beerdigung verständigt haben, da Michael selbst keinen Rundruf gestartet hatte, um die Verwandten von Emilys Tod in Kenntnis zu setzen. Sie trug das Haar in geflochtenen Haight-Ashbury-Zöpfen und verdiente ihr Geld damit, daß sie absichtlich schiefe Blumentöpfe herstellte. Jedesmal, wenn Michael mit ihr sprach, was höchstens bei einer der seltenen Familienzusammenkünfte der Fall war, mußte er daran denken, wie sie ihn ausgelacht hatte, als sie beide vier Jahre alt gewesen waren und er sich in die Hose gemacht hatte.

»Phoebe«, sagte er. »Danke für den Anruf.«

»Deine Mutter hat mir davon erzählt«, fügte sie hinzu, was Michael durchaus interessant fand: Wie konnte seine Mutter Informationen weitergeben, die Michael für sich noch nicht akzeptieren konnte? »Ich dachte, du würdest vielleicht darüber reden wollen.«

Ausgerechnet mit dir? hätte Michael fast geantwortet, biß sich jedoch auf die Zunge. Dann erinnerte er sich daran, daß Phoebes Vorzeige-Ehemann sich vor zwei Jahren an einer Kleiderstange erhängt hatte. »Ich weiß, wie das ist«, fuhr Phoebe fort. »Wenn man plötzlich mit etwas konfrontiert wird, was man schon längst hätte erkennen müssen. Sie begeben sich an diesen besseren Ort, weißt du, dorthin, wohin sie schon immer wollten. Aber du und ich, wir bleiben zurück, mit all den Fragen, die sie nicht beantworten konnten.«

Michael schwieg. Trauerte sie auch nach zwei Jahren noch? Wollte sie andeuten, daß er und sie auch nur das geringste gemeinsam hatten? Er schloß die Augen, und trotz der warmen Jacke durchlief ein kalter Schauer seinen Körper. Es stimmte nicht; es stimmte einfach nicht. Er hatte Phoebes Mann nicht gekannt, aber sie konnte ihn unmöglich so innig gekannt haben, wie er Emily gekannt hatte.

Und was, fragte Michael sich, wenn es doch aus heiterem Himmel passiert ist?

Er verspürte einen schmerzhaften Stich in der Herzgegend, und Schuldgefühle stürmten aus allen Richtungen auf ihn ein, weil er nicht bemerkt hatte, wie unglücklich seine Tochter gewesen war, weil er so egoistisch war, daß er sich sogar jetzt noch vor allem darauf konzentrierte, was Emilys Selbstmord über seine väterlichen Fähigkeiten aussagte, anstatt sich über Emily selbst Gedanken zu machen.

»Was soll ich tun?« murmelte Michael, dem erst bewußt wurde, daß er laut gedacht hatte, als er Phoebes Antwort hörte.

»Man lebt weiter«, sagte sie. »Man tut das, wozu sie nicht in der Lage waren.« Phoebe seufzte. »Weißt du, Michael, ich habe damals herumgesessen und versucht, das, was passiert war, zu begreifen, so als gäbe es eine Antwort, die ich finden könne, wenn ich nur aufmerksam genug hinsah. Dann ging mir eines Tages auf, daß, wenn es eine Antwort gäbe, Dave noch leben würde. Und ich fragte mich, ob dieses ... dieses Gefühl, nicht zu verstehen ... ob Dave vielleicht genauso empfunden hat.« Sie räusperte sich. »Ich begreife immer noch nicht, warum er das getan hat; und es gefällt mir nicht, daß er es getan hat, aber wenigstens verstehe ich ein wenig besser, was ihm durch den Kopf gegangen ist.«

Michael stellte sich vor, wie Emilys Innereien von den gleichen gordischen Knoten schmerzten wie seine eigenen, wie sie sich mit ebenso verworrenen Gedanken plagte. Und er wünschte zum tausendsten Mal, er wäre wachsamer gewesen und hätte ihr diesen Schmerz ersparen können.

Noch einmal bedankte er sich leise bei Phoebe, dann legte er auf. Anschließend ging er, ohne seine Lammfelljacke auszuziehen, durch das leere Haus nach oben. Er betrat Emilys Zimmer, legte sich auf ihr Bett und ließ den Blick langsam über den Spiegel, ihre Schulbücher, die achtlos abgelegten Kleidungsstücke gleiten, bemüht, die Welt durch die Augen seiner Tochter zu sehen.

Francis Cassavetes war zu sechs Monaten Haft verurteilt worden, die er jedoch nur an den Wochenenden ableistete. Das war eine nicht unübliche Verfahrensweise bei Menschen, die eine Anstellung hatten und Gutes innerhalb der Gesellschaft leisteten. Ihnen gestattete ein Richter, nur von Freitag bis Sonntag einzusitzen, so daß sie an den anderen Tagen ihrer Arbeit nachgehen konnten. Wochenendhäftlinge hatten im Gefängnis den Stellenwert königlicher Besucher. Sie verbrachten den Großteil ihres Aufenthaltes hinter Gittern damit, sich von Insassen, die weniger Glück gehabt hatten, schmieren zu lassen. Sie schmuggelten Zigaretten, Nadeln, Tylenol – alles – vorausgesetzt, der Preis stimmte.

Als Francis den Hochsicherheitstrakt betrat, umschloß er Hectors Gesicht mit beiden Händen. »Bin ich dein Kerl?« fragte er. Dann schob er sich an Hector vorbei und steuerte die Toilette an.

Als Francis zurückkam, hielt er etwas in der Faust. »Dafür bist du mir die doppelte Summe schuldig, Hector. Ich habe geblutet wegen der verfluchten Dinger.«

Chris beobachtete, wie Hectors Hand Francis' streifte und ein kleines weißes Röhrchen den Besitzer wechselte. Er wandte sich ab und kehrte zurück in seine Zelle.

Steve machte ein Eselsohr in der Zeitschrift, in der er gerade las. »Hat Francis ihm wieder Zigaretten mitgebracht?«

»Nehme ich an«, meinte Chris.

Steve schüttelte den Kopf. »Hector sollte besser ein Nikotinpflaster bestellen«, brummte er. »Das wäre für Francis vermutlich leichter reinzuschmuggeln.«

»Wie macht er es überhaupt?« fragte Chris. »Sie reinschmuggeln, meine ich.«

»Früher hat er sie im Mund versteckt, habe ich gehört. Aber dann haben sie ihn erwischt, und jetzt benutzt er eine andere Körperöffnung.« Als Chris ihn verständnislos ansah, schüttelte Steve den Kopf. »Wie viele Körperöffnungen hast du?« fragte er vielsagend.

Chris stieg brennende Röte in Gesicht. Steve rollte sich auf die andere Seite und schlug seine Zeitschrift wieder auf. »Herrgott im Himmel, Chris«, brummte er. »Wie um alles in der Welt bist du nur hier gelandet?«

Chris entdeckte seine Mutter sofort, als er den Raum mit den langen, zerkratzten Tischen betrat, an denen Insassen mit ihren Angehörigen saßen. Als er bei ihr angelangt war, schloß sie ihn in die Arme. »Chris«, seufzte sie und kämmte ihm mit den Händen das Haar, so wie sie es getan hatte, als er noch ein kleiner Junge gewesen war. »Bist du okay?«

Der Vollzugsbeamte tippte seiner Mutter leicht auf die Schulter. »Ma'am«, sagte er freundlich, »Sie müssen ihn jetzt loslassen.« Erschrocken ließ Gus die Arme sinken und setzte sich. Chris nahm ihr gegenüber Platz. Es war keine Plexiglasscheibe zwischen ihnen, aber das bedeutete nicht, daß keine Barriere bestand.

Er hätte seine Mutter darüber aufklären können, daß in den Anstaltsvorschriften – ein Band so dick wie ein Wörterbuch – stand, daß ein Besuch nur mit einer kurzen Umarmung oder einem Kuß (kein Zungenkuß) beginnen und auch enden durfte. In demselben Band standen die Vorschriften, nach denen Zigaretten generell verboten waren, oder auch das Fluchen oder das Schubsen eines Mitinsassen. Solcherlei geringfügige Vergehen galten im Gefängnis als schwerwiegende Regelverstöße. Sie wurden alle mit einer Verlängerung der Haftstrafe geahndet.

Gus langte über den Tisch hinweg und nahm Chris' Hand. Erst jetzt registrierte er, daß auch sein Vater gekommen war. James hatte seinen Stuhl ein wenig vom Tisch abgerückt, so als wolle er jeden Kontakt mit dem Möbelstück vermeiden. Dadurch berührte er beinahe einen Häftling mit einer Spinnennetztätowierung auf der linken Wange.

»Es ist so schön, dich zu sehen«, sagte seine Mutter.

Chris nickte und senkte den Kopf. Wenn er aussprach, was ihm auf der Zunge lag – daß er es nicht mehr aushielt, daß er in seinem ganzen Leben nie etwas Schöneres gesehen hatte als sie in diesem Augenblick –, würde er in Tränen ausbrechen, und das konnte er sich nicht leisten. Wer wußte schon, wer alles zuhörte und wie man ihm einen solchen Zusammenbruch auslegen würde.

»Wir haben dir etwas Geld gebracht«, sagte Gus und reichte ihm einen Umschlag voller Banknoten. »Wenn du mehr brauchst, ruf uns an.« Sie drückte Chris den Umschlag in die Hand, und er winkte sofort einen Beamten herbei, den er bat, das Geld auf sein Gefängniskonto einzuzahlen.

»Also«, sagte seine Mutter.

»Also.«

Sie blickte auf ihren Schoß, und er hatte beinahe Mitleid mit ihr. Im Grunde gab es nichts, worüber sie hätten sprechen können. Er hatte die ganze Woche in einem Hochsicherheitstrakt des County-Gefängnisses verbracht, und das würden seine Eltern kaum als Gesprächsthema gutheißen.

»Nächste Woche bekommst du doch eine Chance, vom Hochsicherheitstrakt in den weniger strengen Vollzug verlegt zu werden, oder?«

Er zuckte zusammen, als er James' Stimme hörte. »Ja«, entgegnete Chris. »Ich muß einen entsprechenden Antrag vor dem Ausschuß stellen.«

Schweigen. Dann: »Das Schwimmteam hat gestern den Wettkampf gegen Littleton gewonnen«, sagte Gus.

»Ach?« Chris versuchte, so zu klingen, als wäre ihm das nicht scheißegal. »Und wer ist meine Disziplin geschwommen?«

»Ich bin nicht sicher. Robert Ric – Rich – so ähnlich.«

»Richardson.« Chris rieb die Sohle seines Turnschuhs auf dem Fußboden. »Wahrscheinlich mit einer miserablen Zeit.«

Er hörte zu, wie seine Mutter ihm von einer Geschichtsaufführung erzählte, bei der Kate sich als Frau aus der Kolonialzeit verkleiden mußte. Er hörte ihr zu, als sie von den Filmen erzählte, die im örtlichen Kino gespielt wurden, und davon, daß sie beim Automobilclub gewesen war, um die kürzeste Route zwischen Bainbridge und Grafton bestimmen zu lassen. Und er erkannte, daß sie genauso die Besuchsstunden der nächsten neun Monate ausfüllen würden – nicht damit, daß Chris von dem Grauen erzählte, von dem seine Eltern, wenn es nach ihm ging, gar nichts wissen sollten, sondern damit, daß seine Mutter für ihn die Welt wiederaufleben ließ, die er hinter sich gelassen hatte.

Er horchte auf, als seine Mutter sich räusperte. »Und?« fragte sie. »Hast du schon jemanden kennengelernt?«

Chris schnaubte. »Das ist hier nicht der Christliche Verein Junger Männer«, knurrte er und erkannte seinen Fehler sofort, als seiner Mutter flammende Röte ins Gesicht stieg und sie verlegen den Blick senkte. Einen Moment war er schockiert davon, wie allein er war. Er konnte sich aufgrund seiner Herkunft nicht mit den Insassen anfreunden, aber er gehörte in seiner jetzigen Lage auch nicht mehr richtig zu seinen Eltern.

James funkelte seinen Sohn wütend an. »Entschuldige dich«, sagte er gepreßt. »Deine Mutter macht eine sehr schwere Zeit durch wegen dieser Sache.«

»Und was, wenn nicht?« konterte Chris. »Was willst du dann machen? Mich ins Gefängnis werfen lassen?«

»Christopher«, warnte James, aber Gus brachte ihn zum Schweigen, indem sie ihm eine Hand auf den Arm legte. »Es ist schon gut«, sagte sie begütigend. »Er ist durcheinander.« Sie streckte den Arm aus und nahm Chris' Hand.

Ganz plötzlich schoß ihm eine Erinnerung durch den Kopf aus der Zeit, da er noch ein Kleinkind gewesen war. Sie hatte ihm erklärt, daß sie auf einem Parkplatz waren oder auf einer betriebsamen Straße, und hatte ihn an die Hand genommen. Er erinnerte sich an den

Geruch von Gummi auf Asphalt und an den Fahrtwind der vorbeifahrenden Wagen – und daran, wie sicher er sich trotz allem gefühlt hatte, solange er ihre Hand um die seine fühlen konnte. »Mom«, sagte er mit brüchiger Stimme. »Tu mir das nicht an.« Bevor er in Tränen ausbrechen konnte, stand er auf und rief einen Beamten herbei.

»Warte!« rief Gus. »Wir haben noch zwanzig Minuten!«

»Wofür?« fragte Chris leise. »Um dazusitzen und uns zu wünschen, wir wären woanders?« Er lehnte sich über den Tisch und küßte sie linkisch.

»Ruf uns an, Chris«, flüsterte Gus. »Und wir sehen uns Dienstagabend.«

Das war der nächste Besuchstag für den Hochsicherheitstrakt. »Dienstag«, bestätigte Chris. Dann wandte er sich seinem Vater zu. »Aber ... dich will ich nicht sehen.«

An diesem Nachmittag fiel die Temperatur auf den Gefrierpunkt. Der Gefängnishof war leer, nachdem das Wetter alle anderen vertrieben hatte. Chris trat nach draußen. Er konnte seinen Atem in der kalten Luft sehen. Er ging einmal um den Hof herum und sah Steve Vernon an der Backsteinmauer lehnen.

»Im vergangenen Jahr sind zwei Typen da rübergeklettert«, sagte Steve und nickte in Richtung der Ecke, an der der Rasierklingendraht auf das Backsteingebäude traf. »Ein Schließer ging, um die Tür zum Fitneßraum abzusperren, und peng, waren sie weg.«

»Haben sie es geschafft?«

Steve schüttelte den Kopf. »Sie haben sie zwei Stunden später wieder geschnappt, auf der Route Ten.«

Chris lächelte. Jemand, der so dumm war, auf der Hauptstraße zu bleiben, nachdem er gerade aus dem Gefängnis geflohen war, hatte es nicht besser verdient, als erwischt zu werden. »Hast du schon mal daran gedacht«, fragte Chris. »Auszubrechen, meine ich?«

Steve blies Luft durch die Nase, eine weiße Wolke. »Nein.«

»Nein?«

»Da draußen gibt es für mich nichts, zu dem ich zurückkehren könnte«, sagte er.

Chris sah ihn an. »Warum warst du in Isolationshaft?«

»Weil ich nicht bei den anderen sein wollte.«

»Bist du wirklich hier, weil du dein Kind zu Tode geschüttelt hast?«

Steves Augen verengten sich kaum merklich, aber er hielt Chris' Blick stand. »Bist du wirklich hier, weil du deine Freundin umgebracht hast?«

Chris dachte sofort an Jordan McAfees Warnung: daß der Knast voller Spitzel war. Er wandte den Blick ab, stampfte mit einem Fuß auf und blies sich in die Hände, um sie zu wärmen. »Kalt«, sagte er.

»Ja.«

»Sollen wir reingehen?« Steve schüttelte den Kopf. Chris lehnte sich an die Backsteinmauer; sich der Körperwärme des Mannes an seiner Seite bewußt. »Ich bin auch noch nicht soweit.«

Unmittelbar nach dem Abendessen gab es eine Razzia.

Das geschah auf Anweisung des Direktors einmal im Monat. Die Vollzugsbeamten filzten die Zellen, zerrten Kissen und Matratzen von den Pritschen, durchsuchten Ersatzkleidung und Schuhe in der Hoffnung, etwas Belastendes zu finden. Chris und Steve standen hinter den Gitterstäben und sahen zu, wie ihr winziger Raum Privatsphäre entweiht wurde.

Plötzlich richtete sich der übergewichtige Schließer auf; er hielt etwas in der Hand. Er deutete auf die Turnschuhe, die auf dem Fußboden standen – Chris hatte beim Eintritt der Beamten barfuß geschlafen. »Wem gehören die?«

»Mir«, antwortete Chris. »Warum?«

Der Beamte öffnete die Faust Finger für Finger, und zum Vorschein kam eine dicke weiße Zigarette.

»Die gehört mir nicht«, protestierte Chris sichtlich verblüfft.

Der Beamte blickte von Chris zu Steve. »Spar dir das für den Direktor«, sagte er.

Als der Schließer gegangen war, richtete Chris sein Bett wieder her und legte sich wieder hin. »Heh«, sagte Steve und schüttelte ihn bei der Schulter. »Ich habe sie dir nicht untergeschoben.«

»Laß mich in Ruhe.«

»Ich will nur, daß du das weißt.«

Chris vergrub den Kopf unter dem Kissen, sah jedoch noch Hectors Grinsen, als dieser draußen an der Zelle vorbeiging.

In den 18 Stunden zwischen dem Auffinden der Zigarette und Chris' internem »Disziplinarverfahren« fügte er alle Teile des Puzzles zusammen. Hector hatte eine Zigarette aus seinem kostbaren Schatz von Schmuggelwaren geopfert, um damit zwei Fliegen mit einer Klappe zu schlagen. Er konnte Chris, den Neuling, auf seine Loyalität hin prüfen, und gleichzeitig Steve, dem Babymörder, eins auswischen. Wenn Chris Hector bei der Anstaltsleitung anschwärzte, würde er das noch bereuen. Wenn er aber statt dessen Steve beschuldigte, der als sein Zellengenosse am ehesten Gelegenheit gehabt hätte, die Zigarette in seinem Schuh zu verstecken, dann würde Chris sich auf die Seite von Hectors Leuten schlagen.

Ein Vollzugsbeamter führte Chris zum kleinen Büro

des stellvertretenden Anstaltsleiters. Drinnen warteten der Schließer, der die Zelle gefilzt hatte, und der stellvertretende Direktor, ein Schrank von einem Mann, der besser geeignet gewesen wäre, ein Footballteam zu trainieren, als in einem Gefängnis Papierkram zu erledigen. Chris hielt sich sehr gerade, während der stellvertretende Direktor vorlas, was ihm zur Last gelegt wurde, und ihn über seine Rechte aufklärte. »So, Mr. Harte«, sagte der Mann. »Haben Sie irgend etwas zu Ihrer Verteidigung zu sagen?«

»Ja. Fordern Sie mich auf, die Zigarette zu rauchen.«

Der stellvertretende Direktor wölbte die Brauen. »Ich würde meinen, daß Ihnen nichts lieber wäre als das.«

»Ich rauche nicht«, erklärte Chris. »Und das würde es beweisen.«

»Es würde beweisen, daß Sie in der Lage sind, einen Hustenanfall zu simulieren«, entgegnete sein Gegenüber. »Ich glaube nicht, daß mich das überzeugen würde. Also, haben Sie irgend etwas zu Ihrer Verteidigung zu sagen?«

Chris dachte an Hector und den mit der Rasierklinge bestückten Kugelschreiber. Er dachte an Steve, mit dem er einen Waffenstillstand geschlossen hatte. Und er dachte an das, was er über geringfügige Vergehen im Gefängnis gehört hatte – diese Zigarette konnte seine Gefängnisstrafe um drei bis sieben Jahre verlängern, wenn man ihn für schuldig befand.

Andererseits war genau das der Punkt. »Nein«, sagte Chris ruhig.

»Nein?«

Er sah dem stellvertretenden Direktor fest in die Augen. »Nein«, wiederholte er.

Die Beamten wechselten einen Blick und zuckten die Achseln. »Ist Ihnen klar«, sagte der stellvertretende Direktor, »daß, wenn Sie der Meinung sind, wir würden etwas übersehen, Sie uns den Vorschlag machen können, daß wir uns mit einem anderen Insassen unterhalten?«

»Darüber weiß ich Bescheid«, sagte Chris. »Aber das ist nicht nötig.«

Der Mann schürzte die Lippen. »Also gut, Mr. Harte. Aufgrund der Beweislage befinde ich Sie des Besitzes einer illegalen Substanz in ihrer Zelle für schuldig und verurteile Sie zu fünf Tagen Einzelhaft. Sie werden dreiundzwanzig Stunden täglich in einer Zelle eingesperrt sein und diese nur eine Stunde lang zum Duschen verlassen dürfen.«

Der stellvertretende Direktor nickte dem Beamten zu, der Chris aus dem Raum führte. Schweigend durchquerten sie den Hochsicherheitstrakt und holten seine Sachen. Er sprach mit niemandem ein Wort. Erst als er zu seiner neuen Zelle gebracht wurde, realisierte Chris, daß er bis Donnerstag dort bleiben würde, zwei Tage nach dem geplanten Besuch seiner Mutter, und zwei Tage zu spät, um vor dem Ausschuß seine Verlegung zu beantragen.

Chris schlief in diesen Tagen viel. Und er träumte. Von Emily, davon, wie sie sich angefühlt, wie sie geschmeckt hatte. Er träumte, daß er sie küßte, sehr leidenschaftlich, und wie sie ihm etwas in den Mund schob, etwas, das klein und hart war wie ein Pfefferminzbonbon. Als er es jedoch in eine Hand spuckte, sah er, worum es sich tatsächlich handelte: die Wahrheit.

Er machte Situps, unendlich viele, weil das die einzige Übung war, für die in der winzigen Zelle genügend Platz war. Beim Duschen schrubbte er sich, bis seine Haut ganz rot war und brannte, nur um seine Stunde außerhalb der Zelle voll auszunutzen. Er durchlebte noch einmal Wettschwimmen, Nächte mit Emily, Unterrichtsstunden, bis seine Zelle überquoll von Erinnerungen und er langsam verstand, warum Häftlinge es vermieden, an das zu denken, was hinter ihnen lag.

Natürlich konnte er seine Mutter nicht anrufen, und am Dienstag fragte er sich, ob sie wohl den ganzen Weg nach Woodsville fahren würde, nur um mitgeteilt zu bekommen, daß ihr Sohn im Rahmen einer Strafmaßnahme in Einzelhaft saß. Außerdem fragte er sich, wer wohl in den mittleren Vollzug verlegt worden war. Steve hatte an diesem Tag vor dem Ausschuß vorsprechen wollen.

Am Donnerstag morgen schlug er gleich nach dem Frühstück gegen die Gitter und teilte einem Schließer mit, daß er aus der Einzelzelle raus wolle. »Ja, ja«, entgegnete der Schließer. »Sobald wir dazu kommen.«

Sie kamen erst um vier am Nachmittag dazu, ihn wieder zu verlegen. Ein Vollzugsbeamter öffnete die Tür der Einzelzelle und führte ihn zurück in den Trakt, in dem er die Woche davor verbracht hatte.

»Willkommen zu Hause, Harte«, sagte der Beamte.

Chris ließ seine wenigen Habseligkeiten auf das untere Bett fallen. Zu seiner Überraschung tauchte eine Hand aus dem oberen Bett auf. »Hey«, grüßte Steve.

»Was machst du denn hier?«

Steve lachte. »Eigentlich wollte ich ja einen trinken gehen, aber ich konnte meine Wagenschlüssel nicht finden.«

»Ich meine, ich dachte, du wärst längst im oberen Stock.«

Sie blickten beide an die Zellendecke, als könnten sie durch sie hindurch in den begehrten darüberliegenden Trakt sehen mit den gelben Betonwänden, dem hufeisenförmigen Aufenthaltsraum und den geräumigen Duschen. Steve zuckte nur die Achseln, aber Chris wußte auch so, was er dachte. Wäre er unmittelbar nach der

Entdeckung der Zigarette verlegt worden, hätte jeder im ganzen Gefängnis mit dem Finger auf ihn gezeigt, obwohl Chris selbst beschlossen hatte, das nicht zu tun. »Ich hab's mir anders überlegt«, sagte er. »Oben hat man zwar mehr Platz, aber man muß sich die Zelle mit drei Typen mehr teilen.«

»Drei mehr?«

Steve nickte. »Ich habe mir gedacht, ich warte, bis ich da oben noch jemanden kenne.«

Chris legte sich auf seine Pritsche und schloß die Augen. Nach all dieser Zeit empfand er es als wohltuend, die Stimme eines anderen Menschen zu hören, seine Gedanken. »Bis zum nächsten Dienstag ist es nicht mehr lang«, sagte er.

Er hörte Steve seufzen. »Genau. Vielleicht kommen wir dann hier raus.«

Das Komische war, daß Chris zum Helden avanciert war. Indem er Hector nicht wegen der Zigarette ans Messer geliefert hatte, was er leicht hätte tun können, war er in den Rang eines würdigen Insassen erhoben worden, eines Kumpels, der bereit war, Schläge für einen anderen einzustecken. Ganz egal, wie wenig dieser andere das verdient hatte.

Hector bezeichnete ihn jetzt als »seinen Mann«. Fortan durfte Chris entscheiden, was von vier bis fünf Uhr nachmittags im Fernsehen laufen sollte. Und im Fitneßraum durfte er jetzt einige Zeit Bankdrücken trainieren.

Auf dem Rückweg vom Fitneßraum nahm Hector ihn eines Tages in der dunklen Biegung des Treppenaufgangs beiseite, im toten Winkel der Überwachungskameras. »Duschen, Viertel nach zehn«, zischte er.

Was zum Teufel sollte das heißen? Chris fragte sich den Rest des Tages, ob das eine Verabredung war, bei der er verprügelt werden sollte, oder ob Hector vielleicht etwas anderes vorhatte, wozu er unter vier Augen mit ihm sprechen mußte. Er wartete bis zehn, nahm dann sein Handtuch und schlenderte zu der kleinen Duschkabine am Ende des Traktes.

Es war niemand dort. Chris zuckte die Achseln, zog sich aus und drehte das Wasser auf. Er stieg in die Duschkabine und hatte gerade angefangen, sich einzuseifen, als Hector über den Rand der Duschabtrennung blickte. »Was zum Teufel ist los mit dir?«

Chris blinzelte und wischte sich Wasser aus den Augen. »Du hast doch gesagt, ich soll herkommen«, sagte er.

»Ich habe aber nichts davon gesagt, daß du duschen sollst.«

Hatte er doch, aber Chris verzichtete darauf, ihm das unter die Nase zu reiben. Er stellte das Wasser ab, woraufhin Hector jedoch durch den Vorhang langte und es wieder aufdrehte. »Laß es an«, sagte er leise. »Das überdeckt den Rauch.« Dann fischte er aus seinem Overall einen Bic-Kugelschreiber, der über einem Feuerzeug gebogen und an einem Ende zu einem kleinen Tabakgefäß geformt worden war. Er faltete ein kleines Papierquadrat auseinander und gab etwas überaus Kostbares in die selbstfabrizierte Pfeife. Dann ließ er ein verbotenes Feuerzeug aufflammen. »Hier«, sagte er und tat einen tiefen Zug.

Chris war nicht so dumm, ein Geschenk von Hector abzulehnen. Er hielt den Kopf von dem dünnen Wasserstrahl fort, zog an der Pfeife und bekam prompt einen Hustenanfall. Es war keine Zigarette, soviel stand fest, aber es schmeckte auch nicht süßlich wie Hasch. »Was ist das?« fragte er heiser.

»Bananenschalen«, sagte Hector. »Damon und ich trocknen sie.« Er nahm die Pfeife und stopfte sie neu.

»Für ein Päckchen Kaffee, kriegst du ein Päckchen von meinem Spezialtabak.«

Chris fühlte das Wasser kalt seinen Nacken hinunterlaufen. »Mal sehen«, sagte er und probierte es noch mal, als Hector ihm die Pfeife erneut reichte.

»Weißt du, College-boy«, sagte Hector. »Ich habe dich anfangs falsch eingeschätzt.«

Chris antwortete nicht darauf. Er legte die Lippen um das Mundstück der Pfeife, inhalierte und stellte nicht allzu überrascht fest, daß es diesmal ganz leicht ging.

Am Samstagmorgen gehörte Chris zu den ersten Häftlingen, die nach unten ins Besuchszimmer geführt wurden. Anders als bei ihrem ersten Besuch im Gefängnis hielt sie sich unnatürlich gerade und strahlte Zorn und Furcht aus, die sie wie knisternde elektrische Ströme umgaben, die Chris sogar aus der Entfernung wahrnehmen konnte. Sie schloß Chris in die Arme, und einen flüchtigen Augenblick lang kam es ihm vor, als würden Jahre von ihm abfallen, als wäre er wieder jünger und schwächer als sie.

»Was ist passiert?« fragte sie gepreßt. »Als ich am Dienstag hier war, wurde mir mitgeteilt, daß ich dich nicht sehen dürfe, weil du eine Disziplinarstrafe ableisten müßtest. Und als ich fragte, was das für eine Strafe wäre, bekam ich zur Antwort, du seist 24 Stunden am Tag in eine Art ... Käfig gesperrt.«

»Dreiundzwanzig Stunden«, verbesserte Chris sie. »Eine Stunde bekommt man zum Duschen.«

Gus beugte sich vor, die Lippen unnatürlich weiß. »Was hast du getan?« fragte sie leise.

»Ich wurde hereingelegt«, murmelte Chris. »Einer der anderen Häftlinge hat versucht, mich in Schwierigkeiten zu bringen.«

»Er hat ... er hat was?« Schockiert lehnte Gus sich auf ihrem Stuhl zurück. »Und du hast ihn gedeckt?«

Chris fühlte, wie seine Wangen sich flammendrot färbten. »Er hat eine Zigarette in meinem Schuh versteckt, die dann von einem Schließer bei einer Razzia gefunden wurde. Und ja, ich habe ihn gedeckt, weil nämlich fünf Tage Einzelhaft immer noch besser waren als die Rache dieses Typen, der mit einem Messer herumläuft, das er sich aus einem Kugelschreiber und Rasierklingen selbst gebastelt hat.«

Gus drückte die Faust an den Mund, und Chris fragte sich, was für Worte sie wohl versuchte, gewaltsam für sich zu behalten. »Es muß jemanden geben, mit dem ich sprechen kann«, sagte sie schließlich. »Ich werde nach meinem Besuch hier zum Direktor gehen. Das ist keine Art, ein Gefängnis zu führen, und ...«

»Woher willst du das wissen?« Chris schüttelte den Kopf. »Schlag nicht meine Schlachten für mich«, sagte er müde.

»Du bist anders als diese Kriminellen«, sagte Gus erregt. »Du bist noch ein Kind.«

Bei diesen Worten hob Chris abrupt den Kopf. »Nein, Mom. Ich bin kein Kind mehr. Ich bin alt genug, um vor dem Gesetz wie ein Erwachsener behandelt zu werden, alt genug, um in einem Erwachsenengefängnis einzusitzen.« Er blickte an ihr vorbei. »Mach nicht etwas aus mir, das ich nicht bin«, sagte er, seine Karten offen auf den Tisch legend.

Samstag nacht gab es einen heftigen Sturm, und sogar die soliden Betonmauern des Gefängnisses schienen zu ächzen und dem Ansturm der Naturgewalten kaum gewachsen. Am Wochenende fand der Umschluß sehr spät statt, erst nachts um zwei, und die meisten Insassen waren aufgekratzter als sonst. Chris hatte noch nicht gelernt, in Tiefschlaf zu fallen, während der Rest des Traktes rumorte und lärmte, aber er lag mit einem Kissen über dem Kopf in seinem Bett und fragte sich, ob es tatsächlich möglich war zu hören, wie Regen in die Backsteine drang und auf das Dach trommelte.

Vorhin hatte es eine Auseinandersetzung gegeben – darüber, welche Fernsehsendung geschaut werden sollte, *Saturday Night Live* oder *Mad TV* –, und so kam es, daß zwei Zellen für eine Stunde abgeschlossen wurden und die Insassen einander durch die Gitterstäbe angifteten. Steve hatte eine Weile ferngesehen und sich dann in sein Bett zurückgezogen. Chris hatte vorgegeben zu schlafen, aber tatsächlich gehört, wie sein Zellengenosse den Nut-Rageous-Riegel auspackte, den er in dieser Woche über den gefängniseigenen Bestelldienst gekauft hatte.

Er hatte auch Chris verschiedenes mitgebracht. M&Ms, Kaffee und Twinkies. Aufgrund seiner Einzelhaft hatte Chris die Bestellungsaufnahme versäumt, und er nahm an, daß das Steves Art war, sich dafür zu bedanken, daß er ihn nicht angeschwärzt hatte.

Nach einer Weile wurde es in der oberen Pritsche ruhig, und Chris sagte sich, daß Steve eingeschlafen sein mußte. Er wartete, bis die Schließer den Umschluß ankündigten, und lauschte dann dem Klatschen von Gummisandalen auf dem nackten Steinboden, hörte gedämpft, wie jemand in ein Urinal pinkelte und nach und nach Ruhe einkehrte.

Die Lichter gingen aus.

Das heißt, eigentlich ging das Licht nie ganz aus. Es wurde erheblich gedimmt; andererseits war es im Hochsicherheitstrakt so düster, daß man ebenso lange brauchte, sich am Tag an das Licht zu gewöhnen, wie man abends brauchte, um im Halbdunkel einzuschlafen. Chris lauschte dem Wind, der draußen tobte, und stellte sich vor, er stünde draußen auf einem Feld, das ihn umgab, so weit das Auge reichte. Der Regen prasselte auf ihn nieder, er hob das Gesicht gen Himmel, und alles, was er sah, war Himmel.

Er hörte ein Wimmern, dann noch eins.

Chris schlug mit der flachen Hand gegen das obere Bett; das hatte er schon das ein oder andere Mal gemacht, wenn Steve geschnarcht hatte. Aber anstatt zu hören, wie sein Zellengenosse sich auf die Seite drehte und weiterschlief, vernahm er einen durchdringenden, gequälten Aufschrei.

Er stieg aus dem Bett und blickte auf die obere Pritsche. Steve fing an, sich von einer Seite auf die andere zu werfen, und schluchzte zum Steinerweichen. Chris verharrte eine Weile reglos. Steves Augen waren geschlossen, und er atmete schwer. Ganz offensichtlich quälte ihn etwas, und ebenso offensichtlich schlief er noch.

Beim zweiten Aufschrei legte Chris Steve eine Hand auf die Schulter. Er schüttelte ihn ein wenig kräftiger und sah dann im schwachen Licht die schmalen Schlitze von Steves Augen aufblitzen. Steve schüttelte Chris' Hand ab, und er fühlte, wie er vor Verlegenheit errötete. Eine der Grundregeln im Gefängnis lautete, daß man jemanden nur auf dessen ausdrücklichen Wunsch hin anfaßte.

»Tut mir leid«, murmelte er. »Du hast schlecht geträumt.«

Steve blinzelte. »Ich habe was?«

»Du hast geschrien und so«, entgegnete Chris zögernd. »Ich dachte mir, du würdest nicht den ganzen Knast aufwecken wollen.«

Steve ließ sich von seinem Bett gleiten, ging um Chris

herum und ließ sich auf den Deckel der Toilette sinken. Er barg das Gesicht in den Händen. »Scheiße«, sagte er.

Chris setzte sich auf sein Bett. In der Ferne konnte er immer noch das Heulen des Windes hören. »Du solltest dich wieder hinlegen.«

Steve hob den Kopf. »Wußtest du, daß du auch nachts manchmal schreist.«

»Tue ich nicht«, widersprach Chris ganz automatisch.

»O doch«, beharrte Steve. »Ich habe dich gehört.«

Chris zuckte die Achseln. »Wie auch immer«, sagte er und rupfte an einem Nagelhäutchen.

»Siehst du sie? Em?«

»Woher zum Teufel weißt du von Em?« fragte Chris verdattert.

»Das ist der Name, den du rufst. Nachts.« Steve stand auf und lehnte sich mit dem Rücken an die Gitterstäbe der Zelle. »Ich habe mich nur gefragt, ob du sie siehst, so wie ich ... ihn sehe.«

Chris dachte an Jordan McAfees Warnung vor Ratten, die die Bullen einschleusten, um einen auszuhorchen. Wenn er Fragen stellte, würde er selbst Fragen beantworten müssen, und er war nicht sicher, ob er eine solche Beziehung zu einem Mitinsassen wollte. Trotzdem hörte Chris sich flüstern: »Was ist passiert?«

»Ich war mit ihm allein zu Hause«, entgegnete Steve leise, »Lisa und ich hatten einen Riesenkrach, und sie stürmte aus der Wohnung und zu dem Friseursalon, wo sie arbeitete. Eigentlich redete sie nicht mehr mit mir, zu dem Zeitpunkt, als sie die Wohnung verließ, aber dann bat sie mich doch, auf das Baby aufzupassen. Ich war sauer und fing an, mich vollaufen zu lassen. Und dann wachte er auf und schrie so laut, daß ich davon Kopfschmerzen bekam.« Steve drehte sich um und drückte die Stirn an die Eisenstäbe. »Ich versuchte, ihm die Flasche zu geben, und wechselte seine Windel, aber er schrie trotzdem weiter. Also trug ich ihn herum, während er ununterbrochen weiterbrüllte, bis ich glaubte, mir würde der Schädel platzen. Und dann plötzlich habe ich ihn geschüttelt und ihn angeschrien, er solle endlich aufhören zu weinen.« Er holte tief Luft, und es klang fast wie ein Schluchzen. »Und dann schüttelte ich ihn wieder und wollte, daß er wieder anfing zu schreien.«

Steve wirbelte herum, seine Augen grau und glasig. »Weißt du, was es für ein Gefühl ist, so ein ... so ein winziges Wesen in den Armen zu halten ... hinterher ... und zu wissen, daß man ihn eigentlich beschützen sollte?«

Chris hatte einen dicken Kloß im Hals. Er schluckte mühsam. »Wie hat er geheißen?«

»Benjamin«, entgegnete Steve. »Benjamin Tyler Vernon.«

»Em«, sagte Chris leise, in einer völlig angemessenen Erwiderung. »Emily Gold.«

Vergangenheit

Mai 1996

Sein Atem ist so nah, daß ich ihn schmecken kann. Seine Hände wandern zu meinen Hüften, gleiten immer höher und höher und kneifen mich. Ich will ihm sagen, daß es weh tut, kann aber nicht sprechen. Ich will ihm sagen, daß ich nicht mehr will.

Er stößt mich zurück, und dann ist seine Hand da unten, und ich fange an zu schreien.

Als der Wecker schrillte, fuhr Emily abrupt aus dem Schlaf hoch. Die Laken lagen zerwühlt um ihre Füße, und ihr Nachthemd war schweißnaß. Sie schwang die

Beine über die Bettkante und streckte sich. Sie ging ins Bad und drehte in der Dusche das Wasser auf. Sie wartete, bis der Dampf aus der Kabine stieg und um ihren Kopf waberte, ehe sie die Kabine betrat. Als sie am Spiegel vorbeikam, wandte sie den Kopf ab. Irgendwas am Anblick ihres nackten Körpers erschien ihr nicht richtig.

Sie legte den Kopf in den Nacken und ließ das Wasser über ihr Haar rinnen. Dann nahm sie die Seife und schrubbte sich so lange, bis die Haut stellenweise anfing zu bluten, aber auch dann fühlte sie sich noch nicht sauber.

Ausnahmsweise einmal war der Geschichtsunterricht interessant. Heftig, aber faszinierend. Mr. Waterstone hatte das trockene Kapitel »Steuern« unterbrochen und erläuterte ihnen Einzelheiten des Alltags im Amerika der Kolonialzeit. In der vergangenen Woche hatten sie die handelsüblichen Preise für einen Ballen Kaliko, Rohbaumwolle und einen gesunden Sklaven erfahren. Heute standen die Indianer auf dem Programm.

Uuuups. Die *native Americans*, wie es politisch korrekt hieß. Der Sinn dieser Abweichung vom Lehrplan war der, den Schülern einen Eindruck des Lebens in der Kolonialzeit zu vermitteln. Das bedeutete nicht nur Einmischung seitens der englischen Krone, sondern auch das bewußte Vermeiden jeglichen Kontaktes mit den Eingeborenen.

Emily starrte wie gebannt auf den Bildschirm ganz vorn im Klassenraum. Soweit sie dies überhaupt registrierte, verhielten sich im Augenblick sogar die schlimmsten Störenfriede ruhig. Alle beobachteten fasziniert den bemerkenswerten Film, der – in einer nachgestellten Szene – zeigte, wie ein Krieger des Mohawk-Stammes die

Brust eines gefangenen französisch-kanadischen Jesuitenpriesters aufschnitt und sein Herz verspeiste.

Hinten in der Klasse war ein dumpfer Aufprall zu hören, und Emily riß sich gerade so lange vom Bildschirm los, um zu sehen, daß Cheerleader Adrienne Whalley ohnmächtig auf dem Fußboden lag. »Oh Scheiße«, fluchte Mr. Waterstone, leise, aber dennoch unüberhörbar. Er unterbrach die Filmvorführung, knipste das Licht an und schickte einen Schüler zur Krankenstation. Dann hockte sich Mr. Waterstone selbst neben Adrienne, beugte sich über sie und rieb ihre Hand, so daß Em sich unwillkürlich fragte, ob Adrienne nicht genau das bezweckt hatte. Immerhin war der junge Mr. Waterstone mit dem schulterlangen rabenschwarzen Haar und den strahlendgrünen Augen der attraktivste Lehrer an der Schule.

Die Schulglocke ertönte genau in dem Augenblick, da die Krankenschwester mit einer Flasche Riechsalz ins Klassenzimmer kam, das Adrienne, die inzwischen wieder zu sich gekommen war, nicht mehr brauchte. Emily sammelte ihre Bücher und Hefte ein und steuerte die Tür an, wo Chris bereits auf sie wartete. Ihre Hand schob sich ganz selbstverständlich in seine, und sie gingen hintereinander den Korridor hinunter. »Wie ist Waterstones Unterricht?« fragte er; Chris hatte in der siebten Stunde Geschichte.

Emily drückte sich enger an ihn, als sie an einer Gruppe von Schülern vorbeikamen, und blieb dann an seiner Seite. »Oh«, entgegnete sie. »Er wird dir gefallen.«

Das Küssen gefiel ihr.

Und wenn es nur darum gegangen wäre, hätte sie gern eingewilligt. Es gefiel ihr, den Mund unter Chris' zu öffnen und zu fühlen, wie seine Zunge ihn ausfüllte, so als würde er ihre Geheimnisse verschließen. Es gefiel ihr, zu fühlen, wie sein Stöhnen warm und süß wie ein Karamellbonbon von seinem Mund in den ihren überging. Und ganz besonders gefiel ihr, wie seine großen Hände ihren Kopf hielten, so als könnte er ihre Gedanken beisammenhalten, auch wenn sie begannen, in Richtungen zu laufen, die sie gar nicht näher erkunden wollte.

Aber in letzter Zeit schien es, als würden sie sich seltener küssen und statt dessen mehr Zeit damit verbringen, darüber zu streiten, wo Chris' Hände bleiben sollten.

Jetzt saßen sie im Fond seines Jeeps – wie oft hatte Emily sich gefragt, ob Chris diesen Wagen gewählt hatte, weil sich die Rücksitze umklappen ließen –, und die Scheiben waren völlig beschlagen. Auf eins der Fenster hatte Emily ein Herz mit ihrer beider Initialen gezeichnet. Jetzt sah sie, wie Chris' Rücken gegen das Glas rieb und das Herz fortwischte.

»Ich sehne mich so nach dir, Em«, flüsterte Chris in ihre Halsbeuge, und sie nickte. Sie sehnte sich auch nach ihm, nur eben nicht auf die gleiche Art.

In abstrakter Form machte sie die Vorstellung, mit Chris zu schlafen, neugierig. Warum nicht, wenn sie ihn doch mehr liebte als jeden anderen Menschen auf der Welt? Das Problem war nur, daß körperliche Intimitäten, die Art, wie er sie anfaßte, sie krank machten. Sie fürchtete, daß, wenn sie sich irgendwann einmal dazu überwand, tatsächlich mit ihm Sex zu haben, ihre ganze Konzentration darauf gerichtet sein würde, sich nicht zu übergeben. Das Problem war, daß wenn sie auf Chris' Hand hinabschaute, die auf ihrer Brust lag, sie vor ihrem geistigen Auge sah, wie diese selbe, wenn auch kleinere Hand hinter dem Rücken seiner Mutter ein halbes Dutzend frischgebackener Kekse stibitzte. Oder sie stellte sich die langen gekreuzten Finger vor bei einem Spiel »Schere, Papier, Stein«, während sie auf dem Weg in den Urlaub Seite an Seite in einem der Familienwagen saßen.

Manchmal kam es ihr vor, als würde sie im Fond des Jeeps mit einem unglaublich attraktiven, sexy Typen schmusen – und manchmal, als würde sie mit ihrem eigenen Bruder ringen. Wie sehr sie sich auch bemühte, konnte sie das eine nicht vom anderen trennen.

Sanft drückte sie mit den Händen gegen Chris' Brust, um ihn dazu zu bringen, sich aufzusetzen. Als er stirnrunzelnd den Kopf hob, lächelte sie ihn an. Seine Lippen waren noch glänzend und feucht, und sie fühlte einen kühlen Ring um ihre Brustwarze. Sie verwob die Finger mit seinen. »Fühlst du dich mir, du weißt schon, sehr nah?«

Chris' Augen loderten. »Gott, ja.«

»So habe ich das nicht gemeint«, stellte sie richtig. »Ich schätze, na ja, es liegt nur daran, daß du mich besser kennst als mein eigener Bruder.«

»Du hast keinen Bruder.«

»Ich weiß«, entgegnete Emily. »Aber wenn ich einen hätte, dann wärst du es.«

Chris grinste anzüglich. »Dann laß uns Gott danken, daß ich es nicht bin«, sagte er und senkte den Kopf wieder.

Sie zupfte an seinem Haar. »Denkst du manchmal in dieser Weise an mich?« fragte sie scheu. »Wie an eine Schwester?«

»Im Augenblick nicht«, erwiderte er mit erstickter Stimme und drückte die Lippen auf die ihren. »Ich kann dir schwören ...« Er küßte sie wieder. »Daß ich nie ...« Ein weiterer Kuß. »Niemals Lust hatte, so etwas mit Kate zu tun.« Er rollte sich aus eigenem Antrieb von ihr, und die harte Verdickung in seiner Jeans erschlaffte. »Gott«, sagte er schaudernd. »Jetzt hast du mich ganz rausgebracht.«

Emily legte eine Hand auf seine Brust. Sie liebte seine Brust mit der leichten Behaarung und den kräftigen Muskeln. »Es tut mir leid. Das wollte ich nicht.« Sie schmiegte sich an ihn und fühlte, wie seine Arme sich um sie legten. »Laß uns nicht weiter reden«, meinte sie und vergrub das Gesicht an seiner warmen Haut.

Sein Atem strömt in meinen Mund, die einzige Luft, die ich habe. Seine Hände fangen bei meinen Fußknöcheln an und gleiten aufwärts, über meine Schienbeine, ziehen sie erbarmungslos auseinander, und ich weiß, was kommt, als seine Finger in mich hineinstechen.

Er läßt nicht zu, daß ich die Schenkel zusammenpresse, daß ich mich abwende. An seiner Hand ist Blut. Er drückt mich an den Schultern zurück und zieht eine rote Linie über meine Brust. Sie bricht auf, und ich fühle, wie er tief in mich hineinlangt, wie seine Hand in meinem Inneren herumwühlt. Dann gleitet etwas Wabbeliges aus mir heraus, und als ich die Augen öffne, sehe ich, wie Chris' Zähne sich in mein Herz graben.

»Nein.«

Emily zog an Chris' Hemdkragen. »Nein«, sagte sie noch einmal, und als seine Hände sie hierauf nur noch fester hielten, kniff sie ihn in den Nacken. »Nein!« schrie sie und stieß ihn unsanft von sich. »Ich habe nein gesagt«, keuchte sie.

Chris schluckte hart. Die Spitze seines erigierten Penis lugte unter seiner offenen Jeans über den Rand seiner Boxershorts. »Ich dachte, du meinst es nicht wirklich«, sagte er.

»Herrgott im Himmel«, fluchte sie wütend. Sie rieb sich

die von Gänsehaut überzogenen Arme und wandte sich von ihm ab. Das Problem war nur, daß es im Fond eines Jeeps nicht allzuviel Raum gab, um auf Distanz zu gehen. Sie wartete darauf, daß seine Hände sich um ihre Schultern schlossen, so wie sie es immer taten, wenn sie an diesen Punkt kamen. Es war wie ein Spiel, das jede Nacht gleich endete. Der Vorhang würde fallen, und morgen würden sie wieder von vorn anfangen. Aber diesmal wartete Emily vergeblich. Sie hörte, wie er den Reißverschluß seiner Hose hochzog, wie der umgeklappte Sitz ächzte, als Chris sich aufrichtete und an ihr vorbeizwängte. »Weg da«, befahl er gepreßt, und als sie gehorchte, klappte er die Rückenlehne des Sitzes hoch.

Erst als die Innenbeleuchtung aufflammte und Chris die Vordertür öffnete und sich auf den Fahrersitz setzte, ging Emily auf, daß er fahren wollte. Sie kletterte zwischen den Vordersitzen nach vorn und schnallte sich an, als Chris auch schon mit heulendem Motor von dem verlassenen Parkplatz raste.

Er fuhr schnell und riskant, eine Fahrweise, die in krassem Widerspruch zu seiner gewohnten Besonnenheit stand. Als er eine Kurve auf zwei Reifen nahm, legte Emily ihm eine Hand auf den Arm. »Was ist los mit dir?«

Er starrte sie an, sein Gesicht im Licht der Straßenlaternen verkniffen und hart, so daß er Emily ganz fremd vorkam. »Was ist los mit dir?« äffte er sie nach. »Was ist los mit dir?«

Ohne Vorwarnung riß er das Steuer herum, lenkte den Wagen in eine Sackgasse zur Rechten und stellte den Schalthebel des Automatik auf Parken. »Du willst wissen, was mit mir los ist, Emily?« Er packte ihre Hand und preßte sie auf seinen Schritt. »Das ist los mit mir.« Er ließ ihr Handgelenk los, und Emily schob die Hand schützend unter ihren Oberschenkel. »Ich kann an nichts anderes mehr denken, mein ganzes Leben dreht sich nur noch darum. Und Abend für Abend sagst du nein und erwartest von mir, daß ich das akzeptiere und auf meine Art damit fertig werde. Das Problem ist nur, daß ich eben nicht damit fertig werde. Nicht mehr.« Emily errötete und starrte auf ihren Schoß. Nach einer Weile hörte sie Chris seufzen. Er fuhr sich mit einer Hand durch das Haar, das hiernach stachelig von seinem Schädel abstand. »Hast du eigentlich eine Vorstellung davon«, sagte er leise, »hast du auch nur eine Ahnung, wie sehr ich dich begehre?«

Sie biß sich auf die Unterlippe. »Begehren ist nicht dasselbe wie lieben.«

Er lachte ungläubig. »Soll das ein Witz sein? Ich liebe dich seit ... Himmel, schon mein ganzes Leben. Die Leidenschaft ist das Neue für mich.« Er strich sachte mit dem Daumen über Emilys Schläfe. »Begehren mag nicht dasselbe sein wie lieben«, stimmte er ihr zu. »Aber sie könnten es sein, wenigstens für mich.«

»Warum?« fragte sie gepreßt.

Chris schenkte ihr ein Lächeln, das ihre Abwehr dahinschmelzen ließ wie Butter in der Sonne. »Weil ich dich noch mehr liebe, seit ich dich begehre, Emily.«

Sie nahm alles viel schärfer wahr. Sie konnte seinen stinkenden Atem riechen, die rauhen Haare auf seinem Handrücken fühlen, ihr eigenes Gesicht sehen, das ihr entgegenstarrte. Sie trug etwas mit einem Gummizug an der Taille; der elastische Bund klatschte zurück gegen ihre Hüften. Dann war da das vertraute Gefühl seiner Fingernägel, die sie kratzten, seiner Handflächen, die sich an ihre Brustwarzen preßten, das Brennen zwischen ihren Beinen.

Aber diesmal war da noch mehr. Das monotone Sum-

men – wovon? – Bienen? Der durchdringende Geruch von Desinfektionsmitteln. Und der unverwechselbare Geruch einer Küche, von etwas, das in Fett gebraten wurde.

Aufgewühlt fuhr Emily aus dem Schlaf hoch, konnte sich jedoch nicht an den Traum erinnern, der sie derart aufgeschreckt hatte und der Grund war für die Anspannung, die es ihr unmöglich machte, wieder einzuschlafen. Vermutlich hatte sie von dem geträumt, was morgen Abend geschehen würde. An diesem Abend hatten sie und Chris sich vorgenommen, zum erstenmal miteinander zu schlafen.

Miteinander Liebe zu machen, verbesserte sie sich, als könnte der Euphemismus es ihr erleichtern, den Gedanken zu akzeptieren.

Sie kniff die Augen zusammen und versuchte, im Dunkeln ihre Turnschuhe auszumachen. Sie holte sie unter dem Schreibtisch hervor, schlüpfte hinein, schnürte sie jedoch nicht zu. Dann zog sie Chris' Schwimm-Sweatshirt über ihr Nachthemd und ging nach unten. Leise verließ sie das Haus.

Es war warm für Mai, und der Mond stand hoch und voll am Himmel und hob den Weg zwischen dem Haus der Golds und jenem der Hartes hervor wie einen silbrigen Bach. Emily hastete den Weg hinunter, und ihre Arme schimmerten so bleich wie die Stämme der Birken um sie herum.

Als sie drüben am Haus der Hartes angelangt war, stellte sie zu ihrer Überraschung fest, daß in Chris' Zimmer noch Licht brannte. Um drei Uhr morgens? An einem Donnerstag? Sie hob ein kleines Steinchen auf und warf es an sein Fenster, an dem fast sofort sein Gesicht auftauchte. Das Licht ging aus, und plötzlich stand

Chris nur wenige Meter vor ihr, in T-Shirt und Boxershorts. Seine Finger ruhten nervös auf der Zarge der Seitentür.

»Ich konnte nicht schlafen«, sagte Emily.

»Ich auch nicht«, gab Chris lächelnd zu. »Ich mußte ständig an morgen denken, und das hat mich ganz nervös gemacht.«

Emily sagte nichts dazu. Sollte er doch glauben, das wäre auch der Grund für ihre eigene Schlaflosigkeit.

Er kam barfuß von der Veranda und verzog das Gesicht, als Kies und kleine Zweige sich in seine nackten Sohlen gruben. »Komm«, sagte er, »wir können ebenso gut zusammen schlaflos herumsitzen.«

Er zog sie am Rand des Rasens entlang bis dorthin, wo das Wäldchen begann. Dort war der Boden weicher – die Tannennadeln waren noch feucht vom Winter, und das Moos bildete ein weiches Kissen am Saum des Waldes entlang. Chris' Schritte wurden immer sicherer, je tiefer er in den Wald vordrang und einen großen Granitblock ansteuerte.

Sie waren Jahre nicht mehr hier gewesen. In Kindheitstagen war dies ihr Lieblingsplatz; hier hatten sie Piraten gespielt, mit Stöcken als Musketen und runden Steinen als Kanonenkugeln. Chris kletterte auf den hohen, flachen Felsbrocken und half dann Emily hinauf. Er legte ihr einen Arm um die Schultern und blickte zurück zum Haus seiner Eltern. »Erinnerst du dich noch, wie du mich runtergeschubst hast und ich mit mehreren Stichen genäht werden mußte?«

Emily tastete blind zu der Stelle an seinem Kiefer. »Siebzehn«, sagte sie trocken. »Du hast mir immer noch nicht verziehen.«

»Oh doch, verziehen habe ich dir längst«, versicherte ihr Chris. »Ich habe es nur nicht vergessen.«

»Okay«, sagt sie und breitete die Arme aus. »Stoß mich runter, dann sind wir quitt.«

Chris schlang ihr von hinten die Arme um die Taille und zog sie statt dessen zu Boden. Lachend strampelte sie mit den Beinen und trat ihn gegen die Schienbeine. Sie kitzelten einander und balgten sich, wie sie es als Kinder getan hatten, wie Hundebabys, die den Schwanz des anderen jagten. Dann, ganz plötzlich, blieben Chris' Hände still auf ihren Brüsten liegen, und seine Lippen legten sich auf die ihren. »Sag Babel«, flüsterte er und verstärkte leicht den Druck seiner Lippen.

»Ba ...« Seine Zunge füllte ihren Mund aus, und seine Hände glitten fiebrig abwärts, in einem völlig anderen Spiel. Sie schloß die Augen und lauschte Chris' Atem und dem kehligen Ruf einer Eule.

Ebenso plötzlich wie er begonnen hatte, brach er die Liebkosungen ab. Er zog Emily in eine sitzende Position und legte brüderlich die Arme um sie. »Ich denke, das reicht fürs erste«, sagte er.

Emily wandte sich ihm verdattert zu. »Plötzlich kannst du warten?«

Seine Zähne leuchteten weiß im Dunkel. »Jetzt, da ich Licht am Ende des Tunnels sehe, kann ich es«, sagte er langsam.

Er ließ den Arm zu ihrer Taille hinabgleiten. Emily schauderte und versuchte, sich selbst davon zu überzeugen, daß sie nur vor Kälte gefröstelt hatte.

Sie lagen auf dem Holzboden des Karussells und beobachteten die Sterne durch das Gewirr von geschnitzten Schweifen und Hufen. Sie berührten sich bei den Schultern, Ellbogen und Hüften, allesamt Stellen, die zu brennen schienen. Ihr ganzer Körper spannte sich, als Chris ihre Hand mit der seinen bedeckte.

Er stützte sich auf einen Ellbogen. »Was ist?«

Sie schüttelte den Kopf. Ihre Kehle war wie zugeschnürt. »Ich kann nicht einfach hier sitzen und darauf warten, daß es passiert«, sagte sie. »Ich möchte es hinter mich bringen.«

Chris' Augen weiteten sich. »Es ist keine Hinrichtung, weißt du.«

»Sagst du«, brummte Emily.

Chris lachte und setzte sich auf. »Was hältst du davon, wenn wir einfach eine Weile reden und abwarten, was passiert?« meinte er.

»Reden«, schnaubte Emily, als wäre allein die Vorstellung, daß das zum Sex führen sollte, absurd. »Und worüber?«

»Ich weiß nicht. Wie wäre es damit, wie wir die Hunde dabei beobachtet haben?«

Emily kicherte. »Das hatte ich ganz vergessen. Mrs. Mortons Pudel und die Springer-Spaniel-Hündin aus der Fieldcrest Lane.« Sie fühlte wie Chris' Finger zwischen ihre eigenen glitten, und plötzlich fiel ihr das Reden schon etwas leichter. »Ich hätte nicht gedacht, daß der Pudel es schaffen würde, sie zu besteigen.«

Chris lächelte. »Sah komisch aus, nicht wahr?« Dann lachte er.

»Was?«

»Ich dachte nur gerade, fair ist fair – wir sollten die Hunde suchen und sie bei uns zuschauen lassen.«

Sie dachte an den langen, spitzen Penis des Pudels, der aus der größeren Spaniel-Hündin herausglitt und zwischen deren trippelnden Beinen hin und her schlug. Was immer sie und Chris tun würden, noch peinlicher als das konnte es nicht werden. Chris' Arm legte sich verstohlen um ihre Schultern. »Besser?«

»Ja«, gab sie zu und vergrub das Gesicht in seiner Achselhöhle. Er roch nach einem süßlichen Deodorant, Schweiß und Erregung.

»Was hältst du davon«, sagte er, legte ihr die Hand unter das Kinn und hob ihr Gesicht dem seinen entgegen, »wenn ich dich nur küsse?«

»Nur küssen«, wiederholte sie.

»Fürs erste. Denk gar nicht an den Rest.«

Emily lächelte unter seinen Lippen. »Na klar.«

Chris' Lippen erwiderten das Lächeln. »Tu mir den Gefallen.« Er fuhr die Konturen ihrer Lippen mit der Zungenspitze nach, dann wanderten seine Lippen ihren Hals hinunter und bedeckten ihre samtweiche Haut mit Küssen. Sie fühlte, wie seine Hände zitterten, als sie sich unter ihr Shirt schoben, und das machte ihr mehr Mut als alles andere: zu wissen, daß Chris auch nervös war.

Dann, wie es in der Jugend so ist, daß die Zeit furchtbar schnell und gleichzeitig viel zu langsam vergeht, erkannte Emily plötzlich, daß sie nackt war und Gänsehaut ihren Körper überzog. Sie sah zu, wie Chris ein Kondom überstreifte und war überrascht davon, daß sie ihn schön fand und nicht fremdartig oder häßlich. Sie gestattete Chris, sich auf sie zu legen. Seine Brust brannte auf der ihren, und sein Unterleib ruhte zwischen ihren Schenkeln. »Glaubst du, daß es wehtun wird?« fragte sie panisch.

Das ließ ihn innehalten. »Ich weiß es nicht«, sagte er ehrlich. »Ich glaube, das ist ganz normal, zumindest ein klein wenig.« Er rollte sich seitlich neben Emily und streichelte besorgt mit einer Hand ihre Hüfte. »Was ist?« fragte Emily.

»Nichts«, entgegnete er und begegnete ihrem Blick. »Diesen Teil hatte ich vergessen.«

»Ich bin sicher, daß es nicht allzu schlimm wird«, meinte Emily. »Ich glaube, es ist noch niemand daran gestorben.« Was tue ich da, dachte sie gleichzeitig fassungslos. Warum ermutige ich ihn noch?

Chris lächelte und strich ihr das Haar aus der Stirn. »Wenn ich irgend etwas tun könnte, um dir den Schmerz zu ersparen, würde ich es tun«, sagte er. »Ich wünschte, ich wäre derjenige, der ihn spüren müßte.«

Emily legte ihm eine Hand auf den Unterarm. »Das ist sehr süß von dir«, sagte sie.

»Es ist nicht süß, sondern egoistisch«, entgegnete er. »Ich weiß, daß ich etwas Schmerz ertragen kann. Aber ich glaube, ich könnte es nicht ertragen, deinen mit anzusehen.«

Emily langte zwischen seine Schenkel und schloß die Hand um sein Glied. Er schnappte nach Luft. Dann rollte er sich wieder auf sie und stützte sich mit beiden Ellbogen ab. »Wenn es wehtut«, sagte er, »kneif mich. Wir stehen das gemeinsam durch.«

Sie fühlte, wie er sie berührte, fühlte etwas Nasses, von dem sie erkannte, daß es von ihr selbst kam, und dann hielt er abrupt inne. Sie sah flüchtig die Tausend-Teile-Puzzle vor sich, die sie als Kinder zusammengesetzt hatten, dachte daran, wie Chris dazu geneigt hatte, dort nachzuhelfen, wo Teile nicht wirklich zusammenpaßten.

»Em«, sagte er, und sie sah, daß auf seiner Stirn Schweiß perlte. »Willst du das wirklich?«

Sie erkannte daß er aufhören würde, wenn sie jetzt den Kopf schüttelte. Aber in ihren Augen war das, was sie wollte, untrennbar mit dem verbunden, was Chris wollte, und sie wußte, daß er sich das hier inniger wünschte als alles andere.

Als sie leicht nickte, schob Chris vorsichtig die Hüften vor und drang langsam in sie ein.

Einen Augenblick tat es weh, und sie grub die Fingernägel in seinen Rücken. Dann war es gar nicht mehr so schlimm. Es fühlte sich sonderbar an, eine Dehnung von innen nach außen, aber nicht schmerzhaft. Sie fühlte, wie ihre Hüften wackelten, als Chris begann, immer schneller und kräftiger zuzustoßen und dabei zu stöhnen, wobei er ihren Rücken mehrere Zentimeter weit über die Holzbohlen des Karussells schob.

Als er aufschrie und sich in sie ergoß, starrte sie aus großen Augen auf den nackten Bauch eines der Pferde und nahm zum erstenmal wahr, daß die Pferde auf der Unterseite nicht angemalt worden waren.

Chris rollte sich schweratmend von ihr. »O Gott«, keuchte er, auf dem Rücken ausgestreckt. »Ich glaube, ich bin tot.« Gleich darauf zog er sie zärtlich in seine Arme. »Ich liebe dich«, flüsterte er und strich mit dem Finger über ihre Schläfe. »Aber ich habe dich zum Weinen gebracht.«

Sie schüttelte den Kopf, und ihr wurde erst jetzt bewußt, daß die Tränen immer noch strömten. »Du hast mich ...« Sie verstummte, und sie beließ es dabei.

Es ist nur eine Herausforderung, hatte sie sich an diesem Tag gesagt und die Tür zur Herrentoilette bei McDonald's aufgestoßen. Zu ihrer Überraschung hatte sie festgestellt, daß sie sich nur dadurch von der Damentoilette unterschied, daß an der Wand zwei Urinale angebracht waren und es alles in allem stärker roch. In der einen Kabine war jemand; Emily konnte seine Beine sehen. Wie gelähmt vor Verlegenheit blieb sie vor dem Waschbecken stehen – was, wenn er bemerkte, daß ihre Schuhe die eines neunjährigen Mädchens waren? Sie hörte die Toilettenspülung, und dann wurde die Tür zur Toilettenkabine geöffnet. Der Creep stand vor ihr. Seine Kleider rochen nach Fett und Desinfektionsmittel.

»Na«, sagte er, »wen haben wir denn da?«

Emily fühlte, wie ihre Beine zitterten. »Ich ... ich muß mich in der Tür geirrt haben«, stammelte sie. Sie wirbelte herum und wollte in Richtung Tür flüchten, aber er packte ihr Handgelenk.

»Ach ja?« knurrte er, und seine Stimme schlängelte sich um sie wie Rauch, zog sie näher heran. »Woher willst du wissen, daß du hier falsch bist?«

Er drückte sie mit dem Rücken gegen die Tür, so daß niemand mehr hereinkonnte. Dann hielt er ihr mit einer Hand die Arme über den Kopf und schob die zweite Hand unter ihr T-Shirt. »Keine Titten«, sagte er. »Könntest also ebensogut ein Kerl sein.« Dann schob er die Hand unter den elastischen Bund ihrer Shorts und rieb die Finger zwischen ihren zusammengedrückten Schenkeln. »Kann allerdings auch keinen Schwanz fühlen«, meinte er. Er beugte sich vor, so weit, daß sie seinen Atem riechen konnte. »Ich will doch ganz sicher gehen«, sagte er und stieß einen Finger in sie hinein.

Panik versteifte ihren Körper und lähmte ihre Stimmbänder, so daß, obgleich sie in Gedanken schrie, kein Laut über ihre Lippen kam. So schnell, wie er sie gepackt hatte, ließ der Mann sie wieder los. Emily sank auf die braunen Bodenfliesen, während er hinausging. In sich drin fühlte sie das Brennen vom dem Desinfektionsmittel an seiner Hand. Sie übergab sich auf den Fußboden, stand dann auf und spülte sich den Mund aus. Sie zupfte ihre Kleidung zurecht und kehrte an den Tisch zurück, wo Chris auf sie wartete.

»Psst«, sagte Chris und drückte sie an seine Brust. »Du hast geschrien.«

Sie war immer noch nackt, ebenso wie Chris, und sie fühlte, daß sein Penis an ihrer Hüfte wieder steif wurde. Sie rückte von ihm ab und rollte sich zu einer Kugel zusammen. »Ich bin eingeschlafen«, sagte sie mit zittriger Stimme.

»Oh«, sagte Chris mit einem zärtlichen Lächeln. »Tut mir leid, daß es für dich so langweilig war.«

»Das ist es nicht«, entgegnete Emily.

»Ich weiß. Komm her und setz dich zu mir.« Er hielt ihr arglos die Hand hin, und Emily kletterte auf seinen Schoß, wobei sie versuchte, sich selbst davon zu überzeugen, daß es völlig okay war, so etwas zu tun, obwohl sie beide splitterfasernackt waren.

Sie fühlte Chris' Hände auf ihrer Haut, fühlte, wie er sie wieder auf die kühlen Holzplanken legte. Als sie sich wegrollen wollte und er sie festhielt, wimmerte sie. »Ich weiß, daß du wund bist«, sagte er. »Ich will dich nur ansehen. Vorhin hatte ich es zu eilig.«

Er liebkoste ihre Brüste erst mit den Augen und dann mit den Fingern. Er zeichnete Kreise um ihre Brustwarzen herum und biß sie sacht ins Schlüsselbein. Er ließ seine Hände über ihren Bauch abwärts wandern, über ihre Hüften ... Dann schob er sacht ihre Schenkel auseinander und strich mit einem Finger über ihre Schamlippen. Zitternd versuchte sie, ihn fortzutreten, aber er hielt sie bei den Fußknöcheln fest. »Nicht«, sagte er. »Laß mich dich nur ansehen.«

Sie fühlte, wie seine Lippen feuchte Spuren auf ihrem Nabel hinterließen und dann tiefer glitten. »Du bist perfekt«, verkündete er, und sie erbleichte, wohl wissend, daß sie nichts weniger war als das. »Beweg dich nicht«, sagte er, seine Worte zwischen ihren Beinen vibrierend. Sie weinte.

Sofort fuhr er hoch. »Was ist? Habe ich dir weh getan?«

Sie schüttelte so heftig den Kopf, daß ihre Tränen durch die Luft flogen. »Ich will nicht stillhalten. Ich will nicht stillhalten.« Sie schlang die Arme um Chris, und die

Beine, und ohne dies beabsichtigt zu haben, fühlte sie, wie er erneut in sie hineinglitt.

»Ich liebe dich«, flüsterte Chris überwältigt.

Emily wandte den Kopf ab. »Tu es nicht«, antwortete sie.

Gegenwart

Dezember 1997

Gus fragte sich, ob Chris es vermißte, Entscheidungen zu treffen.

Sie starrte auf das bunte Angebot an Früchten im Supermarkt, die wie eine Reihe von Soldaten in Regenbogenfarben Schulter an Schulter dastanden, und sie konnte nicht umhin, die nüchternen Rost- und Grautöne der Strafvollzugsanstalt von Grafton County mit dieser unbeabsichtigten Schönheit des Lebensmittelgeschäftes zu vergleichen. Die Auswahl war riesig – sollte sie Mandarinen kaufen, grüne Granny Smith oder pralle Tomaten? Entscheidungen überall – ein krasser Kontrast zu den Anweisungen: iß das, dusch jetzt und lauf dort im Kreis.

Sie streckte die Hand nach den Klementinen aus. Dieses Obst aß Chris am liebsten, und sie wollte ihm am kommenden Dienstag welche mitnehmen ... das heißt, war das überhaupt erlaubt? Sie stellte sich vor, wie einer dieser stämmigen Männer in blauer Uniform die Früchte in Stücke schnitt auf der Suche nach Rasierklingen, so wie sie selbst Chris' Halloween-Süßigkeiten auf Nadeln kontrolliert hatte. Nur daß sie aus liebevoller Fürsorge heraus so gehandelt hatte. Die Beamten ihrerseits würden nur Vorschriften gehorchen.

Gus kippte die Klementinen aus der Tüte zurück auf den Haufen.

Ist es zu glauben?

In diesem Haushalt?

Gus drehte sich um und schob ihren Einkaufswagen auf das Gemüse zu, aber sie sah nur einige alte Klatschweiber beim Wocheneinkauf.

Sie können es ruhig glauben. Ich habe den Jungen mal gesehen, und er war ...

Wußten Sie, daß der Vater einen Medizinerpreis verliehen bekommen hat?

Gus' Hände verkrampften sich um den Griff des Einkaufswagens. Sie wappnete sich innerlich und steuerte auf die Frauen zu, die inzwischen damit beschäftigt waren, an Melonen zu riechen, um diese auf ihre Reife hin zu prüfen. »Entschuldigen Sie«, sagte Gus und zeigte die Zähne in einem angespannten Lächeln. »Gibt es vielleicht etwas, das Sie mir ins Gesicht sagen möchten?«

»Oh nein«, entgegnete eine der Frauen kopfschüttelnd.

»Doch, wo Sie schon fragen«, erklärte ihre Bekannte. »Ich denke, wenn ein Kind ein so furchtbares Verbrechen begeht wie dieses, sind die Eltern dafür verantwortlich zu machen. Immerhin muß er dieses Verhalten ja irgendwo her haben.«

»Sofern er nicht einfach von Natur aus böse ist«, bemerkte die andere Frau leise.

Gus musterte die beiden Frauen fassungslos. »Wären Sie so freundlich, mir zu sagen, was Sie das überhaupt angeht?« fragte sie leise.

»Wenn so etwas in unserer Stadt passiert, wird es auch zu unser aller Problem. Komm, Anne«, sagte die zweite Frau, woraufhin die beiden in einem anderen Gang verschwanden.

Mit brennenden Wangen ließ Gus ihren Einkaufswagen mitsamt dem Inhalt einfach stehen und verließ den Supermarkt. Nur weil sie sich an der Kasse an einer Mutter mit Zwillingen vorbeiquetschen mußte, bemerkte sie die Zeitung in dem Ständer. Die Grafton County Gazette war derart gefaltet, daß die Schlagzeile sofort ins Auge fiel: »Mord in der Kleinstadt, Teil II«. Und in viel kleinerer Schrift: »Weitere Beweise gegen den High-School-Athleten, der wegen Mordes an seiner Freundin verhaftet wurde.«

Gus richtete den Blick wieder auf die Überschrift. Teil II, stand da. Was war mit Teil I?

Die Hartes hatten die Grafton County Gazette abonniert, so wie die meisten Leute in der Gegend. Auch wenn es ein eher ländliches Blatt war mit seinen Titelgeschichten über abgebrannte Silos auf irgendwelchen Milchbetrieben und Schulbudgetengpässe, war es doch die einzige Zeitung, die über einen Lokalteil verfügte, der auch Bainbridge einschloß. Zahlreiche Haushalte bezogen außerdem den Boston Globe, aber nur, um die Verbrechensstatistiken und politischen Standpunkte zu vergleichen und sich im Grunde selbst zu bestätigen, wie idyllisch das Leben war, das sie in New Hampshire führten. An den Abenden, an denen sie zu beschäftigt waren, um den Globe zu lesen, schlugen sie statt dessen die Gazette auf, die maximal 32 Seiten umfaßte.

Die einzige Zeit, in der Gus die Zeitung nicht gelesen hatte, waren die Tage um die Verhaftung herum gewesen, Tage, in denen sie so unglücklich gewesen war, daß sie kaum in ihrer eigenen privaten Welt klargekommen war und keinerlei Interesse an der Welt draußen gehabt hatte.

Gus holte mehrmals tief Luft und las dann den Artikel. Anschließend blätterte sie zum Impressum, fand, was sie suchte und klemmte sich die zusammengerollte Zeitung unter den Arm. Und? Was bedeutete es schon, wenn sie Beweise dafür fanden, daß Chris am Karussell gewesen war? Seine Anwesenheit am Tatort war nie ein Geheimnis gewesen. Erst als sie ihren Wagen erreichte, wurde ihr bewußt, daß sie die Zeitung nicht bezahlt hatte. Einen Augenblick überlegte sie, ob sie zurückgehen und die 35 Cents bezahlen sollte, aber dann entschied sie sich dagegen. Scheiß drauf, dachte sie. Sollen sie doch glauben, die ganze Familie wäre nur ein verbrecherischer Haufen.

Die Büros der Grafton County Gazette waren fast ebenso düster wie das Gefängnis, ein angenehmer Gedanke, der Gus den Elan verlieh, vor die Empfangsdame mit dem zweifarbig getönten Haar zu treten und zu verlangen, den Chefredakteur Simon Favres zu sprechen. »Bedaure«, sagte die Empfangsdame. »Mr. Favres ist ...«

»In Schwierigkeiten«, beendete Gus den Satz für sie und rauschte durch die Doppeltüren zum Redaktionsbüro.

Über piepende grüne Computermonitore liefen Texte; im Hintergrund war ein Drucker zu hören. »Entschuldigen Sie«, sagte Gus zu einer Frau an einem der Schreibtische, die über Negative gebeugt war und diese mit einer Lupe begutachtete. »Könnten Sie mir vielleicht sagen, wo ich Mr. Favres finde?«

»Da lang«, entgegnete die Frau und zeigte auf eine Tür am anderen Ende des Raumes. Gus nickte und steuerte die Tür an. Sie klopfte einmal und trat dann ein. An einem Schreibtisch saß ein untersetzter Mann, der sich einen Telefonhörer zwischen Kinn und Schulter geklemmt hatte. »Das ist mir egal«, sagte er gerade. »Das sagte ich Ihnen doch bereits. Also gut. Wiederhören.«

Er blickte zu Gus auf, und seine Augen verengten sich. »Kann ich Ihnen helfen?«

»Das glaube ich kaum«, entgegnete Gus kalt. Sie knallte

die Ausgabe der Gazette auf seinen Schreibtisch, mit der Schlagzeile nach oben. »Ich möchte gerne wissen, seit wann Zeitungen reine Fiktion drucken.«

Favres gab ein Grunzen von sich und drehte die Zeitung zu sich herum. »Und Sie sind?«

»Gus Harte«, sagte sie. »Die Mutter des Jungen, der eines mutmaßlichen Mordes beschuldigt wird.«

Favres zeigte auf ein Wort. »Hier steht doch, daß es sich um ein mutmaßliches Verbrechen handelt«, sagte er. »Ich verstehe nicht ...«

»Nein, natürlich nicht«, schnitt Gus ihm das Wort ab. »Wie sollten Sie auch? Sie haben keinen Sohn, der unschuldig neun Monate lang im Gefängnis sitzen muß, bis er Gelegenheit bekommt, dies zu beweisen. Das können Sie nicht, weil Sie zugelassen haben, daß ein Reporter eine Polizeiinformation um der Sensation willen aufbauscht. Mein Sohn hat nie bestritten, daß er zum Zeitpunkt ihres Todes bei Emily Gold war, warum also den Eindruck erwecken, als wäre das der entscheidende Wendepunkt bei den laufenden Ermittlungen?«

»Weil das ein guter Aufhänger ist, Mrs. Harte«, entgegnete der Chefredakteur. »Und in unseren Breiten sind die ziemlich selten.«

»Das ist Rufmord«, sagte sie. »Ich könnte Sie verklagen.«

»Das könnten Sie«, gab Favres ihr recht. »Aber ich denke, Sie zahlen im Augenblick schon genug an Anwaltshonoraren.« Er starrte sie unverwandt an, bis sie schließlich den Blick abwandte. »Selbstverständlich hören wir uns gerne Ihre Version der Geschichte an. Wie Sie sicher wissen, hat die Mutter des Mädchens Lou ein Exklusivinterview gegeben; er wäre gern bereit, auch Sie zu interviewen.«

»Daran bin ich nun wirklich nicht interessiert«, lehnte Gus entschieden ab. »Weshalb sollte ich Erklärungen abgeben für das, was passiert ist, wo Chris sich doch nichts hat zuschulden kommen lassen?«

Favres blinzelte einmal. »Sagen Sie es mir«, entgegnete er.

»Hören Sie«, sagte Gus. »Mein Sohn ist unschuldig. Er hat das Mädchen geliebt. Ich habe dieses Mädchen geliebt. Da haben Sie Ihre Wahrheit.« Sie ließ die flache Hand auf die Zeitung niedersausen. »Ich möchte, daß Sie einen Widerruf drucken.«

Favres lachte. »Dieser Story?«

»Des irreführenden Tons. Etwas, das deutlicher als dieser Müll hier aussagt, daß Christopher Harte unschuldig ist, bis er vor einem rechtmäßigen Gericht verurteilt wurde.«

»In Ordnung«, stimmte Favres zu.

Er hatte zu leicht nachgegeben. »In Ordnung?« fragte sie mißtrauisch.

»In Ordnung«, wiederholte Favre. »Aber es wird keinen Unterschied machen.«

Gus verschränkte die Arme über der Brust. »Warum nicht?«

»Weil die Öffentlichkeit bereits Wind von der Sache bekommen hat. Möglicherweise bringen es sogar die Fernsehnachrichten.« Er zerknüllte die Zeitung und warf sie in den Papierkorb. »Ich könnte schreiben, daß Ihrem Sohn Engelsflügel gewachsen sind und er in den Himmel geflogen ist, Mrs. Harte. Es könnte sogar wahr sein. Aber wenn die Meute sich erst in einer Story verbissen hat, lassen sie so schnell nicht mehr von ihr ab.«

Selena betrat Jordans Haus, zog ihren Mantel aus und streckte sich auf dem Sofa aus. Thomas, der die Tür gehört hatte, kam aus seinem Zimmer gelaufen. »Oh, hey«, sagte er. »Was gibt's?«

»Sieh dich einer an«, sagte Selena gähnend. »Du wirst jeden Tag hübscher.«

»Gehst du mit mir aus?«

Selena lachte. »Wie ich schon sagte. Bei deinem Abschlußball oder wenn du einsfünfundachtzig groß bist, was immer zuerst eintritt.« Sie griff nach einer halbvollen Dose Pepsi, schnupperte daran und trank, wobei sie den Blick über das Aktenchaos auf dem Fußboden im Wohnzimmer gleiten ließ. »Wo ist dein Vater?«

»Hier.« Jordan kam in ausgebeulter Jogginghose und Nike-T-Shirt aus dem Schlafzimmer. »Wer zum Teufel hat dir meinen Hausschlüssel gegeben?«

»Ich mir selbst«, entgegnete Selena unbeeindruckt. »Ich habe mir schon vor Monaten einen machen lassen.«

»Frag bloß nicht vorher um Erlaubnis«, entgegnete Jordan säuerlich.

»Hey, jetzt sei mal nicht so grantig.« Sie wandte sich an Thomas. »Was ist denn in ihn gefahren?«

»Er hat heute schlechte Nachrichten von der Staatsanwaltschaft bekommen.« Thomas schüttelte mit gespieltem Mitleid den Kopf. »Er braucht eine weiche Schulter zum Ausweinen.«

»Ich habe keine weichen Schultern, und ich stelle sie auch nicht Leuten zur Verfügung, die mich bezahlen«, entgegnete Selena.

»Ich bezahle dich nicht«, gab Thomas zu bedenken.

»Bye-bye, Thomas«, sagten Selena und Jordan im Chor. Lachend zog Thomas sich in sein Zimmer zurück und schloß die Tür hinter sich.

Selena setzte sich auf dem Sofa auf, als Jordan sich inmitten der Papiere auf den Fußboden sinken ließ. »So schlimm?«

Jordan tippte sich mit den Fingern an die Lippen. »Ich würde nicht unbedingt sagen, daß es hoffnungslos ist. Es läuft nur nicht wirklich gut. Viele Beweise können je nach Standpunkt völlig unterschiedlich ausgelegt werden.«

»Du willst ihn aus dem Zeugenstand heraushalten.«

Das war eine Feststellung; Selena wußte sehr gut, daß Jordan das planen würde.

»Ja.« Jordan ließ den Blick über Selena gleiten, die sich mit der Pepsi in der Hand in die Polster zurücklehnte. »Ich glaube, daß uns das zugute kommen wird.« Seit Chris aus freien Stücken eröffnet hatte, daß es nie seine Absicht gewesen war, sich zu töten, hielt er an dieser Version fest. Punkt. Wenn er in den Zeugenstand trat, würde Jordan ihn aus ethischer Sicht zu genau dieser Aussage auffordern. Wenn er Chris allerdings aus dem Zeugenstand fernhielt, konnte Jordan sagen, was ihm beliebte, um seinen Mandanten frei zu bekommen. Solange Chris sich nicht selbst belastete, konnte Jordan jede Verteidigungsstrategie anwenden, die ihm gefiel.

»Mal angenommen, du wärst ein Geschworener«, spekulierte Jordan. »Welche von folgenden zwei Versionen würdest du eher glauben: daß Chris, der 50 Pfund schwerer war als Emily, sie an diesem Abend davon abhalten wollte, sich umzubringen, es ihm aber nicht gelungen ist, ihr die Waffe abzunehmen? Oder daß sie sich beide das Leben nehmen wollten in dieser romantischen Liebesbezeugung ... nur daß alles nicht mehr ganz so schön war, nachdem Emily sich das Hirn weggepustet hatte und es an Chris' Hemd klebte, so daß er ohnmächtig wurde, bevor er die Waffe gegen sich selbst richten konnte.«

»Ich verstehe, was du meinst«, sagte Selena. Sie deutete auf die Papierhaufen. »Wo soll ich anfangen?«

Jordan fuhr sich mit den Händen über das Gesicht. »Ich weiß nicht. Ich werde Tage brauchen, um das alles durchzuarbeiten. Ich würde sagen, du versuchst es als erstes bei seinen Eltern. Wir brauchen ein oder zwei über jeden Zweifel erhabene Leumundszeugen.«

Selena nahm sich einen Zettel und drehte ihn um – eine Reinigungsquittung. Sie fing an, eine Liste aufzustellen. Während Jordan sich in die Lektüre des Autopsieberichts vertiefte, übernahm Selena den ihr am nächsten liegenden Stapel. Das Protokoll der polizeilichen Befragung der Golds nach dem Tod ihrer Tochter. Nichts Unerwartetes von Emily Golds Mutter – viel Hysterie, eine gesunde Ladung Trauer und kategorisches Leugnen jedweder Selbstmordabsichten ihrer Tochter.

»Ach das«, sagte Jordan, als er hinübersah. »Das habe ich heute nachmittag schon durchgesehen. Aus der Frau wirst du nichts rausbekommen. Sie hat der Gazette ein Exklusivinterview gegeben.« Er schnitt eine Grimasse. »Es gibt doch nichts Besseres als ein wenig unvoreingenommene Reporterarbeit, um der Gerechtigkeit auf die Sprünge zu helfen.«

Selena entgegnete nichts darauf. Sie hatte umgeblättert und war fasziniert von der zweiten Befragung. »Melanie Gold mag ein hoffnungsloser Fall sein«, stimmte sie zu. Dann schenkte sie Jordan ein strahlendes Lächeln. »Aber Michael Gold ist möglicherweise unsere Rettung.«

Als Mutter entwickelte man eine ganz bestimmte Sicht der Dinge, so als würde man in ein Kaleidoskop hineinschauen, in dem man sein Kind mit unzähligen verschiedenen Gesichtern gleichzeitig sieht. Das ist auch der Grund, weshalb man mit ansehen kann, wie das Kind eine kostbare Porzellanlampe umschmeißt, und in ihm trotzdem weiter einen Engel sieht. Oder weshalb man es, wenn es weint, in den Armen halten und es sich dabei lächelnd vorstellen kann. Oder zusehen kann, wie es als

Erwachsener auf einen zukommt, und dabei noch die Grübchen des kleinen Kindes sieht.

Gus räusperte sich, obgleich Chris sie unmöglich über die beträchtliche Entfernung und den Lärm der anderen Besucher hinweg hören konnte. Sie verschränkte die Arme und umschloß mit den Händen die Ellbogen, bemüht, so zu tun, als würde der Anblick ihres Erstgeborenen in Gefängniskleidung sie kalt lassen, als wenn der harte Schimmer des fluoreszierenden Lichts auf seinem Haar nicht unnatürlich wirkte. Als er näher kam, heftete sie ein breites Lächeln auf ihr Gesicht, wobei sie das Gefühl hatte, jeden Moment an der Anstrengung, die sie dies kostete, zu zerbrechen.

»Hey«, sagte sie mit aufgesetzter Fröhlichkeit und umarmte Chris, sobald der Vollzugsbeamte zurückgetreten war. »Wie geht es dir so?«

Chris zuckte die Achseln. »Ganz okay«, antwortete er. »Den Umständen entsprechend.« Er zupfte an seinem verwaschenen T-Shirt, das er statt des verblichenen Overalls trug, wie Gus sofort bemerkt hatte. T-Shirt und passende Hose mit Gummibund sahen aus wie die OP-Kleidung eines Chirurgen und waren kurzärmelig, obwohl Dezember war. »Ist dir nicht kalt?«

»Eigentlich nicht. Sie halten die Temperatur bei 26°«, erklärte Chris. »Die meiste Zeit ist mir eher zu warm.«

»Du könntest die Beamten bitten, die Heizung herunterzuschalten«, schlug Gus vor, worauf Chris die Augen verdrehte.

»Warum«, sagte er spöttisch, »bin ich nur nicht selbst darauf gekommen?«

Angespanntes Schweigen breitete sich zwischen ihnen aus. »Jordan McAfee war hier«, sagte Chris schließlich. »Zusammen mit einer Frau, die ihm bei den Prozeßvorbereitungen hilft.«

»Selena«, sagte Gus. »Ich habe sie kennengelernt. Eine wahre Schönheit, nicht wahr?«

Chris nickte. »Wir haben nicht viel geredet«, sagte er. Er blickte auf seinen Schoß. »Er hat mir geraten, mit niemandem über das zu sprechen, was wirklich passiert ist.«

»Über deinen Fall, meinst du«, sagte Gus langsam. »Das überrascht mich nicht.«

»Mmmm«, stimmte Chris ihr zu. »Ich habe mich nur gefragt, ob das auch für dich gilt.«

Das war es also. Der ganze Schein von Normalität, an dem sie so hart gearbeitet hatte, das Lächeln, die Umarmung, der Smalltalk – das alles löste sich in nichts auf angesichts der schlichten Tatsache, daß, ganz gleich, wie sehr sie sich auch bemühte, es zu ignorieren, die Beziehung zwischen Mutter und Sohn sich unwiderruflich verändert hatte, wenn einer von beiden im Gefängnis war. »Ich weiß nicht«, entgegnete sie, weiter um einen unbekümmerten Tonfall bemüht. »Ich nehme an, das hängt davon ab, was du mir erzählen willst.« Sie lehnte sich vor und flüsterte: »Professor Plum, in der Bibliothek, mit dem Schraubstock?«

Chris lachte überrascht auf, und das war für Gus der schönste Moment seit Beginn dieses Alptraumes. »Ganz so krass wollte ich nicht sein«, erwiderte er, ein Lächeln in den Augen. »Aber ich glaube, es könnte dir trotzdem weh tun.«

Sie versuchte, das Frösteln zu unterdrücken, das ihre Haut überzog. »Ich bin ziemlich hart im Nehmen.«

»Das mußt du wohl sein«, nickte Chris. »Woher sollte ich das sonst haben?« Der Gedanke an James mit seinen Mayflower-Vorfahren blieb unausgesprochen und hing doch schwer zwischen ihnen in der Luft. »Es geht darum, daß ich Jordan etwas gesagt habe, das ich auch Dr. Feinstein gesagt habe. Etwas, das du noch nicht weißt.«

Gus lehnte sich zurück und gab sich alle Mühe, nicht das Schlimmste anzunehmen. Sie lächelte ihn ermutigend an.

»Ich hatte nicht die Absicht, mir das Leben zu nehmen«, sagte Chris leise. »Weder in jener Nacht noch sonst irgendwann.«

Allein die Tatsache, daß er sich nicht schuldig bekannt hatte, veranlaßte Gus in ihrer grenzenlosen Erleichterung zu einem idiotischen Grinsen. »Das ist doch wunderbar«, sagte sie, ehe sie die Tragweite seiner Worte erfaßt hatte.

Chris musterte sie geduldig und wartete, daß der Groschen fiel. Als ihre Augen sich weiteten und sie eine Hand vor den Mund schlug, nickte er. »Ich hatte Angst«, gab er zu. »Das war der Grund, weshalb ich das ursprünglich behauptet habe. Was Em betrifft, habe ich aber die Wahrheit gesagt, sie wollte sich wirklich umbringen. Ich habe so getan, als würde ich mitmachen, um zu versuchen, sie davon abzuhalten.«

Gus war überwältigt von der Bedeutung seines Eingeständnisses. Es bedeutete, daß ihr Sohn nicht gefährdet war, sich das Leben zu nehmen, und das war zweifellos ein Grund zum Feiern. Es bedeutete, daß sie und James vor jener schicksalhaften Nacht nicht etwa aus Nachlässigkeit keinerlei Warnzeichen an ihrem Sohn bemerkt hatten, sondern weil es nichts zu bemerken gegeben hatte.

Und es bedeutete auch, daß Chris, der von vornherein fälschlich beschuldigt worden war, dafür bestraft wurde, daß er ein Held gewesen war. Und es hieß außerdem, daß, wenn er jemanden um Hilfe gebeten hätte bei seinem Versuch, Emily zu retten, dieser grauenhafte Ausgang möglicherweise hätte vermieden werden können.

Plötzlich wurde Gus sich der zahlreichen Ohren um sie herum bewußt und schüttelte kaum merklich den Kopf. »Vielleicht solltest du das alles lieber aufschreiben und mir schicken«, meinte sie. Sie blickte unauffällig auf den Insassen neben Chris.

Er drehte leicht den Kopf und errötete. »Du hast recht«, sagte er.

»Ich bin froh, daß du es mir gesagt hast«, fügte Gus hastig hinzu. »Ich kann sogar verstehen, warum du den ... Behörden gegenüber gelogen hast. Aber uns hättest du ruhig von vornherein die Wahrheit sagen können.«

Chris antwortete nicht gleich. »Ich habe es nicht so sehr als Lüge gesehen«, sagte er schließlich. »Ich habe nur nicht die ganze Wahrheit gesagt.«

»Wie auch immer.« Gus wischte sich die Tränen aus den Augen und kam sich dabei albern vor. »Dein Vater wird sich freuen. Er hat nie verstanden, wie jemand mit deinen Voraussetzungen sich mit Selbstmordgedanken tragen kann.«

Chris nagelte sie mit eindringlichem Blick fest. »So etwas kann passieren«, versicherte er ihr.

»Vielleicht möchtest du es deinem Vater auch lieber selbst sagen«, meinte Gus leise. »Er ist draußen im Wagen. Er wollte mit reinkommen ...«

»Nein«, sagte Chris bestimmt. »Ich will ihn nicht sehen. Sag du es ihm, wenn du willst. Es ist mir gleich.«

»Es ist dir nicht egal«, widersprach Gus. »Er ist dein Vater.« Als Chris nur die Achseln zuckte, fühlte sie um James' willen Zorn in sich aufsteigen. »Er ist ebenso sehr ein Teil von dir wie ich«, ermahnte sie ihn. »Warum weigerst du dich, ihn zu sehen, während du mir Besuche gestattest?«

Chris zeichnete mit dem Daumennagel einen Kratzer in der Tischplatte nach. »Weil du nie von mir erwartet hast, perfekt zu sein«, sagte er ruhig.

Mittwoch nachmittag blieb ein Schließer auf dem Laufgang vor Chris' und Steves Zelle stehen. »Packt eure Sachen, Leute«, sagte er. »Ihr bekommt ein Zimmer mit Aussicht.«

Steve, der auf der oberen Pritsche lag und las, beugte sich herab und warf Chris einen Blick zu. Dann sprang er herunter und suchte hastig seine Sachen zusammen. »Kommen wir oben in dieselbe Zelle?« fragte Steve.

»Soweit ich weiß, ja«, entgegnete der Beamte.

Sie hatten beide eine Verlegung in den weniger strengen Vollzug beantragt, obgleich die Wahrscheinlichkeit einer Bewilligung eher gering gewesen war so bald nach dem Zwischenfall mit Hector. Aber weder Chris noch Steve waren geneigt, dem geschenkten Gaul ins Maul zu schauen. Chris sprang ebenfalls von seiner Pritsche auf und sammelte seine Zahnbürste, den Overall, seine Shorts und seinen Vorrat an Süßigkeiten aus dem Gefängnisladen. Er warf einen Blick auf Kissen und Decke, die auf seinem Bett lagen. »Muß ich die auch mitnehmen?« fragte er den Schließer.

Der Vollzugsbeamte schüttelte den Kopf und führte sie dann über den Laufgang an den anderen Zellen des Hochsicherheitstraktes vorbei. Einige der Insassen grölten, als sie vorbeikamen, oder riefen ihnen Fragen zu. Als sie das Treppenhaus neben dem Kontrollraum erreichten, war es wieder still.

»Ihr beide habt die oberen Betten«, sagte der Schließer, als sie nach oben gingen. Das überraschte Chris nicht; je neuer man war, desto schlechter war der einem zugewiesene Platz – und obere Betten waren weniger gefragt als die unteren. Es bedeutete außerdem, daß die Zelle, die ihm und Steve zugedacht war, bereits mit zwei Mann belegt war, und wie bei jeder Kombination verschiedenartiger Elemente blieb abzuwarten, wie gut oder schlecht sie miteinander harmonieren würden.

Oben waren die Wände ebenfalls aus Löschbeton, aber in einem hellen, sonnigen Gelb gestrichen. Die Laufgänge waren doppelt so breit und die Zellen nach allen Richtungen einen halben Meter größer. Es gab vier Betten pro Zelle, dafür aber einen großen Aufenthaltsraum, der die beiden gegenüberliegenden Trakte verband, mit Tischen, Stühlen und so viel Platz, daß Chris fühlte, wie sein Rückgrat sich streckte. Erst jetzt registrierte er, daß er bislang unbewußt den Kopf eingezogen hatte.

»Was habe ich dir gesagt?« sagte Steve begeistert und warf seine Sachen auf die obere linke Pritsche. »Das Nirwana.«

Chris nickte. Ihre beiden Zellengenossen waren nicht da, aber ihre Sachen befanden sich fein säuberlich in zwei Kisten sortiert auf den beiden unteren Pritschen, ein unmißverständlicher Hinweis, der die beiden Neuen auf ihre Plätze verweisen sollte.

Im Gemeinschaftsraum saßen etwa 15 Mann. Einige von ihnen starrten auf den Fernseher, der oben an einer Wand befestigt war, während andere Puzzle zusammensetzten, von denen zahlreiche oben auf den Spinden lagen.

Chris ließ sich auf einen Plastikstuhl sinken – hier war dafür reichlich Platz, anders als auf dem schmalen Laufgang im Hochsicherheitstrakt. Steve nahm ihm gegenüber Platz und legte die Füße auf den Tisch. »Was meinst du?«

Chris grinste. »Daß ich meine Großmutter verkaufen würde, um nicht wieder runter zu müssen.«

Steve lachte. »Na ja, es ist eben alles relativ.« Er langte oben auf ein Spind und holte zwei Spiele herunter. »Das ist alles, was sie haben«, beklagte er sich. »Das Monopolyspiel hat jemand im vergangenen Monat angezündet.«

Chris lachte laut auf. Ein Raum voller schwerer Jungs, und die einzigen Spiele waren »Mensch ärgere dich nicht« und »Risiko«.

»Was ist denn so komisch?« wollte Steve wissen.

Chris griff nach der Schachtel in Steves linker Hand: »Mensch ärgere dich nicht«. »Nichts«, entgegnete Chris. »Gar nichts.«

James erhob sich und ging, begleitet vom donnernden Applaus seiner Kollegen, nach vorn zum Podium. Gus fand, daß er unglaublich attraktiv aussah, als er vor dem Hintergrund der burgunderfarbenen Wände des Speisesaales seine Plakette hochhielt. »Das«, sagte er, »ist eine sehr große Ehre.«

Das Bainbridge Memorial Hospital ehrte jedes Jahr gemeinsam mit dem Lehrerkollegium der nahegelegenen medizinischen Hochschule einen seiner eigenen Mitarbeiter. Angeblich sollte diese Veranstaltung den jungen Männern und Frauen, die sich für eine medizinische Laufbahn entschieden hatten, vor Augen führen, in was für einen elitären Kreis von Halbgöttern sie eintreten würden. In diesem Jahr war Dr. James Harte für seinen langjährigen Beitrag zum guten Ruf des Bainbridge Memorial Hospital zur Ehrenperson bestimmt worden, obgleich alle Anwesenden wußten, daß er tatsächlich wegen seiner Aufnahme in die Liste der »Besten Ärzte« gefeiert wurde. Unglücklicherweise hatte das Komitee die Wahl bereits abgeschlossen, als es zu diesem unangenehmen Zwischenfall mit Dr. Hartes Sohn gekommen war.

»Das Gute an dieser speziellen Ehrung«, sagte James, »ist, daß ich einige Zeit hatte, mir etwas auszudenken, was ich Ihnen allen sagen möchte. Etwas Inspiriertes sollte es sein, wie mir gesagt wurde. Deshalb sollte ich mich also vorab dafür entschuldigen, daß ich Chirurg geworden bin und nicht Politiker.«

Er wartete, bis das höfliche Gelächter verebbt war. »Als ich noch viel jünger war als heute, glaubte ich, daß ich nur fleißig zu lernen und eine ganze Reihe von Prüfungen abzulegen bräuchte, um Arzt zu werden. Aber es besteht ein großer Unterschied zwischen einem praktizierenden Arzt und einem erfahrenen Arzt. Ich dachte, beim Studium der Ophthalmologie ginge es nur darum, Krankheiten zu erkennen und zu behandeln. Ich sah Menschen buchstäblich in die Augen und nahm sie doch nicht wirklich wahr. Rückblickend habe ich erkannt – und das soll keineswegs ein Seitenhieb auf irgend jemanden sein –, wieviel ich versäumt habe. Ich möchte also jenen von Ihnen, die noch ganz am Anfang ihrer Karriere stehen, ans Herz legen, nicht zu vergessen, daß Sie nicht Krankheiten behandeln, sondern Patienten.«

Er zeigte auf den Chefarzt der Chirurgie. »Selbstverständlich wäre ich ohne die Unterstützung brillanter Kollegen und einer so fabelhaften Institution wie dem Bainbridge Hospital nie zu solcher Weisheit gelangt. Auch bin ich meinen Eltern zu Dank verpflichtet, die mir meinen ersten Arztkoffer schenkten, als ich zwei Jahre alt war, meinem Mentor Dr. Ari Gregaran, der mir alles beigebracht hat, was ich heute weiß, und selbstverständlich Augusta und Kate, von denen ich gelernt habe, daß man auch dem Privatleben einen nicht zu geringen Stellenwert einräumen muß.« Er hob noch einmal die Plakette über den Kopf, und der Saal klatschte erneut anhaltend Beifall.

Gus applaudierte hölzern, ein starres Lächeln auf dem Gesicht. Er hatte vergessen, Chris zu erwähnen.

War das Absicht gewesen?

Ihr war schwindlig. Noch bevor James an ihren Tisch

zurückgekehrt war, erhob sie sich und bahnte sich blind einen Weg zur Damentoilette. Drinnen lehnte sie sich an das Waschbecken und ließ sich kaltes Wasser über die Handgelenke laufen. James' Worte gingen ihr nicht aus dem Sinn: *Ich sah Menschen buchstäblich in die Augen und nahm sie doch nicht wirklich wahr.*

Sie strich ihr Kleid glatt und griff nach ihrer Handtasche. Sie wollte in die Lobby gehen und den Concierge bitten, ihr ein Taxi zu rufen. James würde schon dahinterkommen, und bis er nach Hause kam, würde sie vielleicht so viel Zorn abgelassen haben, daß sie wieder mit ihm reden konnte.

Sie riß die Holztür der Damentoilette auf und wäre beinahe mit James zusammengestoßen. »Was ist los?« fragte er. »Ist dir nicht gut?«

Gus legte den Kopf schräg. »Du hast den Nagel auf den Kopf getroffen«, entgegnete sie und verschränkte die Arme vor der Brust. »Ist dir bewußt, daß du Chris in deiner Dankesrede vergessen hast?«

James besaß den Anstand, zu erröten. »Ja. Das ist mir in dem Augenblick bewußt geworden, da ich vom Podium gestiegen bin, als ich dich den Saal verlassen sah. Ich habe schon immer gesagt, daß es ein verdammtes Glück ist, daß ich nicht Schauspieler geworden bin, weil ich jemand Wichtigen vergessen würde in meiner Dankesrede bei der Oscarverleihung.«

»Das ist nicht komisch, James«, entgegnete Gus gepreßt. »Du hast da oben gestanden und all diesen ... dich bewundernden Medizinstudenten Menschlichkeit gepredigt, und dabei bist du noch nicht einmal dazu in der Lage, diese in deinem eigenen Heim zu praktizieren. Du hast Chris bewußt nicht erwähnt. Du wolltest nicht, daß irgend jemand den kleinen Skandal mit deinem Triumph in Verbindung bringt.«

»Es war keine bewußte Entscheidung, Gus«, widersprach James. »Unbewußt? Nun, das ist etwas anderes. Ja, um ehrlich zu sein, wollte ich nicht, daß irgend etwas mir den heutigen Abend verdirbt. Es ist mir lieber, wenn das Publikum auf mich zeigt und sagt ›Das ist der beste Augenchirurg im ganzen Nordosten‹ anstatt ›Sein Sohn ist des Mordes angeklagt‹.«

Gus fühlte, wie ihr brennende Röte ins Gesicht stieg. »Geh mir aus den Augen«, sagte sie und versuchte, an ihm vorbeizukommen. »Kein Wunder, daß du dich hier so wohl fühlst. Diese Leute sind alle genau wie du. Keiner von ihnen hat mich auf Chris angesprochen. Kein einziger hat sich danach erkundigt, wie es ihm geht, für wann der Prozeß anberaumt ist, nichts.«

»Das ist doch nicht meine Schuld«, wandte James ein. »Das ist zu persönlich. Verstehst du denn nicht, Gus? Ich bin diesen Menschen tatsächlich zu ähnlich. Und wenn so etwas mir widerfahren kann, wer sagt dann, daß es nicht eines Tages auch ihnen widerfahren wird?«

Gus schnaubte verächtlich. »Nun, es ist passiert, James. Es passiert noch. Und ganz egal, was du auch sagst – oder nicht sagst –, du kannst es nicht einfach wegwünschen.«

Sie war den Flur zur Hälfte hinuntergegangen, als sie die Stimme ihres Mannes hörte, so leise, daß sie sich den Schmerz, der darin mitschwang, möglicherweise nur einbildete: »Nein«, sagte er. »Aber du kannst mich nicht davon abhalten, es zu versuchen.«

Zu den Dingen, die Selena Damascus in ihren zehn Berufsjahren als Privatdetektivin gelernt hatte, gehörte auch, daß Zufälle nicht einfach passierten. Manchmal wurden sie zum eigenen Vorteil sorgfältig ersonnen, berechnet und arrangiert – das Ganze selbstverständlich unter dem Deckmantel unwillkürlichen Geschehens.

Sie konnte jedem, der danach fragte, sagen, daß die Arbeit eines Detektivs nichts mit Zauberei zu tun hatte; sie erforderte lediglich gesunden Menschenverstand und die Fähigkeit, Menschen zum Reden zu bringen. Zu diesem Zweck hatte sie denn auch eine Reihe von Fähigkeiten entwickelt, die dazu dienten, in möglichst kurzer Zeit möglichst viele Informationen in Erfahrung zu bringen. Sie scheute sich nicht, ihr Aussehen, ihren Körper oder ihr Hirn einzusetzen, um die eine oder andere verschlossene Tür zu überwinden, und wenn sie sich erst Zutritt verschafft hatte, ließ sie nicht locker, ehe sie nicht etwas Lohnendes in Erfahrung gebracht hatte.

An dem Tag, da sie sich mit Michael Gold treffen wollte, wachte Selena um vier Uhr früh auf. Sie schlüpfte in Jeans und ein weißes T-Shirt der Marke Gap und wartete bereits in ihrem Wagen an einer Nebenstraße der Wood Hollow Road, als Michael Golds Truck kurz nach fünf aus seiner Auffahrt rumpelte. Natürlich wußte sie da bereits, daß Michael eine eigene Tierarztpraxis betrieb und vornehmlich Großtiere versorgte. Sie wußte außerdem, daß er einen Geländewagen von Toyota fuhr. Und ihr war bekannt, daß er bei seinen Kaffeepausen unterwegs zu seinem ersten Patienten Milch in den Kaffee gab, aber keinen Zucker.

Selena folgte Michaels Geländewagen diskret, was ihr dadurch erschwert wurde, daß um diese Zeit noch kein Verkehr war. Als er in eine lange Zufahrt einbog, die mit einem Schild versehen war, auf dem »Seven Acre Farm« stand, fuhr sie ohne einen Seitenblick daran vorbei. Sie parkte eine halbe Meile weiter an der Straße und ging den Weg zu Fuß zurück, wobei sie dem süßen Duft von Heu und Pferden in Richtung einer Wiese in der Ferne folgte.

Nachdem sie Michael mehrere Tage lang beobachtet

hatte, wußte Selena, daß er in der Scheune anfing, sämtliche Tiere begrüßte und sich einen Gesamteindruck von der Anlage verschaffte, ganz egal, welcher Art das Problem war, dessentwegen er gerufen worden war. An diesem Morgen war auch der Schmied da, was aus ihrer Sicht ein großer Vorteil war, da der stämmige Mann, der die Pferde beschlug, annehmen würde, sie wäre die Tierarzthelferin, während der Tierarzt seinerseits dem Irrtum verfallen würde, sie gehöre zum Schmied. Sie lächelte jedem, dem sie begegnete, freundlich zu – es war verdammt viel los für diese frühe Morgenstunde – und fand Michael in einer der Boxen über das Vorderbein einer Fuchsstute gebeugt.

Als er sie kommen hörte, ließ er das Pferdebein ins Stroh herab. »Ich kann kein Anzeichen für einen Abszeß feststellen, Henry«, sagte er mit einem Blick über die Schulter. »Oh.« Er richtete sich auf, wischte sich die Hände ab und lehnte sich gegen das Pferd. »Entschuldigung. Ich dachte, Sie wären jemand anders.«

Selena schüttelte den Kopf. »Kein Problem. Kann ich irgendwie helfen?«

»Alles unter Kontrolle. Sie haben nicht zufällig Henry irgendwo in der Nähe gesehen?«

»Nein«, antwortete sie wahrheitsgemäß. »Aber wenn ich ihm begegne, schicke ich ihn her.« Und ehe er irgendwelche Fragen stellen konnte, verschwand sie den Mittelgang des Stalles hinunter.

Eine Stunde lang ging sie Michael tunlichst aus dem Weg, bis er einem Mann die Hand schüttelte, der einen großen Braunen aus dem Stall führte, und dann seinen Wagen ansteuerte, den er auf der Zufahrt geparkt hatte. Sie bezog an dem Zaunpfosten, der seinem Wagen am nächsten war, Position und lächelte, als er sie grüßte und begann, seine Instrumente einzuladen.

»Sind Sie Dr. Gold?« fragte Selena.

»Ja«, entgegnete Michael. »Aber nur auf dem Briefkopf. Meine Kunden nennen mich Michael.«

»Ich würde meinen, Ihre Kunden nennen Sie weder Doktor noch sonst etwas«, neckte sie ihn.

Michael lachte. »Okay. Dann ihre Besitzer.«

»Hätten Sie vielleicht eine Minute Zeit?«

»Klar. Geht es um eins der Pferde auf der Farm?«

»Um ehrlich zu sein«, erwiderte Selena, »geht es um Christopher Harte.«

Sie beobachtete, wie der Schock sich auf seinen Zügen abzeichnete, sogleich sorgfältig hinter einem durchaus überzeugenden neutralen Ausdruck verborgen. »Sind Sie Reporterin?« fragte er schließlich.

»Ich bin Privatdetektivin«, gestand Selena. »Und ich arbeite für die Verteidigung.«

Michael lachte. »Und da glauben Sie wahrhaftig, ich würde mit Ihnen reden wollen?« Er schob sich an ihr vorbei, öffnete die Tür seines Geländewagens und schwang sich hinter das Steuer.

»Ich habe nicht erwartet, daß Sie es wollen würden«, rief Selena. »Aber ich dachte, Sie hätten vielleicht das Bedürfnis.«

Er kurbelte die Scheibe der Tür herunter, die er bereits hinter sich zugeschlagen hatte. »Was meinen Sie damit?«

Selena zuckte die Achseln. »Ich habe Sie bei der Arbeit beobachtet. Und ich kann mir nicht vorstellen, daß jemand, der sich so sehr dafür einsetzt, Tierleben zu retten, bewußt das Leben eines Menschen würde vernichten wollen.« Sie verstummte und beobachtete den Widerstreit der Gefühle auf seinem Gesicht. »Und genau darauf würde es hinauslaufen, wissen Sie«, fügte sie leise hinzu.

Michael Gold musterte sie und schluckte. Selena legte ihm eine Hand auf den Arm. »Was mit Ihrer Tochter geschehen ist, ist furchtbar und schrecklich traurig. Niemand auf unserer Seite bestreitet das.«

»Ich glaube, ich bin nicht der richtige Gesprächspartner für Sie«, entgegnete Michael.

»Sie irren sich«, widersprach Selena. »Sie sind genau der richtige. Ich möchte Ihnen – Emilys Vater – eine Frage stellen: Glauben Sie, daß sie gewollt hätte, daß Chris in dieses Theater verstrickt wird? Hätte sie selbst für möglich gehalten, daß er ihr etwas antun könnte?«

Michael fuhr mit dem Daumennagel am oberen Rand des Lenkrads entlang. »Miss ...«

»Damascus. Selena Damascus.«

»Selena«, sagte er. »Was halten Sie davon, wenn wir zusammen einen Kaffee trinken gehen?«

Das Lokal, das Michael anfuhr, war mehr eine Raststätte für Fernfahrer als sonst etwas, und es war bevölkert mit kräftigen Männern in roten Flanellhemden und mit schmutzigen Baseballmützen auf dem Kopf, deren Trucks auf dem Parkplatz aneinandergereiht waren wie die Tasten eines Xylophons. »Es gibt in der Nähe kein vernünftiges Lokal«, sagte er entschuldigend und setzte sich in eine Nische im rückwärtigen Teil des Restaurants. Er spielte mit den Salz- und Pfefferstreuern – nervös, wie Selena gedanklich vermerkte –, während sie warteten, daß die Bedienung zwei weiße Keramikbecher mit dampfendem Kaffee vor sie hinstellte.

»Vorsicht«, warnte er, als Selena die Tasse an die Lippen hob. »Der Kaffee kann hier verdammt heiß sein.«

Selena nippte ganz vorsichtig und schnitt eine Grimasse. »Und so ätzend wie Batteriesäure«, ergänzte sie. Sie stellte ihre Tasse ab und legte die Hände rechts und links von ihrem kleinen Notizbuch und dem Kugelschreiber flach auf den Tisch. »So«, sagte sie beiläufig.

Michael atmete hörbar aus. »Ich muß vorab eins wissen«, sagte er. »Ist das hier ein inoffizielles Gespräch?«

»Wie ich schon sagte, Dr. Gold. Ich bin keine Reporterin. Es wird nichts aufgezeichnet oder protokolliert.«

Er schien hiervon überrascht. »Wozu wollen Sie mich dann sprechen?«

»Weil es einen Prozeß geben wird«, entgegnete Selena leise. »Und für uns ist es wichtig zu wissen, was Sie vor Gericht möglicherweise zu sagen haben werden.«

»Oh«, sagte Michael nur. Ganz offensichtlich war ihm noch gar nicht der Gedanke gekommen, daß er in den Zeugenstand geschleift werden könnte, um vor einer Jury noch einmal seine ganze Trauer offenzulegen. »Wird irgend jemand von unserem Gespräch erfahren?«

Selena nickte. »Der Verteidiger«, sagte sie. »Und Chris.«

»Das ist okay«, sagte Michael. »Es ist nur – wie soll ich Ihnen das erklären? Ich will nicht, daß es so aussieht, als wäre ich zur Gegenseite übergelaufen.«

»Ich wüßte nicht, wie dieser Eindruck entstehen sollte«, erklärte Selena. »Ich möchte Ihnen nur ein paar Fragen über Ihre Tochter und ihre Beziehung zu Chris stellen. Sie brauchen nicht zu antworten, wenn Ihnen bei einer Frage unwohl ist.«

»In Ordnung«, sagte Michael nach kurzer Bedenkzeit. »Schießen Sie los.«

»Wußten Sie von den Selbstmordabsichten Ihrer Tochter?«

Michael seufzte. »Wow. Sie reden nicht lange um den heißen Brei herum, was?« Er schüttelte den Kopf. »Das ist eine Fangfrage, wissen Sie. Wenn ich Ihnen bestätige, daß sie suizidgefährdet war, gestehe ich etwas ein, das ich nicht wirklich wahrhaben will. Das Problem ist, daß ich nicht weiß, weshalb genau ich es nicht glauben kann – wegen der Sache an sich oder weil ich ihren Tod noch nicht akzeptiert habe.« Er biß sich auf die Unterlippe. »Aber wenn ich sage, daß Emily meiner Ansicht nach keine Selbstmordgedanken hegte, wie soll ich dann die Tatsache erklären, daß sie tot ist?«

Selena wartete geduldig, sich vollauf bewußt, daß er ihre Frage nicht klar beantwortet hatte – und daß er Chris mit keinem Wort beschuldigt hatte. Michael atmete langsam aus. »Ich habe nichts von irgendwelchen Selbstmordgedanken gewußt«, sagte er schließlich. »Aber ich bin nicht sicher, ob der Grund hierfür der ist, daß ich eventuelle Anzeichen nicht erkannt habe oder daß sie nie vorhatte, sich umzubringen.«

»Ist sie offen auf Sie zugegangen, um mit Ihnen Probleme zu besprechen?«

»Das hätte sie tun können«, erwiderte Michael, was Selena zu der Annahme verleitete, daß sie es nicht getan hatte.

»An wen hätte Emily sich sonst mit Problemen gewandt?«

»Eher an Melanie als an mich, würde ich sagen.« Er lächelte schüchtern. »Das ist wohl typisch für junge Mädchen, nehme ich an. Manchmal hat sie sich, wenn sie wütend war, in ihrem Zimmer eingeschlossen und drei oder vier Bilder gemalt, bis sie sich abreagiert hatte.« Er zögerte, als wolle er noch etwas hinzufügen, und schüttelte dann den Kopf.

»Was?« hakte Selena sofort nach.

»Ich wollte sagen: Und natürlich hätte sie mit Chris gesprochen. Aber dann dachte ich, das sollte ich lieber nicht sagen.«

»Es ist kein Geheimnis, daß Ihre Tochter und Chris zusammen waren«, hielt Selena ihm entgegen.

»Zusammen«, sagte Michael nachdenklich, als würde er das Wort schmecken. »Ja, das kann man so sagen.«

»Wie würden Sie es denn ausdrücken?«

Er lächelte. »Sie waren wie die beiden Seiten einer Münze. Es gab Zeiten, als sie noch jünger waren, da vergaß ich manchmal glatt, daß Chris nicht mein eigener Sohn war.«

»Klingt, als hätten die beiden viel Zeit miteinander verbracht.«

»Sie waren unzertrennlich, könnte man sagen.«

»Eine ziemlich enge Beziehung für eine High-School-Romanze«, bemerkte Selena.

»Es war keine High-School-Romanze«, widersprach Michael. »Jedenfalls hat es niemand als solche betrachtet. Es hätte niemanden überrascht, wenn sie nach dem College geheiratet hätten.«

»Glauben Sie, daß Emily das wollte?«

»Ja. Und Chris ebenfalls. Himmel, um ehrlich zu sein, hätten wir vier Elternteile es uns auch gewünscht.«

Selena schrieb auf: Aus Liebe zusammen? Oder um die Erwartungen ihrer Eltern zu erfüllen? »Es wäre sehr nützlich für die Verteidigung, wenn Sie mir Zutritt zu Emilys Zimmer gewähren würden.« Ein Schuß ins Blaue, aber innerlich wußte sie, daß sie dort eine Fülle von Hinweisen finden würde, die der Verteidigung helfen könnten – Fotos, die in den Rahmen eines Spiegels geklemmt waren, Liebesnachrichten in einem Schmuckkästchen, Notizblätter, die noch den Abdruck von Chris' Namen trugen.

»Das geht nicht«, sagte Michael. »Auch wenn ich ... Also, meine Frau würde das nicht verstehen.« Er fuhr mit einem Finger am Rand seiner Kaffeetasse entlang. »Melanie ist, na ja, sie ist ganz besessen von diesem Prozeß, wissen Sie. Manchmal sehe ich sie an und wünschte, für mich wäre es auch so einfach. Ich wünschte, ich könnte einfach vergessen, daß wir noch vor einem halben Jahr darüber gescherzt haben, wo die Hochzeit stattfinden soll. Ich habe es versucht, um Emilys willen, aber ich schaffe es einfach nicht, die Vergangenheit auszulöschen.«

Selena biß sich auf die Zunge, ein bewährter Trick, um jemanden am Reden zu halten. »Sehen Sie, ich habe im Krankenhaus Emilys Leiche identifiziert. Aber am Morgen davor habe ich Emily noch beim Frühstück gesehen, habe erlebt, wie sie nach draußen gelaufen ist, als Chris gehupt hat, um sie abzuholen. Ich habe gesehen, wie er sie geküßt hat, als sie in den Wagen gestiegen ist. Und ich kann beides einfach nicht in Einklang miteinander bringen.«

Selena musterte ihn aufmerksam. »Glauben Sie, daß Chris Harte Ihre Tochter getötet hat?«

»Darauf kann ich nicht antworten«, entgegnete Michael, den Blick auf die Tischplatte gerichtet. »Wenn ich das täte, würde ich meine Tochter nicht an die erste Stelle setzen. Und niemand hat Emily mehr geliebt als ich.« Er sah auf. »Außer vielleicht Chris.«

Selena nickte. »Werden Sie wieder mit mir sprechen, Dr. Gold?«

Michael lächelte; er fühlte sich, als wäre ihm eine Last von den Schultern genommen worden. »Gern.«

Melanie verharrte eine Weile vor der Tür zum Zimmer ihrer Tochter und starrte auf die dicke Farbschicht auf der Kassettentür, die die tief ins Holz geritzte Warnung KEEP OUT doch nicht völlig hatte überdecken können.

Emily war etwa neun gewesen, als sie die Worte mit einem Schnitzmesser in das Holz geritzt hatte, was ihr gleich doppelten Ärger eingebracht hatte: einmal wegen der Beschädigung der Tür und darüber hinaus, weil sie das gefährliche Werkzeug aus der Schreibtischschublade ihres Vaters genommen hatte. Und wenn Melanie sich recht erinnerte, hatte sie Emily aufgetragen, die Tür ganz allein neu zu streichen. Aber auch wenn die Worte selbst übermalt worden waren, hatte die Farbe den dahintersteckenden Gedanken nicht auslöschen können, und von diesem Tag an hatten Michael und Melanie das Zimmer nie wieder betreten, ohne vorher anzuklopfen.

Sich nur ein ganz klein wenig albern dabei vorkommend, hob Melanie die Hand und klopfte zweimal, ehe sie den Türknauf drehte. Soweit sie wußte, war auch Michael nicht mehr hier drin gewesen. Die letzten Personen, die den Raum betreten hatten, waren Polizisten gewesen, die Gott weiß was gesucht hatten. Melanie glaubte nicht, daß sie etwas mitgenommen hatten. Die Fotos von Chris steckten noch im Rahmen des Spiegels der Frisierkommode, die Ärmel seines Sweatshirts von der Schwimmermannschaft waren noch um das Kopfkissen auf dem Bett gelegt – Em hatte gesagt, es würde nach ihm riechen. Das Buch, das Emily gerade für den Englischunterricht gelesen hatte, lag aufgeschlagen mit dem Cover obenauf auf dem Nachttisch. Ein Stapel frisch gebügelter Kleider, die Melanie Em zum Wegräumen hingelegt hatte, ruhte noch unverändert am Rand ihres Schreibtischs.

Seufzend nahm Melanie die obersten Kleidungsstücke von dem Stapel und fing an, sie in die entsprechenden Schubladen zu räumen. Als das geschehen war, drehte sie sich in der Mitte des Zimmers um die eigene Achse und überlegte, was sie als nächstes tun sollte.

Sie war noch nicht soweit, alle Spuren dafür zu entfernen, daß Emily noch vor wenigen Wochen hier gelebt, geschlafen und geatmet hatte. Aber es gab in diesem Zimmer Dinge, deren Anblick sie nicht mehr ertrug.

Melanie begann damit, daß sie die Fotos von Chris

aus dem Spiegelrahmen entfernte. *Er liebt mich, er liebt mich nicht*, dachte sie dabei. Sie legte die Bilder in einem Haufen auf das Bett, wickelte dann Chris' Sweatshirt vom Kissen und zerknüllte es zu einem Ball. Vorsichtig schälte sie den Tesafilm von einer Karikatur von Emily und Chris, die an der Schranktür hing, und legte die Zeichnung zu den Sachen auf das Bett. Als das geschehen war, sah sie sich zufrieden nach etwas um, worin sie die Erinnerungsstücke an Chris verstauen konnte.

Hätte Melanie nicht nach einem der leeren Schuhkartons ganz hinten in Emilys Schrank gegriffen, wäre ihr das Loch in der Wandverkleidung nie aufgefallen. Aber als sie auf Händen und Knien nach dem Karton tastete, fühlte sie plötzlich, wie ihre Hand sich durch ein Loch in der Wand schob.

Nachdem sie spontan an Ratten, Ungeziefer und Fledermäuse gedacht hatte, war sie erleichtert, als sie nur einen harten und unbeweglichen Gegenstand ertastete. Sie holte ein mit Stoff bezogenes Buch heraus, dessen Seiten mit Emilys vertrauter runder Handschrift beschrieben waren.

»Ich wußte gar nicht, daß sie noch eins geführt hat«, murmelte Melanie. Als Em noch jünger gewesen war, hatte sie Tagebuch geführt, aber es war Jahre her, seit Melanie sie das letzte Mal darin hatte schreiben sehen. Als sie von der letzten zur ersten Seite blätterte, ging ihr auf, daß es sich um aktuelle Einträge handelte. Es reichte fast anderthalb Jahre zurück. Und der letzte Eintrag war am Tag ihres Todes erfolgt.

Mit großem Unbehagen begann Melanie zu lesen. Viele der Einträge waren ganz alltäglicher Natur, aber verschiedene Sätze sprangen sie förmlich an.

Manchmal ist es, als würde ich meinen Bruder küssen, aber wie soll ich ihm das sagen? Ich muß mir Chris' Gesicht ansehen, um zu wissen, was zu fühlen von mir erwartet wird, und dann verbringe ich den Rest des Abends damit, mich zu fragen, warum ich nichts dergleichen empfinde.

Ich hatte wieder diesen Traum, den, nach dem ich mich so schmutzig fühle.

Was für ein Traum? Melanie blätterte mehrere Seiten zurück und dann wieder vor. Und noch bevor sie eine weitere Stelle gefunden hatte, die sich auf diesen Traum bezog, stieß sie auf den Eintrag, der von der Nacht berichtete, in der ihre Tochter ihre Unschuld verloren hatte.

Emily hatte exakt dort zum erstenmal mit einem Mann geschlafen, wo sie später ermordet worden war.

Melanie las das ganze Buch und verlor dabei jedes Zeitgefühl. Ihre Hände entspannten sich, und sie gelangte zur letzten Seite, zu dem Eintrag, der von dem Tag stammte, an dem Emily gestorben war.

Wenn ich es ihm sage, wird er mich heiraten. So einfach ist das.

Sie sprach von dem Baby. Das war klar, auch wenn es nicht eindeutig ausformuliert war. Bis zu dem Tag, an dem sie dies geschrieben hatte – dem 7. November –, hatte sie Chris nicht gesagt, daß sie schwanger war. Genau so, wie sie es auch ihren Eltern verschwiegen hatte.

Barrie Delaneys ganze Anklagestratege gegen Chris basierte auf diesem Baby, darauf, daß er Emily hatte töten wollen, um das Baby loszuwerden. Aber warum sollte er ein Baby loswerden wollen, von dem er gar nichts wußte?

Melanie klappte das Tagebuch zu; sie fühlte sich elend.

Ihr Verstand bebte noch vor Rachsucht, so erfüllt von Selbstgerechtigkeit, daß ihr gar nicht auffiel, daß Emily in ihrem Tagebuch mit keiner Zeile Abschied genommen hatte.

Sie nahm die Fotos von Chris, die sie vom Spiegel entfernt hatte, und verknotete sie in dem Sweatshirt. Dann ging sie nach unten, das Tagebuch unter den Arm geklemmt und das Sweatshirt in einer Hand. Sie ging in das Besucherzimmer, das nur selten benutzt wurde und in dem sich der einzige Kamin des Hauses befand.

Sie hatten ihn höchstens viermal benutzt in der ganzen Zeit, seit sie das Haus gekauft hatten. Neben dem Holzofen in der Küche wirkte der offene Kamin fremdartig, vor allem in einem Raum voller ungemütlicher Queen-Anne-Möbel, die sie von einem längst vergessenen Verwandten geerbt hatten. Melanie kniete nieder und verteilte die Fotos auf dem Rost im Kamin. Dann legte sie den zerknüllten Pulli obenauf. Sie holte eine Schachtel Streichhölzer aus der Küche und zündete das Feuer an. Sie sah zu, wie die Flammen an den Fotos von Chris leckten, bevor sie sich in das Gewebe des Pullovers gruben, um dann in einer hohen blauen Stichflamme aufzulodern. Abschließend warf sie das Tagebuch ins Feuer und verschränkte die Arme fest über der Brust, als der Einband begann, sich zusammenzurollen, und die Seiten zu Asche verfielen.

»Melanie?«

Michael kam gerade von der Arbeit heim, und seine Schritte durchquerten das ganze Haus, ehe sie ihn in den kleinen, nie benutzten Salon führten. Er starrte von dem Kamin mit der noch schwelenden Glut zu seiner Frau. »Was machst du da?«

Melanie zuckte die Achseln. »Mir war kalt«, entgegnete sie.

September 1997

In der rechten Hand hielt Coach Krull eine Banane, in der linken ein Kondom.

»Ladies und Gentlemen«, sagte er nüchtern, »auf die Plätze.«

Es folgte ein allgemeines Rascheln, als die in Zweiergruppen eingeteilten Schüler ihre jeweiligen Kondomhüllen aufrissen. Emily mußte die Zähne einsetzen, um die Hülle aufzubekommen. Ein Klassenkamerad zwei Bänke weiter beobachtete, wie sie in die Plastikfolie biß. »Autsch«, sagte er und schnitt eine Grimasse.

Heather Burns, eine Freundin von Emily und ihre Teampartnerin bei dieser lächerlichen Aufklärungslektion, kicherte. »Er hat recht«, flüsterte sie. »Du darfst die Zähne nicht benutzen.«

Emily errötete heftig und dankte Gott zum millionsten Mal, daß Heather und nicht Chris ihr Teampartner war. Das Ganze war schon schlimm genug, aber mit ihm zusammen wäre es ihr unsäglich peinlich gewesen.

Aufklärung war für die Abschlußschüler Pflicht, obwohl die meisten von ihnen schon vor Jahren ihre ersten Kondome über echte Penisse gestülpt hatten. Und der Umstand, daß Sporttrainer der High-School den Unterricht durchführten – darunter auch Coach Krull vom Schwimmerteam –, machte das Ganze noch unangenehmer. Die Trainer waren durchweg übergewichtig, männlich und um die Fünfzig. Die Weisheiten, die sie Teenagern in Sachen Sex mit auf den Weg geben konnten, waren mit Vorbehalt zu genießen. Tatsächlich war das einzig Lustige an dem Unterricht der Umstand, daß Coach Krull bei dem Wort Menstruation jedesmal ins Stottern geriet.

Der Coach hob eine Pfeife an die Lippen und blies hinein, woraufhin mehr oder weniger geschickte Hände dreißig Kondome über dreißig Bananen streiften. Mit vor Konzentration gerunzelter Stirn und bemüht, nicht an Chris zu denken, fuhr Emily mit der Hand an der gelben Schale der Banane herab und strich die Falten aus dem Kondom.

»Hey! Meine Banane ist abgeknickt!« rief einer der Jungen.

Ein Mitschüler kicherte. »Kommt das bei dir häufiger vor, McMurray?«

Emily ließ das Kondom am unteren Ende der Banane zuschnappen. »Fertig«, sagte sie und seufzte erleichtert.

Heather sprang auf die Füße. »Gewonnen!« rief sie.

Die Blicke aller Anwesenden richteten sich auf sie. Coach Krull kam den Gang zwischen den Pulten hinuntergeschlendert und blieb vor ihren Tischen stehen. »Laßt mal sehen. Keine Luftblase oben, so wie es sein sollte. Und das Kondom ist nicht verzogen, und unten sitzt es auch perfekt, Ladies«, sagte er. »Ich gratuliere.«

»Dann wissen wir ja jetzt, wen wir fragen müssen, wenn wir Probleme haben«, bemerkte McMurray und biß in seine Banane.

Die Klasse lachte über den anzüglichen Witz. »Träum weiter, Joey«, entgegnete Heather und warf mit einer ruckartigen Kopfbewegung das lange Haar zurück. Coach Krull belohnte Emily und Heather jeweils mit einem SKOR-Schokoriegel. Emily fragte sich, ob das als Scherz gemeint war.

»Im richtigen Leben«, erklärte der Coach noch, »kommt es beim Überstreifen eines Kondoms nicht darauf an, wer der Schnellste ist«, sagte er grinsend. »Auch wenn man es zuweilen recht eilig haben kann.« Er hob eine Bananenschale vom Boden auf und warf sie in hohem

Bogen in den Abfalleimer. »Wenn es – korrekt – angewandt wird, ist es neben Abstinenz der sicherste Weg, eine STD oder Aids-Infektion zu vermeiden«, erklärte er. »Allerdings sind 75 Prozent Effektivitätsrate nicht gerade begeisterungswürdig, wenn es um Verhütung geht. Jedenfalls nicht für die 25 Prozent der Mädchen, die schwanger werden. Wenn ihr euch also für diese Verhütungsmethode entscheidet, solltet ihr noch einen Plan B vorsehen.«

Während Coach Krull weiter dozierte, packte Heather ihren Schokoriegel aus und biß hinein. Emily begegnete dem Blick ihrer Freundin und lächelte schwach. »Autsch«, formte sie stumm mit den Lippen.

Mit klopfendem Herzen schloß Emily die Badezimmertür ab und holte die Schachtel unter ihrem Shirt hervor. Sie rieb die Stellen an ihrem Bauch, wo die spitzen Ecken sich in die Haut gebohrt hatten, stellte die Schachtel dann auf den Waschbeckenrand und starrte sie an.

Teststäbchen aus der Plastikhülle nehmen. Lesen Sie aufmerksam die Gebrauchsanweisung, bevor Sie mit dem Test beginnen.

Mit zitternden Händen entfernte Emily die Folie. Bei dem Teststäbchen handelte es sich um ein längliches schmales Stück Plastik mit einem eingesetzten Teststreifen an einem Ende und zwei kleinen Fensterchen ein wenig höher.

Teststreifen zehn Sekunden in Urinstrahl halten.

Wer konnte denn zehn Sekunden urinieren?

Schutzkappe über Teststreifen stülpen und drei Minuten warten. Wenn Sie den Test korrekt durchgeführt haben, erscheint ein blauer Kontrollstreifen im ersten Fenster. Taucht auch im zweiten Kästchen eine blaue Linie auf, auch wenn diese sehr blaß ist, können Sie davon ausgehen, schwanger zu sein. Erscheint im zweiten Kästchen keine blaue Linie, können Sie davon ausgehen, nicht schwanger zu sein.

Emily zog die Jeans herunter, setzte sich auf die Toilette und hielt sich das Teststäbchen zwischen die Beine. Sie schloß die Augen und versuchte, ganz langsam zu pieseln, hatte aber erst bis vier gezählt, als ihre Blase leer war. Dann legte sie den Teststab, an dem noch Urintropfen hafteten, auf die hierfür vorgesehene Plastikablage.

Die drei Minuten vergingen quälend langsam.

Sie beobachtete, wie die Kontrollinie im ersten Fenster auftauchte, und sagte sich *Wir waren immer vorsichtig.*

Dann hörte sie wieder Coach Krulls Stimme: *75 Prozent Effektivitätsrate sind nicht gerade begeisterungswürdig, wenn es um Verhütung geht, jedenfalls nicht für die 25 Frauen von hundert, die schwanger werden.*

Die zweite Linie erschien dünn wie ein Haarriß, und Emily war es, als hätte ihr jemand einen Schlag in die Magengrube versetzt. Sie beugte sich weiter vor, eine Hand unbewußt auf den Bauch gepreßt, und starrte auf die Verpackung des einzigen Tests in ihrem Leben, bei dem sie gerne durchgefallen wäre.

Die Muskeln an Chris' Rücken schimmerten von einem dünnen Schweißfilm, und seine Schultern versperrten Emily den Blick auf den Mond, als er sich über ihr aufrichtete. Sie hob ihm die Hüften entgegen, mit dem nüchternen Gedanken, daß er das Ding vielleicht aus ihr austreiben konnte, aber Chris interpretierte die Geste als Leidenschaft und begann, langsam und tief in sie einzudringen. Sie drehte den Kopf auf die Seite, Sie konnte ihn fühlen wie einen Preßkolben. Sie spürte, wie er die Hand zwischen sie schob – er haßte es, wenn sie nicht auch kam –, und sie preßte reflexartig die Beine zusammen, ehe sie sich ermahnen konnte, sich zu entspannen. »Schhhhhht«, sagte er, jetzt so tief in ihr drin, daß sie einen unerträglichen Druck fühlte, so als würde das winzige Wesen in ihr drin Chris aus ihr herausdrücken.

Plötzlich zuckte Chris, und – so wie sie es immer tat, wenn er kam – sie schlang Arme und Beine um ihn und hielt ihn ganz fest. Er lag schwer auf ihr, wie ein Fels auf ihrem Herzen, preßte die Luft aus ihren Lungen und mit ihr beinahe auch ihr Geheimnis.

Das Büro der Schwangerschaftsberatung Planned Parenthood befand sich praktischerweise auf der Busstrecke zwischen Bainbridge und mehreren weniger wohlhabenden Gemeinden im Süden und Osten. Im Wartezimmer waren verschiedenste ethnische Zugehörigkeiten vertreten. Einige der Frauen waren alleine dort, andere zusammen mit ihrem Partner, manche hatten einen dicken Bauch, und andere weinten, das Gesicht in den Händen verborgen. Aber keine von ihnen war wie Emily: ein reiches Mädchen aus einer ruhigen Wohngegend, wo solche Dinge einfach nicht passierten.

»Emily?« Die Beraterin, eine ausgebildete Krankenschwester namens Stephanie Newell, rief sie ins Beratungszimmer. Emily nahm ihren Mantel und folgte der Schwester in einen kleinen, gemütlichen Raum. »Du bist schwanger«, sagte Stephanie, nachdem Emily ihr gegenüber Platz genommen hatte. »Etwa in der sechsten Woche, so wie es aussieht.« Sie schwieg eine Weile und musterte Emily forschend. »Ich nehme an, du freust dich nicht unbedingt über diese Nachricht.«

»Nicht unbedingt, nein«, entgegnete Emily leise.

Bis jetzt war es irgendwie unwirklich gewesen. Bei einem Schwangerschaftstest gab es immerhin eine, wenn auch geringe Fehlerquote, oder vielleicht war das alles auch nur ein böser Traum gewesen. Aber daß eine ihr völlig fremde Frau bestätigte, daß es stimmte, das war ein unwiderlegbarer Beweis.

»Hast du es dem Vater schon gesagt?«

Emily registrierte auf eine verschwommene, losgelöste Art, daß niemand das Wort »Baby« in den Mund nahm. »Schwanger«, ja. Und auch »Vater.« Aber für alle Fälle mied man es wohl, etwas, das man möglicherweise nicht behalten wollte, eine konkrete Form zu verleihen. »Nein«, erwiderte sie angespannt.

»Es liegt bei dir«, sagte Stephanie sanft, »aber ganz gleich, wofür du dich entscheidest, es ist leichter, das alles mit jemandem an seiner Seite durchzustehen.«

»Ich werde es ihm nicht sagen«, sagte Emily mit fester Stimme und wußte in dem Augenblick, da sie die Worte aussprach, daß es stimmte. »Das ist nicht seine Sache.«

»Ist es nicht seine Sache, oder willst du nicht, daß sie es ist?« wollte Stephanie wissen.

»Ich kann dieses Baby nicht bekommen«, teilte Emily der Krankenschwester nüchtern mit. »Ich will nächstes Jahr aufs College.«

Stephanie nickte urteilsfrei. »Abtreibung ist eine der Möglichkeiten, die wir anbieten«, sagte sie. »Das kostet dreihundertfünfundzwanzig Dollar, zahlbar im voraus.«

Emily erbleichte. Sie hatte sich gedacht, daß der Abbruch etwas kosten würde, aber das war schrecklich viel Geld. Sie würde ihre Eltern um Hilfe bitten müssen ... oder Chris ... und das war unmöglich.

Sie zog den Saum ihres Shirts hoch und verdrehte den Stoff zwischen den Händen. Sie war ihr ganzes Leben das gewesen, was alle von ihr erwartet hatten. Die perfekte Tochter, die angehende Künstlerin, die beste Freundin, die erste Liebe. Sie war so sehr damit beschäftigt gewesen, den Erwartungen anderer zu entsprechen, daß sie Jahre gebraucht hatte, um zu erkennen, warum das Ganze eine einzige große Farce war. Sie war nicht perfekt, war weit davon entfernt, und die äußere Erscheinung entsprach nicht dem, was sich dahinter verbarg. Tief im Inneren war sie schmutzig, und solche Dinge passierten Mädchen wie ihr eben.

»Dreihundertfünfundzwanzig Dollar«, wiederholte sie. »Okay.«

Letztendlich war es ganz leicht. Erst hatte sie Chris bitten wollen, ihr dabei zu helfen, das Geld aufzutreiben, aber er hätte sie gefragt, wofür sie es brauchte, und auch wenn sie ihm geantwortet hätte, das könne sie nicht sagen, hätte er es früher oder später erraten. Es gab nicht vieles, wofür ein junges Mädchen schnellstens einen solchen Betrag brauchen würde.

Schließlich stellte Emily ihren Wecker auf einen Zeitpunkt mitten in der Nacht, schlich dann nach unten und kramte das Scheckbuch ihrer Mutter aus deren Handtasche. Sie riß Scheck Nummer 688 heraus, stellte ihn auf die gesamte Summe aus und setzte Melanies Unterschrift darunter, die sie mühelos fälschte. Ihre Mutter verwendete die Schecks ausschließlich, um Rechnungen zu bezahlen, und das nur einmal im Monat. Bis Melanie überhaupt anfing, sich den Kopf darüber zu zerbrechen, wofür sie Scheck Nummer 688 nun verwendet hatte, wäre der Eingriff wahrscheinlich längst erfolgt.

Am nächsten Tag bat Emily Chris nach der Schule, sie zur Bank zu fahren. Sie müsse für ihre Mutter einen Scheck einlösen, log sie. Der Bankangestellte kannte sie; in Bainbridge kannte jeder jeden. Und Emily kehrte um 325 Dollar reicher heim.

An dem Abend vor dem geplanten Abbruch fuhren sie und Chris an den See. Für September war es ungewöhnlich mild – Altweibersommer, die Nacht über den Himmel drapiert wie durchscheinende Gaze, die Dunkelheit brachte, aber keine Schwere. Emily konnte sich weder entspannen noch konzentrieren; es kam ihr vor, als wäre ihre Haut zu eng für ihren Körper, und sie war überzeugt, dieses Wesen in sich wachsen fühlen zu können. Verzweifelt bemüht, es aus ihren Gedanken zu verdrängen, stürzte sie sich auf Chris und küßte ihn so leidenschaftlich, daß er nach einer Weile den Kopf zurückbog und sie fragend musterte. »Was ist?« fragte sie, aber er schüttelte nur den Kopf. »Nichts«, murmelte er. »Du bist nur irgendwie anders.«

»Und wie bin ich?« fragte sie.

Chris lächelte. »Wie in meinen wildesten Träumen«, sagte er und vergrub die Hände in ihrem Haar. Dann zog er Emily plötzlich auf sich, und ihre Beine ruhten rechts und links von seinen. »Setz dich auf«, drängte Chris, und sie gehorchte. Gleich darauf fühlte sie, wie er bei dem Positionswechsel in sie eindrang.

Es war noch zu früh. Emily drückte sofort die Hände gegen Chris' Schultern und lehnte sich weit zurück, um sich von ihm zu lösen. »O ja, das ist gut«, murmelte Chris, den Kopf auf die Seite gelegt. Emily erstarrte und fing dann, von Chris' Händen auf ihren Hüften ermuntert, an, sich zögernd zu bewegen. »Du siehst aus wie ein Zentaur«, sagte er, worauf sie – überrascht – auflachte.

Die Bewegung führte dazu, daß Chris noch tiefer in sie eindrang, was das Ganze noch schlimmer machte. Sie alberten herum wie früher. Sie hätten sich ebenso gut nur balgen könne, so wie damals, als sie noch Kinder waren, fast wie Geschwister. Aber sie balgten sich nicht, und sie waren auch keine Geschwister, und darum war es auch in Ordnung, wenn sie Sex hatten. Oder?

Emily kniff die Augen zu und zerstreute ihre Gedanken. »Dann wärst du das Pferd«, sagte sie, wobei sie sich ein wenig schwindlig fühlte.

Chris spannte die Pobacken an. »Yipppie«, sagte er und bockte unter ihr, so daß Mondlicht über ihre Schultern rann und ihre Brüste anstrahlte.

Hinterher lag sie rücklings an Chris geschmiegt auf der Seite, ihr Kopf auf seinem Arm ruhend und seine Hand auf ihrer Hüfte. Das war der Teil, nach dem sie sich jedes Mal sehnte, der Teil, der es wert war, zuvor den Sex zu erdulden. Sie hatte sich in ihrem Leben schon unzählige Male in Chris' Armen zusammengerollt. Hinterher war es so, wie es immer gewesen war, dann stand nichts Peinliches mehr zwischen ihnen.

»Sand«, flüsterte er unvermittelt, »wird stark überbewertet.«

Sie lächelte leicht. »Ach ja?«

»Mein Hintern ist ganz wund«, gestand er.

Emily lächelte. »Das geschieht dir recht«, sagte sie.

»Geschieht mir recht? Es war doch ritterlich von mir, dir die Oberhand zu lassen.« Er strich mit der flachen Hand über ihren Bauch.

Emily setzte sich abrupt auf, schnappte sich das erstbeste Kleidungsstück – Chris' Hemd – und zog es über. Sie stand auf und begann, am Seeufer entlangzuschlendern.

Hatte Chris ein Recht, es zu erfahren? Würde sie lügen, wenn sie ihm gar nichts davon erzählte?

Wenn sie es ihm sagte, würden sie heiraten. Das Problem war nur, daß sie nicht sicher war, ob sie das wirklich wollte.

Sie sagte sich, daß es Chris gegenüber nicht fair wäre,

der glaubte, er bekäme ein Mädchen, das vorher noch von keinem anderen angerührt worden war.

Aber ein leises, nagendes Pulsieren in ihrem Kopf sagte ihr, daß es auch ihr selbst gegenüber nicht fair wäre. Wenn sie sich manchmal, nachdem sie mit Chris geschlafen hatte, zu Hause stundenlang übergeben mußte, wenn sie es manchmal schlicht nicht ertragen konnte, seine Hände unter ihrem BH und in ihrem Slip zu haben, weil es sich für sie mehr wie Inzest anfühlte denn wie Leidenschaft – konnte sie dann ihr ganzes Leben an seiner Seite verbringen?

Emily warf einen Kieselstein in den See, und sich vergrößernde Ringe kräuselten die Oberfläche. Es war ein seltsames Gefühl, zu wissen, daß ihr Leben immer mit Chris' verbunden sein würde – Gott, so war es seit dem Tag ihrer Geburt –, und sich dabei bewußt zu sein, daß sie insgeheim darauf hoffte, irgendwie ausbrechen zu können. Alle erwarteten, daß Chris und Emily für immer zusammenblieben, aber für immer war ihr immer sehr weit weg erschienen.

Sie drückte eine Hand auf den Bauch. Und jetzt war für immer so schrecklich konkret geworden.

Emily nahm an, daß die Antwort ja lautete. Sie konnte Chris heiraten. Die Alternative wäre, ihm auseinanderzusetzen, daß sie für ihn empfand wie eine Schwester, wie eine Freundin, aber nicht unbedingt wie eine Frau. Und dann würde sie sehen, wie er leichenblaß wurde und wie ihm das Herz brach.

Sie liebte Chris nicht genug, um ihn zu heiraten, aber sie liebte ihn zu sehr, um ihm das zu sagen.

Emily schaute blinzelnd auf die Seeoberfläche. Kleine Wellen brachen sich am Ufer, und um sie herum zirpten die Zikaden. Sie stellte sich vor, wie leicht es wäre, in den See hineinzugehen, durch den glitschigen Schlamm auf dem Grund zu waten, bis das Wasser über ihrem Kopf zusammenschlug, ihre Lungen beschwerte und sie versinken ließ wie einen Stein.

Sie fühlte, wie Chris hinter sie trat und ihr zärtlich einen Arm um die Schultern legte. »Woran denkst du?«

»Ans Ertrinken«, antwortete sie leise. »Daran, immer weiter ins Wasser zu gehen, bis es über meinem Kopf zusammenschlägt. So friedlich.«

»Heiland«, rief Chris aus, ehrlich verblüfft. »Ich glaube nicht, daß es friedlich wäre. Ich glaube, du würdest um dich schlagen und versuchen, an die Oberfläche zu gelangen.«

»Das würdest du tun«, entgegnete sie. »Weil du ein Schwimmer bist.«

»Und du?«

Sie drehte sich in seinen Armen um und legte den Kopf an seine Brust. »Ich würde es einfach geschehen lassen.«

Vielleicht wäre ja alles gut gegangen, aber der diensthabende Arzt am Tag von Emilys Schwangerschaftsabbruch war ein Mann. Sie lag auf dem OP-Tisch, die Beine gespreizt und auf Auflagen ruhend, wie sie sie vom Gynäkologenstuhl her kannte. Stephanie war bei ihr. Sie sah den Arzt hereinkommen und ans Waschbecken treten, um sich die Hände zu waschen. Die Seife glitt schmierig und weiß durch seine Finger, und irgendwie kam er Emily plötzlich größer und massiger vor. Er drehte sich um und lächelte sie an. »Na, wen haben wir denn hier?«

Na, wen haben wir denn hier?

Dann griff er unter ihr Krankenhaushemd, genau wie der andere es getan hatte, nachdem er dieselben furchtbaren Worte gesagt hatte, und schob die Finger in sie hinein. Emily fing an, um sich zu treten, stieß die Halterungen beiseite und traf mit einem Fuß den Arzt, der verblüfft zurückgewichen war, seitlich am Kopf.

»Fassen Sie mich nicht an«, schrie sie, versuchte sich aufzusetzen, drückte die Hände zwischen die Beine und klemmte das Nachthemd unter die Schenkel. Sie fühlte Stephanies Hand auf ihrer Schulter und barg das Gesicht am Arm der Beraterin. »Lassen Sie nicht zu, daß er mich anfaßt«, flüsterte sie noch, als der Arzt den Raum längst verlassen hatte.

Stephanie wartete, bis Emily aufgehört hatte zu weinen, und setzte sich dann auf den Arztschemel. »Vielleicht«, meinte sie, »ist es an der Zeit, den Vater einzuweihen.«

Sie würde es Chris nicht erzählen, jetzt schon gar nicht. Denn wenn sie es tat, würde sie ihm auch von dem geplanten Abbruch erzählen müssen, von dem Doktor und davon, warum sie es nicht hatte ertragen können, daß der Mann sie anfaßte. Und warum sie es nicht ertragen konnte, wenn Chris sie anfaßte. Und weshalb sie nicht die Art von Mädchen war, für das Chris sie hielt. Und wenn sie ihm alles erzählt hatte, würde sie ihr Schicksal besiegelt haben. Wie sagte man so schön? Wie man sich bettet, so liegt man. Und sie würde verdammt unbequem liegen – mit ihm zusammen.

Und irgendwann würde sie auch ihren Eltern die Wahrheit sagen müssen. Sie würden sie fassungslos anstarren – ihr kleines Mädchen? Es war allein ihre Schuld, weil sie Sex gehabt hatte, obwohl es nicht hätte sein sollen. Ihre Schuld, weil sie die Aufmerksamkeit dieses widerlichen Kerls erregt hatte, als sie noch viel zu jung gewesen war.

Und bald würden es alle wissen. Sie saß in der Falle, und es gab nur einen kleinen, verborgenen Ausweg, so dunkel und unheilvoll, daß die meisten Menschen nie auf die Idee kämen, ihn einzuschlagen

Emily hörte ihrer Beraterin, die ihr die verschiedenen Möglichkeiten aufzählte, die ihr offenstanden, über eine Stunde lang zu. Wirklich erstaunlich, die Fülle von Informationen, wo es doch im Grunde gar keine Alternativen gab.

»Kannst du mir bitte die Butter reichen?« bat Melanie, und Michael gab sie ihr.

»Das schmeckt gut«, sagte Michael und zeigte auf seinen Teller. »Em, Liebes, du solltest wirklich das Hähnchen probieren.«

Emily drückte die Finger an die Schläfen. »Ich habe keinen großen Hunger«, sagte sie.

Melanie und Michael tauschten einen Blick. »Du hast den ganzen Tag nichts gegessen«, bemerkte Melanie.

»Woher willst du das wissen?« konterte Emily. »Ich könnte in der Schule ein ganzes Buffet verputzt haben. Du warst doch nicht dort, oder?« Sie senkte den Kopf. »Ich brauche eine Tylenol.«

»Hast du das Bewerbungsformular von der Sorbonne gesehen?« sagte Melanie. »Es ist heute mit der Post gekommen.«

Emilys Gabel fiel klirrend auf ihren Teller. »Ich werde nicht hingehen.«

»Es kann doch nicht schaden, sich zu bewerben«, entgegnete Melanie. Sie lächelte Emily über den Tisch hinweg an, den Widerwillen ihrer Tochter schlicht ignorierend. »Chris wird auf dich warten«, neckte sie sie.

Emily schüttelte heftig den Kopf. »Ist es das, worum es deiner Meinung nach geht? Du glaubst, ich könnte ohne ihn nicht leben?« Sie unterdrückte die Frage, die ihr in der Kehle brannte: Kann ich es? Sie warf ihre Serviette auf ihren Teller und stand auf. »Laß mich einfach in Ruhe«, fuhr sie ihre Mutter an und stürzte dann aus dem Raum. Melanie und Michael wechselten einen verdatterten Blick. Dann schnitt Michael einen Bissen von seinem Hähnchen ab und schob ihn in den Mund. »Na ja«, sagte er kauend.

»Das ist das Alter«, pflichtete Melanie ihm bei und griff nach ihrem Messer.

An der Class IV Road, die hinter den Grundstücken der Hartes und Goldes herführte, gab es eine Lichtung, auf der die Leute alte Herde und Kühlschränke, Säcke voll mit dicken Glasflaschen und verrosteten Blechdosen abluden. In Bainbridge bezeichnete man diesen Platz als die Müllhalde, und die diente seit Jahren auch als Schießübungsplatz. Chris lenkte seinen Geländewagen auf die Lichtung und ließ Emily auf der Motorhaube des Jeeps sitzen, während er in etwa 30 Metern Entfernung Flaschen und Dosen als Zielscheiben aufstellte. Er lud den Colt-Revolver und verscheuchte mit ungeduldigen Bewegungen die Fliegen, die um den Wagen herum durch das duftende hohe Gras summten. Chris ließ die Trommel einrasten, während Emily sich herabbeugte, um einen grünen Halm abzurupfen, auf dem sie hinterher herumkaute. Er zog ein Kleenex-Tuch aus seiner Hosentasche und formte kleine Papierbällchen, die er sich in die Ohren stopfte. Dann reichte er das zerrupfte Tuch an Emily weiter. »Ohrschützer«, sagte er und bedeutete ihr, seinem Beispiel zu folgen.

Er hatte gerade mit beiden Händen den Revolver gehoben, als er Emily rufen hörte: »Warte! Du kannst nicht einfach drauflosballern. Du mußt mir erst sagen, worauf du schießt.«

Chris grinste. »Okay. Damit ich mich blamiere, wenn

ich danebenschieße.« Er kniff ein Auge zu und zielte erneut. »Blaues Etikett, ich glaube, in der Flasche war Apfelsaft.«

Der erste Schuß war ohrenbetäubend, und Emily preßte trotz der Pfropfen die Hände auf beide Ohren. Sie konnte nicht exakt sehen, wo die Kugel einschlug, aber die Bäume hinter den aufgestellten Zielscheiben raschelten. Der zweite Schuß traf die Flasche mit dem blauen Etikett, und die Glasscherben flogen um die rauhe Baumrinde.

Emily sprang von der Motorhaube des Wagens. »Ich will es auch mal versuchen«, sagte sie.

Chris zog sich das Kleenex aus den Ohren. »Was?«

»Ich will es auch mal probieren.«

»Du willst was?« Er schüttelte den Kopf. »Ich denke, du haßt Waffen. Du erzählst mir doch ständig, daß ich aufhören soll zu jagen.«

»Bei der Jagd benutzt du ein Gewehr, und die sind mir zu groß«, entgegnete Emily und betrachtete den Revolver neugierig aus leicht verengten Augen. »Das hier ist etwas ganz anderes.« Sie kam näher und berührte Chris' Hand. »Darf ich?«

Chris nickte und legte ihre Hände um den Griff der Waffe. Sie war überrascht davon, wie schwer sie im Verhältnis zu ihrer Größe war und wie unnatürlich es sich für sie anfühlte, den glatten, kühlen Kolben zu halten. »So«, sagte Chris und trat hinter sie.

Er zeigte ihr das Korn am Ende des Laufes und erklärte ihr, wie man ein Ziel anvisierte.

Sie wollte ihm nicht sagen, daß sie schwitzte. Ihre Hände rutschten ein wenig auf dem Metall, als Chris sie – immer noch von seinen bedeckt – bis auf die richtige Schußhöhe hob.

»Warte«, rief Emily und drehte sich in seiner Umarmung

um, so daß sie ihm mit der Waffe in der Hand gegenüberstand. »Wie muß ich ...«

Er war leichenblaß geworden. Langsam hob er die Hand und schob mit einem Finger den kurzen Lauf zur Seite. »Man richtet niemals eine Waffe auf jemanden«, sagte er mit erstickter Stimme. »Sie hätte losgehen können.«

Emily errötete. »Aber ich hatte den Hahn doch noch gar nicht gespannt.«

»Wie sollte ich das wissen?« Er ließ sich kraftlos auf den Boden sinken, die Stirn auf den angezogenen Knien ruhend. »Jesus«, hauchte er.

Peinlich berührt wandte Emily sich ab, hob den Revolver wieder, spreizte die Beine, spannte den Hahn und feuerte.

Eine Blechbüchse flog auf, wirbelte durch die Luft und schien einen Augenblick dort hängenzubleiben, ehe sie dann herabfiel.

Emily war von dem Rückstoß überrascht worden und wäre wohl gestürzt, wenn Chris sich nicht hastig aufgerappelt hätte, um sie aufzufangen.

»Wow«, sagte er ehrlich beeindruckt. »Ich liebe Annie Oakley.«

»Anfängerglück«, sagte sie, lächelte jedoch mit vor Freude geröteten Wangen. Emily blickte auf ihre Finger, die noch den Kolben umklammert hielten, der sich jetzt jedoch vertraut und warm anfühlte wie die Hand eines alten Freundes.

Es war feucht im Inneren des Jeeps; die Scheiben waren beschlagen, und die Heizung lief auf Hochtouren und sorgte für eine stickige, tropische Luft. »Was würdest du tun, wenn nicht alles so käme, wie du es geplant hast?« fragte Emily, die sich mit dem Rücken an Chris gelehnt hatte, leise.

Sie fühlte, wie er die Stirn runzelte. »Du meinst, wenn ich nicht von einem guten College angenommen würde?«

»Ich meine, wenn du gar nicht aufs College gehen könntest. Wenn deine Eltern bei einem Autounfall ums Leben kämen und du dich plötzlich ganz allein um Kate kümmern müßtest.«

Er atmete langsam aus, und sie fühlte, wie der Lufthauch über ihr Haar strich. »Ich weiß es nicht. Ich nehme an, ich würde versuchen, das Beste draus zu machen. Vielleicht später studieren. Warum fragst du?«

»Glaubst du, deine Eltern wären enttäuscht von dir, wenn du nicht das würdest, was sie von dir erwartet hatten?«

Chris lächelte. »Meine Eltern wären tot, vergiß das nicht. Die Enttäuschung dürfte ihnen also nicht allzuviel ausmachen.« Er drehte sich so, daß er ihr Gesicht sehen konnte, und stützte sich auf einen Ellbogen. »Und mir ist es auch im Grunde egal, was andere denken. Abgesehen von dir natürlich. Wärst du enttäuscht?«

Sie holte tief Luft. »Was, wenn ich diejenige wäre, die den Plan umwirft? Was, wenn ich ... wenn ich nicht mehr mit dir zusammensein wollte?«

»Also, dann würde ich mir vermutlich das Leben nehmen«, entgegnete Chris ernsthaft. Dann küßte er sie auf die Stirn und glättete eine Falte. »Warum reden wir überhaupt über so etwas?« Er beugte sich vor, entriegelte die Hecktür des Jeeps und ließ sie aufschwingen. Die sternengesprenkelte Nacht tat sich vor ihnen auf.

Der Altweibersommer war vorbei, und die Luft roch frisch und dünn, erfüllt vom Duft wilder Holzäpfel und einem Anflug von Frost. Emily sog sie tief ein und spürte, wie die kristallklare Luft in ihrer Nase prickelte. Dann hielt sie sie in den Lungen fest, um die Luft schließlich in einer kleinen weißen Wolke auszustoßen. »Es ist kalt«, sagte sie und rückte enger an Chris.

»Es ist wunderschön«, flüsterte Chris. »So wie du.« Er berührte sanft ihr Gesicht und küßte sie zärtlich, so als wollte er sie ihre Traurigkeit vergessen machen. Ihre Lippen lösten sich mit einem leisen schmatzenden Geräusch voneinander.

»Ich bin nicht schön«, sagte Emily.

»Für mich bist du es.« Chris zog sie zwischen seinen angewinkelten Beinen hoch, bis ihr Rücken an seiner Brust ruhte, und schlang die Arme um ihre Mitte. Der Himmel wirkte plötzlich samtschwer, und der Augenblick war erfüllt von tausend Kleinigkeiten, von denen Emily wußte, daß sie sie nie vergessen würde – das Kitzeln von Chris' Haar an ihrem Nacken, die Schwiele an der Innenseite seines Mittelfingers, die sich anfühlte wie Robbenhaut, die Parklichter des Jeeps, die einen blutroten Schimmer auf das Gras warfen.

Chris küßte sie auf die Schulter. »Hast du schon das Kapitel für Naturwissenschaft gelesen?«

»Wie romantisch«, lachte Emily.

Chris grinste. »Irgendwie schon. Da steht, daß Sterne lediglich Explosionen sind, die schon vor Milliarden von Jahren stattgefunden haben. Nur das Licht erreicht uns erst jetzt.«

Emily blickte nachdenklich in den Himmel. »Und ich dachte immer, sie wären etwas Ewiges, bei dem man sich etwas wünschen kann.«

Chris lächelte. »Ich denke, das kannst du trotzdem.«

»Du zuerst«, sagte sie.

Er zog die Arme fester um sie, und sie verspürte wieder das vertraute Gefühl, in Chris' Haut zu stecken, in sie eingehüllt zu sein wie in einen warmen Mantel oder eine schützende Fassade, vielleicht sogar wie ein zweites Ich.

»Ich wünsche, alles könnte so bleiben, wie es jetzt ist... für immer«, sagte er leise.

Emily drehte sich in seinen Armen um, wagte kaum zu hoffen, wagte aber noch weniger, diese Gelegenheit ungenutzt verstreichen zu lassen. Ihr Kopf war in einem Winkel gedreht, der es ihr zwar nicht erlaubte, Chris' Augen zu sehen, wohl aber, ihre Worte direkt auf seine Lippen zu sprechen. »Vielleicht kann es das ja.«

Gegenwart

Weihnachten 1997

»Harte zum Kontrollraum.«

Chris blickte von dem Buch auf, in dem er las, und rollte sich von seiner Pritsche, wobei er tunlichst seinen Zellengenossen Bernard ignorierte, der auf dem unteren Bett saß und mit den Zähnen Eis knackte. Die Schließer brachten einmal täglich Eis, das in einem Kühlschrank im Gemeinschaftsraum deponiert wurde und eigentlich bis weit in die Nacht hinein reichen sollte, nur daß es Bernard immer wieder gelang, das meiste davon für sich abzuzweigen, bevor die anderen Insassen überhaupt mitbekommen hatten, daß es nachgefüllt worden war.

Chris folgte dem Laufgang bis zu der verschlossenen Tür am Ende des Trakts und wartete dort, bis der Beamte im Kontrollraum ihn bemerkte. »Besuch«, teilte ihm der Beamte mit, schloß die Tür für ihn auf und wartete, daß Chris hindurchtrat.

Bei ihrem letzten Besuch hatte seine Mutter ihm unter Tränen mitgeteilt, daß sie es am Samstag nicht schaffen würde, weil Kates Tanzvorführung ausgerechnet mit der Besuchszeit zusammenfiel. Chris hatte ihr versichert, daß er natürlich Verständnis dafür habe, obgleich er in Wirklichkeit furchtbar eifersüchtig gewesen war. Kate hatte ihre Mutter sieben Tage die Woche für sich, konnte sie dann nicht eine lausige Stunde auf sie verzichten?

An der Tür unten im Souterrain wurde er von einem zweiten Schließer erwartet. »Geh da rüber«, wies ihn dieser an und zeigte auf den hintersten Tisch im Besuchszimmer.

Chris war im ersten Moment wie gelähmt. Der Besucher war nicht seine Mutter. Und es war auch nicht sein Vater, was für sich schon ein großer Schock gewesen wäre.

Es war Michael Gold.

Chris tat einen hölzernen Schritt nach dem anderen und bewegte sich ganz mechanisch auf Emilys Vater zu. Er schöpfte etwas Mut aus der Tatsache, daß die Beamten, die ihn an der Flucht hinderten, auch zu seinem Schutz da waren. »Chris«, sagte Michael und deutete mit einem Nicken auf einen Stuhl.

Chris wußte, daß er das Recht hatte, einen Besucher abzulehnen. Aber noch bevor er ein Wort sagen konnte, seufzte Michael. »Ich kann dir deine Zurückhaltung nicht verübeln«, sagte er. »Ich an deiner Stelle hätte wahrscheinlich beim Anblick meiner Visage sofort das Weite gesucht.«

Chris setzte sich langsam. »Du bist immer noch das geringere Übel.«

Ein Schatten huschte über Michaels Züge. »Dann ist es so schlimm hier drin?«

»Eine Scheißparty«, entgegnete Chris bitter. »Was hast du erwartet?«

Michael errötete. »Ich meinte nur ... na ja, im Vergleich zur Alternative.« Er starrte einen Moment auf seinen Schoß, ehe er den Kopf wieder hob. »Wenn alles so gelaufen wäre, wie du es geplant hattest, wärst du nicht hier. Dann wärst du tot.«

Chris' Finger, die nervös auf die Tischplatte getrommelt hatten, hielten inne. Er war klug genug, einen Olivenzweig zu erkennen, wenn er einen sah, und wenn er nicht sehr irrte, hatte Michael Gold eben eingestanden, daß er Chris glaubte, unabhängig von dem Müll, den die Staatsanwaltschaft auftischte.

Und das, obwohl es nicht die Wahrheit war.

»Wie kommt es, daß du hier bist?« wollte Chris wissen.

Michael lockerte seine Schultern. »Das habe ich mich auch schon gefragt. Auf der ganzen Fahrt hierher.« Er blickte Chris offen in die Augen. »Ich weiß es nicht wirklich«, sagte er. »Was glaubst du?«

»Ich glaube, daß du für die Staatsanwaltschaft spionierst«, erwiderte Chris, weniger weil er das tatsächlich glaubte, sondern vielmehr, weil er sehen wollte, wie Michael auf diesen Vorwurf reagierte.

»Himmel, nein«, entgegnete Michael verdattert. »Setzen die tatsächlich Spitzel ein?«

Chris schabte mit der Sohle seines Turnschuhs über den glatten Fußboden. »Ich würde es ihnen jedenfalls zutrauen. Es geht doch nur darum, mich wegzusperren, habe ich recht? Mich davon abzuhalten, weitere Mädchen umzubringen, so wie ich Em umgebracht habe, richtig?«

Michael schüttelte den Kopf. »Ich glaube das nicht.«

»Was glaubst du nicht?« fragte Chris lauter. »Daß die Staatsanwaltschaft mich wegsperren und den Schlüssel wegwerfen will? Oder daß ich sie getötet habe?«

»Du hast das nicht getan«, sagte Michael mit Tränen in den Augen. »Du hast sie nicht getötet.«

Chris' Kehle war plötzlich so zugeschnürt, daß er keinen Ton mehr herausbrachte. Er schob geräuschvoll seinen Stuhl zurück und fragte sich, was zum Teufel ihn überhaupt bewogen hatte, sich zu setzen; wie er hatte glauben können, er hätte mit Emilys Vater irgend etwas zu besprechen.

Michael starrte auf den Tisch und strich mit dem Daumen an der zerschrammten Kante entlang. »Ich bin gekommen ... der Grund, weshalb ich gekommen bin, ist der, daß ich dich etwas fragen wollte. Es ist nur, weil wir nichts bemerkt haben. Melanie und ich, wir haben nichts davon geahnt, daß Emily unglücklich war. Aber du hast es gewußt, du mußt es gewußt haben. Und da habe ich mich gefragt ...« Er blickte zu Chris auf. »Wie konnte ich es nur übersehen?« fragte er leise. »Was hat sie gesagt, als ich nicht zugehört habe?«

Chris fluchte leise und stand auf, um dem zu entfliehen, aber Michael packte ihn beim Arm. Chris wirbelte herum und funkelte ihn aus lodernden Augen an. »Was?« fragte er grob. »Was erwartest du, daß ich dir sage?«

Michael schluckte. »Daß du sie geliebt hast«, sagte er gepreßt. »Daß sie dir fehlt.« Er drückte die Finger auf die Augenwinkel, sichtlich um Fassung bemüht. »Melanie ist nicht ... also, ich kann mit ihr nicht über Emily sprechen. Aber ich dachte ... ich dachte ...« Er wandte den Blick ab. »Ich weiß nicht, was ich dachte.«

Chris setzte sich wieder, stützte die Ellbogen auf den Tisch und vergrub das Gesicht in den Händen. Er konnte Michael Gold nichts versprechen. Andererseits, wenn er über Emily sprechen wollte, konnte er keinen geduldigeren Zuhörer finden als Chris. »Jemand wird erfahren, daß du hier warst«, warnte er ihn. »Du solltest nicht hier sein, weißt du.«

Michael zögerte. »Nein«, sagte er schließlich. »Aber du ebensowenig.«

Gus schob ihren Einkaufswagen durch die Gänge bei Caldor, wieder einmal erstaunt darüber, daß ihre Familie, aus der längst jede Normalität gewichen war, weiterhin von den Banalitäten des Alltags eingeholt wurde und Dinge brauchte wie Shampoo, Zahnpasta und Toilettenpapier, so wie jede andere Familie auch. Obgleich sie aus schierer Notwendigkeit heraus zum Einkaufen gefahren war, versank sie immer wieder so tief in Gedanken, daß sie an den Kleenex vorbeiging, ohne welche in den Wagen zu legen, um dann wieder minutenlang vor dem Katzenfutter stehenzubleiben, obwohl sie doch gar keine Katze hatten.

Irgendwann landete sie in der Sportabteilung und schlenderte an glänzenden Fahrrädern und Rollerblades vorbei, um dann wie angewurzelt vor der Auslage der Jagd-/Angelabteilung stehenzubleiben. Zwischen übergroßen Regenmänteln in Tarnfarben und Westen in knalligem Orange hingen allerlei kleinere Ausrüstungsgegenstände – Hoppes Waffenöl #9, Reinigungstücher und Waschblau. Fuchsurin, Rehöstrisch. Ganz unglaubliche Dinge wurden frei verkauft, Dinge, die jedoch unweigerlich ein Lächeln auf das Gesicht ihres Mannes gezaubert hatten, wenn er sie in seinem Weihnachtsstrumpf oder in seinem Osterkörbchen gefunden hatte.

Sie starrte auf das Bild eines Jägers, der mit gehobener Flinte auf irgend etwas zielte, und in diesem Moment wurde ihr klar, daß sie nicht wollte, daß James jemals wieder eine Waffe anrührte.

Wäre das alles möglicherweise nie passiert, wenn er diesen antiken Colt nicht gekauft hätte?

Gus ließ sich auf den untersten Regalboden aus Metall sinken. Sie barg den Kopf zwischen den angezogenen Knien und atmete tief durch. Das Rauschen in ihren Ohren war so laut, daß sie den nahenden Einkaufswagen nicht hörte und erst bemerkte, als er gegen ihren Schuh stieß.

»Oh«, sagte sie und hob abrupt den Kopf, im gleichen Augenblick, da eine Stimme sagte »Das tut mir ja so leid.«

Melanies Stimme.

Gus starrte auf ihre angespannten Züge, auf die fahle Haut und den Zorn, der sie mehrere Zentimeter größer erscheinen ließ, als sie tatsächlich war. Melanie lenkte den Einkaufswagen auf die andere Seite des Ganges. »Weißt du«, sagte sie leise, »im Grunde tut es mir gar nicht leid.« Sie entfernte sich. Gus ließ ihren eigenen Wagen mitten auf dem Gang stehen und eilte Melanie hinterher. Sie legte der einstigen Freundin eine Hand auf den Arm, woraufhin diese herumwirbelte und sie mit kalter, angestauter Wut anstarrte. »Verschwinde«, zischte sie.

Gus erinnerte sich daran, wie es gewesen war, als Melanie und sie sich kennengelernt hatten; wie sie zusammengesessen hatten, die Hände auf ihren dicken Bäuchen, in dem Bewußtsein, daß die andere wußte, wie es war, ein Kind in sich heranwachsen zu fühlen, das Prickeln in den Fingerspitzen, im Nacken und um die Brustwarzen gegen Ende der Schwangerschaft, wenn man den eigenen Körper einem anderen Menschen überlassen hatte.

Was sie Melanie sagen wollte, war: Du bist nicht die einzige, der weh getan wurde. Du bist nicht die einzige, die einen geliebten Menschen verloren hat. Genaugenommen trauerte Melanie um einen Menschen, während Gus den Verlust zweier Menschen verwinden mußte. Sie hatte Emily verloren – und ihre beste Freundin.

»Bitte«, flehte Gus schließlich mit erstickter Stimme. »Sprich mit mir.«

Melanie ließ wortlos ihren Wagen stehen und steuerte den Ausgang des Kaufhauses an.

Unvermittelt stand Jordan von dem vollbeladenen Tisch in dem kleinen Besprechungszimmer auf und zerrte mit aller Kraft am Fenstergriff, bis dieses sich schließlich knirschend öffnete. Selbstverständlich war es von außen vergittert, aber eine kühle Brise wehte herein. Chris lehnte sich in den Luftzug und lächelte. »Wollen Sie mir beim Ausbrechen helfen?«

»Nein«, entgegnete Jordan, »ich möchte lediglich vermeiden, daß wir hier drin ersticken.« Er fuhr sich mit dem Hemdsärmel über die Stirn. »Ich möchte mal die Heizkostenabrechnung von diesem Laden sehen.«

Chris verschränkte die Hände über dem Bauch. »Man gewöhnt sich dran.«

Jordan sah kurz auf. »Ich schätze, das muß man wohl«, sagte er und legte dann die Hände flach auf einen Stapel Dokumente.

Sie hatten drei Stunden an der Entdeckung der Staatsanwaltschaft gearbeitet; es war der bislang längste Zeitabschnitt, den Chris außerhalb seiner Zelle verbracht hatte. Er wartete, daß Jordan ihm eine weitere Frage stellte, und las dabei gedankenverloren die Namen auf den Gesetzbüchern von New Hampshire, die für die Anwälte, die ihre Mandanten hier besuchten, auf einem fahrbaren Metallregal aufgestellt waren.

Jordan hatte ihm fast unmittelbar nach seinem Eintreffen an diesem Morgen mitgeteilt, daß seine Verteidigungsstrategie auf einem unvollendeten Doppelselbstmord basieren würde. Er hatte Chris außerdem eröffnet, daß er nicht in den Zeugenstand treten würde. Das sei die einzige Möglichkeit, den Fall zu gewinnen, hatte Jordan ihm nachdrücklich klargemacht. »Wie kommt es dann«, fragte Chris zum zweiten Mal, »daß die Angeklagten im Fernsehen immer vor Gericht aussagen?«

»Heiligemuttergottes«, stöhnte Jordan. »Fängst du schon

wieder davon an? Weil im Fernsehen die Jury das sagt, was im Drehbuch steht. Im richtigen Leben ist der Ausgang eines Prozesses bei weitem nicht so sicher.«

Chris preßte die Lippen zu einem schmalen Strich zusammen. »Ich habe Ihnen aber doch gesagt, daß ich nicht die Absicht hatte, mich umzubringen.«

»Exakt. Und genau das ist der Grund, weshalb du nicht aussagen wirst. Ich kann vor Gericht sagen, was mir gefällt, um einen Freispruch zu erreichen, aber du nicht. Wenn du in den Zeugentand trittst, mußt du den Geschworenen sagen, daß du nie die Absicht hattest, Selbstmord zu begehen, und das würde die Verteidigung schwächen.«

»Aber wenn es doch die Wahrheit ist«, beharrte Chris.

Jordan massierte mit Daumen und Zeigefinger seinen Nasenrücken. »Es ist nicht *die* Wahrheit, Chris. Diese eine Wahrheit gibt es nicht. Es gibt nur das, was passiert ist, auf Grundlage deiner persönlichen Wahrnehmungen. Indem ich dich nicht als Zeuge aussagen lasse, stelle ich nur meine Vorstellung dessen dar, was sich in jener Nacht ereignet hat. Ich lasse einfach nur deine persönliche Wahrnehmung aus.«

»Das ist eine Unterlassungslüge«, wandte Chris ein.

Jordan schnaubte. »Seit wann bist du katholischer als der Papst?« Er lehnte sich in seinem Stuhl zurück. »Ich werde das nicht immer wieder und wieder mit dir durchkauen«, sagte er. »Du willst in den Zeugenstand und es auf deine eigene Art und Weise versuchen? Gut. Das erste, was die Staatsanwaltschaft tun wird, ist, die Polizeiprotokolle vorbringen und darauf verweisen, daß du deine Aussage schon einmal modifiziert hast. Dann wird sie dich fragen, warum du, wenn du Emily wirklich retten wolltest, einen geladenen Revolver und nicht nur eine harmlose ungeladene Waffe mitgebracht hast. Und hierauf wird die Jury einen Schuldspruch fällen, und ich werde dir als erster alles Gute für deinen Aufenthalt im Bundesgefängnis wünschen.«

Chris murmelte etwas Unverständliches vor sich hin, erhob sich und stellte sich mit dem Gesicht zur rückwärtigen Wand des Besprechungszimmers. »Der ballistischen Untersuchung zufolge«, fuhr Jordan fort, ohne ihn zu beachten, »befand sich die Hülse der ersten abgefeuerten Patrone noch in der Revolvertrommel, zusammen mit einer zweiten Kugel. Deine Fingerabdrücke wurden auf beiden gefunden, etwas, das unseren Fall stützt: Warum hättest du den Revolver mit zwei Kugeln laden sollen, wenn du nicht eine für dich selbst vorgesehen hättest? Außerdem gefällt mir, daß nicht nur deine, sondern auch ihre Fingerabdrücke auf der Waffe gefunden wurden.«

»Ja. Allerdings haben sie ihre Fingerabdrücke nur auf dem Lauf gefunden«, sagte Chris, der über Jordans Schulter hinweg las.

»Das spielt keine Rolle. Wir brauchen nur einen begründeten Zweifel zu erwecken. Emilys Fingerabdrücke befinden sich irgendwo auf der Waffe, und daraus folgere ich, daß sie sie irgendwann in der Hand hatte.« Er breitete die Hände aus.

»Sie klingen sehr zuversichtlich«, bemerkte Chris.

»Wäre es dir lieber, ich wäre es nicht?«

Chris ließ sich auf seinen Stuhl zurückfallen. »Es ist nur, daß es schrecklich viele Beweise gibt, die es zu entkräften gilt.«

»Das ist richtig«, pflichtete Jordan ihm brüsk bei. »Aber die beweisen lediglich deine Anwesenheit am Tatort, etwas, das du ohnehin nie abgestritten hast. Sie beweisen hingegen nicht, was du dort getan oder nicht getan hast.« Er schenkte seinem Mandanten ein Lächeln. »Entspann dich. Ich habe schon Prozesse mit viel weniger gewonnen.«

Jordan schlug den Bericht des Pathologen auf, der die Einzelheiten von Emilys Autopsie enthielt. Wie gebannt streckte Chris die Hand aus und drehte die Akte so, daß er hineinsehen konnte, las die Einträge zu den Erkennungsmerkmalen an ihrem Körper, die er selbst hätte auflisten können, die Maße ihrer Lunge, die Farbe ihres Gehirns. Er brauchte nicht erst zu lesen, wie schwer Emilys Herz gewesen war; er hatte es Jahre mit sich herumgetragen.

»Bist du Rechts- oder Linkshänder?« fragte Jordan.

»Linkshänder«, entgegnete Chris. »Warum?«

Jordan schüttelte den Kopf. »Wegen der Einschußrichtung«, sagte er. »Was ist mit Emily?«

»Rechtshänderin.«

Jordan seufzte. »Nun, das paßt zu den Beweisen«, sagte er. Er fuhr fort, in den Unterlagen zu blättern, die ihm vom Büro der Staatsanwaltschaft zugeschickt worden waren. »Ihr hattet Sex, bevor sie sich erschossen hat«, stellte Jordan fest.

Chris errötete. »Hm, ja.«

»Einmal?«

Das Brennen in seinen Wangen nahm zu. »Ja.«

»Nur ganz normaler Verkehr oder hat sie dich vorher oral stimuliert?«

Chris senkte den Kopf. »Müssen Sie das alles wirklich wissen?«

»Ja«, entgegnete Jordan nüchtern. »Muß ich.«

Chris kratzte an einem Kratzer in der Tischplatte. »Ganz normal«, murmelte er und beobachtete dann, wie der Anwalt ein paar Seiten in dem Autopsiebericht weiterblätterte. »Was steht da sonst noch?«

Jordan atmete geräuschvoll durch die Nase aus. »Nicht

genug von dem, was wir brauchen.« Er musterte Chris eindringlich. »Gab es deines Wissens irgendeinen physischen Grund für Emilys Depressionen?«

»Was sollte das sein?«

»Hormonstörungen vielleicht? Krebs?« Chris schüttelte beide Male den Kopf. »Was ist mit der Schwangerschaft?«

Einen Moment schien es, als würde die Luft im Raum sich verdichten. »Der *was?*« fragte Chris gepreßt.

Er registrierte, daß Jordan ihn sehr genau musterte. »Der Schwangerschaft«, wiederholte Jordan und hielt den Autopsiebericht wieder so, daß Chris darin lesen konnte. »Elfte Woche.«

Chris öffnete und schloß mehrmals den Mund. »Sie war ... Oh Gott. Oh mein Gott. Das wußte ich nicht.« Er dachte an Emily, so wie er sie das letzte Mal gesehen hatte: auf der Seite liegend, eine immer größer werdende Blutlache unter den Haaren, eine Hand über den Bauch gelegt. Und dann wurde ihm schwarz vor Augen, und es kam ihm vor, als würde er zu ihr in den Abgrund fallen.

Gewöhnlich kostete jeder Besuch auf der Krankenstation drei Dollar, aber ein Ohnmachtsanfall während eines Gesprächs mit dem eigenen Anwalt brachte einem Insassen offenbar einige Sympathie ein sowie einen freien Aufenthalt in dem kleinen Zimmer, das für medizinische Behandlungen genutzt wurde. Als Chris wieder zu sich kam, fühlte er kühle Hände auf seiner Stirn. »Alles in Ordnung?« fragte eine Stimme, die schrill und gleichzeitig gedämpft klang, so als höre er sie durch einen Tunnel. Er versuchte, sich aufzusetzen, aber die Hände waren überraschend kräftig. Nach einer Weile holte er mehrmals tief Luft und versuchte, sich zu konzentrieren. Sein Blick fiel auf das Gesicht eines Engels.

Die Schwestern arbeiteten alle in dem Altenheim nebenan und taten abwechselnd Dienst im Gefängnis. Chris wußte, daß einige der Insassen einen Besuch auf der Krankenstation beantragten und die drei Dollar bezahlten, in der Hoffnung, auf Schwester Carlisle zu stoßen, die bei weitem attraktivste. »Sie sind ohnmächtig geworden«, erklärte ihm Schwester Carlisle nun. »Lassen Sie die Augen zu, ja, so ist es gut, dann geht es Ihnen in ein paar Minuten wieder gut.«

Er hielt die Füße oben, drehte jedoch den Kopf auf dem kratzigen Kopfkissen, um zu beobachten, wie Schwester Carlisle mit zielgerichteter Anmut in dem kleinen Kabuff umherging, das sich Krankenzimmer schimpfte. Sie kehrte mit einem Glas Wasser zurück, das, bei Gott, mit kostbarem Eis gefüllt war. »Trinken Sie das langsam«, sagte sie, und er gehorchte und ließ die kleinen Eiswürfel in seinem Mund verschwinden, kaum daß sie ihm den Rücken gekehrt hatte.

»Sind Sie früher schon mal ohnmächtig geworden?« fragte Schwester Carlisle mit dem Rücken zu ihm. Beinahe hätte er verneint, bis ihm die Nacht einfiel, in der Emily gestorben war.

»Einmal«, sagte er.

»Ich bin auch schon in diesen winzigen Besprechungszimmern gewesen«, vertraute ihm die Schwester an. »In Anbetracht der Hitze erstaunt es mich viel mehr, daß es überhaupt jemand da drin aushält, ohne ohnmächtig zu werden.«

»Ja«, entgegnete Chris. »Es muß die Hitze gewesen sein.« Aber jetzt, da sie das Besprechungszimmer erwähnt hatte, kam die Erinnerung zurück. Jordans Enthüllung. Die schwarzen Buchstaben in Emilys Autopsiebericht. Das Baby.

Er fühlte, wie er kraftlos auf den Tisch zurücksank,

und fast sofort war die Schwester wieder an seiner Seite. »Ist Ihnen wieder schlecht?« fragte sie, legte seine Füße wieder hoch und deckte ihn zu.

»Haben Sie Kinder?« fragte Chris mit belegter Stimme.

»Nein«, lachte die Schwester. »Warum? Benehme ich mich sehr mütterlich?« Sie schob die Decke rundum unter seinen Körper. »Und Sie?«

»Nein«, erwiderte Chris. »Nein, habe ich nicht.« Seine Hände ballten sich auf dem rauhen Stoff zu Fäusten.

»Sie können hierbleiben, so lange Sie wollen«, sagte Schwester Carlisle. »Machen Sie sich keine Sorgen wegen der Beamten; ich werde ihnen erklären, was passiert ist.«

Was passiert war? Chris war nicht einmal sicher, ob er das selbst noch wußte. Emily ... schwanger? Er zweifelte nicht daran, daß das Baby von ihm war; das wußte er ebenso sicher, wie er wußte, daß die Sonne an diesem Abend untergehen und der Himmel am nächsten Morgen blau sein würde – eine unumstößliche Tatsache. Er kniff die Augen zu und versuchte, sich zu erinnern, ob ihr Bauch weniger flach gewesen war als sonst, ob ihre Züge irgendwie verändert gewesen waren, ob er die Wahrheit hätte erkennen müssen. Aber er erinnerte sich nur daran, wie Emily sich von ihm zurückgezogen hatte, jedesmal wenn er sie berührt hatte.

Vielleicht hatte Jordan recht; vielleicht war die Schwangerschaft der Grund für ihre Depression gewesen. Aber warum? Sie hätten heiraten und das Baby bekommen können, oder sie hätten gemeinsam einen Abbruch besprechen und vornehmen lassen können. Sie mußte doch gewußt haben, daß er ihr in dieser Situation beigestanden hätte.

Es sei denn, genau das hatte ihr angst gemacht.

Plötzlich fühlte er einen unbändigen Zorn in sich aufsteigen. Wie hatte sie sich in der einen Sache auf ihn verlassen können und nicht in der anderen?

Mit größter Präzision rollte Chris sich auf die Seite und rammte die Faust durch die Rigipswand.

Selena saß auf einem hohen Hocker und wartete auf Kim Kenly, die sich noch die Hände wusch. Sie ließ den Blick durch den Klassenraum schweifen, nahm die breiten schwarzen Tische in sich auf und die Wand voller Regale mit einem Regenbogen aus Bastelpappe, Staffeleien und Farbtöpfen. Die Kunstlehrerin wischte sich die Hände an ihrer Schürze aus Jeansstoff ab und wandte sich dann lächelnd Selena zu. »So«, sagte sie und zog sich einen Hocker heran. »Was kann ich für Sie tun?«

Selena klappte ihr Notizbuch auf. »Ich möchte, daß Sie mir von Emily Gold erzählen«, bat sie. »Sie war doch eine Ihrer Schülerinnen?«

Kim lächelte wehmütig. »Das war sie. Und sie war eine meiner Lieblingsschülerinnen.«

»Ich habe gehört, sie wäre künstlerisch sehr begabt gewesen«, hakte Selena nach.

»O ja. Sie hat die Bühnenbilder für die Theatergruppe entworfen, wissen Sie. Und im vergangenen Jahr hat sie einen bundesweiten High-School-Kunstwettbewerb gewonnen. In Anbetracht ihres Notendurchschnitts hatten wir davon gesprochen, daß sie eine Kunsthochschule besuchen könnte oder sogar die Sorbonne.«

Das war interessant. Nicht nur elterlicher Druck konnte einem jungen Menschen das Gefühl geben, überfordert zu sein. »Hatten Sie je das Gefühl, daß Emily fürchtete, nicht den Erwartungen zu entsprechen?«

Die Kunstlehrerin runzelte die Stirn. »Ich weiß nicht, ob irgend jemand mehr von ihr gefordert hätte als sie selbst«, sagte sie. »Viele künstlerisch veranlagte Persönlichkeiten haben einen Hang zum Perfektionismus.«

Selena lehnte sich zurück und wartete geduldig, daß Kim dies näher erläuterte.

»Vielleicht ist es am einfachsten, wenn ich ihnen das an einem Beispiel erläutere«, sagte sie. Sie stand auf und kramte hinten im Klassenzimmer herum. Dann kehrte sie mit einer mittelgroßen Leinwand zurück, die ein verblüffend realistisches Porträt von Chris zeigte.

Emily Gold war besser gewesen als gut; sie war eine vollendete Malerin gewesen. »Das ist richtig«, bestätigte Kim. »Man würde Chris hiernach sofort wiedererkennen.«

»Kennen Sie ihn?«

Sie zuckte die Achseln. »Flüchtig. Ich unterrichte jeden Schüler dieser High-School für kurze Zeit in der neunten Klasse. Die kunstinteressierten wählen dann Kunst als Leistungskurs, während die anderen auf Nimmerwiedersehen verschwinden.« Sie lächelte traurig. »Chris wäre einer der ersten draußen gewesen, wenn Emily nicht gewesen wäre.«

»Dann hat er auch Kunstunterricht gehabt?«

»Himmel, nein. Aber er ist oft hiergewesen, wenn er Freistunden hatte, um für Emily zu posieren.« Sie zeigte mit einer vagen Geste auf die Leinwand. »Das ist nur eins von vielen.«

»Waren Sie immer dabei?«

»Meistens. Ich war beeindruckt von der Reife ihrer Beziehung. In meiner Sparte bekommt man viele kichernde, herumalbernde Kinder zu sehen, aber nur selten eine Beziehung wie jene zwischen diesen beiden.«

»Können Sie mir das näher erklären?«

Sie tippte sich mit einem Finger an die Lippen. »Ich denke, das beste Beispiel ist Chris selbst. Er ist ein Sportler, immer in Bewegung. Und doch hat er ohne zu murren stundenlang stillgesessen, nur weil Emily ihn darum gebeten hat.« Sie nahm die Leinwand, um sie wieder wegzuräumen, aber dann fiel ihr wieder ein, weshalb sie sie ursprünglich geholt hatte. »Ach ja, der Perfektionismus. Sehen Sie das hier?« Sie beugte sich dicht über die Leinwand, und Selena tat es ihr nach, konnte aber nur unterschiedliche Farbschichten ausmachen. »Emily muß die Hände über Monate hinweg sechs oder sieben Mal überarbeitet haben. Sie sagte, sie wollten ihr einfach nicht gelingen. Ich weiß noch, wie Chris, der das Modellsitzen inzwischen gründlich satt hatte, ihr sagte, ein gemaltes Bild wäre eben keine Fotografie. Aber für Emily schon. Wenn es ihr nicht gelang, ein Porträt so wiederzugeben, wie sie es vor ihrem geistigen Auge sah, war es für sie verpatzt.« Kim schob die Leinwand zurück an ihren Platz. »Darum habe ich das Bild hier«, sagte sie. »Emily wollte es nicht mit nach Hause nehmen. Ich habe auch mehrmals gesehen, wie sie andere Bilder vernichtet hat, die nicht exakt so geworden waren, wie sie es wollte. Sie hat die Leinwände zerschnitten oder vollständig übermalt. Und das konnte ich bei diesem hier nicht zulassen, also versteckte ich es und sagte ihr, eine der Reinemachefrauen hätte es verlegt.«

Selena machte sich eine Notiz und blickte dann wieder zu der Kunstlehrerin auf. »Emily trug sich mit Selbstmordabsichten«, sagte sie. »Ich habe mich gefragt, ob sie Ihnen in den vergangenen Monaten vielleicht deprimiert vorgekommen ist, ob Sie überhaupt eine Veränderung an ihrem Verhalten bemerkt haben.«

»Sie hat mir gegenüber nie etwas erwähnt«, gestand Kim. »Sie hat überhaupt nie viel gesprochen. Und wenn, dann kam sie direkt auf den Punkt. Aber ihr Stil hat sich verändert. Ich dachte, sie würde nur herumexperimentieren.«

»Können Sie mir etwas aus dieser Zeit zeigen?«

Emilys letzte Arbeit stand auf einer Staffelei neben den großen Fenstern des Kunstraumes. »Sie haben ja ihr Gemälde von Chris gesehen«, bemerkte Kim. Diese Leinwand hatte einen rot-schwarzen Hintergrund. Ein schwebender Totenschädel, kalkweiß und schimmernd, grinste den Betrachter an, mit einem tiefblauen, von Wolken durchzogenen Himmel in den Augenhöhlen. Eine sehr echt wirkende Zunge schlängelte sich zwischen gelbverfärbten Zähnen hindurch.

Ganz unten hatte Emily mit ihrem Namen signiert. Der Titel des Bildes lautete: Selbstbildnis.

Jordans Putzfrau war es irgendwann ebenso wie ihre sechs Vorgängerinnen leid, um Papierstapel herum, die »unter keinen Umständen angerührt werden durften«, sauberzumachen, und kündigte. Das heißt, eigentlich hatte sie schon einen Monat zuvor gekündigt, aber da er damals gerade mit Chris' Fall betraut worden war, hatte er diese Kleinigkeit völlig vergessen. Bis zu diesem Abend, da er auf dem Bett sitzend in seinen Notizen blätterte und feststellte, daß der muffige Geruch, der einfach nicht weichen wollte, von seinen eigenen Laken ausging.

Seufzend hievte Jordan sich vom Bett und legte seine Notizen mit größter Sorgfalt auf dem Nachttisch ab. Dann zog er das Bett ab, knüllte die Bettwäsche zu einer Kugel zusammen und steuerte die Waschmaschine an. Erst als er an Thomas vorbeikam, der gerade vor dem »Glücksrad« seine Hausaufgaben machte, kam ihm der Gedanke, daß er wohl auch das Bett seines Sohnes frisch beziehen sollte.

Nun, wenn Marie nicht gekündigt hätte, hätte Jordan das Penthouse-Magazin möglicherweise nie gefunden. Und als es nun aus den Laken purzelte, konnte er es nur völlig verblüfft anstarren.

Schließlich zwang er sich zu einer Reaktion und hob

das Heft auf. Das Cover zierte eine Frau, deren Brüste der Erdanziehung trotzten und deren Schritt nur von einem tiefhängenden Fernglas verdeckt wurde. Jordan rieb sich mit der Hand den Kiefer und seufzte. Er war völlig überfordert, was diesen Aspekt seiner Vaterpflichten anbelangte. Wie sollte er seinem Sohn sagen, er solle ein Pornoheft wegwerfen, wenn er selbst ihm eine Frau nach der anderen vorführte?

Wenn dieses Gespräch schon stattfinden muß, sagte er sich, dann sorge wenigstens dafür, daß Thomas dir auch zuhört. Er klemmte sich das Heft unter den Arm und ging rüber ins Wohnzimmer.

»Hey«, sagte er und setzte sich zu seinem Sohn auf die Couch. Thomas saß über den Couchtisch gebeugt, ein Schulbuch aufgeschlagen vor sich. »Was für ein Fach?«

»Sozialkunde«, entgegnete Thomas, und Jordan dachte unwillkürlich: *Ein bißchen zu sozial, wenn du mich fragst.*

Er sah seinem Sohn zu, wie er sehr sorgsam mit der linken Hand in Druckschrift in sein Ringbuch schrieb, damit sein Füller nicht schmierte. Linkshänder; das hatte Thomas von Deborah geerbt. Ebenso das dicke schwarze Haar und die Form seiner Augen. Aber die zu erahnende Breite der Schultern und das lange Rückgrat hatte er zweifellos von Jordan selbst.

Und wie es schien, hatte er seinem Sohn auch ein gesundes Maß an sexuellem Interesse mitgegeben.

Seufzend zog er das Magazin unter dem Arm hervor und warf es über die Ringbuchblätter. »Willst du mir nicht etwas hierzu sagen?« fragte er.

Thomas warf einen flüchtigen Blick auf das Cover. »Eigentlich nicht«, entgegnete er.

»Gehört das dir?«

Thomas richtete den Oberkörper auf. »In Anbetracht der Tatsache, daß nur du und ich hier leben und du weißt, daß es nicht dir gehört, würde ich das für ziemlich offensichtlich halten.«

Jordan lachte. »Du bist zuviel mit Rechtsverdrehern zusammen gewesen«, sagte er. Dann wurde er wieder ernst und sah Thomas fest in die Augen. »Warum?« fragte er nur.

Thomas zuckte die Achseln. »Ich wollte es nur einmal wissen, wie genau es aussieht.«

Jordan blickte auf die Frau mit dem Fernglas vorn auf dem Titelblatt. »Also, ich kann dir versichern, daß es nicht ganz so aussieht.« Er biß sich auf die Unterlippe. »Ich kann dir alles sagen, was du wissen möchtest.«

Thomas' Kopf färbte sich rot wie eine Pfingstrose. »Also gut«, sagte er. »Wie kommt es, daß du keine Freundin hast?«

Jordan klappte die Kinnlade herunter. »Eine was?«

»Du weißt schon, Dad. Eine feste Freundin. Eine Frau, die mit dir ins Bett geht und hinterher wiederkommt.«

»Es geht hier nicht um mich«, entgegnete Jordan angespannt und fragte sich, warum es soviel einfacher war, sich bei einem Prozeß vor Fremden zu beherrschen. »Wir unterhalten uns darüber, wie es kommt, daß sich ein Penthouse in deinem Besitz befindet.«

»Darüber redest du vielleicht«, entgegnete Thomas achselzuckend. »Ich nicht. Du hast gesagt, ich könnte dich alles fragen, und jetzt willst du nicht antworten.«

»Ich habe damit nicht mein Privatleben gemeint.«

»Und warum nicht, zum Teufel?« rief Thomas aus. »Du mischst dich doch auch in mein Privatleben ein!«

»Was ich in meiner Freizeit tue, geht nur mich etwas an«, sagte Jordan. »Wenn es dich stört, daß ich Frauen mit nach Hause bringe, dann sag es, und wir reden darüber. Andernfalls erwarte ich von dir, meine Privatsphäre zu respektieren.«

»Und was ich in meiner Freizeit tue, ist ebenfalls nur meine Sache«, konterte Thomas und schob das Penthouse unter den Stapel seiner Schulbücher.

»Thomas«, sagte Jordan gefährlich leise. »Gib es wieder her.«

Thomas stand auf. »Zwing mich doch«, sagte er herausfordernd.

Sie bauten sich voreinander auf wie Ringer, und die Luft zwischen ihnen knisterte förmlich vor Spannung; ihre Auseinandersetzung wurde noch hervorgehoben durch den Applaus des Publikums im Fernsehen. Unvermittelt schnappte Thomas sich das Magazin und rannte zu seinem Zimmer.

»Komm sofort zurück!« brüllte Jordan und setzte ihm nach. Aber er kam zu spät; lange bevor er das Zimmer erreicht hatte, knallte die Tür zu, und der Schlüssel drehte sich im Schloß. Er stand noch auf dem Flur und überlegte, ob er rein aus Prinzip die Tür aufbrechen sollte, als es an der Tür klingelte.

Selena. Sicher kam sie, um mit ihm über den Fall Harte zu sprechen. Und das war im Augenblick möglicherweise für alle Beteiligten das beste.

Jordan ging zur Tür und öffnete, allerdings stand zu seiner Verblüffung nicht Selena vor ihm, sondern ein fremder Mann in Uniform. »Telegramm«, sagte er.

Jordan nahm den Umschlag entgegen und kehrte dann zurück ins Wohnzimmer. HEIRATE 25. DEZ. STOP MÖCHTE THOMAS DABEIHABEN STOP FLUGTICKET NACH PARIS WIRD AN DEIN BÜRO GESCHICKT STOP DANKE JORDAN STOP DEBORAH.

Er warf einen Blick auf Thomas' Schlafzimmertür und sagte sich wie schon Tausende Male zuvor, daß alles im Leben nur eine Frage des richtigen Timings war.

»Laß mich raten«, sagte Selena ein paar Minuten später, als sie hereinkam, und Jordan mit Leidensmiene auf dem Sofa ausgestreckt vorfand. »Emily ist wiederauferstanden und hat mit dem Finger anklagend auf deinen Klienten gezeigt.«

»Hmmm?« Jordan stützte sich auf einen Ellbogen und setzte sich auf, um Selena Platz zu machen. »Nein, nichts dergleichen.« Er reichte Selena das Telegramm und wartete, bis sie es gelesen hatte.

»Ich wußte gar nicht, daß deine Frau noch lebt, ganz zu schweigen davon, daß sie einen Freund hat.«

»Ex-Frau. Ich wußte, daß sie lebt. Oder besser, mein Buchhalter weiß es. Er muß den Unterhalt irgendwohin überweisen.« Seufzend setzte er sich auf. »Aber das ist es nicht. Thomas und ich haben uns gestritten.«

»Ihr zwei streitet doch nie.«

»Nun, es gibt für alles ein erstes Mal.« Jordan machte ein finsteres Gesicht. »Und jetzt bekommt er die Gelegenheit, zum anderen Elternteil überzulaufen.«

»Nach Paris«, fügte Selena hinzu und warf einen Blick um sich. »Ich muß dir leider sagen, daß du mit der *rive gauche* nicht konkurrieren kannst.«

»Vielen Dank auch«, brummte er unwirsch.

Selena tätschelte sein Knie. »Es wird sich alles wieder einrenken«, prophezeite sie.

»Was macht dich da so sicher?«

Überrascht blickte sie zu ihm auf. »Na, weil das deine große Stärke ist.« Sie kramte einen ganzen Stapel kleiner Notizhefte hervor, die sie neben Thomas' Schulordner auf den Couchtisch legte. »Wollen wir heute abend schmollen oder über den Fall reden? Nicht daß ich nicht für beide Optionen offen wäre«, fügte sie eilig hinzu.

»Nein, nein, der Fall«, entgegnete Jordan. »Das wird mich von Thomas ablenken.« Er ging rüber ins Eßzimmer und kam mit einem dicken Stapel Unterlagen zurück. »Was machst du Weihnachten?«

»Ich fahre zu meiner Schwester«, entgegnete Selena. »Tut mir leid.« Sie wartete, bis Jordan wieder neben ihr Platz genommen hatte. »Okay«, sagte sie dann. »Ich zeige dir, was ich habe, wenn du mir zeigst, was du hast.«

Jordan lachte. »Wie ist dein Gespräch mit Michael Gold verlaufen?«

Selena blätterte in einem der Notizbücher. »Ich glaube, er wird uns helfen. Wenn auch widerwillig. Du kannst ihn dazu benutzen, hervorzuheben, wie wenig Zeit Emily mit ihren Eltern verbracht hat, und Zweifel darüber aufkommen lassen, wie gut er seine eigene Tochter gekannt hat ...«

Jordan dachte wieder an Thomas mit seinem *Penthouse*. Wie lange hatte er das Heft schon, während er geschäftlich unterwegs gewesen war, zu beschäftigt, um es zu finden?

Selena sprach immer noch von Michael Gold. »... auch wenn er einer Jury nicht sagen wird, daß Chris es nicht getan hat, denke ich wohl, daß wir ihn dazu bringen können, vor Gericht zu bestätigen, daß Chris sie geliebt hat.«

»Mmmm«, meinte Jordan und überflog ihre Notizen. »Und wir können anführen, daß Michael Chris im Gefängnis besucht hat.«

»Hat er das?«

Jordan lächelte. »Du mußt irgend etwas bei ihm ausgelöst haben.«

»Das einzige, was ich sonst noch habe, ist Emilys Kunstlehrerin, die keine verbale Aussage vorzuweisen hat hinsichtlich eines Selbstmordes, aber ein sehr überzeugendes Gemälde.« Sie berichtete Jordan von Emilys Selbstbildnis.

»Ich muß darüber nachdenken. Wen könnten wir holen, um die unterschiedlichen Stile zu interpretieren? Ich meine, immerhin haben wir es hier nicht mit einem echten Künstler zu tun.«

»Du wärst überrascht«, widersprach Selena und streifte die Schuhe ab. »Was hast du?«

»Emily war in der elften Woche schwanger.«

»Was?«

»Genau so hat auch Chris reagiert«, murmelte Jordan. »Bevor er ohnmächtig wurde. Weißt du, ich habe im Laufe der Jahre viele Lügner erlebt. Himmel, meine ganze Karriere besteht aus dem Umgang mit ihnen. Aber dieser Junge ist entweder der beste Schauspieler, der mir je untergekommen ist, oder er hat wirklich nichts von dem Baby gewußt.«

Selenas Gedanken überschlugen sich. »Das wird die Staatsanwaltschaft als Motiv anführen«, dachte sie laut. »Er hat es gewußt und wollte das Problem aus der Welt schaffen.«

»Füge der Mischung noch Studienpläne hinzu, und du kannst den Part von S. Barrett Delaney übernehmen«, spottete Jordan.

»Dann ist es doch ganz einfach. Wir brauchen nur eine zweigleisige Verteidigung zu fahren. Wir beweisen, daß Emily Selbstmordabsichten hatte, und wir beweisen, daß Chris nichts von dem Baby gewußt hat.«

»Leichter gesagt als getan«, gab Jordan zu bedenken. »Daß er es niemandem erzählt hat, heißt noch lange nicht, daß er es nicht gewußt hat.«

»Ich spreche noch einmal mit Michael Gold«, sagte Selena. »Und da war etwas, das die Kunstlehrerin gesagt hat – daß Emily im Ausland studieren oder eine Kunsthochschule besuchen wollte. Vielleicht war sie diejenige, die das Baby nicht haben wollte.«

»Selbstmord scheint mir eine etwas drastische Form der Abtreibung zu sein«, meinte Jordan.

»Nein, es war der Druck, verstehst du das denn nicht? Emily ist ein Perfektionist, und plötzlich sieht es aus, als würden ihre sämtlichen Pläne platzen wie Seifenblasen. Sie würde den Erwartungen aller nicht gerecht werden können, und darum hat sie sich lieber umgebracht. Ende der Geschichte.«

»Sehr schön. Zu schade, daß du nicht der Obmann der Geschworenen bist.«

»Sehr witzig«, sagte Selena ungerührt. »Wußte der Hausarzt von ihrer Schwangerschaft?«

»Offenbar nicht. Es steht jedenfalls nichts davon in der Patientenakte, die wir bekommen haben.«

Selena fing an, sich Notizen zu machen. »Wir können es bei Wellspring und Planned Parenthood versuchen«, sagte sie, »Möglicherweise müssen wir die Herausgabe von Unterlagen gerichtlich beantragen, aber ich werde mal sehen, ob sich nicht jemand finden läßt, der zu reden bereit ist. Außerdem möchte ich Zweifel darüber säen, wer die Waffe mitgebracht hat. Vielleicht James Harte aufrufen und fragen, ob Emily Zugang zum Waffenschrank hatte, ob sie wußte, wo der Schlüssel war, du weißt schon. Ich möchte der Jury eine zweite Möglichkeit eröffnen. Ach ja, und ich bin mit Chris' Englischlehrerin verabredet. Ich habe läuten hören, daß sie ihn für den zweiten Messias hält.«

Als sie verstummte, um Luft zu holen, und dabei aufblickte, sah sie, daß Jordan sie musterte, die Mundwinkel zu einem leisen Lächeln verzogen. »Was ist?« fragte sie.

»Nichts«, entgegnete Jordan und wandte den Blick ab. Dann hob er eine Hand an den Hemdkragen, als könnte er die Röte aufhalten, die unaufhaltsam seinen Hals emporkroch. »Überhaupt nichts.«

Es war höchst unwahrscheinlich, daß irgendeine medizinische Institution sich bereit erklären würde, ohne entsprechende richterliche Anweisung mit den Vertretern der Verteidigung zu sprechen. Und doch galten an den Kliniken, die kostenlose Schwangerschaftstests und Vorsorgeuntersuchungen durchführten, etwas andere Regeln. Auch wenn die Akten unter Verschluß gehalten wurden, hatten die Wände Ohren. In solchen Kliniken wurde viel geredet und geweint, und das wiederum bekamen andere Leute mit.

Selena hatte es zuerst in Wellspring versucht, wo sie sich jedoch an dem Drachen von Empfangsdame die Zähne ausgebissen hatte. Dann hatte sie in einem nahegelegenen Café neue Kraft getankt und sich dann voller Optimismus aufgemacht zu Planned Parenthood. Die Einrichtung war zwei Ortschaften von Bainbridge entfernt und lag direkt an der Busroute. Emily, die keinen eigenen Wagen hatte, mußte eine Beratungsstelle aufgesucht haben, die auch für sie ohne größere Schwierigkeiten erreichbar war.

Das Büro war klein und zitronengelb gestrichen und in einem umgebauten Haus aus der Kolonialzeit untergebracht. Die Empfangsdame hatte hochtoupiertes Haar von der gleichen Farbe wie die Wände und dazu angemalte Augenbrauen. »Kann ich Ihnen helfen?« fragte sie.

»Ja«, entgegnete Selena und reichte ihr ihre Karte. »Ich wollte fragen, ob vielleicht die Möglichkeit besteht, mit dem Leiter der Beratungsstelle zu sprechen.«

»Bedaure, die ist im Augenblick nicht da. Darf ich fragen, worum es geht?«

»Ich arbeite für die Verteidigung im Fall der mutmaßlichen Ermordung von Emily Gold. Es besteht die Möglichkeit, daß sie in den Wochen vor ihrem Tod hier war.

Und ich hätte gern jemanden gesprochen, der sie behandelt hat.«

Die Empfangsdame betrachtete die Visitenkarte prüfend. »Ich werde der Leiterin Ihre Karte geben«, sagte sie, »aber ich kann Ihnen einige Mühe ersparen. Sie wird Ihnen sagen, Sie sollen sich eine richterliche Verfügung beschaffen, bevor sie Ihnen gestattet, die Akte einzusehen, sofern es überhaupt eine gibt.«

»Wunderbar«, entgegnete Selena und ließ die Zähne aufblitzen. »Danke für Ihre Hilfe.«

Sie sah wie die Rezeptionistin sich einem läutenden Telefon zuwandte und kehrte zurück ins Wartezimmer. Eine Beraterin mit einer Akte in der Hand beobachtete sie, als sie in ihre Jacke schlüpfte. Als Selena zur Tür ging, begleitete die Beraterin eine hochschwangere Frau in ein Behandlungszimmer.

Selena setzte sich ans Steuer ihres Wagens und drehte den Schlüssel im Schloß. »Gottverdammt«, fluchte sie und hieb mit solcher Kraft mit der Hand auf das Lenkrad, daß die Hupe ertönte. Das letzte, was sie wollte, war, Akteneinsicht zu erzwingen, weil dann zwangsläufig auch die Staatsanwaltschaft vom Inhalt Kenntnis nehmen würde, und Gott allein wußte, was Planned Parenthood offenbaren würde. Was, wenn Emily Gold der Beraterin unter Tränen eröffnet hatte, daß das Baby von jemand anders wäre und Chris gedroht hätte, sie umzubringen.

Sie fuhr erschrocken zusammen, als jemand gleich neben ihr an die Scheibe klopfte. Selena kurbelte das Fenster herunter und sah sich der Beraterin gegenüber, die sie vorhin drinnen gesehen hatte. »Hi«, sagte sie. »Ich habe mitgehört, was Sie da drin gesagt haben.« Selena nickte. »Ich ... darf ich einsteigen? Es ist kalt.«

Erst jetzt registrierte Selena, daß die Frau noch ihre

kurze Schwesterntracht trug. »Natürlich«, entgegnete sie und lehnte sich zur Seite, um die Beifahrertür zu öffnen.

»Mein Name ist Stephanie Newell«, stellte sich die Beraterin vor. »Ich hatte Dienst, als Emily Gold das erstemal hier war.« Sie holte tief Luft, und Selena fing an, sehr sehr inbrünstig zu beten. »Der einzige Grund, weshalb ich mich überhaupt an den Namen erinnere, ist der, daß ich in den Zeitungen soviel von ihr gelesen habe. Sie war ein paar Mal hier. Anfangs war sie zur Abtreibung entschlossen, aber dann bekam sie Angst und schob den Eingriff immer wieder hinaus. Es gibt hier Beraterinnen – Sie wissen doch, daß alle Frauen hier sich vor einem Eingriff beraten lassen müssen?« Selena nickte. »Also, ich war es, die mit Emily gesprochen hat. Und als ich sie nach dem Vater des Kindes fragte, sagte sie, er sei nicht im Bilde.«

»Er sei nicht im Bilde? Waren das genau ihre Worte?«

Stephanie nickte. »Ich habe versucht, mehr aus ihr herauszubekommen, aber es war nichts zu machen. Jedesmal, wenn ich fragte, ob er in einem anderen Staat lebte oder ob er von dem Baby wisse, entgegnete sie, sie habe ihm noch nichts gesagt. Als Beraterinnen sind wir dahingehend ausgebildet worden, den Frauen die verschiedenen Möglichkeiten aufzuzeigen, nicht aber, sie dazu zu überreden, von ihrem Vorhaben Abstand zu nehmen. Emily weinte viel, und die meiste Zeit habe ich ihr einfach nur zugehört.« Sie rutschte nervös auf dem Sitz hin und her. »Dann fing ich an, in der Zeitung von diesem Jungen zu lesen, der Emily wegen des Babys getötet haben sollte, und das kam mir komisch vor, da er meines Wissens ja von der Schwangerschaft gar nichts gewußt hatte.«

»Könnte es sein, daß Sie Emily doch dazu gebracht haben, mit ihm zu sprechen? Nach einem Ihrer Gespräche vielleicht?«

»Möglich wäre es«, entgegnete Stephanie. »Aber jedesmal, wenn sie bei mir war, sagte sie dasselbe – daß sie es dem Vater nicht gesagt hätte und auch nicht die Absicht hätte, sich ihm anzuvertrauen. Und das letzte Mal war sie an ihrem Todestag bei mir.«

Als die schwere Gittertür krachend ins Schloß fiel, zuckte Dr. Feinstein zusammen, was Jordan zu der Annahme verleitete, daß es nicht allzu schwierig werden dürfte, ihm weitere Besuche auszureden. »Hier entlang, Doktor«, sagte Jordan zuvorkommend und führte den Psychiater auf die schmale Treppe zu, die zum Besprechungszimmer für Anwälte führte. Der Beamte, der die Tür aufsperrte, lächelte grimmig, hakte dann die Daumen in seinen Gürtel und teilte ihnen mit, Chris sei unterwegs.

»Interessanter Typ«, meinte Jordan und nahm in dem beengten, stickigen Raum Platz.

»Sprechen Sie von Chris?«

»Nein, von dem Vollzugsbeamten. Er war es, der im vergangenen Jahr als Geisel genommen wurde.«

»Oh«, meinte Dr. Feinstein und sah zur Tür hinaus. »Ich erinnere mich, in den Nachrichten davon gehört zu haben.«

»Ja. Häßliche Sache. Ein Axtmörder, der hier auf seinen Prozeß wartete, zettelte den Aufstand an, und sie schlossen den armen Kerl in einer der Zellen ein, nachdem sie ihm mit einer Rasierklinge das Gesicht zerschnitten hatten.« Er lehnte sich zurück, die verschränkten Hände entspannt auf seinem Bauch ruhend, und beobachtete befriedigt, wie Dr. Feinstein alle Farbe aus dem Gesicht wich. »Sie erinnern sich noch an die Bedingungen für dieses Gespräch?«

Dr. Feinstein zwang sich, den Blick von der Tür zu lösen. »Bedingungen? Ach so, ja. Obgleich ich noch einmal betonen möchte, daß es mein Hauptanliegen ist, Chris' Geist zu heilen, und diesbezüglich sehe ich durchaus einen Vorteil darin, den Augenblick, da er Schaden genommen hat, in einem inzwischen sicheren Umfeld näher zu erforschen.«

»Nun, Sie werden das ›Heilen‹ auf anderem Wege bewerkstelligen müssen«, entgegnete Jordan nüchtern. »Kein Wort über das Verbrechen oder auch den Fall ganz allgemein.«

Dr. Feinstein ereiferte sich. »Alles, was Chris mir anvertraut, unterliegt der ärztlichen Schweigepflicht«, sagte er. »Ihre Anwesenheit ist wirklich nicht erforderlich.«

»Erstens«, erwiderte Jordan, »wurde schon früher in Extremsituationen die ärztliche Schweigepflicht aufgehoben, und Mord ersten Grades kann man wohl als eine solche Extremsituation bezeichnen. Zweitens rangieren Einzelheiten Ihrer Beziehung zu meinem Mandanten hinter meiner Beziehung zu ihm. Und wenn er derzeit irgend jemandem sein Vertrauen schenkt, Doktor, dann mir. Denn Sie mögen in der Lage sein, seinen Geist zu retten, aber ich bin derjenige, der sein Leben retten kann.«

Ehe sein Psychiater hierauf etwas erwidern konnte, erschien Chris in der Tür. Ein Lächeln erhellte seine Züge, als sein Blick auf Dr. Feinstein fiel. »Hey«, sagte er. »Ich, äh, ich bin zwischenzeitlich umgezogen.«

»Das sehe ich«, entgegnete Dr. Feinstein schmunzelnd und lehnte sich so entspannt zurück, daß Jordan kaum glauben konnte, daß das derselbe Mann war, der vorhin am Kontrollraum noch gezittert hatte. »Dein Anwalt war so freundlich, eine private Zusammenkunft zu arrangieren – besteht allerdings darauf, diesem Gespräch beizuwohnen.«

Chris warf seinem Verteidiger einen Blick zu und zuckte dann gleichgültig die Achseln. Jordan deutete dies als sehr positives Zeichen. Chris nahm auf dem letzten noch freien Stuhl Platz und legte die Hände flach auf den Tisch.

»Fangen wir doch damit an, wie es dir geht«, begann Dr. Feinstein.

Chris wandte sich Jordan zu. »Na ja, also ... ich fühle mich gehemmt in seiner Anwesenheit.«

»Tu einfach so, als wäre ich gar nicht da«, schlug Jordan vor und schloß die Augen. »Tu so, als würde ich ein Nickerchen halten.«

Chris schob geräuschvoll seinen Stuhl zurück und drehte ihn seitwärts, so daß er Jordans Gesicht nicht mehr sehen konnte. »Anfangs hatte ich ziemliche Angst«, gestand er seinem Psychiater. »Aber dann habe ich mir gesagt, daß es okay ist, wenn man für sich bleibt. Ich versuche einfach, die anderen weitestgehend zu ignorieren.« Er knibbelte an einem Nagelhäutchen an seinem Daumen.

»Es muß vieles geben, was du gern erzählen würdest.«

Chris zuckte die Achseln. »Mag sein. Ich rede ein wenig mit einem meiner Zellengenossen, Steve. Er ist in Ordnung. Aber es gibt Dinge, die ich niemandem sage.«

Guter Junge, dachte Jordan bei sich.

»Möchtest du über diese Dinge sprechen?«

»Nein. Möchte ich nicht. Aber ich glaube, ich muß es.« Er blickte zu dem Psychiater auf. »Manchmal kommt es mir vor, als würde mir bald der Schädel platzen.« Dr. Feinstein nickte. »Ich habe erfahren, daß Emily ... daß sie ein Kind von mir erwartet hat.«

Er verstummte, als wartete er darauf, daß Jordan dazwischenfunkte wie ein juristischer Racheengel, daß er einwandte, daß dieses Thema zu eng mit dem Fall verknüpft sei. In der Stille verknotete Chris die Hände miteinander und drückte die Knöchel ganz fest zusammen, damit der Schmerz ihm half, sich zu konzentrieren. »Wann hast du davon erfahren?« fragte Dr. Feinstein, darauf bedacht, eine ausdruckslose Miene zu wahren.

»Vor zwei Tagen«, antwortete Chris leise. »Als es längst zu spät war.« Er blickte auf. »Wollen Sie hören, was ich geträumt habe? Haben Psychiater nicht eine Vorliebe für Träume?«

Dr. Feinstein lachte. »Freudianer, ja. Ich bin kein Psychoanalytiker. Aber erzähl nur.«

»Also, ich möchte vorausschicken, daß ich hier in der Regel nicht viel träume. Sie müssen sich vorstellen, daß hier die ganze Nacht irgendwelche Türen zuschlagen und alle paar Minuten einer der gründlicheren Schließer kommt und einem mit der Taschenlampe ins Gesicht leuchtet. Insofern war allein die Tatsache, daß ich tief genug geschlafen habe, um überhaupt zu träumen, schon bemerkenswert. Wie auch immer. In meinem Traum saß sie neben mir – Emily, meine ich –, und sie weinte. Ich legte die Arme um sie und konnte fühlen, wie sie in sich zusammenschrumpfte, bis sie nur noch Haut und Knochen war, also schloß ich die Arme noch fester um sie. Aber das brachte sie nur noch mehr zum Weinen, und sie krümmte sich noch mehr zusammen, bis sie plötzlich fast gar nichts mehr wog. Und als ich den Blick senkte, sah ich, daß ich ein Baby in den Armen hielt.«

Jordan rutschte unbehaglich auf seinem Stuhl hin und her. Als er beschlossen hatte, dieser privaten Sitzung beizuwohnen, war es ihm nur darum gegangen, Chris juristisch zu schützen. Jetzt ging ihm langsam auf, daß die Beziehung zwischen einem Psychiater und seinem Patienten völlig anders war als jene zwischen Anwalt und Mandant. Ein Rechtsanwalt beschränkte sich auf Fakten, während ein Psychiater auf emotionaler Ebene operierte.

Jordan wollte von Chris' Gefühlen nichts hören. Er wollte nichts von Chris' Träumen hören. Das würde eine Intimität zwischen ihnen schaffen, die in der Juristerei nie von Vorteil war.

Er stellte sich flüchtig vor, wie Chris von Dr. Feinstein und ihm selbst völlig ausgesaugt davonflog wie eine leere Hülle.

»Was glaubst du, warum du diesen Traum hattest?« fragte Dr. Feinstein. »Oh ... ich bin noch nicht fertig. Danach ist noch etwas passiert.« Chris holte tief Luft, ehe er fortfuhr. »Ich hielt also dieses Baby, und es schrie. So als hätte es Hunger, aber ich wußte nicht, womit ich es füttern sollte. Es strampelte immer heftiger, und ich versuchte, es zu beruhigen, aber vergebens. Also küßte ich es auf die Stirn, und dann stand ich auf und schlug seinen Kopf auf die Erde.«

Jordan vergrub das Gesicht in den Händen. O Heiland, betete er innerlich. Bitte mach, daß Feinstein nicht zur Aussage gezwungen wird.

»Nun ja. Ein Psychoanalytiker würde den Traum vermutlich so deuten, daß du dich gewissermaßen zur Kindheit deiner Beziehung zu Emily zurücksehnst«, entgegnete Dr. Feinstein lächelnd. »Ich für meinen Teil meine, daß du einfach frustriert warst, als du zu Bett gegangen bist.«

»Ich habe auf der Schule den Psychologiekurs belegt«, fuhr Chris fort, als hätte Feinstein nichts gesagt. »Ich glaube, ich weiß, weshalb Emily sich in dem Traum in das Baby verwandelt hat – irgendwie habe ich die beiden in Gedanken miteinander verknüpft. Ich kann sogar verstehen, warum ich versucht habe, das Baby zu töten – dieser Steve, von dem ich erzählt habe, mein Zellengenosse, ist hier, weil er sein Baby zu Tode geschüttelt hat. Das ging mir also ebenfalls im Kopf herum, als ich schlafen ging.«

Dr. Feinstein räusperte sich. »Wie hast du dich gefühlt, als du aus dem Traum aufgewacht bist?«

»Das ist es ja gerade«, sagte Chris. »Ich war nicht traurig. Ich war stinkwütend.«

»Und was glaubst du, weshalb du wütend warst?«

Chris zuckte die Achseln. »Sie waren es doch, der gesagt hat, daß starke Gefühle sich miteinander vermischen.«

Feinstein lächelte. »Du hast mir also zugehört«, sagte er. »In diesem Traum hast du dem Baby weh getan. Macht dich vielleicht der Gedanke wütend, daß Emily schwanger war?«

»Augenblick mal«, erhob Jordan Einspruch, wohl wissend, daß gleich belastende Informationen enthüllt werden würden.

Aber Chris schenkte ihm keine Beachtung. »Wie denn?« entgegnete er. »Als ich davon erfuhr, machte es schon keinen Unterschied mehr.«

»Warum nicht?«

»Darum«, antwortete Chris düster.

»Darum ist keine Antwort«, hielt Dr. Feinstein dagegen.

»Weil sie tot ist«, brach es aus Chris hervor. Er sank in sich zusammen und fuhr sich mit einer Hand durch das Haar. »Gott«, sagte er leise. »Und wie wütend ich auf sie bin.«

Jordan beugte sich vor, die Hände zwischen den Knien verschränkt. Er erinnerte sich daran, wie er an dem Tag, an dem Deborah ihn verlassen hatte, ins Büro gegangen war, Thomas in der Kinderkrippe abgeholt und auch in allem anderen so getan hatte, als wäre nichts Ungewöhnliches geschehen. Und dann, als Thomas eine Woche später eine Tasse Milch verschüttet hatte, hätte Jordan ihn beinahe lebendig gehäutet – er, der seinem Sohn nie ein Haar gekrümmt hatte –, ehe ihm bewußt geworden war, wen er wirklich strafen wollte.

»Warum bist du wütend auf sie, Chris?« fragte Dr. Feinstein sanft.

»Weil sie es für sich behalten hat«, erwiderte Chris heftig. »Sie hat gesagt, sie liebt mich. Wenn man jemanden liebt, läßt man sich von ihm helfen.«

Dr. Feinstein schwieg eine Weile und sah zu, wie sein Patient sich langsam wieder faßte. »Wenn sie dir von dem Baby erzählt hätte, in welcher Weise hättest du ihr dann geholfen?«

»Ich hätte sie geheiratet«, entgegnete er wie aus der Pistole geschossen. »Ein paar Jahre früher oder später ... das hätte keine Rolle gespielt.«

»Hmmm. Meinst du, Emily hat gewußt, daß du sie geheiratet hättest?«

»Ja«, erwiderte Chris voller Überzeugung.

»Und was jagt dir daran solch panische Angst ein?«

Einen Moment lang war Chris sprachlos und starrte Dr. Feinstein an, als fragte er sich, ob der vielleicht Gedanken lesen konnte. Dann senkte er den Blick und wischte sich mit dem Handrücken über die Nase. »Sie war der Mittelpunkt meines Lebens«, sagte Chris schließlich mit belegter Stimme. »Was, wenn ich nicht der Mittelpunkt ihres Lebens war?« Er senkte den Kopf im selben Augenblick, da Jordan aufsprang und das Besprechungszimmer verließ, gegen seine eigenen Regeln verstoßend, um nichts mehr hören zu müssen.

Das Haus der Hartes war größtenteils im strengen Stil eingerichtet, wozu leichte Chippendale-Möbel gehörten, fadenscheinige antike Teppiche und Gemälde verkniffen dreinblickender Personen, die weder Verwandte noch Ahnen der Familie waren. Im Gegensatz hierzu wirkte die Küche – in der Jordan gerade saß – so, wie eine bunte Mischung verschiedener ethnischer Stile.

Über der Spüle war die Wand mit Delfter Fliesen gekachelt, dazu Stühle mit Sprossenlehne im Kolonialstil zu einem Bistrotisch mit Marmorplatte und dazu ein chinesischer Wandschirm, der die Tür zum Wohnzimmer verdeckte. Bunte Platzsets im Stil der Zapotec-Indianer lagen um einen Steinkrug des Münchner Hofbräuhauses herum, in dem durcheinandergewürfelt Besteck und Küchenutensilien steckten. Das gemütliche Durcheinander paßt wunderbar zu Gus Harte, dachte Jordan, während er beobachtete, wie sie ihm ein Glas kaltes Wasser einschenkte. Und was James betraf – er richtete seine Aufmerksamkeit auf den Mann, der, die Hände in den Hosentaschen vergraben, auf ein Vogelhäuschen draußen im Garten starrte – nun, der hielt sich vermutlich die meiste Zeit in den anderen Räumen des Hauses auf.

»So«, sagte Gus, stellte das Glas vor ihn hin und zog einen zweiten Stuhl an den kleinen Tisch. Stirnrunzelnd blickte sie auf die Marmorplatte. »Sollen wir woanders hingehen?« fragte sie. »Hier ist nicht viel Platz.«

Sie hätten sich anderswo hinsetzen sollen; Jordan hatte einen Berg von Akten mitgebracht. Aber irgendwie widerstrebte es ihm, sich in einem der strengeren, konservativeren Räume aufzuhalten, erst recht wenn es um einen Fall ging, der beinahe akrobatische Flexibilität erforderte. »Hier ist es gut«, entgegnete er und legte die Fingerspitzen beider Hände dachförmig aneinander. Er blickte von Gus zu James. »Ich bin heute hier, um mit Ihnen über Ihre Zeugenaussagen zu sprechen.«

»Zeugenaussagen?«

Die Frage kam von Gus; Jordan ließ den Blick zu ihrem Gesicht wandern. »Ja«, sagte er. »Wir werden Sie beide als Leumundszeugen für Chris brauchen. Wer würde ihn besser kennen als seine eigene Mutter?«

Gus nickte, unnatürlich blaß im Gesicht. »Worüber muß ich sprechen?«

Jordan lächelte mitfühlend. Es war nicht ungewöhnlich, daß jemand sich davor fürchtete, in den Zeugenstand zu treten; immerhin stand man in dieser Situation im Mittelpunkt des Geschehens. »Nichts, was Sie nicht schon früher gehört hätten, Gus«, versicherte er ihr. »Wir werden die Fragen, die ich Ihnen stellen werde, vorab ausführlich besprechen. Grundsätzlich wird es um Chris' Charakter gehen, seine Interessen, seine Beziehung zu Emily. Darum, ob Ihr Sohn Ihrer Ansicht nach überhaupt dazu fähig wäre, einen Mord zu begehen.«

»Aber die Staatsanwältin ... darf sie mich nicht auch befragen?«

»Doch, darf sie«, entgegnete Jordan glatt, »aber sehr wahrscheinlich können wir ihre Fragen vorwegnehmen.«

»Was, wenn sie mich fragt, ob Chris sich mit Selbstmordabsichten trug?« platzte Gus heraus. »Dann müßte ich lügen.«

»Wenn sie das tut, erhebe ich Einspruch und verweise darauf, daß Sie keine Expertin in Sachen Suizid bei Jugendlichen sind. Darauf wird Barrie Delaney ihre Frage neu formulieren und fragen, ob Chris Ihnen gegenüber je Selbstmordabsichten geäußert habe, was Sie dann schlicht verneinen.«

Jordan drehte sich auf seinem Stuhl herum und wandte sich an James, der immer noch aus dem Fenster sah. »Was Sie anbelangt, James, werde ich Sie nicht als Leumundszeugen aufrufen. Was ich allerdings von Ihnen gerne hören würde, ist, daß denkbar wäre, daß Emily die Waffe selbst genommen hat. Wußte Emily, wo Sie Ihre Waffen aufbewahren?«

»Ja«, antwortete James leise.

»Und hat sie je gesehen, wie Sie eine Waffe aus dem Schrank genommen haben? Oder Chris?«

»Ganz bestimmt.«

»Wäre es also möglich – in Anbetracht der Tatsache, daß Sie selbst nicht anwesend waren –, daß Emily und nicht Chris den Colt aus dem Waffenschrank genommen hat?«

»Das wäre möglich«, bestätigte James, und Jordan lächelte zufrieden. »Sehen Sie«, sagte er, »mehr brauchen Sie gar nicht zu sagen.«

James hob einen Finger und tippte einen Bleiglas-Engel an, der vor dem Fenster hing und die Sonne reflektierte. »Unglücklicherweise«, sagte er, »werde ich nicht in den Zeugenstand treten.«

»Wie bitte?« stammelte Jordan. Bis jetzt war er überzeugt gewesen, daß die Hartes alles, möglicherweise sogar eine Bestechung unternehmen würden, um ihren Sohn freizubekommen. »Sie werden nicht in den Zeugenstand treten?«

James schüttelte den Kopf. »Ich kann nicht.«

»Ich verstehe«, sagte Jordan, obgleich das eine glatte Lüge war. »Könnten Sie mir auch sagen, warum?«

Ausgerechnet in diesem Augenblick erwachte die Kukkucksuhr zum Leben, und ihr kleiner Bewohner schoß mehrere Male hintereinander heraus wie eine Zunge. »Offen gestanden, nein.«

Jordan erholte sich schneller als Gus von seiner Verblüffung. »Ihnen ist aber doch bewußt, daß die Verteidigung, um Chris freizubekommen, nur einen begründeten Zweifel säen muß. Und dazu würde Ihre Aussage – immerhin sind Sie Eigentümer der Waffe – für sich allein schon ausreichen.«

»Das weiß ich«, entgegnete James. »Und ich weigere mich trotzdem.«

»Du Mistkerl.« Gus baute sich mit verschränkten Armen

vor dem chinesischen Wandschirm auf. »Du egoistischer, mieser Bastard.« Sie trat dicht hinter ihren Mann, so dicht, daß seine Haare von ihrem Zorn erzitterten. »Sag ihm, warum du nicht aussagen willst.« James wandte sich ab. »Sag es ihm!« Sie wirbelte herum und wandte sich Jordan zu. »Das hat nichts mit Lampenfieber zu tun«, sagte sie gepreßt. »Es ist nur so, daß, wenn James in den Zeugenstand tritt, er nicht länger so tun kann, als wäre das alles nur ein böser Alptraum. Wenn er aussagt, würde er sich damit aktiv an der Verteidigung seines Sohnes beteiligen ... und das würde bedeuten, einzugestehen, daß es überhaupt ein Problem gibt.« Sie schnaubte verächtlich, und James schob sich an ihr vorbei und verließ den Raum.

Eine Weile schwiegen Jordan und Gus. Dann setzte sie sich wieder auf den Stuhl ihm gegenüber und spielte mit dem Besteck in dem Bierkrug, das klirrend gegen den Keramikrand schlug. »Ich kann ihn auf die Liste der Zeugen setzen, nur für den Fall, daß er es sich noch anders überlegt«, sagte Jordan.

»Das wird er nicht. Aber Sie können mich fragen, was Sie ihn fragen wollten.«

Überrascht wölbte Jordan die Brauen. »Sie haben gesehen, daß Emily bei Chris war, als er den Raum betreten hat, in dem der Waffenschrank steht?«

»Nein«, sagte Gus, »genaugenommen weiß ich nicht einmal, wo James den Schlüssel aufbewahrt.« Sie kratzte mit dem Daumennagel über das eingravierte Motiv des Bierkrugs. »Aber ich werde alles sagen, was nötig ist. Für Chris.«

»Ja«, murmelte Jordan, »das glaube ich.«

Ein ungeschriebenes Gesetz im Gefängnis lautete, daß man Kindermörder nicht in Frieden ließ. Wenn sie duschten, wurden Gegenstände in die Kabine geworfen;

wenn sie auf dem Klo saßen, kam ständig jemand herein und störte sie bei ihrem »Geschäft«; wenn sie schliefen, wurden sie geweckt.

Als die Zahl der Insassen ihres Trakts drastisch abnahm – die nächste Welle von Neuzugängen würde vermutlich nach den Weihnachtsferien spürbar werden –, wurden auch Chris' und Steves Zellengenossen verlegt: der eine kam in den Hochsicherheitstrakt, weil er einen Beamten angespuckt hatte, und der andere wurde entlassen, nachdem er seine Strafe abgebüßt hatte. Nachdem die beiden Zellengenossen aus dem Weg waren, startete Hector einen neuen Feldzug, um Steve für sein Verbrechen zu bestrafen.

Unglücklicherweise teilte Chris die Zelle immer noch mit Steve.

Eines Montags, als Chris schlief, fing Hector an, gegen die Gitter der Zelle zu schlagen. So etwas wie Privatsphäre gab es im Gefängnis nicht, schon gar nicht in der Zeit, in der die Zellen nicht abgesperrt waren. Aber auch wenn die Tür einer Zelle offen war, trat man nicht unaufgefordert ein. Und wenn die Insassen schliefen, ließ man sie in Ruhe.

Steve und Chris fuhren aus dem Schlaf hoch, als Hector mit den Beinen eines Klappstuhls Xylophon auf den Gitterstäben ihrer Zelle spielte. »Oh«, sagte er und grinste hämisch, als er sie sah. »Habt ihr etwa geschlafen?«

»Herrgott«, stöhnte Chris und schwang die Beine über die Bettkante. »Was ist eigentlich los mit dir?«

»Falsch, Professor«, entgegnete Hector. »Was ist los mit euch?« Er lehnte sich über die Schwelle, sein Atem stinkend von der Nacht. »Ich schätze, jetzt macht es Sinn. Gleich und gleich gesellt sich gern, was?«

Chris rieb sich die Augen. »Wovon redest du zum Teufel?«

Hector lehnte sich noch weiter vor. »Was dachtest du, wie lange ich brauche, um herauszufinden, daß du die Kleine umgebracht hast, weil sie von dir schwanger war?«

»Du Hurensohn«, knurrte Chris, und seine Hände schlossen sich wie von selbst um Hectors Hals. Er fühlte, wie Steve von hinten an seinen Schultern zerrte, schüttelte ihn aber mit Leichtigkeit ab und verwandte seine ganze Kraft und Konzentration darauf, das Arschloch vor ihm zu erdrosseln, das diese schmutzige Lüge ausgesprochen hatte.

Ihm kam gar nicht in den Sinn, sich zu fragen, wie diese Information sich im Knast verbreitet haben mochte. Vielleicht hatte Jordan es der Schwester gegenüber erwähnt, und ein Insasse, der draußen vor dem Krankenzimmer Böden gewischt hatte, hatte sie belauscht. Vielleicht war es auch in einer der Zeitungen erwähnt worden, die im Gemeinschaftsraum auslagen.

»Chris«, flehte Steve, dessen Stimme wie aus weiter Ferne in sein Bewußtsein drang. »Laß ihn los.« Und plötzlich empfand Chris es als unerträglich, daß ihn jemand in diesem Höllenloch mit Steve auf eine Stufe stellte. Es bestand ein großer Unterschied darin, freiwillig mit Steve Umgang zu pflegen oder weil sonst niemand da war.

Hector traten die Augen aus den Höhlen, seine Backen blähten sich, und sein Gesicht färbte sich auberginefarben – für Chris war es der schönste Anblick, den er sich vorstellen konnte. Und dann, plötzlich, wurden seine Arme zurückgerissen, auf seinen Rücken gedreht und an den Handgelenken gefesselt. Ein Schlag auf den Nacken ließ ihn in die Knie gehen. Hector wurde von einem zweiten Beamten festgehalten und kam langsam wieder zu Atem. »Du kleines Arschloch«, brüllte er, als Chris aus dem Trakt gezerrt wurde. »Das zahle ich dir heim!«

Erst als sie den Kontrollraum erreichten, gelang es

Chris, zu fragen, wo sie ihn hinbrachten. Er bekam keine Antwort. »Wer sich aufführt wie ein Tier, wird auch so behandelt«, sagte der Beamte nur.

Er führte Chris zur Isolationszelle. Bevor der Beamte ihm die Handschellen abnahm, sah er unter der Matratze nach. Es gab kein Kopfkissen.

Ohne ein weiteres Wort nahm der Schließer Chris die Handschellen ab und ließ ihn allein.

»Hey!« rief Chris und stürzte an die Tür aus massivem Metall, abgesehen von der Öffnung, durch die das Essenstablett hereingeschoben wurde. Er steckte die Finger durch den Spalt. »Das könnt ihr nicht mit mir machen. Sie müssen ein R-Gespräch für mich erledigen.«

Aus einiger Entfernung hörte er jemanden lachen.

Er ließ sich kraftlos zu Boden sinken und schaute sich mutlos um. Es würde ein Disziplinarverfahren geben, irgendwann, nachdem er seine Strafe abgesessen hatte. Bis dahin saß er für Gott weiß wie lange in diesem Loch fest, das seit der letzten Belegung nicht gereinigt worden war. In einer Ecke war eine Pfütze Erbrochenes, und die Wände waren mit Fäkalien beschmiert.

Chris sprang auf, streckte sich und tastete den zehn Zentimeter breiten Rand oben entlang der Dusche ab, nur um zu sehen, ob vielleicht jemand etwas zurückgelassen hatte. Dann suchte er unter der Matratze und der angeschraubten Pritsche, aber vergebens. Schließlich nahm er seine ursprüngliche zusammengesunkene Haltung vor der Tür wieder ein, die Knie bis an die Brust angezogen. Brechreiz befiel ihn bei jedem Atemzug.

Um 12:15 Uhr wurde sein Mittagessen durch den Spalt geschoben.

Um 14:30 Uhr begaben sich die Insassen aus dem Hochsicherheitstrakt zum Fitneßraum und kamen an der Isolationszelle vorbei. Einer von ihnen spuckte durch den Spalt, und sein Speichel rann an der Rückseite von Chris Hemd herab.

Um 15:45 Uhr, als die Männer aus seinem Trakt zum Fitneßraum marschierten, zog Chris sein Shirt aus und schob es unter dem Türspalt hindurch: eine flache Stoffpfütze. Er wartete, daß irgend etwas darauffiel, als die stampfenden Schritte vorbeizogen, und zog das Shirt dann langsam wieder herein. Jemand – Steve, wie er vermutete – hatte einen Kugelschreiber auf den Stoff fallen lassen.

Er versuchte, an die Wand zu kritzeln, aber der Kugelschreiber schrieb nicht auf Löschbeton. Ebensowenig auf die Metallpritsche und die Duschkabine, so daß nur noch eins übrig blieb. Die folgenden drei Stunden verbrachte Chris damit, auf seine Gefängnishose und das Shirt zu malen, wilde Muster, die ihn an Emilys künstlerische Graffiti erinnerten.

Nach dem Abendessen streckte er sich auf dem Rükken aus und ging jede Übung durch, die der Coach im Laufe der Zeit an die Tafel in der Umkleidekabine geschrieben hatte. Er verschränkte die Arme über der Brust und stellte sich vor, wie sein Blut vom Herzen über die Arterien zu den Venen strömte.

Als er draußen das Quietschen von Kreppsohlen hörte, glaubte er erst, er hätte es sich nur eingebildet. »Heh!« rief er. »Heh, wer ist da draußen?«

Er versuchte, durch den Spalt zu sehen, aber der Winkel des Metalls beeinträchtigte ihn dabei. Als er angespannt lauschte, hörte er das Rollen von Rädern und das schmatzende Geräusch eines nassen Wischmops. »Heh« rief er erneut. »Hilf mir.«

Der Mop verstummte. Chris drückte wieder den Kopf gegen den Spalt und sprang dann zurück, als ihn etwas Hartes an der Schläfe traf.

Er rappelte sich auf und hoffte auf etwas zu essen, fühlte jedoch gleich darauf den unverwechselbaren dikken Einband einer Bibel.

Seufzend kroch Chris zurück zu seiner Pritsche und fing an zu lesen.

Der erste Tag der Weihnachtsferien fiel auf einen Donnerstag, und so war Selena überaus dankbar, daß Mrs. Bertrand sich zu einem Gespräch am Mittwoch nachmittag bereit erklärt hatte. Und nun saß sie ihr gegenüber auf einem furchtbar unbequemen kleinen Holzstuhl und fragte sich, wie zum Teufel man glauben konnte, daß dieses Mobiliar lernfördernd wäre. Chris Harte war fast so groß wie Selena mit ihren ein Meter achtzig; wie war es ihm nur gelungen, seine langen Beine unter einen so lächerlichen Tisch zu quetschen? Kein Wunder, daß die Jugendlichen heutzutage es kaum erwarten konnten, die Schule hinter sich zu bringen.

»Ich bin ja so froh, daß Sie angerufen haben«, sagte Mrs. Bertrand.

»Tatsächlich?« fragte Selena ehrlich verblüfft. In ihrem Beruf konnte sie Leute, die sie nicht schräg ansahen, wenn sie sagte, daß sie für die Verteidigung arbeitete, an einer Hand abzählen.

»Ja. Ich meine, ich habe natürlich die Zeitungen gelesen. Und allein der Gedanke, daß jemand wie Chris ... Nun, es ist einfach lächerlich.« Sie lächelte strahlend, als würde das ausreichen, ihn zu rehabilitieren. »Also, was kann ich für Sie tun?«

Selena fischte den unverzichtbaren Kugelschreiber und Notizblock aus der Tasche. »Mrs. Bertrand ...« begann sie.

»Bitte ... nennen Sie mich Joan.«

»Gut, also Joan. Wir suchen nach Informationen, die wir

vor Gericht verwenden können und die die Mordanklage ... lächerlich erscheinen lassen, wie Sie ganz richtig sagten. Wie lange kennen Sie Chris schon?«

»Vier Jahre, denke ich. Er hatte in der neunten Klasse bei mir Englisch, und in den Jahren danach habe ich immer gewußt, was er so machte, obwohl er nicht mehr mein Schüler war – er gehört zu der Art von Schülern, von denen Lehrer ständig sprechen, wissen Sie, im Positiven, wohlgemerkt. Und dann kam er dieses Jahr wieder in meine Klasse.«

»Leistungskurs?«

»Vorbereitung für jene, die in diesem Fach auf dem College ein Honours Degree anstreben«, erklärte sie. »Der Test ist im Mai.«

»Dann ist Chris also ein guter Schüler.«

»Gut!« Joan Bertrand schüttelte den Kopf. »Chris ist ein Ausnahmeschüler. Er besitzt eine Gabe zur Klarheit, versteht es, zum Kern eines hochkomplexen Wirrwarrs vorzudringen. Es würde mich nicht überraschen, wenn er studieren und Schriftsteller werden würde. Oder Jurist«, fügte sie hinzu. »Der Gedanke, daß ein solcher Verstand für Monate einfach ... brachliegt ...« Sie schüttelte den Kopf, unfähig, fortzufahren.

»Sie sind nicht die erste, die so denkt«, murmelte Selena. Sie blickte stirnrunzelnd auf den Aktenschrank, deren Schubfächer mit Buchstaben gekennzeichnet waren.

»Schülerakten«, erklärte Joan. »Schreibaufgaben.« Sie erhob sich enthusiastisch. »Ich sollte Ihnen Chris' Arbeiten zeigen.«

»War Emily Gold auch Ihre Schülerin?«

»Ja«, bestätigte Joan. »Auch eine Einser-Schülerin. Allerdings verschlossener als Chris. Sie waren ständig zusammen – ich schätze, das könnte Ihnen sogar der Direktor bestätigen. Aber ich habe sie dennoch nicht so gut gekannt, wie ich Chris kenne.«

»Hat sie im Unterricht einen deprimierten Eindruck auf Sie gemacht?«

»Nein. Sie war wie immer sehr aufmerksam.«

Selena blickte auf. »Könnte ich auch ihre Arbeiten sehen?«

Die Englischlehrerin kehrte mit zwei kartonierten Mappen zurück. »Emilys«, zeigte sie. »Und Chris'.«

Selena schlug erst Emilys Akte auf. Im Inneren waren Gedichte – keins, in dem vom Tod die Rede war – sowie eine kreative Arbeit im Stile Sir Arthur Conan Doyles. Nichts, was ihr irgendwie nützlich gewesen wäre. Sie schloß die Akte und sah erneut auf. »Hat Chris auf Sie einen deprimierten Eindruck gemacht?«

Sie mußte fragen, obgleich sie die Antwort bereits kannte. Es war unwahrscheinlich, daß ein Außenstehender Selbstmordtendenzen bemerkt haben sollte, die gar nicht existierten. »Um Himmels willen, nein.«

»Hat Chris sich je hilfesuchend an Sie gewandt?«

»Nicht in schulischen Angelegenheiten; da ist er sehr gut allein klargekommen. Aber er hat mich einmal nach Colleges gefragt, als er anfing, Bewerbungen zu verschicken. Ich habe ihm auch ein Empfehlungsschreiben aufgesetzt.«

»Ich dachte da eher an persönliche Dinge.«

Joan runzelte die Stirn. »Ich habe ihm angeboten, sich auszusprechen, nach ... nach Emilys Tod. Ich wußte, daß er jemanden brauchen würde. Aber dazu kam es nicht mehr«, sagte sie vorsichtig. »Die Schule hat eine Gedenkveranstaltung für Emily abgehalten. Und als Chris aufgefordert wurde, ein paar Worte zu sagen, fing er zur allgemeinen Überraschung an zu lachen.«

Bei Selena regten sich erste Zweifel, ob es tatsächlich klug wäre, die Lehrerin als Zeugin zu laden.

»So wie ich Chris kenne, habe ich das selbstverständlich auf den extremen seelischen Streß geschoben«, erklärte sie. Joan, der die Erinnerung sichtlich unangenehm war, griff nach Chris' Akte und schlug sie vor Selena auf. »Ich habe den Lehrern, die sich deswegen das Maul zerrissen haben, gesagt, sie sollten das hier lesen«, sagte sie und klopfte mit der flachen Hand auf ein argumentatives Essay. »Ein so vielversprechender Geist könnte niemals einen Mord aushecken.«

Selena konnte dem nicht wirklich zustimmen, nachdem sie in ihrer Laufbahn schon zahlreichen intelligenten Kriminellen begegnet war, aber sie richtete dennoch höflich den Blick auf das Essay. »Die Aufgabenstellung lautete dahingehend, sich für eine Seite einer heiklen Angelegenheit stark zu machen«, erklärte Joan. »Die Schüler sollten überzeugende Argumente für diese Seite anführen und anschließend den alternativen Standpunkt widerlegen. Das ist etwas, woran sogar die meisten Collegeabgänger scheitern, wissen Sie. Aber Chris hat sie wunderbar gemeistert.«

Chris' Absätze waren sauber ausgerichtet und vom Computerdrucker korrekt justiert. »Daraus ergibt sich«, las Selena, »daß ›Entscheidungsfreiheit‹ ein irreführender Begriff ist. Im Grunde haben die meisten Entscheidungen nichts mit freier Wahl zu tun. Es verstößt gegen das Gesetz, jemandes Lebensspanne zu verkürzen, Punkt. Zu behaupten, ein Fötus besäße kein Eigenleben, ist Haarspalterei, da zu dem Zeitpunkt, da die meisten Abtreibungen vorgenommen werden, bereits sämtliche Organe und Hauptbestandteile des Organismus vorhanden sind. Auch der Standpunkt, daß eine Frau das Recht habe, sich diesbezüglich frei zu entscheiden, ist zwiespältig, da es ja nicht allein um ihren Körper geht, sondern auch um jenen eines anderen Menschen. In einer

Gesellschaft, die von sich behauptet, daß ihr das Wohl ihrer Kinder am Herzen liegt, erscheint es mir doch sehr seltsam, daß ...«

Selena hob den Kopf und schenkte der Lehrerin ein strahlendes Lächeln. »Frohe Weihnachten, Mrs. Bertrand.«

Es erschien ihm archaisch, eine Bibel als Trost zugeworfen zu bekommen, in einer Welt, in der einer von zwei Insassen vermutlich eine Portion Crack vorgezogen hätte, aber Chris war fasziniert. Er hatte die Bibel nie wirklich gelesen. Er hatte einige Zeit die Sonntagsschule besucht, aber auch nur, weil sein Vater darauf bestanden hatte, des gesellschaftlichen Ansehens wegen der örtlichen Episkopalkirche beizutreten. Nach einiger Zeit waren sie jedoch nicht mehr zum Gottesdienst gegangen, außer an Feiertagen, an denen die Wahrscheinlichkeit am größten war, gesehen zu werden.

Die vertrauten Zitate sprangen ihn förmlich an und vermittelten Chris das Gefühl, als wäre die kleine Zelle mit alten Freunden bevölkert. »Bitte, und dir wird gegeben werden, suche, und du wirst finden, klopfe an, und dir wird geöffnet werden.« Er starrte auf die schwere Metalltür. Verdammt unwahrscheinlich.

Als das Licht ausging – das diesige Dunkel trat hier ganz unvermittelt und ohne Vorwarnung ein –, rollte Chris sich von der Pritsche und kniete nieder. Der Fußboden fühlte sich durch den dünnen Baumwollstoff seiner Hose hindurch eisig an, und in der plötzlichen Finsternis kam ihm der Gestank des Kotes an den Wänden plötzlich intensiver vor. Dennoch faltete er die Hände zum Gebet und beugte den Kopf. »Nun leg ich mich zum Schlafen nieder«, flüsterte er und kam sich dabei sehr, sehr jung vor, »und bitte den Herrn, meine Seele zu behüten«. Er legte die Stirn in Falten und überlegte angestrengt, wie es weiterging, aber das alte Gebet aus Kindheitstagen wollte ihm einfach nicht wieder einfallen.

»Ich habe das schon sehr lange nicht mehr getan«, sagte Chris, wobei er sich ziemlich albern vorkam. »Ich hoffe, du kannst mich hören. Ich mache dir keinen Vorwurf daraus, daß du meine Schritte hierher gelenkt hast. Und vermutlich habe ich auch keine Gefälligkeiten verdient.« Er verstummte und dachte an das, was er sich am meisten wünschte. Wenn er nur um eine einzige Sache bat, standen seine Chancen, daß ihm dieser eine Wunsch gewährt wurde, doch sicher besser. »Ich möchte für Hector beten«, sagte er schließlich leise. »Ich bete, daß er bald hier rauskommt.«

Chris fragte sich, ob Gott Emily bereits kennengelernt hatte. Er schloß die Augen und stellte sich das lange blonde Haar vor, das er sich um die Hände gewickelt hatte wie Zügel; das spitz zulaufende Kinn und die weiche blaue Mulde an ihrem Hals, wo er ihren Puls küssen konnte. Er dachte an etwas, das er vorhin gelesen hatte: »Und ich werde dir außerdem ein neues Herz geben und einen neuen Geist dir einhauchen.« Er hoffte, daß Emily inzwischen beides hatte.

Als er – immer noch auf dem nackten Steinboden kniend wie ein reuiger Sünder – gerade dabei war einzudösen, hörte Chris Gott. Er kam in Gestalt von Schritten, in Form eines Schlüssels, der sich im Schloß drehte, und geheimnisvollen Geräuschen. Und dann spürte Chris, wie sein Atem über die Härchen an seinem Nacken strich, als er murmelte: »Vergib, und dir wird vergeben werden.«

Gus wachte davon auf, daß etwas Schweres auf ihre Brust fiel. Erschrocken kämpfte sie sich aus dem Schlaf und registrierte, daß es Kate war, die sie schüttelte. »Steh auf, Mom«, sagte sie mit leuchtenden Augen und einem so ansteckenden Lächeln, daß Gus einen Augenblick lang vergaß, daß aufwachen bedeutete, einen weiteren Tag durchstehen zu müssen.

»Was denn?« fragte sie verschlafen. »Hast du den Bus verpaßt?«

»Heute fährt kein Bus«, entgegnete Kate. Sie setzte sich im Schneidersitz auf. »Komm mit nach unten.« Sie hob die Bettdecke an und erntete ein unwilliges Grunzen ihres Vaters. »Du auch«, sagte sie und lief dann aus dem Zimmer.

Zehn Minuten später schlurften Gus und James in die Küche, im Morgenmantel und mit verquollenen Augen. »Kümmerst du dich um den Kaffee«, fragte Gus, »oder soll ich das machen?«

»Ihr könnt jetzt keinen Kaffee kochen«, widersprach Kate, die aufgeregt vor ihnen herumsprang. Sie nahm beide bei der Hand und zog sie in Richtung des Wandschirms, der die Küche vom Wohnzimmer abtrennte. »Tataaa!« schmetterte sie und trat beiseite, um den Blick freizugeben auf einen kümmerlichen Eukalyptusbaum in einem Kübel, den sie mit einer Handvoll Glaskugeln und Weihnachtsschmuck dekoriert hatte. »Frohe Weihnachten!« trällerte sie und schlang ihrer Mutter die Arme um die Taille.

Gus warf James über Kates gesenkten Kopf hinweg einen Blick zu. »Liebes«, hörte sie sich sagen. »Hast du das alles allein gemacht?«

Kate nickte schüchtern. »Ich weiß, daß er etwas mickrig ist, ist ja auch nur der Baum aus der Diele, aber ich dachte, ihr würdet ziemlich sauer reagieren, wenn ich einfach draußen einen Baum fälle.«

Gus sah in Gedanken flüchtig Kate unter einer umgestürzten Tanne liegen. »Der Baum ist wunderbar«, sagte sie. »Wirklich.« Die kleinen Weihnachtslichter waren auf Intervall geschaltet und blinkten. Sie erinnerten Gus an den Krankenwagen, der draußen vor dem Krankenhauseingang geparkt hatte, als sie in jener schicksalhaften Nacht wegen Chris dorthin gerufen worden war.

Kate ging rüber ins Wohnzimmer und setzte sich unter den improvisierten Christbaum. »Ich dachte mir, daß ihr beide bei allem, was passiert ist, keine Zeit haben würdet, den Baum zu schmücken.« Sie hielt Gus ein Geschenk hin und ein zweites James. »Hier«, sagte sie. »Packt sie aus.«

Gus wartete, während James einen neuen Kalender auspackte, der in falschem Krokoleder gebunden war. Dann riß sie das Geschenkpapier von ihrem eigenen Päckchen. Ein Paar Jadeohrringe. Gus starte Kate verblüfft an und fragte sich, wann ihre Tochter im Einkaufszentrum gewesen war. Und sie fragte sich, wann ihre Tochter beschlossen hatte, um jeden Preis ein normales Weihnachtsfest feiern zu wollen.

»Danke, Schatz«, sagte Gus und drückte Kate fest an sich. Dann flüsterte sie ihr noch leise ins Ohr: »Für alles.«

Kate setzte sich wieder und blickte erwartungsvoll zu ihnen auf. Gus ballte die Hände in den Taschen ihres Morgenmantels zu Fäusten und warf einen Blick auf James. Wie brachte man seiner 14jährigen Tochter schonend bei, daß man Weihnachten völlig vergessen hatte? »Dein Geschenk«, improvisierte sie, »ist noch nicht ganz fertig.«

Kates Lächeln erlosch nach und nach.

»Es wird ... auf Maß gefertigt«, erklärte Gus.

Eine Mauer entstand zwischen ihnen, dick und unversöhnlich trotz aller Transparenz. »Was ist es?« wollte Kate wissen.

Gus, die die Lüge nicht länger aufrechterhalten mochte, wandte sich hilfesuchend ihrem Mann zu, der jedoch nur hilflos die Achseln zuckte. »Kate«, flehte Gus, aber ihre Tochter war bereits auf den Füßen und starrte sie anklagend an.

»Ihr habt gar kein Geschenk für mich, habe ich recht?« sagte sie gepreßt. »Du hast gelogen.« Sie zeigte in einer ausholenden Geste auf den Eukalyptusbaum. »Wenn ich nicht diesen mickrigen Christbaum geschmückt hätte, wärt ihr heute genauso trübsinnig herumgeschlichen wie immer.«

»In diesem Jahr ist alles anders, Kate. Du weißt doch, daß in Anbetracht dessen, was mit Chris passiert ist ...«

»Ich weiß nur, daß ich wegen dem, was Chris passiert ist, für euch gar nicht mehr existiere ...« Sie riß Gus das Kästchen mit den Ohrringen aus der Hand und schleuderte es an die Wand. »Was muß ich noch machen, damit ihr mich bemerkt?« schrie sie. »Jemanden umbringen?«

Gus versetzte ihr eine schallende Ohrfeige.

Lastende Stille senkte sich herab, in der nur das leise Zischen der blinkenden Weihnachtsbeleuchtung zu hören war. Kate hob eine Hand an die schmerzende Wange und stürzte dann aus dem Zimmer. Gus umfaßte zitternd ihre Hand, als gehöre diese nicht zu ihr, und wandte sich hilfesuchend an James. »Tu etwas«, flehte sie.

Er starrte sie eine Weile schweigend an und nickte schließlich. Dann verließ er das Haus.

Es war eins dieser seltenen Jahre, in denen Weihnachten und Chanukka zusammenfielen. Die ganze Welt feierte, und das bedeutete, daß Michael einen Tag frei hatte. Und er wußte genau, was er tun wollte.

Er schlief seit Monaten auf dem Sofa und wußte somit nicht, ob Melanie schon wach war. Aber er duschte im Badezimmer im Erdgeschoß und backte ein englisches

Muffin auf, das er im Wagen essen wollte. Dann fuhr er zu Emily auf den Friedhof.

Er parkte in einiger Entfernung des Friedhofs, da er es vorzog zu laufen. Er genoß die Einsamkeit und den Frieden, den ihm der Spaziergang vermittelte. Schnee knirschte unter seinen Stiefeln, und seine Ohren prickelten im eisigen Wind. Vor dem Eingangstor blieb er stehen und starrte in das Blau des Himmels hinauf.

Emilys Grab lag ganz oben auf dem Hügel, von einer kleinen Anhöhe verborgen. Michael überlegte sich auf dem Weg, was er zu ihr sagen wollte. Er scheute sich nicht, zu einem Grab zu sprechen; immerhin sprach er ständig mit Wesen, von denen es hieß, daß sie einen doch nicht verstanden – Pferde, Kühe, Katzen. Keuchend stapfte er weiter bis zu dem Punkt, von dem aus das Grab das erste Mal zu sehen war. Es lagen noch Blumen dort – oder besser vertrocknete Stengel, die von seinem letzten Besuch stammten. Bänder bewegten sich im Wind, und zerrissenes Geschenkpapier hob sich blutrot vom weißen Schnee ab. Melanie saß im Schnee und packte Geschenke aus.

»Sieh doch«, rief sie, als er in Hörweite war. »Das wird dir gefallen.« Sie drapierte einen Saphiranhänger über die welken Köpfe der Rosen, die Michael bei seinem letzten Besuch dort niedergelegt hatte.

Michael blickte von dem funkelnden Schmuckstück zu den anderen Geschenken, die wie Opfergaben zu beiden Seiten des Grabsteins aufgestellt waren. Eine Kaffeemaschine, die nur eine Tasse brühte, ein Roman, mehrere Tuben Ölfarbe und die teuren Pinsel, die Emily bevorzugte.

»Melanie!« sagte er schneidend. »Was machst du da?«

Langsam wandte sie den Kopf. Auf ihrem Gesicht lag ein verträumter Ausdruck. »Oh«, sagte sie. »Hallo.«

Michael fühlte, wie seine Kiefer sich spannten. »Hast du die ganzen Sachen hergebracht?«

»Natürlich«, entgegnete sie, als wäre er hier der Verrückte. »Wer sonst?«

»Und ... für wen sind sie bestimmt?«

Sie starrte ihn an und wölbte dann die Brauen. »Na für Emily.«

Michael kniete neben ihr nieder. »Mel«, sagte er sanft. »Emily ist tot.«

Seiner Frau stiegen sofort Tränen in die Augen. »Ich weiß«, sagte sie mit belegter Stimme. »Aber verstehst du ...«

»Ich verstehe nicht.«

»Es ist nur ihr erstes Chanukka, an dem sie nicht zu Hause ist«, sagte Melanie. »Und ich wollte ... ich wollte ...«

Michael zog sie in seine Arme, ehe er mit ansehen mußte, wie ihr die Tränen über das Gesicht liefen. »Ich weiß, was du wolltest«, sagte er. »Ich wünsche es mir auch.« Er vergrub das Gesicht in ihrem Haar und schloß die Augen. »Wirst du mit mir kommen?« Er fühlte, wie sie nickte, und spürte ihren warmen Atem an seinem Hals. Sie folgten dem Friedhofsweg und ließen Farben, Pinsel, Kaffeemaschine und Saphirkollier dort, nur für alle Fälle.

Auf dem Manchester Airport herrschte am ersten Weihnachtstag ein dichtes Gedränge. Horden von Menschen waren dort eingefallen, mit Blechbüchsen voller Obstkuchen und Einkaufstüten, die prall gefüllt waren mit Geschenken. Neben Jordan hüpfte Thomas auf seinem Sitz in der Lounge herum. Jordan runzelte unwillig die Stirn, als sein Sohn zum x-ten Mal den kleinen Umschlag mit den Tickets von seinem Schoß stieß. »Und du weißt auch ganz bestimmt, wie du umsteigen mußt?«

»Ja«, entgegnete Thomas. »Wenn die Stewardeß es mir nicht zeigt, frage ich jemand anders am Gate.«

»Du gehst nicht allein«, ermahnte ihn Jordan.

»Nicht in New York City«, fügten sie im Chor hinzu.

Thomas zappelte ungeduldig herum und trat gegen die Metallfüße der Sitzreihe. »Hör auf damit«, schimpfte Jordan. »Die Erschütterungen kann jeder in dieser Reihe spüren.«

»Dad«, fragte Thomas, »glaubst du, in Paris liegt Schnee?«

»Nein«, entgegnete Jordan. »Du kommst also besser wieder nach Hause, wenn du die Skier ausprobieren willst.« In einem trotzigen Akt der Bestechung hatte er Thomas zu Weihnachten neue Rossignol-Skier gekauft und ihm dieses Geschenk überreicht, bevor er zu Deborah in die Ferien flog.

Es hatte mehrere transatlantische Telefonate gegeben, eine hitzige Diskussion darüber, ob Thomas alt genug war, eine so weite Reise allein anzutreten, und schließlich eine Flut von Kompromissen. Tatsächlich hatte Jordan Deborahs Bitte einige Tage lang strikt abgelehnt. Dann war er jedoch eines Nachts am Wochenende wach geworden und war in Thomas' Zimmer gegangen, um ihn im Schlaf zu beobachten. Er hatte an Dr. Feinsteins Frage an Chris Harte denken müssen: Was macht dir daran nur solche Angst. Und ihm wurde bewußt, daß die Antwort hierauf die gleiche war wie bei Chris. Bis jetzt war Jordan Mittelpunkt von Thomas' Leben gewesen. Was, wenn es angesichts einer Alternative nicht dabei blieb?

Am darauffolgenden Morgen hatte er Deborah angerufen und sein Okay gegeben.

»Flug 1246 nach New York, LaGuardia Airport. Boarding an Gate drei.«

Thomas sprang so eilig auf die Füße, daß er über seine Reisetasche stolperte. »Heh, langsam«, sagte Jordan und faßte ihn am Arm, damit er nicht fiel. Er hielt einen Moment inne und betrachtete seinen Sohn, ehe er die Tasche aufhob. Und plötzlich wußte Jordan, daß er diesen Anblick von Thomas' Profil nie vergessen würde: der leichte Flaum des Jugendlichen auf seinen Wangen, die unglaubliche Dürre seiner knochigen Arme, das orangefarbene Kinderticket in der Plastikhülle, die gegen den Bund seiner Jeans schlug. Ein Bild von vielen in der Bildergalerie seines Lebens. Er räusperte sich und hob die Reisetasche vom Boden auf. »Teufel, ist die schwer«, sagte er. »Was hast du da überhaupt drin?«

Thomas grinste mit blitzenden Augen. »Nur zehn bis zwölf *Penthouse*«, sagte er. »Warum?«

Das war bis zuletzt ein wunder Punkt gewesen, etwas, worüber sie nicht mehr gesprochen hatten, an dem sie sich aber immer wieder gerieben hatten, wenn sie sich am Kühlschrank oder in der Badezimmertür begegnet waren. Erleichtert fühlte Jordan, wie die Anspannung der vergangenen Woche von ihm abfiel. »Verschwinde«, sagte er und umarmte seinen Sohn.

Thomas erwiderte die Umarmung kraftvoll. »Gib Mom einen Kuß von mir«, sagte Jordan.

Der Junge rückte von ihm ab. »Auf die Wange oder auf den Mund?«

»Die Wange«, entgegnete Jordan und schob Thomas sanft auf den Boarding-Schalter zu. Dann holte er tief Luft und stellte sich an die Panzerglasfenster parallel zum Flugzeugrumpf. Er wollte hier warten, nur für den Fall, daß Thomas es sich im letzten Moment doch noch anders überlegte. Mit den Händen in den Hosentaschen stand Jordan Wache und beobachtete, wie der Jet zur Startbahn rollte, startete und schließlich aus seinem Blickfeld verschwand.

»Frohe Weihnachten«, sagte der Schließer, als er die Tür zur Isolationszelle öffnete.

Chris setzte sich auf dem Fußboden auf. Die Bibel war unter die Pritsche gerutscht; hastig schob er sie in seinen Hosenbund. »Ja«, murmelte er, auf den Fußballen wippend.

»Willst du dir bis Neujahr Zeit lassen?« brummte der Beamte unwillig.

Chris blinzelte. »Soll das heißen, das war's? Ich darf raus?«

»Der Superintendent ist heute mildtätig aufgelegt«, entgegnete der Beamte und hielt die Tür auf, um Chris herauszulassen. Zügig ging er den Flur hinunter und blieb am Kontrollraum stehen. »Wohin?«

»Geradewegs in den Knast«, entgegnete der Schließer und lachte über seinen eigenen Witz.

»Ich meine, welcher Sicherheitsbereich?«

»Normalerweise kommt man nach der Isolierzelle zurück in den Hochsicherheitstrakt«, meinte der Beamte. »Aber nachdem dein Zellengenosse uns gesagt hat, in welcher Weise du provoziert wurdest, und da du kein Disziplinarverfahren hattest, bevor du ins Loch gewandert bist, kommst du wieder in die mittlere Sicherheitsstufe.« Er sperrte auf. »Ach ja«, fügte er hinzu. »Dein Freund Hector ist wieder unten.«

»Im Hochsicherheitstrakt?« Der Vollzugsbeamte nickte, und Chris schloß einen Moment die Augen.

Steve war in der Zelle und las, als Chris hereinkam. Er legte sich auf seine Pritsche und wollte sich schier unter seinem Kopfkissen vergraben, auch wenn es trotz des Desinfektionsmittels diesen furchtbaren Gefängnisgeruch verströmte. Wie göttlich, ein Kissen zu haben! Er konnte durch die vielen Lagen hindurch Steves Blick fühlen und überlegte, ob er etwas sagen sollte oder nicht.

Da das Gespräch doch früher oder später anstand, zog Chris das Kopfkissen vom Gesicht. »Hey«, sagte Steve. »Frohe Weihnachten.«

»Dir auch«, entgegnete Chris.

»Alles in Ordnung?«

Chris zuckte die Achseln. »Danke, daß du ihnen das mit Hector gesagt hast.« Das meinte er aufrichtig. Hector gehörte nicht zu denen, die einem verziehen, wenn man sie anschwärzte.

»Nicht der Rede wert.«

»Trotzdem danke.«

Steve wandte den Blick ab und zupfte an einem Knötchen am ausgebleichten Ärmel seines Hemdes. »Ich habe etwas für dich«, sagte er beiläufig. »Ein Weihnachtsgeschenk.«

Chris packte das nackte Entsetzen, Himmel, er hatte keine Sekunde daran gedacht, hier drin Geschenke auszutauschen. »Ich habe aber nichts für dich«, sagte er.

»Doch«, entgegnete Steve und griff unter seine Pritsche. »Hast du.« Er zog ein gefährlich aussehendes Instrument hervor, das aus dem Griff eines Bic-Kugelschreibers und einer langen Nadel bestand. »Tattoos«, sagte er leise.

Chris wollte fragen, wo er die Nadel her hatte – schwer vorstellbar, daß ein Freigänger sie im Hintern hereinschmuggelte –, wußte aber, daß, wenn er das wirklich tun wollte, für Fragen keine Zeit war. Gefängnistätowierungen – ebenso wie die Instrumente, die zu ihrer Herstellung dienten – waren verboten. Ein Tattoo, das man offen zur Schau trug, brachte einem etwas Respekt ein, weil man den Beamten den Regelverstoß praktisch unter die Nase rieb.

Was Steve ihm tatsächlich zu Weihnachten schenkte, war eine Möglichkeit, das Gesicht zu wahren.

Unsicher streckte er den Arm aus. Er war sich nicht

sicher, ob er das wirklich wollte, dachte aber doch so klar, sich zu sagen, daß, wenn er eine Aids-Infektion vermeiden wollte, er sich als erster stechen lassen sollte. Nach einem raschen Blick auf den Schließer, der seine Runde machte, kramte Steve ein Feuerzeug hervor – eine weitere hereingeschmuggelte Überraschung – und hielt die Nadel über die Flamme.

Chris stützte den Ellbogen auf das Knie und fühlte gleich darauf ein erstes schmerzhaftes Brennen auf der Haut. Es roch seltsam süßlich, wie ein Braten, und der Schmerz schoß ihm sofort bis in die Lenden. Er ballte die Hand zur Faust und sah zu, wie sein Blut den Bizeps herunterrann, während Steve abwechselnd erhitzte, brannte und stach. Dann fühlte er, wie Steve Tinte aus der Bic-Patrone auf die Wunde auftrug und verrieb, so daß sie für immer in der Haut bleiben würde. »Man sieht erst was, wenn du die Tinte gründlich abgewaschen hast«, erklärte Steve, »aber es ist eine Acht.« Er blickte aus klaren, durchdringenden Augen zu Chris auf. »Ein Symbol dafür, daß wir beide zusammen tief in der Klemme sitzen.«

Chris zog den Ärmel so weit herunter wie möglich und befeuchtete seine Finger mit Speichel, um Blut und Tinte wegzuwischen. Als der Schließer an ihrer Zelle vorbei war, drückte Steve ihm das Feuerzeug in die Hand. »Mach mir auch eins«, sagte er. »Bitte.«

Chris' Hände zitterten, als er die Nadel desinfizierte und anschließend an Steves Oberarm drückte. Steve zuckte zusammen und spannte dann die Muskeln an. Chris zeichnete erst einen Kreis und dann eine Acht auf den schwarzen Untergrund. Dann rieb er Tinte in die Schnitte und drückte Steve die Nadel hastig wieder in die Hand.

Ihre Finger berührten sich. »Stimmt das mit dem Baby?« fragte Steve, ohne aufzublicken.

Chris dachte an Jordan, der ihn gewarnt hatte, mit niemandem zu sprechen. Und er dachte an die zwei gleichen Tattoos, die sie brandmarkten zu zwei Vertretern der gleichen Art. Und er dachte an die Worte, die er in der vergangenen Nacht im Schmutz der Isolationszelle gelesen hatte: »Lauschet meiner Stimme, und ich werde euer Gott sein, und ihr werdet mein Volk sein.«

Chris musterte seinen Freund, seinen Vertrauten, seine Gemeinde. »Ja«, sagte er.

Es war ein positiver Besuch gewesen. Michael erhob sich, so wie er es sich angewöhnt hatte, und blickte Chris nach, als dieser den Besuchsraum im Untergeschoß des Gefängnisses verließ. Eigentlich hatte er heute gar nicht vorgehabt zu kommen. Aber der Anblick Melanies am Grab hatte ihn erschüttert, und er hatte jemandem davon erzählen wollen. Letztlich hatte er Chris dann doch nichts davon gesagt – es war ihm nicht richtig erschienen –, aber seine Anwesenheit am ersten Weihnachtstag milderte seine Gewissensbisse. Wenn er am Morgen schon keine Gelegenheit gehabt hatte, mit Emily zu sprechen, konnte er sich wenigstens am Nachmittag mit Chris unterhalten.

Er wünschte dem Vollzugsbeamten ein frohes Fest und trabte dann die Treppe hinauf zum Kontrollraum. Das war der einzige Weg, der aus dem Gefängnis herausführte; bei Besuchen wurde man zusammen mit dem Insassen eingesperrt.

Geduldig wartete er hinter einer Frau im Kamelhaarmantel, deren Haar unter einer flauschigen Mohairmütze verborgen war. »Ja«, sagte sie zu dem Beamten. »Ich bin hier, um Chris Harte zu besuchen.«

»Beliebt, der Kerl«, bemerkte der Mann und bellte über Lautsprecher: »Harte zum Kontrollraum.«

Michael fühlte, wie sein Herz sich zusammenzog. »Gus«, sagte er mit trockenem Mund.

Sie wirbelte herum, so daß ihre Mütze herunterfiel und ihr leuchtendrotes Haar über die Mantelaufschläge glitt. Sie schnappte nach Luft. »Michael! Was machst du denn hier?«

»Offenbar das gleiche wie du«, entgegnete er mit einem schiefen Lächeln.

Ihre Lippen bewegten sich, aber es dauerte einen Augenblick, ehe sie einen Ton hervorbrachte. »Du ... du besuchst Chris?«

Michael nickte. »Seit einiger Zeit schon«, gab er zu.

Sie musterten einander eine Weile. »Wie geht es dir?« fragte Gus, und Michael sagte gleichzeitig: »Wie ist es dir ergangen?« Sie schüttelten die Köpfe und lächelten. Gus' Wangen färbten sich tiefrot, und sie blickte in Richtung Treppe. »Ich gehe jetzt besser«, sagte sie.

»Frohe Weihnachten«, wünschte ihr Michael.

»Dir auch! Ach ...«

»Schon gut.«

»Frohes Chanukka, meine ich natürlich.«

»Das auch.« Michael lächelte. Gus legte die Hand auf den Rahmen der Tür zum Treppenhaus, ging jedoch nicht hinein. »Möchtest du ... Ich meine, hättest du vielleicht Lust, später mit mir einen Kaffee trinken zu gehen?«

Gus lächelte, und ihre Züge erhellten sich. »Das würde ich gern«, sagte sie. »Aber ich ... Chris ...«

»Ich weiß. Ich warte«, entgegnete Michael. Er lehnte sich an die Wand, seinen Mantel über den Arm gehängt. »Ich habe alle Zeit der Welt.«

Teil 3

Die Wahrheit

Und es ist schon immer so gewesen,
daß die Liebe erst ihre wahre Tiefe erkennt,
wenn ihr die Stunde der Trennung schlägt.
– Kahlil Gibran
Der Prophet

Daß eine Lüge, die uns die halbe Wahrheit erzählt,
die schwärzeste aller Lügen darstellt; eine Lüge hingegen, welche die reine Unwahrheit sagt,
du mit Offenheit erkennen und zu widerlegen
vermagst; eine Lüge jedoch, die auch nur
ein Körnchen Wahrheit enthält,
uns alle auf eine harte Probe stellt.
– Alfred, Lord Tennyson
The Grandmother

Gegenwart

Februar 1998

Alles in allem war Richter Leslie F. Puckett gar nicht übel als Vorsitzender des anstehenden Prozesses.

Jordan hatte in der Vergangenheit bereits dreimal – ebenso als Staatsanwalt wie auch als Verteidiger – mit Richter Puckett zu tun gehabt. Gerüchte besagten, daß seine Strenge und rasiermesserscharfe Kritik an Prozeßanwälten auf seiner eigenen Unsicherheit – wegen seines Vornamens – gründeten, Leslie sei nicht so maskulin, wie er es gern gehabt hätte, aber immerhin verteilte er seine Zurechtweisungen gleichmäßig auf Anklage und Verteidigung. Hiervon abgesehen, war das einzig Sichere an einem Prozeß unter seinem Vorsitz Richter Pucketts Schwäche für Mandeln, die ebenso im Gericht wie auch in seinem Büro in Gläsern bereitstanden und die er laut mit den Zähnen knackte.

Anhörungen, die der eigentlichen Verhandlung vorausgingen, waren gemeinhin für die Öffentlichkeit zugänglich, aber aufgrund der Schwere der Anklage und des Aufsehens, das Chris' Fall bereits erregt hatte, waren alle Beteiligten zu der Überzeugung gelangt, daß es besser wäre, wenn die Anhörung in diesem Fall im Richterzimmer stattfand. Puckett marschierte mit wehender Robe herein, dicht gefolgt von Jordan und Barrie Delaney. Alle drei nahmen Platz. Puckett fischte Mandeln aus dem Glas auf seinem Schreibtisch und schob sie sich in den Mund.

Als gleich darauf ein lautes Knacken ertönte, warf Jordan Barrie einen verstohlenen Blick zu.

Obgleich Anwälte sich im Gericht extrem förmlich gaben, waren auch die verbissensten Staatsanwälte und Verteidiger außerhalb um vieles umgänglicher. Jordan als ehemaliger Staatsanwalt hielt einen dezenten Kontakt zu den meisten stellvertretenden Generalstaatsanwälten aufrecht. Barrie Delaney war allerdings ein Sonderfall. Sie hatte nie mit ihm zusammengearbeitet – sie hatte im Büro der Staatsanwaltschaft angefangen, nachdem er bereits ausgeschieden war –, und sie schien es persönlich zu nehmen, daß Jordan die Seiten gewechselt hatte. Himmel, sie schien alles persönlich zu nehmen.

Sie saß wie eine Klosterschülerin da, mit gefalteten Händen, tugendhaft in einen schwarzen Rock gekleidet und mit einem starren Lächeln auf dem Gesicht, das auch dann nicht bröckelte, als Leslie Puckett die Mandelschale in seine Hand spuckte.

Der Richter sah Unterlagen auf einem Schreibtisch durch. Jordan hüstelte, um die Aufmerksamkeit seiner Widersacherin zu erregen. »Gute Polizeiarbeit, Delaney«, raunte er ihr zu. »Und wie Sie meinen Mandanten unter Druck gesetzt haben.«

»Unter Druck gesetzt!« zischte sie. »Er galt noch nicht einmal als Verdächtiger, als er im Krankenhaus lag. Dieses Gespräch war völlig in Ordnung, und das wissen Sie auch.«

»Wenn es so einwandfrei war, wie kommt es dann, daß Sie sofort wußten, auf welches ich anspiele?«

»McAfee«, ließ sich der Richter vernehmen, »und Delaney. Sind Sie beide bald fertig?«

Die beiden Anwälte wandten sich wieder dem Schreibtisch zu. »Ja, Euer Ehren«, antworteten sie wie aus einem Munde.

»Gut«, sagte Puckett säuerlich. »Also, was gibt es zu besprechen?«

»Nun, Euer Ehren«, ergriff Delaney sofort das Wort. »Wir lassen die Blutspuren von einem Spezialisten untersuchen, und das braucht einige Zeit. Außerdem braucht das Labor noch etwas Zeit mit dem DNA-Test.« Sie blätterte in ihrem Terminkalender. »Wir wären bis zum ersten Mai soweit.«

»Möchten Sie irgendwelche Anträge einreichen?«

»Ja, Euer Ehren. Mehrere Anträge *in limine*, die sich auf die sogenannten Expertenzeugen der Verteidigung beziehen sowie auf einige weitere fragwürdige Beweismittel.«

Der Richter nahm noch eine Mandel aus dem Glas und steckte sie gemächlich in den Mund. Dann wandte er sich an Jordan. »Was ist mit Ihnen?«

»Ich möchte beantragen, eine Befragung meines Mandanten für unzulässig zu erklären, die im Krankenhaus stattgefunden hat und ganz offensichtlich seine Rechte verletzt hat.«

»Das ist doch Blödsinn!« rief Barrie aus. »Er hätte jederzeit gehen können.«

Jordan bleckte die Zähne in einem kalten Lächeln. »Das war ein krasser Fall von Regelverstoß«, knurrte er. »Im übrigen war meinem Mandanten nicht danach, wegzugehen, nachdem ihm eben erst mit siebzig Stichen eine Kopfwunde genäht worden war und er unter Einfluß verschiedener Schmerzmittel stand – was Ihrem Detective sehr wohl bekannt war.«

»Machen Sie nur so weiter«, meinte der Richter, »dann brauche ich Ihren Antrag gar nicht mehr zu lesen.«

Jordan wandte sich wieder Puckett zu. »Meine schriftliche Eingabe liegt Ihnen in einer Woche vor ...«

»Gegen die ich sofort Einspruch erheben werde«, ereiferte sich Barrie.

»Sie vergeuden Ihre Zeit, Barrie«, murmelte Jordan. »Ganz zu schweigen von der meines Mandanten.«

»Sie ...«

»Darf ich bitten!«

Jordan räusperte sich. »Ich bitte um Verzeihung, Euer Ehren. Es ist nur ... Miss Delaney bringt mich auf die Palme.«

»Das sehe ich«, entgegnete Puckett. »Kann ich davon ausgehen, daß mir Ihre Anträge bis Ende nächster Woche vorliegen?«

»Kein Problem«, erwiderte Jordan.

»Ja«, nickte Barrie.

»Na dann«, meinte Puckett und legte die Hände auf seinen Kalender, als wollte er einen Termin erspüren. »Beginnen wir am siebten Mai mit der Auswahl der Geschworenen.«

Jordan griff nach seiner Aktentasche und beobachtete, wie Barrie Delaney ihre Akten einsammelte. Er erinnerte sich noch gut daran, aus seiner Zeit als Staatsanwalt – die unglaubliche Anzahl von Akten und die viel zu geringe Zeit, um jedem Fall gerecht zu werden. Er hoffte um Chris Hartes willen, daß sich daran in der Zwischenzeit nichts geändert hatte.

Aus langer Gewohnheit heraus hielt er Miss Delaney die Tür zum Richterzimmer auf, obgleich sie in seinen Augen mehr von einem Pitbull hatte als von einer Vertreterin des weiblichen Geschlechts. Wütend, schweigend und von Visionen ihres Triumphes erfüllt, marschierten sie beide den Flur hinunter. Dann wandte Barrie sich plötzlich Jordan zu und versperrte ihm den Weg. »Wenn Sie an einem Handel interessiert sind«, sagte sie leidenschaftslos, »würden wir Totschlag anbieten.« Jordan verschränkte die Arme. »Dreißig Jahre bis lebenslänglich«, fügte Barrie hinzu.

Als Jordan nicht einmal mit der Wimper zuckte, schüttelte Barrie langsam den Kopf. »Hören Sie, Jordan«, sagte sie. »Er wird so oder so schuldig gesprochen. Sie und ich wissen beide, daß ich den Fall in der Tasche habe. Sie haben die Beweise gesehen – die Fingerabdrücke, die Kugel, den Schußkanal –, und Sie und ich wissen beide, daß sie sich unmöglich selbst erschossen haben kann. Eine Jury wird an diesen Fakten gar nicht vorbeikommen, da zieht auch kein noch so ausgeklügeltes Ablenkungsmanöver. Wenn Sie die 30 Jahre nehmen, ist er wenigstens draußen, bevor er 50 ist.«

Jordan wartete einen Augenblick, ehe er die Arme herunternahm. »Sind Sie fertig?«

»Ja.«

»Gut.« Er setzte seinen Weg fort.

Barrie eilte ihm nach. »Und?«

Jordan blieb wieder stehen. »Der einzige Grund, weshalb ich meinem Klienten überhaupt von diesem lächerlichen Haufen Scheiße erzählen werde, den Sie da gerade von sich gegeben haben, ist der, daß ich dazu verpflichtet bin.« Er musterte Barrie aufmerksam, den Anflug eines Lächelns auf den Lippen. »Ich bin schon viel länger als Sie dabei«, sagte er. »Ich war sogar einmal auf Ihrer Seite. Und ich habe nach genau denselben Regeln gespielt wie Sie jetzt. Und das heißt auch, daß ich weiß, daß Sie sich eines Schuldspruchs keineswegs so sicher sind, wie Sie vorgeben.« Er nickte knapp. »Ich werde mit meinem Mandanten sprechen, aber wir sehen uns vor Gericht.«

Als Jordan verstummte, trommelte Chris mit den Fingern auf den Tisch. »Dreißig Jahre«, sagte er, und trotz aller Selbstbeherrschung klang seine Stimme unnatürlich spröde. Er blickte zu seinem Anwalt auf. »Wie alt sind Sie?«

»Achtunddreißig«, antwortete Jordan, der genau wußte, worauf Chris hinauswollte.

»Das wäre also so lange wie Ihr ganzes Leben oder doppelt so lange wie das meine.«

»Trotzdem ist es nur die Hälfte einer lebenslangen Haftstrafe. Und es gibt die Möglichkeit einer vorzeitigen Entlassung auf Bewährung.«

Chris stand auf und trat ans Fenster. »Was soll ich tun?« fragte er leise.

»Ich kann dir die Entscheidung nicht abnehmen«, sagte Jordan. »Ich sagte dir ja schon zu Anfang, daß es drei Dinge gäbe, die du allein entscheiden müßtest. Ob du es auf einen Prozeß ankommen lassen willst oder nicht, ist eine dieser Entscheidungen.«

Chris drehte sich langsam zu ihm um. »Wenn Sie achtzehn wären, wenn Sie an meiner Stelle wären – was würden Sie tun?«

Ein Lächeln stahl sich auf Jordans Züge. »Habe ich denselben genialen Verteidiger?«

»Klar«, lachte Chris. »Ich borge ihn Ihnen.«

Jordan erhob sich ebenfalls und vergrub die Hände in den Hosentaschen. »Ich werde dir nicht erzählen, daß unser Sieg gewiß ist, denn das ist er nicht. Aber ich werde dir auch nicht erzählen, daß von vornherein feststeht, daß wir verlieren werden. Eins steht allerdings fest: Wenn du dich auf den Handel mit der Staatsanwaltschaft einläßt, wirst du dich 30 Jahre lang mit der Frage herumquälen, ob wir nicht doch hätten gewinnen können.«

Chris nickte, sagte aber nichts. Schweigend starrte er auf die verschneite Landschaft draußen vor dem Gefängnis. »Du brauchst dich nicht gleich zu entscheiden«, sagte Jordan. »Denk darüber nach.«

Chris drückte die Handflächen an das kalte Glas, und

im Raum wurde es eine Spur dunkler. »Wann soll der Prozeß anfangen?«

»Am siebten Mai«, entgegnete Jordan. »Es fängt mit der Auswahl der Geschworenen an.«

Chris' Schultern begannen zu beben, und Jordan trat zu ihm, da er fürchtete, daß die Aussicht auf drei weitere Monate im Gefängnis ihn zutiefst erschüttert hatte. Als er seinem Mandanten jedoch eine Hand auf die Schulter legte, erkannte er, daß Chris lachte. »Sind Sie abergläubisch?« fragte Chris und wischte sich mit einer Hand die Lachtränen aus den Augen.

»Warum?«

»Der siebte Mai ist Emilys Geburtstag.«

»Ist nicht dein Ernst«, entgegnete Jordan verdattert. Er versuchte, sich vorzustellen, wie Barrie Delaney reagieren würde, wenn sie dahinterkam. Vermutlich würde sie eine verdammte Eisbombe hereinrollen, die die Geschworenen sich dann während der Eröffnungsplädoyers zu Gemüte führen konnten. Er überlegte fieberhaft, welchen Antrag er einreichen oder welchen Zeugen er vorladen konnte, um eine Verschiebung des Prozeßtermins zu erwirken. Und er versuchte abzuschätzen, wie sentimental Puckett wohl sein konnte.

»Tun Sie's«, sagte Chris, so leise, daß Jordan ihn nicht gleich verstand.

»Was?«

»Der feilschenden Staatsanwaltschaft.« Chris' Lippen zuckten. »Sagen Sie ihnen, sie sollen sich zum Teufel scheren.«

Es gab kein geschriebenes Gesetz, das Gus und Michael vorschrieb, ihre wöchentlichen gemeinsamen Mittagessen geheimzuhalten, versteckt wie ein Lächeln auf einer Beerdigung, aber sie taten es trotzdem und schlichen heimlich in das Feinschmeckerlokal, als würden sie die feindlichen Linien überqueren. Und in gewisser Weise war es ja auch eine Schlacht – und sie ließen sich mit Spionen vergleichen, die Trost suchten bei jemandem, der allen Grund hatte, sie zu verraten, sobald sie ihm den Rücken kehrten. Aber auf einer anderen, sehr elementaren Ebene waren sie füreinander auch so etwas wie eine Rettungsleine.

»Hey«, sagte Gus atemlos, als sie sich zu ihm in die Nische setzte. Sie lächelte Michael an, der mit dem Daumennagel über die Ränder der laminierten Seiten der Speisekarte fuhr. »Wie geht es ihm heute?«

»Ganz okay«, sagte Michael. »Ich denke, er freut sich darauf, dich zu sehen.«

»Ist er noch krank?« wollte Gus wissen. »Letzte Woche hatte er einen fürchterlichen Husten.«

»Der ist schon viel besser«, beruhigte Michael sie. »Er hat über den Gefängnisladen ein Hustenmittel bekommen.«

Gus breitete die Serviette über ihren Schoß, und ein wohliges Prickeln durchlief ihre Brust und ihre Schultern bei seinem Anblick, wie bei einem verliebten Schulmädchen. Sie kannte Michael seit zwanzig Jahren, fing aber jetzt erst an, ihn wirklich wahrzunehmen, so als hätte diese Situation nicht nur ihre Wahrnehmung der Welt verändert, sondern auch die Menschen, die darin vorkamen. Wie war es möglich, daß ihr bislang nie aufgefallen war, welch beruhigende Wirkung Michaels Stimme haben konnte? Wie stark seine Hände aussahen und wie freundlich seine Augen schauten? Daß er ihr zuhörte, als wäre sie der einzige Mensch im Raum.

Gus war vollauf bewußt – und sie wurde deswegen auch von Gewissensbissen geplagt –, daß sie dieses Gespräch eigentlich mit ihrem Mann hätte führen müssen.

James weigerte sich immer noch, von seinem Sohn zu sprechen, als wären Chris' Name und die gegen ihn erhobenen Anschuldigungen eine große schwarze Fledermaus, die, wenn sie erst freigelassen wurde, kreischend ihre Schwingen ausbreiten und sich weigern würde, wieder dorthin zu verschwinden, woher sie gekommen war. Sie hatte angefangen, sich auf dieses allwöchentliche gemeinsame Essen zu freuen, das sie um die Besuchszeiten des Grafton-Gefängnisses herum legten, weil sie einfach jemanden zum Reden brauchte.

Daß dieser Jemand ausgerechnet Michael war, erschien ihr manchmal selbst sonderbar. Da seine Frau eine halbe Ewigkeit ihre beste Freundin gewesen war, wußten sie aus zweiter Hand sehr vieles voneinander. Es gab vieles, was Melanie Gus über Michael und Michael über Gus erzählt hatte. Daraus war eine unbehagliche Intimität entstanden, die erfüllt war von Dingen, die sie eigentlich nicht voneinander wissen sollten.

»Du siehst heute wirklich gut aus«, sagte Michael.

»Ich?« Gus lachte. »Danke. Du auch.« Und das war ihr ernst. Michaels Flanellhemden und die ausgebleichten Jeans, die er trug, weil er sich in seinem Beruf zwangsläufig schmutzig machte, ließen Gus an weiche, altmodische Worte denken wie Geborgenheit und Zärtlichkeit.

»Du machst dich für deine Besuche zurecht, stimmt's?«

»Ich denke schon«, entgegnete Gus. Sie blickte an ihrem buntbedruckten Kleid herab und lächelte. »Ich frage mich, wen ich damit eigentlich beeindrucken will.«

»Chris«, antwortete Michael sofort. »Du willst, daß er dich in den Tagen zwischen den Besuchen genauso in Erinnerung behält.«

»Und woher willst du das wissen?« neckte ihn Gus.

»Weil ich es genauso mache, wenn ich zu Emily auf den Friedhof gehe«, antwortete er. »Jackett und Krawatte –

kannst du dir das vorstellen? Nur für den Fall, daß sie mich sieht.«

Bekümmert hob Gus das Gesicht. »Oh Michael. Manchmal vergesse ich, wieviel schlimmer es für dich ist.«

»Ich weiß nicht«, entgegnete Michael. »Ich habe es wenigstens hinter mir. Für dich fängt es jetzt erst an.«

Gus fuhr mit einem Finger am Rand ihrer Untertasse entlang. »Wie kommt es, daß ich mich daran erinnere, wie die beiden Frösche gefangen und Fangen gespielt haben, als wäre es erst gestern gewesen?«

»Weil es so ist«, sagte Michael leise. »Es ist noch gar nicht so lange her.« Er ließ den Blick durch das kleine Lokal schweifen. »Ich weiß nicht, wie wir bis hierher gelangt sind. Diese Tage sind mir noch so gegenwärtig, daß ich das Gras riechen kann, das ich eben erst gemäht habe, und das Baumharz an Emilys Beinen sehe. Und dann – wie aus heiterem Himmel – besuche ich meine Tochter auf dem Friedhof und Chris im Gefängnis.«

Gus schloß die Augen. »Damals war alles so einfach. Mir ist nie der Gedanke gekommen, daß so etwas geschehen könnte.«

»Das liegt daran, daß so etwas Menschen wie uns normalerweise nicht widerfährt.«

»Aber es ist geschehen. Wie ist das möglich?«

Er schüttelte den Kopf. »Ich weiß es nicht. Das frage ich mich rückblickend immer wieder. Ich schätze, es ist wie eine vorstehende Wurzel, die ich beim erstenmal übersehen habe und über die ich jetzt wieder stolpere.« Er musterte Gus eindringlich. »Kinder wie Emily und Chris beschließen doch nicht einfach so, sich das Leben zu nehmen, oder?«

Gus wrang nervös ihre Serviette. Trotz der neugewonnenen Nähe zu Michael hatte sie ihm bislang nichts davon erzählt, daß Chris nie Selbstmordabsichten gehegt hatte. Zum einen lag das daran, daß sie die Verteidigung ihres Sohnes nicht gefährden wollte, aber zum anderen wollte sie auch die sich schließende Wunde in Michaels Herzen nicht wieder aufreißen. »Weißt du noch, wie Emily beim Fangen spielen immer geschrien hat«, sagte sie, bemüht, der Unterhaltung eine neue Richtung zu geben. »Wenn Chris sie jagte, schrie sie derart, daß wir beide aus dem Haus stürzten, um zu sehen, was passiert war.«

Lachfältchen erschienen um Michaels Augen und seinen Mund. »Ja«, sagte er. »Es klang, als würde er sie umbringen.« Kaum daß er die Worte ausgesprochen hatte, hob sie abrupt den Kopf, und ihre Blicke trafen sich. »Entschuldige«, sagte er und erbleichte. »So ... so habe ich das nicht gemeint.«

»Ich weiß.«

»Ehrlich.«

»Es ist okay«, versicherte sie ihm. »Ich habe das schon richtig verstanden.«

Michael räusperte sich mit offenkundigem Unbehagen. »Also gut. Was nehmen wir?«

»Das Übliche«, entgegnete Gus, deren Laune sich sofort hob. »Ich kann immer noch nicht fassen, daß ich in Grafton County Pastrami nach New Yorker Art entdeckt habe.«

»Es gibt immer einen Silberstreif am Horizont«, meinte Michael und winkte ihre Bedienung herbei. Sie bestellten und begannen eine rege Unterhaltung, wobei sie tunlichst explosive Themen vermieden, die durch stumme Übereinkunft festgelegt waren: Melanie, James und das, was sie alle einander einmal verbunden hatte.

Interessanterweise gehörte der bevorstehende Prozeß

nicht zu den Tabuthemen. Mit Chris als gemeinsamem Nenner sprachen sie darüber, daß Jordan Michael als Zeugen der Verteidigung aufrufen wollte, was Michael jedoch widerstrebte. »Ich weiß auch nicht, warum ich ausgerechnet dich um Rat bitte«, meinte Michael. »Du bist ja nicht gerade unvoreingenommen in dieser Sache.«

»Ich bin sogar grenzenlos parteiisch«, gab Gus zurück. »Aber du mußt dir einmal vorstellen, was die Geschworenen denken werden, auch wenn du kaum ein Wort sagst – allein die Tatsache, daß du als Zeuge der Verteidigung auftreten würdest, würde genügen.«

Michael ließ sein Corned Beef sinken. »Genau das ist es ja«, sagte er leise. »Ich denke darüber nach, und dann frage ich mich, was für ein Vater ich bin.« Er trommelte mit den Fingern der rechten Hand auf den Tisch. »Wie sehr ich Chris auch liebe, kann ich Emily das antun?«

»Emily würde nicht wollen, daß Chris für einen Mord verurteilt wird, den er nicht begangen hat«, entgegnete Gus entschieden.

Michael grinste schief. »Aha. Darum gehst du also mit mir essen. Du bist McAfees Geheimwaffe.«

Gus wich alle Farbe aus dem Gesicht. Jordans Geheimwaffe war, daß er lügen würde – daß er die Geschworenen glauben machen würde, daß Chris sich ebenfalls das Leben hatte nehmen wollen. So, wie sie selbst Michael in diesem Glauben ließ. Sie breitete ihre Serviette über ihren noch halb vollen Teller und griff nach ihrem Mantel, der in der hinteren Ecke der Sitzbank lag. »Ich sollte besser gehen«, murmelte sie und kramte ihre Geldbörse aus der Handtasche, um ihren Anteil an der Rechnung auf den Tisch zu legen. »Verfluchter Mist«, schimpfte sie, als ihre Finger vom Verschluß des Portemonnaies abrutschten.

»Heh«, sagte Michael begütigend. »Gus.« Er streckte den

Arm aus und legte seine Hand auf ihre Finger, die immer noch krampfhaft mit dem Verschluß kämpften.

Gus hielt inne. Wie schön es ist, berührt zu werden, dachte sie.

Michaels Wangenknochen brannten. »Ich habe doch nur Spaß gemacht«, sagte er.

»Ich weiß«, entgegnete sie gepreßt.

»Warum willst du dann so überstürzt gehen?«

Gus senkte den Blick und starrte auf den Rand ihres Tellers. »James weiß nichts davon, daß wir miteinander zu Mittag essen. Weiß Melanie davon?«

»Nein«, gestand Michael.

»Was meinst du, warum wir es ihnen nicht sagen?«

»Ich weiß auch nicht«, entgegnete Michael.

Sachte zog Gus ihre Hand zurück. »Ich auch nicht.«

James setzte sich an seinen Schreibtisch und griff nach dem rosafarbenen Nachrichtenzettel, den seine Sekretärin ihm gegeben hatte. Palm d'Or hieß das Restaurant, und es lag vierzig Meilen weit im Nichts. Trotzdem hatten die meisten Reise- und Restaurantführer ihm fünf Sterne verliehen. Selbstverständlich mußte man damit rechnen, daß dort nur ein Menü zum Festpreis serviert wurde – man zahlte 75 Dollar pro Kopf und bekam das, was der Koch sich für diesen Tag ausgedacht hatte. Seufzend blickte James auf die Telefonnummer des Lokals und nahm den Telefonhörer ab. Es war Kates fünfzehnter Geburtstag, und sie hatte sich dieses Restaurant gewünscht.

Tatsächlich hatte er sich seit Weihnachten sehr um Kate bemüht. Sie hatten sich angewöhnt, nach dem Abendessen, wenn der Tisch abgeräumt war, noch zusammenzusitzen und zu reden. Im Gegensatz zu ihrer Mutter interessierte Kate sich aufrichtig für James' Patienten und die Operationen, die er im Laufe des Tages durchgeführt hatte. James seinerseits hörte sich Kates Jungengeschichten an, sprach mit ihr über ihren innigen Wunsch, sich die Ohrläppchen durchstechen zu lassen, und lauschte ihren Ausführungen bezüglich ihres Mißtrauens gegenüber mathematischen Gleichungen. Und er verliebte sich noch einmal ganz neu in seine Tochter. Abend für Abend sah er sie an und sagte sich: *Immerhin habe ich dies alles noch.*

»Ja, hallo«, sagte er, als sich am anderen Ende der Leitung jemand meldete. »Ich möchte einen Tisch reservieren. Sie haben doch auch mittags geöffnet, oder? Wunderbar. Ja. Für nächsten Samstag. Auf den Namen Harte, H-A-R-T-E.« Er tippte mit einem Bleistift gegen einen Aktenstapel auf seinem Schreibtisch. »Vier Personen«, sagte er und verzog gleich darauf schmerzlich das Gesicht. »Nein, drei.«

Er legte auf und dachte an die vielen Male in diesen vergangenen Monaten, da er einfach vergessen hatte, was passiert war. Er hatte in seinem Wagen nach hinten geschaut, in der Erwartung, ihn mit übereinandergeschlagenen Beinen im Fond sitzen zu sehen, und er hatte spät abends ganz vorsichtig Chris' Zimmertür geöffnet, um einen letzten Blick auf seinen schlafenden Sohn zu werfen, ehe er selbst zu Bett ging.

Drei Personen.

Was für eine Familie.

Melanie knallte eine Schale Suppe vor Michael auf den Tisch und nahm dann ihm gegenüber Platz. Wortlos fing sie an zu essen.

»Und«, sagte er tapfer, »was hast du heute so gemacht?«

Es dauerte eine Weile, ehe Melanie reagierte und der abwesende Ausdruck aus ihren Augen wich. »Was?«

»Ich habe gefragt, was du heute so gemacht hast.«

Sie lachte. »Warum fragst du?«

Michael zuckte die Achseln. »Ich weiß nicht. Um höfliche Konversation zu machen, denke ich.«

»Wir sind verheiratet«, entgegnete seine Frau lapidar. »Wir brauchen nicht miteinander zu reden.«

Michael rührte in seiner Suppe und starrte auf die kleinen zerkochten Stückchen Sellerie und Möhre. »Ich, äh ...« Er zögerte. Er war im Begriff gewesen, zu erzählen, daß er Chris im Gefängnis besucht hatte, aber dann wurde ihm bewußt, daß er noch nicht soweit war, diese Information preiszugeben. »Ich bin heute Gus begegnet. Wir haben zusammen zu Mittag gegessen.«

Er erwähnte es ganz beiläufig, aber auch in seinen eigenen Ohren klang es zu beiläufig, so beiläufig, daß sich einem der Verdacht aufdrängen mußte, er hätte den Satz sorgfältig geprobt. »Es geht ihr soweit gut«, fügte er hinzu.

Melanie starrte ihn fassungslos an. »Du hast mit ihr zu Mittag gegessen?«

»Ja«, entgegnete Michael. »Und? Was ist dabei?«

»Ich kann nicht glauben, daß du freiwillig mit ihr zu Mittag gegessen hast!«

»Herr im Himmel, Mel. Sie war einmal deine beste Freundin.«

»Das war, bevor ihr Sohn Emily getötet hat.«

»Du weißt doch gar nicht, ob er es überhaupt getan hat«, wandte Michael ein.

»Und woher hast du diese Weisheit?« schnaubte Melanie, ihre Stimme vor Sarkasmus triefend. »Hat sie in ihren Salat geheult? Oder hat sie bis nach dem Essen gewartet, um dir zu eröffnen, daß die Staatsanwaltschaft einen schrecklichen Fehler gemacht hat.«

»Sie hat überhaupt nichts getan«, erwiderte Michael ruhig. »Auch wenn ... auch wenn ...« Er brachte es nicht über sich, es auszusprechen. »Dann wäre es trotzdem nicht ihre Schuld.«

Melanie schüttelte den Kopf. »Du bist ein Dummkopf. Begreifst du nicht, wozu eine Mutter fähig ist, um ihr Kind zu schützen?« Sie blickte mit geblähten Nasenflügeln und bleichen Lippen auf. »Und genau das tut Gus, Michael. Und das ist mehr, als man von dir behaupten kann.«

Geplant war, daß Kate und James am Samstag gemeinsam zum Palm d'Or fuhren und Gus dort nach ihrem Besuch bei Chris zu ihnen stieß. James und Kate saßen bereits seit einer halben Stunde an ihrem hübsch dekorierten Tisch, als der Ober zum dritten Mal zu ihnen herüber kam. »Vielleicht möchten Sie ja schon ohne die dritte Person anfangen.«

»Nein, Daddy«, sagte Kate stirnrunzelnd. »Ich möchte auf Mom warten.«

James zuckte die Achseln. »Wir warten noch ein paar Minuten.«

Er ließ sich in seinem Stuhl zurücksinken und beobachtete Kate, die mit den feinen Rändern der Orchidee spielte, die den Tisch schmückte. »Es ist ja nichts Ungewöhnliches, daß sie zu spät kommt«, sagte Kate, wie zu sich selbst. »Wenn sie sich auch normalerweise nicht so extrem verspätet.«

Plötzlich stürmte Gus in den kleinen Speisesaal. Ihr Kamelhaarmantel flog beinahe von ihrem Rücken in die Hände des Empfangschefs, und dann eilte sie auch schon auf James und Kate zu. »Es tut mir so leid«, sagte sie und beugte sich über Kate. »Alles Liebe zum Geburtstag, Schätzchen«, sagte sie und gab ihr einen Kuß.

»James«, grüßte sie ihren Mann förmlich und setzte

sich. Und dann an den Ober gewandt: »Nur Wasser, bitte. Ich habe keinen Hunger.«

»Wie kommt es, daß du keinen Hunger hast?« fragte James. »Es ist doch Essenszeit.«

Gus blickte auf ihren Schoß. »Ich habe unterwegs etwas gegessen«, wiegelte sie ab. »Und jetzt erzähl mir, was es für ein Gefühl ist, fünfzehn zu sein«, sagte sie lächelnd zu Kate.

»Daddy sagt, ich darf mir die Ohrläppchen durchstechen lassen, wenn du nichts dagegen hast. Gleich nach dem Mittagessen«, entgegnete Kate strahlend.

»Eine großartige Idee!« meinte Gus und blickte auf James. »Kannst du mit ihr hinfahren?« Er hörte sie zuerst gar nicht, so vertieft war er in die Gerüche, die sie mit hereingebracht hatte – der wintergrüne Duft von Schnee, der Apfelgeruch ihrer Haarspülung und der dezente Hauch ihres Parfums. Aber da war noch etwas anderes, etwas Volles und Tropisches, das er nicht benennen konnte ... was war das bloß?

»Kannst du?« wiederholte Gus ihre Frage.

»Ob ich was kann?«

»Mit Kate zum Juwelier fahren. Ihre Ohren«, antwortete Gus und griff sich an die eigenen Ohrläppchen. Sie errötete leicht. »Ich ... also, ich kann nicht, ich fahre noch einmal zurück zu Chris.«

»Du warst doch gerade erst dort«, wandte James ein.

Er hätte es nicht für möglich gehalten, aber Gus errötete noch tiefer. »Die Besuchszeit ist heute länger als sonst«, entgegnete sie und breitete die Serviette über ihre Knie. »Ich habe Chris versprochen, noch einmal wiederzukommen.«

James seufzte. »Wir fahren gleich nach dem Essen zum Juwelier«, versprach er Kate. Dann wandte er sich wieder seiner Frau zu, um zu fragen, warum sie sich dann überhaupt die Mühe gemacht hatte, herzukommen, aber wieder lenkte ihn dieser eigentümliche Geruch ab. Irgend etwas an ihr war anders. Sonst hatte sie nach ihren Besuchen bei Chris immer nach Gefängnis gerochen – ein muffiger und abstoßender Geruch, der so lange an Kleidern und Haut gehaftet hatte, bis sie ihm mit Wasser und Seife zu Leibe gerückt war. Sie sagte, sie hätte Chris besucht, aber er vermißte diesen eigentümlichen Geruch. Statt dessen war da etwas anderes, dieser exotische Duft, den James plötzlich als den süßlichen Duft der Lüge erkannte.

Chris saß dahingefläzt auf seinem Stuhl und versuchte, nicht wütend auf seine Mutter zu sein, ein Versuch, der kläglich scheiterte. Es war nicht so, daß er ihre Besuche herbeisehnte – er versuchte, so lässig wie möglich mit ihnen umzugehen. Wenn er sich nämlich nicht so auf diese Abwechslung freute, waren die anderen Tage dazwischen nicht ganz so schlimm. Trotzdem hatte er heute ab 10:45 Uhr, der Zeit, zu der sie sonst immer gekommen war, in seiner Zelle gewartet und gewartet und war erst um kurz vor zwei ins Besuchszimmer geholt worden.

»Was ist denn los gewesen?« brummte er.

»Es tut mir leid«, entschuldigte sich seine Mutter. »Wir waren mit Kate zu ihrem Geburtstag Mittag essen.«

»Na und?« maulte Chris. »Du hättest vorher vorbeikommen können.«

»Da hatte ich einen anderweitigen Termin«, entgegnete Gus.

Einen anderweitigen Termin? Chris machte ein finsteres Gesicht und ließ sich auf seinem Stuhl noch tiefer rutschen. Was meinte sie denn, wo sie hier war, in einem Salon aus dem 19. Jahrhundert? Was für ein Termin war wichtiger, als den eigenen Sohn zu besuchen, der im Gefängnis versauerte?

»Chris«, sagte seine Mutter besorgt und fühlte seine Stirn. »Bist du wieder krank?«

Er zuckte zurück und schüttelte ihre Hand ab. »Es geht mir gut.«

»Du benimmst dich nicht so, als ob es dir gut ginge.«

»Ach nein? Wie soll ich mich denn verhalten, wenn ich noch drei weitere Monate Knast vor mir habe, bis eine Jury dann beschließt, mich für den Rest meines Lebens wegzusperren?«

»Ist es das?« fragte Gus. »Du bist nervös wegen des Prozesses? Ich kann dir sagen, daß ...«

»Was, Mom? Was kannst du mir sagen?« Er wandte den Kopf ab, eine verächtliche Miene auf dem Gesicht. »Gar nichts.«

»Also, Michael und ich sind der Meinung, daß Jordan einen sehr guten Stand hat.«

Chris lachte ihr ins Gesicht. »Ich soll ausgerechnet auf Michael hören, ja? Den trauernden Vater des Opfers.«

»Du hast kein Recht, so zu reden! Er tut alles in seiner Macht Stehende, um dir zu helfen. Du solltest ihm dankbar sein.«

»Dafür, daß er mich wegen Mordes angezeigt hat?«

»Mit der Anzeige hatte er nichts zu tun. Der Staat hat Anklage erhoben und nicht die Golds.«

»Himmel, Mom«, sagte Chris verblüfft. »Auf wessen Seite stehst du eigentlich?«

Gus musterte ihn eine Weile schweigend. »Auf deiner«, sagte sie schließlich. »Aber Michael hat sich doch dazu durchgerungen, als Zeuge der Verteidigung auszusagen, und das ist doch großartig.«

»Das hat er dir gesagt?« fragte Chris mit vorsichtigem Optimismus.

»Heute«, bestätigte Gus.

Hierauf verengten sich Chris' Augen zweifelnd. »Wann?« wollte er wissen.

»Ich habe ihn heute morgen getroffen, bevor wir mit Kate zum Mittagessen waren«, entgegnete Gus und hob herausfordernd das Kinn. »Wir treffen uns seit einiger Zeit an den Tagen, an denen wir dich beide besuchen.«

Chris' Schultern versteiften sich, als ihm aufging, weshalb seine Mutter heute später gekommen war als sonst. Er wandte den Blick ab und fühlte sich seltsam verletzt und eifersüchtig. »Worüber sprecht ihr?« fragte er leise.

»Ach, ich weiß nicht«, erwiderte Gus. »Über dich. Unsere Familien. Wir ... reden einfach.« Sie fühlte schwach die Konturen ihres Herzens in ihrer Brust, faustgroß und abgerundet. Es schlug jetzt ein wenig kräftiger. »Da ist nichts dabei«, sagte sie defensiv, ehe ihr bewußt wurde, daß sie sich nichts vorzuwerfen hatte.

Chris starrte lange auf den zerschrammten Tisch. Der Mithäftling am Nebentisch verließ den Raum. Gus hielt den Blick auf das Gesicht ihres Sohnes gerichtet. »Offensichtlich gibt es da etwas, das du mir sagen möchtest«, meinte sie.

Ihr Sohn hob den Kopf, das Gesicht völlig ausdruckslos. »Würdest du Dad fragen, ob er mich besuchen würde?«

»Manchmal frage ich mich, ob die Zusammenarbeit mit dir mich nicht vorzeitig altern und aus der Form geraten lassen wird«, bemerkte Selena und biß in ein öliges Pizzadreieck.

Jordan blickte überrascht auf. »Bin ich denn ein solcher Sklaventreiber?«

»Nein. Aber deine Eßgewohnheiten sind einfach grauenhaft. Weißt du überhaupt, was ein Salat ist?«

»Klar«, sagte Jordan grinsend. »Ist das nicht das Zeug, wegen dem man Antiallergika erfunden hat?« Er legte ein Stück Pepperoni beiseite. »Für Thomas«, erklärte er.

Selenas Blick glitt zu dessen geschlossener Zimmertür. »Ach? Dann haben ihn Croissants nicht für amerikanische Kost verdorben?«

»Nein. Tatsächlich hat er drüben sogar abgenommen. Er meinte, das Essen wäre ihm zu fett gewesen.« Jordan blickte auf die Pizza und schnitt eine Grimasse beim Anblick der fettigen Pappschachtel. »Aber wenn amerikanisches Fastfood ihn zurückgebracht hat, soll mir das recht sein.«

»Er wäre sowieso zurückgekommen«, versicherte ihm Selena. »Er hatte seinen Gameboy hiergelassen.«

Jordan lachte. »Du bist Balsam für mein Ego.«

»Als ob du das nötig hättest«, entgegnete Selena trokken. »Außerdem bezahlst du mich für Informationen und nicht für Seelenmassagen.«

»Mmmm«, pflichtete Jordan ihr bei. »Und was hast du in letzter Zeit so getan, um deine Brötchen zu verdienen?«

Nachdem Selena die Zeugen der Verteidigung abgehakt hatte, arbeitete sie sich jetzt durch die Zeugenliste der Anklage, damit Jordan wußte, womit er es zu tun haben würde. »Ich rechne nicht mit Überraschungen von den Sanitätern oder der Polizistin«, meinte sie. »Und die Kleine, die sie aufrufen – die Freundin von Emily –, dürfte so eingeschüchtert sein, daß sie Delaney nicht viel nützt. Die einzige unbekannte Größe ist Melanie Gold, an die ich nicht nahe genug herankomme, um sie zu befragen.«

»Vielleicht haben wir Glück«, meinte Jordan. »Vielleicht erleidet sie in den nächsten Monaten einen Nervenzusammenbruch, und Puckett entscheidet, daß sie einer Zeugenaussage nicht gewachsen ist.«

Selena verdrehte die Augen. »Darauf würde ich mich nicht verlassen.«

»Ich auch nicht«, gab Jordan zu. »Aber man hat schon Pferde vor der Apotheke kotzen sehen.«

Selena nickte und legte die Füße neben Jordans auf den Couchtisch. »Warum bist du eigentlich Anwalt geworden?«

»Ich habe aus demselben Grund Jura studiert wie alle anderen: Ich hatte keine Ahnung, was ich mit meinem Leben anfangen sollte, und meine Eltern haben das Studium bezahlt.«

Selena lachte. »Nein, ich weiß, warum du wirklich Anwalt geworden bist – damit du Geld dafür kriegst, daß andere dir beim Argumentieren zuhören müssen. Ich möchte nur wissen, warum du die Seiten gewechselt hast.«

»Warum ich aus dem Büro der Generalstaatsanwaltschaft ausgeschieden bin?« Jordan zuckte die Achseln. »Miese Bezahlung.«

Selena sah sich in dem verwohnten Haus um. Jordan liebte einen gewissen Komfort, würde aber nie einen aufwendigen Lebensstil pflegen. »Die Wahrheit«, drängte sie.

Er sah sie an. »Du kennst doch meine Einstellung zur Wahrheit.«

»Dann deine Geschichte.«

»Als Staatsanwalt hat man die Beweislast. Als Verteidiger genügt es, wenn man begründete Zweifel weckt. Und wie sollte eine Jury nicht wenigstens leise Zweifel haben? Ich meine, sie waren doch nicht dabei, als die Tat begangen wurde, oder?«

»Willst du mir weismachen, du hättest aus Bequemlichkeit die Seiten gewechselt? Das kaufe ich dir nicht ab.«

»Ich habe die Seiten gewechselt, weil ich es auch nicht

geglaubt habe. Ich meine, daß es nur eine wahre Geschichte gibt. Und genau daran muß man als Ankläger glauben, weshalb sollte man sonst Anklage erheben?«

Selena drehte sich auf die Seite, so daß ihr Gesicht nur noch Zentimeter von Jordans entfernt war. »Glaubst du, daß Chris Harte es getan hat?« Sie legte ihm eine Hand auf den Arm. »Ich weiß, daß es für dich keinen Unterschied macht«, fuhr sie fort. »Du würdest ihn trotzdem verteidigen, und das ist auch gut. Ich möchte es nur wissen.«

Jordan blickte auf seine Hände. »Ich glaube, er hat dieses Mädchen geliebt, und ich glaube, daß er außer sich war vor Angst, als die Polizei die beiden gefunden hat. Und sonst?« Er schüttelte den Kopf. »Ich denke, Chris Harte ist ein sehr guter Lügner«, sagte er langsam. Dann blickte er zu Selena auf. »Aber kein so guter, wie die Staatsanwaltschaft meint.«

Es war Donnerstag, ein ruhiger Tag auf dem Friedhof, so daß es den Anschein hatte, als würde die Stimme des Rabbis besonders weit tragen und zu den Ästen der Bäume aufsteigen, von wo die Finken mit ihren schwarzen Knopfaugen herabblickten und an den Worten pickten, als wären Gebete so nahrhaft wie Distelsamen. Michael stand neben Melanie, seine guten Schuhe ungeeignet gegen die Kälte, die von der gefrorenen Erde ausging und durch die dünnen Sohlen drang. Wie, fragte er sich, haben sie den Stein verankert? Und zum fünfzehnten Mal an diesem Morgen wanderte sein Blick zu dem brandneuen Grabstein aus rosa Marmor, dem Anlaß für die heutige Zeremonie.

Der Stein für sich allein besagte nicht viel. In ihn waren nur Emilys Name sowie Geburts- und Todestag eingemeißelt, sowie etwas tiefer nur ein Wort: BELOVED.

Michael konnte sich nicht erinnern, diesen Text beim Steinmetz bestellt zu haben, hielt es aber für möglich. Das alles war so lange her, und er war damals so durcheinander gewesen. Andererseits hätte es ihn aber auch nicht überrascht, wenn Melanie diesen Zusatz in Auftrag gegeben hätte. Er fragte sich nur, ob der etwas größere Abstand zwischen dem E und dem L auch ihr Einfall gewesen war oder ob der Steinmetz vielleicht etwas unsauber gearbeitet hatte, so daß man nicht ganz sicher sagen konnte, ob es wirklich beloved, in diesem Fall: geliebtes Kind – oder be loved: werde geliebt, heißen sollte.

Er lauschte den hebräischen Worten, die der Rabbi sprach, und dem leisen Schluchzen Melanies. Aber sein Blick wanderte weiter, bis er schließlich entdeckte, wonach er Ausschau gehalten hatte.

Gus kam den Hügel hinauf, in einem weiten schwarzen Wintermantel und einem dunklen Rock, den Kopf gegen den kalten Wind gesenkt. Sie erwiderte Michaels Blick offen und blieb hinter ihnen stehen, auf der anderen Seite Melanies.

Michael trat diskret einen Schritt zurück und dann noch einen, bis er neben Gus stand. Im Schutz ihres wehenden Mantels drückte er ihre behandschuhte Hand. »Du bist gekommen«, flüsterte er.

»Du hast mich darum gebeten«, entgegnete sie ebenso leise.

Kurz darauf war die Zeremonie vorbei. Michael bückte sich und hob einen kleinen Stein auf, den er unten vor den neuen Grabstein legte. Melanie tat es ihm gleich und ging anschließend zügig an Gus vorbei, ohne sie eines Blickes zu würdigen. Gus hockte sich hin, fand einen glatten weißen Kiesel, ging zum Grab hinüber und legte ihn neben die beiden anderen.

Sie fühlte wieder Michaels Hand auf ihrem Arm. »Ich begleite dich zu deinem Wagen«, sagte er. Er wandte sich um, um Melanie Bescheid zu geben, aber seine Frau war nirgends zu sehen.

Gus wartete, bis Michael mit dem Rabbi gesprochen und ihm einen Umschlag überreicht hatte. Dann ging sie schweigend neben ihm her bis zu ihrem Wagen. »Danke«, sagte Michael.

»Nein, ich danke dir«, entgegnete Gus. »Ich bin gern gekommen.« Sie blickte zu ihm auf, um sich von ihm zu verabschieden, aber etwas an seinem Gesicht – die Fältchen an den Augenwinkeln oder auch sein zittriges Lächeln – veranlaßte sie, ihn in die Arme zu schließen. Als Michael wieder von ihr abrückte, waren ihre Augen so feucht wie seine.

»Samstag?« fragte er.

»Samstag«, bestätigte sie. Er wirkte einen Augenblick abwesend, so als trüge er einen inneren Kampf aus und käme dann zu einer Entscheidung. Die Arme immer noch locker um sie gelegt, beugte er sich herab und küßte sie leicht auf den Mund, ehe er sich abwandte und ging.

Eine Viertelmeile vom Friedhof entfernt, lenkte Gus den Wagen an den Straßenrand. Es war durchaus möglich, daß Michael – und die Zeremonie war für ihn gewiß hart gewesen – nicht darüber nachgedacht hatte, was er tat. Andererseits hätte Gus ihre ganzen Ersparnisse darauf verwettet, daß Michael in vollem Bewußtsein gehandelt hatte.

Sie selbst hatte einen emotionalen Notstand, das wußte sie. Gott, es war Monate her, daß sie mit James geschlafen hatte und noch länger, seit sie das letzte Mal miteinander gesprochen hatten. Und zur gleichen Zeit hatte sie auch noch ihre beste Freundin verloren. Und da war ein erwachsener Mensch, der über Chris reden wollte – wollte! –, natürlich sehr verlockend.

Aber nun fragte sie sich mit einem flauen Gefühl in der Magengegend, ob sie sich auf die Treffen mit Michael freute, weil sie ihr die Gelegenheit boten, über Chris zu sprechen, oder ob sie Chris als Ausrede benutzte, um sich mit Michael zu treffen.

Sie unterhielten sich wirklich über Chris, Emily und den Prozeß. Und es tat gut, sich das alles von der Seele zu reden. Aber das erklärte nicht, weshalb sich die Härchen in ihrem Nacken sträubten, wenn er sie ansah und lächelte, oder weshalb sie sich, wenn sie die Augen schloß, mit der gleichen Mühelosigkeit verschiedene Gesichtsausdrücke von ihm vergegenwärtigen konnte, wie sie es früher bei James vermocht hatte.

Sie kannte Michael seit Jahren, kannte ihn beinahe ebensogut wie ihren eigenen Mann. Es war eine Anziehung, die aus Vertrautheit und falscher Intimität heraus entstanden war. Das hat nicht das geringste zu bedeuten, sagte sie sich.

Und doch fuhr sie mit nur einer Hand am Steuer heim, die Fingerspitzen der freien Hand leicht auf ihren Lippen ruhend.

Obwohl sie nie darüber gesprochen hatten, schlief Gus seit James' offen ausgesprochener Weigerung, beim Prozeß für Chris auszusagen, in einem anderen Zimmer. In Chris' Zimmer, um genau zu sein. Sie empfand es als tröstlich, die Matratze unter sich zu fühlen, die jahrelang den Körper ihres Sohnes getragen hatte; die muffige Sammlung von Sportsachen unten im Schrank zu riechen und von seinem Radiowecker geweckt zu werden, der auf seinen Lieblingssender eingestellt war – das alles trug dazu bei, die Illusion aufrechtzuerhalten, daß er Gus noch ebenso nahe war wie all diese Dinge.

James hatte Nachtdienst im Krankenhaus. Gus hörte ihn heimkommen – die schwere Haustür, die leise ins Schloß fiel, der Rhythmus seiner Schritte auf der Treppe. Ein leises Quietschen, als er noch einmal nach Kate sah, die seit Stunden schlief, und dann das Rauschen des Wassers in den Leitungen, als er im Badezimmer die Dusche anstellte. Er kam nicht herein, um mit Gus zu sprechen. Überhaupt hielt er sich bewußt von Chris' Zimmer fern.

Sie schlüpfte aus dem Bett und zog ihren Morgenmantel über. Der Teppichboden verschluckte das Geräusch ihrer Schritte, als sie zur Tür ging.

Es war seltsam, ihr eigenes Bett zu sehen. Die Laken waren sauber und glatt, schauten aber seitlich unter der Tagesdecke hervor – ein eindeutiger Beweis dafür, daß sie selbst dort nicht mehr schlief. James zog es vor, wenn die Laken nicht unter die Matratze geklemmt waren; auf Gus' Seite blieben sie das immer, wobei die Demarkationslinie jede Nacht leicht variierte.

Das Wasser in der Dusche wurde abgestellt. Gus stellte sich vor, wie James aus der Dusche kam und sich das Handtuch um die Hüften schlang, sein Haar vom Kopf abstehend vom kräftigen Rubbeln. Dann öffnete sie die Badezimmertür.

James wandte sich ihr sofort zu. »Was ist los?« fragte er, überzeugt, daß nur ein Notfall sie zu ihm geführt haben konnte.

»Alles«, erwiderte Gus, löste den Gürtel ihres Frotteebademantels und ließ ihn von den Schultern gleiten. Mit erstaunlicher Kraft schlossen sich James' Arme um sie. Er ließ sich an ihr entlang zu Boden gleiten; seine Lippen fuhren über ihre Brust und ihre Rippen. Als er auf dem Boden kniete, schmiegte er das Gesicht an ihren Bauch.

Sie zog ihn wieder auf die Füße und führte ihn ins Schlafzimmer. James stürzte sich gleich wieder auf sie, sein Herz klopfte so wild wie das ihre. Gus fuhr mit den Händen über die Sehnen und Muskeln an seinen Armen, über die Furche zwischen seinen Pobacken, die kleinen Vertiefungen am unteren Ende seines Rückgrates – alles Stellen, die sie berühren und sich neu einprägen mußte. Als er in sie eindrang, bog sich ihr Körper unter ihm wie eine Weide. James stieß erneut zu, und Gus grub die Zähne in seine Schulter, aus Furcht davor, etwas zu sagen, was sie später bereuen würde. Und dann, so plötzlich wie es begonnen hatte, war es wieder vorbei, James bäumte sich auf, und ihre Hände rissen an den Laken und an ihren Körpern, das Ganze immer noch schweigend.

Mit einem scheuen Lächeln ging James ins Bad, tiefrote Kratzspuren von ihren Nägeln auf seinem Rücken. Gus strich sacht über ihre Brüste, die wund waren von seinen Bartstoppeln, und blickte über das Bett. Die Tagesdecke war zu Boden gerutscht, und die Laken waren völlig zerwühlt. Sie entdeckte sogar Blutflecken, die von James' Rücken stammten, und sie hatten eine Nachttischlampe umgeworfen. Es sah nicht aus wie ein Ort der Versöhnung oder ein Liebesnest. Tatsächlich, dachte Gus, sieht es vor allem aus wie der Schauplatz eines Verbrechens.

Jordan löste das Gummiband von dem kleinen Päckchen Post. Als er den Briefkopf des Grafton County Superior Court sah, beschleunigte sich sein Puls. Er riß den Umschlag auf und nahm den Brief von Richter Puckett heraus, das Antwortschreiben auf die Anträge, die er und Barrie nach der Anhörung eingereicht hatten.

Die Anträge der Staatsanwaltschaft, zwei seiner Experten sowie Chris' Englischarbeit, die Selena aufgetan hatte, zu verwerfen, waren abgewiesen worden.

Sein eigener Antrag, die Befragung im Krankenhaus für ungültig zu erklären, war bewilligt worden, mit der Begründung, daß Chris Harte sich dem Gespräch nicht hatte entziehen können, wodurch es als offizielles Verhör angesehen werden mußte, und in diesem Fall hätte Detective Marrone ihn über seine Rechte belehren müssen.

Es war ein kleiner Sieg, der ihm aber dennoch ein Lächeln entlockte. Jordan packte den Brief ganz unten in den Stapel, kehrte zurück in sein Büro und schloß die Tür hinter sich.

Chris erstarrte, als er seinen Vater steif hinter dem Metallstuhl im Besuchszimmer stehen sah. Er hatte seiner Mutter zwar gesagt, daß er sich einen Besuch seines Vaters wünschte, hatte aber nicht wirklich erwartet, daß James kommen würde. Immerhin hatte Chris ihm vor Monaten Besuche verwehrt, auch wenn sie alle gewußt hatten, daß Chris damit lediglich die Schuld auf sich nahm für etwas, das James ohnehin getan hätte.

»Chris«, sagte sein Vater und hielt ihm die Hand hin.

»Dad.« Sie schüttelten einander die Hand, und Chris war im ersten Moment richtig schockiert von der Hitze, die von der Haut seines Vaters ausging. Ihm schoß durch den Kopf, daß er die Hände seines Vaters immer als tröstlich warm empfunden hatte, wenn sie sich während ihrer Jagdausflüge auf seine Schultern gelegt hatten oder damals, als er ihm das Schießen beigebracht hatte. »Danke, daß du gekommen bist.«

James nickte. »Danke, daß du es mir erlaubt hast«, antwortete er förmlich.

»Ist Mom auch da?«

»Nein«, entgegnete James. »Ich hatte es so verstanden, daß du mit mir allein sprechen willst.«

Chris hatte nichts dergleichen gesagt, aber offenbar hatte seine Mutter es so interpretiert. Und vermutlich war das auch gar keine so schlechte Idee. »Wolltest du mich etwas Bestimmtes fragen?«

Chris nickte. Ihm fielen mehrere Dinge gleichzeitig ein: Wenn ich ins Gefängnis muß, wirst du dann Mom helfen, wieder ein normales Leben zu leben? Und wirst du mir, wenn ich dich danach frage, ins Gesicht sagen, daß ich dich tiefer verletzt habe, als du je für möglich gehalten hättest? Aber statt dessen kam über seine Lippen ein Satz, der Chris ebenso überraschte wie James. »Dad«, sagte er, »hast du eigentlich in deinem ganzen Leben nie etwas falsch gemacht?«

James überspielte sein verblüfftes Lachen mit einem Hüsteln. »Doch, natürlich«, sagte er. »Ich bin im ersten Studiensemester in Biologie durchgefallen. Ich habe als Kind ein Päckchen Kaugummi geklaut. Und ich habe im Anschluß an eine Bruderschaftsparty den Wagen meines Vaters zu Schrott gefahren.« Schmunzelnd schlug er die Beine übereinander. »Nur von Mord war ich immer weit entfernt.«

Chris starrte ihn an. »Ich auch«, sagte er leise.

James erbleichte. »Ich wollte nicht sagen ... ich meine ...« Schließlich schüttelte er den Kopf. »Ich mache dir keine Vorwürfe wegen dem, was passiert ist.«

»Aber glaubst du mir?«

James hielt dem Blick seines Sohnes stand. »Es fällt sehr schwer, dir zu glauben, während ich mir alle Mühe gebe, so zu tun, als wäre es nie passiert.«

»Es ist aber passiert«, entgegnete Chris mit erstickter Stimme. »Emily ist tot. Und ich sitze in diesem stinkenden

Knast und kann nichts an dem ändern, was geschehen ist.«

»Ich ebensowenig.« James verschränkte die Hände zwischen den Knien. »Du mußt das verstehen – mir ist von Kindheit an von meinen Eltern beigebracht worden, daß der beste Weg, mit einer heiklen Situation fertig zu werden, darin besteht, so zu tun, als existiere sie gar nicht. Laß dich von Gerüchten nicht beeindrucken ... Wenn die Familie sich nicht aufregt, warum sollte es dann ein anderer tun?«

Chris lächelte leise. »Davon, daß ich mir einrede, daß ich nicht im Knast sitze, sondern in einem schäbigen Hotel, schmeckt das Essen auch nicht besser und werden die Zellen nicht größer.«

»Nun«, meinte James mit milderer Stimme, »es steht ja nirgendwo geschrieben, daß man nicht auch von seinen Kindern lernen kann.« Er massierte sich den Nasenrükken. »Übrigens ... ich habe in meinem Leben wirklich etwas Furchtbares getan.«

Chris beugte sich ganz neugierig vor. »Und was war das?«

James lächelte so zärtlich, daß Chris den Blick abwenden mußte. »Ich habe mich von hier ferngehalten«, sagte er. »Bis jetzt.«

Steves Mordprozeß hatte vier Tage gedauert. Sein Anwalt war ein Pflichtverteidiger, da weder er noch seine Eltern sich etwas Besseres leisten konnten. Und obwohl er nicht mit Chris über das Verfahren sprach, wußte Chris, daß er immer nervöser wurde, je näher der Prozeßtermin rückte.

Am Abend bevor das Urteil der Geschworenen bekanntgegeben werden sollte, wurde Chris von einem leisen schabenden Geräusch geweckt. Er drehte sich auf seinem Bett und sah, daß Steve eine Rasierklinge über den Toilettenrand rieb.

»Was machst du da?« fragte Chris leise.

Steve blickte auf. »Ich komme in den Knast«, entgegnete er mit belegter Stimme.

»Da bist du bereits.«

Steve schüttelte den Kopf. »Das hier ist eine Nobelherberge, verglichen mit dem staatlichen Gefängnis. Hast du eine Vorstellung davon, was sie da mit Typen machen, die wegen Kindesmord einsitzen? Weißt du das?«

Chris konnte sich ein Lächeln nicht verkneifen. »Sie machen sie zur Kompaniehure?«

»Du findest das komisch, ja? Dann vergiß nicht, daß du in drei Monaten genau da stehen könntest, wo ich jetzt stehe.« Steve atmete schwer, sichtlich bemüht, nicht in Tränen auszubrechen. »Manchmal wirst du nur verprügelt, und die Schließer gucken weg, weil sie meinen, du hast es nicht anders verdient. Manchmal gehen sie aber auch soweit, einen umzubringen.« Er hob die silberne Rasierklinge, die im Halbdunkel der Zelle hell schimmerte. »Ich dachte mir, ich spare ihnen die Mühe.«

Noch ganz benommen vom Schlaf, brauchte Chris eine Weile, ehe er den Sinn von Steves Worten begriff. »Das kannst du nicht tun.«

»Chris«, murmelte Steve, »das ist so ziemlich das einzige, was mir noch übrigbleibt.«

Plötzlich erinnerte Chris sich daran, wie Emily versucht hatte, ihm zu erklären, wie sie sich fühlte. Ich sehe mich heute, hatte sie gesagt, und ich sehe, was ich in zehn Jahren sein möchte. Aber mir ist ein Rätsel, wie ich von hier nach dort gelangen soll. Chris sah, wie Steve eine bebende Hand hob, in der die Klinge zitterte wie eine Flamme. Da sprang er von seiner Pritsche herunter, schlug gegen die Gitterstäbe der Zelle und schrie, um einen der Schließer herbeizuholen und für seinen Freund das zu tun, was er für Emily nicht getan hatte.

Im Gefängnis kursierten Gerüchte, lästig wie Kriebelmücken und ebenso schwer zu ignorieren. Beim Frühstück am nächsten Morgen wußten alle, daß Steve in die Selbstmörderzelle unten im Hochsicherheitstrakt gebracht worden war, wo er rund um die Uhr von einer Kamera überwacht wurde, die mit dem Kontrollraum verbunden war. Mittags brachte der Sheriff ihn zum Gericht, um den Spruch der Geschworenen zu hören.

Kurz nach halb vier kam ein Beamter in Chris' Zelle und begann, Steves Sachen zu packen. Chris ließ das Buch sinken, in dem er gerade las. »Ist der Prozeß vorbei?« fragte er.

»Ja. Schuldig. Lebenslänglich.«

Chris sah, wie der Beamte die Splitter des Plastikrasierers einsammelte, den Steve zerbrochen hatte, um an die Klinge heranzukommen. Er zog sich das Kissen über den Kopf und weinte, wie er nicht mehr geweint hatte, seit sie ihn eingesperrt hatten. Und er gestattete sich nicht, zu hinterfragen, ob er um Steve weinte oder um seiner selbst willen; um das, was er getan hatte, oder um das, was ihn erwartete.

Anfangs hatte Barrie Delaney Melanie häufig angerufen, sie über die Beweise informiert, die aus der Gerichtsmedizin bei ihr eingingen. Dann hatte Melanie begonnen, gelegentlich anzurufen, nur um Miss Delaney an Emily zu erinnern. Inzwischen rief Melanie etwa einmal im Monat bei der Staatsanwaltschaft an, um der Anklägerin bloß nicht zuviel von der kostbaren Zeit zu stehlen, die diese brauchte, um sich auf den Prozeß vorzubereiten.

Und so war Melanie einigermaßen überrascht, als Barrie Delaney sich die Mühe machte, sie in der Bibliothek ausfindig zu machen.

Sie nahm ab, sicher, daß ihre Kollegin den Namen des Anrufers falsch verstanden hatte, erkannte dann jedoch die klare, sachliche Stimme der Staatsanwältin.

»Hallo«, sagte Melanie. »Wie läuft es denn so?«

»Das sollte ich Sie fragen«, entgegnete Barrie. »Hier läuft soweit alles gut.«

»Ist der Prozeßtermin verlegt worden?«

»Oh nein. Es bleibt bei Mai.« Sie seufzte in den Hörer. »Sehen Sie, Mrs. Gold, ich habe mich gefragt, ob Sie mir vielleicht helfen könnten, indem Sie etwas für mich recherchieren.«

»Was Sie wollen«, versicherte ihr Melanie. »Was brauchen Sie denn?«

»Es geht um Ihren Mann. Er hat sich bereit erklärt, für die Verteidigung auszusagen.«

Melanie schwieg so lange, daß die Staatsanwältin mehrmals ihren Namen rufen mußte. »Ich bin noch dran«, sagte sie leise und dachte daran, wie Gus auf dem Friedhof aufgetaucht war. Ganz sicher hatte sie Michael dazu überredet. Sie fühlte, wie ihr Herz stärker zu schlagen begann. »Was kann ich tun?«

»Ideal wäre, wenn Sie ihn davon abbringen würden«, sagte Barrie. »Und wenn er sich nicht umstimmen läßt, könnten Sie vielleicht herausfinden, was er denn aussagen wird, das für die Verteidigung so wichtig ist.«

Melanie hatte den Kopf so tief gesenkt, daß ihre Stirn beinahe die Schreibtischplatte berührte. »Ich verstehe«, sagte sie, obwohl das gelogen war. »Und wie soll ich das anstellen?«

»Nun, Mrs. Gold«, entgegnete die Staatsanwältin, »das überlasse ich ganz Ihnen.«

Das erste, was Michael auffiel, als er verschwitzt, müde und nach Schafdung stinkend das Haus betrat, war, daß die Stereoanlage lief. Nach Monaten anhaltender Stille erschien ihm die Musik wie ein Sakrileg, und im ersten Moment empfand er den Drang, sie abstellen zu wollen. Als er dann die Küche betrat, sah er Melanie beim Gemüseputzen; die bunten Paprikastückchen auf der Arbeitsplatte erinnerten ihn an Konfetti. »Hallo«, sagte sie fröhlich und der Frau, die sie noch vor einem Jahr gewesen war, so ähnlich, daß es Michael die Sprache verschlug. »Hunger?«

»Wie ein Löwe«, entgegnete er mit trockenem Mund. Er hörte das Anschwellen eines Horns auf der CD und widerstand der Versuchung, die Hand auszustrecken und Melanie zu berühren, um sicherzugehen, daß er sich das alles nicht einbildete.

»Geh dich waschen und umziehen«, sagte sie. »Ich habe ein leckeres Lammragout auf dem Herd.«

Wie ein Automat ging er nach oben ins Bad; ihm war regelrecht schwindlig. Dabei hatte er genau das über Trauer gehört – daß sie einen Menschen ganz drastisch verändern konnte und dieser dann irgendwann ganz plötzlich wieder gesund war. Bei ihm war es jedenfalls so gewesen. Vielleicht war ja jetzt auch Melanie soweit, wieder ins Leben zurückzukehren.

Während er sich unter der Dusche die Haare wusch, stellte er sich Melanie so vor, wie er sie vorhin in der Küche gesehen hatte, ihm den Rücken zugewandt, der Schwung ihres Rückgrats anmutig unter dem Rollkragen, die von der Nachmittagssonne goldenen und rostfarbenen Reflexe im Haar.

Er verließ das Bad nur mit einem Handtuch um die Hüften, und als er ins Schlafzimmer hinüberging, fand er dort Melanie vor, die mit zwei dampfenden Tellern und zwei Gläsern Rotwein auf dem Bett saß.

Sie trug einen vorn aufklaffenden grünen Seidenmorgenmantel, der ihn an ihre zweiten Flitterwochen vor einer Million Jahre erinnerte. »Ich dachte mir, du würdest vielleicht nicht warten wollen«, meinte sie.

Er schluckte. »Worauf?«

Melanie lächelte. »Das Ragout.« Sie stand auf, so daß die farbenfrohen Köstlichkeiten auf den Tellern auf der Matratze ins Rutschen kamen, und hob eins der Weingläser. »Möchtest du welchen?« Als Michael nickte, nippte sie an einem Glas und küßte ihn dann, wobei sie den Wein in seinen Mund rinnen ließ.

Michael glaubte, er würde auf der Stelle kommen.

Es war Monate her, seit er mit Melanie geschlafen hatte, so lange, wie seine Tochter tot war. Nur zu gern wäre er der eindeutigen Einladung gefolgt ... aber das hier war nicht Melanie. In all den Jahren ihrer Ehe war der erste Schritt zum Sex niemals von Melanie ausgegangen. Er dachte an die ungewöhnliche Art, mit der sie ihm den Wein kredenzt hatte, und fühlte, wie er steif wurde, fragte sich jedoch gleich darauf, aus welchem Buch sie das gestohlen haben mochte.

Und dann mußte er plötzlich lachen.

Melanies Augen flackerten; jemandem, der sie weniger gut kannte als Michael, wäre die Unentschlossenheit, die ihre Pupillen den Bruchteil einer Sekunde weitete, vielleicht entgangen. Aber sie fing sich rasch wieder, und zu seiner Verblüffung stellte sie das Weinglas ab, legte ihm eine Hand in den Nacken und zog seinen Kopf zu sich herab, um ihn zu küssen.

Er fühlte, wie ihr Morgenmantel sich öffnete und ihre

Brustwarzen sich gegen seine Brust preßten. Er fühlte, wie ihre Zunge sich in seinen Mund wand und ihre Finger seinen Nacken streichelten. Und dann glitt ihre zweite Hand zwischen sie und schloß sich um seine Hoden.

Sie hielt ihn bei den Eiern.

Plötzlich durchschaute er, weshalb Melanie das Ragout gekocht hatte, weshalb sie Seide trug und mit ihm schlafen wollte. Sie hatte nicht über Nacht eine wundersame Wandlung erfahren. Nein, sie wollte nur etwas von ihm.

Er hob den Kopf und rückte von ihr ab. Melanie gab einen kurzen spitzen Laut von sich und schlug die Augen auf. »Was ist los?« fragte sie.

»Sag du es mir«, entgegnete Michael leise.

Er hielt ihrem Blick stand und spürte ihre Überraschung, als sein Penis in ihrer Hand erschlaffte. Sie drückte noch einmal fast schmerzhaft zu und ließ ihn dann los, um die Aufschläge ihres Morgenmantels zusammenzuziehen. »Du willst als Zeuge der Verteidigung aussagen«, zischte sie. »Deine eigene Tochter ist tot, und du willst dich für ihren Mörder einsetzen.«

»Ist das der Grund für das ganze Theater?« fragte Michael ungläubig. »Hast du geglaubt, du kannst mich umstimmen, indem du mit mir vögelst?«

»Ich weiß es nicht!« rief sie und vergrub die Hände in den Haaren. »Ich dachte, dann würdest du es dir vielleicht anders überlegen. Weil du mir dann etwas schuldig wärst.«

Michael musterte sie blinzelnd. Er konnte nicht fassen, daß sie nach zwanzig Jahren Ehe tatsächlich geglaubt hatte, sie könnte Sex als Bestechungsmittel einsetzen anstatt als Geschenk. Plötzlich hatte er das Bedürfnis, Melanie ebenso weh zu tun, wie sie ihm weh getan hatte, und setzte eine völlig neutrale Miene auf. »Du hast dich überschätzt«, sagte er und verließ das Zimmer.

Er war nackt, aber das spielte keine Rolle. Er schritt steif durch das Haus und die Treppe zur Praxis hinauf. Dort schlüpfte er in die Arztkleidung, die er manchmal bei Operationen trug, und setzte sich an seinen Schreibtisch. Unten in der Küche konnte er leise Melanie hantieren hören.

Seine Hand zitterte, als er zum Telefonhörer griff und wählte.

Gus betrat das Happy-Family-Restaurant und steuerte zielstrebig die Nische im rückwärtigen Teil an, in der sie früher jeden Freitag abend gesessen hatten. Michael saß in grüner Chirurgenkleidung dort und nippte an einem Glas – Wodka, wie sie vermutete. »Michael«, sagte sie, worauf er langsam den Kopf hob.

Sie hatte diesen Ausdruck früher schon gesehen, konnte ihn jedoch nicht so recht einordnen. Der unstete Ausdruck in den Augen, die nach unten zeigenden Mundwinkel. Sie brauchte eine Weile, um in dieser Mimik Verzweiflung zu erkennen, einen Ausdruck, den sie auf Chris' Gesicht gesehen hatte, als seine Maske der Gleichgültigkeit einen Moment lang verrutscht war.

»Du bist gekommen«, sagte er.

»Das sagte ich doch.«

Er hatte sie zu Hause angerufen, was für sich allein schon riskant gewesen war, und sie gebeten, sich sofort mit ihm zu treffen. Als vertrauten öffentlichen Treffpunkt, an dem um diese Zeit nicht allzu viel los sein würde, hatte sie das chinesische Restaurant vorgeschlagen. Erst auf der Fahrt dorthin, nachdem sie James und Kate eine Lüge aufgetischt hatte, ging ihr auf, mit welcher Fülle von Erinnerungen sie dort konfrontiert werden würde.

»Es geht um Melanie«, sagte Michael, worauf sich Gus' Augen weiteten.

»Ist mit ihr alles in Ordnung?«

»Ich weiß es nicht. Ich schätze, das hängt davon ab, was man darunter versteht«, sagte er. Er erzählte Gus, was sich zugetragen hatte.

Als er fertig war, brannten Gus' Wangen. Sie erinnerte sich noch gut daran, daß sie und Melanie sich vor gar nicht langer Zeit noch beim Kaffee lang und breit über Sex unterhalten hatten, was ihr im Augenblick nur peinlich war. Sie räusperte sich. »Nun ja, du wußtest doch, daß sie irgendwann von deiner Absicht auszusagen erfahren würde.«

»Ja. Ich glaube auch nicht, daß es das war, was mich wirklich so aufgebracht hat.« Er blickte mit düsterem Blick zu Gus auf. »Es ist nur, daß uns dieser furchtbare Schicksalsschlag getroffen hat, verstehst du? Ich schätze, ich habe immer geglaubt, in einem solchen Fall würden wir zusammenhalten. Es gemeinsam durchstehen.« Er senkte den Blick und starrte auf das Platzset, das mit einem chinesischen Kalenderrad bedruckt war; das Jahr der Ratte, des Ochsen und des Pferdes. »Hast du eine Vorstellung davon, wie es ist, wenn man sich einem Menschen mit Leib und Seele hingibt, bis man nicht mehr zu geben hat – um dann erkennen zu müssen, daß es immer noch nicht genug ist?«

»Ja«, antwortete Gus schlicht. »Das weiß ich.« Über den Tisch hinweg ergriff sie Michaels Hände und schenkte ihm Kraft. Und jeder für sich dachten sie an Melanie und James und daran, wie ein Graben aus Verschiedenartigkeiten zwischen zwei Menschen sich über Nacht in einen unüberwindbaren Abgrund verwandeln konnte.

Sie hielten sich immer noch bei den Händen, als der Ober kam, um ihre Bestellung aufzunehmen. »Missus! Mister!« grüßte er, und grinste breit, als Michael und Gus erschrocken zusammenfuhren und die Hände voneinander lösten. »Es ist viel Zeit her, seit Sie hier waren zu essen«, sagte er in typisch chinesischem Singsang. »Wann kommen anderes Ehepaar?«

Gus starrte den Ober mit offenem Mund an. Es war Michael, der als erster erkannte, welches Mißverständnis hier vorlag. »Oh ... nein«, sagte er lächelnd. »Wir sind nicht verheiratet. Das heißt, wir sind schon verheiratet, aber nicht miteinander.«

Gus nickte. »Die beiden anderen, die, die jetzt nicht hier sind ...« begann sie, verstummte jedoch, als sie sah, daß der Ober unverändert strahlend weiterlächelte, nicht in der Lage oder schlicht nicht willens, sie zu verstehen.

Michael legte die flache Hand auf die Speisekarte. »Huhn und Brokkoli«, sagte er. »Und noch einen Wodka.«

In der unbehaglichen Stille, die folgte, als der Ober sich in Richtung Küche entfernte, verbarg Gus die Hände, die immer noch von Michaels Berührung prickelten, unter dem Tisch. Michael klopfte mit seinen Eßstäbchen auf den Rand seines Wodkaglases. »Er dachte, du und ich wären ...«

»Ja«, sagte Gus. »Komisch.« Aber sie hielt den Blick dabei auf ihr Platzset mit dem fremdartigen chinesischen Kalender gerichtet und fragte sich, ob der Ober der einzige war, der geglaubt hatte, die Ehepartner seien austauschbar. Immerhin war es ein logischer Schluß. Jeder, der die Hartes und Golds und ihren Umgang miteinander im Laufe der Jahre hier beobachtet hatte, hätte den gleichen Eindruck gewinnen können.

Gus musterte Michael verstohlen über den Rand ihrer Teetasse hinweg und nahm das dicke silberne Haar in sich auf, die kräftigen fähigen Hände, sein Herz. Sie war heute abend zu Michael gekommen, weil er sie brauchte. Und das war ihr völlig natürlich erschienen – immerhin gehörte er fast zur Familie.

Was an sich schon ein wenig erschreckend war.

Und irgendwie inzestuös.

Das schwere Porzellan knallte auf den Tisch, als ihr die Tasse aus der Hand glitt. Sie und Michael hatten beide die seltsame Vertrautheit und Widernatürlichkeit der gegenseitigen Anziehung empfunden. Aber sie waren alt genug, Abstand voneinander zu nehmen, wenn die Wirklichkeit – in Gestalt eines chinesischen Obers – sie einholte. Für jemanden, der jünger war, mochte es nicht so leicht sein.

Wer konnte sagen, ob Emily nicht genauso empfunden hatte, in eine Romanze mit einem Jungen gedrängt, der ebensogut ihr Bruder hätte sein können?

Schwanger von ihm.

Gus schloß die Augen und sandte ein Stoßgebet zum Himmel, als ihr urplötzlich aufging, was in den letzten Monaten niemand zu ergründen vermocht hatte – was die intelligente, lebenslustige, fröhliche Emily Gold in solche Verwirrung gestürzt haben könnte, daß sie keinen anderen Ausweg mehr gesehen hatte, als sich das Leben zu nehmen.

Vergangenheit

Oktober 1997

Als Emily Chris gegenüber das erstemal erwähnte, daß sie sich umbringen wolle, lachte er nur.

Das zweite Mal tat er so, als habe er sie nicht verstanden.

Das dritte Mal hörte er sehr genau zu.

Sie fuhren nach einer Spätvorstellung im Kino nach Hause, und Emily war auf dem Beifahrersitz eingeschlafen. Chris ging auf, daß das in letzter Zeit recht häufig passierte – sie nickte mitten am Abend ein und schlief morgens so lange, daß er sie öfter hatte wecken müssen, als er sie zur Schule hatte abholen wollen. Einmal war sie sogar im Unterricht eingedöst. Ihr Kopf ruhte an seiner Schulter, und ihr Körper war unbequem seitlich über den Schalthebel zwischen den Schalensitzen gerutscht. Chris behielt die linke Hand am Steuer und die Rechte in unbequemer Haltung angewinkelt, um Emilys Kopf zu stabilisieren und zu verhindern, daß er unkontrolliert herumbaumelte.

Um den Wagen vom Highway zu lenken, brauchte er beide Hände, und als er Emilys Kopf losließ, glitt dieser von seiner Schulter in seinen Schoß. Ihr Ohr war an den Gurt gedrückt, ihre Brust lag am Schalthebel, und ihre Nase war nur wenige Zentimeter vom Lenkrad entfernt. Ihr Kopf war schwer und warm, und auf der Fahrt durch die stillen Straßen von Bainbridge strich er ihr zärtlich das Haar aus dem Gesicht. Er bog auf die Zufahrt vor dem Haus ihrer Eltern ein, schaltete Motor und Scheinwerfer ab und beobachtete sie im Schlaf.

Er strich mit einem Finger über ihre Ohrmuschel, die so fein war, daß er die blauen Äderchen durchschimmern sehen und sich vorstellen konnte, wie das Blut hindurchströmte. »Heh«, sagte er schließlich leise. »Aufwachen.«

Sie schreckte hoch und hätte sich am Lenkrad gestoßen, wenn Chris ihren Kopf nicht rechtzeitig geschützt hätte. Sie rappelte sich auf, Chris' Hand immer noch auf ihrem Nacken ruhend.

Emily streckte sich. An ihrer linken Wange war eine tiefe rote Furche zu sehen, eine Narbe, die der Rand seines Gurtes hinterlassen hatte. »Warum hast du mich nicht früher geweckt?« fragte sie mit rauher Stimme.

Chris lächelte sie an. »Du hast so süß ausgesehen«, sagte er und klemmte ihr eine Haarsträhne hinter das Ohr.

Es war nichts Besonderes, ein Kompliment wie tausend andere, die er ihr gemacht hatte, und doch brach sie unvermittelt in Tränen aus. Verblüfft langte Chris über den Schalthebel hinweg und wollte sie wieder an sich ziehen. »Emily«, sagte er betroffen. »Sag mir, was los ist.«

Sie schüttelte den Kopf; er spürte die leichte Bewegung an seiner Schulter. Dann rückte sie von ihm ab und wischte sich mit dem Ärmel die Nase. »Es ist deinetwegen«, sagte sie. »Du bist es, was ich vermissen werde.«

Diese Formulierung war eigentümlich. »Ich werde dich vermissen« hätte natürlicher geklungen – aber Chris lächelte nur. »Wir können uns ja gegenseitig besuchen«, sagte er. »Deshalb gibt es auf dem College ja so lange Ferien, weißt du.«

Sie lachte, wenngleich es beinahe wie ein Schluchzen klang. »Ich rede nicht vom College. Ich habe schon öfter versucht, es dir zu sagen, aber du hörst einfach nicht zu.«

»Was versuchst du mir zu sagen?«

»Daß ich nicht hier sein möchte«, entgegnete sie.

Chris griff nach dem Zündschlüssel. »Es ist noch früh. Wir können woanders hinfahren«, meinte er und fühlte, wie Furcht seinen Rücken heraufkroch wie eine eiskalte Hand.

»Nein«, sagte Emily und wandte sich ihm zu. »Ich will nicht *sein*.«

Er saß schweigend da und schluckte trocken, ging in Gedanken noch einmal die anderen Anspielungen durch, die diesem Augenblick vorausgegangen waren. Und er sah, was er sich bis jetzt alle Mühe gegeben hatte, zu ignorieren. Für jemanden, der Emily so gut kannte wie er, war nicht zu übersehen gewesen, daß sie in letzter Zeit anders gewesen war. »Warum?« fragte er gepreßt.

Emily biß sich auf die Unterlippe. »Glaubst du mir, daß ich dir alles sagen würde, wenn ich es könnte?« Chris nickte. »Ich ertrage es nicht länger. Ich will nur noch, daß es vorbei ist.«

»Was soll vorbei sein? Was bedrückt dich?«

»Das kann ich dir nicht sagen«, entgegnete Emily mit erstickter Stimme. »O Gott. Wir haben uns nie belogen, du und ich. Wir haben uns vielleicht nicht immer alles gesagt, aber wir haben nie gelogen.«

»Okay«, meinte Chris mit zitternden Händen. »Okay.« Er fühlte, wie er seinen Körper verließ, so wie damals, als er sich auf dem hohen Sprungbrett den Kopf angestoßen hatte und beinahe ohnmächtig geworden war – er klammerte sich an die banalsten Dinge wie die Luft und den Anblick unmittelbar vor ihm, wohl wissend, daß es ihn nicht daran würde hindern können zu versinken. »Em«, sagte er und schluckte, seine Stimme war kaum hörbar. »Willst du ... geht es darum, daß du dir das Leben nehmen willst?« Und als Emily wegschaute, spannte sich sein Brustkorb, und er hatte das Gefühl, als ob der Boden seiner vertrauten Welt unter seinen Füßen wegkippte.

»Das kannst du nicht tun«, sagte Chris nach einer Minute, verblüfft, daß es ihm gelungen war, überhaupt einen Ton von sich zu geben, wo seine Lippen ihm so fremd und dick vorkamen. Ich rede nicht darüber, sagte er sich. Wenn ich nämlich darüber rede, wird es wirklich geschehen. Emily saß nicht vor ihm, blaß und wunderschön, und sie sprach nicht von Selbstmord. Das war ein Alptraum. Er wartete darauf, daß er endlich aufwachte. Aber er konnte seine eigene Stimme hören; sie klang unnatürlich schrill, und dem Tonfall war auch zu entnehmen, daß er begriffen hatte, daß das hier real war. »Du ... das kannst du nicht tun«, stammelte er. »Man bringt sich nicht einfach um, nur weil man einen schlechten Tag hat. So etwas beschließt man nicht aus heiterem Himmel.«

»Ich habe es nicht aus heiterem Himmel beschlossen«, entgegnete Emily ruhig. »Und es geht auch nicht um einen einzelnen Tag, den ich mich schlecht fühle«. Sie lächelte. »Es tut gut, darüber zu sprechen. Es ist nicht so schlimm, daran zu denken, wenn ich es laut ausspreche.«

Chris' Nasenflügel blähten sich, und er stieß die Fahrertür des Jeeps auf. »Ich werde mit deinen Eltern sprechen.«

»Nein!« rief Emily, und in diesem einen Wort lag so viel Furcht, daß Chris sogleich innehielt. »Bitte nicht«, flehte sie leise. »Sie würden es nicht verstehen.«

»Ich verstehe es auch nicht«, erwiderte Chris heftig.

»Aber du wirst mir zuhören«, sagte sie, und zum erstenmal seit fünf Minuten machte für Chris etwas Sinn. Natürlich würde er zuhören; für sie würde er alles tun. Und ihre Eltern ... nun, sie hatte recht. Mit siebzehn nahmen die banalsten Krisen ungeahnte Proportionen an; fremde Gedanken konnten im eigenen Verstand keimen, und die Akzeptanz eines anderen Menschen konnte ebenso lebenswichtig erscheinen wie Sauerstoff. Erwachsene, die hiervon Lichtjahre entfernt waren, verdrehten nur die Augen, lächelten milde und sagten »Das geht vorbei« – als wäre Jugend eine Krankheit wie Windpocken, etwas, woran man sich später als leises Unwohlsein erinnerte, wobei man völlig vergaß, wie sehr man seinerzeit tatsächlich gelitten hatte.

An manchen Morgen wachte Chris schweißgebadet auf, übervoll mit Lebenskraft, keuchend, als wäre er einen steilen Hang hinaufgelaufen. Es gab Tage, da kam es ihm vor, als wäre ihm seine eigene Haut zu eng. Es gab

Nächte, an denen es ihn mit Panik erfüllte, nur daran zu denken, der Form entsprechen zu müssen, die man ihm zugedacht hatte, Abende, da er mehr als alles andere den berauschenden Duft von Emilys Haar brauchte, während es ihm gleichzeitig zutiefst widerstrebte, dieses Bedürfnis einzugestehen. Aber das konnte er niemandem erklären, schon gar nicht seinen Eltern. Und Emily, nur weil sie Emily war, klammerte sich an ihn und trotzte dem Sturm, bis er sich wieder an die Oberfläche gekämpft hatte, um Luft zu holen.

Es erfüllte ihn gleichzeitig mit grenzenloser Furcht und mit Stolz, daß Emily ihn ins Vertrauen zog. Im Moment fiel ihm nicht einmal auf, daß sie bislang nicht in der Lage gewesen war, ihm zu sagen, was sie nun bedrückte. Oben auf der Schaumkrone ihres Vertrauens reitend, blendete ihn die Auszeichnung, alleiniger Mitwisser zu sein und Emily zu retten.

Dann stellte er sich vor, wie sie sich die Pulsadern aufschnitt, und fühlte, wie in seiner Brust etwas brach. Das hier war viel größer als sie beide. »Es muß jemanden geben, der dir helfen kann«, meinte er. »Ein Psychiater oder so.«

»Nein«, widersprach Emily leise. »Ich weihe dich nur ein, weil ich dir immer alles gesagt habe. Aber du kannst nicht ...« Sie verstummte und fuhr erst nach einer Weile fort. »Du kannst es mir nicht verderben. Heute ist der erste Abend seit ... Gott, ich weiß nicht wie langer Zeit –, da ich das Gefühl habe, damit fertig zu werden. Es ist wie wirklich schlimme Schmerzen, die man erträgt, weil man schon Tabletten geschluckt hat und weiß, daß es bald aufhören wird, weh zu tun.«

»Was tut weh?« fragte Chris gepreßt.

»Alles«, erwiderte Emily. »Mein Kopf. Mein Herz.«

»Liegt es ... liegt es an mir?«

»Nein«, antwortete sie, ein verräterisches Glitzern in den Augen. »Du hast nichts damit zu tun.«

Und da packte er sie, ohne den harten Schaltknüppel zwischen ihnen zu beachten, und drückte sie an seine Brust. »Warum erzählst du es mir, wenn nicht, damit ich dir helfe?«

Emily geriet in Panik. »Du wirst es doch niemandem sagen?«

»Ich weiß es nicht. Soll ich Däumchen drehen und abwarten, bis du es wirklich tust? Und dann sagen: ›Ach ja ... sie hat da so was erwähnt, daß sie sich umbringen wollte‹.« Er hob den Kopf und legte eine Hand über die Augen. »Herrgott. Ich glaube einfach nicht, daß ich auch nur darüber rede.«

»Versprich mir«, sagte Emily, »daß du niemandem davon erzählst.«

»Das kann ich nicht.«

Die Tränen, die ihr vorhin in die Augen getreten waren, liefen über. »Versprich es«, bettelte sie erneut und krallte dabei die Hände vorn in sein Hemd.

Jahre hatte er die Rolle von Emilys Beschützer gespielt, ihrer zweiten Hälfte – und obgleich er sich immer als genau das betrachtet hatte, hatte er nie gewußt, wie er diese Rolle voll ausfüllen sollte. Plötzlich erkannte er, daß dies ebenso für ihn wie für Emily eine Prüfung war, seine Chance, sie zu retten. Wenn sie ihm ihr Vertrauen schenkte, konnte er sich dessen verdammt noch mal würdig erweisen – auch wenn das für sie beide etwas völlig anderes bedeutete. Er hatte Zeit. Er würde sie zum Reden bringen. Er würde dieses furchtbare Geheimnis lüften und ihr zeigen, daß es einen anderen, besseren Weg gab; und letztlich würden alle – einschließlich Emily – ihm dafür danken. »Also gut«, sagte er leise. »Ich verspreche es.«

Aber noch während Emily an ihn geschmiegt dasaß, fühlte er, wie zwischen ihnen eine Mauer entstand, so daß er sie, obwohl sie sich Haut an Haut berührten, nicht mehr richtig fühlen konnte. Als hätte sie es ebenfalls gespürt, schmiegte Emily sich enger an ihn. »Ich habe es dir gesagt«, murmelte sie, »weil ich nicht wußte, wie ich es dir verschweigen sollte.«

Chris schaute ihr in die Augen und erfaßte die ganze Tragweite dieser Worte. Aber was machte es für einen Unterschied, ob Emily versuchte, ihm ihre Beweggründe zu erklären, oder ob er an ihre Tür klopfte und erfuhr, daß sie Selbstmord begangen hatte, wenn doch das Resultat dasselbe war?

»Nein«, sagte er ruhig und entschieden. Seine Hände schlossen sich um ihre Arme, und er schüttelte sie leicht. »Ich werde dich nicht aufgeben.«

Emily sah ihn an, und einen flüchtigen Augenblick lang konnte er ihre Gedanken lesen. Melanie hatte früher immer gesagt, sie wären wie Zwillinge, mit ihrer ureigensten Geheimsprache. In diesem Moment spürte Chris ihre Furcht und ihre Resignation sowie den Schmerz, der daherrührte, wieder und wieder gegen eine Mauer angelaufen zu sein. Erst als sie den Blick abwandte, konnte er wieder frei atmen. »Der Punkt ist nur, daß es nicht deine Entscheidung ist, Chris«, sagte Emily.

Chris pflügte durch das Wasser, wärmte sich mit vier Bahnen Freistil vor dem Training auf. Schwimmen war immer gut gewesen für sein Denken – auf fünfzig Meter konnte man auch nicht viel mehr tun als nachdenken. Beim Schwimmtraining hatte er die Tabelle des periodischen Systems gelernt und sich sogar zurechtgelegt, was er zu Emily sagen sollte, um sie dazu zu bringen, mit ihm zu schlafen. Meistens konnte er dabei einen gleichmäßigen, langsamen Rhythmus beibehalten. Aber bei dem Gedanken ans Sterben – und an Emily – kraulten seine Arme schneller, und seine Beine traten mit solcher Kraft das Wasser, als könnte er seinen Gedanken davonschwimmen.

Als er fertig war, zog er sich mit klopfendem Herzen am Beckenrand aus dem Wasser. Er zog Schwimmbrille und Bademütze aus und rubbelte sich mit seinem Handtuch das Haar trocken, bevor er sich auf eine Bank am Rand des Beckens setzte. Sein Trainer kam zu ihm, ein schiefes Lächeln auf dem Gesicht. »Wir versuchen, Rekordzeiten Wettkämpfen vorzubehalten, Harte«, sagte er. »Das hier ist nur Training. Kein Grund, sich umzubringen.«

Sich umbringen.

Er konnte nicht zulassen, daß Emily ihr Vorhaben in die Tat umsetzte, so einfach war das. Und auch wenn er aus reinem Eigennutz handelte, würde sie ihm ganz sicher eines Tages dafür danken, daß er ihr das Leben gerettet hatte. Ganz gleich, was sie auch bedrückte – aber was zum Teufel war es, was sie ihm nicht sagen konnte? Es ließ sich ganz sicher eine Lösung finden. Vor allem, wenn er ihr dabei half.

Seine Augen weiteten sich. Das war es. Em wollte sein Verständnis und sein Schweigen. Wenn er mitspielte, würde er eine Chance haben, es ihr auszureden. Und sei es in letzter Minute. Er würde so tun, als ob er diese verrückte Selbstmordidee akzeptabel fand, um dann wie der weiße Ritter in schimmernder Rüstung in letzter Sekunde einzugreifen und Emily vor sich selbst zu beschützen. Niemand sonst würde je erfahren müssen, was beinahe passiert wäre. Und er bräuchte sein Versprechen, die ganze schreckliche Wahrheit für sich zu behalten, nicht zu brechen. Der Zweck heiligte die Mittel.

Chris kam gar nicht der Gedanke, daß sein Vorhaben mißlingen könnte.

Er fühlte sich schon viel besser, als er auf einen Pfiff seines Trainers hin ins Wasser zurücksprang für eine weitere Trainingseinheit.

Emily wartete nach dem Training auf ihn. Sie blieb auch immer länger in der Schule, wobei sie sich gewöhnlich im Kunstraum aufhielt und an einem Bild arbeitete, um sich nach dem Schwimmtraining mit Chris zu treffen, der sie dann nach Hause fuhr. Sie erwartete ihn auf einem Stuhl draußen neben dem Springbrunnen vor der Umkleide der Jungen. Ihre Hände rochen leicht nach Terpentin, und ihr Kittel lag zerknüllt vor ihren Füßen wie ein Schoßhund. »Hi«, sagte Chris, als er mit seiner großen Sporttasche über seiner Schulter zu ihr rüberging.

Er beugte sich herab, um sie auf die Wange zu küssen, und sie atmete genußvoll seinen Duft ein, diesen unverwechselbaren Geruch nach Shampoo, Chlor und Waschmittel. Von seinen Koteletten tropfte noch Wasser von der Dusche; er war so nah, daß sie einen Tropfen auffangen konnte, wenn sie die Zunge ausstreckte. Emily schloß die Augen und skizzierte die Szene in Gedanken, um sie mitzunehmen.

Seite an Seite gingen sie zum Schulparkplatz. »Ich habe nachgedacht«, begann Chris. »Über das, was du Samstag abend gesagt hast.«

Emily nickte, hielt den Blick jedoch auf ihre Schuhe gerichtet.

»Und ich möchte, nur um das klarzustellen, daß du weißt, daß es das letzte ist, was ich mir wünsche. Ich werde alles in meiner Macht Stehende tun, um dich umzustimmen.« Er holte tief Luft und drückte ihre Hand.

»Aber falls es ... dazu kommen sollte, wäre ich gern bei dir«, sagte er.

Emily wurde bei seinen Worten bewußt, daß sie offenbar noch nicht alle Hoffnung aufgegeben hatte, da sie sich unbewußt genau das sehnlichst gewünscht hatte. »Das wäre schön«, sagte sie.

Chris startete eine subtile, entschlossene Kampagne, die Emily vor Augen führen sollte, was ihr entgehen würde. Er führte sie in Restaurants aus, in denen ein Abendessen 100 Dollar kostete; er fuhr mit ihr zu den Bootsanlegern, und sie sahen gemeinsam zu, wie die Sonne im Atlantik versank. Er kramte alte Nachrichten hervor, die sie sich mit Hilfe einiger Seile und Büchsen von Zimmer zu Zimmer hatten zukommen lassen, bevor die Leinen sich dann beim vierten Mal unentwirrbar in den Tannen zwischen beiden Häusern verheddert hatten. Er ließ sie seine Stapel von Collegebewerbungsunterlagen durchsehen, als wären ihre Bemerkungen unverzichtbar für seine Entscheidung. Und er schlief mit ihr, gab seinen Körper in Zärtlichkeit und Zorn hin, nicht sicher, welches der bessere Weg war, kleine Stückchen seiner eigenen Seele auf sie zu übertragen, mit denen sie dann ihre eigene reparieren konnte.

Und Emily erduldete es. Treffender konnte Chris es nicht beschreiben; sie erduldete, was immer er ihr vorsetzte, jedoch aus der Distanz, so als würde sie das Treiben von einem erhöhten Punkt aus beobachten, nachdem sie sich längst entschieden hatte.

Zu seiner Überraschung gab Emily keinen Millimeter nach. Er versuchte mit aller Kraft und der strategischen Gerissenheit eines Generals, der eine Invasion plante, hinter ihr Geheimnis zu kommen. Angesichts ihres Schweigens stellte er sich allerlei Dinge vor, die für ihn

Sinnbild des Schlimmsten waren, was man sich denken konnte: Sie war drogensüchtig, sie war lesbisch, sie hatte bei Prüfungen geschummelt – alles Dinge, die nichts an seiner Liebe zu ihr ändern würden.

Er versuchte, das Geheimnis aus ihr herauszukitzeln, er versuchte es mit einer Art Quiz, mit sanfter Gewalt. Aber das alles führte nur dazu, daß Emily noch verschlossener wurde und sich von ihm distanzierte, so daß er fürchtete, sie ganz zu verlieren. Er konnte auch nur bis zu einem bestimmten Punkt gehen, da in dem Moment, da sie begann zu ahnen, daß er ihr nicht wirklich dabei helfen wollte, sich zu töten, seine einzige Chance, sie zu retten, vertan sein würde.

»Ich kann nicht darüber reden«, entgegnete sie jedesmal wieder.

»Du *willst* nicht«, verbesserte Chris sie.

Frustriert sagte Emily dann, daß Chris es nur noch schlimmer mache, indem er es immer wieder zur Sprache brachte, und er, wenn er sie wirklich liebte, aufhören würde zu fragen.

Und hierauf erwiderte Chris nicht minder frustriert von der Patt-Situation, nun seinerseits: »Ich kann nicht.«

»Du *willst* nicht«, äffte Em ihn nach, woraufhin er das Thema erst einmal fallen ließ.

Sie lagen bäuchlings auf dem Fußboden im Wohnzimmer der Golds, die Mathebücher aufgeschlagen vor sich; abgeleitete Funktionen und Differentialgleichungen kringelten sich über die Seiten wie Schriftzeichen aus einer fremden Sprache. »Nein«, sagte sie und zeigte auf eine Stelle, an der Chris ein Fehler unterlaufen war. »Das muß heißen 2x – x«, verbesserte sie. Dann rollte sie sich auf den Rücken und starrte an die Zimmerdecke. »Warum ist es mir so wichtig, eine Eins zu bekommen«, sinnierte sie,

»wo es mich doch bei der Zeugnisvergabe gar nicht mehr geben wird?«

Sie klang so sachlich und nüchtern, daß Chris richtiggehend übel wurde. »Vielleicht, weil du dich im Grunde gar nicht wirklich umbringen willst«, meinte er.

»Danke, Dr. Freud«, entgegnete Emily spöttisch.

»Ich meine es ernst«, beharrte Chris und stützte sich auf einen Ellbogen. »Was hältst du davon, wenn wir vereinbaren, daß du noch sechs Monate wartest, um zu sehen, wie du dich dann fühlst.«

Emilys Züge erstarrten. »Nein«, sagte sie knapp.

»Das ist alles? Nur *nein*?«

Sie nickte. »Nein.«

»Na großartig«, schimpfte Chris und klappte das Buch zu. »Wirklich großartig, Em.«

Emily kniff die Augen zusammen. »Ich dachte, du wolltest mir helfen.«

»Klar«, entgegnete Chris zornig. »Was soll ich denn tun? Den Stuhl unter deinen Füßen wegtreten, nachdem du dir die Schlinge um den Hals gelegt hast? Die Waffe abfeuern?«

Emily lief rot an. »Glaubst du, für mich wäre es leichter, darüber zu sprechen?« fragte sie angespannt. »Das ist es nicht, das kann ich dir versichern.«

»Jedenfalls ist es immer noch leichter für dich als für mich«, herrschte Chris sie an. »Du wirst nie auch nur annähernd das fühlen, was ich fühle. Wenn ich dich anschaue, sehe ich dieses betörende, wunderschöne Wesen. Da gibt es unzählige Bücher und Songs, die von Menschen handeln, die vergeblich nach der Liebe ihres Lebens suchen, und wir haben sie gefunden, und dir ist sie keinen Pfifferling wert.«

»Sie ist mir sehr wohl etwas wert«, widersprach Emily und bedeckte Chris' Hand mit der ihren. »Sie ist das einzige, was mir überhaupt etwas bedeutet. Ich möchte nur, daß es so bleibt, für immer.«

»Dafür hast du dir aber eine verdammt eigenartige Methode ausgedacht«, entgegnete Chris bitter.

»Wirklich?« fragte Emily. »Würdest du es vorziehen, den Rest unseres Lebens über uns nachzudenken, dich daran zu erinnern, daß unsere Liebe einmal perfekt war? Oder ist es dir lieber, zuzulassen, daß alles kaputtgeht, so daß du statt dessen das als Erinnerung hast?«

»Wer sagt denn, daß es kaputtgehen wird?«

»Das würde es«, antwortete Emily. »So etwas passiert.«

»Verstehst du denn nicht?« flehte Chris, der mühsam die Tränen unterdrückte. »Begreifst du denn nicht, was du mir damit antun würdest?«

»Ich tue es nicht dir an«, erwiderte Emily sanft. »Ich tue es für mich.«

Chris starrte sie an. »Und wo ist da der Unterschied?«

Zu seiner eigenen Überraschung erschien ihm das Thema Selbstmord immer weniger schockierend, je öfter Emily davon anfing. Chris hörte auf, diesbezüglich mit ihr zu streiten, weil sie das nur noch mehr in ihrem Entschluß bestärkte, und versuchte es vielmehr mit einer neuen Methode. Er wollte ihr die ihr offenstehenden Möglichkeiten so schonungslos vor Augen führen, daß sie einsehen mußte, wie lächerlich die ganze Sache war.

Eines Abends fragte er sie mitten in einem Fernsehfilm, den sie sich gemeinsam ansahen, wie sie es anstellen wolle.

»Was?« Das war das erste Mal, daß Chris davon anfing – gewöhnlich war sie es, die dieses Thema anschnitt.

»Du hast mich schon verstanden. Du mußt dir doch etwas überlegt haben.«

Emily zuckte die Achseln und warf einen raschen Blick

über die Schulter, um sich davon zu überzeugen, daß ihre Eltern nach oben gegangen waren. »Das habe ich«, entgegnete sie. »Keine Tabletten.«

»Warum nicht?«

»Weil das zu leicht schiefgehen kann«, erklärte sie. »Man bekommt den Magen ausgepumpt und landet in der Psychiatrie.«

Der Gedanke gefiel ihm. »Und was hast du dir überlegt?«

»Möglich wäre eine Kohlenmonoxidvergiftung«, sagte sie und lächelte dann. »Aber ich müßte wohl deinen Jeep benutzen. Und mir die Pulsadern aufzuschneiden, erscheint mir zu ... willkürlich.«

»Ich finde, sich umzubringen ist an sich schon ein ziemlich willkürlicher Akt«, bemerkte Chris.

»Es könnte weh tun«, gestand Emily leise. »Ich möchte eben, daß es sofort vorbei ist.«

Chris musterte sie. Bevor du es dir anders überlegen kannst, dachte er. Oder bevor ich dich davon abbringen kann.

»Ich dachte an eine Schußwaffe«, sagte sie.

»Du haßt Schußwaffen.«

»Was tut das zur Sache?«

»Und wo willst du die hernehmen?« fragte Chris.

Emily blickte zu ihm auf. »Vielleicht könntest du sie mir besorgen«, meinte sie.

Er wölbte die Brauen. »O nein. Kommt nicht in Frage.«

»Bitte, Chris«, bettelte sie. »Du könntest mir auch nur den Schlüssel zum Waffenschrank geben und mir sagen, wo ich die Kugeln finde.«

»Du wirst dich nicht mit einer Jagdflinte erschießen«, brummte Chris.

»Ich dachte da auch eher an den Revolver. Den Colt.«

Sie sah, wie er sofort mauerte, und ihre Brust zog sich

zusammen. Chris hatte diesen Ausdruck schon gesehen – geweitete Augen und Resignation in einer aussichtslosen Lage – wie bei einem Reh unmittelbar vor dem Fangschuß. Und ihm ging auf, daß Emily offenbar nur noch dann glücklich war, wenn sie Pläne für ihren Selbstmord schmiedete.

Tränen liefen ihr über das Gesicht, und Chris fühlte, wie seine Kehle sich verengte und ihm ebenfalls Tränen in die Augen schossen, so wie ihr Orgasmus manchmal den seinen auslöste. »Du hast einmal gesagt, du würdest alles für mich tun«, flehte sie.

Chris blickte auf ihre Hände auf dem Schulbuch und gestand sich zum erstenmal ein, daß er – aus welchen Gründen auch immer – scheitern und sie ihre Pläne tatsächlich umsetzen könnte. »Das würde ich auch«, sagte er, und sein Herz brach unter der Last der Wahrheit.

Sie saßen händchenhaltend im dunklen Vorführraum des Kinos. Der Film, den sie sich angeschaut hatten – Chris konnte sich schon nicht mehr an den Titel erinnern –, war längst vorbei. Der Nachspann war abgelaufen, und die anderen Besucher waren gegangen. Jetzt fegten Angestellte leere Popcornbecher aus den Gängen, wobei sie ganz leise waren und ihr Bestes taten, das Pärchen zu ignorieren, das noch ganz hinten im Saal saß.

Manchmal war er ganz sicher, daß er als Held aus der Sache hervorgehen würde und er und Emily das Ganze eines Tages nur noch komisch finden würden. Dann wieder glaubte er, daß er tatsächlich nur das sein würde, was er Emily versprochen hatte: jemand, der dabei war, wenn sie ging.

»Ich weiß nicht, was ich ohne dich tun sollte«, sagte Chris leise.

Er konnte sehen, wie Emily sich ihm zuwandte; ihre

Augen schimmerten in der Dunkelheit. »Wir könnten es gemeinsam tun«, meinte sie und schluckte, der Vorschlag noch bitter in der Kehle.

Chris antwortete nicht darauf – sollte ihr ruhig übel werden bei dem Gedanken. *Was macht dich so sicher, daß wir hinterher noch zusammen wären?* fragte er sich im stillen. *Woher willst du wissen, daß es so funktioniert?*

»Weil«, sagte Emily, als hätte sie seine Gedanken gelesen, »ich es mir nicht anders vorstellen kann.«

Eines Abends schlich er in den Keller und nahm den Schlüssel aus dem Hobbyraum seines Vaters. Der Waffenschrank war wie immer abgeschlossen. Das sollte verhindern, daß Kinder an die Waffen herankamen, aber ein Teenager wie Chris wußte sich zu helfen.

Er sperrte den Schrank auf und nahm den Colt heraus, weil er Emily gut genug kannte, um zu wissen, daß sie als erstes verlangen würde, die Waffe zu sehen. Wenn er sie nicht mitbrachte, würde sie merken, daß etwas nicht stimmte, und dann würde sie das Vertrauen in ihn verlieren und ihm keine Gelegenheit geben, sie von ihrem Vorhaben abzuhalten.

Er setzte sich hin, wog die Waffe in der Hand und erinnerte sich an den durchdringenden Geruch des Waffenöls und daran, wie die geschickten und präzisen Hände seines Vaters Schaft und Lauf mit einem Silikontuch abgerieben hatten. *Wie Aladins Wunderlampe* hatte Chris einmal gedacht und beinahe damit gerechnet, daß ein Zauber geschah.

Er dachte an die Geschichten, die sein Vater ihm zu dem Revolver erzählt hatte, über Eliot Ness und Al Capone, über Flüsterkneipen, geheime Razzien und Gin Fizz aus Schlehen. Er erzählte Chris, daß der Revolver für Gerechtigkeit gesorgt habe.

Dann erinnerte er sich an seine erste Hirschjagd, bei der das Tier nur verletzt worden war. Chris und sein Vater waren dem verwundeten Tier in den Wald gefolgt, wo es schließlich schweratmend zusammengebrochen war. *Was soll ich tun?* hatte Chris hilflos gefragt, woraufhin sein Vater angelegt und gefeuert hatte. *Es erlösen*, hatte er geantwortet.

Chris langte ganz unten in den Waffenschrank und holte die Patronen für den .45 heraus. Emily war nicht dumm; sie würde auch danach fragen. Er schloß die Augen und stellte sich vor, wie sie den angelaufenen silbernen Lauf an den Kopf hob, malte sich aus, wie er die eigene Hand hob und die Waffe von ihrem Kopf fortschob, falls es überhaupt soweit kam.

Es war egoistisch, aber es war einfach: Er konnte nicht zulassen, daß Emily sich das Leben nahm. Wenn man sein ganzes Leben lang mit jemandem zusammen war, konnte man sich einfach nicht vorstellen, in einer Welt zu leben, in der es diesen Menschen nicht mehr gab.

Er würde sie aufhalten. Ganz sicher.

Und er gestattete sich nicht, zu hinterfragen, weshalb er zwei Patronen einsteckte anstatt nur einer einzigen.

Gegenwart

Mai 1998

Gus saß auf der Bettkante und streifte die Strumpfhose über die Beine. Als nächstes, dachte sie hölzern, das Kleid. Sie betrat den begehbaren Kleiderschrank und nahm ein schlichtes marineblaues Kleid und dazu passende Pumps mit niedrigem Absatz heraus. Dazu wollte sie ihre Perlen tragen – elegantes Understatement.

Sie durfte nicht im Gerichtssaal sitzen; Zeugen mußten bis zu ihrer Aussage in einem separaten Raum ausharren. Aller Wahrscheinlichkeit nach würde sie heute noch nicht aufgerufen werden, vielleicht noch nicht einmal morgen. Sie machte sich nur deshalb zurecht, weil sie hoffte, Chris zu sehen, sei es auch nur im Vorbeigehen.

Gus hörte im Bad Wasser laufen, als James begann, sich zu rasieren. Es war, als würden sie zu einer Dinnerparty oder zu einer Lehrerbesprechung gehen. Nur, daß dem nicht so war.

Und so kam es, daß James, als er aus dem Bad kam, Gus in BH und Strumpfhose antraf, vornübergebeugt auf dem Bett sitzend und stoßweise atmend, als wäre sie eine ewig weite Strecke gelaufen.

Melanie und Michael verließen das Haus gemeinsam. Melanies Füße sanken tief in der weichen Erde ein, so daß sie sich die Absätze beschmutzte. Ohne darauf zu achten, öffnete sie die Fahrertür ihres Wagens und stieg wortlos ein.

Michael setzte sich ans Steuer seines eigenen Trucks. Er fuhr den ganzen Weg hinter seiner Frau her und hielt den Blick auf das Heck ihres Wagens geheftet. Auf beiden Seiten der breiten Heckscheibe waren schmale hohe Bremslichter angebracht sowie zusätzlich ein schmaler Streifen Lampen entlang der Stoßstange. Jedesmal, wenn Melanie auf die Bremse trat, flammten sämtliche Lichter auf, so daß es aussah, als würde ihr Wagen lächeln.

Barrie Delaneys Katze warf die Kaffeetasse um, exakt in der Minute, da sie zum Gericht aufbrechen wollte. »Scheiße, Scheiße, *Scheiße*«, schimpfte sie, schob die maunzende Katze fort und wischte den Kaffee mit einem

Küchenhandtuch auf. Der Stoff war sofort vollgesogen, so daß die braune Flüssigkeit in kleinen Bächen unter dem Küchentisch her rann. Barrie warf einen raschen Blick in Richtung Spüle und kam dann zu dem Schluß, daß sie keine Zeit mehr hatte, sauberzumachen.

Ihr sollte erst Tage später auffallen, daß der Kaffee bleibende Flecken auf ihrem weißen PVC-Boden hinterlassen hatte, und sie sollte die nächste Zeit jedesmal, wenn sie ihre Küche betrat, an Christopher Harte erinnert werden.

Jordan stellte seine Aktentasche auf die Arbeitsplatte in der Küche. Dann wandte er sich Thomas zu und strich seine Krawatte glatt. »Und?«

Thomas pfiff anerkennend. »Siehst gut aus«, sagte er.

»Gut genug, um zu gewinnen?«

»Gut genug, um dem einen oder anderen gehörig in den Arsch zu treten«, versicherte ihm sein Sohn.

Jordan grinste zufrieden und klopfte Thomas auf den Rücken. »Paß auf, was du sagst«, schalt er halbherzig und griff nach der Schachtel Kakao-Krispies. »Oh nein, Thomas. Das glaube ich ja nicht.« Entgeistert starrte er in die leere Krispies-Packung.

Thomas, der gerade genüßlich kaute, blickte mit Unschuldsmiene auf. »Ist nichts übrig? Ich schwöre, Dad, ich dachte, es wäre noch ein Rest drin.«

Jordan aß vor einer Gerichtsverhandlung immer Kakao-Krispies zum Frühstück. Es war ein dummer Aberglaube, einer, der ebenso albern war wie die Angewohnheit eines Pitchers, sich vor einem Spiel nicht zu rasieren, oder jener eines Falschspielers, der eine Hasenpfote in den Saum seines Jacketts einnähte. Aber es war ein Aberglaube, verdammt, und es funktionierte. *Iß Krispies, und du gewinnst den Prozeß.*

Thomas wand sich unter dem finsteren Blick seines Vaters. »Ich könnte schnell welche holen«, erbot er sich.

Jordan schnaubte. »Und wie das?«

»Mit dem Fahrrad.«

»Dann wärst du schätzungsweise ... gegen Mittag zurück.« Jordan schüttelte den Kopf. »Ich wünschte«, knurrte er mühsam beherrscht, »du würdest gelegentlich denken, bevor du handelst.«

Thomas starrte bedröppelt in seine Schale. »Ich könnte Mrs. Higgins von nebenan fragen, ob sie welche hat.«

Mrs. Higgins war mindestens 75 Jahre alt, und Jordan bezweifelte sehr, daß Kakao-Krispies auf ihrem Speiseplan standen. »Vergiß es«, sagte er verärgert und nahm statt dessen einen englischen Muffin aus dem Kühlschrank. »Jetzt ist es zu spät.«

Es war ein komisches Gefühl, einen Anzug anzuhaben. Ein Schließer hatte Chris die Sachen zusammen mit seinem Frühstück gebracht; Jackett und Hose hatte er seit seinem Haftprüfungstermin vor Monaten nicht mehr in Händen gehalten. Er konnte sich noch gut daran erinnern, wie er, Em und seine Mutter den Anzug gekauft hatten. Der Laden hatte nach Geld und Kammgarn gerochen. Er war in der Umkleidekabine auf einem Bein herumgehüpft, um die Hose anzuziehen, während Em und seine Mutter sich über Krawatten unterhalten hatten, wobei ihre Stimmen durch die Tür gedrungen waren wie Vogelgezwitscher.

»Harte«, sagte der Vollzugsbeamte, der plötzlich vor seiner Zelle stand. »Zeit zu gehen.«

Er durchquerte in seinem feinen Zwirn den Trakt. Schweiß perlte an seinen Schläfen, und er war sich des auffälligen Schweigens seiner Mitinsassen überdeutlich bewußt. Alle fühlten sich betroffen; man konnte einen

Mitinsassen nicht zum Prozeß gehen sehen, ohne an das eigene Schicksal denken zu müssen.

Als die schwere Tür sich hinter ihm geschlossen hatte, führte der Beamte ihn zum Deputy Sheriff, einem von mehreren, die im Gericht von Grafton County Dienst taten. »Großer Tag«, sagte er, legte Chris Handschellen an und verband diese dann mit einer Kette, die er Chris um die Taille legte. Dann wartete er, daß der Schließer das Haupttor der Strafanstalt aufsperrte, und führte Chris nach draußen, wobei er mit einer Hand fest seinen Oberarm umschlossen hielt.

Es war das erstemal in sieben Monaten, daß Chris sich außerhalb des Gefängnisses befand, nur eingeschlossen von den Bergen und dem trägen Strom des Connecticut River. Die Farm, die gleich neben der Anstalt gelegen war, verbreitete einen penetranten strengen Geruch. Er holte tief Luft und hob das Gesicht. Die Sonne wärmte seine Wangen und seinen Nasenrücken, und seine Knie drohten nachzugeben unter der wohltuenden Last der Freiheit.

»Gehen wir«, sagte der Deputy ungeduldig und zerrte ihn in Richtung Gerichtsgebäude.

Der Gerichtssaal war auffällig leer, da die meisten Mitspieler des Dramas als künftige Zeugen keinen Zutritt hatten. James saß steif in der Sitzreihe unmittelbar hinter dem Tisch der Verteidigung. Jordan, der einige Minuten zuvor eingetroffen war, unterhielt sich mit einem Kollegen, einen Fuß lässig auf einen Stuhl gestützt. Er verstummte, als sich eine Seitentür öffnete, und James, der seinem Blick folgte, sah, wie Chris hereingeführt wurde.

Ein Gerichtsdiener geleitete Chris zum Tisch der Verteidigung. James fühlte, wie seine Kehle sich beim Anblick seines Sohnes verengte, und ganz automatisch streckte er über das Geländer hinweg einen Arm nach ihm aus.

Chris stand direkt vor James, jedoch einen halben Meter weit außer Reichweite.

Das ist Absicht, dachte er. *Das wurde extra so eingerichtet.*

»Ich denke, *nein*«, beschwerte Jordan sich lautstark und zeigte auf die Handschellen, die zwar furchtbar waren, mit denen James jedoch gerechnet hatte. Tatsächlich war es Jordan selbst gewesen, der die Hartes darauf vorbereitet hatte, so daß James nicht verstand, weshalb der Verteidiger so überrascht tat. Der Verteidiger gestikulierte wild und marschierte zusammen mit der Staatsanwältin in Richtung Richterzimmer.

Chris, der sich zwischenzeitlich gesetzt hatte, drehte sich zu seinem Vater um. »Dad.«

James streckte erneut die Hand aus. Zum erstenmal in seinem Leben schenkte er einem ganzen Saal voller Menschen, die ihm zusahen, keinerlei Beachtung. Er stieg über das Geländer hinweg und nahm auf dem Stuhl Platz, der eigentlich Jordan zugedacht war. Dann umarmte er seinen Sohn, wobei er Chris solcherart abschirmte, daß die Reporter und Zuschauer, die in den Saal strömten, um den Angeklagten anzugaffen, nicht einmal sehen konnten, daß er gefesselt war.

Drüben im Richterzimmer machte Jordan seinem ganzen Zorn Luft. »Um Himmels willen, Euer Ehren«, erregte er sich. »Wenn wir schon dabei sind, warum lassen wir ihm da keine Dreadlocks wachsen und einen Vollbart – oder wie wäre es mit einem rechtsradikalen Tattoo auf der Stirn, damit die Geschworenen auch ganz sicher noch vor Prozeßbeginn Vorurteile bilden!«

Barrie verdrehte die Augen. »Euer Ehren, es ist keineswegs unüblich, daß ein mutmaßlicher Mörder in Handschellen vor Gericht erscheint.«

Jordan wirbelte herum. »Was befürchten Sie denn, das er tun könnte? Daß er jemanden mit einem Bic-Kugelschreiber ersticht, vielleicht?« Er wandte sich wieder dem Richter zu. »Der einzige Grund für die Handschellen ist, wie wir alle wissen der, den Eindruck zu erwecken, er wäre gefährlich.«

»Er ist gefährlich«, bemerkte Barrie vielsagend. »Er hat einen Menschen getötet.«

»Sparen Sie sich das für die Geschworenen«, zischte Jordan.

»Heiland«, murmelte Puckett und spuckte eine Mandelschale in seine Hand. »Soll das den ganzen Prozeß so weitergehen?« Er schloß die Augen und massierte sich die Schläfen. »Es mag ja schon vorgekommen sein, daß ein Mordangeklagter seinem Prozeß in Handschellen folgen mußte, aber ich denke, ich werde es riskieren, einmal davon auszugehen, daß Chris Harte kein Massaker in meinem Gerichtssaal anrichten wird. Dem Angeklagten werden während der Verhandlung die Handschellen abgenommen.«

»Ich danke Ihnen, Euer Ehren«, sagte Jordan.

Barrie wandte sich ab, und sie und Jordan stießen auf dem Weg zur Tür mit den Schultern zusammen. »Muß ja eine ziemlich schwache Verteidigung sein, wenn Sie jetzt schon um Gefälligkeiten betteln«, raunte sie ihm zu.

Jordan schenkte Chris, der sich immer noch die Handgelenke rieb, ein zuversichtliches Lächeln. »Das«, sagte er und nickte in Richtung seiner Hände, »ist ein verdammt gutes Zeichen.«

Chris verstand nicht recht, weshalb, da auch ein richtiger Mörder ein völliger Idiot sein mußte, um während eines Prozesses jemanden anzugreifen. Er wußte und Jordan wußte – Teufel, alle wußten –, daß der einzige Grund, ihn in Handschellen hereinzuführen, der gewesen war, ihn zu demütigen.

»Sieh die Staatsanwältin nicht an«, fuhr Jordan fort. »Sie wird einige furchtbare Sachen sagen – das ist den Anwälten beim Eröffnungsplädoyer gestattet. Ignoriere sie.«

»Ich ignoriere sie«, wiederholte Chris gehorsam, und dann forderte ein dürrer Kerl mit einem Adamsapfel so groß wie ein Hühnerei alle Anwesenden auf, sich zu erheben. »Der ehrenwerte Richter Leslie F. Puckett«, verkündete er, und ein Mann in einer wallenden Robe trat durch eine Seitentür ein, wobei er mit den Zähnen geräuschvoll etwas knackte.

»Setzen Sie sich«, sagte der Richter und schlug die Akte auf. Er fischte eine Nuß aus einer niedrigen rechteckigen Dose vor ihm und saugte sie durch die Lippen in den Mund, wie ein Wal Krill durch die Barten sog. »Die Staatsanwaltschaft hat das Wort.«

Barrie Delaney erhob sich und wandte sich den Geschworenen zu. »Ladies und Gentlemen«, sagte sie. »Mein Name ist Barrie Delaney, und ich bin hier als Vertreterin des Staates New Hampshire. Ich möchte Ihnen allen dafür danken, daß Sie diese überaus wichtige Aufgabe übernommen haben. Sie zwölf sind hier, um dafür zu sorgen, daß in diesem Gerichtssaal Gerechtigkeit gesprochen wird. Und im vorliegenden Fall bedeutet Gerechtigkeit, daß Sie diesen Mann ...« Sie zeigte mit ausgestrecktem Finger auf Chris. »Christopher Harte, des Mordes für schuldig befinden.

Jawohl, des Mordes. Das klingt schockierend, und vermutlich ist es für Sie um so schockierender, daß ich anklagend auf einen gutaussehenden jungen Mann zeige.

Ich wette, Sie denken sogar ›Er sieht gar nicht aus wie ein Mörder‹«. Sie folgte dem Blick der Geschworenen und musterte Chris abschätzig. »Er sieht aus wie ... nun, wie ein Schüler der Preparatory School. Er entspricht nicht dem Bild eines Mörders, das Hollywood uns präsentiert. Aber, Ladies und Gentlemen, das hier ist nicht Hollywood. Das hier ist die Wirklichkeit, und im wirklichen Leben hat Christopher Harte Emily Gold getötet. Vor Ende dieses Prozesses werden Sie den Angeklagten als den Menschen kennengelernt haben, der sich wirklich unter dem eleganten Jackett und der hübschen blauen Krawatte verbirgt – einen kaltblütigen Mörder.«

Sie warf einen flüchtigen Blick auf Jordan. »Die Verteidigung wird versuchen, Sie auf der Gefühlsebene anzusprechen, und Ihnen weismachen wollen, daß es sich hier um einen mißglückten doppelten Selbstmord handelt. Aber so ist es nicht gewesen. Lassen Sie mich Ihnen erzählen, was sich zugetragen hat.« Sie drehte sich um, beide Hände auf dem Geländer zwischen sich und der Geschworenenbank ruhend, und richtete ihre Aufmerksamkeit auf eine ältere Frau mit blaugefärbtem Haar in einem geblümten Baumwollkleid. »Am Abend des siebten November um 18 Uhr hat Christopher Harte aus dem abgeschlossenen Waffenschrank im Keller seines Elternhauses einen .45er Colt geholt, den er in seiner Jackentasche verschwinden ließ, ehe er seine Freundin Emily von zu Hause abholte. Er fuhr mit ihr zum Karussell an der Tidewater Road. Außerdem brachte der Angeklagte noch Schnaps mit. Er und Emily tranken, schliefen miteinander, und dann, als er Emily noch in den Armen hielt, nahm der Angeklagte die Waffe aus der Jackentasche. Nach kurzem Kampf hielt Christopher Harte Emily den Revolverlauf an die Schläfe und drückte ab.«

Sie legte eine Pause ein, um diese Informationen wirken zu lassen. »Ladies und Gentlemen, Sie werden die Aussage von Detective Anne-Marie Marrone hören. Von ihr werden Sie hören, daß wir die Tatwaffe haben, und zwar mit den Fingerabdrücken des Angeklagten. Der Leichenbeschauer wird aussagen, daß es Emily aufgrund des Winkels des Einschußkanals praktisch unmöglich gewesen wäre, den Abzug selbst zu betätigen. Ein Juwelier aus der Stadt wird bezeugen, daß Emily für Chris eine Fünfhundert-Dollar-Uhr gekauft hat, als Geschenk zu seinem achtzehnten Geburtstag einen Monat nach ihrem Tod. Und eine Freundin von Emily sowie ihre eigene Mutter werden Ihnen bestätigen, daß Emily nie Selbstmordabsichten geäußert hat.«

»Sie werden auch erfahren, was Christopher Hartes Tatmotiv war, warum um alles in der Welt er seine Freundin erschossen hat. Sehen Sie, Ladies und Gentlemen, Emily war in der elften Woche schwanger.« Als sie einen der Geschworenen hierauf leise nach Luft schnappen hörte, mußte Barrie sich ein Lächeln verkneifen. »Dieser junge Mann hatte große Pläne für die Zukunft, und die wollte er sich weder von einem Baby noch von einer High-School-Romanze durchkreuzen lassen. Und da beschloß er, das Problem – buchstäblich – aus dem Weg zu räumen.«

Sie trat von der Geschworenenbank zurück. »Dem Angeklagten wird Mord ersten Grades zur Last gelegt. Eine Person macht sich des Mordes ersten Grades schuldig, wenn sie vorsätzlich und aus niederen Beweggründen den Tod eines anderen Menschen herbeiführt. Hat Christopher Harte Emily Gold vorsätzlich getötet? Zweifellos. Hat er in dieser Nacht aus niederen Beweggründen gehandelt? Zweifellos.« Sie drehte sich auf den Absätzen dem Tisch der Verteidigung zu, und ihre kalten grünen Augen schienen Chris zu durchbohren. »In der Bibel steht, daß der Teufel in verschiedener Maskierung auftritt. Lassen Sie sich von seiner jetzigen nicht täuschen.«

»Nette Ansprache. Miss Delaney hat ihre Sache gut gemacht, nicht wahr?« Jordan erhob sich und schlenderte auf die Jury zu. »Allerdings trifft das, was sie gesagt hat, nur in einem Punkt zu: Emily Gold ist tot.« Er breitete die Hände aus. »Das ist eine Tragödie. Und ich bin hier, um dafür zu sorgen, daß Sie eine weitere Tragödie verhindern – daß Sie nicht zulassen, daß dieser junge Mann wegen eines Verbrechens eingesperrt wird, das er nicht begangen hat.

Stellen Sie sich einen Moment den schrecklichen Schmerz vor, einen geliebten Menschen zu verlieren. Sie haben so etwas schon erlebt.« Jordan blickte dieselbe blauhaarige Dame an, die schon Delaney ausgewählt hatte. »Und Sie«, fuhr er fort, an einen Milchfarmer gewandt, dessen Gesicht so runzlig war, daß es beinahe wieder glatt wirkte. »Wir alle haben schon einmal einen geliebten Menschen verloren. Und kürzlich hat auch Chris einen solchen Verlust erlitten. Denken Sie daran, wie Sie damals empfunden haben – denken Sie an den Schmerz, die Verzweiflung –, und dann stellen Sie sich vor, wie grauenhaft es sein muß, des Mordes an diesem geliebten Menschen beschuldigt zu werden.

Der Staat behauptet, Christopher Harte hätte einen Mord begangen, aber so ist es nicht gewesen. Er hätte beinahe Selbstmord begangen. Er hat mit angesehen, wie seine Freundin ihrem Leben ein Ende gesetzt hat, und wurde ohnmächtig, bevor er ihr in den Tod folgen konnte.

Sämtliche vom Staat angeführten Beweise deuten auf einen Doppelselbstmord hin. Ich werde Sie nicht damit langweilen, daß ich Ihnen sämtliche Widersprüche aufzähle, die gegen einen Mord sprechen. Ich werde Sie nur an dieser Stelle bitten, sämtlichen Zeugen sehr genau zuzuhören und sich die Beweise sehr genau anzusehen ... weil nämlich alle Hinweise, die der Staat als Beweise für einen Mord darstellt, verdreht wurden.

Ladies und Gentlemen – um Chris Harte des Mordes schuldig zu befinden, müssen Sie ohne begründeten Zweifel davon überzeugt sein, daß alles sich so abgespielt hat, wie Miss Delaney es vorhin dargestellt hat. Und das ist alles, was die Anklage vorzuweisen hat – eine rein spekulative Theorie.« Er kehrte zurück an den Tisch der Verteidigung und legte seinem Mandanten die Hand auf die Schulter. »Wenn dieser Prozeß vorüber ist, werden Sie sehr begründete Zweifel haben – und Sie werden wissen, daß es keinen Mord im Sinne der Anklage gegeben hat. Emily Gold wollte aus dem Leben scheiden, und Chris wollte sie begleiten. Er hat Emily so sehr geliebt, daß ihm das Leben ohne sie wertlos erschien.« Jordan schüttelte den Kopf und sah Chris an. »Das ist kein Verbrechen, Ladies und Gentlemen. Das ist eine Tragödie.«

»Die Staatsanwaltschaft ruft Detective Anne-Marie Marrone in den Zeugenstand.«

Leises Stimmengemurmel erhob sich im Saal, als die erste Zeugin vereidigt wurde. Sie nahm mit der Gelassenheit eines Menschen Platz, dem dieses Procedere vertraut war. Ihr Blick war auf die Geschworenen gerichtet.

Anne-Marie Marrone trug ein schlichtes schwarzes Kostüm und hatte das Haar am Hinterkopf zu einem Knoten hochgesteckt. Einmal abgesehen von dem Pistolenholster, das unter ihrem Blazer hervorlugte, hätte man glatt vergessen können, daß sie Polizistin war.

Barrie Delaney trat vor den Zeugenstand. »Bitte nennen Sie für das Protokoll Ihren Namen und Ihre Adresse.« Die Polizistin gehorchte, und Barrie nickte. »Würden Sie uns sagen, was Sie beruflich machen?«

»Ich bin Detective-Sergeant bei der Polizei von Bainbridge.«

»Wie lange sind Sie schon im Polizeidienst?«

»Zehn Jahre.« Sie lächelte. »Im Juni.«

Es folgten einige knappe Fragen zu ihrer Ausbildung, ihrer Arbeit auf der Polizeiakademie und ihrer Erfahrung innerhalb des aktiven Polizeidienstes. Barrie, die bis jetzt auf und ab gegangen war, unterbrach ihre rastlose Wanderung und blieb stehen, eine Hand auf dem Geländer des Zeugenstandes. »Wer war für die Ermittlungen im Fall Emily Gold zuständig?«

»Ich«, entgegnete die Beamtin.

»Haben Sie die Todesursache festgestellt?«

»Ja. Eine Schußwunde am Kopf.«

»Es war also eine Schußwaffe im Spiel.«

»Ein .45er Colt.«

»Und konnten Sie die Tatwaffe sicherstellen?«

Anne-Marie nickte. »Noch am Tatort. Sie lag auf einem Karussell. Wir haben die Waffe sichergestellt und an ihr verschiedene ballistische Tests durchführen lassen.«

»Ist das die Waffe, die Sie am Tatort sichergestellt haben?« fragte Barrie und hielt den .45er Colt hoch.

»Das ist sie«, bestätigte Detective Marrone.

»Euer Ehren«, sagte Barrie. »Ich möchte die Waffe bitte als Beweisstück A ins Protokoll aufnehmen lassen.« Sie nahm die übliche Prozedur vor und zeigte den Revolver auch Jordan, der jedoch gelangweilt abwinkte. Dann wandte sie sich wieder der Polizistin zu. »Konnten Sie feststellen, woher die Waffe stammte?«

»Ja. Als Eigentümer wurde James Harte ermittelt.«

James hinter dem Tisch der Verteidigung zuckte unwillkürlich zusammen, als sein Name fiel. »James Harte«, sagte die Staatsanwältin. »Besteht ein verwandtschaftliches Verhältnis zum Angeklagten?«

»Einspruch«, rief Jordan. »Irrelevant.«

»Ich werde die Frage gestatten«, entschied der Richter.

Die Beamtin blickte vom Richter zu Barrie Delaney. »Er ist sein Vater.«

»Hatten Sie Gelegenheit, James Harte zu befragen?«

»Ja. Er sagte, bei der Waffe handle es sich um ein Sammlerstück, die aber noch für Zielübungen benutzt würde. Er sagte außerdem, sein Sohn sei mit der Waffe vertraut, habe freien Zugriff darauf gehabt und sie auch für Schießübungen benutzt.«

»Können Sie uns mehr über die Tests erzählen, die Sie haben durchführen lassen?«

Detective Marrone veränderte ihre Haltung. »Also, wir haben festgestellt, daß eine Kugel abgefeuert wurde, die in Höhe der Schläfe in den Schädel des Opfers eingedrungen ist, auf der Rückseite ausgetreten ist und sich in die Holzplattform des Karussells gebohrt hat. Die Patronenhülse befand sich noch in der Revolvertrommel, ebenso wie eine zweite Kugel, die nicht abgefeuert wurde. Christopher Hartes Fingerabdrücke befanden sich auf beiden Patronen.«

Barrie zeigte auf Chris. »Mit Christopher Harte meinen Sie den Angeklagten.«

»Ja«, bestätigte Detective Marrone.

»Hmmm.« Barrie wandte sich wieder den Geschworenen zu, als denke sie das erste Mal über diese Information nach. »Seine Fingerabdrücke waren also auf beiden Patronen. Haben Sie noch andere Fingerabdrücke auf den Patronen gefunden?«

»Nein.«

»Und was schließen Sie daraus?«

»Daß er als einziger mit den Patronen in Berührung gekommen ist.«

»Ich verstehe«, sagte Barrie. »Wurden an der Waffe noch irgendwelche anderen Tests durchgeführt?«

»Ja. Die Waffe selbst wurde ebenfalls auf Fingerabdrükke untersucht. Wir fanden Abdrücke von Christopher Harte und Emily Gold. Allerdings befanden sich Mr. Hartes Abdrücke überall auf der Waffe, die des Opfers nur auf dem Lauf.«

»Können Sie uns demonstrieren, was Sie meinen?« bat Barrie und griff nach dem Colt, der inzwischen mit einem Etikett versehen worden war.

Die Polizistin legte sich den Revolver auf die flache Hand. »Mr. Hartes Fingerabdrücke wurden hier, hier und hier gefunden«, sagte sie, auf die einzelnen Stellen zeigend. »Emily Golds Fingerabdrücke fanden sich nur in diesem Bereich.« Sie kratzte mit dem Fingernagel über den nackten Stahllauf.

»Aber um diese Waffe abzufeuern, muß man sie wo anfassen, Detective Marrone?« Sie wartete, bis Anne-Marie auf den Revolvergriff gezeigt hatte. »Und dort wurden keine Fingerabdrücke von Emily gefunden?«

»Nein.«

»Wohl aber Mr. Hartes?«

»Einspruch«, rief Jordan träge dazwischen. »Die Frage wurde bereits gestellt und beantwortet.«

»Stattgegeben«, bestätigte Puckett.

Barrie kehrte Jordan den Rücken zu. »Wurden am Tatort selbst noch irgendwelche Tests durchgeführt?«

»Ja. Ein Test mit Luminol, einem fluoreszierenden Spray, das Spritzmuster von Blut sichtbar macht. Aus den Ergebnissen dieses Tests sowie aus dem Winkel, in dem die Kugel sich in das Holz der Karussellplattform gebohrt hat, haben wir abgeleitet, daß Emily Gold gestanden hat, als die Kugel abgefeuert wurde. Und daß eine andere Person in diesem Augenblick sehr dicht vor ihr gestanden hat. Wir wissen außerdem, daß sie mehrere Minuten lang blutend auf dem Rücken gelegen hat, bevor sie in die Position gebracht wurde, in der sie die Beamten am Tatort vorfanden.«

»Und was war das für eine Position?«

»Sie blutete stark, und ihr Kopf lag im Schoß des Angeklagten.«

»Hat das Luminol sonst noch etwas ergeben?«

»Ja. Einen großen Blutfleck unabhängig von den Spritzspuren der Schußwunde, dort, wo der Angeklagte angeblich mit dem Kopf aufgeschlagen ist.«

»Einspruch.« Jordan deutete auf Chris. »Wollen Sie seine Narbe sehen?«

Puckett bedachte Jordan mit einem strafenden Blick. »Fahren Sie fort, Miss Delaney.«

»Läßt sich anhand dieses Flecks rekonstruieren, wie oder warum der Angeklagte gestürzt ist?« fragte Barrie.

»Nein«, erwiderte die Polizistin. »Daran zeigt sich nur, daß er etwa fünf Minuten lang reglos und blutend dort gelegen haben muß.«

»Ich verstehe. Sonst noch irgendwelche Tests?«

»Wir haben Pulverspuren an der Kleidung des Opfers und an jener des Angeklagten gefunden. Außerdem haben wir die Finger des Opfers auf Schmauchspuren hin untersucht.«

»Und? Was haben Sie gefunden?«

»Es waren keine Schmauchspuren an Emily Golds Fingern.«

»Würde man bei einem Selbstmord, bei dem das Opfer die Waffe selbst ansetzt und abdrückt, nicht Schmauchspuren an den Händen feststellen müssen?«

»Auf jeden Fall. Das war auch der Grund, weshalb ich überhaupt begann zu argwöhnen, daß Emily Gold sich nicht selbst erschossen hatte.«

Barrie schwieg eine Weile und musterte die Gesichter der Geschworenen. Sie hatte sie in ihren Bann geschlagen. Jeder einzelne der zwölf Juroren saß ganz am Rand seines Stuhls, und einige machten sich sorgfältig Notizen auf den vom Gericht zur Verfügung gestellten Blocks. »Haben Sie am Tatort sonst noch etwas gefunden?«

»Eine Flasche Canadian Club. Schnaps.«

»Ah ... Alkoholkonsum bei Minderjährigen«, sagte Barrie lächelnd.

Die Polizistin lächelte ebenfalls. »Das war allerdings unter den gegebenen Umständen nicht meine Hauptsorge.«

Jordan erhob erneut Einspruch. »Euer Ehren«, sagte er, »sofern diese Bemerkung eine Frage beinhaltet hat, ist mir dies entgangen.«

Puckett ließ eine Mandel auf der Zunge kreisen und brachte diese dann vorübergehend seitlich in der Backentasche unter. »Beschränken Sie sich darauf, Fragen zu stellen, Frau Staatsanwältin«, ermahnte er Barrie.

»Stand im Autopsiebericht irgend etwas Bemerkenswertes?«

Anne-Marie nickte. »Daß das Opfer in der elften Woche schwanger war.«

Die Staatsanwältin ging mit der Polizistin sämtliche Gespräche durch, die diese mit Freunden und Nachbarn von Emily Gold geführt hatte – wobei auffiel, daß Eltern und Lehrer fehlten. »Detective Marrone, hatten Sie auch Gelegenheit, mit dem Angeklagten selbst zu sprechen?« Barrie warf der Polizistin einen warnenden Blick zu. Anne-Marie war eine gute Polizistin, ein Profi, aber sie durfte auf keinen Fall ihr Gespräch mit Chris im Krankenhaus erwähnen, nachdem diese Befragung als unzulässig eingestuft worden war, konnte allein ihre Erwähnung als Verfahrensfehler gewertet werden und die Einstellung des Verfahrens zur Folge haben.

»Ja. Er kam am elften November aufs Revier. Ich habe ihm seine Rechte vorgelesen, und er hat auf sein Aussageverweigerungsrecht und die Anwesenheit eines Anwalts verzichtet.«

»Ist das hier das Polizeiprotokoll besagter Vernehmung vom elften November?« Die Staatsanwältin hielt eine Akte hoch, auf deren Deckel das Logo der Polizei von Bainbridge prangte.

»Das ist es«, bestätigte die Beamtin.

»Wie bald nach Ihrem Gespräch mit Christopher Harte haben Sie diesen Bericht verfaßt?«

»Gleich nachdem er gegangen war.«

»Worum ging es bei Ihrem Gespräch?«

»Zusammenfassend sagte Mr. Harte, daß er die Waffe zum Tatort mitgebracht habe, am Tatort gewesen sei und zugesehen habe, wie Emily Gold sich erschoß.«

»Paßte das zu den von Ihnen sichergestellten Indizien und Beweisen?«

»Nein.«

»Warum nicht?«

Detective Marrone legte den Kopf schräg und musterte Chris. Er fühlte, wie seine Wangen sich röteten, zwang sich jedoch, ihren Blick mit demonstrativer Gelassenheit zu erwidern. »Wenn es nur ein Punkt gewesen wäre ... Der Einschußkanal, der in einem ungewöhnlichen Winkel verlief beispielsweise ...«

»Einspruch!«

»Oder die Prellungen am Handgelenk, auch wenn alles andere auf einen Selbstmord hindeutete.«

»Einspruch.«

»Ja, sogar wenn irgend jemand sie als gestört bezeichnet hätte. Aber es gab einfach zu viele Widersprüche.«

»Einspruch, Euer Ehren!«

Der Richter musterte Jordan aus zusammengekniffenen Augen. »Abgelehnt«, sagte er.

Barries Herz klopfte wild. »Es war also nach Ihrer Expertenmeinung, aber der Aussage des Angeklagten zum Trotz, kein Selbstmord. Haben Sie sich anhand der Beweise – Fingerabdrücke, Blutspritzmuster, Schmauchspuren, Alkohol, Vernehmungsprotokolle – eine alternative Meinung zum tatsächlichen Geschehen gebildet?«

»Ja«, entgegnete Detective Marrone fest. »Daß Christopher Harte sie getötet hat.«

»Und wie sind Sie zu dieser Überzeugung gelangt?«

Anne-Marie wob mit Worten ein Bild, das im Gerichtssaal hing wie ein Gemälde, reich an Einzelheiten und unmöglich zu ignorieren. »Emily war ein glückliches Mädchen, das auf niemanden – weder Lehrer noch Eltern oder Freunde – auch nur den geringsten depressiven Eindruck gemacht hat. Sie war hübsch, beliebt, hatte ein wunderbares Verhältnis zu ihren Eltern – eine Bilderbuchtochter. Sie war in der elften Woche schwanger von ihrem Freund. Und Chris war im letzten High-School-Jahr, wollte aufs College, hatte sich bereits verschiedentlich beworben – zweifellos stand er an einem Punkt in seinem Leben, an dem er kein Baby brauchen konnte – ebenso wenig wie eine Freundin, die sich an ihn klammerte und ihn in seinen Entscheidungen einschränkte.«

Jordan erwog, Einspruch zu erheben – immerhin war das alles rein spekulativ –, erkannte jedoch, daß er sich damit nur selbst schaden und der Aussage der Polizistin mehr Gewicht verleihen würde, und genau das wollte er vermeiden. Und so seufzte er statt dessen vernehmlich, in der Hoffnung, den Geschworenen hierdurch zu verstehen geben zu können, wie lächerlich er Marrones Theorie fand.

Die Polizistin senkte die Stimme, und die Geschworenen beugten sich auf ihren Stühlen vor, um sie besser verstehen zu können. »Also arrangierte er ein romantisches Rendezvous am Karussell. Er sorgte dafür, daß sie etwas trank, und versuchte, sie so betrunken zu machen, daß sie keine Gegenwehr leisten würde, wenn er die Waffe zog. Sie schliefen miteinander, zogen sich an, und er schloß sie in die Arme. Dann, ehe sie wußte, wie ihr geschah, hielt er ihr den Revolver an den Kopf.« Anne-Marie hob die Hand an die Schläfe und ließ sie gleich darauf wieder sinken. »Sie wehrte sich, aber er war viel größer und stärker als sie, und er erschoß sie.« Sie seufzte. »Das ist meine Version dessen, was sich in jener Nacht abgespielt hat.«

Barrie kehrte zurück an ihren Tisch, fast soweit, ihre Zeugin der Befragung durch die Verteidigung zu überlassen. »Danke, Detective. Ach, noch eine letzte Frage. Hat sich aus Ihrem Gespräch mit Christopher Harte auf dem Revier sonst noch etwas Wichtiges ergeben?«

Anne-Marie nickte. »Er mußte eine Einwilligungserklärung für die Befragung unterschreiben – das ist Vorschrift. Und er schrieb mit der linken Hand. Und als ich ihn darauf ansprach, bestätigte er, daß er Linkshänder sei.«

»Und inwiefern ist das von Bedeutung, Detective?«

»Wir wissen aufgrund des Schußkanals und des Musters der Blutspritzer, daß jemand vor Emily gestanden hat. Und wenn diese Person sie in die rechte Schläfe geschossen hat, muß sie das mit der linken Hand getan haben.«

»Danke«, sagte Barrie. »Keine weiteren Fragen.«

Als Jordan sich zum Kreuzverhör erhob, lächelte er Anne-Marie Marrone an. »Detective«, sagte er. »Wir alle haben gehört, daß Sie Miss Delaney erzählt haben, Sie wären seit zehn Jahren bei der Polizei. Zehn Jahre.« Er pfiff anerkennend. »Das ist eine lange Zeit im öffentlichen Dienst.«

Anne-Marie nickte, zu klug und erfahren, um bei diesen schmeichelnden Worten zu entspannen, was Jordan tatsächlich bezweckt hatte. »Meine Arbeit gefällt mir, Mr. McAfee.«

»Ach ja?« Jordan lächelte breit. »Mir auch.« Auf der Geschworenenbank kicherte jemand. »Und, wie viele Mordfälle haben Sie in diesen zehn Jahren bearbeitet, Detective?«

»Zwei.«

»Zwei«, wiederholte Jordan. »Zwei Morde.« Er runzelte die Stirn. »Ist dieser hier der zweite?«

»Das ist richtig.«

»Dann haben Sie also bis zum vorliegenden Fall erst einen einzigen Mordfall bearbeitet?«

»Ja.«

»Und warum hat man dann ausgerechnet Sie mit den Ermittlungen betraut?«

Anne-Maries Wangen färbten sich tiefrot. »Es ist nur ein kleines Revier«, entgegnete sie. »Und ich bin ranghöchster Detective. Der Fall fiel in meinen Zuständigkeitsbereich.«

»So. Es handelt sich also um Ihre zweite Morduntersuchung«, wiederholte er, die mangelnde Erfahrung der Zeugin erneut herausstreichend. »Und Sie haben sich als erstes die Tatwaffe vorgenommen. Ist das richtig?«

»Ja.«

»Und auf der Waffe wurden zweierlei Fingerabdrücke gefunden.«

»Ja.«

»Und Sie haben zwei Patronen gefunden.«

»Ja.«

»Aber jemand, der vorhat, einen Menschen aus nächster Nähe zu erschießen, würde hierzu kaum zwei Kugeln brauchen, oder?«

»Das kommt darauf an«, entgegnete die Polizistin.

»Mir ist bewußt, daß das alles hier für Sie neu ist, Detective«, sagte Jordan, »aber ja oder nein sind als Antwort völlig ausreichend.«

Er sah, wie Anne-Maries Kiefer sich anspannten. »Nein«, antwortete sie zähneknirschend.

»Andererseits«, fuhr Jordan freundlich fort, »würde man sehr wohl zwei Kugeln brauchen, wenn man einen Doppelselbstmord plant, richtig?«

»Ja.«

»Und auf den Patronen wurden Chris' Fingerabdrücke gefunden?«

»Ja.«

»Würde es zu einem Doppelselbstmord passen, daß nur Chris' Fingerabdrücke auf den Patronen gefunden wurden, nachdem er nie bestritten hat, daß die Waffe seinem Vater gehört und er sie mitgebracht hat?«

»Ja.«

»Wäre es nicht sogar merkwürdig, wenn Emilys Fingerabdrücke auf den Patronen in der Kammer gewesen wären, da sie selbst keinerlei Erfahrung im Umgang mit Schußwaffen hatte?«

»Das mag sein.«

»Wunderbar. Sie haben Miss Delaney außerdem gesagt, Sie hätten die Waffe ebenfalls untersuchen lassen.«

»Das ist richtig.«

»Sie haben Emilys und Chris' Fingerabdrücke auf der Waffe gefunden, richtig?«

»Ja.«

»Haben Sie nicht noch weitere Fingerabdrücke gefunden?«

»Doch. Einige Abdrücke gehörten zu James Harte, dem Vater des Angeklagten.«

»Tatsächlich? Aber der wurde von Ihnen im Laufe Ihrer Ermittlungen zu keinem Zeitpunkt verdächtigt.«

Anne-Marie seufzte. »Das lag daran, daß seine Fingerabdrücke die einzigen Indizien waren, die ihn mit dem Tatort in Verbindung brachten.«

»Daraus läßt sich schließen, daß man sich nicht allein auf Fingerabdrücke als Beweismittel verlassen kann, oder? Nur weil jemandes Fingerabdrücke auf einer Waffe sind, bedeutet das noch lange nicht, daß diese Person sie auch zur Tatzeit angefaßt hat?«

»Das ist richtig.«

»Aha. Sie haben Emilys Fingerabdrücke auf der Waffe gefunden«, fuhr Jordan fort und steuerte die von der Staatsanwaltschaft eingebrachten Beweismittel an. »Haben Sie etwas dagegen, wenn ich den in die Hand nehme?« fragte er, auf den Colt zeigend, bevor er ihn vorsichtig in die Hand nahm. »Chris' Fingerabdrücke haben Sie hier, an der Unterseite gefunden.«

»Das ist richtig.«

»Aber am Abzug konnten Sie keine eindeutigen Abdrücke sicherstellen.«

»Nein, konnten wir nicht.«

Jordan nickte nachdenklich. »Ist es richtig, daß Sie nur einen halben Quadratzentimeter großen Teilabdruck – also eine sehr kleine Fläche – brauchen, um einen Abdruck einer bestimmten Person zuzuordnen?«

»Ja«, entgegnete Anne-Marie, »allerdings muß es der richtige halbe Quadratzentimeter sein. Ein ganz bestimmter Teilbereich.«

»Dann sind Fingerabdrücke nicht so leicht sicherzustellen wie es im Film den Anschein hat?«

»Nein, ganz so einfach ist es nicht.«

»Können sie durch neuere Abdrücke verwischt werden?«

»Ja.«

»Würden Sie mir dann nicht darin zustimmen, daß die Auswertung von Fingerabdrücken bei weitem keine sichere Wissenschaft ist?«

»Das stimmt.«

»Wenn ich diese Waffe nehme und abfeuere und anschließend Sie sie in die Hand nehmen und abfeuern, wäre es dann möglich, daß meine Fingerabdrücke auf dem Abzug nicht mehr nachweisbar wären?«

»Möglicherweise«, gab Anne-Marie zu.

»Könnte es dann nicht sein, daß Emily die Waffe abgefeuert hat und Chris, als er die Waffe hinterher an sich nahm, ihre Abdrücke verwischt hat?«

»Das wäre möglich.«

»Lassen Sie mich noch einmal rekapitulieren: Können Sie, Detective Marrone, obgleich bei Ihren Tests keine Fingerabdrücke von Emily auf dem Abzug festgestellt wurden, mit absoluter Gewißheit ausschließen, daß sie den Abzug betätigt hat?«

»Nein ... aber ebensogut könnte Chris abgedrückt haben, ohne daß man es jetzt noch nachweisen könnte.« Sie lächelte triumphierend.

Jordan atmete einmal tief durch. »Sprechen wir von dem Luminol«, sagte er. »Sie sagten, daß auf dem Karussell Blutspuren gefunden wurden, die darauf hindeuteten, daß der Angeklagte geblutet habe.«

»Ja. Er hat aus einer Kopfwunde geblutet, als meine Kollegen vor Ort eintrafen.«

»Und doch behaupten Sie, das wäre kein Beweis dafür,

daß Chris das Bewußtsein verloren hat. Wollen Sie mir weismachen«, fragte er verächtlich, »Chris habe sich auf die Karussellplattform gelegt, sich in dieser Position den Kopf angeschlagen und wäre dann mehrere Minuten lang reglos liegengeblieben, damit sich eine Blutlache bildete?«

Anne-Marie blickte hochnäsig auf ihn herab. »Das hat es alles schon gegeben.«

»Ach ja?« fragte Jordan ehrlich überrascht. »Bei einem Ihrer vorangegangenen Mordfälle, nehme ich an?«

»Einspruch!« rief Barrie.

»Stattgegeben.« Puckett funkelte Jordan böse an. »Ich brauche Sie sicher nicht erst zu warnen, Mr. McAfee.«

Jordan kehrte zurück an den Tisch, auf dem die Beweise lagen. »Ist das hier eine Abschrift Ihres Gespräches mit Chris Harte?«

»Ja«.

»Würden Sie bitte diesen Satz vorlesen? Gleich hier.«

Er ging mit dem Protokoll zum Zeugenstand und zeigte der Polizistin die gewünschte Stelle.

Anne-Marie räusperte sich. »›Wir wollten uns gemeinsam das Leben nehmen‹.«

»Und das ist ein originalgetreues Zitat?«

»Ja.«

»Er hat Ihnen unverblümt gesagt, daß es ein doppelter Selbstmord war – oder werden sollte?«

»Ja, das hat er.«

»Und können Sie mir sagen, was das hier auf Seite drei bedeutet?«

Die Polizistin warf der Staatsanwältin einen hilflosen Blick zu. »Das ist eine Pause auf dem Band.«

»Hmmm. Und was war der Grund für diese Pause?«

»Ich mußte den Recorder abschalten, weil der Angeklagte anfing zu weinen.«

»Chris hat geweint? Weshalb?«

Anne-Marie seufzte. »Wir sprachen von Emily, und das hat ihn sehr aufgeregt.«

»Würden Sie das als Expertin als ein Zeichen aufrichtiger Trauer deuten?«

»Einspruch«, rief Barrie. »Meine Zeugin ist keine Expertin in Sachen Trauer.«

»Ich werde die Frage zulassen«, lehnte der Richter den Einspruch ab.

Die Polizistin zuckte die Achseln. »Ich denke schon.«

»Lassen Sie mich zusammenfassen. Während dieser Vernehmung, der Chris Harte freiwillig zugestimmt und bei der er auf meine Anwesenheit verzichtet hatte, einer Befragung, im Laufe derer er unumwunden erklärte, daß er und Emily sich gemeinsam das Leben nehmen wollten, fing er an, so heftig zu schluchzen, daß Sie das Band abstellen mußten?«

»Ja«, entgegnete Anne-Marie knapp. »Aber er war nicht an einen Lügendetektor angeschlossen.«

Sofern Jordan ihre letzte Bemerkung gehört hatte, ließ er sich hiervon nichts anmerken. »Sie sagten, daß Ihrer Version des Tathergangs nach Chris versucht habe, Emily betrunken zu machen.«

»Ja, das glaube ich.«

»Um ihre Gegenwehr zu untergraben«, stellte Jordan klar.

»Richtig.«

»Hat der Leichenbeschauer auch Emilys Blutalkohol ermittelt?«

»Das wird ganz automatisch gemacht«, entgegnete die Polizistin.

»Und wissen Sie auch, wie der Wert ausgefallen ist?«

»Ja«, gab sie widerstrebend zu. »0,2 Promille.«

»Und das würde welcher Menge Alkohol entsprechen, Detective?«

Anne-Marie hüstelte. »Einem Drink. Vielleicht einem kräftigen Schluck bei einem jungen Mädchen.«

»Sie hatte nur einen großen Schluck aus der ganzen Flasche getrunken.«

»Offenbar, ja.«

»Wo liegt in unserem Staat die Promillegrenze, von der ab man als fahruntüchtig gilt?«

»0,8.«

»Und wie hoch war Emilys Blutalkohol noch gleich?«

»Das sagte ich doch bereits. 0,2.«

»Also deutlich unter den gesetzlichen Richtlinien für Fahruntauglichkeit. Würden Sie also behaupten, daß sie betrunken war?«

»Vermutlich nicht.«

»Sie haben Spuren von Schießpulver an Emilys und Chris' Kleidern erwähnt«, fuhr Jordan fort. »Stimmt es nicht, daß wenn man Schießpulver auf einem Kleidungsstück findet, dies lediglich beweist, daß der Stoff der Schußwaffe sehr nahe war, als diese abgefeuert wurde?«

»Das ist richtig.«

»Können Sie anhand von Schießpulverspuren an Kleidungsstücken feststellen, wer die Waffe nun tatsächlich abgefeuert hat?«

»Nicht eindeutig. Aber wir haben auch keine Schmauchspuren an den Händen des Opfers gefunden. Und bei jemandem, der eine Waffe abfeuert, müssen Pulverspuren an den Händen feststellbar sein.«

Jordan ging sofort darauf ein. »Ist es bei einer Mordermittlung üblich, die Hände des Opfers sofort in Plastikbeutel zu stecken, um zu verhindern, daß eventuelle Spuren verwischt werden?«

»Gewöhnlich ja, aber ...«

»Wann wurde der Schmauchspurentest an der Leiche vorgenommen?«

Anne-Marie blickte gesenkten Hauptes auf ihren Schoß. »Am neunten November.«

»Das heißt, Emilys Hände wurden nicht am Tatort auf Schmauchspuren hin untersucht, auch nicht auf der Fahrt ins Krankenhaus oder im Leichenschauhaus, sondern erst zwei Tage nach ihrem Tod? Wäre es möglich, daß in dieser Zeit irgend jemand Emilys Hände angefaßt hat?«

»Nun, ich ...«

»Ja oder nein?«

»Das wäre möglich«, gab Anne-Marie zu.

»Könnte jemand auf der Fahrt vom Tatort zum Krankenhaus Emilys Hände berührt haben?«

»Ja.«

»Beispielsweise Sanitäter oder Streifenbeamte?«

»Beides wäre möglich.«

»Könnte in der Notaufnahme jemand ihre Hände angefaßt haben?«

»Ja.«

»Krankenschwestern und Ärzte zum Beispiel?«

»Ich denke schon.«

»Und könnte es sein, daß sie in der Notaufnahme gewaschen wurde, da keine anders lautenden Anweisungen vorlagen?«

»Ja«, sagte die Polizistin kleinlaut.

»Es könnten also zahlreiche verschiedene Personen die Beweismittel vernichtet haben, bevor Emilys Hände untersucht wurden?« faßte Jordan zusammen.

»Ja«, gestand Marrone.

»Ist es bei Mordermittlungen nicht außerdem üblich, die Hände des mutmaßlichen Täters sofort auf Schmauchspuren hin zu untersuchen?«

»Das gehört zur standardisierten Vorgehensweise.«

»Als Sie Chris am Tatort gesehen haben, haben Sie da seine Hände auf Schmauchspuren hin untersucht?«

»Also ... nein. Aber zu diesem Zeitpunkt bestand ja auch noch kein konkreter Tatverdacht.«

Jordans Augen weiteten sich. »Tatsächlich, Detective Marrone? Er galt nicht als verdächtig, als die Polizei am Tatort eintraf?«

»Nein.«

»Und wann haben Sie begonnen, ihn als Verdächtigen zu betrachten?«

»Einspruch!« rief Barrie dazwischen.

»Herr Verteidiger, würden Sie die Frage bitte umformulieren«, bemerkte Puckett trocken.

»Ich werde fortfahren. Haben Sie seine Hände im Krankenhaus untersuchen lassen?« fragte Jordan unerbittlich.

»Nein.«

»Am nächsten Tag, nachdem Sie weitere Informationen gesammelt hatten?«

»Nein.«

»Haben Sie Chris' Hände an dem Tag untersucht, an dem er zur Vernehmung bei Ihnen auf dem Revier war?«

»Nein.«

Jordan schnaubte. »Seine Hände wurden also zu keiner Zeit auf Schmauchspuren hin untersucht – weder gleich, als er noch nicht als Verdächtiger galt, noch später, nachdem Sie beschlossen hatten, in ihm einen Mörder zu sehen?«

»Seine Hände wurden zu keiner Zeit untersucht.«

»Könnte es nicht sein, daß Sie an Emilys Händen Schmauchspuren gefunden hätten, wenn diese untersucht worden wären, bevor Dritte eventuelle Spuren verwischen konnten?«

»Das wäre möglich.«

»Und das hätte bewiesen, daß sie die Waffe abgefeuert hat.«

»Ja, das wäre der Beweis gewesen«, sagte Anne-Marie.

»Und wenn Sie Chris' Hände gleich am Tatort auf Schmauchspuren hin untersucht hätten, hätten Sie möglicherweise keine gefunden?«

»Das ist richtig.«

»Und das wäre der Beweis dafür gewesen, daß er nicht geschossen hat?«

»Korrekt.«

Und dann wären wir alle jetzt nicht hier.

Jordan brauchte es nicht auszusprechen. Er ging zur Geschworenenbank hinüber und blieb ganz am Ende stehen, so als gehörte er dazu. »Okay, Detective. Ihre Theorie lautet dahingehend, daß Chris am Tatort war. Er lud den Revolver mit zwei Patronen, weil er fürchtete, beim ersten Mal aus einer Entfernung von wenigen Zentimetern danebenzuschießen. Er versuchte vergeblich, Emily betrunken zu machen, schlief mit ihr und holte die Waffe. Emily sah ihn die Waffe ziehen, es kam zum Gerangel, und dann erschoß er sie. Und Sie sind der festen Überzeugung, daß es sich so abgespielt hat?«

»Ja.«

»Und für Sie bestehen an dieser Version keinerlei Zweifel?«

»Keine.«

Jordan trat wieder näher an den Zeugenstand. »Könnte der Umstand, daß in der Revolvertrommel zwei Kugeln waren, nicht ebenso gut dafür sprechen, daß ein Doppelselbstmord vorgesehen war?«

»Also ...«

»Ja oder nein?«

»Das wäre möglich«, entgegnete Anne-Marie seufzend.

»Und könnte der Canadian Club nicht dazu vorgesehen gewesen sein, sich Mut anzutrinken für den geplanten Suizid?«

»Möglich.«

»Und könnten nicht Fingerabdrücke auf der Waffe gewesen sein, die nicht deutlich oder groß genug waren, um von der Forensik eindeutig zugeordnet zu werden?«

»Doch.«

»Und hätte ein Schießpulvertest – der aus mir unerfindlichen Gründen versäumt wurde – nicht Chris Hartes Unschuld beweisen können?«

»Möglich.«

»Das heißt also, Detective, daß man Ihrer Expertenmeinung nach die Fakten auch anders deuten kann als in Ihrer Theorie?«

Anne-Marie Marrone atmete geräuschvoll durch den Mund aus. »Ja«, sagte sie.

Jordan kehrte ihr den Rücken zu. »Keine weiteren Fragen«, sagte er.

Die Geschworenen – ganz zu schweigen von Richter Puckett – bekamen langsam glasige Augen; eine nicht ungewöhnliche Reaktion auf ein sehr ins Detail gehendes Verhör. Der Richter verkündete eine zehnminütige Unterbrechung, in der der Saal sich leerte.

Selena packte Jordan beim Arm, als der aus der Herrentoilette kam. »Gute Arbeit«, lobte sie. »Den Geschworenen Nummer fünf hast du in der Tasche. Und Nummer sieben ist, glaube ich, auch geritzt.«

»Für Prognosen ist es noch zu früh.«

»Trotzdem.« Sie zuckte die Achseln und rieb seinen Arm. »Allerdings ist dein Mandant dem Zusammenbruch nah.« Sie zeigte auf Chris, der durch die offenstehenden Türen zum Gerichtssaal zu sehen war. Er saß noch am Tisch der Verteidigung, bewacht von zwei Gerichtsdienern und einem Sheriff Deputy, die mit verschränkten Armen hinter ihm standen, eine körperliche Schranke, die jeden Körperkontakt unterband. »Er hat sich gerade eine Stunde lang anhören müssen, was für ein Soziopath er ist, und im ganzen Saal ist kein einziges ihm gewogenes Gesicht.«

Jordan blickte zu Chris hinüber, der leicht gebeugt am Tisch saß. »Sein Vater ist hier«, teilte er Selena mit.

»Ja, aber wird er sich angemessen verhalten?«

Jordan fuhr sich mit der Hand durch das Haar. »Gut«, sagte er. »Ich werde mit ihm reden.«

»Das solltest du auch. Es sei denn, du möchtest, daß er bei der Aussage des Leichenbeschauers ohnmächtig wird.«

Jordan lachte. »Ja. Und wenn er sich dann an Barrie Delaneys Stuhlrollen den Kopf verletzte, würde die noch einen Weg finden, ihn als Simulanten hinzustellen.« Nachdem er Selena flüchtig die Hand gedrückt hatte, kehrte Jordan zurück in den Gerichtssaal. Er nickte den Männern zu, die um seinen Mandanten herumstanden. »Gentlemen«, sagte er, ließ sich auf seinen Stuhl gleiten und wartete, bis sie sich zurückgezogen hatten.

»Es läuft gut«, versicherte er Chris. »Wirklich.«

Zu seiner Überraschung lachte Chris. »Das hoffe ich. Es scheint mir nämlich noch etwas früh zu sein, um das Handtuch zu werfen.« Dann verschwand das Lächeln ebenso plötzlich wieder aus seinem Gesicht, und zum Vorschein kamen – wie ganz richtig von Selena beobachtet – der angespannte Mund und die unnatürliche Blässe eines sehr verschüchterten Teenagers.

»Weißt du«, sagte Jordan, »ich weiß, wie hart es ist, mit anzuhören, wie man selbst als Ungeheuer dargestellt wird. Die Staatsanwältin darf sagen, was ihr beliebt ... aber das gleiche gilt für uns. Warte nur, bis wir an der Reihe sind – wir haben die bessere Geschichte.«

»Das ist es nicht.« Chris strich mit einem Finger über

die blauen Linien auf dem Schreibblock. »Es ist nur ... die Staatsanwältin läßt alles wieder aufleben. Es ist schon sieben Monate her. Aber dieser ganze technische Kram, das Blut und wo Emily lag und wo ich lag ...« Er verstummte und vergrub das Gesicht in den Händen. »Sie zwingt mich, das alles noch einmal zu durchleben, und ich habe es beim erstenmal schon kaum ertragen.«

Jordan, der selbstsicher mit Worten jeden Zeugen der Anklage auseinandernahm und der tausend Antworten auf Barrie Delaneys Fragen wußte, starrte seinen Mandanten sprachlos an.

Der Leichenbeschauer von Grafton County, Dr. Jubal Lumbano, war ein hagerer Mann mit Brille, den man sich eher mit einem Schmetterlingsnetz bewaffnet auf Insektenjagd hätte vorstellen können als dabei, wie er bis zu den Ellbogen in den Innereien einer Leiche wühlte. Barrie Delaney brauchte volle zehn Minuten, um Lumbanos sämtliche Referenzen fürs Protokoll aufzuzählen; sie wollte ganz sichergehen, daß die Geschworenen auch begriffen, daß sie es hier mit einem erfahrenen Zeugen zu tun hatten – der unscheinbare Dr. Lumbano hatte im Laufe seiner Karriere bereits über 500 Autopsien durchgeführt.

»Dr. Lumbano«, begann Barrie. »Haben Sie die Autopsie an Emily Gold vorgenommen?«

»Ja«, bestätigte der Leichenbeschauer, wobei seine Nase gegen das Mikrophon stieß, so daß dieses einen unangenehmen schrillen Ton erzeugte. Er lehnte sich weiter zurück und lächelte entschuldigend. »Ja, das habe ich.«

»Können Sie uns sagen, was die Todesursache war?«

»Alle Untersuchungsergebnisse deuten darauf hin, daß eine Kugel Kaliber .45, die aus unmittelbarer Nähe in den Kopf des Opfers abgefeuert wurde und das Gehirn durchschlagen hat, zum Tode geführt hat. Genauer ist die Kugel am rechten Schläfenlappen eingedrungen – wobei sie knapp den Stirnlappen verfehlt hat –, um dann am rechten hinteren Okzipitallappen auszutreten.«

Barrie reichte eine Darstellung als Beweisstück ein, die die Umrisse eines dreidimensionalen Schädels um ein Gehirn herum zeigte. Dann wandte sie sich mit einem unschuldigen Lächeln an die Geschworenen. »Dr. Lumbano ... Für jene unter uns, die mit Okzipital- und Schläfenlappen nicht so ... vertraut sind ... Könnten Sie uns vielleicht anhand dieser Darstellung den Verlauf der Kugel aufzeichnen?«

Sie reichte dem Leichenbeschauer einen – blutroten – Filzschreiber, und der Doktor setzte diesen bedächtig an die Darstellung an. »Die Kugel ist hier eingedrungen«, begann er und malte ein X an die rechte Schläfe. »Hat in etwa diesem Winkel das Hirn durchschlagen und ist hier oberhalb des Nackens wieder ausgetreten.« Ein zweites X hinter dem rechten Ohr. Die Linie, die die beiden Markierungen verband, verlief beinahe parallel zur Seite der schematischen Darstellung des Kopfes.

»Können Sie uns sagen, wie lange es gedauert hat, bis der Tod eingetreten ist?« fragte Barrie.

»Nicht gleich«, antwortete Dr. Lumbano. »Sie war noch am Leben, als die Sanitäter vor Ort eintrafen. Möglicherweise war sie sogar nach dem Schuß noch einige Zeit bei Bewußtsein.«

»Bei Bewußtsein und ... in der Lage, Schmerz zu empfinden?«

»Gewiß.«

Barrie machte ein angemessen entsetztes Gesicht. »Und ... wie lange hat Emily schätzungsweise noch gelebt – und gelitten?«

»Ich würde sagen, eine halbe Stunde.«

»Doktor Lumbano, haben Sie an Emily Golds Leiche noch irgend etwas anderes, Verdächtiges entdeckt?«

»Ja.«

»Deuteten diese Spuren auf Gewaltanwendung hin?«

»Suggestivfrage, Euer Ehren«, mischte sich Jordan ein. »Noch ist nicht bewiesen, daß Gewalt angewendet wurde.«

»Stattgegeben.« Puckett nickte der Staatsanwältin zu. »Miss Delaney, bitte unterlassen Sie Suggestivfragen.«

»Wies Emily Golds Leichnam irgendwelche besonderen Spuren auf, Doktor?«

»Ja. Ich habe Prellungen am rechten Handgelenk festgestellt.«

»Und was haben Sie daraus geschlossen?«

»Daß möglicherweise eine gewaltsame Auseinandersetzung stattgefunden hat.«

»Könnten die Läsionen dadurch entstanden sein, daß jemand an ihrem Handgelenk gezogen hat?« Barrie registrierte aus den Augenwinkeln, daß Jordan den Mund öffnete. »Lassen Sie mich das anders formulieren«, kam sie seinem Einspruch zuvor. »Worauf würden Sie als medizinischer Sachverständiger diese Läsionen zurückführen?«

»Möglicherweise wurden sie dadurch verursacht, daß jemand sie beim Handgelenk gepackt hat.«

»Was würden Sie schätzen, wie lange vor ihrem Tod die Prellungen entstanden sind?«

»Innerhalb einer Stunde vor Eintreten des Todes«, antwortete Dr. Lumbano. »Das Blut hatte eben erst angefangen, an die Hautoberfläche zu steigen.«

»Haben Sie bei der Autopsie sonst noch etwas festgestellt?«

»Es gab Spuren von Sperma, die zusammen mit dem

Zustand des Vaginalgewebes auf Geschlechtsverkehr kurz vor dem Tod hindeuteten – etwa eine halbe Sunde vorher, würde ich sagen. Außerdem fand ich Hautpartikel unter den Fingernägeln der Toten, Zellproben, die nicht vom Opfer selbst stammen.«

»Und worauf läßt das schließen?«

»Daß sie jemanden gekratzt hat.«

»Haben Sie feststellen können, von wem die Haut unter ihren Fingernägeln stammte?«

»Ja. Die Gewebeproben stimmten mit jenen überein, die von Christopher Harte genommen und mir von der Polizei übergeben wurden.«

Barrie nickte. »Können Sie mir sagen, ob Emily Rechts- oder Linkshänderin war?«

»Ja. Sämtliche Schwielen befanden sich an der rechten Hand, darunter besonders dicke Schwielen auf der linken Seite des Mittelfingers und auf der rechten Seite des zweiten Fingers. Meiner ärztlichen Meinung nach würde ich sagen, das Opfer war Rechtshänderin.«

»Und die Kugel drang an der rechten Schläfe ein.«

»Ja, das ist richtig.«

Barrie nickte nachdenklich. »Haben Sie schon viele Leichen von Selbstmördern obduziert, Doktor?«

»O ja, ziemlich viele. Sechzig oder siebzig.«

»Waren darunter auch Schußwunden am Kopf?«

»Genau 38«, entgegnete Doktor Lumbano. »Ich fürchte, das ist eine recht beliebte Methode.«

»In wie vielen von diesen 38 Selbstmordfällen wurde eine Pistole oder ein Revolver benutzt?«

»In 24.«

»Und auf welche Art haben sich diese 24 Selbstmörder erschossen?«

»Ich würde sagen, 90 Prozent haben sich durch die Schläfe geschossen. Allerdings war auch ein ungewöhnlicher Fall dabei, in dem ein Mann sich in die Nase geschossen hatte.«

»Wo befand sich die Austrittswunde bei den 90 Prozent der Selbstmörder, die sich in die Schläfe geschossen hatten.«

»In Höhe des gegenüberliegenden Schläfenlappens.« Er tippte sich mit seinen Zeigefingern an beide Schläfen.

»Und wo ist die Kugel bei Emily Gold ausgetreten?«

»Am Okzipitallappen derselben Seite.« Er führte die linke Hand hinter dem Kopf her und zeigte schließlich auf einen Punkt hinter dem rechten Ohr.

»Fanden Sie das ungewöhnlich?«

»Um ehrlich zu sein, ja«, entgegnete der Leichenbeschauer, dessen Wangen sich vor Aufregung rosa färbten. »So etwas ist mir noch nie begegnet. Es wäre sehr schwierig, sich eine Waffe solcher Art an die rechte Schläfe zu halten, daß die Kugel rechts am Hinterkopf austritt. Dazu müßte die Waffe in etwa so gehalten werden.« Dr. Lumbano hob die rechte Hand, imitierte mit ausgestrecktem Zeigefinger den Lauf einer Waffe und hielt ihn sich fast parallel zum Kopf an die rechte Schläfe, wobei er das Handgelenk unnatürlich verdrehen mußte. »Meiner Meinung nach ist das keine ...«

»Einspruch.«

»... typische Position ...«

»Einspruch!«

»Stattgegeben«, entschied Puckett.

»Hast dir ja reichlich Zeit gelassen«, grummelte Jordan leise.

»Was sagten Sie, Herr Verteidiger?« Der Richter schob sich eine weitere Mandel in den Mund. »Sagten Sie etwas? Nein?« Er wandte sich an die Geschworenen. »Bitte ignorieren Sie Dr. Lumbanos letzte Bemerkung.«

Barrie trat vor ihren Zeugen. »Zu welcher Annahme hat Sie das als Arzt geführt, Dr. Lumbano?«

»Spekulation!« protestierte Jordan. »Was soll das?«

»Euer Ehren, ich möchte darum ersuchen, an den Richtertisch treten zu dürfen«, sagte Barrie und nickte Jordan zu, der mit ihr gemeinsam an den erhöhten Tisch des Richters trat.

»Miss Delaney«, sagte Puckett, »der einzige Weg, Ihren Zeugen noch mehr anzuleiten, bestünde darin, ihm eine Leine anzulegen.«

Barrie biß sich auf die Unterlippe. »Wenn mein Zeuge diesbezüglich schon nicht spekulieren darf, würde ich den Geschworenen gern zeigen dürfen, worauf ich hinaus will ... allerdings brauche ich hierzu die Unterstützung der Verteidigung.«

Jordan blickte von Barrie auf den Richter. Er hatte keinen Schimmer, was zum Teufel sie vorhatte, und er war nicht gewillt, ihr bei seinem Mandanten freies Spiel zu lassen. »Erst will ich wissen, worum es geht«, sagte er.

Puckett wandte sich an die Staatsanwältin. »Delaney?«

Sie breitete beide Hände aus. »Eine kleine Demonstration, Euer Ehren. Ich möchte den Geschworenen zeigen, wie Chris vorgegangen sein könnte.«

»Kommt nicht in Frage«, zischte Jordan. »Das würde nur Vorurteile schüren.«

»Hören Sie, Euer Ehren«, fuhr Barrie unbeirrt fort. »Ich werde meinen Standpunkt deutlich machen. Wenn nötig bitte ich den Doktor selbst oder einen Gerichtsdiener, mir zu assistieren. Ich brauche nur eine Person – warum da nicht die benutzen, die der Tat bezichtigt wird?«

Puckett knackte mit den Zähnen eine Mandel. »Fahren Sie fort, Frau Staatsanwältin, aber Vorsicht, sonst stehen Sie gleich wieder hier vor mir.«

»Wie bitte?!« rief Jordan fassungslos.

»Ich habe entschieden«, entgegnete Puckett fest. Und dann zu Barrie: »Fahren Sie fort.«

Jordan kehrte zurück an den Tisch der Verteidigung und sagte sich, daß er jetzt wenigstens Grund für eine Revision hatte. Als er sich auf seinen Stuhl gleiten ließ, berührte er Chris an der Schulter. »Ich weiß nicht, was sie vorhat«, sagte er leise. »Behalte mich im Auge, ich werde nicken oder auch den Kopf schütteln, wenn sie zu weit geht.«

Barrie steuerte bereits auf Chris zu. »Okay, Dr. Lumbano. Ich werde den Angeklagten bitten, mir an dieser Stelle zu helfen.« Sie lächelte Chris an. »Würden Sie bitte aufstehen, Mr. Harte?«

Chris warf einen Blick auf Jordan, der kaum merklich nickte. Er stand auf.

»Danke. Würden Sie hier herüberkommen?« Sie zeigte auf eine Stelle exakt in der Mitte zwischen Geschworenenbank und Zeugenstand. »So, Mr. Harte, wenn Sie jetzt bitte die Arme nach vorn ausstrecken würden.« Sie gestikulierte wie Frankensteins Monster, bis Chris schließlich zögernd die Arme hob.

Und Barrie Delaney trat sofort zwischen sie.

Chris fuhr zusammen, als sie sich an ihn schmiegte und ihre Hände sich um die Jackettaufschläge legten. Er stand stocksteif da, als sie den Kopf an seine rechte Schulter legte, an der gleichen Stelle, an der immer Emilys Kopf geruht hatte, wenn er sie in den Armen gehalten hatte. *Was soll das?* fragte er sich verwirrt.

»Mr. Harte«, sagte Barrie, ihre Stimme vom Stoff seines Sakkos leicht gedämpft. »Könnten Sie die Arme um mich legen?« Chris blickte zu einem Anwalt hinüber, der angespannt nickte. »Würden Sie jetzt die linke Hand heben und an meine rechte Schläfe halten?«

Den Blick auf Jordan geheftet, der nach seinen vorherigen Einsprüchen jetzt dasaß wie ein verfluchter Fels, gehorchte Chris.

Sie standen so, daß die Geschworenen deutlich sehen konnten, wie Chris sich etwa 15 Zentimeter weit zurücklehnte, um die linke Hand an die rechte Schläfe der Staatsanwältin zu halten, während sein rechter Arm weiter um ihre Taille lag. »Und jetzt, Dr. Lumbano«, fuhr Barrie fort, »wenn Mr. Harte jetzt einen Revolver in der Hand hielte, wie wahrscheinlich wäre dann, daß die Kugel, die in diesem Winkel abgefeuert würde, am rechten hinteren Okzipitallappen austräte?«

Der Leichenbeschauer nickte. »Ich würde sagen, die Wahrscheinlichkeit wäre sehr groß.«

»Danke«, sagte Barrie, ließ abrupt die Arme sinken und ließ Chris allein mitten im Saal stehen.

»Jesus«, zischte Chris, feuerrot im Gesicht, als er wieder neben Jordan Platz nahm. »Warum haben Sie das nicht verhindert?«

»Ich konnte nicht«, entgegnete Jordan durch zusammengebissene Zähne. »Hätte ich Einwände erhoben, hätten die Geschworenen geglaubt, du hättest etwas zu verbergen.«

»Oh, na großartig. Und da war es Ihnen lieber, sie halten mich gleich für einen Scheißmörder?«

»Keine Bange. Darum kümmere ich mich beim Kreuzverhör.« Er erhob sich, in der Annahme, daß Delaney nach diesem Debakel mit ihrem Zeugen fertig war, aber ihre Stimme ließ ihn innehalten.

»Noch eine Frage«, sagte Barrie. »Ist Ihnen bei der Autopsie noch irgend etwas an Emilys physischem Zustand aufgefallen?«

»Ja«, entgegnete Dr. Lumbano. »In der Nacht, in der

sie starb, war Emily Gold in der elften Woche schwanger.«

Jordan schloß die Augen und ließ sich auf seinen Stuhl zurücksinken.

»Wir alle wissen Ihre Anwesenheit vor diesem Gericht zu schätzen, Dr. Lumbano«, sagte Jordan einige Minuten später. »Und wir alle wissen, daß Sie bereits 38 Selbstmörder obduziert haben. Wir haben Sie sagen hören, daß Sie Spermaspuren, Hautpartikel unter Emilys Fingernägeln sowie Prellungen an ihrem rechten Handgelenk festgestellt haben. Jetzt lassen Sie uns diese einzelnen Fakten in die richtige Perspektive rücken. Das Sperma weist darauf hin, daß das Opfer vor seinem Tod Geschlechtsverkehr hatte, richtig?«

»Ja.«

»Wissen Sie, ob Emily zu Blutergüssen neigte?«

»Nein«, entgegnete Dr. Lumbano. »Ich weiß nur, daß sie ein eher hellhäutiger Typ war, was die Vermutung nahelegt, daß es bei ihr recht schnell zu Blutergüssen gekommen ist.«

»Könnten die von Ihnen festgestellten Läsionen ...« Er hüstelte dezent und blickte lächelnd auf die Geschworenen. »In einem besonders leidenschaftlichen Augenblick des Geschlechtsverkehrs entstanden sein?«

»Das wäre möglich«, bestätigte der Mediziner sachlich.

»Und die Hautpartikel unter den Fingernägeln, Doktor. Ist es möglich, daß Hautzellen eines anderen Menschen unter die eigenen Fingernägel gelangen, indem man ihm beispielsweise sanft den Rücken kratzt?«

»Ja.«

»Und was ist, wenn man ihm in höchster Leidenschaft die Schultern zerkratzt? Könnte das dazu führen, daß Hautpartikel unter den Fingernägeln zurückbleiben?«

»Absolut.«

»Und wenn man jemandem zärtlich das Gesicht streichelt?«

»Möglich.«

»Das heißt also, daß es viele verschiedene Möglichkeiten gibt, wie Hautpartikel von Chris unter Emilys Fingernägel gelangt sein könnten, und daß viele dieser unterschiedlichen Möglichkeiten sich bei einem gewaltfreien, leidenschaftlichen Liebesakt ergeben könnten. Ist das richtig?«

»Ja.«

»Sie können also nicht mit Bestimmtheit behaupten, daß es in dieser Nacht zu einer gewaltsamen Auseinandersetzung zwischen Emily und Chris gekommen ist, oder?«

»Nein, nicht mit Gewißheit. Aber das Opfer hatte eine Schußwunde am Kopf.«

»Ah ja«, sagte Jordan. »Wir alle haben Miss Delaneys kleine Demonstration mit Chris gesehen. Aber in dieser Nacht könnte vieles passiert sein, nicht wahr? Gehen wir zwei alternative Szenarios durch, um zu sehen, wie es noch zu dieser Wunde hätte kommen können.« Unvermittelt wandte er sich seinem Mandanten zu. »Chris? Wärst du noch einmal so freundlich ... wenn es dir nichts ausmacht?«

Verwirrt stand Chris auf und ging zu Jordan hinüber, der genau dort stand, wohin die Staatsanwältin ihn zuvor bereits geführt hatte. Dann ging Jordan rüber zu dem Tisch mit den Beweisstücken und nahm den Revolver an sich. »Ist es in Ordnung, wenn ich den benutze?« Ohne Barries Zustimmung abzuwarten, kehrte er mit der Waffe zu Chris zurück. »So.« Mit einem Grinsen in Richtung der Geschworenen ergriff er Chris' Hände und legte sie sich auf die Taille. »Ich muß Sie an dieser Stelle bitten, Ihre

Phantasie spielen zu lassen, da ich den weiblichen Part nicht so überzeugend wiedergeben kann wie Miss Delaney.« Er nickte Chris zu, der feuerrot anlief bei dieser gestellten Umarmung seines Verteidigers.

Auf der Geschworenenbank erhob sich Stimmengemurmel, als Jordan sich die Waffe an den eigenen Kopf hielt. Er lächelte zufrieden in dem Bewußtsein, der Jury ein noch schockierenderes geistiges Bild vermittelt zu haben als Barrie Delaney. »Was wäre, Doktor, wenn Emily den Revolver so gehalten hätte, wie jemand eine Waffe normalerweise halten würde, sie jedoch, da sie keinerlei Erfahrung im Umgang mit Waffen hatte, diese mehr zu sich heran drehte?« Er beugte sich in Chris' Armen leicht zurück und brachte den Revolver in den gleichen unnatürlichen Winkel wie zuvor der Leichenbeschauer. »Würde bei dieser Haltung der Schußkanal dem entsprechen, den Sie bei der Autopsie ermittelt haben?«

»Ja, ich glaube schon.«

»Doktor, was, wenn sie den Revolver so gehalten hätte, seitlich an die Schläfe wie in den 90 Prozent der Selbstmordfälle mit Pistole oder Revolver, die Sie untersucht haben, ihre Hand aber so stark zitterte, daß sie ruckartig zur Seite zuckte, als sie den Abzug drückte? Hätte das den Einschußkanal verändern können?«

»Das wäre möglich.«

»Und was, wenn Emily sich so unbehaglich gefühlt hätte mit einer Waffe in der Hand, daß sie sie so hielt?« Er legte beide Hände um den Lauf und hielt ihn sich an den Kopf, fast parallel zur Schläfe, die Daumen in Höhe des Abzugs. »Wenn sie den Revolver so gehalten und mit dem Daumen abgedrückt hätte, wäre da nicht auch dieser Ihnen so seltsam erscheinende Schußkanal entstanden?«

»Doch.«

»Sie räumen also ein, Doktor, daß es eine ganze Reihe von Möglichkeiten gibt, die für den ungewöhnlichen Winkel des Schußkanals verantwortlich sein könnten?«

»Ich denke schon.«

»Und, Doktor Lumbano«, schloß Jordan und drehte sich, Chris' Arme noch um seine Taille gelegt, dem Zeugen zu. »Haben Sie bei einem dieser alternativen Szenarios Christopher Hartes Hände am Abzug der Waffe gesehen?«

»Nein.«

Jordan löste sich von Chris und legte den Revolver zurück zu den anderen Beweismitteln, wobei er die Hand noch einen Moment auf dem Metall ruhen ließ. »Danke«, sagte er.

Die gebleichte Blondine im Zeugenstand blickte sehnsüchtig auf die Dose mit den Mandeln vor dem Richter und hob eine Hand. Barrie blickte fragend von ihren Notizen auf. »Hm ... ja?«

»Ich habe mich gerade gefragt ... wenn er die Nüsse haben darf, wäre es vielleicht nicht so schlimm, wenn ich ein ganz kleines Stück Kaugummi kauen täte? Ich meine, ich weiß, was Sie gesagt haben und alles, aber da eine Zigarette nicht in Frage kommt und ich etwas nervös bin wegen der ganzen Sache ...« Sie blinzelte die Staatsanwältin mit einfältigem Gesichtsausdruck an. »Und?«

Zu jedermanns Überraschung lachte Richter Puckett. »Vielleicht, Miss DiBonnalo«, sagte er, »überlege ich mir das mit der Zigarette noch.« Er bedeutete einem Gerichtsdiener, der Zeugin die Dose mit den Mandeln zu bringen. »Ich fürchte, Kaugummi zu kauen würde Ihre Aussage schwer verständlich machen. Aber ich bin willens, Ihnen ein paar Mandeln abzugeben.«

Die Frau entspannte sich ein wenig, bis sie feststellte,

daß es keinen Nußknacker gab. Aber inzwischen war Barrie soweit, mit der Befragung zu beginnen. »Würden Sie bitte für das Protokoll Ihren Namen und Ihre Adresse nennen?«

»Donna DiBonnalo«, sagte sie laut ins Mikrophon. »Vierhundertsechsundfünfzig Rosewood Way, Bainbridge. Und ich arbeite im Gold Rush.«

»Was ist das Gold Rush für ein Geschäft?«

»Ein Juwelierladen«, sagte Donna.

»Sind Sie je Emily Gold begegnet?«

»Ja. Sie kam in den Laden, um ein Geburtstagsgeschenk für ihren Freund zu kaufen. Eine Uhr. Sie wollte, daß sie graviert wurde.«

»Ich verstehe. Und was wollte sie eingraviert haben?«

»Den Namen Chris und eine Widmung«, entgegnete Donna und ließ den Blick zum Tisch der Verteidigung gleiten.

»Und wieviel hat diese Uhr gekostet?«

»Fünfhundert Dollar.«

»Wow«, meinte Barrie. »Fünfhundert Dollar? Das ist viel Geld für eine Siebzehnjährige.«

»Das ist für jeden viel Geld. Aber sie sagte, sie wäre ganz aufgeregt deswegen.«

»Das ist nur eine mittelbare Beweisführung«, protestierte Jordan.

»Stattgegeben.«

»Hat sie Ihnen erzählt, weshalb sie die Uhr gekauft hat?«

Donna nickte. »Sie hat gesagt, sie wollte sie ihrem Freund zum achtzehnten Geburtstag schenken.«

»Hat sie irgendwelche bestimmten Anweisungen gegeben?«

»Ja. Sie standen auf der Quittung. Falls wir aus irgendeinem Grund wegen der Uhr anrufen müßten – beispielsweise wenn sie vom Gravieren zurückkam – sollten wir nur nach Emily fragen und weder den Juwelierladen noch die Uhr erwähnen.«

»Hat sie Ihnen den Grund für diese Geheimhaltung verraten?«

»Sie sagte, es solle eine Überraschung werden.«

»Wieder mittelbare Beweisführung«, rief Jordan dazwischen.

Der Richter nickte. »Treten Sie bitte vor.«

Jordan und Barrie bauten sich Schulter an Schulter vor dem Richtertisch auf; es hätte nicht viel gefehlt, und sie hätten einander angerempelt. »Entweder halten Sie sich an die Regeln, oder die Aussage wird aus dem Protokoll gestrichen«, ermahnte Puckett die Staatsanwältin.

Barrie nickte und kehrte zurück zu ihrer Zeugin, während Jordan wieder Platz nahm. »Lassen Sie mich das anders formulieren. Wie genau lauteten Emilys Anweisungen?«

Donna runzelte nachdenklich die Stirn. »›Zu Hause anrufen – nach Emily fragen. Vertraulich. Nicht sagen, worum es geht.‹«

»Hat Emily Ihnen gegenüber das Datum des achtzehnten Geburtstages ihres Freundes erwähnt?«

»Ja, weil die Uhr rechtzeitig da sein mußte – wir haben sie extra in London bestellen müssen. Der 24. November. Die Uhr sollte bis zum 17. November da sein, so daß wir noch eine Woche Luft hätten, für den Fall, daß etwas schief ging. Ja, sie wollte ihm die Uhr am 24. schenken.«

Barrie lehnte sich an das Geländer vor der Geschworenenbank. »Dann haben Sie damit gerechnet, daß Emily die Uhr am 17. November abholen würde?«

»Oh ja.«

»Und, hat sie das?«

»Nein.«

»Haben Sie auch erfahren, warum nicht?«

Donna DiBonnalo nickte feierlich. »Sie war in der Woche davor verstorben.«

Jordan blieb noch eine Minute am Tisch der Verteidigung sitzen, nachdem die Zeugin ihm zum Kreuzverhör überlassen worden war. Er würde nicht viel mit ihr anfangen können. Er erhob sich langsam, wobei seine Knie laut knackten. »Miss DiBonnalo«, sagte er freundlich. »Wann hat Emily die Uhr bestellt?«

»Am 25. August.«

»Und bei dieser Gelegenheit haben Sie sie das erstemal gesehen, ist das richtig?«

»Nein. Sie war eine Woche davor schon einmal dagewesen, um sich umzusehen.«

»Hat sie die Uhr bei der Bestellung auch gleich bezahlt?«

»Ja, den vollen Betrag.«

»Wie hat sie im August auf Sie gewirkt? Glücklich? Fröhlich?«

»Sicher. Sie war total happy, die Uhr als Geburtstagsgeschenk gefunden zu haben.«

»Wann ist die Uhr eingetroffen, Miss DiBonnalo?«

»Am 17. November.« Sie lächelte. »Es ist nichts schief gelaufen.«

Das kommt darauf an, aus welcher Sicht man es betrachtet, dachte Jordan, ließ sich jedoch nichts anmerken. »Und wann haben Sie bei den Golds angerufen?«

»Das erstemal am 17. November.«

»Sie hatten also zwischen dem 25. August und dem 17. November keinen Kontakt mehr zu Emily?«

»Nein.«

»Als Sie bei den Golds angerufen haben, wie hat man da reagiert?«

»Na ja, um die Wahrheit zu sagen, war die Mutter sehr unhöflich zu mir!«

Jordan nickte verständnisvoll. »Wie viele Male mußten Sie anrufen?«

»Dreimal«, entgegnete Donna immer noch sichtlich pikiert.

»Und beim dritten Mal haben Sie Mrs. Gold dann von der Uhr erzählt?«

»Ja. Nachdem sie mir mitgeteilt hatte, ihre Tochter sei tot. Ich war geschockt.«

»Emily hat im August also einen unbeschwerten, glücklichen Eindruck auf Sie gemacht ... und Sie hatten keinen Kontakt mehr zu ihr bis November, dem Monat, da Sie von ihrem Tod erfuhren.«

»Ja«, bestätigte Donna.

Jordan vergrub die Hände in den Hosentaschen. Auf den ersten Blick machte es den Eindruck eines sinnlosen Kreuzverhörs, aber er wußte es besser. Er würde die Aussage in seinem Schlußplädoyer verwenden, um darauf zu verweisen, daß Emily Gold drei kurze Monate vor ihrem Tod allem Anschein nach noch nicht selbstmordgefährdet war. Daß sie den Entschluß vielmehr ziemlich plötzlich gefaßt hatte. Und von dort aus war es nicht mehr weit bis zu einer Erklärung dafür, weshalb ihre Lehrer, ihre Freunde und sogar ihre Mutter es nicht hatten kommen sehen. »Das war alles, Ma'am«, sagte Jordan und ließ sich wieder auf seinen Stuhl sinken.

Richter Pucketts Termin zur Zahnreinigung machte weiteren Zeugenaussagen kurz nach 14 Uhr ein abruptes Ende. Die Geschworenen wurden entlassen, mit der Ermahnung, mit niemandem über den Fall zu sprechen; Zeugen, die nicht gehört worden waren, wurden aufgefordert, am folgenden Tag um neun Uhr wiederzukommen. Chris seinerseits wurden wieder Handschellen angelegt, und man brachte ihn ins Untergeschoß des Gerichtsgebäudes.

James traf sich mit Gus auf dem Flur des Gerichtsgebäudes. Ihm war bewußt, daß er strenggenommen nicht mit seiner Frau über den Verlauf der Verhandlung sprechen durfte. Aber er wußte ebenfalls, daß Gus sich von einer Kleinigkeit wie dem Rechtssystem der Vereinigten Staaten nicht davon abhalten lassen würde, herauszufinden, wie der Prozeß bislang gelaufen war. Um so überraschter war er, als Gus sich als erstaunlich schweigsam erwies und offenbar tief in Gedanken versunken war.

Draußen regnete es. »Ich hole den Wagen«, sagte James nach einem Blick auf Gus' Absätze. »Warte hier.«

Sie nickte, eine Hand an das breite Fenster der Halle gelegt, während James draußen über Pfützen hinwegsprang. Als sie eine Hand auf ihrem Oberarm spürte, wirbelte Gus herum. »Hi«, sagte Michael; ihre Haut prikkelte wohlig von seiner Berührung, aber gleichzeitig verspürte sie auch den Drang, vor ihm zurückzuweichen.

Sie zwang sich zu einem Lächeln. »Du siehst so schlecht aus, wie ich mich fühle.«

»Vielen Dank.«

Gus beobachtete, wie James die Wagentür aufschloß. »Ich habe dich und Melanie gesehen.« Sie hatten in der Lobby gesessen, ebenso aus dem Saal verbannt wie sie selbst, nur einige Reihen entfernt.

Michael stützte seine Hand neben der von Gus ab. »Es ist schwer, nicht wahr? Zu versuchen, sich vorzustellen, was drinnen vorgeht.«

Gus antwortete nicht. Der Volvo setzte auf dem Parkplatz aus seiner Parklücke zurück.

»Laß uns morgen gemeinsam warten«, sagte Michael.

Sie gestattete sich nicht, ihn anzusehen. »Ich muß gehen«, sagte sie und lief hinaus in den kalten Regen.

Selena hastete durch die Tür, während Jordan noch den Regenschirm ausschüttelte, den sie sich geteilt hatten. »Du solltest dir einen größeren Schirm besorgen«, lachte sie mit völlig durchweichtem Haar.

»Ich sollte mir eine kleinere Detektivin suchen«, konterte Jordan grinsend. »Ich habe Jahre gebraucht, um einen Schirm zu finden, der mir gefällt.«

Gemeinsam betraten sie von der kleinen Diele aus das Wohnzimmer, wo Thomas sie mit verschränkten Armen erwartete. »Und?« fragte er.

Selena grinste. »Dein Dad ist ein wahrer Meister seines Fachs«, sagte sie.

Ein strahlendes Lächeln erhellte Thomas' Züge. »Ich wußte es.« Nach einem High-five mit Jordan ließ er sich in einen dickgepolsterten Sessel fallen. »Das heißt doch, daß du gut drauf bist, oder?«

»Warum?« fragte Jordan mißtrauisch. »Was hast du angestellt?«

»Gar nichts!« entgegnete Thomas empört. »Ich habe nur Hunger, das ist alles. Können wir eine Pizza bestellen?«

»Um halb vier am Nachmittag? Ist es nicht etwas früh für ein Abendessen?«

»Nenn es einen Snack«, meinte Thomas.

Jordan verdehte die Augen und ging noch im Regenmantel in die Küche. »Nimm dir einen Snack aus dem Kühlschrank«, sagte er und öffnete den Schrank. »Oh. Oder besser doch nicht«, sagte er und warf eine mit Frischhaltefolie abgedeckte Aluschale in den Müll. »Ist denn sonst nichts da?«

»Bier«, sagte Thomas. »Und Milch. Auf allem anderen wuchert Penizillin.«

Selena legte Thomas einen Arm um die hageren Schultern. »Pepperoni oder Salami?«

»Alles außer Anchovis«, entgegnete Thomas. »Rufst du an?«

Selena nickte. »Ich sage dir Bescheid, wenn der Pizzabote da ist.«

Thomas verstand den Wink und zog sich auf sein Zimmer zurück. Selena griff an Jordan vorbei in den Kühlschrank und nahm ein Bier heraus. »Du kannst dich glücklich schätzen, daß er sich nicht aus Verzweiflung über die Biervorräte hergemacht hat. Willst du auch eins?«

Jordan warf einen Blick auf seine Armbanduhr, überlegte und sah dann zu, wie Selena ihre Flasche aufmachte. »Klar«, sagte er.

Nachdem sie den Pizzadienst angerufen hatten, machten sie es sich im Wohnzimmer gemütlich. Jordan trank einen großen Schluck aus seiner Bierflasche und schnitt eine Grimasse. »Was ich wirklich bräuchte«, sagte er, »wäre ein Aspirin.«

»Komm«, sagte Selena und klopfte sich auf den Schoß. »Leg dich hin.«

Er gehorchte dankbar und stellte seine Flasche Samuel Adams auf dem Fußboden ab. Selenas lange Finger strichen ihm das Haar aus der Stirn und strichen in entspannenden Wellen über seine Schläfen. »Du bist schrecklich zuvorkommend«, murmelte er.

Selena klopfte ihm leicht mit den Fingerknöcheln auf den Schädel. »Ich muß ja dein Genie im Fluß halten.«

Er schloß die Augen und ließ ihre Hände über die Stellen streichen, an denen sein Puls pochte. Als Selena innehielt, griff er nach ihrem Handgelenk und bedeutete ihr, weiterzumachen, was ihn sofort daran erinnerte, wie Barrie Delaney Chris' Hand an ihre Schläfe gehoben hatte.

Jordan stöhnte, und seine Kopfschmerzen kehrten schlagartig zurück, noch stärker als zuvor. Wenn er selbst sich nicht davon freimachen konnte, wie sollten es dann die Geschworenen?

Chris wurde gründlich abgetastet, und seine Kleider wurden bis zum nächsten Morgen weggesperrt. Als er in die Hose mit dem Kordelzug schlüpfte und das weiche Kurzarm-Shirt überstreifte, entspannte er sich. Die Gefängniskleidung, abgenutzt, verwaschen und mit dem typischen Knastgeruch behaftet, war tausendmal bequemer als die gutsitzende Bundfaltenhose und die Krawatte, die er den ganzen Tag hatte tragen müssen.

Andererseits war es sieben Monate her. Heute hatte er festgestellt, daß es vieles gab, an das er nicht mehr gewöhnt war: direktes Sonnenlicht, zwischenmenschliche Kontakte, sogar Pepsi. Die Dose, die Jordan ihm gekauft hatte – und nach der Chris sich so viele Monate gesehnt hatte –, war in seinem Magen aufgeschäumt, und er hatte ständig aufs Klo rennen müssen.

Chris kletterte in sein Bett, mit der unwillkommenen Erkenntnis, daß, auch wenn er in die wirkliche Welt zurückkehrte, er dort möglicherweise nicht mehr hineinpaßte.

Mitten in der Nacht, bei geschlossenen Jalousien, so daß das Schlafzimmer einem luftleeren Kokon glich, drehte Gus sich James zu. Er hatte wie sie völlig reglos dagelegen, als könnte Bewegungslosigkeit in Schlaf übergehen, aber Gus wußte, daß er ebenso hellwach war wie sie selbst. Sie holte tief Luft, dankbar für die Dunkelheit, die sie daran hinderte, sein Gesicht zu sehen und zu erkennen, ob er log oder nicht.

»James?« fragte sie, »wird alles wieder gut?«

Er versuchte gar nicht erst, so zu tun, als hätte er sie mißverstanden, sondern tastete unter der Bettdecke blind nach ihrer Hand. »Ich weiß es nicht«, gestand er.

Am nächsten Morgen duschte Jordan, rasierte sich und zog sich an. Als er in die Küche ging, war er in Gedanken bereits bei den Kreuzverhören dieses Tages. Mit Heather Burns, einer Freundin von Emily, würde er spielend fertig werden. Melanie Gold war da schon schwieriger.

Erst als er sich setzte, bemerkte er, daß Thomas ihn über den Tisch hinweg angrinste. An seinem Platz stand neben einer sauberen Frühstücksschale und einem Krug Milch eine brandneue Packung Kakao-Krispies.

Heather Burns zitterte im Zeugenstand derart, daß die ein wenig unterschiedlich langen Beine des Stuhls in leisem Stakkato auf den Boden schlugen. Bemüht, es ihrer Zeugin leichter zu machen, trat Barrie Delaney unmittelbar vor sie, so daß sie Heather praktisch vor den Blicken aller abschirmte. »Entspann dich, Heather«, sagte sie leise. »Erinnerst du dich? Wir sind alle diese Fragen schon gemeinsam durchgegangen.«

Heather nickte tapfer, war aber weiterhin kreidebleich im Gesicht. »Heather«, fuhr Barrie fort, »soweit ich weiß, warst du Emilys beste Freundin.«

»Ja«, antwortete das Mädchen so leise, daß es kaum zu verstehen war. »Wir waren etwa vier Jahre befreundet.«

»Das ist eine lange Zeit. Habt ihr euch in der Schule kennengelernt?«

»Hmmm. Wir hatten einige Fächer zusammen. Gesundheitslehre und Mathe. Und einige Stunden Kunst ... aber Emily war in Kunst viel besser als ich.«

»Wie oft habt ihr euch gesehen?«

»Jeden Tag, wenigstens im Unterricht.«

»Und hat sie dir erzählt, was sie für Zukunftspläne hatte?«

»Sie wollte aufs College gehen, um noch besser malen zu lernen.«

»Waren Emily und Chris schon ein Paar, als du dich mit ihr angefreundet hast?«

Heather nickte. »Emily und Chris waren, na ja, schon immer zusammen.«

»Immer?«

»Na ja, einmal im vorletzten Jahr trennten sie sich für zwei Monate. Chris ging mit einem anderen Mädchen aus, und Emily war deswegen ziemlich fertig.«

»Dann war ihre Beziehung also nicht immer ungetrübt.«

»Nein.« Heather senkte den Blick. »Aber sie sind dann wieder zusammengekommen.«

Barrie lächelte traurig. »Ja. Das sind sie. Kannst du uns Emilys Gemütszustand im vergangenen November schildern, Heather, ihre Persönlichkeit?«

»Sie war gewöhnlich sehr still – das war sie schon immer. Aber ganz sicher hat sie sich nicht ständig beklagt oder davon gesprochen, sich umbringen zu wollen. Sie benahm sich wie immer und war viel mit ihrem Freund zusammen. Darum ...« Sie verstummte, und zum erstenmal seit Beginn ihrer Aussage, blickte sie in Chris' Richtung. »Darum war es auch ein solcher Schock, als ich hörte, was passiert war.«

Jordan schenkte Heather Burns ein aufmunterndes Lächeln. Sie war ein kleiner Spatz von einem Mädchen, mit braunem Haar, das ihr bis zur Hälfte des Rückens reichte, und einem silbernen Ring an jedem Finger. »Heather, vielen Dank, daß du hier bist. Ich weiß, daß das schwer für dich ist.« Er zwinkerte ihr zu. »Aber wenigstens hat es dir ein paar schulfreie Tage eingebracht.«

Heather kicherte. Der Verteidiger war ihr sichtlich sympathisch, und sie sah nicht mehr annähernd so verschüchtert aus wie noch vor einer Minute. »Du hast also Emily jeden Tag in der Schule gesehen. Und außerhalb des Unterrichts?«

»Nicht so oft«, antwortete Heather.

»Du bist ihr am Wochenende nicht im Gap oder im Kino begegnet?«

»Nein.«

»Und ihr seid auch nicht zusammen losgezogen?«

»Selten«, entgegnete sie. »Nicht, daß ich nicht gewollt hätte, aber Emily war immer mit Chris zusammen.«

»Du hast sie also, obwohl du ihre beste Freundin warst, außerhalb der Schule nur selten gesehen?«

»Ich war ihre beste Freundin«, sagte Heather. »Aber niemand hat sie besser gekannt als Chris.«

»Hast du Chris und Emily zusammen gesehen?«

»Ja.«

»Was hatten die beiden für eine Beziehung?«

Ein Schatten huschte über Heathers Gesicht. »Ich hielt sie für sehr romantisch«, sagte sie. »Ich meine, sie waren schon immer zusammen gewesen, und manchmal war es, als würden sie nichts anderes wahrnehmen als die Stimme oder das Gesicht des anderen.« Sie biß sich auf die Unterlippe. »Ich habe immer gedacht, Emily hätte das, wonach sich alle anderen sehnen.«

Jordan nickte ernst. »Heather, kannst du dir aufgrund deines persönlichen Eindrucks der Beziehung zwischen Chris und Emily vorstellen, daß er fähig gewesen wäre, ihr etwas anzutun?«

»Einspruch«, rief Barrie.

»Abgelehnt.«

Auf Jordans Nicken hin blickte Heather mit großen, in Tränen schwimmenden Augen unverwandt auf Chris. »Nein«, sagte sie leise. »Das kann ich nicht.«

Melanie Gold trug Schwarz. Mit dem streng zurückgekämmten Haar und den breiten gepolsterten Schultern ihres Blazers erinnerte sie im Zeugenstand an eine unerschütterliche Mutter Oberin oder sogar an einen Erzengel. »Mrs. Gold«, sagte Barrie und legte eine Hand auf die ihrer Zeugin. »Danke, daß Sie hier sind. Ich bedaure zutiefst, Ihnen diese Formalität zumuten zu müssen, aber ich brauche ein paar Fakten für das Protokoll. Würden Sie uns Ihren Namen sagen?«

»Melanie Gold.«

»In welcher Beziehung standen Sie zur Verstorbenen?«

Melanie blickte geradewegs auf die Geschworenen. »Ich war ihre Mutter«, sagte sie leise.

»Können Sie uns Ihre Beziehung zu Ihrer Tochter schildern?«

Melanie nickte. »Wir haben viel Zeit miteinander verbracht.« Sie fing an zu erzählen, ihre Worte wie Pinselstriche, und erweckte ihre Tochter mit der gleichen künstlerischen Eleganz, die auch Emily besessen hatte, zu neuem Leben. *Sie kam nach der Schule zu mir in die Bibliothek. An den Wochenenden gingen wir gemeinsam zum Einkaufen. Sie wußte, daß sie mit allem zu mir kommen konnte.*

»Was für Dinge hat Emily mit Ihnen besprochen?«

Melanie zuckte zusammen und richtete ihre Aufmerksamkeit wieder auf die Staatsanwältin. »Wir haben uns häufig über das College unterhalten. Sie wollte bald die ersten Bewerbungen abschicken.«

»Wie stand sie zu einem Studium?«

»Sie freute sich darauf«, sagte Melanie. »Sie war eine hervorragende Schülerin und eine noch bessere Künstlerin. Tatsächlich wollte sie sich an der Sorbonne bewerben.«

»Wow«, sagte Barrie anerkennend. »Das ist beeindrukkend.«

»Emily war beeindruckend«, sagte Melanie.

»Wann erfuhren Sie das erstemal, daß Emily etwas zugestoßen war?«

Melanie sackte sichtlich in sich zusammen. »Wir wurden mitten in der Nacht angerufen und aufgefordert, sofort ins Krankenhaus zu kommen. Wir wußten nur, daß Em sich mit Chris getroffen hatte. Als wir im Krankenhaus eintrafen, war Emily bereits tot.«

»Was wurde Ihnen bezüglich ihres Todes mitgeteilt?«

»Nicht viel. Mein Mann ging, um ... Emily ... zu identifizieren. Ich ...« Sie blickte zu den Geschworenen auf. »Ich konnte das nicht. Dann kam Michael zurück und sagte mir, sie wäre in den Kopf geschossen worden.«

»Was dachten Sie da, Mrs. Gold?« fragte Barrie sanft.

»Ich dachte: *Oh mein Gott, wer hat meinem Baby das angetan?*«

Die Stille, die angesichts aufrichtiger Trauer stets eintritt, senkte sich über den Gerichtssaal herab, so daß die Geschworenen das Kratzen von Jordans Kugelschreiber, das Ticken der Armbanduhr des Gerichtsdieners und Chris' schweren Atem hören konnten. »Haben Sie auch nur eine Sekunde daran gedacht, daß es Selbstmord gewesen sein könnte?«

»Nein«, entgegnete Melanie bestimmt. »Meine Tochter war nicht suizidgefährdet.«

»Woher wollen Sie das wissen?«

»Wie sollte ich es nicht wissen? Ich bin ihre Mutter. Sie

war nicht traurig, sie war nicht deprimiert, sie hat nie geweint. Sie war dieselbe wunderbare junge Frau wie immer. Und sie hatte in ihrem ganzen Leben noch nie eine Waffe abgefeuert; sie hatte nicht die geringste Ahnung von Schußwaffen. Warum sollte sie dann versucht haben, sich mit einer solchen Waffe das Leben zu nehmen?«

»Hat eine Schmuckverkäuferin Sie nach Emilys Tod angerufen?«

»Ja«, bestätigte Melanie. »Zuerst wußte ich nicht, wer die Anruferin war. Die Frau fragte immer nur nach Emily, und mir kam das vor wie ein schlechter Scherz. Aber dann erzählte sie mir schließlich von einer Uhr, die Emily für Chris gekauft hatte, und ich fuhr hin, um sie zu holen. Es war eine Fünfhundert-Dollar-Uhr, fünfzig Dollar mehr, als sie bei ihrer Arbeit im Ferienlager den ganzen Sommer über verdient hatte. Emily wußte, daß wir ärgerlich geworden wären, wenn wir erfahren hätten, daß sie soviel Geld für ein Geburtstagsgeschenk für Chris ausgegeben hatte. Das war viel zu teuer, und wir hätten von ihr verlangt, die Uhr zurückzugeben.« Sie holte tief Luft und fuhr dann fort. »Nachdem ich beim Juwelier war, fuhr ich mit der Uhr nach Hause und erkannte, daß das Emilys Art war, mir zu sagen, ich solle mir genauer ansehen, was passiert war.« Sie starrte auf die Jury. »Warum hätte Emily eine teure Uhr für Chris kaufen sollen, wenn sie tatsächlich vorhatten, sich vor diesem Termin umzubringen?«

Barrie ging auf den Tisch der Verteidigung zu. »Wie Sie wissen, Mrs. Gold, war die einzige Person, die in jener Nacht noch am Tatort war, Christopher Harte.«

Melanie ließ den Blick über ihn gleiten. »Das weiß ich.«

»Kennen Sie den Angeklagten gut?«

»Ja«, entgegnete Melanie. »Chris und Emily sind zusammen aufgewachsen. Wir leben seit achtzehn Jahren Tür an Tür mit seiner Familie.« Ihre Stimme klang plötzlich gepreßt, und sie blickte fort. »Er war in unserem Haus immer willkommen. Er war wie ein Sohn für uns.«

»Und Sie wissen, daß er hier ist, weil ihm ein Mord zur Last gelegt wird? Der Mord an Ihrer Tochter?«

»Ja.«

»Halten Sie es für möglich, daß Chris Gewalt gegen Ihre Tochter angewandt haben könnte?«

»Einspruch«, sagte Jordan. »Die Zeugin ist parteiisch.«

»Parteiisch!« höhnte Barrie. »Das Kind dieser Frau ist tot und begraben. Sie hat das Recht, so parteiisch zu sein, wie es ihr beliebt.«

Puckett massierte sich die Schläfen. »Die Staatsanwaltschaft hat das Recht, jeden beliebigen Zeugen aufzurufen. Wir werden Mrs. Gold unter Vorbehalt aussagen lassen.«

Barrie wandte sich wieder Melanie zu. »Halten Sie es für möglich«, wiederholte sie, »daß Chris Ihrer Tochter gegenüber gewalttätig hätte werden können?«

Melanie räusperte sich. »Ich glaube, daß er sie getötet hat.«

»Einspruch!« rief Jordan aufgebracht.

»Abgelehnt.«

»Sie glauben also, er hat sie getötet«, stellte Barrie noch einmal fest, um Melanies Worten noch mehr Gewicht zu verleihen. »Weshalb?«

Melanie starrte Chris einen Moment unverwandt an. »Weil meine Tochter schwanger war«, zischte sie, die Ermahnung der Staatsanwältin vergessend, ruhig zu bleiben. »Chris wollte aufs College. Er wollte nicht, daß ein Baby und eine Sandkastenliebe seiner Ausbildung, seiner Karriere und seiner sportlichen Laufbahn im Weg standen.« Melanie sah, wie Chris zusammenzuckte und dann anfing zu zittern. »Chris kannte sich mit Waffen aus«, fuhr sie mühsam beherrscht fort. »Sein Vater besitzt ein ganzes Arsenal von Waffen. Sie sind ständig auf die Jagd gegangen.« Sie nagelte Chris förmlich mit ihrem Blick fest, ihre Worte nur für ihn bestimmt. »Du hast den Revolver mit zwei Patronen geladen.«

Jordan sprang auf. »Einspruch!«

»Du hast dir das Ganze ausgedacht. Aber du konntest nicht verhindern, daß sich an ihrem Handgelenk ein Bluterguß bildete nach eurem Kampf ...«

»Einspruch, Euer Ehren! Das ist nicht statthaft!«

Melanie hielt den Blick unbeirrt auf Chris gerichtet. »Du konntest den Winkel des Einschußkanals nicht garantieren, und du konntest nichts wegen der Uhr unternehmen, da du ja nichts davon wußtest.« Ihre Hände krallten sich mit solcher Kraft um den Handlauf des Geländers vor dem Zeugenstand, daß die Knöchel weiß hervortraten.

»Mrs. Gold«, fiel der Richter ihr ins Wort.

»Du hast sie getötet«, schrie Melanie. »Du hast mein Baby getötet, und du hast dein eigenes Baby getötet.«

»Mrs. Gold, hören Sie sofort damit auf!« rief Richter Puckett streng und verlieh seinen Worten mit dem Hammer Nachdruck. »Miss Delaney, Ihre Zeugin soll sich mäßigen!«

Chris' Ohren waren flammendrot. Er schien auf seinem Stuhl förmlich zu schrumpfen.

»Ihre Zeugin«, sagte Barrie, Jordan die schluchzende, todunglückliche Frau überlassend.

»Euer Ehren«, sagte Jordan gepreßt. »Vielleicht sollten wir die Verhandlung kurz unterbrechen.«

Puckett warf der Staatsanwältin einen zornsprühenden Blick zu. »Vielleicht sollten wir das tatsächlich.«

Als Melanie in den Zeugenstand zurückkehrte, waren ihre Augen gerötet und ihre Wangenknochen rotfleckig, aber sie schien sich wieder in der Gewalt zu haben. »Es scheint, als wäre Emily ein stilles Kind gewesen, Mrs. Gold«, sagte Jordan, der am Tisch der Verteidigung sitzen geblieben war, so gelassen, als hätte er sie zum Mittagessen eingeladen. »Sie war talentiert, hübsch und ist mit Problemen zu Ihnen gekommen. Was könnte man sich mehr von einem Kind wünschen?«

»Daß es lebt«, entgegnete Melanie kalt.

Jordan war einen Moment lang sprachlos – auf eine so aggressive Reaktion war er nicht gefaßt gewesen. Er schaltete in Gedanken einen Gang zurück. »Wie viele Stunden haben Sie in der Woche mit Emily zusammen verbracht, Mrs. Gold?«

»Also, ich arbeite drei Tage in der Woche, und Emily hat die Schule besucht.«

»Also ...?«

»Ich würde sagen, zwei Stunden abends unter der Woche. An den Wochenenden etwas mehr.«

»Und wieviel Zeit hat sie mit Chris verbracht?«

»Sehr viel.«

»Könnten Sie sich vielleicht etwas genauer ausdrücken? Mehr als zwei Stunden am Abend und etwas mehr am Wochenende?«

»Ja.«

»Dann hat sie also mehr Zeit mit Chris zusammen verbracht als mit Ihnen?«

»Ja.«

»Ich verstehe. Hatte Emily große Erwartungen für die Zukunft?«

Melanie nickte, überrascht von dem abrupten Richtungswechsel. »Sehr hohe.«

»Sie haben sie als Eltern sicher sehr unterstützt.«

»Das haben wir. Wir haben sie für ihre schulischen Leistungen belohnt und ihr Kunstinteresse gefördert.«

»Würden Sie sagen, daß es Emily wichtig war, Ihren Erwartungen zu entsprechen?«

»Ich denke schon. Sie wußte, daß wir sehr stolz auf sie waren.« Jordan nickte. »Und Sie sagten, Emily hätte sich Ihnen anvertraut.«

»Absolut.«

»Ich muß gestehen, Mrs. Gold, daß ich ein bißchen neidisch auf Sie bin.« Er wandte sich den Geschworenen zu und sagte in vertraulichem Tonfall. »Ich habe einen dreizehnjährigen Sohn, und mir fällt es nicht leicht, die Kommunikation immer aufrechtzuerhalten.«

»Vielleicht hören Sie ihm nur nicht zu«, bemerkte Melanie sarkastisch.

»Aha. Das haben Sie also in den zwei Stunden wochentags gemacht? Emily zugehört?«

»Ja. Sie hat mir alles erzählt.«

Jordan, der zwischenzeitlich aufgestanden war, lehnte sich an das Geländer vor der Geschworenenbank. »Hat sie Ihnen auch erzählt, daß sie schwanger war?«

Melanie preßte die Lippen zusammen. »Nein«, gab sie zu.

»Sie hat es in den elf Wochen der Schwangerschaft, in all Ihren Stunden trauter Zweisamkeit, kein einziges Mal erwähnt?«

»Nein, das sagte ich doch bereits.«

»Warum hat sie Ihnen nichts davon erzählt?«

Melanie strich ihren Rock glatt. »Ich weiß es nicht«, antwortete sie leise.

»Vielleicht dachte sie, daß sie durch eine Schwangerschaft Ihren sehr hohen Erwartungen nicht mehr würde entsprechen können? Daß sie keine Malerin mehr werden und kein College mehr besuchen könnte.«

»Vielleicht«, sagte Melanie.

»Könnte es sein, daß der Gedanke, Ihren Erwartungen nicht gerecht zu werden, nicht mehr die perfekte Tochter zu sein, sie derart bedrückt hat, daß sie sich nicht getraut hat, Ihnen davon zu erzählen?«

Melanie schüttelte den Kopf, und ihr liefen wieder Tränen über die Wangen. »Ich muß Sie bitten, mir zu antworten, Mrs. Gold«, sagte Jordan freundlich.

»Nein«, sagte sie. »Sie hätte es mir gesagt.«

»Aber Sie haben doch gerade erklärt, sie hätte genau das nicht getan«, hielt Jordan ihr entgegen. »Und Emily ist nicht hier, um ihre Gründe darzulegen. Lassen Sie uns also die Fakten näher betrachten: Sie sagen, daß Emily Ihnen so nahe gestanden hat, daß sie Ihnen alles erzählt hat. Aber ihre Schwangerschaft hat sie Ihnen verschwiegen. Wenn sie Ihnen etwas so Wichtiges vorenthalten hat, ist es dann nicht vorstellbar, daß sie noch andere Dinge vor Ihnen verheimlicht hat – beispielsweise, daß sie sich mit Selbstmordabsichten trug?«

Melanie schlug die Hände vor das Gesicht. »Nein«, murmelte sie.

»Könnte es nicht sein, daß erst die Schwangerschaft den Entschluß herbeigeführt hat, sich das Leben zu nehmen? Daß sie lieber sterben wollte, als Ihren Erwartungen nicht zu genügen?«

Als ihr die Schuld so unverblümt aufgeladen wurde, verlor Melanie die Fassung. Sie sank auf ihrem Stuhl in sich zusammen und krümmte sich, so wie sie es getan hatte, als sie vom Tod ihrer Tochter erfahren hatte. Jordan, der erkannte, daß er nicht weiter gehen durfte, ohne sich Sympathien zu verscherzen, trat ganz dicht an den Zeugentand und legte Melanie eine Hand auf den Arm. »Mrs. Gold«, sagte er und reichte ihr ein sauberes Taschentuch. »Ma'am. Gestatten Sie.« Sie nahm das Stofftaschentuch mit Paisleymuster und trocknete damit ihre Tränen, während Jordan ihr beruhigend die Schulter tätschelte. »Es tut mir sehr leid, daß ich Sie so aufgeregt habe. Ich kann mir vorstellen, wie furchtbar es sein muß, diese Möglichkeit überhaupt in Betracht zu ziehen. Aber ich brauche Ihre Antwort – für das Protokoll.«

Unter Aufbietung aller Willenskraft richtete Melanie sich auf und setzte sich wieder gerade hin. Sie fuhr sich mit dem Taschentuch über die Nase und umklammerte dieses anschließend mit der Faust. »Entschuldigen Sie«, sagte sie würdevoll. »Es geht schon wieder.«

Jordan nickte. »Mrs. Gold. Wäre es nicht möglich, daß Emilys Schwangerschaft sie in den Selbstmord getrieben hat?«

»Nein«, entgegnete Melanie mit fester, klarer Stimme. »Ich weiß, was meine Tochter und ich für eine Beziehung hatten, Mr. McAfee. Und ich weiß, daß Emily mir alles gesagt hätte, trotz der Lügen, die Sie zu verbreiten versuchen. Sie hätte sich mir anvertraut, wenn sie etwas bedrückt hätte. Wenn sie mir von der Schwangerschaft nichts erzählt hat, dann weil diese sie nicht belastet hat. Vielleicht wußte sie selbst auch nicht sicher, ob sie wirklich schwanger war.«

Jordan legte den Kopf schräg. »Wenn sie selbst nichts von dem Baby gewußt hat, wie hätte sie dann Chris davon erzählen können?«

Melanie zuckte die Achseln. »Vielleicht hat sie das ja nicht getan.«

»Sie meinen also, Emily hätte möglicherweise gar nicht gewußt, daß sie schwanger war.«

»Das ist richtig.«

»Was hätte Chris dann für einen Grund haben sollen, sie zu töten?«

Im Saal erhob sich Stimmengemurmel, als Melanie den Zeugenstand verließ. Sie ging langsam den Mittelgang hinunter, begleitet von einem Gerichtsdiener. Sobald die Tür sich hinter ihr geschlossen hatte, wurden im Zuschauersaal Fragen und Kommentare laut, die so rasch um sich griffen wie ein ansteckendes Fieber.

Chris lächelte, als Jordan sich wieder setzte. »Das war beeindruckend«, sagte er.

»Freut mich, daß die Vorstellung dir gefallen hat«, entgegnete Jordan und strich seine Krawatte glatt.

»Was passiert als nächstes?«

Jordan öffnete den Mund, um Chris zu antworten, aber Barrie kam ihm zuvor. »Euer Ehren, die Staatsanwaltschaft hat alle Zeugen der Anklage aufgerufen.«

»Jetzt«, raunte Jordan seinem Mandanten zu, »geht's erst richtig los.«

Vergangenheit

7. November 1997

Emily trocknete sich ab und wickelte sich dann das Handtuch um das nasse Haar. Als sie schwungvoll die Badezimmertür öffnete, strömte kalte Luft aus dem Flur herein. Sie fröstelte und vermied es tunlichst, einen Blick auf ihren flachen Bauch im Spiegel zu werfen, als sie das Bad verließ.

Da sie allein zu Hause war, ging sie nackt zu ihrem Zimmer. Sie machte ihr Bett und legte Chris' Sweatshirt, dem noch sein Geruch anhaftete, um ihr Kopfkissen. Ihre schmutzigen Kleider ließ sie jedoch in einem unordentlichen Haufen auf dem Boden liegen, um ihren Eltern etwas Vertrautes zu hinterlassen.

Sie setzte sich an ihren Schreibtisch, das Handtuch inzwischen locker um die Schultern gelegt. Vor ihr lag ein Stapel Bewerbungsunterlagen für verschiedene Hochschulen – darunter jene der Rhode Island School of Design und obenauf die der Sorbonne. Daneben ein Schreibblock, den sie sonst für die Schularbeiten benutzte.

Sollte sie einen Abschiedsbrief hinterlassen?

Sie nahm einen Bleistift und drückte die Mine so fest auf das Papier, daß sie einen Abdruck hinterließ. Was sagte man Menschen, die einem das Leben geschenkt hatten, wenn man im Begriff war, dieses Geschenk bewußt wegzuwerfen? Seufzend legte Emily den Stift wieder hin. Gar nichts. Man sagt gar nichts. Weil sie doch nur zwischen den Zeilen nach dem suchen würden, was man ausgelassen hatte, um sich dann selbst die Schuld an allem zu geben.

Als fiele ihr hierbei etwas ein, holte sie ein kleines stoffgebundenes Buch aus ihrem Nachttisch und ging damit zum Schrank. Im Inneren, hinter dem Stapel Schuhkartons, befand sich ein kleines Loch, das vor Jahren Eichhörnchen durch das Holz genagt hatten und das ihr, als sie und Chris noch Kinder gewesen waren, als Versteck für ihre geheimen Schätze gedient hatte.

Als sie hineinlangte, fand sie ein zusammengefaltetes Stück Papier. Eine mit Zitronensaft geschriebene Nachricht, unsichtbare »Tinte«, die sichtbar wurde, wenn man das Papier über eine brennende Kerze hielt. Sie und Chris mußten damals an die zehn Jahre alt gewesen sein. Sie hatten über ein Flaschenzugsystem, das zwischen ihren Schlafzimmerfenstern verlief, Nachrichten ausgetauscht – bis die Angelschnur sich in den Ästen eines Baumes verheddert hatte. Emily strich mit einem Finger über die ausgefransten Ränder des Papiers und lächelte.

Ich komme und rette dich, hatte Chris geschrieben. Wenn sie sich recht erinnerte, hatte sie damals Hausarrest gehabt. Chris war das Rosenrankgitter seitlich am Haus hinaufgeklettert, um durch das Badezimmerfenster einzusteigen und sie aus ihrem Kerker zu befreien – aber statt dessen war er vom Spalier gestürzt und hatte sich den Arm gebrochen.

Sie zerknüllte den Zettel in der Faust. So. Das war nicht das erstemal, daß er sie retten würde, indem er sie losließ.

Emily flocht ihr Haar zu einem französischen Zopf und legte sich auf das Bett. Und so harrte sie aus – nackt und mit dem alten Zettel in der Hand –, bis sie Chris' Wagen nebenan in der Auffahrt hörte.

Als Chris fünfzehn geworden war, war ihm die Welt plötzlich fremd vorgekommen. Die Zeit verging zu schnell und gleichzeitig unvorstellbar langsam; niemand schien zu verstehen, was er sagte, seine Gliedmaßen wuchsen unproportional, und seine Haut spannte, als würde sie zu eng. Er erinnerte sich an einen Nachmittag im Sommer, als er und Emily auf einem Steg am See vor sich hin gedöst hatten; er war eingeschlafen, während Emily sprach, und als er einige Zeit später, als die Sonne bereits tiefer am Himmel stand, wieder aufgewacht war, hatte Emily immer noch geredet, und ihm war es vorgekommen, als hätte sich in dieser Zeit alles und nichts verändert.

Und jetzt ging es ihm wieder genauso. Emily, deren Gesicht Chris auch mit geschlossenen Augen in allen Einzelheiten vor sich sah, war plötzlich nicht wiederzuerkennen. Er hatte ihr Zeit geben wollen, damit sie erkannte, wie absurd ihre Idee war, aber jetzt war die Zeit abgelaufen, und der Alptraum hatte ungeahnte Proportionen angenommen, war riesig geworden, so gewaltig wie eine

Lawine, die Chris nicht aufzuhalten vermochte. Er wollte ihr Leben retten – und tat darum so, als wollte er ihr beim Sterben helfen. Auf der einen Seite fühlte er sich ohnmächtig in einer Welt, die zu gewaltig war, als daß er sie hätte ändern können; auf der anderen Seite war seine eigene Welt auf Stecknadelkopfgröße geschrumpft, und darin war nur noch Raum für ihn und Emily – und ihren Pakt. Er war wie gelähmt vor Unentschlossenheit – glaubte mit der unerschütterlichen Zuversicht der Jugend daran, daß er mit etwas so Gigantischem fertig werden würde, und wünschte sich doch gleichzeitig, er könnte seiner Mutter die Wahrheit zuflüstern, damit sie alles wieder in Ordnung brachte.

Seine Hände zitterten derart, daß er sich angewöhnt hatte, sie unter die Oberschenkel zu klemmen, und es gab Augenblicke, da war er überzeugt, den Verstand zu verlieren. Er betrachtete das Ganze als einen Wettkampf, den er um jeden Preis gewinnen mußte, und dachte im gleichen Augenblick daran, daß am Ende eines Wettrennens niemand sterben mußte.

Er fragte sich, wie es sein konnte, daß die Zeit so rasendschnell vergangen war, seit Emily ihm von ihrer Absicht erzählt hatte. Er wünschte, sie würde noch schneller vergehen, damit er bald erwachsen war und sich wie jeder andere Erwachsene nur noch verschwommen an diesen Lebensabschnitt erinnern konnte.

Er fragte sich, warum es ihm wohl so vorkam, als würde die Straße unter ihm einbrechen, wo er sich doch bemüht hatte, eine Gefahrenzone ganz langsam zu durchqueren.

Als sie sich auf den Beifahrersitz sinken ließ, war ihm diese Bewegung derart vertraut, daß Chris die Augen vor diesem Anblick schließen mußte. »Hi«, sagte sie wie immer. Als Chris von der Auffahrt der Golds auf die Wood Hollow Road abbog, hatte er den Eindruck, als hätte jemand die Handlung eines Theaterstücks umgeschrieben, in dem er mitspielte, und es wäre versäumt worden, ihn hiervon in Kenntnis zu setzen.

Kurz nach der ersten Kurve bat Emily ihn bereits, am Straßenrand zu halten. »Ich will ihn sehen«, sagte sie.

Ihre Stimme klang vor Aufregung unnatürlich hoch, und jetzt sah er auch, daß ihre Augen ganz glasig waren und glänzten. Als hätte sie Fieber. Und Chris fragte sich, ob nicht tatsächlich irgend etwas in ihrem Blut war, das sie auffraß.

Er griff in seine Jackentasche und holte den in Wildleder eingeschlagenen Revolver hervor. Emily streckte die Hand danach aus und zögerte dann in letzter Sekunde, die Waffe anzufassen. Schließlich strich sie doch mit dem Zeigefinger über den Lauf. »Danke«, sagte sie leise und klang dabei sehr erleichtert. »Die Kugel«, sagte sie unvermittelt. »Du hast sie doch nicht vergessen?«

Chris klopfte auf seine Brusttasche.

Emily starrte auf seine Hand, die in Höhe seines Herzens auf seinem Hemd ruhte, und blickte ihm dann ins Gesicht. »Willst du nichts sagen?«

»Nein«, entgegnete Chris. »Will ich nicht.«

Es war Emilys Idee gewesen, zum Karussell zu fahren. Teils, weil sie wußte, daß es aller Wahrscheinlichkeit nach um diese Jahreszeit verlassen sein würde, und teils, weil sie bewußt versuchte, all das Beste aus der Welt, die sie verlassen wollte, mitzunehmen, nur für den Fall, daß man Erinnerungen in der Tasche bei sich tragen und dazu benutzen konnte, die Richtung dessen zu bestimmen, was als nächstes kam.

Sie hatte das Karussell immer geliebt. In den vergangenen zwei Sommern, in denen Chris es betrieben hatte, hatte sie sich oft dort mit ihm getroffen. Sie hatten den Pferden Namen gegeben: Tulip und Leroy, Sadie, Starlight, Buck ... Manchmal war sie auch tagsüber gekommen und hatte Chris geholfen, die aufgeregten Kleinkinder in die geschnitzten Sättel zu heben – dann wieder war sie bei Einbruch der Dämmerung rausgefahren, um ihm beim Saubermachen zu helfen. Das hatte ihr am meisten Spaß gemacht. Es hatte etwas unbeschreiblich Bezauberndes an sich, wenn die starke Maschine auslief und die Pferde begleitet vom Ächzen und Quietschen der Mechanik in Zeitlupe ihre Kreise drehten, bis sie schließlich zum Stillstand kamen.

Sie hatte keine Angst. Jetzt, da sie einen Ausweg gefunden hatte, machte ihr nicht einmal mehr der Gedanke ans Sterben angst. Sie wollte nur allem ein Ende machen, bevor Menschen, die sie liebte, so sehr leiden mußten wie sie selbst.

Sie blickte auf Chris und den kleinen silbernen Kasten, in dem der Mechanismus untergebracht war, der das Karussell antrieb. »Hast du den Schlüssel noch?« fragte sie.

Es wehte ein kräftiger Wind, der ihr den Zopf gegen die Wange schlug, und sie hatte die Arme vor der Brust verschränkt, um sich zu wärmen. »Ja«, erwiderte Chris. »Möchtest du fahren?«

»Bitte.« Sie kletterte auf das Karussell und strich mit einer Hand über die Nüstern der gedrungenen Pferde. Sie wählte jenes, das sie Delilah getauft hatte, ein weißes Pferd mit silberner Mähne, dessen Trense mit falschen Rubinen und Smaragden besetzt war. Chris stand bei dem silbernen Kasten, eine Hand auf dem roten Knopf, der den Mechanismus in Gang setzte. Emily fühlte, wie das Karussell unter ihr vibrierend zum Leben erwachte und aus der Drehorgel Musik ertönte, als die Pferde sich in Bewegung setzten. Sie schlug die rissigen Lederzügel gegen den Pferdehals und schloß die Augen.

Sie sah sich selbst und Chris als kleine Kinder Seite an Seite, Hand in Hand auf einem Felsbrocken im Garten stehen und von dort in einen hoch aufgetürmten Haufen Herbstlaub springen. Sie erinnerte sich noch gut an die warmen, an Edelsteine erinnernden Schattierungen der Ahorn- und Eichenblätter. Sie erinnerte sich an den Ruck ihres Armes gegen Chris', als die Schwerkraft an ihnen gezerrt hatte. Aber am allerbesten erinnerte sie sich an den Augenblick, da sie beide fest daran geglaubt hatten, sie würden fliegen.

Er stand neben dem Karussell und sah Emily zu. Sie hatte den Kopf weit in den Nacken gelegt, und der Wind hatte einen rosigen Hauch auf ihre Wangen gezaubert. Tränen liefen ihr über das Gesicht, aber sie lächelte.

Jetzt ist es soweit, sagte er sich. Entweder gewährte er Emily das, was sie sich mehr als alles andere wünschte, oder aber er folgte seinen eigenen Wünschen. Soweit er sich erinnern konnte, war dies das erstemal, daß beides voneinander abwich.

Wie sollte er dastehen und zusehen, wie sie starb? Andererseits, wie sollte er sie von ihrem Vorhaben abhalten, wenn sie so sehr litt?

Emily hatte ihm vertraut, und er würde sie im Stich lassen. Und wenn sie dann das nächste Mal versuchte, sich zu töten – und er wußte, daß es ein nächstes Mal geben würde –, würde er erst hinterher davon erfahren. So wie alle anderen.

Er fühlte, wie sich seine Nackenhaare sträubten. Erwog er ernsthaft das, was er glaubte zu erwägen?

Er versuchte, seine Gedanken frei zu machen wie vor einem Wettkampf und sich allein auf den kürzesten Weg von A nach B zu konzentrieren. Aber diesmal würde es nicht so leicht sein. Es gab keinen richtigen Weg. Es gab keine Garantie, daß sie es beide auf die andere Seite schaffen würden.

Fröstelnd konzentrierte er sich auf die lange weiße Linie ihres Halses und das Pochen an der Kehle. Er hielt den Blick auf ihren Puls geheftet, bis sie außer Sichtweite hinter dem Karussell verschwand, und hielt die Luft an, bis er sie wieder zu ihm zurückkehren sah.

Sie saßen auf der Bank oben auf der Karussellplattform, dort, wo Mütter mit ihren Babys saßen, das Holz unter ihren Händen uneben und voller Blasen von mehreren Lackschichten. Die Flasche Canadian Club stand zwischen Chris' Füßen. Er fühlte, wie Emily an seiner Seite zitterte, und zog es vor, zu denken, daß sie fror. Er beugte sich vor und knöpfte ihre Jacke durchgehend zu. »Du willst doch nicht krank werden.« Kaum hatte er die Worte ausgesprochen, wurde ihm ganz flau im Magen. »Ich liebe dich«, flüsterte er, und in diesem Moment wußte er, was er tun würde.

Wenn man jemanden wirklich liebte, stellte man seine Bedürfnisse über die eigenen.

Ganz egal, wie unverständlich diese Bedürfnisse einem auch erscheinen mochten, ganz gleich, wie absurd sie waren und sogar, wenn man allein bei dem Gedanken an sie das Gefühl hatte, es würde einen zerreißen.

Erst als er seine eigenen Tränen naß und salzig auf Emilys Lippen schmeckte, wurde ihm bewußt, daß er weinte, teils aus Schock, teils aus Resignation. So sollte es nicht sein; oh Gott, wie sollte er den Helden spielen, wenn Em unter ihrer Rettung nur noch mehr leiden würde? Emilys Hände streichelten tröstend seinen Rükken, und er fragte sich: *Wer ist hier eigentlich für wen da?* Dann, ganz plötzlich, verspürte er das übermächtige Verlangen, in ihr zu sein, und mit einer Dringlichkeit, die ihn selbst überraschte, begann er, an ihrer Jeans zu zerren, die Hose an ihren Schenkeln herabzuziehen und gleich darauf ihre Beine um seine Hüften zu legen.

Nimm mich mit, dachte er.

Emily zupfte mit flammenden Wangen ihre Kleider zurecht. Chris hörte nicht auf, sich zu entschuldigen, als ob sie ihm bis in alle Ewigkeit vorhalten würde, daß er das Kondom vergessen hatte. »Es spielt keine Rolle«, sagte sie, als sie ihr T-Shirt in den Hosenbund stopfte. *Wenn du wüßtest* ...

Er saß vor ihr, die verschränkten Hände im Schoß. Seine Jeans waren noch aufgeknöpft, und der Geruch von Sex lag in der Luft. Er fühlte sich unnatürlich ruhig. »Was soll ich tun«, fragte er. »Ich meine hinterher.«

Sie hatten nicht darüber gesprochen. Tatsächlich war Emily bis zu diesem Augenblick nicht ganz sicher gewesen, daß Chris nicht etwas Dummes tun würde, wie beispielsweise die Kugeln ins Gebüsch zu werfen, wenn er die Waffe lud, oder ihr den Revolver in letzter Sekunde aus der Hand zu schlagen. »Ich weiß es nicht«, entgegnete sie, und das stimmte; soweit hatte sie bisher nie gedacht. Die Planung, die Organisation, der Akt selbst – das alles hatte sie x-mal durchdacht, aber an die Realität, tot zu sein, hatte sie keinen Gedanken verschwendet. Sie räusperte sich. »Tu, was du für richtig hältst«, sagte sie.

Chris zeichnete die Maserung der Bodenbretter mit dem Daumennagel nach. Er kam sich plötzlich vor wie ein Fremder. »Hast du eine bestimmte Zeit vorgesehen?« fragte er steif.

»Nein, nur noch nicht gleich«, entgegnete sie leise, woraufhin Chris angesichts der Gnadenfrist seine Jeans zuknöpfte und Em auf seinen Schoß zog. Seine Arme schlossen sich um sie, und sie schmiegte sich an ihn. *Verzeih mir*, dachte sie.

Seine Hände zitterten, als er die Revolvertrommel aufklappte. Die Trommel faßte sechs Kugeln. Wenn eine Kugel abgefeuert war, verblieb die leere Patronenhülse in der Kammer. Das alles erklärte er Emily, während er in seiner Hemdtasche kramte, als könnte das Aufzählen der technischen Einzelheiten alles ganz harmlos machen.

»Zwei Kugeln?« fragte Emily.

Chris zuckte mit einer Schulter. »Nur für alle Fälle«, sagte er, und sein Tonfall warnte sie, ihn zu bitten, ihr etwas zu erklären, das er selbst nicht ganz verstand. *Nur für den Fall, daß die erste Kugel sie nicht tötete? Oder nur für den Fall, daß er selbst sterben wollte, wenn Emily erst tot war?*

Dann lag die Waffe zwischen ihnen, ein lebendiges Wesen. Emily hob sie auf, und ihr Handgelenk bog sich unter dem Gewicht nach unten.

Es gab so vieles, was Chris sagen wollte. Er wollte sie nach diesem furchtbaren Geheimnis fragen, das sie so quälte; er wollte sie anflehen, es sich noch einmal zu überlegen. Er wollte ihr versichern, daß es noch nicht zu spät war, obgleich er dies selbst nicht so recht glaubte, nachdem die Sache soweit gediehen war. Und so preßte er die Lippen auf die ihren, ganz fest – als wolle er sie brandmarken –, aber dann zuckten seine Lippen in einem Schluchzer, und er brach den Kuß ab. Er krümmte sich, als hätte ihm jemand eine Faust in den Magen gerammt. »Ich tue das, weil ich dich liebe«, sagte er mit erstickter Stimme.

Emily war sehr blaß, und ihr Gesicht war tränenüberströmt. »Und ich tue das auch, weil ich dich liebe.« Sie drückte seine Hand. »Ich möchte, daß du mich festhältst«, sagte sie.

Chris zog sie in seine Arme, so daß ihr Kinn auf seiner rechten Schulter ruhte. Er prägte sich ihr Gewicht in seinen Armen ein und das Leben, das ihren Körper durchlief wie einen Strom. Dann bog er den Oberkörper zurück, um Emily Platz zu machen, so daß sie den Revolver am Kopf ansetzen konnte.

Gegenwart

Mai 1998

Randi Underwood entschuldigte sich bei der Jury. »Ich arbeite nachts«, erklärte sie, »aber man wollte Sie nicht alle bis zu der Zeit wachhalten, zu der ich gewöhnlich am wachesten bin.« Sie kam gerade von einer 36-Stunden-Schicht im Krankenhaus, wo sie als Krankenschwester in der Notaufnahme arbeitete. »Melden Sie sich, wenn ich Unsinn rede«, scherzte sie. »Und wenn ich versuche, jemanden mit einem Kugelschreiber zu intubieren, klopfen Sie mir auf die Finger.«

Jordan lächelte. »Wir danken Ihnen sehr, daß Sie heute hergekommen sind, Miss Underwood.«

»Ach was«, entgegnete die Zeugin lächelnd. »Was ist schon ein wenig Schlaf?«

Sie war eine kräftige Frau und trug noch OP-Kleidung aus dem Krankenhaus, die mit kleinen grünen Flocken bedruckt war. Jordan hatte ihre Identität bereits für das Protokoll festgehalten. »Miss Underwood«, fuhr er fort, »hatten Sie in der Nacht des siebten November Dienst, als

Emily Gold in die Notaufnahme des Bainbridge Memorial gebracht wurde?«

»Ja, hatte ich.«

»Erinnern Sie sich an sie?«

»Ja. Sie war sehr jung, und der Anblick schwerverletzter junger Menschen ist immer am schwersten zu ertragen. Anfangs herrschte um sie herum große Hektik – bei Einlieferung hatte sie einen Herzstillstand –, aber das dauerte nur einige Sekunden. Als sie in ihren eigenen abgetrennten Bereich gerollt wurde, wurde sie für tot erklärt.«

»Ich verstehe. Was geschah dann?«

»Also, gewöhnlich warten wir, bis jemand die Leiche identifiziert hat, bevor wir sie ins Leichenhaus bringen. Uns war gesagt worden, die Eltern wären unterwegs. Und so fing ich an, sie zu waschen.«

»Sie zu waschen?«

»Das gehört ebenfalls zur Routine«, erklärte sie. »Vor allem. wenn der Betreffende stark geblutet hat; der Anblick wäre für die Verwandten ein zusätzlicher Schock. Ich habe ihr vor allem Hände und Gesicht gesäubert. Niemand hat Anweisung gegeben, das zu unterlassen.«

»Was meinen Sie damit?«

»Bei Polizeiermittlungen ist ein Beweisstück ein Beweisstück, und eine Leiche kann auch in diese Kategorie gehören. Aber die Beamten, die bei ihrer Einlieferung dabei waren, meinten, es sei ein Selbstmord gewesen. Niemand von der Polizei hat uns gesagt, wir sollten sie anders behandeln als einen ganz gewöhnlichen Patienten; niemand ist gekommen, um irgendwelche Proben zu nehmen oder so was.«

»Sie haben ihr also ganz sicher die Hände gewaschen?«

»Ja. Ich erinnere mich noch, daß sie einen hübschen goldenen Ring am Finger trug – einen dieser keltischen Knoten, wissen Sie?«

»Und wann haben Sie den Raum, in dem sie untergebracht war, verlassen?«

»Als der Vater kam, um die Tote zu identifizieren.«

Jordan lächelte seine Zeugin an. »Danke«, sagte er. »keine weiteren Fragen.«

Wie Jordan vorausgesehen hatte, verzichtete Barrie Delaney auf ein Kreuzverhör der OP-Schwester. Sie hätte kaum eine Frage stellen können, die ihre Hauptzeugin, Detective Marrone, nicht wie eine nachlässige blutige Anfängerin hätte aussehen lassen. Und so rief Jordan als nächstes Dr. Linwood Karpagian auf. Als er zusah, wie der Mann den Zeugenstand betrat, sagte er sich, daß er Selena ein Dutzend Rosen schuldete dafür, daß sie ihn aufgetan hatte.

Die Geschworenen waren sichtlich fasziniert von seiner Erscheinung: Dr. Karpagian sah aus wie Cary Grant in seinen besten Jahren, mit silbrigem welligen Haar an den Schläfen und sauber manikürten Fingern, die den Eindruck erweckten, als könnten sie das Vertrauen eines Menschen halten, ganz zu schweigen von etwas Substantiellerem. Er saß ganz locker da, gewohnt, im Mittelpunkt der allgemeinen Aufmerksamkeit zu stehen.

»Euer Ehren«, sagte Barrie, »ich bitte um Erlaubnis, vortreten zu dürfen.«

Puckett winkte die Anwälte an seinen Tisch, und Jordan wartete mit hochgezogener Braue, was Barrie vorzubringen hatte. »Die Staatsanwaltschaft hat nach wie vor Einwände gegen diesen Zeugen.«

»Miss Delaney«, entgegnete Richter Puckett ungerührt, »Sie haben Ihre Vorbehalte bereits nach der Voranhörung angeführt, und ich habe in dieser Sache entschieden.«

Barrie stapfte wütend zurück an ihren Tisch, während Jordan Dr. Karpagian nach seinen Referenzen befragte, was die Geschworenen nur noch mehr beeindruckte. »Doktor, mit wie vielen Jugendlichen haben Sie bereits gearbeitet?«

»Tausenden«, antwortete Dr. Karpagian. »Ich kann unmöglich eine genaue Zahl nennen.«

»Und wie viele darunter waren suizidgefährdet?«

»Nun, ich habe an die 400 suizidgefährdete Jugendliche beraten. Die Profile jener suizidgefährdeten Teenager, die ich bereits in meinen drei Büchern über dieses Thema behandelt habe, nicht eingeschlossen.«

»Sie haben Ihre Studienergebnisse also publiziert?«

»Ja. Abgesehen von meinen Büchern sind Publikationen von mir im *Journal of Counseling and Clinical Psychology* und dem *Journal of Abnormal Child Psychiatry* erschienen.«

»Da wir mit dem Phänomen jugendlichen Selbstmordes nicht so vertraut sind wie Sie, möchte ich Sie bitten, uns zu einem allgemeinen Überblick der typischen Charakteristiken zu verhelfen.«

»Gern. Selbstmord bei Teenagern ist eine alarmierende Seuche, die jedes Jahr weiter um sich greift. In den Augen eines Heranwachsenden ist Selbstmord etwas, das Stärke und Verzweiflung ausdrückt. Teenager brauchen vor allem eins, nämlich das Gefühl, ernst genommen zu werden. Und die Welt eines Teenagers dreht sich um ihn selbst. Nun stellen Sie sich einen unglücklichen Teenager mit einem Problem vor. Seine Eltern erteilen ihm eine Abfuhr, entweder weil sie nicht akzeptieren wollen, daß ihr Kind unglücklich ist, oder weil sie sich nicht die Zeit nehmen wollen, ihm zuzuhören. Und so denkt der Teenager: ›*Ach ja? Ihr werdet schon sehen, wozu ich fähig bin.*‹ Und er bringt sich um. Er denkt nicht konkret daran, daß er dann wirklich tot ist. Für ihn ist der Selbstmord vielmehr eine Möglichkeit, das Problem zu lösen, seinen Qualen ein Ende zu machen und zu sagen ›Da seht ihr!‹.«

»Gibt es ein prozentuales Gefälle, was Selbstmorde von jungen Männern und Frauen betrifft?«

»Mädchen versuchen dreimal öfter als Jungen, sich das Leben zu nehmen, aber Jungen gelingt der Versuch deutlich häufiger.«

»Tatsächlich?« täuschte Jordan Überraschung vor. In Wirklichkeit hatten er und Dr. Karpagian seine Zeugenaussage in der vergangenen Woche stundenlang geübt, und nichts, was der Doktor sagte, konnte ihn überraschen. »Wie kommt das?«

»Nun, wenn Mädchen versuchen, sich das Leben zu nehmen, wenden sie häufig weniger sichere Methoden an. Tabletten oder Kohlenmonoxidvergiftung beispielsweise – beides Gifte, die verhältnismäßig lange brauchen, um tödlich zu wirken, so daß das Opfer oft rechtzeitig gefunden und ins Krankenhaus gebracht wird. Manchmal schneiden sie sich auch die Pulsadern auf, wobei aber die meisten den Schnitt quer führen, da sie nicht bedenken, daß es weitaus schneller geht, wenn man den Schnitt längs ausführt und dabei dem Verlauf der Arterie folgt. Demgegenüber benutzen Jungen häufiger Waffen oder erhängen sich. In beiden Fällen tritt der Tod sehr schnell ein, meist bevor sie entdeckt werden und jemand sie retten oder von ihrem Vorhaben abbringen kann.«

»Ich verstehe«, sagte Jordan. »Gibt es einen bestimmten Typ von Jugendlichen, die eher zum Selbstmord neigen als andere?«

»Das ist das Merkwürdige«, entgegnete Dr. Karpagian, und in seine Augen trat der interessierte Glanz des Gelehrten. »Selbstmordversuche kommen ebenso häufig unter Jugendlichen aus ärmlichen Verhältnissen vor wie bei Teenagern aus gutem Hause. Es gibt im Hinblick auf suizidgefährdete Jugendliche kein sozioökonomisches Profil.«

»Gibt es irgendwelche hervorstechende Verhaltensweisen, die einem ins Auge springen, so daß man sich sagt: ›Heh, der oder die will sich umbringen‹?«

»Depressionen«, entgegnete Karpagian unverblümt. »So etwas kann sich über Jahre hinziehen oder auch sehr schnell gehen, innerhalb weniger Monate. Der eigentliche Selbstmord wird dann häufig von einem bestimmten Ereignis ausgelöst, dessen Bewältigung – im Zusammenspiel mit den Depressionen –, dem Betroffenen nicht möglich erscheint.«

»Würde eine solche Depression Personen aus dem Umfeld des Teenagers auffallen?«

»Wissen Sie, Mr. McAfee, das ist eins der Probleme in diesem Zusammenhang. Depressionen sind für Freunde und Angehörige nicht immer erkennbar. Es gibt einige Anzeichen für eine Suizidgefährdung, die Psychologen erkennen können und die sehr ernst genommen werden sollten, wenn sie auftreten. Aber manche Jugendliche zeigen keins dieser Anzeichen, während bei anderen alle zusammen auftreten.«

»Was sind das für Anzeichen, Doktor?«

»Manchmal fällt eine gewisse Beschäftigung mit dem Tod auf. Oder eine Veränderung der Eß- oder Schlafgewohnheiten. Rebellisches Verhalten. Ein Sich-Abkapseln von anderen Menschen oder eine offene Flucht. Manche suizidgefährdete Teenager legen auch permanente Langeweile an den Tag oder haben Konzentrationsschwierigkeiten. Es kann Hinweise auf Drogen- oder Alkoholmißbrauch geben, ein Nachlassen der schulischen Leistungen. Möglicherweise beginnen die Jugendlichen, ihr Äußeres zu vernachlässigen, verändern ihre Persönlichkeit oder klagen über psychosomatische Beschwerden. Manchmal wird beobachtet, daß Teenager ihre kostbarste Habe verschenken oder darüber scherzen, sich umbringen zu wollen. Aber, wie ich schon sagte, es kommt auch vor, daß keines dieser Anzeichen auftritt.«

»Das klingt nach einigen ganz gewöhnlichen Teenagern, die ich kenne«, bemerkte Jordan.

»Genau«, bestätigte der Psychologe. »Das macht eine Diagnose im Vorfeld ja auch so schwierig.«

Jordan nahm ein Dokument zur Hand, eine Akte, die Krankenberichte von Emily Gold enthielt, sowie Protokolle von Gesprächen mit ihren Freunden und Verwandten, aufgenommen von Selena oder der Polizei. »Doktor, hatten Sie Gelegenheit, Emily Golds Profil zu studieren?«

»Das hatte ich.«

»Und was haben ihre Freunde und Verwandten über sie erzählt?«

»Ihre Eltern haben nichts von einer Depression geahnt. Ähnlich verhält es sich bei ihren Freunden. Ihre Kunstlehrerin hat angeführt, daß, obgleich Emily nie von irgendwelchen Problemen gesprochen hat, ihre Malerei eine makabre Wendung genommen hat. Mir scheint es, wenn man zwischen den Zeilen liest, so zu sein, daß Emily sich in den Wochen vor ihrem Tod zurückgezogen hat. Sie hat sehr viel Zeit mit Chris verbracht, was ebenfalls für einen Selbstmordpakt spricht.«

»Einen Selbstmordpakt. Was meinen Sie damit genau?«

»Damit sind zwei oder mehr gemeinschaftliche Selbstmorde gemeint. Ein unvorstellbarer Gedanke für einen Erwachsenen – daß jemand soviel Macht über andere haben kann, daß er diese dazu bringt, sich ebenfalls zu töten.« Er schenkte den Geschworenen ein trauriges Lächeln. »Die meisten von Ihnen haben sicher – und das aus gutem Grund – vergessen, wie es war, sechzehn oder siebzehn zu sein; wie ungeheuer wichtig es war, jemanden zu haben, der einen verstand und bewunderte. Wenn man älter wird, relativiert sich alles. Aber im Teenageralter ist diese eine Beziehung wichtiger als alles andere. Man fühlt sich dem anderen so verbunden, daß man sich ähnlich kleidet, die gleiche Musik hört, die gleichen Hobbys teilt und auch sein Denken dem des anderen angleicht. Es reicht, wenn ein Teenager den Gedanken an Selbstmord aufwirft. Und es erfordert verschiedene psychologische Gründe, damit ein zweiter Jugendlicher das ebenfalls für eine gute Idee hält.«

Dr. Karpagian richtete den Blick auf Chris, als würde er ihn hier und jetzt analysieren. »Junge Menschen, die beschließen, gemeinsam Selbstmord zu begehen, stehen sich in der Regel sehr nahe. Aber nachdem der Entschluß, sich das Leben zu nehmen, erst gefaßt wurde, wenden sie sich einander noch mehr zu. Sie vertrauen sich nur einander an, und ihre Welt schrumpft zusammen, bis nur noch der Akt der Selbsttötung von Bedeutung ist: die Planung, der Akt selbst. Sie wollen damit allen Menschen außerhalb dieser eigenen kleinen Welt, allen Menschen, die sie nicht verstehen, etwas mitteilen.«

»Dr. Karpagian, würden Sie aufgrund von Emilys Profil sagen, daß sie suizidgefährdet war?«

»Nachdem ich sie nie kennengelernt habe, kann ich nur so viel sagen, daß durchaus die Möglichkeit besteht, daß sie depressiv genug war, um sich das Leben zu nehmen.«

Jordan nickte. »Heißt das, daß das Profil nicht unbedingt auffällig sein muß? Daß ein Mädchen, das den Eindruck eines ganz normalen Teenagers macht und nur ein wenig in sich gekehrt ist, suizidgefährdet sein kann?«

»Das ist schon vorgekommen«, bestätigte Dr. Karpagian.

»Ich verstehe.« Der Verteidiger blickte auf seine Notizen. »Hatten Sie auch Gelegenheit, sich Chris' Profil anzusehen?«

Selena hatte nur auf Jordans hartnäckiges Betreiben hin ein Profil erstellt, in ganz ähnlicher Weise, wie sie jenes von Emily erstellt hatte, nämlich anhand von Gesprächen mit Angehörigen. Da sie sich – wenn auch widerstrebend – damit hatten abfinden müssen, daß Chris nie selbstmordgefährdet gewesen war, hatte sie es für wenig sinnvoll erachtet, ihn von einem Experten untersuchen zu lassen, der später im Zeugenstand einen Eid schwören würde, die Wahrheit zu sagen.

»Ich habe es gelesen. Und das Wichtigste, was mir an Chris' Hartes Profil auffiel, ist, welchen Stellenwert Emily Gold in seinem Leben hatte. Ich war Psychologe, schon lange bevor ich Selbstmordexperte wurde, wissen Sie, und es gibt einen ganz bestimmten Begriff für die Art von Beziehung, wie sie sich im Laufe der Jahre zwischen Chris und Emily entwickelt hat.«

»Und wie lautet dieser Begriff?«

»Fusion.« Er lächelte den Geschworenen zu. »Wie in der Physik. Es bedeutet, daß zwei Persönlichkeiten so eng miteinander verbunden sind, daß hieraus eine völlig neue Persönlichkeit entsteht und die einzelnen, separaten Persönlichkeiten nicht länger existieren, eine Symbiose, wenn Sie so wollen.«

Jordan wölbte die Brauen. »Könnten Sie mir das vielleicht näher erläutern?«

»Einfach ausgedrückt, bedeutet das, daß Chris' und Emilys Geist und Persönlichkeiten derart miteinander verknüpft waren, daß sie eins waren. Sie waren einander so nah, daß der eine ohne den anderen nicht mehr hätte sein können. Alles, was dem einen widerfuhr, berührte auch den anderen. Und im Falle des Todes von einem der beiden wäre der andere buchstäblich nicht mehr lebensfähig gewesen.« Er sah Jordan an. »War das verständlicher?«

»Leichter verständlich«, entgegnete Jordan, »aber schwer zu akzeptieren.«

Dr. Karpagian lächelte. »Gratuliere, Mr. McAfee. Das spricht nur dafür, daß Sie psychisch stabil sind.«

Jordan grinste. »Ich weiß nicht, ob Miss Delaney dem zustimmen würde, Sir, aber trotzdem danke.« Die Geschworenen hinter ihm kicherten. »Und, haben Sie sich in Ihrer Eigenschaft als Experte auf diesem Gebiet eine Meinung zu Chris Harte und Emily Gold gebildet?«

»Ja. In meinen Augen trug Emily sich mit Selbstmordgedanken, aus welchen Gründen auch immer. Und es kann sein – und das ist wichtig anzumerken –, daß wir diese Gründe nie erfahren werden. Aber irgend etwas hat bei ihr Depressionen ausgelöst, so daß ihr der Tod als einziger Ausweg erschienen ist. Sie wandte sich an Chris, weil er der Mensch war, der ihr bei weitem am nächsten stand, und vertraute ihm an, daß sie Selbstmord begehen wolle. Und nachdem sie ihm von ihrem Vorhaben erzählt hatte, erkannte Chris, daß, wenn Emily tot war, auch er keinen Grund mehr haben würde, weiterzuleben.«

Jordan musterte die Geschworenen eindringlich. »Das heißt also, daß der Auslöser für Emilys Selbstmordabsichten nicht derselbe war wie jener, der Chris bewog, sich das Leben zu nehmen?«

»Genau. Höchstwahrscheinlich hat allein der Umstand, daß Emily sich umbringen wollte, Chris dazu bewogen, sich auf den Pakt einzulassen.«

Jordan schloß einen Moment die Augen. Für ihn war das die größte Hürde in seiner Verteidigung gewesen – der Jury glaubhaft zu machen, daß zwei Kinder diese furchtbare Idee ganz allein ausgeheckt haben sollten. Der gute Doktor – oder auch Selena, die ihn aufgetrieben hatte – hatte dies möglich erscheinen lassen. »Nur noch eins«, fuhr Jordan fort. »Emily hat einige Monate vor ihrem Selbstmord ein sehr kostspieliges Geschenk für jemanden gekauft. Wie würden Sie ein solches Verhalten werten?«

»Nun, das gehört in die charakteristische Verhaltensweise des ›Weggebens‹«, antwortete Dr. Karpagian. »Etwas, das sie für jemanden zurücklassen wollte, um dafür zu sorgen, daß der sich auch nach ihrem Tod noch an sie erinnerte.«

»Dann hat Emily also dieses Geschenk gekauft, um die Welt wissen zu lassen, daß sie beabsichtigte, sich zu töten?«

»Einspruch«, rief Barrie dazwischen. »Suggestivfrage.«

»Euer Ehren, das ist sehr wichtig«, protestierte Jordan.

»Dann formulieren Sie die Frage bitte um, Herr Verteidiger.«

Jordan wandte sich wieder Dr. Karpagian zu. »Warum hätte Emily Ihrer Expertenmeinung nach ein so teures Geschenk wie diese Uhr kaufen sollen, wenn sie sich tatsächlich mit Selbstmordabsichten trug?«

»Ich würde sagen, daß Emily die Uhr gekauft hat, nachdem sie beschloß, sich umzubringen und Chris zu einem Selbstmordpakt zu bewegen. Und der Preis der Uhr hätte ohnehin keine Rolle gespielt.« Er lächelte den Anwalt traurig an. »Wenn man beabsichtigt, sich umzubringen, ist Geld das letzte, was einen interessiert.«

»Danke«, sagte Jordan und setzte sich.

Barrie war richtig schwindlig. Sie mußte einen Experten aussehen lassen wie einen Idioten, und das, obgleich sie auf seinem Fachgebiet keinerlei Erfahrung besaß. »Okay,

Doktor«, begann sie scheinbar unbekümmert. »Sie haben Emilys Profil studiert. Und Sie haben viele Charakteristiken erwähnt, die selbstmordgefährdete Teenager in der Regel zeigen.« Sie griff nach ihrem vollgekritzelten Notizblock. »Schlaflosigkeit gehört auch dazu?«

»Ja.«

»Und war hiervon in Emilys Profil die Rede?«

»Nein.«

»Haben Sie Hinweise auf plötzliche Veränderungen ihrer Eßgewohnheiten gefunden?«

»Nein.«

»War Emily rebellisch?«

»Nicht daß ich wüßte, nein.«

»Ist sie von zu Hause weggelaufen?«

»Nein.«

»Hat sie sich mit dem Tod beschäftigt?«

»Nicht offen.«

»Machte sie den Eindruck, als würde sie alles langweilen oder als hätte sie Schwierigkeiten, sich zu konzentrieren?«

»Nein.«

»Bestand bei ihr Drogen- oder Alkoholmißbrauch?«

»Nein.«

»Haben ihre schulischen Leistungen nachgelassen?«

»Nein.«

»Hat sie ihr Äußeres vernachlässigt?«

»Nein.«

»Hat sie über psychosomatische Beschwerden geklagt?«

»Nein.«

»Hat sie Scherze über Selbstmord gemacht?«

»Offenbar nicht.«

»Die einzige Charakteristik, die Sie zu der Annahme verleitet hat, Emily könnte sich mit Selbstmordabsichten getragen haben, war demnach, daß sie sich ein wenig zurückgezogen hat. Ist das nicht völlig normal bei 90 Prozent aller Frauen – zumindest einmal im Monat?«

Dr. Karpagian lächelte. »Ich kann wohl bestätigen, daß dem so ist.«

»Könnte es dann nicht sein, daß Emily, da sie keine der von Ihnen aufgeführten Charakteristiken aufwies, gar nicht die Absicht hatte, sich das Leben zu nehmen?«

»Möglich wäre das«, entgegnete der Psychologe.

»Und die wenigen Anzeichen, die bei Emily vorhanden waren, könnte man die bei Teenagern nicht als normal ansehen?«

»In vielen Fällen schon.«

»Gut. Sie hatten als Grundlage für Ihre Analyse ein Profil von Emily zur Verfügung, richtig?«

»Ja.«

»Wer hat dieses Profil erstellt?«

»Soweit ich weiß, wurde es von der Privatermittlerin im Dienste der Verteidigung zusammengestellt, Miss Damascus. Es handelte sich um eine Reihe von Gesprächen, die sie selbst und auch Vertreter der Polizeibehörde mit Freunden und Verwandten des Mädchens geführt haben.«

»Sie sagten, niemand hätte Emily Gold näher gestanden als Chris Harte. Waren seine eigenen Beobachtungen Bestandteil des Profils?«

»Nein. Er wurde nicht befragt.«

»Aber er war doch die Person, mit der Emily in den letzten Wochen ihres Lebens die meiste Zeit verbracht hat, oder?«

»Ja.«

»Er hätte Ihnen also möglicherweise sagen können, ob sie irgendwelche der eben aufgeführten Charakteristiken aufwies. Er hätte vermutlich mehr gesehen als andere.«

»Ja.«

»Und doch haben Sie nicht mit dieser offensichtlich besten Informationsquelle gesprochen?«

»Wir haben versucht, ein Profil ohne Chris' Beteiligung zu erstellen, um die Neutralität zu wahren.«

»Das war nicht die Frage, Doktor. Die Frage lautete, *Haben Sie mit Christopher Harte gesprochen*?«

»Nein, das habe ich nicht.«

»Sie haben also Chris Harte nicht befragt. Er war lebendig, verfügbar und wurde doch nie konsultiert, obwohl er der beste Zeuge gewesen wäre, was Emilys Verhalten in den Wochen vor ihrem Tod betraf. Abgesehen von Emily selbst, natürlich.« Barrie nagelte ihn förmlich mit dem Blick fest. »Aber Emily konnten Sie ja nicht mehr befragen, nicht wahr?«

Kim Kenly erschien zu ihrem kurzen Auftritt vor Gericht in einem Batik-Kaftan, der mit Hunderten kleiner Handabdrücke bedruckt war. »Ist der nicht hübsch?« sagte sie zu dem Gerichtsdiener, der sie zum Zeugenstand geleitete. »Die Kindergärtnerinnen haben ihn mir geschenkt.«

Jordan fragte sie nach ihren persönlichen Angaben für das Protokoll und erkundigte sich dann danach, woher Miss Kenly Emily Gold kannte. »Ich habe sie auf der High-School in Kunst unterrichtet«, entgegnete sie. »Emily war unglaublich talentiert. Sie müssen sich vor Augen halten, daß ich als Lehrerin eines Pflichtfachs 500 Kinder täglich unterrichte. Die meisten von ihnen hantieren während des Unterrichts mehr oder weniger ziellos herum und hinterlassen ein Chaos. Eine Handvoll bleibt dabei und interessiert sich ehrlich für Kunst. Ein oder zwei von ihnen haben vielleicht sogar echtes Talent. Nun, Emily war eine absolute Ausnahmeerscheinung. Solchen Perlen begegnet man nur einmal alle zehn Jahre: Schüler, die die Kunst nicht nur lieben, sondern es darüber hinaus verstehen, ihre Fähigkeiten zu ihrem Vorteil umzusetzen.«

»Das klingt, als wäre sie etwas ganz Besonderes gewesen.«

»Talentiert«, entgegnete Kim. »Und voller Hingabe. Sie verbrachte ihre sämtlichen Freistunden im Kunstraum. Sie hatte hinten im Klassenzimmer sogar ihre eigene Staffelei stehen.«

Jordan griff nach einigen Leinwänden, die der Gerichtsdiener mit hereingebracht hatte. »Ich habe hier verschiedene Gemälde, die ich als Beweismittel einbringen möchte«, sagte er und wartete, bis Barrie sie begutachtet hatte und jede einzelne etikettiert worden war. »Würden Sie bitte diese Bilder kommentieren?«

»Gern. Den Jungen mit dem Lutscher hat sie in der neunten Klasse gemalt. Das Bild aus der zehnten Klasse – Mutter und Kind – ist schon weiter entwickelt, wie Sie an der Gesichtsstruktur erkennen können. Lebensechter, könnte man sagen. Außerdem wirken die Motive dreidimensionaler. Und bei diesem dritten Gemälde ist klar, daß Chris Modell gestanden hat.«

»Chris Harte?«

Kim Kenly lächelte. »Mr. McAfee«, sagte sie, »sehen Sie das nicht?«

»Doch, natürlich«, versicherte er ihr. »Aber das Protokoll hat keine Augen.«

»Ach so, ja. Chris Harte. Jedenfalls hat Emily seine Persönlichkeit ebenso gut eingefangen wie den Realismus der Gesichtszüge. Tatsächlich hat Emilys Arbeit mich immer ein wenig an jene von Mary Cassatt erinnert.«

»Ich muß gestehen, daß ich Ihnen da nicht folgen kann«, sagte Jordan. »Wer ist Mary Cassatt?«

»Eine Malerin aus dem 19. Jahrhundert, die oft Mütter

und Kinder gemalt hat. Emily hat das ebenfalls getan, und sie widmete Details und Emotionen die gleiche Aufmerksamkeit.«

»Danke«, sagte Jordan. »Emilys Gemälde haben sich also im Laufe ihrer High-School-Zeit konstant weiterentwickelt?«

»Technisch gesehen, ja. Sie war vom ersten Tag an mit ganzem Herzen dabei, aber im Verlauf von der neunten zur zwölften Klasse konnte ich nicht mehr erkennen, was sie von ihren Modellen dachte, sondern sah vielmehr, was das Modell davon hielt, als solches zu dienen. So etwas ist bei Amateurmalern nur selten der Fall, Mr. McAfee. Das ist ein Zeichen für wahres Können.«

»Sind Ihnen Veränderungen in Emilys Stil aufgefallen?«

»Wo Sie schon danach fragen, ja, das sind sie. Im vergangenen Herbst hat sie an einem Gemälde gearbeitet, das sich so drastisch von ihrer bisherigen Arbeit unterschied, daß es mich ehrlich überrascht hat.«

Jordan brachte nun das letzte Gemälde ebenfalls als Beweismittel ein. Der freischwebende Totenschädel mit dem Sturmhimmel in den Augenhöhlen und der herabbaumelnden Zunge erregte sogleich die Aufmerksamkeit der Geschworenen. Eine Frau schlug sogar eine Hand vor den Mund. »Meine Güte«, entfuhr es ihr.

»Genau das habe ich auch gedacht« sagte Kim Kenly und nickte der Frau auf der Geschworenenbank zu. »Wie Sie sehen, handelt es sich hier nicht mehr um Realismus, sondern um Surrealismus.«

»Surrealismus«, griff Jordan das Wort auf. »Können Sie uns erklären, was genau man darunter versteht?«

»Jeder hat schon surrealistische Gemälde gesehen. Dali, Magritte.« Als sie Jordans ausdruckslose Miene sah, seufzte sie. »Dali. Der Mann, der die zerfließenden Uhren gemalt hat?«

»Ach ja, richtig.« Er warf einen raschen Blick auf die Jury. Wie bei jeder bunt zusammengewürfelten Geschworenengruppe in Grafton County war auch diese voller Widersprüche. Ein Wirtschaftsdozent aus Dartmouth saß neben einem Mann, von dem Jordan gewettet hätte, daß er seinen Milchbetrieb in Orford in seinem ganzen Leben noch nie verlassen hatte. Der Dartmouth-Dozent wirkte gelangweilt – bestimmt hatte er von Anfang an gewußt, wer Dali war. Der Farmer machte sich hingegen Notizen. »Miss Kenly, wann hat Emily das gemalt?«

»Sie begann Ende September mit dem Bild. Sie war noch nicht ganz fertig, als sie ... starb.«

»Nein? Aber es ist signiert.«

»Ja«, entgegnete die Kunstlehrerin stirnrunzelnd. »Und mit einem Titel versehen. Ganz offensichtlich war sie der Ansicht, es wäre sehr bald fertig.«

»Können Sie uns sagen, wie Emily dieses Gemälde benannt hat?«

Kim Kenlys langer roter Fingernagel fuhr ganz leicht über den Rand des Schädels, die Sturmwolken in den Augenhöhlen und die breite Zunge, um schließlich bei dem einen Wort neben der Signatur halt zu machen. »Hier steht es. *Selbstporträt.*«

Barrie Delaney starrte eine Minute lang auf das Bild, das Kinn auf eine Hand gestützt. »Also, ich kann darin nicht viel Sinn erkennen«, gab sie dann zu. »Und Sie?« fragte sie die Zeugin.

»Ich bin keine Expertin«, begann Kim Kenly.

»Nein«, fiel Barrie ihr ins Wort. »Aber seien Sie versichert, daß die Verteidigung einen solchen aufgetan hat. Ich frage mich allerdings, ob Sie als Emilys Kunstlehrerin sie vielleicht gefragt haben, warum sie etwas so Makabres gemalt hat.«

»Ich erwähnte ihr gegenüber, daß es völlig anders wäre als ihre bisherigen Bilder, woraufhin sie meinte, daß ihr eben danach wäre, so etwas zu malen.«

Barrie begann, vor dem Zeugenstand auf und ab zu gehen. »Ist es ungewöhnlich bei Künstlern, daß sie mit verschiedenen Kunstrichtungen und Stilen experimentieren?«

»Nein.«

»Hat Emily es je mit Bildhauerei versucht?«

»Nur kurz in der zehnten Klasse.«

»Und mit Töpfern?«

»Ein wenig.«

Barrie nickte ermutigend. »Was ist mit Wasserfarben?«

»Auch, aber sie zog Ölfarben vor.«

»Aber es kam gelegentlich vor, daß Emily Bilder malte, die für sie eher untypisch waren?«

»Sicher.«

Barrie ging langsam auf das Porträt des Schädels zu. »Miss Kenly, als Emily das erste Mal mit Wasserfarben gemalt hat, ist Ihnen da eine Veränderung ihres Verhalten aufgefallen?«

»Nein.«

»Dann vielleicht als sie sich in Bildhauerei versuchte?«

»Nein.«

Barrie hob das Gemälde hoch. »Und als sie dieses Gemälde hier gemalt hat, Miss Kenly, hat sie sich da spürbar anders verhalten als sonst?«

»Nein.«

»Keine weiteren Fragen«, beendete Barrie das Kreuzverhör und legte das Gemälde mit dem Schädel nach unten zurück auf den Tisch.

In der Eingangshalle des Gerichtsgebäudes waren lange Stuhlreihen aufgestellt, die gewissermaßen eine Gasse zwischen den beiden Gerichtssälen bildeten. An jedem Tag saßen auf den Stühlen gehetzte Anwälte, Personen, die auf ihre Vernehmung warteten, sowie Zeugen, die angewiesen worden waren, sich nicht miteinander zu unterhalten. An den vergangenen zwei Tagen hatte Michael zusammen mit Melanie an einem Ende der Lobby gesessen und Gus am anderen Ende. Aber an diesem Tag durfte Melanie das erstemal in den Gerichtssaal, nachdem sie bereits ausgesagt hatte. Gus hatte ihren Stammplatz wieder eingenommen und versuchte verzweifelt, sich auf die Lektüre ihrer Zeitung zu konzentrieren und Michaels Eintreten zu ignorieren.

Als er sich neben sie setzte, faltete sie die Zeitung zusammen. »Das solltest du nicht tun«, sagte sie.

»Was sollte ich nicht tun?«

»Dich hierher setzen.«

»Weshalb? Das geht in Ordnung, solange das, was wir reden, in keinem Zusammenhang zu dem Prozeß steht.«

Gus schloß die Augen. »Michael, schon allein, daß wir beide in diesem Raum die gleiche Luft atmen, steht in Zusammenhang mit dem Prozeß. Dazu reicht allein schon, daß du du bist und ich ich bin.«

»Warst du bei Chris?«

»Nein, ich fahre heute abend hin.« Dann kam ihr ein Gedanke, und sie wandte sich ihm zu. »Und du?«

»Ich denke, das wäre nicht richtig«, entgegnete er. »Vor allem, wenn ich heute meine Aussage mache.«

Gus lächelte schwach. »Du hast sonderbare Moralvorstellungen.«

»Was soll denn das heißen?«

»Nichts. Es ist nur, daß du ja bereits für die Verteidigung aussagst. Chris würde dir sicher gern persönlich dafür danken.«

»Genau. Ich sage für die Verteidigung aus. Und heute abend werde ich vermutlich losziehen und mich vollaufen lassen, um genau das zu vergessen.«

Gus drehte sich auf ihrem Stuhl seitwärts. »Tu das nicht«, sagte sie und legte ihm sanft eine Hand auf den Arm.

Sie blickten beide auf die Hand und spürten die Hitze, die sie verströmte. Michael bedeckte sie mit der seinen. »Würdest du denn statt dessen mit mir ausgehen?«

Gus schüttelte den Kopf. »Ich muß zum Gefängnis«, entgegnete sie sanft. »Für Chris.«

Michael wandte den Blick ab. »Du hast recht«, sagte er nüchtern. »Man sollte immer tun, was für das eigene Kind richtig ist.« Hierauf erhob er sich und entfernte sich.

»Miss Vernon«, sagte Jordan, »Sie sind Kunsttherapeutin.«

»Das ist richtig.«

»Können Sie mir erläutern, was genau das ist?« Er lächelte einnehmend. »Wir haben hier unten in New Hampshire nicht viele Kunsttherapeuten.«

Tatsächlich hatten sie Sandra Vernon aus Berkeley eingeflogen. Sie hatte eine gesunde kalifornische Bräune, kurzes platinblondes Haar und einen Dr. phil. von der UCLA. »Nun, wir arbeiten auf dem Gebiet der geistigen Gesundheit. Gewöhnlich werden wir zu Rate gezogen und geben Anweisungen, im Rahmen derer wir den Patienten auffordern, etwas Bestimmtes zu zeichnen wie beispielsweise ein Haus, einen Baum oder einen Menschen. Und aus dem, was er zeichnet, sowie aus dem Stil seiner Zeichnung können wir Schlüsse zur psychischen Verfassung des Patienten ziehen.«

»Das klingt unglaublich«, sagte Jordan ehrlich verblüfft.

»Sie können sich Strichmännchen anschauen und daraus ableiten, was im Kopf eines Menschen vorgeht?«

»Exakt. Bei sehr jungen Kindern, denen die Worte fehlen, um sich uns mitzuteilen, können wir beispielsweise feststellen, ob sie sexuell oder physisch mißbraucht wurden.«

»Haben Sie schon mit Teenagern gearbeitet?«

»Gelegentlich, ja.«

Jordan trat hinter Chris und legte ihm ganz bewußt eine Hand auf die Schulter. »Haben Sie auch schon mit sehr depressiven und selbstmordgefährdeten Jugendlichen gearbeitet?«

»Ja.«

»Können Sie sich die Zeichnung eines Heranwachsenden ansehen und darin Hinweise auf sexuellen Mißbrauch oder Selbstmordtendenzen ablesen?«

»Ja«, entgegnete Sandra. »Bilder können manchmal unbewußte Gefühle deutlich machen, die verdrängt werden und zu traumatisch sind, um auf irgendeine andere Art zum Ausdruck gebracht zu werden.«

»Es wäre also möglich, daß Sie es mit einem Kind zu tun bekommen, dem man äußerlich nichts von einem psychischen Problem anmerkt, dessen seelische Qualen jedoch an einem von ihm gemalten Bild abzulesen sind?«

»Gewiß.«

Jordan ging zu dem Tisch hinüber, auf dem die Beweismittel lagen, und hielt das Bild von Mutter und Kind hoch, das Emily in der zehnten Klasse gemalt hatte. »Könnten Sie mir etwas zur seelischen Verfassung der Person sagen, die dieses Bild gemalt hat?«

Sandra holte eine Brille im Stil der sechziger Jahre aus einer Tasche und setzte sie auf. »Nun, das sieht wie die Arbeit eines ausgeglichenen Menschen ohne tiefgreifende Probleme aus. Man sieht deutlich, daß Gesichter und

Hände wohlproportioniert sind. Das Bild beinhaltet ein sehr starkes Element des Realismus. Nichts wirkt wirklich ungewöhnlich oder übertrieben. Außerdem wurden leuchtende Farben verwendet.«

»Okay.« Jordan griff statt dessen zu dem Gemälde mit dem Totenschädel. »Und was ist mit diesem hier?«

Sandra Vernon wölbte die Brauen. »Das ist etwas völlig anderes.«

»Können Sie uns sagen, was Sie darin sehen?«

»Sicher. Zuerst einmal einen Totenschädel. Das sagt mir spontan, daß der Künstler sich möglicherweise näher mit dem Tod beschäftigt hat. Noch vielsagender ist aber die Art, wie die Farben im Hintergrund kombiniert wurden – das ist laut zahlreichen Studien auf dem Gebiet der Kunsttherapie ein eindeutiger Hinweis auf selbstmörderische Tendenzen. Dann ist da noch der Wolkenhimmel. Menschen, die depressiv oder selbstmordgefährdet sind, malen häufig Wolken oder Regen ... Noch beunruhigender ist jedoch, daß der Künstler die Wolken dort hineingemalt hat, wo die Augen sein sollten. Die Augen sind Symbole für die Gedanken eines Menschen. Ich würde sagen, daß der Sturm in den Augenhöhlen in hohem Maße dafür spricht, daß der Künstler sich in Gedanken mit Selbstmord beschäftigt hat.«

Sie lehnte sich über das Geländer des Zeugenstandes. »Könnte ich ... könnten Sie mit dem Gemälde etwas näher kommen?« Jordan ging mit dem Bild zum Zeugenstand und stützte es zwischen Sandra und dem Richter auf das Geländer. »Einige weitere Einzelheiten des Bildes sind ebenfalls beunruhigend. Der surrealistische Stil ...«

»Ist der Stil von Bedeutung?«

»Eigentlich nicht, nein. Wohl aber die Art der Zusammenstellung im vorliegenden Fall. Obgleich ein Totenschädel abgebildet ist, sieht man hier deutlich Wimpern.

Außerdem hängt eine überaus realistische Zunge aus dem Mund. Diese Dinge sind für mich Alarmsignale, die auf sexuellen Mißbrauch hindeuten.«

»Sexuellen Mißbrauch?«

»Ja. Opfer sexuellen Mißbrauchs sind auf Zungen, Wimpern und keilförmige Gegenstände fixiert. Außerdem auf Gürtel.« Sie betrachtete das Gemälde nachdenklich. »Der Schädel schwebt frei im Raum. Wenn jemand einen schwebenden Körper ohne Hände oder aber einen losgelösten Kopf malt, deutet das darauf hin, daß die Person das Gefühl hat, keine Kontrolle über ihr Leben zu haben. Sie steht gewissermaßen nicht mit den Füßen auf dem Boden und kann auch nicht von dem weggehen, was sie bedrückt.«

Jordan legte das Bild zurück an seinen Platz auf dem Tisch. »Miss Vernon, wenn Sie als Expertin dieses Gemälde analysieren sollten, was würden Sie dem Künstler raten?«

Sandra Vernon schüttelte den Kopf. »Ich würde mir große Sorgen um den Geisteszustand des Künstlers machen und befürchten, daß er an Depressionen leidet oder sich sogar mit Selbstmordgedanken trägt«, entgegnete sie. »Ich würde ihm dringend anraten, einen Therapeuten aufzusuchen.«

Melanie rutschte unruhig auf ihrem Platz hin und her. Dies war der erste Tag, an dem sie den Prozeß verfolgen durfte, nachdem ihr eigener Auftritt im Zeugenstand vorbei war. Und von allen Zeugenaussagen, die sie hören sollte, war jene dieser Frau aus Berkeley ganz sicher die beunruhigendste. *Zungen. Wimpern. Keilförmige Gegenstände.*

Alarmsignale; sexueller Mißbrauch.

Ihre Hände verkrampften sich auf ihrem Schoß, und

sie erinnerte sich daran, wie Emilys Tagebuch sich angefühlt hatte, jenes, das sie hinter dem defekten Wandpaneel des Einbauschranks gefunden hatte. Jenes, das sie verbrannt hatte.

Jenes, das sie bis zum Ende gelesen hatte.

Melanie schob sich an den anderen Prozeßzuschauern ihrer Sitzreihe vorbei und stolperte aus dem Saal, vorbei an Gus Harte und ihrem Ehemann und hundert anderen Leuten, bis sie die Damentoilette erreichte und sich dort auf dem Fußboden erbrach.

»Miss Vernon, haben Sie Kunst studiert?«

»Ja«, entgegnete Sandra und lächelte die Staatsanwältin an. »Irgendwann vor langer Zeit, als es noch Dinosaurier gab.«

Barrie verzog keine Miene. »Ist es nicht so, daß man einer Bewerbung für eine Kunsthochschule 15 bis 20 Arbeitsproben beilegen muß?«

»Ja.«

»Könnte dieses Gemälde dazu bestimmt gewesen sein, einer Kunsthochschule einen alternativen Stil zu demonstrieren, um so die Vielseitigkeit des Bewerbers hervorzuheben?«

»Eigentlich ziehen Hochschulen es vor, wenn ein Künstler seinen eigenen Stil gefunden hat.«

»Aber wäre es nicht möglich, Miss Vernon?«

»Ja.«

Barrie kehrte an den Tisch der Verteidigung zurück und holte zwei flache Kunststoffbehälter aus ihrer Aktentasche. »Die möchte ich in die Liste der Beweisstücke aufnehmen lassen«, sagte sie und legte die CDs zum Etikettieren auf den Tisch. »Miss Vernon, diese CDs stammen aus Emily Golds Schlafzimmer. Würden Sie sie uns näher beschreiben?«

Die Kunsttherapeutin nahm die CDs von der Staatsanwältin entgegen. »Bei der einen handelt es sich um eine CD von Grateful Dead«, sagte sie. »Ein wirklich gutes Album, wenn ich das anmerken darf.«

»Was ist auf dem Cover abgebildet?«

»Ein Schädel vor einem psychedelischen Hintergrund.«

»Und was ist mit der zweiten CD?« fragte Barrie.

»Von den Rolling Stones. Vorne drauf ist ein Mund mit einer langen Zunge abgebildet.«

»Kommt es Ihrer Erfahrung nach vor, daß Teenager Kunstgegenstände kopieren, die ihnen wichtig sind, Miss Vernon?«

»Ja, das kommt recht häufig vor. Das gehört zum Erwachsenwerden.«

»Es wäre also durchaus möglich, daß der Künstler, der den Schädel gemalt hat, lediglich Elemente aus den Covern irgendwelcher CDs kopiert hat, die ihm besonders gefallen haben?«

»Das ist sehr gut möglich.«

»Danke«, entgegnete Barrie und nahm die Musik-CDs wieder an sich. »Sie haben außerdem erwähnt, einige Elemente des Gemäldes würden Sie beunruhigen. Können Sie mir eine konkrete Quelle nennen, in der steht, daß Wolken für Selbstmord stehen?«

»Nein. Es gibt kein Nachschlagewerk, in dem man dies konkret nachlesen könnte; es handelt sich vielmehr um Erkenntnisse aus den Erfahrungen mit selbstmordgefährdeten Kindern.«

»Können Sie uns den Titel einer Studie nennen, in der steht, daß eine Zunge, die aus einem Mund heraushängt, für sexuellen Mißbrauch steht?«

»Auch hier handelt es sich um Erkenntnisse aus der Analyse verschiedener Fälle.«

»Sie können also nicht aufgrund der Farben Rot und

Schwarz eindeutig behaupten, daß der Künstler sich mit Selbstmordgedanken trug?«

»Nein«, gab Sandra Vernon zu. »Aber in neunzig von hundert Fällen, in denen Rot und Schwarz auf diese Art kombiniert wurden, haben wir selbstmörderische Tendenzen beim Künstler festgestellt.«

Barrie lächelte. »Wie interessant, daß Sie das sagen.« Sie holte ein Plakat aus ihrer Aktentasche und hielt es auseinandergefaltet hoch, so daß Jordan es sehen konnte.

Der erhob sofort Einspruch und trat an den Richtertisch. »Was zum Teufel ist das?« verlangte er von Barrie zu wissen. »Und was hat das mit diesem Fall zu tun?«

»Kommen Sie, Jordan. Das ist ein Magritte. Ich weiß ja, daß Sie ein Kunstbanause sind, aber sogar Ihnen wird klar sein, worauf ich hinauswill.«

Jordan wandte sich an den Richter. »Wenn ich gewußt hätte, daß sie mit einem verfluchten Magritte hier auftauchen würde, hätte ich zu dem Thema recherchiert.«

»Ach, vergessen Sie's«, bemerkt Barrie abfällig. »Ich bin erst gestern abend darauf gestoßen. Lassen Sie mir ein wenig Luft.«

»Wenn Sie dieses Plakat benutzen wollen, verlange ich ebenfalls etwas Luft, das heißt Zeit, um mich über Magritte zu informieren.«

Barrie lächelte honigsüß. »Bei Ihren Kunstkenntnissen könnte Ihr Mandant bis dahin siebzig sein.«

»Ich brauche Zeit, um mich über Magritte zu informieren«, wiederholte Jordan. »Vermutlich war er Patient bei Freud.«

»Ich werde es gestatten«, sagte Puckett.

»Was?« fragten Barrie und Jordan wie aus einem Munde.

»Ich werde es zulassen«, wiederholte er. »Sie waren derjenige, der eine Kunstexpertin eingebracht hat, Jordan. Gestatten Sie jetzt Barrie, der Dame auf den Zahn zu fühlen.«

Während Jordan steif an seinen Platz zurückkehrte, brachte Barrie das Magritte-Plakat als Beweismittel ein. »Kennen Sie dieses Gemälde?«

»Selbstverständlich. Das ist ein Magritte.«

»Magritte?«

»Das war ein belgischer Maler«, erklärte Sandra. »Er hat mehrere Variationen zu diesem speziellen Werk gemalt.« Sie zeigte auf das Bild eines als Silhouette dargestellten Mannes, dessen konservative Melone mit Wolken ausgefüllt war.

»Können Sie Ähnlichkeiten zwischen diesem Plakat und dem Gemälde erkennen, das Mr. McAfee Sie bat zu analysieren?«

»Sicher. Es gibt Wolken, wenn Magrittes auch nicht ganz so stürmisch sind, und sie füllen nicht nur die Augen aus, sondern den ganzen Kopf.« Sandra lächelte. »Magritte muß man einfach lieben.«

»Ich weiß jemanden, der das ganz sicher tut«, brummte Jordan.

»War Magritte in Therapie?« wollte Barrie wissen.

»Ich weiß es nicht.«

»Ist er therapiert worden, nachdem er dieses Bild gemalt hat?«

»Keine Ahnung.«

»War er depressiv, als er das gemalt hat?«

»Das kann ich nicht sagen.«

Barrie wandte sich triumphierend den Geschworenen zu. »Das heißt also, daß Kunsttherapie keine eindeutige Wissenschaft ist. Sie können nicht ein Bild betrachten und zweifelsfrei behaupten, daß, wenn jemand eine realistische Zunge malt, er zwangsläufig sexuell mißbraucht wurde. Ist es nicht so, Miss Vernon?«

»Das ist richtig«, gab die Therapeutin zu.

»Ich habe noch eine Frage an Sie«, fuhr Barrie fort. »In der Kunsttherapie geben Sie einem Kind oder Teenager ein Thema vor, richtig?«

»Ja. Wir fordern sie auf, ein Haus, eine Person oder eine bestimmte Szene zu malen.«

»Basieren die meisten Studien in der Kunsttherapie auf solcherlei Direktiven?«

»Ja.«

»Und weshalb sind diese Direktiven so wichtig?«

»Es ist Teil der Therapie«, erklärte Sandra, »den Patienten beim Schaffensprozeß zu beobachten. Das ist ebenso wichtig wie das fertige Produkt, wenn es darum geht, zu erraten, was den Betreffenden bedrückt.«

»Könnten Sie das anhand eines Beispiels erläutern?«

»Sicher. Wenn ein Mädchen aufgefordert wird, ein Bild von ihrer Familie zu malen, und wenn dieses dann zögert, den Vater zu malen, oder ihn ohne Unterleib darstellt, könnte das auf sexuellen Mißbrauch hinweisen.«

»Miss Vernon, haben Sie Emily Gold dabei zugesehen, wie sie das Bild dieses Schädels gemalt hat?«

»Nein.«

»Hatten Sie sie aufgefordert, ein Selbstporträt zu malen?«

»Nein.«

»Der Umstand, daß Sie hier und jetzt zum ersten Mal mit diesem Gemälde konfrontiert werden, könnte also Ihre Analyse und somit Ihre Schlußfolgerungen das Gemälde betreffend beeinträchtigen?«

»Dem muß ich zustimmen.«

»Könnte es dann nicht sein, daß Emily Gold sich keineswegs mit Selbstmordgedanken getragen hat und daß sie nicht sexuell mißbraucht wurde ... Daß sie, vielleicht so wie Mr. Magritte, einfach nur einen schlechten Tag hatte?«

»Das wäre möglich«, räumte Sandra ein. »Andererseits ist dieses Gemälde über mehrere Monate hinweg entstanden, möchte ich vermuten. Das sind recht viele aufeinanderfolgende schlechte Tage.«

Barrie preßte die Lippen zusammen bei dieser unerwarteten verbalen Ohrfeige. »Ihre Zeugin.«

»Ich habe noch ein paar Fragen«, sagte Jordan. Er erhob sich und ging auf die Kunsttherapeutin zu. »Sie haben Miss Delaney gesagt, daß Sie nicht zweifelsfrei behaupten können, daß eins der beunruhigenden Elemente in Emilys Gemälde eindeutig beweist, daß sie ein Opfer sexuellen Mißbrauchs war oder daß sie sich mit Selbstmordgedanken trug. Es könnte sich einfach um einen neuen Stil handeln, mit dem sie herumexperimentiert hat, um sich an der Sorbonne zu bewerben. Für wie wahrscheinlich halten Sie das in Ihrer Eigenschaft als Expertin?«

»Für ziemlich unwahrscheinlich. In diesem Gemälde sind sehr viele seltsame Einzelheiten enthalten. Wenn es sich nur um ein oder zwei Elemente handeln würde wie eine zerfließende Uhr oder einen Apfel inmitten eines Gesichts, dann würde ich meinen, sie hätte sich nur einmal am Surrealismus versuchen wollen. Aber man kann seine Vielseitigkeit auch beweisen, ohne gleich eine ganze Handvoll verschiedener Elemente einzubringen, bei deren Anblick sich einem Kunsttherapeuten die Nackenhaare sträuben.«

Jordan nickte, ging zum Tisch mit den Beweisstücken hinüber und hielt mit spitzen Fingern das Magritte-Plakat hoch. »Nun, ich denke, wenn im Laufe dieses Prozesses bisher eins eindeutig bewiesen wurde, dann meine völlige Unkenntnis in Sachen Kunst.« Die Therapeutin lächelte. »Sie haben mir in dieser Beziehung also einiges voraus. Ich werde Ihnen und Miss Delaney einfach mal glauben, daß es sich hierbei um einen Magritte handelt.«

»Ja. Er war ein wundervoller Maler.«

Jordan kratzte sich am Kopf. »Ich weiß nicht. Ich würde mir das Bild nicht zu Hause aufhängen.« Er wandte sich den Geschworenen zu und hielt das Plakat hoch, so daß sie es sich genauer ansehen konnten. »Nun, sogar *ich* weiß, daß Van Gogh sich ein Ohr abgeschnitten hat, Picassos Porträts mit den Originalen nicht mehr viel gemein hatten und daß Künstler an sich oft sehr emotionale Menschen sind. Wissen Sie, ob Magritte beim Psychologen war?«

»Nein.«

»Er könnte also durchaus geistesgestört gewesen sein.«

»Das ist nicht auszuschließen.«

»Könnte er auch sexuell mißbraucht worden sein?«

»Möglich«, entgegnete Sandra.

»Unglücklicherweise«, fuhr Jordan fort, »hatte ich keine Gelegenheit, mich über Magritte zu informieren, aber ich verstehe Sie doch richtig dahingehend, daß es für einen Kunsttherapeuten den Anschein hat, als hätte Magritte gewisse emotionale Probleme gehabt, richtig?«

Sandra lachte. »Sicher.«

»Sie haben Miss Delaney außerdem gesagt, daß die meisten Ihrer Studien Direktiven, also Anweisungen des Therapeuten, beinhalten. Heißt das, daß Sie sich niemals unabhängig gemalte Bilder ansehen, um zu prüfen, ob bei einem bestimmten Kind möglicherweise ein Problem vorliegt?«

»Nein, ganz so ist das nicht. Das kommt sehr wohl hin und wieder vor.«

»Es kommt also vor, daß ein besorgter Elternteil mit einem Bild zu Ihnen kommt, das sein Kind gemalt hat?«

»Ja.«

»Und Sie können anhand dieses Bildes feststellen, ob das Kind ein Problem hat?«

»Oft, ja.«

»Wenn Sie sich Bilder ansehen, die nicht nach Anweisung entstanden sind, wie oft diagnostizieren Sie da Probleme und stellen später fest, daß der Künstler tatsächlich therapeutischer Hilfe bedarf?«

»Ich würde sagen in neun von zehn Fällen«, antwortete Sandra. »Wir sind ziemlich gut.«

»Leider ist Emily nicht mehr unter uns, so daß Sie sie nicht auffordern können, etwas Bestimmtes zu malen. Vielleicht hätten Sie ihr helfen können. Aber hätten Sie sich, wenn man Ihnen dieses Bild früher gezeigt hätte, Sorgen um Emilys psychische Verfassung gemacht?«

»Ja, das hätte ich wohl.«

»Keine weiteren Fragen.« Jordan nahm wieder Platz und lächelte Chris zu.

»Ich würde die Zeugin gern noch einmal ins Kreuzverhör nehmen, Euer Ehren.« Barrie trat vor Sandra Vernon. »Sie haben Mr. McAfee gerade gesagt, daß Sie gelegentlich Vorabanalysen durchführen anhand von Bildern, für die kein bestimmtes Thema vorgegeben wurde.«

»Ja.«

»Und Sie sagten, daß neun von zehn Bildern mit beunruhigenden Elementen zu jemandem hinführen, der unter seelischen Problemen leidet, die der Lösung bedürfen.«

»Ja.«

»Was ist mit dem zehnten?«

»Nun«, entgegnete Sandra. »Dem geht es gut.«

Barrie lächelte ebenfalls. »Danke.«

Joan Bertrand war eine unscheinbare Frau mittleren Alters, deren verträumte grüne Augen von den vielen Stunden kündeten, in denen sie sich in die Welt der Weltklassiker hineinversetzte, möglicherweise sogar zusammen mit ihrem Lieblingsschüler. Kurz nachdem sie als Zeugin der Verteidigung in den Zeugenstand getreten war, war es Chris' Englischlehrerin gelungen, glaubhaft zu machen, daß er nicht nur ein beliebter Schüler war, sondern – in ihren Augen – auch möglicherweise einer der künftigen großen Schriftsteller des einundzwanzigsten Jahrhunderts. Jordan verkniff sich ein Lächeln. In ihrer Klasse, mit Tafel und Schülerpulten als einzigen Zeugen ihrer Ausführungen, war die gute Bertrand lange nicht so überschwenglich gewesen wie hier im Gerichtssaal.

»Was ist Chris für ein Schüler?«

Joan Bertrand legte sich die ineinander verschränkten Hände auf das Herz. »Oh, ein exzellenter. Ich glaube, ich habe ihn kein einziges Mal mit einer Note bewertet, die unter einer Eins lag. Er war einer jener Schüler, über die man sich im Lehrerzimmer unterhält – Sie wissen schon ›*Wer hat in diesem Jahr Chris Harte in Sozialkunde*?‹ und dergleichen.«

»War er im vergangenen Herbst in Ihrer Klasse?«

»Ja, für drei Monate.«

»Mrs. Bertrand, erkennen Sie das hier?« Jordan hielt ein sauber getipptes Essay in die Höhe.

»Ja«, antwortete sie. »Chris hat das für den Englisch-Leistungskurs geschrieben. Die Aufgabe wurde in der letzten Oktoberwoche abgegeben.«

»Wie lautete die Aufgabenstellung?«

»Ein argumentatives Essay aufzusetzen. Ich sagte den Schülern, sie sollten sich ein kontroverses Thema aussuchen, ein wirklich heißes Eisen, und dieses aus ihrer persönlichen Überzeugung heraus behandeln. Sie sollten eine These aufstellen, diese mit Fakten untermauern, die Antithese widerlegen und zu einem Schluß gelangen.«

Jordan räusperte sich. »Meine Schulleistungen in Englisch waren fast ebenso schlecht wie in Kunst«, sagte er dann mit schüchternem Charme. »Könnten Sie mir das noch einmal vereinfacht erläutern?«

Mrs. Bertrand lächelte nachsichtig. »Sie mußten ein Thema auswählen, die Pro und Kontras aufführen und zu einem Schluß gelangen.«

»Aha. So habe ich es schon viel besser verstanden.«

»Die meisten College-Studenten sind hierzu nicht in der Lage. Chris hingegen hat die Aufgabe ganz wunderbar gelöst.«

»Könnten Sie uns sagen, welches Thema Chris in seinem Essay behandelt hat, Mrs. Bertrand?«

»Abtreibung.«

»Und welchen Standpunkt hat er vertreten?«

»Er hat sich leidenschaftlich für das Leben eingesetzt.«

»Sollten die Schüler auch wirklich an das glauben, was sie schrieben?«

»Ja. Bei einigen war das natürlich nicht der Fall, aber wir haben uns bei den Aufsatzbesprechungen mehrmals getroffen, und ich kann Ihnen aufgrund meiner Gespräche mit Chris versichern, daß seine Überzeugung sehr gefestigt war.«

»Würden Sie bitte den markierten Abschnitt unten auf Seite vier vorlesen, Mrs. Bertrand?«

Die Lehrerin hielt das Blatt auf Armeslänge vor sich und kniff die Augen zusammen. »»Im Grunde hat es nicht wirklich etwas mit Entscheidungsfreiheit zu tun. Es verstößt gegen das Gesetz, das Leben eines Menschen zu verkürzen, und dieses Gesetz muß universelle Gültigkeit haben. Zu behaupten, daß ein Fötus kein lebendiges Wesen sei, ist Haarspalterei, da alle Gliedmaßen und Organe bereits vorhanden sind zu dem Zeitpunkt, da die meisten Abtreibungen vorgenommen werden. Und auch die Aussage, die Frau habe das Recht auf freie Entscheidung, ist zwiespältig, da der Eingriff nicht nur ihren eigenen Körper betrifft, sondern auch den eines anderen Menschen.‹« Fragend blickte sie auf.

»Sie hatten recht, das ist ziemlich eindeutig. Was glauben Sie, Mrs. Bertrand, hätte Chris Harte seine Freundin getötet, weil sie schwanger war?«

»Einspruch«, rief Barrie. »Die Zeugin ist Englischlehrerin und keine Gedankenleserin.«

»Ich werde die Frage zulassen«, entschied Richter Pukkett.

Jordan warf Barrie einen Blick zu. »Soll ich die Frage wiederholen, Mrs. Bertrand? Also, hätte Chris Harte seine Freundin getötet, weil sie schwanger war?«

»Nein. So etwas hätte er niemals getan.«

Jordan zeigte seine Grübchen. »Danke«, sagte er.

Joan Bertrand blickte ihm nach, als er an den Tisch der Verteidigung zurückkehrte. »Keine Ursache«, seufzte sie.

Barrie erhob sich sofort. »Anders als Mr. McAfee«, begann sie, »habe ich den Englischunterricht immer geliebt. Es klingt, als wäre das auch bei Chris der Fall gewesen. Und offenbar war er auch einer Ihrer Lieblingsschüler.«

»Oh ja, das war er.«

»Und Sie können sich nicht vorstellen, daß er etwas so Furchtbares tun könnte, wie einen Mord zu begehen.«

»Absolut nicht.«

»Und aufgrund dieses überaus beeindruckenden Essays können Sie sich auch nicht vorstellen, daß er ein Baby töten oder seine Freundin kaltblütig erschießen könnte?«

»Nein, ich kann mir nicht vorstellen, daß er überhaupt irgend jemanden töten würde.«

»Nicht einmal sich selbst?«

»O nein.« Mrs. Bertrand schüttelte heftig den Kopf. »Ganz sicher nicht.«

»Dann lassen Sie mich noch einmal rekapitulieren.« Barrie begann, an den Fingern abzuzählen. »Er würde nie jemanden töten, er würde Emily nicht töten, er hätte nicht zugelassen, daß Emily sich tötet, und er hätte ganz sicher nicht sich selbst getötet. Aber auf der anderen Seite haben wir eine Leiche, Chris' Aussage, daß Emily sich umbringen wollte und er es ihr gleichtun wollte, und wir haben allerlei Beweise, die Chris' Anwesenheit am Tatort belegen.« Sie legte den Kopf schräg. »Nun, Mrs. Bertrand. Was sagt Ihnen das?«

»Einspruch!« protestierte Jordan lautstark.

»Ich ziehe die Frage zurück«, sagte Barrie.

In der Mittagspause wurde Chris nach unten in das Büro des Sheriffs gebracht. Jordan brachte ihm ein Truthahn-Sandwich und verspeiste sein eigenes auf einem Klappstuhl draußen vor der Zelle. »Sie hat mir leid getan«, sagte Chris mit vollem Mund. »Mrs. Bertrand, meine ich.«

»Sie ist eine nette Frau.«

»Ja. Im Gegensatz zur Staatsanwältin.«

Jordan zuckte die Achseln. »Jeder Beruf verlangt eben nach seinem eigenen Stil«, sagte er. »Ich war ebenso knallhart wie sie, als ich noch bei der Staatsanwaltschaft war.«

Chris lächelte leise. »Sie meinen, ganz anders als heute.«

»Heh«, protestierte Jordan und legte eine Hand an das Gitter der Verwahrungszelle. »Du wirst doch nicht anfangen, an mir zu zweifeln, oder?« Als Chris nicht antwortete, schnaubte Jordan beleidigt. »Oh ihr Kleingläubigen.«

Bei diesen Worten blickte Chris mit ernster Miene auf. »Ich glaube sehr wohl«, sagte er. »Ich weiß nur nicht so recht, woran.« Er legte den Rest seines Sandwiches zurück in die Frischhaltefolie, wickelte es ein und schob es zur Seite. »Was passiert, wenn die Geschworenen mich für schuldig befinden?« fragte er.

Jordan erwiderte seinen Blick fest. »Dann folgt eine Anhörung, bei der das Strafmaß verkündet wird. Und auf Grundlage dieses Urteils wirst du nach Concord gebracht.«

Chris nickte. »Und das war's dann.«

»Nein. In einem solchen Fall würden wir in Berufung gehen.«

»Was sich ewig hinziehen könnte, um dann doch zu nichts zu führen.«

Jordan senkte wortlos den Blick auf sein Sandwich, das plötzlich schmeckte wie Sägespäne.

»Wissen Sie«, fuhr Chris fort. »Es ist schon komisch. Sie wollen nicht, daß ich ehrlich zu Ihnen bin, während ich genau das von Ihnen verlange.« Er wandte sich ab und kratzte mit dem Daumennagel über die Gitterstäbe seiner Zelle. »Aber ich denke, daß wir beide nicht sonderlich glücklich sind mit dem, was wir bekommen.«

»Chris«, sagte Jordan, »ich möchte dir keine falschen Hoffnungen machen. Aber deine beiden besten Zeugen kommen erst noch.«

»Und was dann, Jordan?«

Sein Anwalt sah ihn mit völlig ausdruckslosem Gesicht an. »Ich weiß es nicht.«

Am Nachmittag kam es zu einem kleinen Tumult, als Stephanie Newell in den Zeugenstand trat und jemand in der hinteren Reihe des Zuschauerraumes eine faule Tomate nach ihr warf, die einen großen Fleck auf ihrer Bluse hinterließ. Der Störenfried beschimpfte sie als Mörderin, ehe er durch die Tür flüchtete. Nach einer kleinen Verzögerung, in der Stephanie ein sauberes Hemd bekam und die Polizei gerufen wurde, um den Zwischenfall zu notieren, wurde der Prozeß fortgesetzt. Als Stephanie Newell schließlich im Zeugenstand ihren Namen und ihre Adresse nannte, hatten die meisten der Geschworenen bereits erraten, daß Emily Gold Planned Parenthood aufgesucht hatte, weil sie abtreiben wollte.

»Ich war die Beraterin«, sagte sie, »die mit Emilys Fall betraut war.«

»Gibt es eine Akte von ihr?«

»Ja.«

»Wann genau kam es zu Ihrem ersten Kontakt mit Emily?«

»Das erstemal kam sie am zweiten Oktober zu uns.«

»Und wie ist diese erste Begegnung verlaufen?«

»Ich habe mit Emily ein Beratungsgespräch geführt und ihr das positive Ergebnis des Schwangerschaftstests und ihre Möglichkeiten erläutert.«

»Wann war die zweite Begegnung?«

»Am zehnten Oktober. Bei uns findet vor einer Abtreibung immer eine Beratung statt, bei der der Eingriff auch bezahlt wird. Außerdem erkundigen wir uns danach, ob jemand die Frau zum eigentlichen Abbruchtermin begleiten wird, um ihr beizustehen.«

»Wie beispielsweise der Vater des Kindes?«

»Genau. Oder im Falle von Minderjährigen die Eltern. Aber Emily deutete an, daß ihre Eltern in dieser Sache keine Hilfe wären und daß sie dem Vater nichts von dem Baby gesagt habe und auch nicht beabsichtige, das noch zu tun.«

»Wie haben Sie hierauf reagiert?«

»Ich redete ihr zu, mit dem Vater zu sprechen, damit sie jemanden habe, an den sie sich anlehnen könne.«

»Und wann haben Sie sie das nächste Mal gesprochen?«

»Am elften Oktober. An diesem Tag sollte der Eingriff vorgenommen werden. Unsere Beraterinnen sind dabei anwesend, um den Frauen vor, während und nach dem Eingriff beizustehen.«

Jordan ging auf die Geschworenenbank zu. »Wurde ein Abbruch vorgenommen?«

»Nein, irgend etwas hat Emily umgestimmt, und sie hat sich gegen den Eingriff entschieden.«

Jordan stützte sich mit beiden Ellbogen auf das Geländer. »War das ungewöhnlich?«

»Oh nein, tatsächlich passiert so etwas sehr oft. Es kommt ständig vor, daß die Frauen in letzter Minute einen Rückzieher machen.«

»Was haben Sie getan, nachdem sie beschlossen hatte, doch nicht abzutreiben?«

Stephanie seufzte. »Ich riet ihr, sich dem Vater anzuvertrauen.«

»Und wie hat sie darauf reagiert?«

»Das schien sie nur noch mehr aufzuregen, deshalb habe ich das Thema gleich wieder fallenlassen«, entgegnete Stephanie.

»Wann haben Sie Emily Gold das letzte Mal gesehen, Miss Newell?«

»Am siebten November, dem letzten Nachmittag vor ihrem Tod.«

»Weshalb haben Sie beide sich an diesem Tag getroffen?«

»Wir hatten den Termin vorab vereinbart.«

»Wirkte Emily Gold an diesem Tag bedrückt?«

»Einspruch«, meldete sich Barrie zu Wort. »Spekulation.«

»Einspruch abgelehnt«, entschied Richter Puckett.

»Hat Emily Gold auf Sie einen bedrückten Eindruck gemacht?« formulierte Jordan seine Frage etwas um.

»Sehr sogar«, bestätigte Stephanie.

»Hat sie Ihnen erzählt, was sie bedrückt hat?«

»Sie sagte, sie wüßte sich nicht mehr zu helfen. Sie wüßte nicht, was sie bezüglich der Schwangerschaft unternehmen sollte.«

»Was haben Sie ihr geraten?«

»Ich legte ihr noch einmal nahe, mit dem Vater zu sprechen. Ich sagte ihr, er werde sie möglicherweise mehr unterstützen, als sie offenbar glaube.«

»Wieviel Zeit haben Sie darauf verwandt, mit ihr darüber zu diskutieren, ob sie den Vater nun ins Vertrauen ziehen soll oder nicht?«

»Fast die ganze einstündige Beratung.«

»Und hatten Sie den Eindruck, daß sie nach diesem Gespräch die Absicht hatte, dem Vater von dem Baby zu erzählen?«

»Nein. Ganz egal, was ich auch sagte, nichts konnte sie umstimmen.«

»Hat Emily in den fünf Wochen, in denen sie regelmäßig bei Ihnen war, irgendwann erwogen, sich möglicherweise doch dem Kindsvater anzuvertrauen?«

»Nein.«

»Haben Sie Grund zu der Annahme, daß sie es sich nach Ihrer letzten Begegnung anders überlegt haben könnte?«

»Nein.«

Jordan nahm wieder Platz »Ihre Zeugin.«

Barrie steuerte den Zeugentand an. »Miss Newell, Sie haben Emily am siebten November gesprochen?«

»Ja.«

»Um wieviel Uhr?«

»Sie hatte einen Termin um vier. Sie war von vier bis fünf bei mir.«

»Ist Ihnen bekannt, daß Emilys Tod zwischen 23 Uhr und Mitternacht desselben Tages eingetreten ist?«

»Ja.«

»Zwischen 17 und 23 Uhr liegen ... lassen Sie mich nachrechnen ...« Barrie tippte sich ans Kinn. »Sechs Stunden. Waren Sie in dieser Zeit mit Emily zusammen?«

»Nein, das war ich nicht.«

»Haben Sie Chris je kennengelernt?«

»Nein.«

»Waren Sie Zeuge ihrer Gespräche in jenen sechs Stunden vor ihrem Tod?«

»Nein.«

»Miss Newell«, sagte Barrie, »wäre es doch möglich, daß Emily trotz allem ihre Meinung änderte und beschloß, Chris doch noch von dem Baby zu erzählen?«

»Also ... ja, ausschließen kann ich das nicht.«

»Danke.«

Michael Gold näherte sich dem Zeugenstand mit der Begeisterung eines zum Tode Verurteilten auf dem Weg zum Schafott. Er hielt den Blick die ganze Zeit auf den Richter geheftet und vermied es ganz bewußt, Melanie zu seiner Linken oder James Harte zu seiner Rechten anzusehen. Als er Platz genommen hatte und seine Hand auf der Bibel lag, blickte er auf Chris. *Das tue ich nur für dich*, dachte er.

Im Herzen konnte er sich nicht vorstellen, daß Chris seine Tochter getötet haben sollte. Er hätte sich auch dann noch schwergetan, es zu glauben, wenn die Staatsanwaltschaft hätte nachweisen können, daß Chris mit der rauchenden Waffe in der Hand am Tatort erwischt worden war. Und doch gab es da ein winziges Samenkorn des Zweifels, das keimen und ungeahnte Ausmaße annehmen konnte, eine leise Stimme, die unerbittlich fragte *Woher willst du das wissen?* Und er wußte es nicht. Niemand außer Chris und Emily wußte, was wirklich geschehen war, und es war immerhin möglich, daß Chris das Undenkbare getan hatte. Und aus diesem Grund würde er Jordan McAfee auch nicht das geben, was er wollte.

Michael und Jordan hatten sich vor vier Tagen abends getroffen, um seine Aussage durchzugehen. »Wenn Sie den Geschworenen rundheraus sagen, daß Chris Ihre Tochter nicht getötet hat«, hatte Jordan gemeint, »dann verschaffen Sie Chris damit eine ehrliche Chance.«

Michael hatte sich höflich bereit erklärt, darüber nachzudenken. *Aber was, wenn doch?* hatte die leise Stimme ihm immer wieder zugeflüstert. *Was, wenn doch?*

Er starrte den Jungen an, den seine Tochter geliebt hatte. Den Jungen, der mit ihr zusammen ein Kind gezeugt hatte. Und er bat stumm um Verzeihung für das, was er nicht sagen würde.

»Mr. Gold«, begann Jordan sanft, »ich danke Ihnen für Ihre Anwesenheit hier am heutigen Tage.« Michael nickte. »Es muß Ihnen selbst sonderbar vorkommen, daß Sie für die Verteidigung aussagen«, fügte er hinzu. »Immerhin handelt es sich hier um einen Mordprozeß, in dem der Angeklagte beschuldigt wird, Ihre Tochter getötet zu haben.«

»Das ist mir bewußt.«

»Darf ich fragen, weshalb Sie sich entschieden haben, heute für die Verteidigung auszusagen?«

Michael befeuchtete sich mit der Zungenspitze die Lippen, während sein Gehirn ganz mechanisch die Antwort formulierte, die er mit Jordan geprobt hatte. »Weil ich Chris genauso gut kenne, wie ich meine Tochter gekannt habe.«

»Ich werde mich kurz fassen, Mr. Gold, und ich werde versuchen, es so schmerzlos wie möglich zu halten. Könnten Sie uns Ihre Beziehung zu Emily beschreiben?«

»Wir haben einander sehr nahegestanden. Sie war mein einziges Kind.«

»Erzählen Sie uns von Chris. Wie haben Sie ihn kennengelernt?«

Michaels Blick richtete sich wieder auf Chris, der völlig reglos auf seinem Stuhl saß. »Ich kenne ihn seit seiner Geburt.«

»Wie groß war der Altersunterschied zwischen Chris und Emily?«

»Drei Monate. Chris' Mutter war sogar bei der Entbindung dabei – ich selbst habe mich leider etwas verspätet. Chris war noch vor mir im Krankenhauszimmer bei meiner Tochter.«

»Und Sie haben die beiden zusammen aufwachsen sehen?«

»O ja. Sie waren unzertrennlich, von dem Tag an, da sie zusammen in einem Bettchen gelegen haben. Chris war, würde ich sagen, ebenso oft bei uns wie Emily drüben bei den Hartes.«

»Wann wurde aus der Freundschaft der beiden ... mehr?«

»Sie wurden ein Paar, als Emily dreizehn war.«

»Und wie standen Sie dazu?« wollte Jordan wissen.

Michael zupfte am Ärmel seines Sportsakkos. »Wie steht ein Vater zu so etwas?« sinnierte er. »Ich als ihr Vater wollte sie beschützen; sie sollte immer mein kleines Mädchen bleiben. Andererseits konnte ich mir niemanden vorstellen, der mir lieber gewesen wäre als erster Freund. Es wäre sowieso irgendwann dazu gekommen, und ich kannte Chris und vertraute ihm. Jedenfalls vertraute ich ihm rückhaltlos im Hinblick auf das Kostbarste in meinem Leben – meine Tochter. Genaugenommen hatte ich ihm diesbezüglich damals bereits Jahre vertraut.«

»Was hatten Sie für einen Eindruck von ihrer Beziehung?«

»Sie haben einander sehr, sehr nahegestanden. Näher als andere Teenager, denke ich. Sie haben sich alles erzählt. Gott ... ich wüßte nicht, was Emily Chris nicht erzählt hätte. Er war ihr bester Freund, und sie war sein bester Freund. Und wenn diese Beziehung zu einer etwas erwachseneren Ebene überging, dann war die Zeit vermutlich reif dafür.«

»Wieviel Zeit hat sie mit Chris verbracht?«

»Stunden.« Michael lächelte schwach. »Mir kam es manchmal vor, als wären sie jede freie Minute zusammen.«

»Wäre es richtig, zu behaupten, daß Chris mehr Zeit mit Emily verbracht hat als Sie?«

»Ja.« Er lächelte. »Ich schätze, ich habe meine Tochter so oft zu Gesicht bekommen wie jeder andere Vater sein Kind im Teenageralter.«

Jordan lachte. »Ich weiß, was Sie meinen – ich habe auch so einen zu Hause. Das heißt, ich hoffe, daß er zu Hause ist.« Er trat auf den Zeugenstand zu. »Sie haben also in Stunden gemessen nicht so furchtbar viel Zeit mit Emily verbracht, aber Sie beide haben sich trotzdem sehr nahegestanden?«

»Ja, absolut. Wir haben jeden Tag zusammen gefrühstückt und uns dabei die ganze Zeit unterhalten.«

Jordan fuhr in weicherem Tonfall fort. »Mr. Gold, wußten Sie, daß Emily sexuell aktiv war?«

Michael errötete. »Ich ... ich habe es wohl angenommen. Aber ich schätze, daß kein Vater das wirklich wissen will.«

»Hat Emily mit Ihnen über diese Dinge gesprochen?«

»Nein. Ich schätze, sie hätte sich dabei ebenso unbehaglich gefühlt wie ich.«

Jordan legte die Hände auf das Geländer des Zeugenstands und überbrückte so die Distanz zwischen sich und Michael. »Hat sie Ihnen erzählt, daß sie schwanger war?«

»Ich hatte keine Ahnung.«

»Hat sie Ihres Wissens Ihrer Frau davon erzählt?«

»Nein.«

»Sie hat Ihnen und Ihrer Frau sehr nahegestanden und Ihnen trotzdem nicht erzählt, daß sie schwanger war.«

»Nein.« Michael blickte zu Jordan auf und machte ihm das kleinste Geschenk, das er sich abringen konnte. »Ich glaube, das war etwas, wovon Emily niemandem etwas erzählt hätte.«

»Emily hat also nichts von ihrer Schwangerschaft erzählt. Hat sie Ihnen vielleicht erzählt, sie wäre deprimiert?«

»Nein, das hat sie nicht.« Michael schluckte, wohl wissend, was gleich kommen würde. »Und mir ist auch nichts anderes in der Art aufgefallen.«

»Sie haben nicht soviel Zeit mit ihr verbracht, weil sie soviel mit Chris zusammen war ...«

»Ich weiß«, sagte Michael mit hohler Stimme. »Aber das ist keine Entschuldigung. Sie hatte in letzter Zeit wenig gegessen, und sie stand unter großem Druck wegen der Studienbewerbungen und allem. Und ich dachte ... ich dachte, sie hätte eben viel um die Ohren.« Er griff nach dem Glas Wasser, das jedem Zeugen bereitgestellt wurde, und trank einen Schluck. Er wischte sich vorsichtig den Mund mit dem Handrücken ab. »Ich denke immer noch, daß ich irgendwann einen Abschiedsbrief finden werde, der mir helfen wird, das zu begreifen. Bisher war diese Hoffnung allerdings vergeblich.

Der Verlust meiner Tochter schmerzt. Er schmerzt mich mehr als alles andere, was ich in meinem Leben erlebt habe. Und eben weil es so weh tut, ist es sehr verlockend, die Schuld auf jemand anderen zu übertragen. Es macht es erträglicher für mich, meine Frau ... für alle Eltern da draußen, denen so etwas in der Zukunft noch widerfahren wird, zu sagen ›Es gab keinerlei Anzeichen. Sie hat nicht Selbstmord begangen; sie wurde umgebracht‹.« Michael wandte sich den Geschworenen zu. »Ein Vater sollte in der Lage sein, auszusprechen, daß seine Tochter suizidgefährdet war, richtig? Oder auch nur depressiv. Aber ich kann es nicht. Wenn ich mit dem Finger auf jemand anders zeigen kann, dann ist es nicht meine Schuld, daß ich nichts gemerkt habe, daß ich nicht aufmerksam genug hingeschaut habe.« Er fuhr sich mit einer Hand durch das silbergraue Haar. »Ich weiß nicht, was in jener Nacht am Karussell passiert ist. Aber ich weiß, daß ich nicht einen anderen beschuldigen kann, nur um mich nicht mit Schuldgefühlen plagen zu müssen.«

Jordan, der während Michaels Aussage die Luft angehalten hatte, atmete erleichtert aus. Gold hatte ihm noch mehr gegeben, als er erwartet hatte, und in dieser optimistischen Laune beschloß er, noch ein wenig weiter zu gehen. »Mr. Gold«, sagte er, »wir haben es hier mit zwei Möglichkeiten zu tun: Mord oder Selbstmord. Sie möchten keine dieser beiden Möglichkeiten wahrhaben, aber Tatsache ist, daß Ihre Tochter auf irgendeine Weise zu Tode gekommen ist.«

»Einspruch«, sagte Barrie. »Das war keine Frage.«

»Ich komme sofort auf den Punkt, Euer Ehren. Geben Sie mir nur einen Moment.«

»Einspruch abgelehnt«, entschied Puckett.

Jordan wandte sich wieder Michael zu. »Sie sagten, Sie würden Chris so gut kennen, wie Sie Emily gekannt haben. Nachdem Sie Chris sein ganzes Leben gekannt haben – und nachdem Sie lange Jahre Zeuge seiner Beziehung zu Emily waren –, würden Sie sagen, es war Mord oder Selbstmord?«

Michael hielt sich mit beiden Händen den Kopf. »Ich weiß es nicht. Ich weiß es einfach nicht.«

Jordan starrte ihn ungläubig an. »Und was wissen Sie, Mr. Gold?«

Hiernach entstand eine längere Pause. »Daß Chris nicht ohne meine Tochter hätte leben wollen«, sagte Michael schließlich. »Und daß, auch wenn er dort drüben sitzt, er nicht der einzige sein sollte, über den geurteilt wird.«

Barrie Delaney mochte Michael Gold nicht. Er war ihr schon bei ihrer ersten Begegnung unsympathisch, als er schlicht unfähig zu sein schien, zu begreifen, daß alles darauf hindeutete, daß der Junge von nebenan seine Tochter getötet hatte. Ihre Antipathie war noch gewachsen, als sie erfahren hatte, daß er für die Verteidigung aussagen würde. Und jetzt, nach dieser Selbstkasteiung im Zeugenstand, konnte sie ihn nicht mehr ausstehen.

»Mr. Gold«, sagte sie, Mitgefühl heuchelnd. »Es tut mir so leid, daß Sie heute hier sein müssen.«

»Mir ebenfalls, Miss Delaney.«

Sie ging am Zeugenstand vorbei, bis sie das Ende der Geschworenenbank erreichte. »Sie sagten, Sie und Emily hätten sich sehr nahegestanden«, sagte sie.

»Ja.«

»Sie sagten außerdem, daß Sie nicht so viel Zeit mit Ihrer Tochter verbracht hätten wie Chris.« Michael nickte. »Sie sagten, Sie hätten nicht gewußt, daß Sie etwas bedrückte.«

»Nein.«

»Sie wußten nicht, daß sie schwanger war.«

»Nein«, gab Michael zu. »Das wußte ich nicht.«

»Sie sagten außerdem, sie hätte Chris alles erzählt.«

»Ja.«

»Sie könnten sich nicht vorstellen, daß sie Chris irgend etwas nicht erzählt hätte.«

»Das ist richtig.«

»Dann hätte sie Chris doch auch von ihrer Schwangerschaft erzählen müssen, richtig?«

»Ich ... ich weiß nicht.«

»Ja oder nein?«

»Ja, ich denke schon.«

Barrie nickte. »Mr. Gold, Sie sagten, Sie wären gekommen, weil Sie Chris Harte so gut kennen.«

»Das ist richtig.«

»Aber in diesem Prozeß geht es um Ihre Tochter und das, was mit ihr geschehen ist. Entweder hat sie Selbstmord begangen, oder sie wurde umgebracht. Beides ist furchtbar, wie Mr. McAfee ganz richtig festgestellt hat. Es ist schrecklich, daß der Nachbarjunge auf der Anklagebank sitzt, und noch schrecklicher ist, daß Ihre Tochter nicht mehr am Leben ist, aber Tatsache ist, daß nur eine dieser zwei Möglichkeiten in Frage kommt. Für die Jury – und auch für Sie.« Sie holte tief Luft. »Können Sie sich wirklich vorstellen, wie Ihre Tochter einen Revolver in die Hand nimmt, sich diesen an den Kopf hält und abdrückt?«

Michael schloß die Augen und tat, wozu die Staatsanwältin ihn aufgefordert hatte, Emily, seiner Frau und der schrillen Stimme in seinem Kopf zuliebe. Er stellte sich Emilys hübsches Gesicht vor, sah, wie sie die bernsteinfarbenen Augen schloß, sah den Revolverlauf an ihrer Schläfe. Er sah eine Hand, die den Griff umklammerte, mit Entschlossenheit, Verzweiflung und Schmerz. Aber er konnte nicht sicher sagen, ob es Emilys war.

Er fühlte, wie ihm Tränen aus den Augenwinkeln quollen, und beugte sich auf seinem Stuhl leicht vor, wie um sich zu schützen.

»Mr. Gold?« hakte die Staatsanwältin nach.

»Nein«, sagte er leise. Er schüttelte den Kopf, und die Tränen flossen jetzt freier. »Nein.«

Barrie Delaney wandte sich den Geschworenen zu. »Was bleibt dann übrig?« fragte sie.

Das Wechseln von dem eleganten Anzug, den er im Gerichtssaal trug, in seine Gefängnisuniform kam Chris vor wie ein Häutungsprozeß, so als würde er zusammen mit Blazer und schicker Hose auch eine Schicht Zivilisiertheit und gesellschaftlicher Umgangsformen ablegen, so daß er ungehobelt und unzivilisiert in seine Zelle zurückkehrte. In der ersten Stunde nach seiner Rückkehr vom Gericht sprach Chris mit niemandem, und die anderen Insassen gingen ihm aus dem Weg. Er mußte die abgestandene Gefängnisluft atmen, bis sie seine Lungen vollständig ausfüllte, mußte sich wieder an die beengten Verhältnisse gewöhnen, ehe er sich wieder mit der Trittsicherheit und Gleichgültigkeit bewegen konnte, die er sich in sieben Monaten des Eingesperrtseins zugelegt hatte.

Er schlenderte in den Aufenthaltsraum seines Traktes und registrierte sofort die allgemeine Lärmkulisse und Unruhe. Einige der anderen Männer warfen verstohlene Blicke in seine Richtung und blickten dann wieder auf den Fernseher, die Wände oder die Spindreihe. Chris war lange genug hier, um zu wissen, daß man einen während seines Prozesses in Frieden ließ, aber das hier ging weiter. Sie ignorierten ihn nicht, sondern verheimlichten ihm etwas.

Er ging zu einem Tisch hinüber, an dem mehrere Männer saßen. »Was ist?« fragte er schlicht.

»Mann, hast du es denn noch nicht gehört? Vernon hat sich gestern nacht im Staatsgefängnis erhängt. Mit einem beschissenen Paar Schnürsenkel.«

Chris schüttelte den Kopf, um seine Gedanken zu klären. »Er hat was?«

»Er ist tot, Mann.«

»Nein.« Chris wich vor der Gruppe Insassen zurück, die ihn jetzt unverhohlen anstarrten. »Nein.« Er hastete zurück in die Zelle, die er noch einen Monat zuvor mit Steve geteilt hatte.

Er konnte sich Steves Gesicht inzwischen leichter vorstellen als Emilys. Er dachte an das, was Steve von seiner Verlegung erzählt hatte, darüber, was sie mit Häftlingen machten, die wegen Mordes an einem Kind einsaßen.

Ende der Woche konnte auch Chris eine Verlegung ins Staatsgefängnis drohen.

Er verkroch sich unter seiner Decke und zitterte vor Trauer und Furcht, bis er hörte, wie er über Lautsprecher zum Kontrollraum gerufen wurde, weil Besuch für ihn da war.

Gus schlang ihm die Arme um den Hals, sobald er hierfür nahe genug war. »Jordan sagt, es läuft gut. Könnte nicht besser sein.«

»Du warst nicht dort«, entgegnete Chris und versteifte sich. »Und was soll er auch sonst sagen? Daß ihr euer Geld an ihn verschwendet habt?«

Gus nahm auf ihrem Stuhl Platz. »Er hat keinen Grund zu lügen.«

Chris neigte den Kopf und massierte sich die Schläfen. »Der Heilige Jordan«, brummte er.

Sie waren allein im Besuchszimmer. Normalerweise kam Gus früher, aber wegen des Prozesses hatte sie erst nach Hause zu Kate fahren müssen, um ihr etwas zum

Abendessen zu kochen, bevor sie Chris besuchen konnte. Chris, der furchtbar nervös wirkte. Gus musterte ihn neugierig. »Alles in Ordnung mit dir?« fragte sie.

Er rieb sich die Augen und blinzelte zu ihr auf. »Mir geht es gut«, sagte er sarkastisch. »Richtig klasse.« Er fing an, mit den Fingern auf die Tischplatte zu trommeln und blickte auf den Schließer, der die Treppe bewachte.

»Jordan sagt, ich wäre die Starzeugin«, fuhr Gus fort. »Er hat gesagt, meine emotionsträchtige Aussage würde die Geschworenen auf direktem Wege zu einem Freispruch führen.«

Chris zuckte die Achseln. »Das klingt ganz nach ihm, ja.«

»Du scheinst heute abend etwas gereizt zu sein«, stellte Gus fest. »Dabei hat Michael dir, soweit ich gehört habe, enorm geholfen. Jordan hat seine Sache bis jetzt sehr gut gemacht. Und du weißt doch sicher, daß ich einen Kopfstand machen würde, um dich freizubekommen.«

»Und ich meine«, entgegnete Chris, »daß die Geschworenen deinen Kopfstand vielleicht gar nicht sehen wollen, sondern sich längst entschieden haben.«

»Das ist verrückt. So funktioniert das System nicht.«

»Was verstehst du denn schon von den Mechanismen des Systems? Ist es richtig, daß ich seit über einem halben Jahr im Gefängnis gesessen und auf meinen Prozeß gewartet habe? Ist es richtig, daß mein Anwalt mich kein einziges Mal gefragt hat *Hey, Chris, was ist eigentlich wirklich passiert?*« Er richtete seine kalten blauen Augen auf seine Mutter. »Hast du mal darüber nachgedacht, Mutter? Der Prozeß wird morgen vorbei sein. Hast du dir schon überlegt, in welcher Farbe du mein Zimmer streichen willst, wenn sie mich für den Rest meines Lebens wegsperren? Darüber, wie ich mit vierzig, fünfzig und sechzig aussehen werde, nachdem ich all die Jahre in einem Raum von der Größe eines Wandschranks gehaust habe?«

Als er fertig war, zitterte er, und in seinen Augen war ein Flackern, das Gus als beginnende Panik erkannte. »Chris«, sagte sie begütigend, »dazu wird es nicht kommen.«

»Woher willst du das wissen?« herrschte er sie an. »Woher zum Teufel willst du das wissen?«

Aus den Augenwinkeln sah Gus, wie der Vollzugsbeamte einen Schritt auf sie zu machte. Sie schüttelte leicht den Kopf, und er kehrte an seinen Platz bei der Treppe zurück. Dann berührte sie ganz sacht Chris' Arm, sorgfältig darauf bedacht, sich die eigene Furcht angesichts ihres Sohnes nicht anmerken zu lassen, der hochrot im Gesicht und zitternd wie Espenlaub vor ihr saß. Sie erkannte, wie unerträglich es sein mußte, wenn man achtzehn war und ohnmächtig mit anhören mußte, wie andere über das eigene Leben entschieden. Es war genau so, wie James es gesagt hatte: Im Gerichtssaal trug Chris eine Maske. Allein die Tatsache, daß er es schaffte, ruhig dazusitzen, ohne zusammenzubrechen, sagte viel über seine Willenskraft und seinen Charakter aus. »Schatz«, sagte sie, »ich kann verstehen, weshalb das alles dir solche Angst macht ...«

»Nein, das kannst du nicht!«

»Doch, ich kann es. Ich bin deine Mutter. Ich kenne dich.«

Chris drehte ihr ganz langsam den Kopf zu wie ein Stier kurz vor dem Angriff. »Ach ja?« fragte er leise. »Und was weißt du?«

»Ich weiß, daß du noch derselbe wundervolle Sohn bist, den ich immer geliebt habe, ich weiß, daß du das hier überstehen wirst, so wie du alles andere durchgestanden hast. Und ich weiß, daß die Jury keinen Unschuldigen schuldig sprechen wird.«

Chris zitterte jetzt so heftig, daß Gus' Hand von seiner Schulter rutschte. »Was du nicht weißt, Mom«, sagte er leise, »ist, daß ich Emily erschossen habe.« Dann sprang er mit einem erstickten Schrei auf und flüchtete aus dem Raum, lief zu dem Beamten an der Treppe, damit er ihn wieder wegsperrte.

Gus schaffte es, sich am Kontrollschalter abzumelden, sich durch das Gefängnistor und den ganzen Weg bis zu ihrem Wagen zu schleppen, ehe sie auf dem Parkplatz auf die Knie sank und sich erbrach. *Ich bin deine Mutter*, hatte sie gesagt. *Ich kenne dich.* Aber offenbar war das ein Irrtum gewesen. Sie wischte sich mit dem Jackenärmel den Mund ab und ließ sich hinter das Steuer ihres Wagens gleiten. Ganz automatisch versuchte sie, mit zitternder Hand den Schlüssel ins Zündschloß zu stecken und den Wagen zu starten, ehe sie erkannte, daß sie nicht in der Verfassung war, Auto zu fahren. Chris hatte es ausgesprochen, klar und unmißverständlich. Er hatte Emily erschossen. Und Gus, die ihn gegen Tratsch und üble Nachrede verteidigt hatte, sogar gegen die Gleichgültigkeit seines Vaters angegangen war, hatte sich zum Narren gemacht.

Winzige Pfeile stachen in ihr Hirn: Chris' blutgetränktes Hemd im Krankenhaus, Chris' Widerstreben, mit Dr. Feinstein zu sprechen, Chris, wie er erleichtert zugegeben hatte, nie die Absicht gehabt zu haben, sich umzubringen. Sie lehnte die Stirn gegen das Lenkrad und stöhnte leise. Chris, oh Gott, Chris hatte Emily getötet.

Wie war es möglich, daß sie ihn nicht durchschaut hatte?

Sie ließ den Motor an und fuhr langsam vom Gefängnisparkplatz. Sie würde heimfahren und mit James sprechen. Er würde wissen, was zu tun war ... Nein, sie konnte es James nicht sagen, weil der es Jordan McAfee sagen würde, und sogar Gus mit ihren sehr begrenzten Kenntnissen von Strafrecht war klar, daß das keine gute Idee wäre. Sie würde nach Hause fahren und so tun, als hätte es diesen Besuch bei Chris nie gegeben. Morgen früh würde alles ganz anders aussehen.

Und dann würde sie in den Zeugenstand treten.

Gus empfand es als seltsam, daß das Gesetz eine Immunität vorsah, die einen davor bewahrte, gegen den eigenen Ehepartner aussagen zu müssen, daß es jedoch keinen rechtlichen Schutzschild gab, der einen davor bewahrte, gegen das eigene Kind auszusagen. Seltsam, wo ein Kind doch das eigene Lächeln oder die eigenen Augen geerbt hatte, zumindest aber in seinen Adern das gleiche Blut floß. Die Wahrscheinlichkeit, daß Gus gegen James ausgesagt hätte, lag etwa zehnmal höher als die, daß sie Chris Schaden zufügte. Und das hatte in ihrem leidgeprüften Verstand nichts mit Meineid zu tun, sondern einfach mit Mutterschaft.

Sie trug ein granatrotes Kleid, dessen geraffte Ärmel ihr unkontrolliertes Zittern nur noch betonten. Gus hatte ein starres Lächeln aufgesetzt, sicher, daß, wenn sie ihre Lippen auch nur im geringsten entspannte, sie mit dem herausplatzen würde, was sie wußte. Sie stand vor den Doppeltüren zum Gerichtssaal, nachdem Jordan ihr eröffnet hatte, daß sie die erste – und einzige – Zeugin an diesem Tag sein würde. Der Gerichtsdiener stand ihr gleichgültig gegenüber.

Plötzlich schwangen die Türen auf, und sie wurde den Mittelgang des Saales hinuntergeführt. Sie hielt auf dem ganzen Weg den Blick auf ihre Füße gerichtet. Als sie in dem kleinen Verschlag Platz nahm, dachte sie: Wieviel größer wird wohl jener sein, in den sie Chris lebenslänglich einsperren werden?

Sie wußte, daß Jordan gewollt hatte, daß sie, sobald sie saß, zu Chris hinübersah, aber statt dessen hielt sie den Blick gesenkt. Sie konnte ihren Sohn einer magnetischen Anziehung gleich links von sich fühlen; seine Nerven klapperten fast ebenso laut wie ihre eigenen. Aber sie wußte, daß sie in Tränen ausbrechen würde, wenn ihre Blicke sich trafen.

Jemand hielt ihr eine dicke Bibel mit abgewetztem Einband unter die Nase. Sie wurde angewiesen, die linke Hand auf das Buch zu legen und die rechte Hand zu heben. »Schwören Sie, die Wahrheit zu sagen, die ganze Wahrheit und nichts als die Wahrheit, so wahr Ihnen Gott helfe?«

So wahr Ihnen Gott helfe. Zum erstenmal, seit sie den Saal betreten hatte, suchte Gus den Blick ihres Sohnes. »Ja«, sagte sie mit fester Stimme. »Ich schwöre es.«

Jordan fragte sich, was zum Teufel mit Gus Harte passiert war. Jedesmal, wenn er sie gesehen hatte – Himmel, sogar in der Nacht, in der ihr Sohn verhaftet worden war –, war sie gefaßt und wunderschön gewesen. Ein wenig wild und natürlich mit einer wallenden Mähne erdbeerroter Locken, aber doch wunderschön. Aber ausgerechnet heute, an dem einen Tag in ihrem Leben, an dem ein einnehmendes Aussehen wichtig gewesen wäre, sah sie verheerend aus. Ihr Haar war zu einem unordentlichen Zopf geflochten, ihr Gesicht war bleich, verkniffen und ungeschminkt, und ihre Fingernägel waren abgekaut.

Als Zeuge aufzutreten wirkte sich auf jeden anders aus. Manche Menschen warfen sich so richtig in Positur. Manche erstarrten förmlich in Ehrfurcht. Die meisten erfüllten ihre Aufgabe mit einem angemessenen Maß an Respekt. Gus Harte sah aus, als wünschte sie, sie wäre irgendwo anders, ganz egal, wo, nur nicht hier.

Jordan straffte die Schultern und ging auf sie zu. »Würden Sie für das Protokoll Ihren Namen und Ihre Adresse angeben?«

Gus beugte sich zum Mikrophon vor. »Augusta Harte«, sagte sie. »34 Wood Hollow Road, Bainbridge.«

»Und können Sie uns auch sagen, in welcher Beziehung Sie zu Chris stehen?«

»Ich bin seine Mutter.«

Jordan kehrte den Geschworenen und Barrie Delaney den Rücken zu und lächelte Gus an, in der Hoffnung, damit bewirken zu können, daß sie sich ein wenig entspannte. *Entspannen Sie sich*, formte er stumm mit den Lippen. »Mrs. Harte, erzählen Sie uns von Ihrem Sohn.«

Gus blickte sich nervös im Saal um. Auf der einen Seite des Zuschauerraumes sah sie Melanie mit versteinertem Gesicht sitzen, daneben Michael mit auf dem Schoß ruhenden Fäusten. Auf der anderen Seite saß James, der ihr kaum merklich zunickte. Sie öffnete und schloß den Mund, ohne einen Ton hervorzubringen. Dann versuchte sie es noch mal. »Chris ist ... er ist ein ausgezeichneter Schwimmer«, sagte sie, woraufhin Jordan sie verblüfft anstarrte.

»Ein ausgezeichneter Schwimmer?«

»Er hält den Schulrekord für die 200 Meter Schmetterling«, faselte sie. »Wir sind sehr stolz auf ihn. Sein Vater und ich.«

Jordan griff sofort ein, um zu verhindern, daß sie sich noch weiter von ihrer geprobten Aussage entfernte. »Würden Sie ihn als verantwortungsvoll bezeichnen? Als vertrauenswürdig?«

Er konnte Barrie hinter sich spüren, ihre Verwirrung fast greifbar. Zweifellos überlegte sie, ob sie Einspruch erheben sollte, weil Jordan seine Hauptzeugin derart anleitete. »Oh ja«, entgegnete Gus nervös und richtete den Blick wieder auf ihren Schoß. »Chris hat schon immer vernünftiger gehandelt, als es seinem Alter entsprach. Ich würde ihm mein ...« Sie verstummte abrupt. »Mein Leben anvertrauen«, schloß sie dann.

»Sie haben Emily Gold gekannt«, fuhr Jordan fort, völlig verdattert, aber wissend, daß er Gus davon abhalten mußte, Dinge zu sagen, die die Geschworenen nicht zu hören brauchten. »Wie lange?«

»Oh«, sagte Gus leise. Ihr Blick suchte Melanies. »Ich habe Melanie Gold bei der Entbindung beigestanden. Ich habe Emily noch vor ihrer Mutter das erste Mal gesehen.«

Gott sei Dank, dachte Jordan. »Wie lange sind Sie und die Golds schon Nachbarn?«

»Seit 18 Jahren«, entgegnete Gus. »Chris und Emily waren in dieser Zeit wie siamesische Zwillinge.«

»Meinen Sie damit, daß sie ständig zusammen waren?«

»Ja«, entgegnete Gus ruhig. »Sie hätten Geschwister sein können.« *Was ist nur passiert?* dachte sie, und die Frage hallte laut in ihrem Kopf wieder. »Sie hatten eine eigene Geheimsprache, schlichen sich heimlich aus dem Haus, um sich zu treffen und ...«

Was ist nur passiert?

»... machten sich füreinander stark ...«

Jordan nickte. »Sie verband auch eine enge Freundschaft mit Emilys Eltern?«

»Wir waren sehr gute Freunde«, antwortete Gus mit belegter Stimme. »Wir waren wie eine große Familie. Chris und Em wuchsen zusammen auf wie Bruder und Schwester.«

»Wann wurde aus Chris und Emily ein Paar?«

»Chris war vierzehn«, erwiderte Gus.

»Haben Sie und die Golds diese Beziehung ermutigt?«

»Wir haben sie uns gewünscht«, murmelte sie.

»Glauben Sie, daß Chris Emily geliebt hat?«

»Ich weiß, daß er es getan hat«, sagte Gus fest. »Ich weiß es.« Aber sie dachte an das, was sie bei Michael empfunden hatte, trotz der Anziehung – der Impuls, zurückzuweichen war ebenso stark gewesen. Und sie sagte sich, daß man vielleicht nicht einfach von einer Bruder-Schwester-Beziehung zu einer Mann-Frau-Beziehung übergehen konnte und noch mehr Liebe und Verbundenheit einbringen konnte, ohne die Nähe als erdrückend zu empfinden. *War es das?*

Jordans Augen verengten sich, als ihm plötzlich aufging, was das Hauptproblem bei dieser wirklich sonderbaren Zeugenaussage war: Gus sah Chris nicht an – es schien ihr sogar zu widerstreben, in seine Richtung zu schauen, und das würde den Geschworenen sicher nicht entgehen. »Mrs. Harte«, sagte Jordan. »Würden Sie bitte Ihren Sohn ansehen?«

Gus drehte langsam den Kopf. Sie holte tief Luft und starrte resolut auf Chris. Energisch schluckte sie die aufsteigenden Tränen hinunter. »Dieser Junge«, fuhr Jordan fort, »dieser Sohn, den Sie seit 18 Jahren kennen. Hätte er Emily Gold jemals etwas angetan?«

»Nein«, antwortete Gus leise und wandte den Blick von ihrem Sohn ab. Hastig wischte sie sich mit dem Handrükken die Tränen vom Gesicht. »Nein«, wiederholte sie mit zittriger Stimme.

Sie fühlte Chris' Blick auf sich ruhen, spürte, wie er sie stumm anflehte, ihn anzusehen. Und so hob sie den Kopf und sah, was die Geschworenen nicht sehen konnten: seine gequälten Augen und den vor Schmerz zusammengekniffenen Mund angesichts der Lüge, die seine Mutter für ihn leistete.

»Ich weiß, wie schwer das für Sie ist, Mrs. Harte.« Jordan trat dicht vor den Zeugenstand und legte ihr eine Hand auf den Arm, sanft und mitfühlend. »Ich habe nur noch eine Frage an Sie. Glauben Sie ...«

Gus wußte, was folgen würde. Sie hatte es mit Jordan McAfee geprobt; sie hatte diesen Augenblick in der vergangenen Nacht tausendmal durchlebt. Sie schloß die Augen in Erwartung der Worte, die sie zum Meineid zwingen würden.

»Nein.«

Beim Klang der rauhen, brüchigen Stimme riß Gus die Augen auf. Jordan wandte sich um und starrte ebenso wie der Richter und die Staatsanwältin auf Chris Harte. »Aufhören. Hören Sie auf damit.«

Richter Puckett runzelte die Stirn. »Mr. McAfee«, sagte er, »würden Sie bitte Ihren Mandanten zur Räson bringen?«

Jordan durchquerte den Saal, packte mit festem Griff Chris' Arm und hielt der Jury den Rücken zugekehrt. »Was zum Teufel tust du?«

»Jordan«, entgegnete Chris flehend, »ich muß mit Ihnen reden.«

»Ich habe nur noch eine Frage an sie. Anschließend bitte ich um eine kurze Unterbrechung, okay?«

»Nein. Ich muß jetzt gleich mit Ihnen reden.«

Jordan holte tief Luft und hob den Kopf, scheinbar ungerührt – nur seiner langjährigen Erfahrung war zu verdanken, daß ihm seine Wut nicht anzumerken war. »Euer Ehren, darf ich vortreten?«

Barrie, die überhaupt nichts mehr verstand, trat neben ihm vor den Richter. »Mein Mandant sagt, er muß sofort mit mir sprechen. Könnten wir vielleicht für einen Augenblick unterbrechen?«

Puckett legte wieder die Stirn in Falten. »Ich will doch sehr hoffen, daß es wichtig ist«, knurrte er. »Sie haben fünf Minuten.«

Jordan führte ihn in einen kleinen Raum im Gerichtsgebäude, der nicht viel größer war als Chris' Gefängniszelle. »Also gut«, sagte er, sichtlich erbost. »Was hat das zu bedeuten?«

»Ich will meine Mutter nicht länger im Zeugenstand haben«, sagte Chris.

»Wie schade«, entgegnete Jordan sarkastisch. »Sie ist nämlich deine beste Chance.«

»Beenden Sie die Befragung.«

»Es ist nur noch eine Frage übrig, Chris. Die Geschworenen müssen deine Mutter sagen hören, daß sie sich unter keinen Umständen vorstellen kann, daß ihr Sohn Emily Gold getötet haben soll.«

Chris funkelte den Anwalt so zornig an, als hätte der nichts gesagt. »Ich möchte, daß Sie sie aus dem Zeugenstand holen und statt dessen mich aufrufen.«

Jordan war im ersten Moment sprachlos. »Wenn du den Zeugenstand betrittst, hast du verloren«, sagte er.

Verteidiger ließen ihre Mandanten nie in den Zeugenstand; es war für den Staatsanwalt zu leicht, einen Angeklagten in die Falle zu locken oder ihm das Wort im Mund umzudrehen. Nur ein falsches Wort – ein nervöser Blick –, und auch der unschuldigste Angeklagte kam den Geschworenen vor wie ein Lügner.

Aber Chris in den Zeugenstand zu rufen, kam noch aus einem anderen Grund nicht in Frage. Chris hatte selbst zugegeben, daß er nie die Absicht gehabt hatte, sich das Leben zu nehmen. Das würde jeder auch nur halbwegs geschickte Staatsanwalt aus ihm herauskitzeln, und Jordans ganze Verteidigungsstrategie basierte auf der

Theorie eines geplanten Doppelselbstmordes. Aber Jordan hatte das ungute Gefühl, daß Chris genau das vorhatte: die Wahrheit zu erzählen.

»Wenn du da raufgehst«, sagte Jordan, bei dem zwei pochende Adern an den Schläfen sichtbar wurden, »wanderst du in den Knast. So einfach ist das. Als Zeuge mußt du die Wahrheit sagen. Ich habe vier Tage lang alles darangesetzt, glaubhaft zu machen, daß du vorhattest, dir in dieser Nacht das Hirn wegzupusten. Was wird aus meiner Verteidigung, wenn du jetzt plötzlich allen erzählst, es wäre nie deine Absicht gewesen, dir das Leben zu nehmen?«

Einen Moment lang schwieg Chris. Dann blickte er auf und sprach so leise, daß Jordan sich anstrengen mußte, um ihn zu verstehen. »Vor sieben Monaten haben Sie mir gesagt, daß die Entscheidung, beim Prozeß auszusagen, bei mir allein läge. Sie haben gesagt, daß, wenn ich aussagen wollte, Sie von Gesetzes wegen verpflichtet wären, mich als Zeugen aufzurufen.«

Sie starrten einander an, keiner von beiden bereit nachzugeben. Dann brach Jordan den Blickkontakt ab und hob in einer zornigen Geste beide Hände. »Gut«, sagte er. »Scheiß drauf.« Dann verließ er ohne ein weiteres Wort den Raum.

Er wäre beinahe mit Selena zusammengestoßen. »Was ist denn los«, fragte sie.

Jordan nahm Selena beim Arm, und führte sie von einigen Neugierigen fort, die in ihre Richtung sahen. »Er will aussagen.«

Selena schnappte nach Luft. »Was hast du ihm gesagt?«

»Daß ich ihm als erster alles Gute im Staatsgefängnis wünschen würde.« Er bog den Kopf weit zurück. »Herr im Himmel, Selena. Wir hatten eine ehrliche Chance.«

»Du hattest mehr als das«, sagte sie leise.

»Du kannst ihn ebensogut gleich zu Delaney bringen und ihr sagen, das wäre ein verfrühtes Weihnachtsgeschenk.«

Selena schüttelte mitfühlend den Kopf. »Warum will er das tun?« fragte sie. »Warum jetzt?«

»Er hat sein Gewissen entdeckt. Gott ist ihm erschienen. Scheiße, ich weiß es nicht.« Jordan vergrub die Hände in seinem Haar. »Er will den Geschworenen sagen, daß er nie die Absicht hatte, sich umzubringen. Er will nicht, daß seine Mutter das für ihn tut. Daß er mich und die ganze Verteidigung damit der Lächerlichkeit preisgibt, interessiert ihn nicht.«

»Glaubst du wirklich, daß es das ist, was er sagen will?«

Jordan schnaubte. »Herrgott«, brummte er. »Was könnte schlimmer sein als das?«

Er kehrte zurück in den Raum, in dem Chris ruhig gewartet hatte, und klatschte ein Blatt vor ihm auf den Tisch. »Unterschreibe das«, sagte er brüsk.

»Was ist das?«

»Eine Verzichtserklärung. Darin steht, daß du dich freiwillig und gegen meinen ausdrücklichen Rat selbst ans Messer liefern willst. Damit ich nicht verklagt werde, wenn du vor dem Supreme Court in Berufung gehst wegen inkompetenter Vertretung durch deinen Rechtsbeistand. Du magst ja bereit sein, deinen Arsch zu riskieren, Chris, aber ich nicht.«

Chris nahm den Kugelschreiber, den Jordan ihm reichte, und setzte seinen Namen unter das Dokument.

Der Gerichtssaal glich einem Lebewesen; er vibrierte von Gerüchten und Fragen, als Jordan zum zweiten Mal vor Gus Harte trat, die ihren Platz im Zeugenstand wieder eingenommen hatte. »Danke«, sagte er knapp. »Keine weiteren Fragen.«

Als er Barries Gesicht sah, sagte er sich, daß das die Sache beinahe wert war. Die Staatsanwältin wußte ebenso gut wie Jordan, daß es nicht viel nutzte, die Mutter des Beklagten in den Zeugenstand zu rufen, wenn man nicht vorhatte, sie zu der Aussage zu bewegen, daß Chris Emily niemals getötet hätte.

Verblüfft erhob sich Barrie. Sie hätte ihr wenn auch mageres Gehalt darauf verwettet, daß der Grund für Chris Einmischung der gewesen war, daß ihm eine geniale Frage eingefallen war, die sein Verteidiger an seine Mutter richten sollte. Weshalb hätte er sonst das Verhör unterbrechen sollen? Zögerlich ging sie auf den Zeugenstand zu, sich wohl bewußt, daß sie sich durch ein Minenfeld bewegte. Im stillen fragte sie sich, was ein Kreuzverhör ihr bringen sollte.

Nun, sagte sie sich, ich kann die entscheidende Frage ebenso gut stellen wie McAfee. »Mrs. Harte«, begann sie. »Sie sind die Mutter des Angeklagten?«

»Ja.«

»Sie wollen sicher nicht, daß er ins Gefängnis kommt, oder?«

»Nein, natürlich nicht.«

»Es dürfte jeder Mutter schwerfallen, sich vorzustellen, daß ihr Sohn einen Menschen töten könnte, meinen Sie nicht auch?«

Gus nickte und schniefte laut. Barrie musterte sie eindringlich. Ihr wurde bewußt, daß die Zeugin bei der nächsten Frage die Fassung verlieren konnte und sie selbst dann dastehen würde wie ein Monster. Sie setzte zu ihrer letzten Frage an, überlegte es sich dann aber anders. »Keine weiteren Fragen«, sagte sie und kehrte eilig an ihren Platz zurück.

Gus Harte wurde aus dem Zeugenstand geleitet, und Barrie beschäftigte sich mit ihren Unterlagen. Jordan würde gleich erklären, daß die Verteidigung alle ihre Zeugen gehört hatte, und dann lag es bei ihr, mit ihrem Schlußplädoyer die gewünschte Verurteilung zu erzielen. Und das würde das reinste Zuckerschlecken werden nach dieser letzten Zeugin. Sie konnte ihre eigene Stimme voller Überzeugung plädieren hören. *Und seine eigenen Mutter … Chris Hartes eigene Mutter … konnte ihn während ihrer Aussage nicht einmal ansehen.*

»Euer Ehren«, sagte Jordan. »Wir haben noch einen Zeugen.«

»Sie haben was?« rief Barrie aus, aber Jordan rief bereits Christopher Harte in den Zeugenstand.

»Einspruch!« stieß Barrie überrumpelt hervor.

Richter Puckett seufzte. »Frau Staatsanwältin, Herr Verteidiger, begleiten Sie mich bitte in mein Amtszimmer. Und bringen Sie den Angeklagten mit.«

Sie begleiteten den Richter in sein Zimmer; Chris folgte in einigem Abstand. Barrie fing an zu reden, noch bevor die Tür ganz geschlossen war. »Das kommt völlig überraschend, Euer Ehren. Ich wurde hierüber nicht vorab informiert.«

»Da sind Sie nicht die einzige«, bemerkte Jordan säuerlich.

»Wünschen Sie eine Unterbrechung, Barrie?« fragte Puckett.

»Nein«, brummte sie. »Aber etwas mehr Höflichkeit wäre nett gewesen.«

Als hätte sie nichts gesagt, klatschte Jordan die von Chris unterzeichnete Verzichtserklärung vor den Richter auf den Tisch. »Ich habe ihm gesagt, daß ich ihn nicht im Zeugenstand haben will, und ihn gewarnt, daß das seine Verteidigung zunichte machen kann.«

Richter Puckett blickte auf Chris. »Mr. Harte, hat Ihr Verteidiger Ihnen die ganze Tragweite dessen dargelegt, was es für Sie bedeutet, in den Zeugenstand zu treten?«

»Ja, das hat er, Euer Ehren.«

»Und Sie haben diese Erklärung unterschrieben, in der steht, daß Ihr Anwalt Sie auf die möglichen Konsequenzen Ihres Handelns aufmerksam gemacht hat?«

»Das habe ich.«

»Also gut«, meinte der Richter achselzuckend und führte die drei zurück in den Saal.

»Die Verteidigung«, verkündete Jordan, »ruft Christopher Harte in den Zeugenstand.«

Jordan trat vor den Tisch, an dem er und Chris den ganzen Prozeß über gesessen hatten, und baute sich vor seinem Klienten auf. Er registrierte, daß die Geschworenen sich gespannt vorgebeugt hatten. Und Barrie sah aus wie die Katze, die einen Kanarienvogel verspeist hat. Und warum auch nicht? Sie würde den Fall gewinnen, auch wenn sie Chris auf Suaheli ins Kreuzverhör nahm.

»Chris«, begann Jordan. »Ist dir bewußt, daß du vor Gericht stehst, weil man dich des Mordes an Emily Gold beschuldigt?«

»Ja.«

»Kannst du uns sagen, was du für Emily Gold empfunden hast?«

»Ich habe sie mehr geliebt als alles andere auf der Welt.«

Chris sprach mit deutlicher und fester Stimme; Jordan empfand widerwillige Bewunderung für ihn. Es war nicht leicht, vor einen Gerichtssaal zu treten, der einen in Gedanken bereits verurteilt hat, um ihm die eigene Version der Geschichte zu erzählen. »Wie lange hast du sie gekannt?«

Alles an Chris wurde eine Spur weicher: die Kontur seines Körpers, der Tonfall seiner Stimme. »Ich habe Emily mein ganzes Leben gekannt.«

Jordan überlegte fieberhaft, wie er die Befragung weiterführen sollte. Aber ihm fiel nichts anderes ein, als den großen Knall so lange wie möglich hinauszuzögern. »Was sind deine frühesten Erinnerungen?«

»Einspruch«, rief Barrie. »Sollen wir wirklich 18 Jahre in diesem Tempo durchgehen?«

Der Richter nickte zustimmend. »Kommen Sie zur Sache, Herr Verteidiger.«

»Kannst du mir mehr über deine Beziehung zu Emily erzählen?«

»Wissen Sie, wie das ist, wenn man eine Frau so sehr liebt, daß man sich nicht selbst ansehen kann, ohne *sie* zu sehen? Oder wie es ist, eine Frau zu berühren und dabei das Gefühl zu haben, heimgekehrt zu sein?« Er machte eine Faust und legte sie in die offene zweite Hand. »Bei uns ging es nicht um Sex oder darum, mit jemandem zusammenzusein, um mit ihm anzugeben, so wie es bei Jugendlichen unseres Alters oft der Fall ist. Wir waren füreinander bestimmt. Manche Menschen sind ihr ganzes Leben lang auf der Suche nach diesem einen Menschen, der alles das in sich vereint, was sie sich erträumen. Ich hatte das unbeschreibliche Glück, diesen Menschen von Geburt an an meiner Seite zu haben.«

Jordan starrte Chris sprachlos an, ebenso verblüfft von dessen Ansprache wie alle anderen im Saal. Das war nicht die Rede eines Achtzehnjährigen; hier sprach jemand, der viel älter, reifer und trauriger war.

»Trug Emily sich mit Selbstmordabsichten?« fragte Jordan unvermittelt.

»Ja«, antwortete Chris ohne Zögern.

»Chris, kannst du uns sagen, was in der Nacht des siebten November geschehen ist?«

Chris senkte den Blick. »Das war die Nacht, in der Emily sich umbringen wollte. Ich holte die Waffe, so wie sie es von mir verlangt hatte. Ich fuhr sie zum Karussell. Wir redeten eine Weile, und ... egal.« Er verstummte, und Jordan musterte ihn sehr aufmerksam; er erkannte, daß Chris wieder dort war, am Karussell, mit Emily. »Und dann«, sagte Chris ruhig und sah seinem Verteidiger in die Augen, »habe ich sie erschossen.«

Im Gerichtssaal brach die Hölle los. Reporter stürzten nach draußen zu den Telefonen, und Melanie Gold begann zu schreien und zeigte anklagend mit dem Finger auf Chris, während ihr bleicher und stummer Ehemann sie aus dem Saal zerrte. »Ich bitte um eine Unterbrechung, Euer Ehren«, sagte Jordan gepreßt und schaffte Chris unsanft aus dem Zeugenstand und dem Gerichtssaal. Barrie Delaney lachte laut. Gus saß still da, und Tränen strömten ihr über das Gesicht. James an ihrer Seite wiegte sich leicht vor und zurück und flüsterte ununterbrochen vor sich hin: »Oh Gott. Oh mein Gott.« Nach einer Minute wandte er sich Gus zu und wollte nach ihrer Hand greifen, aber der Ausdruck auf ihrem Gesicht ließ ihn mitten in der Bewegung innehalten. »Du hast es gewußt«, sagte er leise.

Gus neigte den Kopf, unfähig, es einzugestehen, und doch ebenso unfähig, es abzustreiten.

Sie rechnete mit einem leichten Luftzug, wenn James aufstand, um rastlos auf und ab zu gehen, zu denken, einfach nur wegzukommen. Aber statt dessen fühlte sie, wie seine Hand sich warm und fest um ihre schloß. Und sie klammerte sich an sie, als hinge ihr Leben davon ab.

In dem kleinen Raum, den sie zuvor bereits benutzt hatten, saß Jordan reglos da, den Kopf in die Hände gestützt. Sechzig volle Sekunden lang sagte er kein Wort. »Willst du damit eine Berufung erzwingen?« fragte er schließlich mit ausdrucksloser Stimme. »Oder ist es Todessehnsucht?«

»Keins von beidem«, entgegnete Chris.

»Würdest du mir dann verraten, was um alles in der Welt los ist?«

Jordan sprach völlig ruhig, viel zu ruhig für die brodelnden Emotionen in seinem Kopf. Er hätte Christopher Harte am liebsten erwürgt dafür, daß er ihn zum Idioten gemacht hatte, und das nicht einmal, sondern gleich zweimal. Er hätte sich selbst in den Hintern treten mögen, weil er es versäumt hatte, Chris bei der ersten Unterbrechung zu fragen, was er im Zeugenstand zu sagen beabsichtigte. Und er hätte der Staatsanwältin das Grinsen aus dem Gesicht schlagen wollen, weil sie beide wußten, wer siegen würde.

»Ich wollte es Ihnen ja schon früher sagen, aber Sie wollten mir ja nicht zuhören«, sagte Chris.

»Nun, nachdem du sowieso alles ruiniert hat, kannst du mir ja jetzt alles erzählen.« Angesichts der Absurdität der Situation lachte Jordan bitter auf. Zum erstenmal seit zehn Jahren oder mehr, würde er gezwungen sein, einen Fall mit der Wahrheit zu gewinnen. Mehr war ihm nämlich nicht geblieben.

Er hatte schon vor langer Zeit gelernt, daß die Wahrheit in einem Gerichtssaal nichts zu suchen hatte. Niemand wollte sie dort haben – nicht der Staatsanwalt und der Angeklagte in der Regel ebensowenig. Bei Prozessen ging es um Beweise, Gegenbeweise und Theorien, und nicht um das, was sich tatsächlich zugetragen hatte. Aber Beweise, Gegenbeweise und Theorien waren jetzt den

Bach runter. Und das einzige, was Jordan noch hatte, war dieses Kind, dieses dumme, dumme Kind, dem die Ehre gebot, die ganze Wahrheit zu erzählen.

Eine Viertelstunde später verließen Jordan und Chris das kleine Kabuff Seite an Seite. Keiner von beiden lächelte. Keiner von beiden sagte ein Wort. Sie gingen zügig, und vor ihnen teilte sich die Menge jener, die gehört hatten, was passiert war, und ihnen mit offenem Mund hinterherstarrten. An der Tür zum Gerichtssaal wandte Jordan sich Chris noch einmal zu. »Was immer ich auch tue. Spiel mit. Was immer ich sage. Geh darauf ein.« Er sah, wie Chris zögerte. »Das bist du mir schuldig«, zischte er.

Chris nickte, und gemeinsam stießen sie die Doppeltüren auf.

Im Gerichtssaal war es so mucksmäuschenstill, daß Chris seinen eigenen Puls hören konnte. Er war wieder im Zeugenstand. Seine Hände hatten derart geschwitzt und gezittert, daß er sie unter die Schenkel geklemmt hatte. Er hatte nur einen flüchtigen Blick auf seine Eltern geworfen; seine Mutter hatte schwach gelächelt und ihm zugenickt. Sein Vater – nun, sein Vater war noch da.

Er gestattete sich keinen Blick auf Emilys Eltern, obwohl er ihre grenzenlose Wut mehr als deutlich spüren konnte.

Er war sehr, sehr müde. Das Sakko kratzte durch den dünnen Stoff seines Baumwollhemdes, und von den neuen Schuhen hatte er eine Blase an der Ferse. Sein Kopf fühlte sich an, als würde er jeden Moment platzen.

Und dann, plötzlich, hörte er Emilys Stimme. Klar, ruhig, vertraut. Sie sagte ihm, daß alles gut werden würde, daß sie ihm beistehen würde. Chris blickte sich hektisch um, um zu sehen, ob sonst noch jemand ihre Stimme gehört hatte, hoffte, sie wahrhaftig zu sehen, während eine wohltuende Stille über sein Herz strich.

»Chris«, wiederholte Jordan seine Frage von vorhin. »Was ist in der Nacht des siebten November geschehen?«

Vergangenheit

7. November 1997

Er hielt den Blick auf ihn gerichtet, den Revolver, auf die kleine Vertiefung, die sich unter der Mündung in der weißen Haut ihrer Schläfe gebildet hatte. Ihre Hände zitterten ebenso stark wie seine, und er dachte immer wieder: *Gleich geht er los*. Unmittelbar gefolgt von: *Aber genau das will sie ja*.

Sie hatte die Augen zugekniffen und biß sich in die Unterlippe. Sie hielt die Luft an. Ihm ging auf, daß sie damit rechnete, daß es schrecklich weh tun würde.

Er hatte sie schon einmal so gesehen.

Er erinnerte sich plötzlich in aller Klarheit an etwas, das ihm entfallen war, so daß er Dr. Feinstein nichts davon erzählt hatte. Ganz sicher war das seine allerfrüheste Erinnerung, da er kaum laufen konnte. Er war auf dem Bürgersteig gelaufen und gefallen. Er hatte geschrien, und seine Mutter hatte ihn hochgenommen, auf die Veranda gesetzt und sein Knie, das nicht einmal eine Schramme davongetragen hatte, geküßt und mit einem dicken Pflaster verarztet. Erst nachdem er sich wieder beruhigt hatte, registrierte er, daß Emily ebenfalls weinte und von ihrer Mutter auf die gleiche Art versorgt wurde. Sie war auf dem Bürgersteig neben ihm gewesen, aber nicht gefallen. Trotzdem hatte sie eine ganz neue Schürfwunde am linken Knie. »Er schneidet sich, und sie blutet«, hatte seine Mutter lachend bemerkt.

Das war noch öfter vorgekommen, als sie klein gewesen waren: Chris tat sich weh, und Emily verzog schmerzlich das Gesicht oder umgekehrt – sie fiel vom Rad, und er schrie auf. Der Kinderarzt hatte das als Mitfühlschmerz bezeichnet und gesagt, das würde sich auswachsen.

Das war ein Irrtum. Der Lauf verrutschte an Emilys Schläfe, und plötzlich wußte er, daß er sterben würde, wenn sie sich umbrachte. Vielleicht nicht gleich, vielleicht nicht mit dem gleichen unbeschreiblichen Schmerz, aber es würde geschehen. Ohne Herz konnte man nicht lange leben.

Er hob seine Hand, und seine Finger schlossen sich fest um Emilys Handgelenk. Er war größer als sie; er konnte die Waffe von ihrem Kopf wegziehen. Mit der freien Hand löste er Emilys Finger vom Griff des Colts und entspannte den Hahn. »Es tut mir leid«, sagte er, »aber das kannst du nicht tun.«

Es dauerte eine Weile, ehe sie die Augen aufschlug und ihn anstarrte, voller Verwirrung, Schock und Wut. »Doch, ich kann«, entgegnete sie und griff nach der Waffe, die Chris jedoch außerhalb ihrer Reichweite hielt.

»Chris«, sagte sie nach einer Minute. »Wenn du mich liebst, gibst du ihn mir zurück.«

»Ich liebe dich!« schrie Chris mit verzerrtem Gesicht.

»Wenn du nicht bei mir bleiben kannst, verstehe ich das«, sagte sie, den Blick auf die Waffe gerichtet. »Dann geh. Aber laß es mich tun.«

Chris preßte die Lippen zusammen und wartete, aber sie sah ihm nicht mehr in die Augen. *Sieh mich an*, flehte er stumm. *Keiner von uns wird gewinnen*. Und obgleich er das Blei der Kugel nicht fühlte, jetzt da er sich ihr geöffnet hatte, konnte er deutlich Emilys Trauer spüren, die ihm das Atmen erschwerte und es ihm unmöglich machte, einen klaren Gedanken zu fassen. Er mußte weg hier. Er mußte weit weg von Emily, damit er gar nichts mehr fühlte.

Er rappelte sich auf und brach durch das Dickicht, das um das Karussell herum wucherte, Tränen in den Augen, so daß die Nacht auf und ab zu wogen schien. Er fuhr sich mit den Handrücken über die Augen und rannte, bis er den Jeep erreichte.

Er stieg nicht in den Wagen und realisierte, daß er auf den Schuß wartete.

Eine halbe Stunde verstrich, quälend langsam, und dann, ehe Chris bewußt war, was er tat, war er den halben Weg bis zum Karussell zurückgegangen. Emily saß noch genau dort, wo er sie zurückgelassen hatte im Schneidersitz auf der hölzernen Karussellplattform, die Waffe in beiden Händen. Sie streichelte den Lauf, als hielte sie ein Kätzchen auf dem Schoß, und sie schluchzte so unkontrolliert, daß sie kaum noch Luft bekam.

Emily blickte auf, als sie seine Füße am Rand des Karussells erblickte. Ihre Augen waren gerötet; ihre Nase lief. »Ich kann es nicht«, sagte sie mit erstickter Stimme. »Ich kann dich zum Teufel jagen, ich kann schreien und sagen, daß ich es tun will –, aber ich bringe es nicht fertig.«

Mit klopfendem Herzen zog Chris Emily auf die Füße. *Das ist ein Zeichen*, dachte er. *Sag ihr, was es bedeutet.* Aber sobald sie stand, drückte sie ihm den Revolver in die Hand. Der Griff war glitschig von Emilys Schweiß und so warm wie ihre Haut. »Ich bin zu feige, um mich zu töten«, flüsterte sie. »Und zu feige, um zu leben.« Sie hob den Blick. »Was soll ich nur tun?«

Alles, was Chris hatte erwidern wollen, erstarb noch in seiner Kehle. Er wußte, daß er, wenn er es wollte, den Revolver so weit fortschleudern konnte, daß sie ihn niemals wiederfinden würde. Und er war stärker als sie ... Und genau das war das Problem. Er konnte Schmerz ertragen, das hatte er schon immer gekonnt. Das war auch der Grund, weshalb er ein so außergewöhnlicher Schmetterlingsschwimmer war, weshalb er stundenlang bei Temperaturen um den Gefrierpunkt auf der Entenjagd hinter einem Sichtschutz ausharren konnte, weshalb er sich selbst davon hatte überzeugen können, Emily ihren Willen zu lassen. Aber schon als sie noch ganz klein gewesen waren, hatte ihm der Anblick der Verletzungen, die sich bei Emily bildeten, wo doch er gefallen war, mehr weh getan als der eigene physische Schmerz. Er konnte seine eigenen Schmerzen aufhalten – nur ihre ertrug er nicht.

Chris war überwältigt von der Qual auf Emilys Gesicht. Was immer es war, das sie ihm nicht sagen konnte, es fraß sie innerlich auf. Ganz langsam und noch viel quälender, als es ein Schuß wäre.

Urplötzlich hörte Chris ein Summen, und in einem gleißenden Lichtstrahl klärten sich seine Gedanken. Es war ähnlich, wie wenn er zu einem letzten Schwimmstoß, der ihm den Sieg brachte, die Wasseroberfläche durchbrach. Ganz plötzlich machte alles Sinn. Emily hatte keine Angst zu sterben, sie hatte Angst, *nicht* zu sterben.

In diesem Augenblick, da die Nacht sich enger um sie zu schließen schien, dachte Chris nicht daran, wegzulaufen, Hilfe zu holen, Zeit zu schinden. Nur sie beide zählten noch, und es gab keine Alternative – zum erstenmal verstand Chris, was Emily empfand. »Bitte«, flüsterte sie, und er erkannte, daß Emilys Wünsche zu erfüllen das einzige war, was ihm wirklich je am Herzen gelegen hatte.

Er nahm die Waffe in die linke Hand und umarmte sie. »Du willst es unbedingt?« fragte er leise, und Emily, die erkannte, daß er endlich bereit war, nickte. Sie entspannte sich in seinen Armen, und dieses kleine Zeichen ultimativen Vertrauens brachte ihn völlig aus dem Konzept. »Ich kann dir das nicht antun«, sagte er zurückweichend.

Emily nahm seine Hand in die ihre und hob sie an ihre Schläfe. »Tu es für mich.«

Sie konnte in dieser Position sein Gesicht nicht sehen, aber sie stellte es sich vor. Sie stellte sich Chris vor, so wie er in jenem Augenblick im vergangenen Sommer auf dem schuleigenen Tennisplatz ausgesehen hatte. Es war unerträgliche 35 Grad heiß gewesen, und weiß Gott, wie sie darauf gekommen waren, ausgerechnet Tennis zu spielen, aber da waren sie, Emily, die beim Aufschlag die Bälle bis auf den nebenliegenden Platz schlug, und Chris, der ihnen mit schallendem Gelächter nachjagte.

Sie erinnerte sich noch, wie er mit der Sonne im Rükken dagestanden hatte. In der linken Hand hielt er seinen Schläger, und mit der rechten warf er einen Ball in die Höhe. Dann fing er den Ball wieder auf und wischte sich den Schweiß von der Stirn. Er lächelte Emily an. Seine geliebte Stimme war rauh und tief. »Fertig?« fragte er.

Emily fühlte den Stahl des Revolverlaufs an ihrer Schläfe und holte tief Luft. »Jetzt«, sagte sie.

Jetzt, Chris, jetzt.

Er hörte die Worte, hörte Emilys Stimme an seiner Brust vibrieren, aber seine Hände zitterten wieder, und wenn er abdrückte, würde er vermutlich sich selbst erschießen. Und wäre das wirklich so schlimm?

Jetzt, jetzt.

Er weinte inzwischen so heftig, daß, als er aus den Augenwinkeln auf Emily schaute, ihr Gesicht verschwamm, so daß er glaubte, er hätte bereits angefangen, sie zu vergessen. Aber dann blinzelte er und sah sie wieder klar, wunderschön, ruhig und abwartend, ihr Mund leicht geöffnet, wie er es manchmal bei ihr beobachtet hatte, wenn sie schlief. Sie schlug die Augen auf, und er nahm nichts anderes mehr wahr, als ihre Überzeugung.

»Ich liebe dich«, sagte er, oder zumindest glaubte er, daß er es sagte, aber Emily hörte ihn so oder so. Sie hob die rechte Hand und legte sie um seine, ihre Finger schlossen sich fest um die seinen.

Sie drückte seine Hand, und sein Finger am Abzug krümmte sich. Dann hörte er nichts mehr, ihm wurde schwindlig, und er stürzte, Emily noch in den Armen.

Gegenwart

Mai 1998

Chris verstummte, und Schock legte sich über den Gerichtssaal wie ein Fischernetz, in dem sich alle Fragen vereinten, die im Laufe des Prozesses aufgeworfen worden waren. Jordan schüttelte die lähmende Starre als erster ab. Chris saß gebeugt da, die Arme vor dem Bauch verschränkt, und atmete unregelmäßig.

Es gab nur einen Weg, diesen Fall zu gewinnen. Er wußte ganz genau, was die Staatsanwaltschaft sagen würde – immerhin hatte er selbst jahrelang auf deren Seite gestanden. Und die einzige Möglichkeit, doch noch zu obsiegen, bestand darin, Barrie Delaney den Wind aus den Segeln zu nehmen: Chris ans Kreuz zu nageln, bevor sie dazu Gelegenheit hatte.

Jordan näherte sich dem Zeugenstand, grimmig entschlossen, seinen eigenen Mandanten auseinanderzunehmen.

»Warum warst du dort?« fragte er zynisch. »Hattest du vor, dich umzubringen, oder was?«

Verwirrt blickte Chris zu seinem Verteidiger auf. Trotz allem, was in der vergangenen Stunde vorgefallen war, müßte Jordan immer noch auf seiner Seite stehen. »Ich dachte, ich könnte sie aufhalten.«

»Ach wirklich.« Jordan schnaubte. »Du dachtest, du könntest sie von ihrem Vorhaben abhalten, und dann hast du ihr statt dessen eine Kugel in den Kopf gejagt. Wie kommt es, daß du den Revolver mit zwei Kugeln geladen hast?«

»Ich ... ich weiß es nicht genau. Ich habe es einfach getan.«

»Für den Fall, daß du beim erstenmal daneben geschossen hättest?«

»Für den Fall ... ich konnte nicht mehr klar denken«, gab Chris zu. »Ich habe zwei Kugeln genommen, mehr kann ich dazu nicht sagen.«

»Du bist ohnmächtig geworden«, wechselte Jordan das Thema. »Weißt du das genau?«

»Als ich zu mir gekommen bin, lag ich auf dem Boden und blutete aus einer Kopfwunde«, entgegnete Chris. »Das ist alles, woran ich mich erinnere.« Und dann, aus heiterem Himmel, fiel ihm etwas ein, das Jordan Monate zuvor zu ihm gesagt hatte: *Im Zeugenstand kann man verdammt allein sein.*

»Warst du bewußtlos, als die Polizei vor Ort eintraf?«

»Nein. Ich saß und hielt Emily.«

»Aber du erinnerst dich nicht daran, wie du ohnmächtig geworden bist. Weißt du noch, was passiert ist, bevor du angeblich ohnmächtig wurdest?«

Chris öffnete den Mund und schloß ihn wortlos wieder. Dann versuchte er es noch mal. »Wir haben beide die Waffe gehalten«, brachte er mühsam hervor.

»Wo waren Emilys Hände?«

»Auf meiner Hand.«

»An der Waffe?«

»Ich weiß nicht genau. Ich denke schon.«

»Kannst du dich nicht erinnern, wo genau sie lagen?«

»Nein«, entgegnete Chris gepreßt und wurde nervös.

»Woher willst du dann wissen, daß ihre Hände über deinen lagen?«

»Weil ... wenn ich darüber nachdenke, kann ich jetzt noch ihre Berührung spüren.«

Jordan verdrehte die Augen. »Ach komm, Chris. Schluß mit dem kitschigen Gefasel. Woher weißt du, daß Emilys Hände auf deinen lagen?«

Chris errötete und funkelte seinen Anwalt zornig an. »Weil sie versucht hat, zu erzwingen, daß ich abdrücke!« schrie er.

Jordan nagelte ihn darauf fest. »Und woher weißt du das?«

»Ich weiß es eben!« Chris' Hände krallten sich um das Geländer des Zeugenstandes. »Weil es so war!« Er atmete zittrig ein, bemüht, seine Fassung wiederzuerlangen. »Weil es die Wahrheit ist«, sagte er.

»Ah«, meinte Jordan und entfernte sich ein paar Schritte. »Die Wahrheit. Und warum sollten wir diese Wahrheit glauben? Wir haben schon so viele verschiedene Wahrheiten gehört.«

Chris begann, sich auf seinem Stuhl leicht vor und zurück zu wiegen. Jordan hatte Chris an den Kopf geworfen, daß er seine Verteidigung zunichte gemacht hatte, und Chris erkannte, daß der Anwalt ihm dies offenbar heimzahlen wollte. Wenn jemand beim Verlassen des Saales dastand wie ein Idiot, dann sollte das kein anderer sein als Chris selbst.

Plötzlich war Jordan wieder an seiner Seite. »Deine Hand war auf der Waffe?«

»Ja.«

»Wo genau?«

»Am Abzug.«

»Und wo war Emily Hand?«

»Auf meiner. Auf der Waffe.«

»Was denn nun. Auf deiner Hand oder auf der Waffe?«

Chris senkte den Kopf. »Beides. Ich weiß nicht.«

»Du erinnerst dich also nicht daran, ohnmächtig geworden zu sein, wohl aber daran, daß Emilys Hand auf deiner und auf der Waffe lag. Wie kann das sein?«

»Ich weiß es nicht.«

»Warum lag Emilys Hand auf deiner?«

»Weil sie mich zwingen wollte, sie zu töten.«

»Woher willst du das wissen?« fragte Jordan unerbittlich.

»Sie sagte ›Jetzt, Chris, jetzt.‹ Aber ich brachte es nicht fertig. Sie sagte es wieder und wieder, und dann legte sie die Hand auf meine und zerrte an ihr.«

»Sie zerrte an deiner Hand? Zerrte sie an deinem Finger am Abzug?«

»Ich weiß es nicht.«

Der Anwalt neigte sich ihm zu. »Hat sie an deinem Handgelenk gezerrt, um deine ganze Hand zu bewegen?«

»Ich weiß nicht mehr.«

»Hat ihr Finger den Abzug auch nur gestreift, Chris?«

»Ich bin nicht sicher.« Er schüttelte heftig den Kopf, um seine Gedanken zu klären.

»Ist ihre Hand gegen deinen Finger am Abzug gestoßen?«

»Ich weiß es nicht«, schluchzte Chris. »Ich weiß es nicht.«

»Hast du abgedrückt, Chris?« fragte Jordan, sein Gesicht nur Zentimeter von Chris' entfernt. Chris nickte; seine Nase lief, und seine Augen waren gerötet und schwammen in Tränen. »Chris«, sagte Jordan eindringlich, »woher willst du das wissen?«

»Ich weiß es nicht«, schrie Chris und hielt sich die Ohren zu. »Ich weiß es nicht, Herrgott, ich weiß es nicht.«

Jordan langte über das Geländer des Zeugenstandes, zog mit sanfter Gewalt Chris' Hände von seinen Ohren und drückte sie auf das Geländer, wo sie unter seinen eigenen liegen blieben. »Du weißt nicht mehr genau, ob du Emily getötet hat, Chris, nicht wahr?«

Chris stockte der Atem, und er starrte seinen Verteidiger mit großen Augen an. *Du brauchst dich nicht exakt zu erinnern*, flehte Jordan ihn stumm an. *Du mußt nur eingestehen, daß du es nicht mehr weißt.*

Er fühlte sich, als wäre sein Innerstes nach außen gekehrt worden, und sein Herz tat so weh, als wäre jemand darauf herumgetrampelt ... und doch empfand er zum erstenmal seit Monaten so etwas wie Frieden. »Nein«, sagte Chris leise, dieses unerwartete Geschenk annehmend. »Ich weiß es nicht.«

Barrie Delaney war in ihrer ganzen Laufbahn noch kein Fall untergekommen wie dieser. Jordan hatte sehr effektiv ihre Arbeit getan – bis zum Ende, als der Angeklagte nur noch ein emotionales Wrack gewesen war und sein Geständnis quasi zurückgenommen hatte. Aber er hatte gestanden, und Barrie war fest entschlossen, daran festzuhalten.

»In der Nacht des siebten November ist viel passiert, nicht wahr?«

»Ja.«

»Und haben Sie am Ende die Waffe gehalten?«

»Ja.«

»War der Lauf dieser Waffe an Emilys Kopf gedrückt?«

»Ja.«

»War Ihr Finger am Abzug?«

Chris holte tief Luft. »Ja.«

»Fiel ein Schuß?«

»Ja.«

»Mr. Harte, lag Ihre Hand noch um die Waffe und Ihr Finger am Abzug, als der Schuß fiel?«

»Ja«, sagte Chris leise.

»Glauben Sie, daß Sie Emily Gold erschossen haben?«

Chris biß sich auf die Unterlippe. »Ich weiß es nicht.«

»Ich habe noch einige Fragen an den Zeugen, Euer Ehren.« Jordan trat wieder vor den Zeugenstand. »Chris, als du in jener Nacht zum Karussell gefahren bist, bist du da davon ausgegangen, daß du Emily töten würdest?«

»Großer Gott, nein.«

»Hattest du, als du dorthin gefahren bist, die Absicht, sie zu töten?«

»Nein.« Er schüttelte entschieden den Kopf. »Nein.«

»Und in dem Augenblick, da du Emily den Revolver an den Kopf gehalten hast, Chris – wolltest du sie da töten?«

»Nein«, entgegnete Chris mit belegter Stimme. »Das wollte ich nicht.«

Jordan drehte sich um, so daß er nicht mehr Chris zugewandt war, sondern Barrie Delaney anstarrte, während er ihre Fragen aus dem Kreuzverhör wiederholte. »Am Ende jener Nacht des siebten November, Chris, hast du da die Waffe in der Hand gehalten?«

»Ja.«

»Zielte die Waffe auf Emilys Kopf?«

»Ja.«

»Lag dein Finger am Abzug?«

»Ja.«

»Fiel ein Schuß?«

»Ja.«

»Lag Emilys Hand zusammen mit deiner auf der Waffe?«

»Hmmmm«, bestätigte Chris.

»Hat sie gesagt ›Jetzt, Chris, jetzt‹?«

»Ja.«

Jordan durchquerte den Saal und blieb vor den Geschworenen stehen. »Chris, kannst du ohne jeden Zweifel behaupten, daß dein Handeln, deine Bewegungen, deine Muskeln ganz allein dazu geführt haben, daß der Schuß ausgelöst wurde?«

»Nein«, sagte Chris mit glänzenden Augen. »Das kann ich wohl nicht.«

Zur allgemeinen Überraschung beharrte Richter Puckett auf den Schlußplädoyers nach dem Mittagessen. Als der Gerichtsdiener vortrat, um Chris runter in die Verwahrungszelle im Sheriff-Büro zu bringen, streckte dieser die Hand nach Jordans Ärmel aus. »Jordan«, begann er.

Der Anwalt suchte seine Unterlagen, Notizen und Schreibutensilien zusammen, die auf dem Tisch verstreut lagen. Er würdigte Chris keines Blickes. »Sprich nicht mit mir«, sagte er, drehte sich um und ging weg.

Barrie Delaney genehmigte sich ein Häagen-Dazs-Eis mit Schokoladenfüllung und Schokoladenglasur. Zur Feier des Tages.

Als stellvertretender Generalstaatsanwalt bestand der einzige Weg, sich einen Namen zu machen, darin, das

Glück zu haben, ganz dicht dran zu sein, wenn sich ein spektakulärer Fall ankündigte. In diesem Sinne hatte Barrie Glück gehabt. Morde waren in Grafton County eine Rarität, und ein dramatisches Geständnis im Gerichtssaal, nun, das war ein Novum. Dieser Fall würde tagelang Hauptgesprächsthema im ganzen Land sein. Möglicherweise wurde Barrie sogar für die Fernsehnachrichten interviewt.

Sie leckte sorgfältig um den Rand ihres Eises herum, da ein Fleck auf ihrem Kostüm sich nicht gut machen würde bei ihrem Schlußplädoyer. Andererseits ging sie davon aus, daß sie, wenn Jordan mit seinem Plädoyer fertig war, ebensogut das Alphabet aufsagen konnte, weil die Geschworenen Chris Harte so oder so des Mordes für schuldig befinden würden. Trotz Jordans Bemühungen zum Schluß wußte eine Jury, wann man sie zum Narren gehalten hatte. Der ganze Unsinn mit dem Doppelselbstmord, den die Verteidigung als Strategie zugrundegelegt hatte, würde den zwölf Geschworenen noch schwer im Magen liegen, wenn sie sich zur Beratung zurückzogen.

Der Jury war noch gegenwärtig, daß Chris gestanden hatte, das Mädchen erschossen zu haben. Dann das Debakel mit seiner Mutter im Zeugenstand. Und die Tatsache, daß die Verteidigung in den drei Prozeßtagen bewußt gelogen hatte.

Niemand ließ sich gern hinters Licht führen.

Barrie Delaney lächelte und leckte sich die Finger. *Am allerwenigsten Jordan McAfee.*

»Verschwinde«, schrie Jordan über die Schulter.

»Nicht in dem Ton, ja?« konterte Selena.

»Laß mich einfach in Ruhe, okay?« Er entfernte sich mit großen Schritten von ihr, aber sie war verdammt groß, und ihre endlos langen Beine hatten keine Mühe, ihn einzuholen. Er nutzte die Gelegenheit, auf der Herrentoilette zu verschwinden, aber Selena stieß die Tür auf und folgte ihm hinein. Sie warf einem älteren Herrn an einem der Urinale einen zornigen Blick zu, und der arme Mensch machte hastig die Hose zu, betätigte die Spülung und ging. Selena lehnte sich von innen gegen die Tür, damit niemand hereinkam. »So, und jetzt schieß los«, befahl sie.

Jordan lehnte sich an das Waschbecken und schloß die Augen. »Hast du eine Vorstellung davon, wie diese Sache sich auf meine Glaubwürdigkeit auswirken wird?«

»Überhaupt nicht«, entgegnete Selena. »Du hast Chris eine Erklärung unterschreiben lassen, in der steht, daß du ihn vor diesem Schritt gewarnt hast.«

»Und genau davon wird in den Nachrichten keine Rede sein. Alle werden davon ausgehen, daß ich in einem Gerichtssaal so fehl am Platze bin wie einer der sieben Zwerge.«

»Welcher genau?« fragte Selena mit einem leisen Lächeln.

»Dopey«, seufzte Jordan. »Gott. Bin ich ein Idiot? Wie konnte ich ihn in den Zeugenstand lassen, ohne ihm vorher einzubleuen, was er sagen soll?«

»Du warst wütend.«

»Und?«

»Und du weißt nicht, wie du bist, wenn du in Rage bist.« Sie legte ihm eine Hand auf den Arm. »Du hast für Chris dein Bestes getan«, erinnerte sie ihn sanft. »Man kann nicht immer gewinnen.«

»Und warum nicht?« fragte Jordan trotzig.

»Wissen Sie was?« begann Jordan, an die Jury gewandt. »Vor drei Stunden hatte ich noch keinen Schimmer, was ich Ihnen jetzt sagen würde. Und dann ging mir ein Licht auf – ich sollte Sie beglückwünschen. Weil Sie heute etwas höchst Ungewöhnliches erlebt haben. Etwas Unerwartetes, das gewöhnlich nie, niemals Einlaß in einen Gerichtssaal findet. Sie, Ladies und Gentlemen, haben die Wahrheit erlebt.«

Lächelnd lehnte er sich gegen den Tisch der Verteidigung. »Ein großes Wort, nicht wahr? Es klingt irgendwie überlebensgroß, finde ich.« Er setzte eine strenge Miene auf, in einer recht gelungenen Imitation von Richter Pukkett. »Eine sehr ernste Angelegenheit. Ich habe extra im Wörterbuch nachgeschlagen«, gestand er. »Da heißt es, es handle sich um einen wahren Sachverhalt, Übereinstimmung mit den Tatsachen.« Jordan zuckte die Achseln. »Andererseits hat Oscar Wilde seinerzeit geschrieben, daß die schlichte und reine Wahrheit selten schlicht und niemals rein ist. Die Wahrheit liegt nämlich im Auge des Betrachters, verstehen Sie?«

»Wußten Sie, daß ich früher einmal Staatsanwalt war? Das war ich tatsächlich. Ich war zehn Jahre lang für dasselbe Büro tätig, für das Miss Delaney heute arbeitet. Wissen Sie, warum ich meinen Hut genommen habe? Weil mir die dort vorherrschende Einstellung zur Wahrheit nicht gefallen hat. Für einen Staatsanwalt ist die Welt schwarz oder weiß, Dinge sind entweder geschehen oder nicht. Ich war schon immer der Meinung, daß es mehr als eine Möglichkeit gibt, eine Geschichte zu erzählen, die Dinge zu sehen. Ich war sogar der Ansicht, die Wahrheit hätte bei einem Prozeß nichts verloren. Als Staatsanwalt präsentiert man seine Beweise und Zeugen, und dann bekommt die Verteidigung die Gelegenheit, die gleichen Vorfälle aus einem völlig anderen Blickwinkel zu präsentieren. Aber Sie werden bemerkt haben, daß ich hier nicht von Wahrheit spreche.«

Er lachte. »Komisch, finden Sie nicht, daß ich heute mit

der Wahrheit das Rennen beenden sollte. Das ist nämlich alles, was mir für die Verteidigung Chris Hartes geblieben ist. In diesem Prozeß geht es ... und das an sich ist schon unglaublich ... um die Wahrheit.«

Jordan trat vor die Geschworenen und legte die Hände auf das Geländer, das ihn von ihrer Bank trennte. »Wir haben diesen Prozeß mit zwei Wahrheiten begonnen. Meiner ...« Er tippte sich auf die Brust. »... und ihrer.« Er zeigte über die Schulter mit dem Daumen auf Delaney. »Und dann haben wir einen Haufen Variationen vorgesetzt bekommen. Für Emilys Mutter ist die Wahrheit die, daß ihre Tochter unmöglich etwas anderes gewesen sein kann als perfekt. Aber sehen wir nicht alle Menschen so, wie wir sie sehen wollen? Für Polizei und Leichenbeschauer ergibt sich die Wahrheit aus einer Reihe knallharter Fakten, aber das heißt nicht, daß diese Fakten sie nicht zu einer eigenen Theorie verleiten würden. Für Michael Gold ist die Wahrheit, die Verantwortung zu übernehmen für etwas, das unvorstellbar schrecklich ist, auch wenn es einfacher ist, die Schuld einem anderen aufzubürden. Und für Chris' Mutter hat die Wahrheit nichts mit diesem Fall zu tun. Ihre Wahrheit besteht darin, an ihren Sohn zu glauben ... ganz egal, was es ihr abverlangt.«

»Aber die wichtigste Wahrheit, die Sie in diesem Saal zu hören bekommen haben, ist die Wahrheit Chris Hartes. Es gibt nur zwei Menschen, die wissen, was sich in der Nacht des siebten November wirklich ereignet hat. Einer dieser Menschen ist tot. Und der andere hat Ihnen erst vorhin alles genau geschildert.«

Jordan fuhr mit der Hand über das Geländer, das die Geschworenenbank vom restlichen Saal trennte, und ließ dabei den Blick über die Jury schweifen. »Und das, Ladies und Gentlemen, ist der Punkt, an dem Sie ins Spiel kommen. Miss Delaney hat Ihnen eine Reihe von Fakten vorgeführt, und Chris Harte hat Ihnen die Wahrheit erzählt. Wollen Sie blind Miss Delaney zustimmen – die Dinge so sehen, wie sie möchte, daß Sie sie sehen, durch ihre schwarzweiße Brille? Werden Sie sagen: Da war eine Waffe, es ist ein Schuß gefallen, und ein Mädchen ist tot, also muß es zwangsläufig einen Mord gegeben haben? Oder wollen Sie sich die Wahrheit ansehen?

Sie haben die Wahl. Sie können das tun, was ich immer getan habe – was ich als Anwalt gerne tue –, die Fakten betrachten und sich ein eigenes Urteil bilden. Oder Sie können die Wahrheit in Händen halten und als das Geschenk betrachten, das sie ist.« Er beugte sich zu den Geschworenen vor und fuhr in weicherem Tonfall fort. »Es waren einmal ein Junge und ein Mädchen. Sie wuchsen zusammen auf, liebten einander wie Bruder und Schwester. Sie verbrachten jede freie Minute miteinander, und als sie dann älter wurden, wurden sie ein Paar. Ihre Gefühle und Herzen bildeten eine solche Einheit, daß sie ihre individuellen Bedürfnisse nicht mehr unterscheiden konnten.

Dann, aus einem Grund, den wir vielleicht nie erfahren werden, wurde einer dieser jungen Menschen unglücklich. Das Mädchen quälte sich so sehr, daß es nicht mehr leben wollte – und es wandte sich in seiner Not an den einzigen Menschen, dem es rückhaltlos vertraute.« Jordan ging auf Chris zu und blieb dicht vor seinem Mandanten stehen. »Er hat versucht, ihr zu helfen. Er hat versucht, sie von ihrem Vorhaben abzubringen. Aber gleichzeitig konnte er ihren Schmerz so deutlich spüren, als wäre es sein eigener. Und letztendlich war er nicht in der Lage, sie aufzuhalten. Er hatte versagt. Er ging sogar soweit, sie im entscheidenden Moment allein zu lassen.«

Jordan wandte sich wieder den Geschworenen zu. »Das Problem war, daß Emily es allein nicht fertigbrachte, sich zu töten. Sie bat ihn, ihr zu helfen, flehte ihn an, weinte, legte ihre Hand über seine um die Waffe. Sie war ein so untrennbarer Teil von ihm, und er so sehr Teil von ihr, daß sie nicht einmal diese allerletzte Handlung allein zuwege brachte. Und jetzt die Frage, die sich Ihnen als Geschworenen stellt: Hat Chris *allein* abgedrückt?

Wer weiß, Ladies und Gentlemen, was letztlich dazu geführt hat, daß sich der Schuß löste? Es gibt körperliche Kraft, und es gibt auch geistige Kraft. Vielleicht hat Emily den Schuß ausgelöst, indem sie an seiner Hand gezerrt hat. Vielleicht kam es dazu, weil sie ihm sagte, sie wünsche sich nichts mehr, als zu sterben, weil sie ihm sagte, daß sie darauf vertraue, daß seine Liebe zu ihr groß genug wäre, um ihr bei ihrem Vorhaben zu helfen. Wie ich schon sagte, Chris Harte ist der einzige Mensch in diesem Gerichtssaal, der vor Ort war. Und seiner Aussage zufolge weiß nicht einmal mehr er selbst genau, was passiert ist.

Miss Delaney möchte, daß Sie Chris wegen Mordes ersten Grades schuldig sprechen. Hierfür muß sie aber beweisen, daß er Zeit und Gelegenheit hatte, über die Tat nachzudenken, daß er sich gründlich überlegt hat, was er tun würde, daß er einen bewußten Entschluß faßte, Emily zu töten.«

Jordan schüttelte den Kopf. »Aber wissen Sie, was? Chris wollte Emily in jener Nacht nicht töten – weder in dieser Nacht noch sonst irgendwann. Das war das letzte, was er wollte. Und Chris hatte keine Zeit, über das, was geschah, nachzudenken. Er hat nie einen bewußten Entschluß gefaßt, etwas Bestimmtes zu tun. Emily hat ihm die Entscheidung abgenommen.

In diesem Prozeß geht es weder um Miss Delaneys Fakten noch um irgend etwas, was ich in meinem Eröffnungsplädoyer gesagt habe, ja nicht einmal um die Zeugen, die ich aufgerufen habe. Es geht allein um Chris Harte und um das, was er Ihnen aus freien Stücken offenbart hat.« Jordan ließ sehr langsam den Blick über die Geschworenen gleiten und hielt kurz jeden der zwölf Blicke fest. »Er war dort, und er selbst hat Zweifel bezüglich dessen, was tatsächlich geschehen ist. Wie sollten Sie da keine haben?«

Jordan wandte sich ab und kehrte zurück an den Tisch der Verteidigung, hielt jedoch auf halbem Weg inne. »Chris hat Ihnen etwas erzählt, das die meisten Jurys nie zu hören bekommen: die Wahrheit. Jetzt beweisen Sie ihm, daß Sie ihm zugehört haben.«

»Mr. McAfee wäre zweifellos ein begabter Romanschreiber«, begann Barrie. »Ich selbst war fasziniert von seinem Melodram. Aber Mr. McAfee hat lediglich versucht, von den unwiderlegbaren Fakten dieses Falles abzulenken, von denen er behauptet, sie wären nicht dasselbe wie ›die Wahrheit‹.

Jetzt wissen wir aber nicht mit Gewißheit, ob Chris Harte tatsächlich die Wahrheit erzählt hat. Wir wissen, daß er früher schon gelogen hat – gegenüber der Polizei und seinen Eltern beispielsweise. Genaugenommen haben wir im Laufe dieses Prozesses drei verschiedene Versionen zu hören bekommen. Die erste lautete, daß Emily und Chris sich beide umbringen wollten. In der zweiten Version war immer noch davon die Rede, daß Emily beabsichtigte, sich das Leben zu nehmen ... daß Chris jedoch versuchen wollte, sie davon abzuhalten.« Barrie legte eine kurze Pause ein. »Wissen Sie, das klingt für mich schon etwas plausibler, da Chris auf mich keinen labilen Eindruck macht.

Aber dann hat Chris seine Geschichte erneut abgewandelt. Emily brachte es nicht fertig, den Abzug zu betätigen, so daß er ihr dies abnehmen mußte.« Sie seufzte theatralisch. »Mr. McAfee möchte, daß Sie anhand der Wahrheit urteilen.« Sie zog die Brauen hoch. »Aber welcher von diesen dreien sollen Sie denn nun Glauben schenken?

Aber wenden wir uns ruhig Chris' letzter Version zu. Gehen wir davon aus, daß das die Wahrheit ist. Aber auch wenn dem so ist, können Sie gar nicht anders, als ihn schuldig zu sprechen. Sie haben die Beweismittel gesehen – das einzige, was sich im Verlauf dieses Prozesses nicht verändert hat. Sie haben von Detective Marrone gehört, daß Chris' Fingerabdrücke auf der Waffe gefunden wurden; Sie haben vom Leichenbeschauer gehört, daß der Einschußkanal durch Emilys Kopf darauf hindeutet, daß sie nicht selbst geschossen hat; Sie haben ihn aussagen hören, daß Hautpartikel von Chris unter Emilys Fingernägeln gefunden wurden und daß Emily darüber hinaus Blutergüsse an einem Handgelenk hatte, die auf einen Kampf schließen lassen. Vor allem aber haben Sie Chris Harte sagen hören, daß er Emily Gold erschossen hat. Er selbst hat gestanden, sie getötet zu haben.

Jemand macht sich in dem Augenblick des Mordes ersten Grades schuldig, da er absichtlich, den Tod eines anderen herbeiführt. Wenn er willentlich und mit Vorsatz handelt.

Lassen Sie uns darüber nachdenken: Chris Harte hat das Pro und Kontra abgewägt und hiernach beschlossen, einen Revolver an den Tatort mitzunehmen. Das ist Vorsatz. Er hat die Waffe geladen. Das geschah aus freiem Willen. Er nahm Emily willentlich die Waffe aus der Hand, hielt sie ihr an den Kopf und hielt sie auch noch dort, als der Schuß fiel. Das, Ladies und Gentlemen, ist

Mord ersten Grades. Es spielt keine Rolle, ob er aus Mitleid mit Emily gehandelt hat. Es ist unerheblich, ob Emily ihn gebeten hat, es zu tun. Es spielt keine Rolle, welche Überwindung es ihn gekostet hat, sie zu töten. In diesem Land kann man nun einmal nicht einfach zur Waffe greifen und jemanden erschießen. Auch dann nicht, wenn der Betreffende einen darum bittet.«

Barrie näherte sich der Geschworenenbank. »Wenn wir Chris jetzt glauben, wo ziehen wir dann die Grenze? Zumal wenn das Opfer nicht mehr in der Lage ist auszusagen. Dann wären unsere Straßen voll mit Kriminellen, die schwören, daß ihre Opfer sie angefleht haben, sie zu töten, so wahr ihnen Gott helfe.« Sie zeigte in Richtung Zeugenstand. »Chris Harte hat dort gesessen und Ihnen gesagt, daß er den Revolver genommen, ihn Emily an den Kopf gehalten und abgedrückt hat. Ganz egal, wie es dazu auch gekommen sein mag – ganz egal, welche Emotionen, psychologische Mechanismen oder Verwirrungen im Spiel waren, genau das ist passiert. Das ist die Wahrheit.

Sie müssen Christopher Harte für schuldig befinden, wenn der Tod Emily Golds eine unmittelbare Folge dieser Handlungen war. Wenn diese Handlungen willentlich und vorsätzlich erfolgt sind. Woher Sie zweifelsfrei wissen sollen, ob das auf Chris Harte zutrifft?« Barrie durchquerte den Saal und zählte an den Fingern ab. »Weil er den Revolver jederzeit einfach aus der Hand hätte legen können. Weil er zu jeder Zeit hätte weggehen können. Weil er nicht gezwungen war, Emily Gold zu erschießen.« Sie blieb vor dem Tisch mit den Beweisstücken stehen und nahm die Mordwaffe in die Hand. »Immerhin, Ladies und Gentlemen, hat niemand Chris eine Waffe an den Kopf gehalten.«

Die Geschworenen waren bis 18:00 Uhr noch zu keiner Einigung gelangt. Chris wurde für die Nacht in seine Zelle gebracht. Er kroch unter die Bettdeckte, ließ sein Abendessen stehen und ignorierte jeden, der an die Gitterstäbe seiner Zelle klopfte.

Da war etwas, das ihm keine Ruhe ließ – das eine, was weder Jordan McAfee noch Barrie Delaney erwähnt hatten. Vielleicht weil es für sie unwichtig war; Chris hatte ja selbst erst darüber nachgedacht, als Jordan seine Erinnerung an die exakten Vorgänge jener Nacht wachgerufen hatte. Und es ging um Emily.

Sie hatte ihn geliebt. Das wußte er; daran hatte er nie gezweifelt. Aber sie hatte auch von ihm verlangt, sie zu töten.

Wenn man jemanden wirklich über alles liebte, zwang man ihm nicht für den Rest seines Lebens eine solche Bürde auf.

Chris hatte mit sich gerungen, war zu dem Schluß gekommen, daß Emily zu lieben bedeutete, sie loszulassen, wenn sie das wirklich wollte. Aber Emily war so egoistisch gewesen, daß sie Chris nie eine Wahl gelassen hatte. Sie hatte ihn unwiderruflich an sich gekettet, mit Scham, Schmerz und Schuldgefühlen.

Die Geräusche eines Kampfes unter Insassen im unteren Stock sowie das Klirren von Schlüsseln, als das Wachpersonal hinzueilte, um die Streithähne zu trennen, wurden überdeckt von der Wut, die in ihm anschwoll und in seinen Ohren dröhnte. Er war wütend auf Emily, weil sie ihm das angetan hatte. Weil sie ihre Wünsche über die seinen gestellt hatte, während es bei ihm genau umgekehrt gewesen war.

Dafür, daß sie ihn für sieben Monate in dieses stinkende Loch gebracht hatte, sieben Monate, die unwiederbringlich verloren waren. Dafür, daß sie ihm nichts von dem Baby gesagt hatte. Daß sie ihn allein zurückgelassen hatte. Daß sie sein Leben ruiniert hatte.

Und in diesem Moment ging Chris auf, daß, wenn Emily Gold anwesend gewesen wäre, er sie mit bloßen Händen erwürgt hätte.

Selena schob ihr leeres Weinglas weg. »Es ist vorbei«, sagte sie. »Du kannst jetzt nichts mehr ändern.«

»Ich hätte ...«

»Nein«, fiel sie Jordan ins Wort. »Du hättest nicht.«

Er schloß die Augen und lehnte sich auf seinem Stuhl zurück. Vor ihm auf dem Holzbrett lag das inzwischen erkaltete Steak, das er kaum angerührt hatte. »Ich hasse diesen Teil«, sagte er. »Das Warten. Es wäre für den Steuerzahler billiger gewesen, wenn man mir gleich ein Harakiri-Schwert gereicht und mir befohlen hätte, mich aufzuschlitzen.«

Selena lachte laut auf. »Jordan, du bist ein unverbesserlicher Optimist. Ein kleiner Mißerfolg bedeutet nicht gleich das Ende deiner Karriere.«

»Meine Karriere ist mir egal.«

»Was ist es dann?« Sie musterte ihn eindringlich, bis ihr plötzlich dämmerte, was ihren Arbeitgeber tatsächlich bedrückte. »Oh ... Chris.«

Jordan fuhr sich mit den Handballen über das Gesicht. »Weißt du, woran ich immer denken muß? Daß, wie Chris im Zeugenstand sagte, daß er manchmal immer noch Emilys Berührung fühlen könne. Und ich ihm sagte, er solle mit dem kitschigen Gefasel aufhören.«

»Du hattest keine andere Wahl, Jordan.«

Er winkte ab. »Das ist es nicht. Es ist nur, daß ich mehr als doppelt so alt bin wie Chris Harte, ich war verheiratet, und doch habe ich nie so etwas empfunden. Aus dem Bauch raus – glaube ich, daß er das Mädchen getötet hat? Ja, das tue ich. Jedenfalls rein technisch. Aber, Himmel, Selena, ich beneide ihn. Ich kann mir einfach nicht vorstellen, jemanden so sehr zu lieben, daß ich für ihn alles tun würde, was er von mir verlangt, sogar einen Mord begehen.«

»Du würdest für Thomas alles tun«, entgegnete Selena.

»Das ist nicht dasselbe, und das weißt du auch.«

Selena schwieg einen Augenblick. »Beneide Chris Harte nicht. Bemitleide ihn vielmehr. Weil nämlich die Wahrscheinlichkeit, daß er jemals wieder einen Menschen findet, dem er so nahe sein wird, verdammt gering ist. Bei dir hingegen ist noch alles offen.«

Jordan zuckte die Achseln und legte die Fingerspitzen dachförmig aneinander. »Wenn du meinst.«

Selena seufzte und zog ihn auf die Füße. »Zeit, heim zu gehen«, sagte sie. »Du mußt morgen früh raus.« Und dann, mitten im Restaurant, packte sie ihn an beiden Ohren und zog sanft seinen Kopf nach vorn, um ihn zu küssen.

Ihr Mund drückte sich fest auf den seinen, und ihre Zunge schob sich weich zwischen seine Lippen. Als Selena schließlich wieder von ihm abließ, rang Jordan nach Luft. »Warum hast du das getan?« keuchte er.

Sie tätschelte seine Wange. »Ich wollte dir nur etwas anderes geben, worauf du deine Besessenheit richten kannst«, sagte sie, machte auf dem Absatz kehrt und ging, ohne sich davon zu überzeugen, ob er ihr folgte.

Um neun Uhr waren die Hartes bettfertig. Gus wußte nicht, wie sie die Zeit bis zum nächsten Morgens schneller totschlagen sollte. Sie knipste das Licht aus und wartete, daß James aus dem Bad kam.

Die Matratze ächzte und neigte sich, als James unter die Decke schlüpfte. Gus wandte den Kopf ab und starrte aus dem Fenster. Der Mond draußen war nur noch eine hauchdünne Sichel. Wenn er wieder voll war, würde ihr Erstgeborener seine lebenslange Haftstrafe im Staatsgefängnis angetreten haben.

Sie wußte, weshalb Chris ihre Aussage unterbrochen hatte, und ihr war ebenso bewußt, daß sie im Zeugenstand versagt hatte. Er hatte es nicht ertragen können, mit anzusehen, wie jede Lüge ihr Herz zerriß, das kleiner und kleiner wurde, bis schließlich nichts mehr übrig war. Chris hatte es noch nie ertragen können, jemanden, den er liebte, leiden zu sehen.

Genau aus diesem Grund hatte er auch Emily erschossen.

Sie mußte einen Laut von sich gegeben haben, ein unterdrücktes Schluchzen vielleicht, denn plötzlich zog James sie an seine Brust. Gus schmiegte sich an seine unerschütterliche Wärme und schlang die Arme um ihn.

Am liebsten wäre sie noch näher herangerückt, unter seine Haut geschlüpft, mit ihm verschmolzen, um keine eigenen Gedanken und Sorgen mehr zu haben. Sie sehnte sich nach seiner Kraft. Aber anstatt etwas zu sagen, hob sie den Kopf und küßte ihn. Ihre Lippen wanderten seinen Hals hinauf und preßten sich schließlich auf seine.

Das Bett, das ganze Zimmer um sie herum, schien zu brennen. Sie krallten sich aneinander in ihrem Bedürfnis, eins zu werden. James drang innerhalb von Sekunden in sie ein, und ihr Körper umfing ihn, ihr Kopf war wunderbar leer.

Als es vorbei war, streichelte James ihren schweißnassen Rücken. »Erinnerst du dich noch an die Nacht, in der wir ihn gezeugt haben?« fragte sie leise.

Er nickte, die Wange an ihrem Haar. »Ich wußte es gleich«, murmelte sie. »Ich konnte fühlen, daß es anders war als sonst. So als hättest du dich mir rückhaltlos hingegeben.«

James zog sie fester an sich. »Das habe ich auch«, sagte er. Ihre Schultern bebten, und gleich darauf fühlte er ihre Tränen an seiner Brust. »Ich weiß«, sagte er beschwichtigend. »Ich weiß.«

Als die Geschworenen den Saal betraten, wurde Chris bewußt, daß er nicht mehr schlucken konnte. Sein Adamsapfel war irgendwo in seiner Kehle steckengeblieben; er atmete pfeifend, und seine Augen schwammen in Tränen. Kein einziges Mitglied der Jury blickte in seine Richtung, und er versuchte, sich an das zu erinnern, was andere Gefängnisinsassen darüber gesagt hatten, aus eigener Erfahrung – war das jetzt ein gutes oder ein schlechtes Zeichen?

Richter Puckett wandte sich einem der Geschworenen zu, einem älteren Mann in einem fleckigen Wollhemd mit Stehkragen. »Obmann, sind Sie zu einer Einigung gelangt?«

»Das sind wir, Euer Ehren.«

»Und wurde die Entscheidung einstimmig gefällt?«

»Ja.« Auf ein Nicken des Richters hin trat der Protokollführer auf den Obmann zu und nahm von diesem ein gefaltetes Stück Papier entgegen. Dann kehrte er langsam – im Schneckentempo, wie Chris im stillen dachte – zum Richtertisch zurück und übergab das Papier Puckett. Der Richter faltete den Zettel auseinander, las, was drauf stand, und ließ ihn dann zum Obmann zurückbringen.

Leslie Puckett blickte mit ausdruckslosem Gesicht auf. »Angeklagter, erheben Sie sich.«

Chris fühlte, wie Jordan an seiner Seite aufstand. Er selbst wollte es ihm gleichtun, aber seine Beine versagten ihm den Dienst. Sie waren weich wie Pudding, und die Füße bleischwer und wie gelähmt. Jordan blickte mit hochgezogenen Brauen auf ihn herab. *Steh auf.*

»Ich kann nicht«, flüsterte Chris und fühlte gleich darauf, wie der Anwalt ihn unter dem Arm faßte und ihn auf die Füße zog.

Sein Herz raste, und seine Hände waren so bleischwer, daß er sie nicht einmal verschränken konnte, wie sehr er sich auch bemühte. Es war, als führe sein Körper plötzlich ein Eigenleben.

In diesem Moment waren seine Sinne unnatürlich geschärft: er roch die Schmierseife, mit der der Holzboden des Gerichtssaales am Vorabend gereinigt worden war; fühlte den Schweißtropfen, der zwischen seinen Schulterblättern herabrann; spürte, wie der wippende Fuß der Gerichtsreporterin nervös gegen den Rand ihrer Sitzreihe tippte. »Zu welchem Urteil sind Sie in der Mordsache *Der Staat New Hampshire gegen Christopher Harte* gelangt?«

Der Obmann blickte auf den Zettel in seiner Hand. »Nicht schuldig«, las er.

Chris fühlte, wie Jordan sich ihm zuwandte, ein breites, ungläubiges Grinsen auf dem Gesicht. Er hörte den erstickten Aufschrei seiner Mutter dicht hinter ihm. Er lauschte dem Stimmengewirr im Saal, das der unerwarteten Entscheidung folgte. Und dann wurde Christopher Harte zum dritten Mal in seinem Leben ohnmächtig.

Nachwort

Wo er auch hinkam, öffnete Chris Fenster. Er fuhr mit heruntergekurbelten Scheiben Auto, auch wenn die Klimaanlage lief. Er öffnete sie in jedem Zimmer des Hauses, sogar nachts, wenn es empfindlich kalt wurde. Aber er zog zusätzliche Decken der verbrauchten Luft vor.

Aber manchmal kam es trotz des frischen Luftzugs überall vor, daß ihm ein bestimmter Geruch zuwehte. Dann fuhr er plötzlich aus dem Schlaf hoch und glaubte, zu ersticken. Am nächsten Morgen fanden seine Eltern ihn dann schlafend auf dem Sofa oder auf dem Fußboden im Wohnzimmer vor, einmal sogar am Fuß ihres eigenen Bettes.

»Was ist denn?« fragten sie. »Was ist passiert?«

Aber es ließ sich jemandem, der nicht dort gewesen war, einfach nicht vermitteln; aus einem unerfindlichen Grund hatte er plötzlich das Gefängnis gerochen.

Der lange weiße Lastwagen mit der Erdkugel auf der Seite fuhr an einem Samstag im Juni vor. Vorsichtig setzte er in die Auffahrt der Golds zurück, und es kamen sechs Männer zum Vorschein, die ihren Hausstand verladen sollten. Gus und James sahen von der Veranda aus zu, wie Kisten und Matratzen eingeladen wurden, gefolgt von Lampen, die mit ihren Kabeln umwickelt waren, und Fahrrädern, die die Männer auf die Ladefläche schoben. Sie wechselten kein Wort, hielten sich aber die ganze Zeit im Freien auf, so daß sie das Geschehen im Nachbarhaus verfolgen konnten.

In der Nachbarschaft erzählte man sich, die Golds würden an das andere Ende der Stadt ziehen – kein sehr weiter Umzug, jedoch einer, der unumgänglich gewesen war.

Das Haus war zum Verkauf angeboten worden, und die Golds hatten noch vor der Veräußerung ein neues gekauft.

Es hieß, Michael hätte weit fort ziehen wollen, nach Colorado vielleicht, oder sogar bis nach Kalifornien. Aber Melanie hatte sich geweigert, ihre Tochter zurückzulassen, und was blieb ihnen da für eine Wahl?

In dem neuen Haus war Raum genug für Michaels Tierarztpraxis, und es war ein sehr hübsches, etwas abgelegenes Heim. Gerüchten zufolge hatte es drei Schlafzimmer, eins für Michael Gold, eins für seine Frau und eins für Emily.

Gus konnte einfach nicht widerstehen und ging bis ans Ende der Auffahrt. Sie sah, wie der lange LKW über den Buckel der Straße fuhr, gefolgt von Melanies Taunus. Michaels Truck bildete das Schlußlicht.

Die Scheiben des Trucks waren heruntergekurbelt; der Wagen war so alt, daß die Klimaanlage nur sporadisch funktionierte. Michael verlangsamte das Tempo, als er sich der Zufahrt der Hartes näherte. Sie sah, daß er halten würde. Sie sah, daß er mit ihr sprechen wollte. Um ihre Entschuldigung anzunehmen, Absolution zu erteilen, sich einfach zu verabschieden.

Der Truck kam beinahe zum Stehen, und Michael sah herüber. Sein ernster Blick begegnete Gus'. Sie sah ein Aufflackern von Schmerz, das Abwägen von Möglichkeiten, dicht gefolgt von dumpfem Verstehen.

Ohne ein Wort fuhr er weiter.

Chris war in seinem Zimmer, als der Umzugswagen die Auffahrt der Golds verließ. Der lange weiße Lastzug rollte ächzend zwischen den Bäumen hindurch, die den Kiesweg säumten, und verfehlte den Briefkasten nur um Haaresbreite.

Melanie Golds Ford und schließlich Michaels Truck. Eine Karawane, dachte Chris. Wie Zigeuner – auf der Suche nach einem Ort, an dem das Leben leichter war, oder besser.

Und dann war das Haus leer, ein gelber, mit Holzschindeln verkleideter Monolith. Die nackten Fenster erinnerten vage an ferne Augen, die herüberstarrten, ohne sich erinnern zu können. Chris lehnte sich aus einem Fenster und lauschte dem Zirpen der Zikaden in der milden Sommerluft und dem leisen Quietschen des Umzugswagens, der sich die Wood Hollow Road hinunter entfernte.

Neugierig reckte er den Hals und versuchte, über den Rand des oben abgerundeten Fenstersimses zu sehen. Er war noch da, der Flaschenzug, der das eine Ende der »Seilbahn« gewesen war, die er und Emily als Kinder eingerichtet hatten. Er wußte, daß ein zweiter Flaschenzug an Emilys Schlafzimmerfenster angebracht war.

Chris streckte die Hand aus und zog an der Angelschnur, die zwar durchhing, aber noch intakt war. Sie hatte sich schon vor langer Zeit in einer der Tannen zwischen den beiden Grundstücken verheddert, so daß die letzte Nachricht nie ihr Ziel erreicht hatte. Es war ihnen nie gelungen, die Leine wieder freizubekommen.

Als Chris es damals versucht hatte, war er noch zu klein gewesen.

Er setzte sich rücklings auf das Fensterbrett und langte mit beiden Händen die Holzschindeln an der Hauswand hinauf. Er bekam die Schnur zu fassen und verspürte unverhältnismäßige Befriedigung hierüber, so als hätte er etwas Außergewöhnliches geleistet. Er riß die verrottete Schnur ab und sah die rostige Büchse herunterfallen, die all die Jahre im Baum gehangen hatte.

Mit klopfendem Herzen lief Chris, zwei Stufen auf einmal nehmend, die Treppe hinunter. Er lief auf die Stelle zu, an der die Blechdose herabgefallen war, und ließ den Blick um sich schweifen, bis er etwas Silbernes aufblitzen sah.

Die Bäume an dieser Stelle waren sehr hoch und schmal und ließen keine Sonne hindurch. Chris ließ sich neben einer hohen Kiefer auf die Knie sinken, griff in die Büchse und zog ein Stück Papier heraus. Er konnte sich nicht erinnern, worum es in dieser letzten Nachricht gegangen war; wußte nicht einmal mehr, ob sie von Emily oder von ihm selbst stammte. Sein Magen verkrampfte sich, als der Zettel herausglitt.

Ganz vorsichtig faltete er das brüchige Papier auseinander.

Es war leer.

Er wußte nicht, ob das von Anfang an so gewesen war, oder ob die Jahre die Schrift fortgewischt hatten. Chris steckte das Papier in die Tasche seiner Shorts und kehrte Emilys Elternhaus den Rücken. Vielleicht spielte es ja so oder so keine Rolle.

Die Ehe von Mariah und Colin White ist gescheitert. Die siebenjährige Tochter Faith reagiert zunächst mit Schweigen. Nach einiger Zeit beginnt sie mit einer unsichtbaren Freundin zu reden und besitzt mit einem Male übersinnliche Fähigkeiten. Als das Fernsehen davon erfährt, werden Faith und ihre Mutter von einem gewaltigen Medienrummel erfasst, der das Kind zu erdrücken droht. Nur mit Hilfe von Ian, der sich Hals über Kopf in Mariah verliebt hat, gelingt es ihnen, die Wahrheit und die Auseinandersetzung mit dem Glauben nicht zu einem Verhängnis werden zu lassen …

›Ein ergreifendes Portrait einer Mutter-Tochter-Liebe. Eine meisterhaft erzählte Geschichte.‹

KIRKUS REVIEWS

ISBN 3-404-14584-4

BASTEI LÜBBE

Intrigen, Liebe und Leidenschaft vor der wilden Schönheit Australiens

Nach dem Tod des tyrannischen Joseph Witney steht das Familienunternehmen Jacaranda Wines vor der Übernahme durch einen französischen Konkurrenten. Doch Cordelia, Josephs Witwe, ist fest entschlossen, den Verkauf zu verhindern. Sie überredet ihre Enkelin Sophie, die als Anwältin für Wirtschaftsrecht arbeitet, zu einer gemeinsamen Reise durch Australien, wo sie ihr die Geschichte von Jacaranda Wines näher bringen will. Die Fahrt wird zu einer Reise in die Vergangenheit, viele Generationen zurück, als mit der jungen Rose, die aus England kam, alles begann. Und dann begegnet Sophie dem Mann wieder, den sie um alles in der Welt vergessen wollte ...

ISBN 3-404-14896-7